W0414878

Martin Krist, geboren 1971, lebt in Berlin. Er arbeitete viele Jahre als leitender Redakteur bei verschiedenen Zeitschriften. Seit 1997 ist er als Schriftsteller tätig. Nach mehr als 30 Sachbüchern, darunter Biografien über die Hamburger Kiez-Ikone Tattoo-Theo, die Punk-Diva Nina Hagen, den Rap-Rüpel Sido, die Grunge-Ikone Kurt Cobain und den gewaltlosen Rebell Mahatma Gandhi, schreibt er seit 2005 Krimis und Thriller.

www.Martin-Krist.de

Martin Krist

WUNDERLAND

Thriller

R&K

Originalausgabe bei R&K
11. April 2022

Titelbild & Umschlaggestaltung: Designomicon | Anke Koopmann
unter Verwendung eines Fotos von
© Jennifer Grey / Arcangel
Inhaltliche Beratung: Sarah Lippasson (sarahlippasson.com)
Lektorat: Emely Dark (emelydark.com)
Korrektorat: Rebecca Feist (die-flinke-feder.de)

Martin Krist, Postfach 910104, 12413 Berlin
www.Martin-Krist.de

BÖSE BRIEFE

Es gibt Newsletter. Und es gibt: BÖSE BRIEFE.

Der Krimi-Newsletter von Martin Krist.

Jeden Monat neu. Natürlich kostenlos.

Jetzt abonnieren unter:

www.Martin-Krist.de

Wer ist Kommissar Kalkbrenner?

Beruf: Kriminalhauptkommissar im Morddezernat Berlin-Mitte. **Geboren:** 18. November in Berlin. **Vater:** Fritz, verstorben. **Mutter:** Käthe Maria, dement. **Geschwister:** keine. **Beziehung:** geschieden. **Kinder:** Tochter Jessica, geboren 1987. **Haustier:** Bernie, der Bernhardiner.

Größe: 1,79 m. **Gewicht:** 81 kg. **Augenfarbe:** blau-grau. **Haarfarbe:** schwarz mit zunehmend mehr grauen Strähnen; lichte Stelle am Hinterkopf.

Er liebt: Rock-Oldies. Und Deep Purples Lay Down, Stay Down. Zum Frühstück Meerrettich aufs Brot. Dazu Kaffee. S- & U-Bahnfahrten, auch im Sommer. Der Schweißgeruch ist der Beweis, dass die Leute leben. In seinem Job begegnen ihm nur Tote. **Er hasst:** Ungerechtigkeit. Verbrechen. **Er ist:** Manchmal direkt, aber nicht redselig. Denkt lieber nach & zieht logische Schlüsse. Häufig wehmütig. Der Job zerfrisst ihn, aber er sieht die Verantwortung, die er übernommen hat. **Sein Geheimnis:** die kleinen Helferlein.

»O schöner, goldner Nachmittag,
wo Flut und Himmel lacht!«
Lewis Carroll, Alice im Wunderland

EINS

Sinngemäß hat Mama mal gesagt: »Was dir an Glück widerfährt, behältst du ein Leben lang im Herzen.«

Stimmt.

Was sie mir nicht sagte: Dass die Scheiße ebenso an einem kleben bleibt, und wenn man nicht achtgibt, übertüncht sie irgendwann alles, auch die Erinnerung an die guten Tage.

Allerdings, einige dieser Tage würde ich tatsächlich lieber vergessen, oder noch besser: ungeschehen machen.

Das klingt paradox, aber dir ist klar, wovon ich rede, oder?

*

Es war der erste Samstag Anfang November, und nach dem Frost der letzten Nächte hatte sich in Stechlin, du weißt schon, diesem kleinen, brandenburgischen Dörfchen, überraschend noch einmal der Altweibersommer zurückgemeldet – wolkenlos, strahlender Sonnenschein, fast achtzehn Grad im Schatten.

Am Nachmittag kam Hansi vorbei, mein bester Kumpel, der zwei Häuser weiter wohnte. Cowboy und Indianer wollten wir spielen, zum Abendessen hatte Mama uns Pfannkuchen versprochen.

Du weißt schon, ihre selbstgebackenen Pfannkuchen mit der Himbeerfüllung und dem Zuckerguss obendrauf – verflixt, was habe ich diese Dinger geliebt.

Voller Vorfreude schleppte ich meine Spielzeugkiste raus in den Garten. Mit blauer Kavallerieweste, entsprechender Schirmmütze und einer Plastikflinte wollte ich die Leiter hoch ins Baumhaus, mein Westernfort sozusagen, blieb aber zunächst noch bei Hansi stehen. Der stattete sich gerade mit einem Cowboyhut, dem Sheriff-Stern und einem Holzrevolver aus.

Übrig blieben ein fransiger Poncho, Federn, Pfeil und Bogen.

Hansi schaute zu dir. »Spielt deine Schwester nicht mit?«

Du lagst im Sonnenstuhl auf der Terrasse, hast in der Bravo geblättert und uns geflissentlich ignoriert.

Ich schüttelte den Kopf. »Lieber nicht.«
»Warum nicht?«
»Darum.«
»Aber sie ist immer so lustig.«
»Sie ist blöd.«
Verwundert sah Hansi mich an.
»Komm«, ich setzte meinen Fuß auf die erste Leitersprosse, »lass uns spielen.«
Doch Hansi drehte sich zu dir um. »Willst du nicht wieder mitspielen?«
Du hast getan, als hättest du ihn nicht gehört, und dich geschäftig auf deine Zeitschrift konzentriert.
»Lieber nicht«, wiederholte ich, »wir können … Hansi, wohin willst du?«
Er lief zu dir. »Hey«, er stupste dich am Arm, »wir …«
»Was denn?«, hast du ihn angefaucht.
Vor Schreck machte Hansi einen Schritt zurück.
Selbst mich, der ich ja ein Stück entfernt stand, hat die Schärfe in deiner Stimme, noch mehr aber dein wütender Blick zusammenzucken lassen.
»Wir …«, Hansi schluckte, »wir spielen Cowboy und Indianer, willst du nicht …«
»Ich hab keine Lust.«
»Wenn du willst, kannst du auch …«
»Nee.«
»Oder wir …«
»Ihr nervt mit eurer Kinderkacke«, hast du gemault und dich wieder in deine Lektüre vertieft.
Verstört kehrte Hansi zu mir zurück. »Sie ist ja wirklich blöd.«
»Wer ist blöd?« Papa trat aus seinem Handwerksschuppen, bärtig wie immer, in seinem Lieblingslatzanzug, der inzwischen über seinem Bauch spannte. Daran hatten, kein Zweifel, auch Mamas überzeugende Kochkünste ihren Anteil.
Zögerlich blickte Hansi zu dir. »Sie hat gesagt, wir nerven.«
»Aber er hat gar nichts gemacht«, fügte ich hinzu, »nur gefragt, ob sie wieder mitspielen möchte.«
Hansi nickte. »Und dann hat sie gesagt: Kinderkacke.«
»Tatsächlich?«, fragte Papa.
»Sowas sagt man nicht«, erklärte Hansi.

»Da hast du wohl recht.« Papa lächelte. »Bestimmt hast du dich auch nur verhört.«

»Und warum nerven wir?«

»Ach weißt du, Hansi«, jetzt warf Papa einen Blick hinüber zu dir, »manchmal gibt es halt so Tage, da möchte man einfach seine Ruhe haben.« Er schenkte dir sein mitfühlendes Lächeln. »Ist doch so, Liebes, oder?«

Mit genervter Miene hast du dich von uns weggedreht.

»Ich bin mir sicher«, sagte Papa, »schon bald ist alles wieder gut, und sie wird wieder mit euch spielen.«

Daran allerdings hatte ich meine Zweifel.

So Tage.

Denn in Wahrheit hocktest du schon seit Wochen meist nur auf deinem Zimmer, warst mies drauf, launisch, ständig genervt, vor allem von mir. Nichts konnte ich dir recht machen, alles, was ich tat, war plötzlich nur noch … *Kinderkacke.*

Immer wieder fragte ich mich, was ich dir getan hatte.

Als wisse er um meine Sorgen, zerzauste Papa mir das Haar, so wie er es immer tat, wenn er uns tröstete – oder irgendeinen Spaß ausheckte. »Na, wie wär's? *Ich* spiele heute mit euch.«

»Du?«, fragte Hansi.

»Aber klar.«

»Au ja!«, rief ich. »Und du bist der Indianer!«

»Klar«, schon warf sich Papa den Poncho über. »Na wartet.« Er schob sich die Federn ins Haar und schnappte nach Pfeil und Bogen. »Komm hol das Lasso raus«, begann er zu singen.

Lachend erklomm ich mein Westernfort, Hansi ging laut johlend hinter einem Busch in Deckung.

Du sahst kurz zu uns herüber, und als sich unsere Blicke kreuzten, hast du demonstrativ die Augen verdreht.

Aber das war mir jetzt egal.

»Gebt mir das Feuerwasser!«, forderte Papa.

»Komm's dir holen!«, rief Hansi und betätigte seinen Revolver mit geräuschvoller Untermalung.

»Feuer frei!« Ich gab mit meiner Flinte Zunder.

»Beim Manitu!«, heulte Papa auf und ließ sich in hohem Bogen in den Sandkasten plumpsen. »Ich wurde getroffen.«

Hansi rannte auf ihn zu. »Ins Gefängnis mit ihm!«

Ich hangelte mich vom Baumhaus runter. »Die Kavallerie kommt zur Hilfe.«

»Reingelegt!« Papa sprang auf. »Jetzt hole ich mir eure Skalps.«

Mit wildem Geheul jagte er uns durch den Garten.

Hansi hatte recht – mir dir war's lustig, aber mit Papa immer ein noch viel größerer Spaß.

Denn der verlor nie ein böses Wort, niemals die Geduld, weder nervten wir ihn, noch gab es für ihn *Kinderkacke*, nicht einmal wenn er einen viel zu kleinen Indianerponcho tragen musste, mit bunten Federn im Haar oder Pfeil und Bogen aus windschiefen Zweigen. Er tollte, tobte, alberte mit uns herum, und war sich für keinen Scherz zu schade. Mama brachte er damit regelmäßig zur Verzweiflung – und zum Lachen.

Dafür liebten wir ihn, und ja, du auch, egal wie genervt du getan hast.

*

Irgendwann am späten Nachmittag kam Onkel Rudi, Papas Bruder, vorbei.

Ich fand immer, die beiden waren einander sehr ähnlich, groß, stark, bärig, und obwohl Onkel Rudi querschnittsgelähmt war, ließ auch er keinen Spaß aus. Für mich war er der beste Onkel der Welt.

An jenem Nachmittag schloss er sich uns an – und spielte in seinem Rollstuhl die Postkutsche, die wir ausraubten.

Bis Mama auf die Terrasse hinaustrat.

Erst einmal lachte sie beim Anblick von Papa, der jetzt mit Seilen als Pferd wiehernd vor den Rollstuhl gespannt war, und Onkel Rudi, der die Zügel schwang.

»Was ist mit euch?«, rief sie dann. »Wollt ihr noch lange draußen bleiben?«

Tatsächlich wurde es allmählich dunkel, und mit der Sonne verschwand auch die Wärme des Tages.

Also gingen wir ins Haus. Du lagst schon seit einer Weile drinnen auf dem Wohnzimmersofa.

»Gibt's jetzt Pfannkuchen?«, fragte ich.

»Ja, die mit Himbeeren«, sagte Hansi. »Darf ich zwei haben?«

»Natürlich, ich mache mich gleich dran.« Mama schaute zu Papa. »Ich hoffe, du hast heute Morgen an die Eier gedacht?«

Papa, der sich gerade von den Zügeln befreite, hielt in der Bewegung inne. »Ach verflixt!«

Mama sah ihn streng an. »Sag jetzt nicht, du hast sie vergessen?«

Sie war das genaue Gegenteil von ihm, klein, zierlich, ihre Stimme beinahe nur ein Wispern, und in all den Jahren danach habe ich mich mehr als einmal gefragt, wie die beiden bloß je zueinander haben finden können. Leider gab es nie die Chance, sie danach zu fragen.

Aber sie haben sich geliebt, daran bestand nie ein Zweifel, und vermutlich war Mama der einzige Mensch, dem es mit nur einem einzigen Blick gelang, Papa zum Schweigen zu bringen.

»Ich …«, mit zerknirschter Miene schälte er sich aus dem Poncho, »ich hatte noch dran gedacht, als ich von der Arbeit losfuhr, aber dann …«

»Dann haben wir ein Problem«, schloss Mama den Satz.

Bestürzt schaute ich zu ihr auf. »Heißt das, es gibt keine Pfannkuchen?«

Hansi guckte ebenso entgeistert drein.

Mama seufzte. »Wie wäre es stattdessen mit …«

»Aber du hast es versprochen!«, protestierte ich.

»Ich weiß, mein Schatz, aber …«

»Der Edeka hat noch offen«, bemerkte Papa mit einem Blick auf die Uhr.

Mama zögerte. »Nur wegen der Eier nochmal hinfahren?«

»Na ja, du könntest mich außerdem bei der Arbeit absetzen, und ich müsste nicht mit der Bahn fahren. Wir alle hätten gewonnen.«

»Hm«, machte Mama.

»Aber klar«, sagte Papa.

»Klar«, stimmte ich ihm rasch zu.

»Klar«, sagte Hansi.

Mama lächelte. »Klingt, als wäre ich überstimmt.«

»Klar«, sagte Papa.

»Klar«, meinte ich.

»Klar«, pflichtete Hansi uns bei.

»Klar«, ließ sich jetzt auch Onkel Rudi vernehmen.

Du saßt auf der Couch und rolltest einmal mehr nur mit den Augen.

»Rudi«, sagte Papa, während er in den Flur lief, »würdest du bitte kurz auf die Kinder …«

»Ich brauch keinen Babysitter mehr!«, maultest du.

»Ich weiß, Liebes«, Papa zerzauste dir das Haar, was du mit einer weiteren, missfälligen Grimasse quittiert hast.

»Ich bin dann gleich wieder da«, versprach Mama, während sie Papa nacheilte und ihm die Federn aus dem Haar zupfte. »Willst du etwa so ins Krankenhaus?«

Er nahm sie in den Arm. »Was ich will …«

»… sagen Sie jetzt lieber nicht vor den Kindern, Herr Doktor«, fiel sie ihm ins Wort und gab ihm einen Kuss.

»Bah«, sagtest du, »ist jetzt mal gut!«

Lachend, Hand in Hand, verschwanden Mama und Papa zur Haustür hinaus. Kurz darauf hörten wir den Motor starten und wie das Auto davonfuhr.

Ich drehte mich zu Onkel Rudi um. »Dürfen wir solange Alf gucken?«

»Oh nee«, stöhntest du.

»Klar!«, johlten Hansi und ich im Chor.

Onkel Rudi zwinkerte dir zu. »Ich befürchte, du bist überstimmt.«

»Kinderkacke!«, zischtest du.

»Das darf man nicht sagen!«, rief Hansi.

Du zeigtest ihm den Mittelfinger, liefst raus in den Flur und die Treppe hoch.

Stirnrunzelnd sah Onkel Rudi dir nach. »Was ist mit ihr?«

»Sie hat so Tage«, sagte ich.

»Ihre Tage?«

»Aber das sind jetzt schon Wochen.«

Onkel Rudi wollte etwas erwidern, aber ich hatte bereits die Fernbedienung in der Hand und schaltete den Fernseher ein.

Ich weiß noch genau, welche Folge an jenem Abend lief.

Brians Geschichtsbuch war einer Wasserattacke Alfs zum Opfer gefallen. Weil Alf helfen wollte, trocknete er das Buch im Ofen – und vergaß es dort, sehr zu seinem Schrecken.

Denn wer auf seinem Heimatplaneten Melmac ein geschichtliches Dokument vernichtete, wurde mit vierzehn

Jahren Pech bestraft. Vierzehn Jahre Pech, kannst du dir das vorstellen?

Nur vierzehn Jahre!

In der zweiten Episode ging Kate auf Reisen, während Willie und Alf den Haushalt übernahmen.

Danach begann das A-Team.

»Ich bin mir nicht sicher, ob das was für euch ist«, sagte Onkel Rudi.

»Aber klar«, erwiderte ich.

»Klar«, meinte Hansi, »das darf ich immer gucken.«

»Ich auch«, log ich.

»Also ich weiß nicht«, zweifelte Onkel Rudi. »Vielleicht sollte ich deine Schwester mal fragen.«

»Für die ist das Kinderkacke«, sagte ich.

»Kinderkacke«, wiederholte Hansi und kicherte.

Onkel Rudi wirkte nicht wirklich überzeugt, ließ uns aber gewähren.

Kidnapper hatten ein Passagierflugzeug in ihrer Gewalt und forderten Lösegeld. Das A-Team wurde zur Hilfe gerufen und versuchte gerade an Bord des Fliegers zu gelangen, als es an unserer Haustür klingelte.

»Erwartet ihr Besuch?«, wunderte sich Onkel Rudi.

»Bestimmt Mama«, sagte ich.

»Sie hat doch die Schlüssel.«

Es läutete erneut. Keiner von uns Kindern machte Anstalten aufzustehen. Also mühte sich Onkel Rudi mit seinem Rollstuhl in den Flur und zur Tür.

Hansi und ich guckten derweil weiter.

Irgendwann rollte Onkel Rudi zurück ins Wohnzimmer. »Michel …«

Wir lachten, weil B.A. Baracus wegen seiner Flugphobie wieder eine Spritze verpasst bekommen hatte und gleich darauf wie ein schlaffer Sandsack in sich zusammenfiel.

»Michel!«, hörte ich Onkel Rudi sagen, jetzt mit mehr Nachdruck. »Michel, bitte …«

Widerstrebend löste ich den Blick vom Fernseher.

»Es …« Onkel Rudi brach ab. Er war kreidebleich.

Ich erschrak.

Im Flur standen zwei Polizisten.

»Es …«, stammelte Onkel Rudi, »es hat einen Unfall gegeben … Mama und Papa …«

»Was heißt das?« Du kamst die Treppe runter. »Ein Unfall?«

Onkel Rudi schüttelte den Kopf, als könne er es selbst nicht fassen.

Du bliebst im Türrahmen stehen. »Was für ein Unfall?«

Sein Kopfschütteln wurde heftiger.

»Sag schon!«

Er hörte nicht auf.

Ich bekam es mit der Angst.

»Sind sie …«, deine Stimme wurde zu einem Flüstern, »… tot?«

Abrupt hielt Onkel Rudi inne.

Ich weiß noch, wie ich dachte, dass er wie ein schlaffer Sandsack in seinem Rollstuhl hing. Aber zum Lachen fand ich das nicht.

Er hatte Tränen in den Augen. Dann nickte er. »Sie sind tot.«

ZWEI

Kriminalhauptkommissar Kalkbrenner stieg aus dem Passat und fragte sich, was schlimmer war: die Eiseskälte an diesem lausigen Novemberabend oder der Geruch vergorener Speisen, von altem Kompost und Jauche.

Oder sein Handy, das gerade schon wieder zu klingeln begann.

Sera Muth, seine Kollegin, musterte ihn übers Autodach hinweg. »Wer ruft denn da ständig an?«

»Ellen.«

»Deine Frau?«

»*Ex*-Frau!«

»Und warum gehst du nicht einfach mal ran?«

»Weil ich weiß, was sie will.«

Muth hob fragend die Augenbraue.

Achselzuckend drückte Kalkbrenner den Anruf weg und nickte in Richtung der Dutzend Müllwagen, die sich vor ihnen am Straßenrand aufreihten. »Was ich dagegen nicht weiß: warum wir hier sind.«

»Das weiß ich auch noch nicht.«

»Potsdam liegt außerhalb unserer Zuständigkeit.«

»*Das* ist mir bekannt«, sagte Muth.

Grummelnd schlug sich Kalkbrenner den Mantelkragen bis zur Nase hoch und folgte ihr vorbei an den Lkws. Jedem der Mehrtonner entwich ein fauliger Gestank.

Die meisten Fahrer hockten bei laufendem Motor in aufgeheizten Kabinen. Drei dagegen schimpften auf den Schutzpolizeibeamten ein, der mit einem Streifenwagen die Zufahrt zum Pförtnerhäuschen des Wertstoffhofs Drewitz versperrte.

Auf dem Gelände parkten vor einem grauen Bürocontainer zwei weitere Streifenwagen, mehrere Zivilfahrzeuge und der Transporter der Spurensicherung.

Die Kriminaltechniker hatten mobile Scheinwerfer in die benachbarte Backsteinhalle geschleppt, in der sie jetzt im grellen Licht auf einem gewaltig dampfenden Abfallberg herumkraxelten.

Vermutlich, dachte Kalkbrenner, wäre der Anruf seiner Ex-Frau doch das geringere Übel gewesen.

Sie erreichten das Pförtnerhäuschen, wo sich das aufgebrachte Grüppchen nach wie vor einen heftigen Schlagabtausch lieferte.

»Also wirklich!«, maulte der Schutzpolizeibeamte. »Was ist daran so schwer zu verstehen? Ich darf hier heute niemanden mehr reinlassen.«

Einer der Müllmänner fuchtelte mit den Armen. »Und Sie begreifen nicht: Wir müssen da heute noch rein.«

»Wo«, schimpfte der zweite, »sollen wir den ganzen Mist denn sonst abladen?«

»Kippen wir's ihm doch einfach vor die Füße«, schlug der dritte vor.

»Entschuldigung«, ergriff Muth das Wort, »wir würden gerne …«

»Nein!«, blaffte der Beamte, »Sie haben es doch gerade gehört, Sie können Ihren Abfall hier heute nicht mehr loswerden.«

»Um diese Uhrzeit sowieso nicht«, knurrte der erste Müllmann.

»Privatanlieferung täglich zwischen sieben und siebzehn Uhr«, fügte der zweite hinzu.

»Obwohl«, meinte der dritte, »darauf würde ich mich für morgen auch nicht verlassen.«

Der Beamte setzte zu einer entnervten Antwort an.

»Mordkommission Berlin.« Muth hielt ihm ihren Dienstausweis vor die Nase.

»Und das dort«, Kalkbrenner machte eine Kopfbewegung in Richtung des Bürocontainers, »ist unser Kollege.«

Ein Mann mit zerknitterter Bundfaltenhose, zerbeultem Parka und einer nicht minder verlotterten Pudelmütze trat daraus hervor. Er zwirbelte den gewaltig-preußischen Schnauzbart, bevor er sich fröstelnd die Hände rieb. Dabei ging sein Blick zum Pförtnerhäuschen.

»Sera, Paul«, Kriminalhauptkommissar Sebastian Berger winkte sie zu sich, »da seid ihr ja.«

Je näher sie dem Container, der Backsteinhalle und dem Abfallberg darin kamen, desto übler wurde der Gestank.

Kalkbrenner versuchte nur durch den Mund zu atmen, aber das war kaum besser. Jetzt glaubte er den Schimmel sogar an seinem Gaumen zu schmecken. »Sebastian«, er schluckte, »was machst du hier?«

»Ich befürchte, das Gleiche wie ihr.«

»Wenn ich's wüsste, hätte ich dich nicht gefragt.«

»Hat Dr. Salm euch nichts gesagt?«

»Du kennst den Chef: ›Fahren Sie hin, gucken Sie es sich an!‹ Mehr sagt er selten.«

»Wir haben eine Leiche.«

»Ach was!«, murmelte Muth.

Pikiert rieb sich Berger den Schnurrbart. »Die Sache ist etwas … nun ja, ich würde behaupten, sie ist verzwickt, anders wüsste ich es nicht zu …«

»Sebastian!«

»Ja, natürlich, also …« Berger hielt inne, weil in der Zufahrt ein neuerlicher Tumult entstand.

»Jetzt gehen Sie doch mal beiseite!« Der Gerichtsmediziner zwängte sich an den Müllmännern vorbei. »Und machen Sie mir mit Ihren Fingern bloß nicht meinen Anzug dreckig!«

»Guten Abend, Herr Dr. Wittpfuhl«, empfing ihn Berger. »Gut, dass Sie so schnell kommen konnten.«

»Wollen Sie mich auf den Arm nehmen?«

»Wie kommen Sie darauf?«

»Unerhört!« Dr. Wittpfuhl marschierte an ihnen vorbei zum Transporter der Spurensicherung. »Wirklich unerhört.«

Kopfschüttelnd sah Berger ihm nach. Dann machte er kehrt. »Sera, Paul, kommt mit, lasst uns drinnen weiterreden.«

Im Container lief die Heizung zum Glück auf Hochtouren. Auch der Gestank war nicht ganz so schlimm. Stattdessen roch es nach Duftbäumchen und zuckriger Kirsche.

Im hellen Licht der Neonröhren wirkten die grauen Wellblechwände und das halbe Dutzend verwaister Schreibtische noch trostloser als ohnehin schon. Rechts führte ein Durchgang in eine Behelfsküche, links eine Tür zu einem kleineren Büro – aus dem in dieser Sekunde ein gedrungenes Männchen gestürmt kam.

»Na endlich!« Zielstrebig steuerte es auf Kalkbrenner zu. »Sie sind also der leitende Ermittler?«

»Das wäre mir neu.«

»Wie? Was? Sie wissen also auch nicht, wie lange das alles noch dauern soll?«

»Ich weiß nicht einmal, weshalb ich hier bin«, gestand Kalkbrenner.

Konsterniert starrte ihn das Männchen an.

»Das ist Herr Siemons«, sagte Berger, »ihm obliegt die Leitung der Mülldeponie und –«

»Nein, nein, nein, keine Mülldeponie!« Siemons hob mahnend den Zeigefinger. »Ein Wertstoffhof, und dessen Betrieb erlaubt leider keine Pause, wir müssen …«

»… Geduld haben«, unterbrach ihn eine Stimme von der Tür.

Kalkbrenner drehte sich danach um.

Siemons ballte die Fäuste. »Das sagen Sie jetzt schon seit zwei Stunden!«

»Und ich bin sicher, nichts anderes werden Ihnen auch die Berliner Kollegen sagen.« Der Mann, der den Container betrat, war Ende Dreißig, Anfang Vierzig, stattlich, glattrasiert, leicht ergraut. Er nickte Kalkbrenner zu.

Siemons Blick wechselte zwischen den beiden hin und her. Dann stieß er voller Groll die Luft aus dem Mund. »Sie wissen ja, wo Sie mich finden!« Wütenden Schrittes stapfte er zurück in sein Büro. Er schien die Tür hinter sich zuschlagen zu wollen, besann sich aber eines Besseren und ließ sie einen Spalt offenstehen.

Kalkbrenner verdrehte die Augen.

»Jürgen Ehleben«, stellte sich der Neuankömmling vor, »Mordkommission Potsdam. Und das ist meine Kollegin Jamina Stark.«

Ihm folgte eine Frau Mitte dreißig, blond, etwas blass, den Blick aufs Handy gerichtet.

»Jamina Stark?«, fragte Muth.

Zögernd schaute Stark von dem Telefon auf.

»Schön dich kennenzulernen.«

»Klar, danke gleichfalls.«

»Wir haben schon viel über dich gehört.«

»Na hoffentlich nur Gutes«, bemerkte Ehleben nicht ohne einen bissigen Unterton.

Stark bedachte ihn mit einem verschnupften Blick, bevor sie sich wieder dem Handy widmete.

»Wie auch immer«, sagte Ehleben, »da ihr ja jetzt hier seid, könnt ihr euren Toten übernehmen und …«

»*Unseren* Toten?«, fragte Kalkbrenner.

Stark hob noch einmal den Blick. »Ich bin mir da auch noch nicht sicher.«

»Herrje, Jamina«, ächzte Ehleben, »auch diesmal ist die Sache glasklar.«

»Ist sie das?«, wollte Kalkbrenner wissen.

»Und wieso *diesmal*?«, fragte Muth.

»Ja, ist sie. Und was das diesmal betrifft«, Ehleben winkte unwirsch ab, »vergesst es, das bezog sich auf einen anderen Fall.« Er sah seine Kollegin tadelnd an. »Einen abgeschlossenen Fall.«

Verstimmt konzentrierte sich Stark wieder auf das Telefon.

»Also«, überging Kalkbrenner den offenkundigen Zwist der beiden, »*was* ist diesmal glasklar?«

»Also«, begann Ehleben, »wie ihr vielleicht wisst, läuft zwischen der Stadt Berlin und dem Land Brandenburg eine Vereinbarung für den Fall, dass es in der Müllentsorgung zu Engpässen kommt.«

»Engpässe?« Fast hätte Kalkbrenner gelacht. »Berlin erstickt im Müll.«

»Eben deshalb wird ein Teil nicht auf Berlin-eigenen Deponien entsorgt, sondern auch auf denen im Umland. Zum Beispiel bei uns in Potsdam.« Ehleben deutete durchs Fenster hinaus auf den grell erleuchteten Abfallhaufen in der Backsteinhalle. »*Das da* ist Berliner Biomüll, alles die letzten Tage hier angeliefert – nur diesmal mitsamt eines Toten.« Er lächelte gequält. »Da hat jemand das Wort Bioabfall wohl etwas missverstanden.«

Muth verzog keine Miene. »Wurde der Mann ermordet?«

»Was glaubt ihr, weshalb sich seiner Leiche sonst im Müll entledigt wurde?«

»Wissen wir, wer er ist?«

»Das ist *eines* der Probleme.«

»Und die anderen?

»Am besten, ihr schaut ihn euch selbst an.«

»Jürgen«, Stark steckte das Handy ein, »wollen wir nicht wenigstens …«

»Herrje, wozu?« Ehleben stöhnte. »Es wurde doch längst entschieden, dass die Berliner Kollegen den Fall übernehmen.«

»Von wem?«, wunderte sich Kalkbrenner.

»Unser Chef hat das mit eurem geklärt.«

Kalkbrenner grummelte.

»Die Sache ist doch so: Der Fundort des Toten befindet sich bei uns, der Tatort jedoch bei euch, also hätten wir ein Amtshilfeersuchen gestellt, und ihr hättet dann sowieso tätig werden müssen.«

Stark setzte zu einer Erwiderung an.

»Und außerdem«, Ehleben blickte sie streng an, »bist du ja eh nicht mehr lange bei uns.« Er wandte sich Kalkbrenner zu. »Natürlich stehen euch die Kollegen der Streife hier vor Ort zur Seite, aber in Berlin …« Er zuckte mit den Schultern. »Na gut, gehen wir, Jamina.«

Widerstrebend folgte Stark ihm zur Tür. Auf halbem Weg blieb sie stehen. »Wenn ihr trotzdem …«

»Herrje, Jamina!«, maulte Ehleben. »Nun komm bitte!«

Erst als die beiden den Container verlassen hatten, fragte Berger: »Sera, woher kennst du sie?«

»Du hast doch von der Sondereinheit gehört, oder?«

»Natürlich.«

Davon hatte jeder auf dem Präsidium gehört: mit einem frisch rekrutierten, übergreifenden Einsatzteam wollten der Polizeipräsident, das LKA und viele weitere Behörden zukünftig rasch und effizient auf die wachsende Kriminalität in Berlin und Umland reagieren.

»Stark wird dieser Einheit angehören«, sagte Muth.

»Ach«, machte Berger, »die ist das? Ihr Name kam mir bekannt vor, aber ich wusste nicht woher. Du etwa, Paul?«

Kalkbrenner schwieg. Sein Blick ging zum Fenster.

Vor dem Container stiegen die beiden Potsdamer Kollegen in einen Volvo. Während sie davonfuhren, schienen sie sich einen neuerlichen Disput zu liefern.

»Paul«, sagte Berger, »woran denkst du?«

»Ich denke«, Kalkbrenner wappnete sich für die Kälte, mehr aber noch den Gestank, »wir schauen uns die Leiche an.«

*

Jamina versuchte krampfhaft, an gar nichts zu denken. Sie spürte die Erschöpfung eines anstrengenden Tages.

Doch weil sie trotz mehrfacher Versuche, ihre Tochter zu erreichen, bislang nur die Mailbox gehört hatte, fand sie einfach keine Ruhe.

Außerdem kriegte sich Ehleben neben ihr gar nicht mehr ein.

»… kann mich da nur wiederholen«, betonte er, während er den Volvo durch den abendlich verschlafenen Stadtkern Potsdams lenkte, »ich beneide dich, wirklich, ich beneide dich sehr.«

Jamina gähnte. Sie konnte es nicht mehr hören.

»Na gut«, fuhr ihr Kollege fort, »um den Stress, den dein neuer Job bedeutet, natürlich nicht, aber … wenigstens bleibst du verschont von diesem Mist und den ganzen Schwachmaten.«

»Und kriege es stattdessen mit den besonders hartgesottenen Typen zu tun.«

»Herrje«, überging Ehleben ihre Bemerkung, »allein dieser Typ vorhin! Sticht auf einen alten Mann ein, mitten in der Einkaufszone, vor drei Dutzend Zeugen …«

»Ich weiß.«

»… und meint dann doch allen Ernstes zu mir: ›Ich hab nichts gemacht.‹ Pfff.«

»Ich war dabei, Jürgen.«

»Trotzdem, in Zukunft wirst du wohl eher … Oh, ist das dein Handy?«

Jamina war erleichtert, nicht nur weil das Klingeln Ehlebens Redefluss bremste. Zumindest für einen kurzen Moment.

»Ist das Liz?«, fragte er.

»Ja.«

»Dann sag ihr schöne Grüße …«

»Klar.«

»… und frag sie, ob sie nicht mal wieder mitkommen mag, raus auf Vaters Bauernhof, Schweine füttern, im Stroh rumtollen und …«

»Sie ist vierzehn, Jürgen!«

»Oh, echt? Herrje, es kommt mir vor wie …« Ehleben holte Luft.

Bevor er weiterreden konnte, nahm Jamina den Anruf ihrer Tochter entgegen. »Liz, na endlich.«

»Was ist denn, Mama?«

»Ich habe dreimal versucht dich anzurufen.«

»Fünfmal!«

»Und warum gehst du nicht ran?«

»Ich war beschäftigt.«

»Aber es hätte doch wichtig sein können!«

»Ist es denn wichtig?«

Jamina unterdrückte ein Seufzen.

Unterdessen erreichten sie die Polizeihauptwache. Am Abend, im milden Schein der Straßenlaternen, entfaltete das Gebäude seinen ganzen preußisch-barocken Charme.

Für einen Moment verspürte Jamina Wehmut.

Ihr Kollege hatte nicht Unrecht, auf sie warteten eine Vielzahl neuer, interessanter Herausforderungen. Der tägliche, erhebende Anblick dieser Arbeitsstätte würde ihr trotzdem fehlen.

Den neuen Job in Berlin würde sie in einem Betonklotz am Alexanderplatz antreten.

Ehleben stieg aus. »Denk an die Grüße …«

»Schöne Grüße von Jürgen.«

Liz ging nicht darauf ein. »Und was gibt's nun so Wichtiges?«

Jamina trat ebenfalls hinaus in die Kälte. »Ich wollte nur wissen, ob ich etwas zu essen mitbringen soll.«

»Nee.«

»Ich dachte, wir könnten vielleicht …«

»Ich hab schon bei … bei Hannah gegessen.«

Jamina war das kurze Zögern nicht entgangen. »Bist du noch bei ihr?«

»Klar.«

»Habt ihr die Hausaufgaben gemacht?«

»Ja doch.«

»Gut.« Jamina betrat das Gebäude und folgte ihrem Kollegen zu den Fahrstühlen. »Ich bin in spätestens einer Stunde zu Hause, okay?«

Statt einer Antwort kam nur Schweigen.

»Liz?«

»Kann ich bei Hannah übernachten?«

»Gib sie mir doch bitte mal.«

»Sie … sie ist gerade auf dem Klo.«

»Kein Problem, ich warte.«

»Wieso denn?«

Während der ruckelnde Aufzug die beiden Kommissare nach oben trug, mischten sich in Jaminas Erschöpfung weitere Zweifel.

Denn natürlich brachte ihr neuer Job nicht nur neue, spannende Aufgaben mit sich, sondern auch etliche Veränderungen, mehr Stress, noch weniger Freizeit.

Zwar war ihre Tochter mit vierzehn Jahren alt genug, auch mal allein zu sein. Aber es war eben auch ein schwieriges Alter.

»Was denn jetzt?«, fragte Liz.

In der zweiten Etage glitt die Fahrstuhltür auseinander.

»Kann ich bei Hannah …« Den Rest ihrer Worte verschluckte der Krach, der Jamina aus dem Flur entgegenschlug.

Aus dem Vernehmungsraum B erscholl wütendes Geschrei. Jemand hämmerte von innen gegen die Tür.

Davor stand Kriminalkommissar Rudi »Knolle« Knobloch, klein, dicklich, knallrotes Gesicht von zu hohem Blutdruck, sichtlich überfordert mit dem Radau.

»Herrje«, Ehleben eilte auf ihn zu, »was ist denn los?«

»Wir haben ihn!«

»Wen?«

»Kowalski.« Knolle schnaufte. »Der seine Frau vor zwei Monaten halbtot geschlagen hat.«

»Mama?«, kam Liz' Stimme aus dem Handy.

Im Vernehmungsraum kehrte Ruhe ein, Kowalski schien sich beruhigt zu haben.

»Ich bin in einer Stunde zu Hause«, sagte Jamina. »Und du bitte auch.«

»Aber …«

»Tut mir leid. Wir reden nachher weiter.« Jamina legte auf und stopfte ihr Telefon in die Jackentasche. »Wo wurde Kowalski erwischt?«

Knolle verdrehte die Augen. Für einen Moment sah er aus, als würde er zusammenbrechen. »Bei seiner Frau.«

»Hat *sie* uns gerufen?«

»Wo denkst du hin! Das war wieder ihr Nachbar, der Rentner, dem Kowalski damals die Tür eingetreten hat.«

»Und seine Frau?«

»Die?« Knolle stieß einen Laut aus, der nur entfernt nach einem Lachen klang. »Die wollte uns nicht mal die Tür aufmachen.«

»Ist sie hier?«

»Nebenan«, Knolle deutete auf den benachbarten Vernehmungsraum, »und sie ist ganz schön … Hey, Jamina, was hast du vor?«

Sie befand sich bereits auf dem Weg in das Zimmer.

*

Kalkbrenner zog einen Einwegoverall an, streifte sich Plastikstulpen über die Schuhe und Einweghandschuhe über die Hände.

Bereits nach wenigen Sekunden im Freien schien sein Gaumen wieder pelzig mit Schimmel belegt.

»Sebastian«, er klemmte sich eine Schutzmaske über Nase und Mund und folgte den Kollegen zur Backsteinhalle, »was wissen wir über den Toten?«

Berger, ebenfalls vollständig in Schutzkleidung, stieß ein verdrossenes Schnauben aus. »Er ist fünfzig oder sechzig Jahre alt, möglicherweise älter, auch das ist schwer zu beurteilen.«

»Wir wissen nichts über seine Identität?«

»Nein, er trug weder Ausweis noch Handy bei sich. Nicht einmal Schlüssel oder dergleichen.«

»Fingerabdrücke?«

»Nun ja, das Team von Dr. Bodde hat erst wenige Minuten vor eurer Ankunft mit der Arbeit begonnen. Ich hoffe«, Berger schritt voraus in die Halle, »inzwischen sind sie ein Stück weiter.«

Sie hatten den Abfallberg erreicht.

Trotz der Masken war der Gestank kaum auszuhalten. Dagegen war die Kälte beinahe erträglich. Beinahe.

Meterhoch und wild vermengt türmten sich rohe oder gekochte, in jedem Fall faulige Bananen, Apfelschnitze, Tomatenscheiben, Paprikaschoten, ranziger Käse, halb vertilgte Bratenstücke, Fischköpfe, Wurstzipfel und andere, teils undefinierbare Lebensmittelreste. Alles war durchsetzt mit verwelkten Blumen, modrigem Gartenlaub, Filtertüten, Teebeuteln, Fetzen von Küchenpapier, Servietten, vollgeschnäuzten Taschentüchern sowie zerplatzten, benutzten Babywindeln.

Und zwischen all dem kraxelten unermüdlich die Kriminaltechniker herum.

Kalkbrenner beneidete sie nicht um ihren Job.

Etwas abseits entdeckte er Dr. Franziska Bodde, die Leiterin des Tatort- und Erkennungsdienstes, neben einer Plastikplane. Darauf lag der Tote.

Der Gerichtsmediziner kniete neben der Leiche und nahm sie in Augenschein. »Unerhört«, brummelte er dabei vor sich hin.

Kalkbrenner trat zu ihm.

»Wirklich un-er-hört!«

»Was?«, fragte Muth. »Dass man Sie wieder in der Oper gestört hat?«

Dr. Wittpfuhl funkelte sie an. »Dass man mich *deswegen* aus Berlin herruft.«

»Vielleicht weil man auch in Potsdam Ihre Expertise schätzt.«

»Sie wollen mich auf den Arm nehmen!«

»Herr Dr. Wittpfuhl, bitte«, mischte sich Kalkbrenner beschwichtigend ein. Er ging in die Hocke und besah sich den Toten aus der Nähe.

Sowohl der Kopf als auch die Gliedmaßen standen im unnatürlichen Winkel vom Körper ab.

Die Kleidung, einst ein dunkelblauer Anzug und ein weißes Hemd, bestand nur noch aus Fetzen, am Sakko fehlten der Kragen, eine Tasche und ein Großteil der Knöpfe. Am nackten Leib klebten Gurkenschalen, Fischgräten und anderer, unansehnlicher Müll.

An einem der Füße pappte eine zerrissene Windel, in den Haaren Müslikerne, Eierschalen, und auf der rechten Wange eine verfaulte Zitronenscheibe.

Die linke Gesichtshälfte war zur Hälfte zerquetscht worden, der Kiefer aus dem Gelenk gesprungen, etliche Zähne zerbrochen, ein Augapfel hing nur noch an einem einzelnen Nerv.

»Herr Dr. Wittpfuhl«, Kalkbrenner hatte genug gesehen und richtete sich wieder auf, »was können Sie uns über den Toten sagen?«

»Er ist tot.«

»Okay, vielleicht hat sich meine Kollegin gerade eben doch in Ihrer Expertise getäuscht.«

»Was glauben Sie denn?«, fuhr Dr. Wittpfuhl auf. »Sie sehen doch, dass die Stahlpresse im Müllwagen ganze Arbeit geleistet hat. Ohne Obduktion lassen sich Ursprung und Zeitpunkt, folglich auch die möglichen Auswirkungen der meisten Verletzungen nicht mit Sicherheit bestimmen.«

»Der meisten Verletzungen«, wiederholte Muth.

»Ja, ganz genau!«

»Einiger weniger aber schon.«

»So war das nicht gemeint.«

»Wie denn dann?«, fragte Kalkbrenner.

»Wie Sie wollen«, seufzend deutete Dr. Wittpfuhl auf den Hinterkopf des Toten, »*diese* Platzwunde hier lässt eine Blutgerinnung erkennen. Das heißt, der Mann hat zum Zeitpunkt der Verletzung noch gelebt.«

»Wurde er erschlagen?«

»Das ist es, was ich meinte: Darüber wird nur die Obduktion Klarheit bringen können.«

»Wäre der Schlag denn tödlich gewesen?«

»Wenn es einer gewesen ist – nein. Er mag zwar mit großer Wucht erfolgt sein, aber im schlimmsten Fall hat er nur zur Bewusstlosigkeit geführt, wohl eher aber zu einer kurzzeitigen Benommenheit, einer körperlichen Beeinträchtigung, keinesfalls zum Tod.«

»Der Genickbruch dagegen schon.«

»Zweifellos«, bestätigte Dr. Wittpfuhl, »aber möglicherweise wurde ihm das Genick erst post mortem in der Stahlpresse gebrochen. Auch in diesem Fall gilt deshalb: Warten Sie die Obduktion ab. Und wenn Sie jetzt nichts weiter haben«, er stemmte sich in die Hüfte, »es ist nämlich spät, es stinkt, mir ist kalt …«

»Eines noch«, sagte Kalkbrenner, obwohl auch er sich nichts lieber wünschte als weg von dem Gestank zu kommen, zurück in die Wärme des Autos.

»Was denn noch?«

»Wie lange ist der Mann schon tot?«

»Die Leichenstarre hat bereits eingesetzt, angesichts der Totenflecken, und die vorherrschenden Temperaturen eingerechnet – einen Tag, maximal anderthalb. Alles andere …«

»Ja, ich weiß«, sagte Kalkbrenner.

Ohne ein weiteres Wort stapfte Dr. Wittpfuhl davon.

»Frau Dr. Bodde«, Kalkbrenner wandte sich der Kriminaltechnikerin zu, »haben denn wenigstens Sie etwas Konkretes für uns?«

Das nachsichtige Lächeln Dr. Boddes war unter der Maske nur zu erahnen. »Tut mir leid, ich muss dem Kollegen Wittpfuhl beipflichten. Der Zustand des Opfers, vor allem aber der Auffindeort«, sie wies hinüber zum Abfallberg, auf dem ihre Mitarbeiter noch immer durch den gärenden Müll stocherten, »dürften es uns erschweren, verwertbare Spuren zu finden.«

»Haben Sie dem Toten Fingerabdrücke abgenommen?«

»Haben wir, der Abgleich mit den Datenbanken erbrachte allerdings keinerlei Übereinstimmung.«

»Suchen Sie bitte weiter nach persönlichen Dingen, einem Ausweis, dem Handy.«

»Das ist die sprichwörtliche Suche nach der Stecknadel.«

»Wenn die Sachen überhaupt hier sind«, warf Berger ein.

»Sie zweifeln daran?«, fragte Dr. Bodde.

»Ich denke nicht, dass der Mörder den Toten mitsamt dessen persönlichen Gegenständen entsorgt hat.« Berger schnaubte. »Wieso sollte er uns die Arbeit leicht machen?«

»Es sei denn, das war ihm egal«, sagte Kalkbrenner.

Stirnrunzelnd sah Berger ihn an. »Wie kommst du darauf?«

»Die Leiche wurde offenkundig im Müll entsorgt. Im Biomüll!«

»Und das heißt?«

»Biomüll wird nicht achtlos auf einer Deponie abgeladen oder zur Müllverbrennungsanlage gefahren, sondern«, Kalkbrenners Blick ging zum Abfallberg, »sortiert, kompostiert, weiterverwertet.«

»Ich weiß immer noch nicht, worauf du hinauswillst.«

»Dem Mörder muss bewusst gewesen sein, dass die Leiche entdeckt wird.«

»Oder er hatte keine andere Wahl«, bemerkte Muth.

Berger kniff die Augen zusammen. »Du meinst …«

»Ja, dass der Mörder unter Zeitdruck stand. Weil er Gefahr lief, mit der Leiche gesehen zu werden. Und dass er deshalb die erstbeste Möglichkeit ergriff, die sich ihm bot. Eine Mülltonne. In diesem Fall unglücklicherweise eine Biotonne.«

Kalkbrenner machte sich auf den Weg zurück zum Bürocontainer. »Ich möchte mit Herrn Siemons reden.«

DREI

Da hockte ich also auf der Couch, neben mir Hansi, auf dem Fernsehschirm B.A. Baracus, der in eben jener Sekunde erwachte und mit seiner Benommenheit kämpfte.

Während ich selbst um ein Begreifen rang.

Sie sind tot.

Sowohl die beiden Polizisten als auch Onkel Rudi hüllten sich in Schweigen.

Du warst es, die meinte: »Nein.«
»Oh Liebes«, fahrig wischte sich Onkel Rudi die Augen, »ich weiß, es …«
»Nein!«
»Es ist …«
»Nein! Das ist nicht wahr!«
»Ich wünschte, es wäre …
»Du lügst!« Du bist herumgewirbelt und die Treppe hinaufgestürmt in dein Zimmer. Hast die Tür hinter dir zugeschlagen.
Aus den Fernsehlautsprechern knatterten die Gewehre des A-Teams.
Mühsam richtete sich Onkel Rudi in seinem Rollstuhl auf, rollte zum Tisch, streckte sich nach der Fernbedienung, fluchte, als er danebengriff. Das Teil polterte zu Boden.
Einer der Polizisten eilte herbei.
»Es geht schon«, zischte Onkel Rudi, hob die Fernbedienung auf und schaltete den Fernseher aus.
Stille erfasste das Haus, durchbrochen nur von deinem Schluchzen.
Ich starrte zur Decke.
»Michel«, sagte Onkel Rudi. »Michel …« Er atmete durch. Hielt dabei die Fernbedienung fest umklammert. »Es tut mir ja so leid.«
Noch immer verstand ich nicht wirklich.
Was genau tat ihm leid? Und verflixt, was bedeutete das überhaupt – *tot?*

*

Natürlich hatten Mama und Papa es mir einmal zu erklären versucht, aber das lag schon eine Weile zurück, außerdem war ich da vier oder gerade mal fünf gewesen, auf jeden Fall nicht sehr viel älter.
Umso erstaunlicher, dass ich mich überhaupt so gut daran erinnere.
Damals war Wilhelm – kannst du dich auch noch an Wilhelm erinnern? Der alte, senile Opa aus der Straße, der sehr zur Erheiterung aller Nachbarskinder mehrmals die Woche

orientierungslos durchs Viertel irrte. Dann war er »einem Schlaganfall erlegen«.

Zufällig hatte ich Mama und Papa beim Frühstück darüber reden hören. »Warum hat er sich hingelegt?«, fragte ich. »Ist er müde?«

Papa musste schmunzeln.

»Nein, mein Schatz«, kurz ließ auch Mama ein Lächeln erkennen, »er hat sich nicht zum Schlafen gelegt, er ist gestorben, verstehst du?«

Ich nickte, obwohl ich rein gar nichts verstand.

Mama merkte es mir an. »Weißt du …« Sie ließ einige Sekunden verstreichen, als müsse sie sich die Worte erst noch zurechtlegen. Als sie zu Papa blickte, hob der bedauernd die Schultern, als fehle auch ihm eine Erklärung. »Wenn ein Mensch stirbt, dann ist er von uns gegangen, er kommt nicht mehr zu uns zurück.«

»Nie wieder?«

»Nein, mein Schatz, leider nicht.«

»Wilhelm auch nicht?«

»Auch Wilhelm nicht.«

Ich ließ mir ihre Worte durch den Kopf gehen. »Und wo ist er hingegangen?«

Erneut zögerte Mama, wieder sah sie hilfesuchend zu Papa.

»Er ist jetzt im Himmel«, sagte er.

»Sozusagen«, beeilte sich Mama hinzuzufügen und wirkte dabei nicht glücklich, aber eine bessere Antwort schien auch ihr nicht einzufallen.

Ich meine, die beiden waren nicht gläubig, zumindest habe ich sie nie derartiges sagen hören, oder etwa du?

Soweit ich mich erinnere, hatten wir weder Kreuze, Statuen noch Bilder oder anderen sakralen Kram im Haus. Nicht einmal die obligatorische Bibel lag in unserer Nachttischschublade.

Sonntags, wenn die Nachbarn zum Gottesdienst fuhren, schliefen Mama und Papa lieber aus, und wir durften in unseren Zimmern oder im Garten spielen.

Weißt du noch?

Aber wie gesagt, damals war ich noch ein kleines Kind, und damit ich es fortan nicht mit der Angst oder mit schlimmen

Albträumen zu tun bekam, schien der Himmel fürs erste wohl als Erklärung zu taugen.

Ich dachte darüber nach. »Sitzt Wilhelm im Himmel auf einer Wolke?«

»Auf Wolke sieben«, lächelte Papa, bevor ihn Mamas tadelnder Blick traf. »Sozusagen«, fügte er rasch hinzu.

»Aber wenn er auf einer Wolke sitzt, kann er doch auf die Erde runterspringen.«

Papa kämpfte sichtlich gegen die Erheiterung.

»Oder in einen Hubschrauber einsteigen.«

»Mein Schatz«, diesmal konnte auch Mama ein Schmunzeln nicht verhindern, »so einfach ist das leider nicht. Wenn ein Mensch tot ist, dann kommt er nicht mehr zurück.«

»Wirklich nie wieder?«, hakte ich nach, weil das für mich unvorstellbar klang.

»Nun«, sagte Papa, »in deiner Erinnerung wird er auf jeden Fall immer bei dir sein.«

Diese Antwort schien Mama besser zu gefallen. Sie schenkte ihm ein dankbares Lächeln, bevor sie mich fest an sich drückte. »Und was dir an Glück mit ihm widerfahren ist, behältst du ein Leben lang im Herzen.«

Ich kuschelte mich an sie, ohne tatsächlich zu verstehen, was die beiden mir hatten erklären wollen. Ich hatte längst das Interesse daran und auch an Wilhelm verloren, den ich eh kaum kannte und der jetzt sowieso nicht mehr zurückkam. Ein Gedanke, der mich kaum berührte.

»Papa«, sagte ich, »wollen wir spielen?«

»Aber klar, was denn?«

»Cowboy und Indianer!«

»Klar.« Johlend stürmten wir hinaus in den Garten.

Mamas Lachen folgte uns bis auf die Terrasse.

Jetzt waren sie beide ebenfalls weg, von uns gegangen – Papa war tot, Mama war tot, und das einzige, das ich begriff und zugleich nicht begreifen wollte: Sie würden nicht mehr zurückkommen.

Nie wieder.

Aus deinem Zimmer vernahm ich erneut ein Schluchzen.

Dann fing auch ich an zu heulen.

*

An das, was folgte, kann ich mich nur bruchstückhaft erinnern.

Ich weiß weder wie Hansi nach Hause kam, noch ob er zum Abschied etwas zu mir sagte. Ich habe keinen blassen Schimmer, ob du dich irgendwann beruhigt hast und wieder zu uns ins Wohnzimmer gekommen bist. Keine Ahnung, wann die beiden Polizisten verschwanden.

Zwar habe ich irgendwann aufgehört zu weinen, aber ich fühlte mich wie betäubt.

Teilnahmslos lag ich in Onkel Rudis Armen, und nur am Rande bekam ich mit, dass eine fremde Frau auf dem Sessel uns gegenüber Platz nahm.

Ihre langen, grauen Haare hatte sie zu einem Dutt gebunden, der ständig wackelte, während sie auf mich einredete. Ihre Stimme klang weit entfernt, die Worte wie in einer anderen Sprache.

Ich fürchtete mich vor ihr und drückte mich noch enger an Onkel Rudi.

Er murmelte beruhigend einige Worte, zerzauste mir das Haar – doch das machte alles nur schlimmer.

Ich wollte, dass Papa endlich wiederkam und mich tröstete.

Ich wünschte mir Mama herbei, damit sie mit uns lachte.

Verflixt, sie konnten nicht tot sein, nicht einfach nicht mehr zurückkommen, das war unmöglich!

Auch anderthalb Jahre nach unserem Gespräch klang es in meinen Ohren noch immer unvorstellbar, dieses … *nie wieder!* Weil Mama und Papa doch jedes Mal nach Hause gekommen waren, wohin auch immer sie gingen, ob zur Arbeit oder in den Supermarkt, oder abends ins Kino, Theater, mit Freunden zum Kegeln, und weil die Kinderwelt nämlich so und nicht anders funktionierte, weil Mama und Papa immer zurückkommen, immer, immer!

Ich bin gleich wieder da.

Zögerlich sah ich mich im Wohnzimmer um.

Nur Onkel Rudi und ich waren da, die Polizisten waren weg, auch die fremde Frau war verschwunden.

War sie überhaupt dagewesen? Hatte ich sie mir womöglich nur eingebildet?

Hatte ich mir alles eingebildet?

Ich guckte zum Flur, wo Papa sich die Schuhe für die Arbeit anzog.

Aus der Küche kam Mama, lächelnd und zwei Packungen Eier für die Pfannkuchen in der Hand. »Ich mache mich gleich dran.«

In dieser Sekunde glaubte ich die beiden tatsächlich zu hören und zu sehen. Weil ich sie hören und sehen *wollte*.

Aber natürlich tauchte keiner von ihnen auf.

Unser Haus war still. Viel zu still.

»Michel«, sagte Onkel Rudi und zerzauste mir erneut das Haar, »ich weiß, du … Michel?«

Ich stieß mich von ihm ab, stolperte durch den Flur in die Küche, schaute in Mamas und Papas Schlafzimmer, danach in mein eigenes Zimmer, und platzte schließlich zu dir herein.

Du lagst lang ausgestreckt auf dem Bett, hast an die Decke gestarrt.

Ich wollte dich nach Mama und Papa fragen, doch da hast du dein Gesicht in meine Richtung gedreht.

Deine gequälte Miene schnürte mir die Kehle zu.

Sie sind tot!

Erneut brach ich in Tränen aus, und diesmal, da war ich mir sicher, würde ich nie wieder aufhören können zu heulen.

VIER

Jamina zog ihre Jacke aus und hängte sie über die Stuhllehne, dann setzte sie sich an den kleinen, am Boden verschraubten Holztisch. »Hallo.«

Kowalskis Ehefrau ließ nicht erkennen, ob sie sie gehört hatte. Sie kauerte auf dem Stuhl, hielt den Kopf gesenkt, das Gesicht verhüllt hinter langen, blonden Locken.

An denen hatte ihr Mann sie vor zwei Monaten aus der Wohnung ihres Nachbarn geschleift.

»Frau Kowalski«, sagte Jamina, »wie geht es Ihnen?«

Erneut reagierte Kowalskis Ehefrau nicht.

Allerdings sprach aus ihrer verkrampften Haltung der Schmerz von damals, als Beamte sie mit aberdutzenden

Platzwunden, blutüberströmt und bewusstlos im Bad vorgefunden hatten.

Von ihrem Mann fehlte jede Spur. Bis heute.

»Hat man Ihnen schon einen Arzt gerufen?«, fragte Jamina.

Keine Antwort.

»Oder möchten Sie erst einmal etwas trinken?«

Nichts.

»Vielleicht wollen Sie …«

Sie murmelte etwas.

»Wie bitte?«

»Kann ich …«, brüchig kamen die Worte zwischen den Haaren hervor, »… nach Hause?«

»Sie möchten nach Hause?«

»Ja.«

»Wir können Sie auch …«

»Nein«, sagte Kowalskis Ehefrau und zuckte zusammen, als im benachbarten Raum plötzlich wieder Getöse laut wurde.

Ihr Mann schlug polternd gegen die Tür, die fensterlosen Wände, verfluchte die Polizei, seine Frau, die ganze Welt, die sich gegen ihn verschworen zu haben schien.

»Bitte«, flüsterte Jaminas Gegenüber, als fürchte sie, ihn noch mehr zu erzürnen, »ich … ich will … nach Hause.«

Nebenan erklangen die aufgebrachten Stimmen von Knolle und Ehleben, dann herrschte wieder Ruhe.

Jamina krempelte den Ärmel ihrer Bluse hoch. »Schauen Sie.« Sie hatte Mühe, sich ihren Zorn nicht anmerken zu lassen.

Kowalskis Ehefrau rührte sich nicht.

»Bitte!«

Endlich hob sie den Kopf. An ihrem rechten Auge prangte eine blutige Wunde, die Nase war geschwollen, die Lippe aufgeplatzt. Sie starrte auf den hässlichen Narbenwulst auf Jaminas Unterarm.

»Kochendes Wasser. Danach hat mir mein Freund zwei Rippen gebrochen. Weil ich vor Schmerz geschrien habe. ›Stell dich nicht so an‹, hat er gesagt.«

Kowalskis Ehefrau senkte den Blick. Vermutlich waren ihr solche Worte nur allzu vertraut.

»Und wer weiß, was er noch mit mir angestellt hätte, wäre ich …«

Ein Murmeln.
»Wie bitte?«
»Mein ...« Die wunde Lippe erschwerte das Sprechen. Wahrscheinlich fehlten auch weitere Zähne.
Beim letzten Mal hatte Kowalski seiner Frau bereits zwei ausgeschlagen.
Angestrengt holte sie Luft. »Mein ... mein Mann ist anders, das ...«, sie deutete auf die Narbenwulst, »das würde er niemals tun.«
Jamina gab keine Antwort darauf.
»Er meint das nicht so.«
Sie schwieg.
»Er liebt mich doch.«
Kowalskis Ehefrau hoffte sicherlich auf Zustimmung, Verständnis oder Mitleid, irgendetwas in dieser Art.
Aber damit war sie bei Jamina an der falschen Adresse.
Niedergeschlagen ließ sie den Kopf hängen. »Wirklich«, flüsterte sie, aber es klang, als wolle sie vor allem sich selbst überzeugen.
Eine Träne löste sich aus ihrem unversehrten Auge und tropfte auf den Tisch.
»Ich kann Ihnen helfen«, sagte Jamina.
Noch mehr Tränen fielen herab.
»Aber das kann ich nur, wenn Sie es wirklich wollen.« Jamina glaubte die Verzweiflung der Frau zu spüren, und wie sie mit sich und der Angst rang. Gleichzeitig meinte sie zu erkennen, dass Kowalskis Ehefrau kurz davor stand, die richtige Entscheidung zu treffen.
Und tatsächlich deutete diese ein zögerliches Kopfnicken an.
Jamina verspürte Erleichterung. »Gut, ich werde ...« In diesem Moment klingelte ihr Handy.
Sie fluchte in sich hinein, weil sie vergessen hatte es auszuschalten. Rasch zog sie das Telefon aus der Jackentasche.
Ihr Bruder rief an.
Kurz überlegte sie, ihn wegzudrücken, aber sie verwarf den Gedanken und nahm ab. »Ich rufe dich nachher zurück.«
»Jamina, ich...«
»Ich kann jetzt nicht, ich ...« Aus dem Flur drang ein lauter Knall, dann Geschrei. »Oh scheiße!«

Die Tür zum Vernehmungsraum flog auf.

»Verdammt!«, schrie Knolle.

»Herrje!«, brüllte Ehleben. *»Bleiben Sie stehen!«*

Kowalski stürmte in den Raum.

*

Kalkbrenner zog sich den Einwegoverall aus, zerknüllte Stulpen und Handschuhe, stopfte sie in einen Müllsack und betrat den Bürocontainer.

Die warme Heizungsluft vertrieb die Kälte aus seinem Körper. Auch der Abfallgestank ließ wieder nach.

Erleichtert sog er den Duft zuckriger Kirschen ein.

Muth atmete ebenfalls tief durch.

»Stört Sie etwa der Gestank?«, fragte Siemons, der sie von seinem Büro aus beobachtete.

Kalkbrenner ging zu ihm. »Sie etwa nicht?«

»Macht es Ihnen Spaß, sich ständig Leichen angucken zu müssen?«

»Einer muss den Job ja machen.«

»Sehen Sie!« Siemons zuckte mit den Schultern. »Und wenn wir unseren nicht machen, wird sich der Müll auf den Straßen stapeln. Der *stinkende* Müll.«

Kalkbrenner nickte und wechselte das Thema. »Wann wurde der Müll da draußen«, er zeigte durchs Fenster auf den Abfallberg in der Backsteinhalle, »hergeschafft?«

»Na, die letzten Tage.«

»Geht das etwas genauer?«

»Zwei, drei Tage.«

»Woher stammt der Müll?«

Siemons holte angestrengt Luft. »Aus …« Er hielt inne.

Kalkbrenners Handy klingelte.

Rasch warf er einen Blick aufs Display, dann drückte er den Anruf weg. »Ja, aus Berlin, soweit waren wir schon.«

»Dann weiß ich nicht, was Sie noch von mir wollen.«

»Wir möchten wissen: Aus welchem Viertel, welcher Straße, am besten sogar, aus welchem Haus stammt der Müll?«

»Also das … das …«, stammelte Siemons, »das ist ein Ding der Unmöglichkeit.«

»Sie wissen nicht, in welchen Berliner Bezirken die Müllwagen die letzten vierundzwanzig bis achtundvierzig Stunden unterwegs waren?«

»Nun«, Siemons zögerte, »das vielleicht doch.«

»Dann müssen wir das wissen.«

»Ich muss es nachschlagen«, erwiderte Siemons, rührte sich aber nicht.

»*Jetzt* bitte!«, verlangte Kalkbrenner.

Beleidigt beugte sich Siemons zum PC-Monitor vor und tippte auf der Tastatur herum. »Also«, sagte er schließlich, »Kreuzberg, Friedrichshain, Treptow.«

»Genauer geht das nicht?«

»Die drei Bezirke!«

Kalkbrenner grummelte. »Außerdem benötigen wir eine Liste aller Fahrer, die diese drei Bezirke in den letzten achtundvierzig Stunden angefahren haben.«

»Warum denn das jetzt schon wieder?«

»Vernehmungsbeamte werden sie befragen. Vielleicht ist einem von ihnen während der Fahrten etwas aufgefallen.«

Siemons lachte freudlos auf. »Was soll ihnen denn großartig aufgefallen sein? Sie entleeren Mülltonnen, und zwar unter großem Zeitdruck, sie haben …«

»Paul?« Berger betrat den Bürocontainer. »Die Spurensicherung hat etwas gefunden.« Er hielt einen Beweismittelbeutel hoch, darin ein zerknülltes Stück Papier. »In der Hosentasche des Opfers.«

»Ich dachte, die hättest du längst durchsucht.«

Verlegen rieb sich Berger seinen Schnauzbart. »Habe ich wohl übersehen.«

Kalkbrenner griff nach dem Beutel und beäugte das Papier. »Ein Restaurantbeleg, ausgestellt vor etwas mehr als drei Wochen im … *Wild & Heiter.*«

»Das kenne ich«, sagte Muth, »das ist in Friedrichshain, Grünberger Straße.«

»Die Spurensicherung hat auch noch einige Servietten gefunden …« Berger klopfte erst die rechte, dann die linke Jackentasche ab. »Moment, wo habe ich sie denn?« Stirnrunzelnd wühlte er in den Hosentaschen. »Irgendwo hatte ich sie doch gerade, sie können doch … Ach so, hier.« Er brachte einen zweiten Beweismittelbeutel zum Vorschein. Die rosafarbenen Papierservietten, die darin lagen, waren zerrissen, mit Soße und anderem Dreck beschmiert, trotzdem war auf ihnen eindeutig das geschwungene Signet des *Wild & Heiter* zu erkennen.

Kalkbrenner nahm auch diesen Beutel an sich. »Sebastian«, er ging zum Ausgang, »Dr. Bodde soll mir ein halbwegs brauchbares Foto des Toten aufs Handy schicken.«

»Und … und was ist mit den Listen?«, rief Siemons ihm nach.

»Mein Kollege, Herr Berger, wird sich darum kümmern.« Während Kalkbrenner hinaus zum Wagen lief, begann sein Telefon erneut zu klingeln. »Sera, lass uns fahren.«

*

Jamina sprang auf. »Bleiben Sie stehen!«

Doch Kowalski dachte nicht daran. In blinder Wut stürmte er auf seine Ehefrau zu. *»Du Fotze!«*

Jamina trat ihm entgegen. *»Stehenbleiben!«*

Schnaufend wie ein wilder Stier rammte Kowalski sie beiseite.

Sie flog rückwärts gegen den Tisch und stieß sich den Steiß.

»Jamina!«, schrie Ehleben, der jetzt ebenfalls in den Raum gerannt kam.

Sie ignorierte den Schmerz und sprang erneut auf Kowalski zu.

Der stürzte sich auf seine Frau. »Ich bring dich …« Weiter kam er nicht.

Jamina verpasste ihm einen Stoß.

Japsend krachte er gegen die Wand, stieß sich aber gelenk davon ab. Zornig funkelte er Jamina an.

Sie ging auf ihn zu.

»Jamina, nein!«, brüllte Ehleben. *»Nicht!«*

Kowalski fletschte die Zähne. Mit geballter Faust stürmte er auf Jamina zu.

Sie wich mit einer schnellen Vierteldrehung aus.

Sein Schlag ging ins Leere.

In der gleichen Sekunde drehte sie sich wieder um und hämmerte ihm die Faust ins Gesicht.

Etwas knirschte, Blut spritzte.

Mit einem Schrei sackte Kowalski auf die Knie.

Sie holte zu einem weiteren Hieb aus.

»Jamina!« Ehleben riss sie am Arm zurück. *»Es reicht.«*

Sie holte tief Luft, stieß sie aus, und mit ihr entwich auch all die Wut.

»Herrje!«, fluchte Ehleben.

Stöhnend hielt sich Kowalski das blutende Gesicht. »Sie … sie hat mir die Nase gebrochen.«

»Ich ruf einen Arzt«, lächelte Knolle.

»Nein«, hielt Jamina ihn zurück, »erstmal schaffst du dieses Arschloch«, verächtlich deutete sie auf Kowalski, »in eine Zelle.«

»Du … du Miststück hast mir die Nase gebrochen«, jammerte der.

»Und leg ihm diesmal Handschellen an!«

»Jamina?«, ertönte es aus dem Handy, das am Boden lag. *»Jamina!«*

Sie bückte sich nach dem Telefon. »Alles gut.« Was glatt gelogen war. Ihre Finger zitterten.

»Was ist denn passiert?«

»Ich melde mich.«

»Jamina«, ihr Bruder keuchte, »ich hab …«

»Geht's um den Urlaub? Pass auf, ich komme nachher vorbei, okay?« Jamina legte auf, schaltete das Telefon aus, dann drehte sie sich zu Kowalskis Ehefrau um.

Diese presste sich schluchzend in die Zimmerecke.

»Was ist hier passiert?« Fabian Lowag, der Revierleiter, tauchte im Türrahmen auf. *»Was um alles in der Welt ist hier passiert?«*

»Meine Nase ist gebrochen!«, heulte Kowalski.

Knolle, der ihn in Handschellen aus dem Zimmer führte, schnaufte. »Er wollte seine Frau umbringen.«

»Aber wir haben Schlimmeres verhindert«, fügte Ehleben hinzu. Kurz zuckte sein Blick zu Jamina.

Lowag runzelte die Stirn. »Wie kann er …«

»Na ja«, Knolles ohnehin rotes Gesicht färbte sich vor Beschämung dunkelrot, »ich hab einen Moment nicht aufgepasst, da …da ist er mir entwischt.«

»Das darf doch wohl nicht wahr sein!«

»Aber ich bring ihn jetzt in eine Zelle«, sagte Knolle, »da kann er erst einmal ausnüchtern.«

»Und was ist mit dem Arzt?«, maulte Kowalski.

»Der kommt schon noch«, blaffte Knolle und schleifte ihn durch den Flur davon.

Lowag sah den beiden argwöhnisch nach. »Er hat sich die Nase gebrochen?«

»Du weißt doch, wie das ist«, sagte Ehleben, »er stürmt herein, es … gab ein Gerangel …«

»Gerangel?«

»Dabei ist er … gegen die Wand gestolpert.«

»Gestolpert? Gegen die Wand?«

»Ja, wie gesagt …«

»Gegen die Wand?«, wiederholte Lowag und ließ den Blick über die Wände gleiten, bevor er zu Jamina fand.

Sie schwieg.

»Dumm gelaufen«, versuchte es Ehleben noch einmal.

Lowag verzog das Gesicht. Er wirkte nicht wirklich überzeugt. »Wird die Ehefrau das bestätigen?«

»Davon gehe ich aus.«

»Frau Kowalski?« Lowag drehte sich zu der Zeugin um. »Hat es sich so zugetragen, wie meine Kollegen sagen?«

Noch immer kauerte die Frau wimmernd am Boden.

»Frau Kowalski?«

Verschreckt schaute sie auf.

»Hat es sich so zugetragen?«

Sie zögerte, dann nickte sie.

»Gut«, brummelte Lowag und wandte sich wieder den Kommissaren zu, »dann fahrt ihr beide jetzt raus nach …«

»Wie? Wir?« fiel Jamina ihm ins Wort.

»Ja, es ist gleich elf«, murrte auch Ehleben, »wir haben Feierabend.«

Lowag schüttelte den Kopf. »Es ist nur eine Formalität. Vermutlich eine Überdosis.«

»Vermutlich?«

»Ganz sicher, sagen die Kollegen vor Ort. Schaut es euch an. Nur damit alles seine Ordnung hat.«

»Dann kann das doch die Nachtschicht übernehmen«, protestierte Ehleben.

»Außerdem«, fügte Jamina hinzu, »müssen wir Frau Kowalski …«
»Knolle wird sich um sie kümmern«, ordnete Lowag an.
»Aber …«
»Ihr beide macht euch jetzt auf den Weg. Sofort!«
Zähneknirschend wandte sich Jamina ab.
»Ach«, rief Lowag ihr nach, »und übrigens, Jamina!«
»Ja?«
»Du hast Blut an den Fingern.«
Sie erstarrte, blickte auf ihre verräterische Hand herab. Noch ehe Lowag etwas hinzufügen konnte, eilte sie zu den Toiletten.
»Und wo genau müssen wir hin?«, hörte sie Ehleben noch fragen, dann fiel die Tür hinter ihr zu.

FÜNF

Ich erwachte mit einem Schrei.
Erschrocken fuhr ich auf, doch um mich herum war nichts als Finsternis, getränkt mit dem Schweiß eines schrecklichen Traums.
In meiner Brust schlug das Herz wie wild.
Es dauerte eine Weile, bis es sich beruhigte und ich realisierte, wo ich mich befand – in meinem Bett.
Irgendwann musste ich wohl erschöpft eingeschlafen sein.
Meine Augen gewöhnten sich langsam an die Dunkelheit, und die verstörenden Traumbilder wichen den grauen, vertrauten Schemen meines Zimmers. Ich erkannte die Dinosaurierlampe auf dem Nachttisch, den Kleiderschrank, das Regal mit meinen Bilderbüchern, darunter die Kisten mit Playmobil, Lego, der Kugelbahn, den Bauklötzen, den Cowboy- und Indianer-Kostümen.
Dann hörte ich plötzlich Stimmen. Ein Mann und eine Frau unterhielten sich in der Küche.
Mama!, schoss es mir durch den Kopf. *Papa!*
Sofort sprang ich aus dem Bett, fest davon überzeugt, dass alles Einbildung gewesen war. Nichts weiter als ein schlimmer Albtraum. Verflixt, es konnte gar nicht anders sein.
Ich hastete die Treppe runter, wollte freudig nach Mama rufen.

Als ich schließlich am Küchentisch Onkel Rudi sitzen sah, blieb ich abrupt stehen. Er war leichenblass und so verzagt, wie ich ihn, den großen, bärigen, unerschütterlichen Typen, noch nie erlebt hatte. Kein Ton kam über meine Lippen.

»Das … das können Sie nicht machen«, stammelte er gerade.

»Was soll ich denn tun?«, fragte die Frau, die ihm gegenübersaß. Sie kam mir bekannt vor, aber ich wusste nicht woher. »Sie selbst haben mir erklärt, es gibt keine weiteren Angehörigen.«

Onkel Rudi schnaubte. »Aber ich bin doch …«

»Natürlich«, fiel ihm die Frau ins Wort, während ihr Blick den Rollstuhl streifte, »aber wie Sie selbst gesagt haben, Sie müssen sich demnächst einer medizinischen Behandlung unterziehen, deren Folgen noch nicht absehbar sind. So leid es mir tut, Sie werden unmöglich das Sorgerecht bekommen.«

»Ja, ja, aber dass die beiden …«

»Ich sagte doch, vor Ort gibt es aktuell keine freien Plätze.«

»Trotzdem …«

»Es ist doch nur für eine Weile.«

»Aber das ist viel zu weit weg. Wie soll ich sie dort besuchen? Sie brauchen einen vertrauten Menschen, gerade jetzt.«

»Dessen bin ich mir bewusst, und deshalb werden wir uns auch bemühen, schleunigst etwas in Ihrer Nähe –« Ein Klappern im Obergeschoss ließ die Frau innehalten.

Du kamst aus deinem Zimmer, hast den Blick hinunter zur Küche gemieden und bist im Bad verschwunden.

»Hallo, Michel«, sagte die Frau, die mich jetzt im Flur entdeckt hatte. »Wie geht es dir?«

Plötzlich wurde mir klar, woher ich sie kannte – das war die fremde Frau von gestern Abend.

Also hatte ich sie mir nicht eingebildet. Der Albtraum war real.

»Ich bin Ursula Pfannbecker«, sagte sie, und wieder wackelte dabei der Dutt auf ihrem Kopf, »du darfst mich gerne Ursula nennen.« Sie zeigte auf den Stuhl neben Onkel Rudi. »Magst du dich nicht zu uns setzen?«

Nichts lag mir in dieser Sekunde ferner.

»Ich weiß, wie du dich jetzt fühlst …«

»Sicher?«, fragte Onkel Rudi.

Verärgert drehte sich die Frau zu ihm um. »Glauben Sie mir, ich wünschte mir ebenso sehr wie Sie, die Situation wäre eine andere.«

Onkel Rudi brummte etwas.

»Doch bitte, verstehen Sie auch mich, mir sind die Hände gebunden, für solche Fälle …«

»Fälle? Das sind Kinder!«

»… gibt es nun einmal Vorschriften.«

»Kinder, die gerade erst ihre Eltern verloren haben!«

»Ich weiß«, sie sah mich mitleidig an, »und ich verspreche, wir finden eine Lösung, schon sehr bald.«

Onkel Rudi setzte zu einer Erwiderung an, dann aber schienen ihn die Kräfte zu verlassen. Resigniert stieß er die Luft aus der Nase. Er sank in seinem Rollstuhl zusammen.

»Bitte bleiben Sie stark«, sagte die Frau. »Für die Kinder.«

Er rang sich ein Nicken ab und atmete tief durch. Als er sich aufrichtete, schien ihm jede Bewegung Schmerzen zu bereiten.

»Wir holen sie um vierzehn Uhr ab, in Ordnung?« Sie wartete seine Antwort nicht ab, sondern erhob sich bereits von ihrem Stuhl. Sie sah mich an und setzte ein Lächeln auf, das wohl mitfühlend wirken sollte, bevor sie auf quietschenden Sohlen an mir vorbeieilte.

Ich sah ihr nach, während sie durch die Haustür verschwand. Was hatte sie gemeint mit – *eine Lösung?* Und wen wollte sie abholen?

»Stimmt das?«, hörte ich dich plötzlich fragen.

Ich zuckte zusammen, weil ich dich nicht hatte kommen hören, aber auch wegen der Schroffheit in deiner Stimme.

Onkel Rudi verzog das Gesicht.

»Stimmt es, was sie gesagt hat? Müssen wir …«

»Warte.«

»Müssen wir wirklich …«

»Bitte warte!« Wieder ließ Onkel Rudi dich nicht ausreden.

Ich fragte mich, ob ich deine Frage überhaupt hören wollte.

»Michel«, sagte Onkel Rudi, »bitte geh auf dein Zimmer und spiel etwas, ja?«

Aber ich hatte keine Lust zum Spielen. Ich war mir nicht einmal sicher, ob ich überhaupt jemals wieder würde spielen können.

Mit gequälter Miene schaute Onkel Rudi zu dir. Er nickte.
Die Frage schoss aus dir heraus: »Müssen wir wirklich in ein Heim?«

SECHS

Kalkbrenner ließ sich in den Beifahrersitz fallen, erst dann schaute er auf sein klingelndes Handy.
Abermals drückte er den Anruf weg.
Er spürte Muths Blick.
Achselzuckend beugte er sich zum Armaturenbrett vor, drehte die Heizung auf und schaltete das Radio ein.
Shark Tank sang: *Y'all got a lot of stress, I don't got time for that mess.*
Während die beiden durch das abendliche, ruhige Potsdam kurvten, füllte die Wärme allmählich den Wagen.
Nach einer Weile schien auch der Gestank nur noch eine schlechte Erinnerung.
I ain't got time to get, Ima just try my best.
Die Musik verklang, stattdessen setzte die Stimme des Nachrichtensprechers ein.
Im Ukraine-Krieg gab es trotz aller Verhandlungen zwischen Putin und Präsident Selenskyj keine Entschärfung. Experten stellten Bildungsminister Wissing zum Thema Digitalisierung ein verheerendes Zeugnis aus. In Berlin waren am Abend die Pläne für ein großes, soziales Wohnungsbauprojekt enthüllt worden, das nach den Worten von Christian Mertens, Immobilienmagnat und Geschäftsführer der *SoWoBa*, den Wohnungsmarkt in der Hauptstadt auf Jahre –
Kalkbrenners Telefon meldete sich ein weiteres Mal. Wieder unterdrückte er den Anruf.
Inzwischen fuhren sie auf der A115 und hatten bereits den Grunewald hinter sich gelassen.
Muth musterte ihn von der Seite.
»Ja«, grummelte er, »wieder Ellen.«
Schweigend setzte seine Kollegin den Blinker und überholte einen Lkw.
»Sie will über Jessy reden.«

Zur Linken glitten die Avus-Tribünen vorüber.

Wenig später tauchten das Messegelände, der Funkturm und das Straßengeflecht am Autobahndreieck vor ihnen auf.

Um diese Uhrzeit herrschte selbst in Berlin kaum Verkehr.

Im Radio sang inzwischen Matt Simon: *Everybody got their reason, everybody got their way.*

Muth wechselte auf die Stadtautobahn in Richtung Kreuzberg. »Wie geht es eurer Tochter?«

»Sie schlägt sich wacker. Sogar die Schwangerschaft verläuft ohne Komplikationen.«

»Im wievielten Monat ist sie jetzt?«

»Bald im neunten. Sobald der Kleine da ist, will sie ihr Studium in Paris beginnen.«

»Das klingt doch super.«

»Sag das mal meiner Ex-Frau«, grummelte Kalkbrenner.

We're just catching and releasing what builds up throughout the day.

Er war froh, als das Handy mit einem Signalton den Eingang einer E-Mail verkündete. Es störte ihn nicht einmal, dass diese, kommentarlos, lediglich ein wenig ansprechendes Foto des Toten enthielt.

Immerhin, die Kriminaltechniker hatten ihn vom Unrat befreit, außerdem so abgelichtet, dass nur seine unversehrte Gesichtshälfte zu erkennen war.

Allerdings waren im Anschnitt noch das zerschlissene Sakko und das Hemd zu erkennen, die nackte, bleiche Brust, auf dem Boden faulige Salatblätter, Eierschalen, eine halbvolle Babywindel.

Sogar ein benutztes Kondom glaubte Kalkbrenner zu erkennen.

Muth nahm die Abfahrt nach Tempelhof.

Nur wenige Leute waren unterwegs, und die, die es sein mussten, hatten es, trotz dicker Winterklamotten, eilig nach Hause zu gelangen.

Phil Collins sang: *I can feel it coming in the air tonight, oh lord.*

Auch in Friedrichshain, normalerweise eines der hippen Stadtviertel, war nichts mehr los.

In den Bars und Restaurants herrschte gähnende Leere.

Am Ende der Grünberger Straße hielt Muth vor den blinkenden Schaufenstern eines Thai-Massage-Salons.

I've been waiting for this moment, for all my life, oh lord.

Das *Wild & Heiter* befand sich schräg gegenüber, im Erdgeschoss eines sanierten Altbaus, und entpuppte sich als eines jener In-Lokale, die in den letzten Jahren wie Pilze aus dem Boden geschossen waren – winzig und in ihrer Stillosigkeit zwischen rustikal und hochmodern so unansehnlich, dass sie auf Kalkbrenner schon fast wieder interessant wirkten.

Das rote Neon-Schild über der Eingangstür zeigte das Logo, identisch mit dem auf dem Restaurantbeleg und den Servietten, die man bei dem Toten auf der Mülldeponie gefunden hatte.

Durch das Schaufenster war ein einzelner Mann im Gastraum zu erkennen, der genüsslich sein Dessert löffelte. Drei Tische weiter hockte ein verliebtes Pärchen. Sichtlich ungeduldig räumte ein Kellner im schwarzen Zweireiher Kerzen, Salz- und Pfefferstreuer, Servietten und zu guter Letzt auch die Platzdeckchen von den übrigen Tischen.

»Sieh mal«, sagte Muth und wies in eine schmale Gasse neben dem Restaurant.

Weil die Straßenlaterne dort ausgefallen war, hingen Schatten zwischen den fensterlosen Backsteinwänden. Dennoch war ein Müllcontainer auszumachen.

Die Kommissare zogen ihre Smartphones hervor und aktivierten die Taschenlampen. Das Licht entriss dem Halbdunkel einen winzigen Hof, umfasst von einem niedrigen Mäuerchen, außerdem eine schmale Tür, augenscheinlich die Hintertür des *Wild & Heiter.* Daneben führte eine Treppe zu einer Kellertür hinab.

Der Müllcontainer war halbvoll mit Speiseresten, Kaffeefiltern und Servietten.

Wenige Schritte weiter, unweit der Kellertreppe, richtete Muth das Licht auf einen winzigen, runden Gegenstand.

Einen schwarzen Knopf.

Kalkbrenner betrachtete noch einmal das Foto des Toten, darauf das zerschlissene Sakko.

Die verbliebenen zwei Knöpfe schienen identisch mit dem hier in der Gasse.

Mit einem Beweismittelbeutel klaubte er den Knopf vom

Straßenpflaster. Derweil lenkte Muth das Handylicht auf einen dunkelroten Fleck am Fuß der Treppe.

»Das könnte Sauce sein«, mutmaßte Kalkbrenner skeptisch.

»Oder Blut.« Muth löschte das Licht. »Ich verständige Dr. Bodde.«

»Fordere bitte auch eine Streife an. Die Kollegen sollen bis zum Eintreffen der Spurensicherung die Gasse sichern und …«

»Hey, Sie!« Die Küchentür flog auf, und der Kellner schob seinen graumelierten Schopf heraus. »Suchen Sie was Bestimmtes?«

Muth ging zurück zur Grünberger Straße.

»Wir schauen uns um«, sagte Kalkbrenner.

»Meine Güte«, der Kellner musterte ihn abschätzig, »wenn Sie was zu essen suchen, ich spende regelmäßig an die Berliner Tafel.«

»Sie betreiben das *Wild & Heiter*?«

»Wozu wollen Sie das wissen?«

»Kriminalpolizei.« Kalkbrenner zückte den Dienstausweis. »Also, wer sind Sie?«

Der Gesichtsausdruck seines Gegenübers veränderte sich sofort. »Gekko, Alessandro Gekko. Und ja, mir gehört das *Wild & Heiter*. Aber wieso ... Kriminalpolizei?«

Kalkbrenner holte den Beweismittelbeutel mit den Servietten hervor. »Die stammen aus Ihrem Restaurant, richtig?«

»Das sieht man doch.«

»Und *dieser* Restaurantbeleg«, Kalkbrenner brachte den zweiten Beutel zum Vorschein, »wurde vor drei Wochen bei Ihnen ausgestellt, gegen Barzahlung.«

»Ja, aber …«

»Sie können sich nicht zufällig an den Gast erinnern?«

»… was sollen diese Fragen? Was ist denn los?« Gekkos Besorgnis wuchs, als an der Mündung zur Grünberger Straße Blaulicht aufzuckte und kurz darauf ein Streifenwagen vor der Gasse hielt.

Muth kehrte zurück und rieb sich fröstelnd die Hände.

»Meine Kollegin«, kommentierte Kalkbrenner. »Können wir vielleicht drinnen weiterreden?«

»Natürlich, ja«, Gekko schob die Tür weiter auf, »kommen

Sie rein, wollen Sie vielleicht ...« Er hielt in der Bewegung inne. »Puh!« Angewidert wedelte er mit der Hand vor der Nase. »Was ist denn das? Wo kommen Sie denn her?«

»*Darüber* wollen wir mit Ihnen reden.«

»Seien Sie mir nicht böse, aber ... aber so kann ich Sie unmöglich in den Gastraum lassen.« Er ging voraus in die Küche, in der eine junge, dunkelhäutige Frau gerade die Herdplatten schrubbte.

Scheu blickte sie auf.

»Miranda«, sagte Gekko, »hast du bitte kurz ein Auge auf die Gäste drüben?«

Die Frau schien nicht unglücklich darüber, die Wirkungsstätte verlassen zu können. Sie rannte fast hinaus.

»Herr Gekko«, begann Muth, »wo waren Sie gestern Abend?«

Der Restaurantbetreiber sah sie verdattert an. »Was soll die Frage?«

»Es ist nur eine einfache Frage.«

»Ich ... ich war mit einem Kollegen auf der Gastro-Messe in Hannover.«

»Und danach?«

»Zu Hause, bei meiner Frau und meinem Sohn. In Spandau, falls das Ihre nächste Frage wäre.«

»Wäre es«, sagte Muth. »Sie waren also gestern nicht hier?«

Zunehmend verwirrt schüttelte Gekko den Kopf. »Nein, gestern war Ruhetag. Aber nochmal: Was soll denn das alles?«

»Wir benötigen den Namen Ihres Kollegen«, überging Muth die Frage, »und auch Ihre Frau wird Ihre Aussage bestätigen müssen.«

»Wozu?«

»Reine Routine.«

»Nein, nein«, Gekkos Blick irrte zwischen Muth und Kalkbrenner hin und her, »vielleicht verraten Sie mir jetzt erst einmal, was Sie von mir wollen? Wird mir ... wird mir irgendetwas vorgeworfen? Gab es eine Beschwerde? Dann würde ich das gerne erfahren.«

Kalkbrenner zeigte ihm das Foto des Toten. »Wissen Sie, wer dieser Mann ist?«

»Ah«, stieß Gekko erschrocken hervor. »Was ist mit ihm passiert?«

»Er ist tot.«

»Ja, meine Güte, das … das sehe ich, aber …«

»Er wurde ermordet. Kennen Sie ihn?«

Nur widerstrebend betrachtete Gekko das Foto ein weiteres Mal. »Er ist öfter bei uns zu Gast.«

»Wann war er zuletzt da?«

»Ich … ich weiß nicht. Vor einer Weile.«

»Kennen Sie seinen Namen?«

»Nein, also … ja, er heißt Frieder. Frieder … Moment, lassen Sie mich kurz nachdenken.« Angestrengt rieb er sich die Stirn. »Nein, ich komm nicht drauf, aber … aber er muss hier gleich um die Ecke wohnen.«

»Wo?«

»Keine Ahnung, er hat's nur mal beiläufig erwähnt.«

»Sonst wissen Sie nichts über ihn?«

»Doch, er ist Schauspieler. Ich weiß nicht, in welchem Theater, aber er hat mal erzählt, sie spielen dort *Alice im Wunderland*.«

*

Während ihr Kollege den Volvo durch die Potsdamer Nacht steuerte, starrte Jamina auf ihre Hand, die sie zwar gewaschen hatte, aber immer noch Spuren ihrer Auseinandersetzung zeigte.

Sie war wütend, doch diesmal nicht auf Kowalski, sondern auf sich selbst.

Als wisse er um ihr Befinden, fragte Ehleben: »Was war das gerade eben?«

»Was?«

»Jamina, bitte!«

»Kowalski ist gegen die Wand gerannt.«

»Also …«

»Das waren deine Worte.«

»Und du weißt, ich mag keine Lügen.«

»Ich hab dich nicht darum gebeten …«

»Herrje, Jamina!«, fluchte Ehleben. »Manchmal verhältst du dich wie ein bockiges Kind.«

Was sie an ihre Tochter erinnerte. Der Zorn verflog und wich einem schlechten Gewissen. Als sie am Rathaus vorbeifuhren, kam ihr die hellerleuchtete Kuppelspitze wie ein mahnender Fingerzeig vor.

»Du hast recht«, sagte sie, »das war blöd, Jürgen, tut mir leid.«

Grummelnd setzte ihr Kollege den Blinker, bog nach links auf den Reiterweg.

Jamina zog ihr Handy hervor und wollte es einschalten.

»Ich weiß, dass dir solche Sachen nahegehen«, sagte Ehleben.

Sie sah ihn an. »Solche Sachen?«

»Du weißt, was ich meine.«

Prompt war die Wut zurück. »Das klingt, als wären Typen wie Kowalski für dich nur eine Lappalie.«

»Herrje, nein, sind sie nicht. Aber …«, Ehleben zögerte, als müsse er sich seine nächsten Worte sorgsam zurechtlegen, »was immer du erlebt hast – ich sag's dir nicht zum ersten Mal –, es darf nicht deine Arbeit beeinflussen.«

Rechts tauchte die russische Kolonie auf, ein riesiger Park, dessen Nachtschwärze Jamina zu verschlingen drohte.

Wie von selbst bewegte sich ihre Hand zu der Narbe am Arm.

Was immer du erlebt hast.

Ehleben mochte einiges darüber wissen, aber er kannte bei weitem nicht die ganze Wahrheit.

»Denn *dafür*«, fuhr ihr Kollege fort, während er die Jägerallee stadtauswärts nahm, »hat Lowag dich nicht für den neuen Job in Berlin empfohlen.«

»Schon klar.«

»Du musst dich in Zukunft am Riemen reißen.«

Jamina beließ es bei einem Nicken und schaltete statt einer weiteren Diskussion ihr Handy ein.

Zwei Anrufe waren eingegangen.

Einer von Rob, der ihr auf die Mailbox gesprochen hatte, fast eine halbe Minute lang. Allerdings verspürte sie gerade wenig Lust, sich diesen mit Sicherheit herzzerreißenden Sermon anzuhören.

Der andere Anrufer war ihr Bruder. Er hatte keine Nachricht hinterlassen. Sie rief zurück, erreichte aber nur seine Mailbox.

»Ich habe noch was zu erledigen«, sprach sie ihm aufs Band, »danach mache ich mich sofort auf den Weg zu dir. Es sei denn«, sie sah auf die Uhr, es war zwanzig nach elf, »es wird dir zu spät. Sag mir einfach Bescheid.«

Auch ihre Tochter überließ Jamina nur die Mailbox.

»Tut mir leid, Liz, ich habe noch einen Einsatz, danach muss ich kurz zu deinem Onkel.« Sie versuchte ihrer Stimme einen versöhnlichen Klang zu geben. »Es geht um unseren Urlaub, ich freue mich drauf.« Sie zögerte. »Wir reden morgen, ja? Warte nicht auf mich, geh ruhig schon schlafen. Hab dich lieb.«

Sie trennte die Verbindung. Plötzlich fühlte sie sich nur noch müde.

*

Eine rasche Google-Suche führte Kalkbrenner zum *Schauhaus im Kiez.*

In dem kleinen Off-Theater wurde schon seit Monaten die Geschichte von Alice im Wunderland gespielt. Die Online-Ausgaben verschiedener Lokalzeitungen, einige Theaterseiten und Blogger hatten das Stück positiv besprochen.

Ein weiterer Artikel informierte über die Schauhaus-Geschichte: Mitte des letzten Jahrhunderts als Lichtspielhaus gegründet, mit dem Kinosterben zur Jahrtausendwende von engagierten Liebhabern zur Bühne umfunktioniert.

Vom *Wild & Heite*r aus brauchte man mit dem Wagen keine fünf Minuten dort hin.

Das Theater befand sich im Erdgeschoss eines gründerzeitlichen Eckbaus an der Simon-Dach-Straße.

Als die beiden Kommissare eintrafen, waren Fassade und Schaufenster trotz der fortgeschrittenen Uhrzeit hellerleuchtet. Auch drinnen brannte noch Licht, allerdings war die gläserne Eingangstür bereits verriegelt.

Aus dem Foyer erklangen gedämpft vergnügte Stimmen nach draußen. Eine junge Frau im Pepita-Kostüm bog um die Ecke. Sie torkelte, ein Sekt Glas in der Hand.

Kalkbrenner gab ihr ein Zeichen.

Sie lachte schrill und prostete ihm zu, bevor sie wieder Richtung Foyer verschwand.

Er schlug gegen die Tür, doch die Frau kehrte nicht zurück. Stattdessen schwoll das ausgelassene Lachen im Gebäude weiter an. Kalkbrenner klopfte noch einmal, noch kräftiger– ohne Erfolg.

»Paul«, rief Muth in sein Hämmern. Sie stand vor den Schaufenstern.

Diverse Plakate warben für die Aufführung, präsentierten Presseschlagzeilen, informierten mit Szenenfotos über den Inhalt des Stücks, stellten außerdem die sieben Darsteller in Wort und Bild vor.

Kalkbrenner erkannte den Toten auf Anhieb.

Frieder Schacht lautete sein Name.

Gemäß der Vita unter dem Porträtfoto 1957 in Kreuzberg geboren, schon als kleiner Junge der Schauspielerei verfallen, nach mehreren Stationen in Hamburg und Köln hatte es ihn ins Schauhaus im Kiez verschlagen.

Kalkbrenner wählte Bergers Nummer.

»Hallo, Paul«, meldete sich sein Kollege sofort.

»Notiere dir bitte: Frieder Schacht, geboren 1957 in Kreuzberg.«

»Ist das der Tote?«

»Sieh zu, was du über ihn herausfinden kannst: Meldedaten, Angehörige, das übliche.«

»Selbstverständlich.«

»Außerdem sollen Vernehmungsbeamte die direkten Nachbarn des *Wild & Heiter* befragen. Vielleicht ist denen in den letzten zwei Tagen etwas aufgefallen.« Kalkbrenner trennte die Verbindung, drehte sich wieder zu Muth um, doch die war verschwunden. »Sera?«

»Ich bin hier!«, hörte er sie rufen. Gleich darauf winkte sie ihn um die Häuserecke. »Der Seiteneingang zum Theater ist offen.«

Er folgte ihr in einen Lagerraum, in dem sich bis fast zur Decke ausrangierte, unbrauchbare Kino- und Theaterutensilien stapelten: ein wackeliger Tisch, zerbrochene Stühle, eine Telefonwählscheibe, zerpflückte Kissen, Bücherattrappen, Scheinwerfer, ein rostiger Filmprojektor, mehrere, leere Filmdosen.

Ein Flur führte weiter ins Gebäude.

Aus dem Foyer waren noch immer ausgelassene Stimmen zu vernehmen. Es wurde gelacht und gesungen. Musik dudelte.

Die Kommissare passierten eine Toilette und zwei Garderobenräume, die verlassen lagen. Requisiten, Kostüme und Perücken stapelten sich auf Tischen oder hingen an Garderobenständern, die die beleuchteten Theaterspiegel flankierten.

Im Foyer wurde mit lautem Knall eine Sektflasche entkorkt, wildes Gejohle erklang.

Über eine Treppe gelangten Kalkbrenner und Muth unvermittelt auf die Bühne.

Zwei Funzeln warfen mehr Schatten als Licht auf die Requisiten. Mit blauen Tüchern und grünem Filz war auf der einen Seite ein kleiner Bach angedeutet, auf der anderen Seite befand sich ein Wald aus Plastikbäumen und Sträuchern, die aus Kissen moduliert schienen. In der Mitte, auf einem Orientteppich, stand ein majestätischer Thron.

Der Zuschauerraum lag verwaist im Halbdunkel. Hinter den Türen zum Foyer schlugen klirrend Gläser aneinander.

Kalkbrenner wollte von der Bühne hinunter.

»Oh ja«, kam es da plötzlich aus den Schatten.

Er blieb stehen.

»Ja«, japste eine Frau, »mach doch schnell.«

»Nicht so laut«, warnte ein Mann, »und warte, warte doch.«

»Nein, nein, steck ihn rein, jetzt, ja, oh ja«, die Frau unterdrückte einen spitzen Schrei, »ja, mach's mir!«

Unvermittelt reckte sich zwischen den Kissen-Sträuchern ein nacktes Bein in die Höhe, gleich darauf ein zweites.

Ein Hintern kam zum Vorschein, senkte sich ruckartig herab.

»Ja, ja«, in das schnelle Klatschen zweier, nackter Leiber mischte sich das Stöhnen der Frau, »oh ja, ja!«

Kalkbrenner räusperte sich.

Augenblicklich kehrte Stille ein. Zwei Köpfe schossen empor.

»Wer sind Sie?«, keuchte die Frau.

»Ist das jetzt noch Theater?«, fragte Muth.

Der Mann rang um Atem. »Was glauben Sie denn, meine Liebe?«

»Also kein Theater.«

Erheitert richtete sich der Mann auf. »Ist nicht das ganze Leben Theater?« Weil ihm sein Ganzkörperkostüm, das der schwarzweißen Grinsekatze, in den Kniekehlen hing, geriet er ins Straucheln. Er drohte zu stürzen.

Die Frau, den spärlichen Überresten ihres Kostüms zufolge die Herzkönigin, hielt ihn fest. »Setz dich lieber.«

Der Kater taumelte, blickte zu Muth. »Sie haben nicht zufällig eine Zigarette?«

»Sie haben nicht zufällig was zum Anziehen?«

»Was denn, was denn, meine Liebe? Stört Sie etwa mein Anblick?«

»Das nicht, aber …«

»Das ist nämlich das wahre Leben.«

»Und das auch!« Muth hielt ihm ihren Dienstausweis vor die Nase. »Kriminalpolizei.«

»Was?« Der Kater lachte los. »Darf man jetzt nicht einmal mehr straffrei vögeln?«

»Vögeln?«, echote eine überraschte Stimme. Die Tür zum Foyer ging auf, und es erschien ein Mann im majestätischen Kostüm eines Königs. »Verona, bist du das etwa auf der Bühne?«

»Oh Scheiße!« Erschrocken tauchte die Königin zwischen den Kissen ab.

Dabei riss sie den Kater mit sich, der der Länge nach ins Bühnenbild stürzte. Mit einem Scheppern krachten die Plastikbäume über ihm zusammen.

»Hui«, quiekend stakste die junge Pepita-Frau herein, »jetzt geht die Party hier weiter.«

»Abrissparty! Abrissparty!«, grölte ein Mann im Hasenkostüm hinter ihr.

Unterdessen erklomm der König die Bühne. »Verona!«

Noch immer blieb die Angesprochene versteckt.

»Verona, komm raus, ich hab dich doch gehört!«

»Ach Schätzchen«, mit hochrotem Schädel tauchte die Frau wieder auf. Zugleich bedeckte sie mit ihrem zerrupften Kostüm ihre Blöße. »Reg dich jetzt bitte nicht auf.«

»Ach was, meine Liebe«, amüsiert mühte sich der Kater unter den Bäumen hervor, »das ist doch kein Grund …«

»Kein Grund?«, blaffte der König. *»Ich geb dir gleich – kein Grund!«* Er wollte sich auf den Kater stürzen.

Kalkbrenner versperrte ihm den Weg. »Vergessen Sie es!«

»Und wer sind eigentlich Sie?«, fuhr der König ihn an. *»Himmel, Sie stinken ja erbärmlich!«*

Der Kater grinste. »Das, mein Lieber, ist die Polizei.«

»Kriminalpolizei«, korrigierte Kalkbrenner, »und Sie«, er tippte dem König auf die Brust, »Sie verlassen jetzt erst einmal mit meiner Kollegin die Bühne und gehen mit den anderen hinaus ins Foyer«, er drehte sich zu dem nackten Pärchen um, »und Sie beide ziehen sich endlich etwas an.«

*

Mit einem Gähnen sank Jamina tiefer in den Autositz.

»Fahrt ihr in den Urlaub?«, fragte Ehleben.

»Das ist der Plan. Vorerst vermutlich die letzte Gelegenheit dazu.«

»Und wohin geht's?«

»Keine Ahnung, mein Bruder wollte sich etwas überlegen.«

»Er fährt mit?«

»Mit seiner Freundin Peta.«

»Peta?«

»Eigentlich Petra, aber alle nennen sie Peta.«

»Was ist denn das für ein Name?«

»Sie ist Tierschützerin. Und Veganerin.« Jamina deutete hinaus zur Ampel. »Es ist grün.«

Mit einem amüsierten Kopfschütteln gab Ehleben Gas. »Wie geht es denn deinem Bruder?«

»Besser. Viel besser.«

»Ist er clean?«

»Seit Monaten. Inzwischen hat er sogar einen Job.«

»Das freut mich für ihn. Und für dich, nach allem.«

»Ja.« Gähnend schloss Jamina die Augen und erlaubte sich einige Gedanken an den bevorstehenden Urlaub, an Sonne, Strand und Wellen. An Sand, der zwischen ihren nackten Zehnen kitzelte.

Das Klingeln ihres Handys riss sie heraus. Wieder war es Rob. Sie ließ es klingeln.

Ehleben schielte aufs Display. »Kommt er auch mit?«

»Nein«, sagte sie, schärfer als beabsichtigt. Sie dämpfte ihre Stimme. »Er nicht.«

Das Telefonläuten erstarb.

»Wieder dicke Luft?«

Immer dicke Luft, dachte Jamina, sprach es aber nicht aus.

Auch von der Beziehung zu Rob hatte ihr Kollege nur einen Bruchteil mitbekommen. Und dabei sollte es bleiben.

Außerdem wollte sie jetzt an den Urlaub denken, auch wenn sie noch keinen blassen Schimmer hatte, wo sie ihn verbringen würde. Sie war aber überzeugt, ihr Bruder und seine Freundin würden ein schönes Ziel auswählen.

Und sie war sich ebenso sicher, dass sie mit den beiden und Liz – allen pubertären Revolten zum Trotz – tolle Tage verleben würde, eine glückliche Zeit mit ihrer Familie. Sie schmunzelte.

Familie – Wie das klang, nach allem.

»Wir sind da«, sagte Ehleben.

Jamina erschrak.

Er lachte. »Hast du geschlafen?«

Der Wagen stand still, der Motor war aus.

Verwundert blinzelte sie in die Nacht, nicht sicher, wo sie sich befand.

Im Urlaub?

Sie war tatsächlich eingenickt.

Kurz überlegte sie, ob sie das Treffen mit ihrem Bruder nicht besser auf morgen verschieben sollte.

Dann verwarf sie den Gedanken.

Die Intuition sagte ihr, dass es bei seinem Anruf nicht nur um den Urlaub gegangen war. Er hatte aufgeregt geklungen, zumindest war es ihr so vorgekommen.

Aber vielleicht hatte das auch nur am Tumult um Kowalski gelegen.

»Kommst du?« Ehleben war bereits ausgestiegen.

Jamina folgte ihm in die Kälte – und erstarrte. »Was machen wir hier?«

»Das weißt du doch.«

»Nein, weiß ich nicht.«

»Die Überdosis.«

»Hier?«

»Das ist die Adresse, die Lowag mir genannt hat.«

»Paul-Engelhard-Straße?«

»Ja doch.«

Nicht nur der Nachtfrost ließ Jamina schaudern, während sie die Neubauten auf der anderen Straßenseite anstarrte.

»Was ist denn?«, fragte Ehleben.

Vor einem der Häuser standen ein Notarzt-Fahrzeug und zwei Streifenwagen. Das Blaulicht zuckte gespenstisch über die aschfahle Fassade.

In den Zimmern der Wohnung im zweiten Stock brannte Licht.

Jamina begann zu zittern. »Da wohnt mein Bruder.«

SIEBEN

Mein Blick irrte zwischen dir und Onkel Rudi hin und her.

Verzweifelt rang er um Worte.

»Hast du gehört?«, fragtest du. »Wir wollen nicht ins Heim!«

Er nickte. »Das verstehe ich, Liebes, aber …«

»Warum müssen wir dann dahin?«

»Ich würde mir wünschen, ich könnte …«

»Du hast es doch gar nicht versucht!«

»Ich kann nicht, ich …«

»Du kannst gar nichts!« Dein verächtlicher Blick streifte den Rollstuhl. *»Überhaupt nichts!«*

Er starrte dich an, als hättest du ihm eine Ohrfeige verpasst.

Du hast dich umgedreht, bist nach oben gerannt, und kurz darauf knallte die Tür zu.

Dann war nur noch Onkel Rudis schwerer Atem zu hören.

Und mein aufgeregtes Herzpochen.

»Was …«, habe ich schließlich gestammelt, »was ist das? Ein Heim?«

Onkel Rudi ließ einige Sekunden verstreichen, bevor er antwortete. »So etwas wie ein Zuhause, Michel, ein … ein neues Zuhause.«

Ich traute mich kaum zu fragen. »Für wen?«

»Für … für dich und deine Schwester.« Rasch fügte er hinzu: »Aber ich komme euch besuchen, schon bald.«

»Warum müssen wir in ein Heim?«

»Ich weiß, Michel, das ist schwer zu verstehen, aber …« Er

brach ab, sah mich an, als hoffte er, dass ich es von allein begreife. Aber für mich war das alles nur beängstigend, verwirrend – und unbegreiflich.

Onkel Rudi schien noch immer nach Worten zu suchen.

Er erinnerte mich an Mama und Papa, die damals mit mir über den Tod hatten reden wollen, und daran, wie sehr sie sich bemüht hatten, eine Erklärung zu finden, die mir keine Angst oder Albträume bereitete.

Ich spürte Tränen in mir aufsteigen.

»Ihr könnt nicht alleine hierbleiben«, sagte Onkel Rudi, »ihr … ihr seid noch zu jung, verstehst du?«

Verflixt, nein, ich verstand gar nichts. »Aber du bist doch da.«

»Ich kann nicht.« Traurig schüttelte er den Kopf. »Ich kann das einfach nicht, du weißt doch, meine Behandlung demnächst und … und …« Er schnappte nach Luft. »Aber ich komme euch schon bald besuchen, ich komme euch oft besuchen, versprochen, so wie immer. Es wird sein, als hätte sich nichts verändert.«

Noch während er die Worte aussprach, verzog er das Gesicht, weil ihm selbst klar wurde, was er da sagte.

Denn natürlich hatte sich alles verändert.

»Michel ...«

Tränen trübten meinen Blick. »Ich will nicht.«

»Ich weiß …«

»Ich will nicht!«

»Aber …«

»Ich will nicht!« All der Schmerz und die Verzweiflung brach aus mir heraus. *»Ich will nicht, dass Mama und Papa tot sind. Ich will, dass sie wiederkommen!«*

*

Schlussendlich spielte es natürlich keine Rolle, was wir wollten.

Es hatte keinerlei Bedeutung, wie wir uns fühlten, was uns drohte oder wie es uns dabei ergehen würde, einzig Gesetze und Vorschriften waren relevant.

Aber erkläre das einem sechsjährigen Jungen, der keine vierundzwanzig Stunden zuvor Mama und Papa verloren hat, die wahrscheinlich bis zu dem Augenblick, als ein betrunkener Lkw-Fahrer mit seinem Mehrtonner in ihre Fahrspur schlingerte, nie an ihren Tod gedacht hatten. Oder daran, dass ihre Kinder in einem Heim würden aufwachsen müssen.

Ein neues Zuhause.

Mal ehrlich, daran verschwendet man als junge Mutter oder glücklicher Vater doch keinen Gedanken, oder was ist mit dir? Denkst du manchmal an den Tod, an *deinen* Tod?

Du hast recht, tut mir leid, eine blöde Frage.

Wahrscheinlich musst du tatsächlich täglich daran denken, und vergehst vor lauter Sorge, weil auch du nicht vergessen kannst.

*

Bis heute kann ich mich daran erinnern, wie wir beide schließlich vor dem Kleiderschrank in meinem Zimmer standen.

»Denkt bitte daran: nur das Wichtigste.«

Onkel Rudi wartete unten in der Küche auf uns, weil er es in seinem Rollstuhl nicht die Treppe hinaufschaffte.

Du kannst gar nichts!

Wütend hast du meine Tasche aus dem Schrank gekramt und sie mir in die Hand gedrückt. »Nur das Wichtigste.«

Noch ehe ich dich fragen konnte, was genau das bedeutet, bist du nach nebenan in dein eigenes Zimmer verschwunden.

»Und beeilt euch bitte!«, hörte ich Onkel Rudi rufen.

Da stand ich also allein, aufgewühlt und verstört, und sollte meine Tasche packen für ein neues Zuhause. Dabei war das hier doch mein Zuhause – meine Dinosaurierlampe, meine Bilderbücher, die Märchenbücher, die Papa mir geschenkt hatte. Die bunten Spielzeugkisten mit dem Lego, dem Playmobil, den Bauklötzen. Bis ich in der Kiste mit den Kostümen den fransigen Poncho entdeckte. *Na, wie wär's?*

Ich nahm den Poncho in die Hand.

»Willst du den mitnehmen?« Du kamst mit einer gepackten Tasche zurück in mein Zimmer.

Für einen Moment glaubte ich Papa zu riechen, sein herbes Aftershave, den Schweiß von gestern Mittag.

Ich *spiele heute mit euch.*

Sogar sein volltönender Gesang klang mir wieder in den Ohren.

Komm hol das Lasso raus …

Ich hielt den Poncho umkrampft, und noch ehe ich begriff, was ich tat, zog ich mir das Fransenteil an.

Und während ich meine Tasche packte, mit meinem Lieblingsschlafanzug, meinem Lieblingspulli, meiner Lieblingshose, Socken und einigen Schlüpfern, hatte ich abermals Tränen in den Augen.

Sogar der Himmel weinte, als wir an Onkel Rudis Seite das Haus verließen.

Am Straßenrand wartete ein Auto mit laufendem Motor.

Der Regen prasselte auf den Asphalt, ein beständiges Rauschen, das alle anderen Geräusche verschluckte.

Kannst du dich daran erinnern?

Ich kam mir immer noch vor wie in einem schlechten Traum.

Am Steuer saß ein Mann, auf dem Beifahrersitz Ursula. »Was für ein Mistwetter«, sagte sie, als sie ausstieg und uns die Tür zur Rückbank öffnete, »steigt lieber schnell ein.«

Ich zitterte, nicht weil ich fror, und als Onkel Rudi mich umarmte, begann ich erneut zu heulen.

»Alles wird gut«, sagte er. »Alles wird wieder gut.« Er streckte die Arme nach dir aus.

Du hast ihn ignoriert, bist in den Wagen gestiegen und hast kein Wort verloren.

Schluchzend klammerte ich mich an Onkel Rudi.

»Michel.« Ursula zog mich weg, setzte mich neben dich und schloss die Tür.

Der Wagen fuhr an.

Ich weinte und weinte, und du nahmst meine Hand. Du hast mich festgehalten, während Onkel Rudi im Rückfenster immer kleiner wurde, und mit ihm unser Haus, die Garage, der Garten, mein Baumhaus – und auch Hansi, der mit seiner Mama auf die Straße kam, der mir etwas zuzurufen schien und mir winkte, bis auch er im Regendunst verschwand.

Was immer Hansi mir damals hatte sagen wollen, ich habe es nie erfahren.

»Ein Mistwetter«, schimpfte der Mann am Steuer.

Aber es war mehr als das. Es war ein Misttag, eine Mistwoche, ein Mistjahr.

Ein Mistleben.

Aber das begriff ich erst sehr viel später.

ACHT

Kalkbrenner bemühte sich vergeblich um Ruhe.

»Das war so klar!«, schimpfte der König in einem fort. *»Das war so klar!«*

Schwankend zog der Kater an einer Zigarette. »Ja, ja«, er stieß den Qualm in einer dichten Wolke ins Foyer, wo inzwischen alle versammelt standen, »wir haben es längst begriffen.«

»Dass du aber auch nie deinen Schwanz bei dir behalten kannst!«

»Jetzt übertreibst du aber, mein Lieber!«

»Und was war letztes Jahr mit …«

»Das«, der Kater machte eine verächtliche Geste, dann torkelte er auf einen der Bistrotische zu, »war etwas anderes.« In einem Bataillone benutzter Sektgläser fand er noch ein halbvolles und trank es aus. »Etwas *ganz* anderes.«

»Ach ja?«

Er nahm einen weiteren Zug von der Zigarette. »Außerdem …«, der Rauch quoll ihm in Schwaden aus den Nasenlöchern, »es gehören immer zwei dazu, nicht wahr, meine Liebe?« Neckisch zwinkerte er Verona zu.

»Ach Schätzchen«, beeilte sich diese zu sagen, »ich bin …«

»Du bist jetzt einfach mal still!«, schnauzte der König.

»Wie bitte?« Sie starrte ihn entgeistert an. »Willst du mir jetzt etwa auch noch den Mund verbieten? Ausgerechnet du?«

Der König erwiderte ihren finsteren Blick. »Jetzt pass mal auf …«

»Wie wäre es«, fiel Kalkbrenner ihm ins Wort, »wenn Sie alle jetzt einmal tief Luft holen, vielleicht einen Kaffee trinken und danach …«

»Und was war mit dir und Alice?«, fragte Verona den König.

»Da war doch gar nichts«, piepste die junge Pepita-Frau, die sich gerade Lachshäppchen vom Buffettisch pickte.

»Gar nichts, genau«, der König nickte entschieden, »gar nichts war da letztes Jahr!«

Währenddessen schob sich der Hase einen Salzcracker in den Mund und tat, als ginge ihn der ganze Aufruhr überhaupt nichts an.

»Doch nur ein Küsschen«, quiekte Alice. »Oder vielleicht zwei.« Sie kicherte.

Verona schüttelte den Kopf. »Ein Kuss sagt manchmal mehr als …«

»Ach komm«, blaffte der König, »erspar uns bitte deine Weisheiten!«

»Dass ausgerechnet du das jetzt sagst!« Der Kater prustete los, während er nach einer offenen Sektflasche griff. »Du, mein Lieber, der du doch ständig den Klugscheißer raushängen lässt!«

»Was soll das denn jetzt heißen?«, blaffte der König.

Mit einem vielsagenden Schweigen füllte der Kater sein Sektglas.

»Wie auch immer«, ungeduldig nahm Kalkbrenner einen neuerlichen Anlauf, »Sie halten jetzt bitte einfach alle mal inne.«

»Steh lieber dort«, äffte der Kater den König nach, während er mit dem vollen Sektglas in der einen, der Zigarette in der anderen Hand theatralisch gestikulierte, *»rede besser so, verzieh dein Gesicht nicht ständig wie ein Affe, atme besser aus der Brust.«*

»Das«, mühsam schien der König seine Wut zu unterdrücken, »das nennt man Regieanweisungen, und rein zufällig bin ich …«

»Der Regisseur?« Sekt schwappte aus dem Glas des Katers, als er sich theatralisch nach vorn beugte. »Dass ich nicht lache, mein Lieber, du führst dich doch auf wie …«

»RUHE JETZT!«, brüllte Muth. »Sind wir hier eigentlich unter erwachsenen Menschen oder im Kindergarten?«

»Nun, meine Liebe«, der Kater schmunzelte, »ich denke …«

Ihr scharfer Blick ließ ihn innehalten.

Achselzuckend leerte er sein Glas mit einem Schluck. Dann warf er die Kippe hinein.

In der Stille, die plötzlich herrschte, klang das unbekümmerte Schnarchen des kleinen, dicken Mannes in der Ecke umso lauter.

Er war den Kommissaren als Licht- und Tontechniker

vorgestellt worden und hing schlaff in einem Sessel unweit des Buffets. Eine leere Sektflasche lag in seinem Schoß, eine zweite stand direkt auf dem Boden.

Muth ließ den Blick über die illustre, betrunkene Schauspielerschar kreisen. »Was genau soll das hier überhaupt sein?«

»Also eigentlich«, sagte der König, »eine Dernière.«

»Eine was?«

»Eine Abschlussparty. Wir feiern den letzten Abend unseres aktuellen Stücks.«

»Und geht es auf Ihren Partys immer so zu?«

»Na ja«, murmelte der König, »eigentlich …«

»Eigentlich schon«, grinsend steckte sich der Kater eine neue Zigarette an, »aber vielleicht verraten Sie uns jetzt endlich, Frau Kommissarin, weshalb Sie uns eigentlich die Ehre verschaffen. Haben sich die Nachbarn mal wieder beschwert?«

»Nein«, ergriff Kalkbrenner das Wort. »Wir wollen mit Ihnen über Frieder Schacht reden.«

Alle Blicke richteten sich auf ihn.

»Frieder?«, fragte der König.

Der Kater stieß Qualm in die Luft. »Was ist dem alten Miesepeter denn passiert?«

Kalkbrenner musterte ihn. »Wie kommen Sie darauf, dass ihm etwas passiert ist?«

Der Kater grinste noch breiter. »Wieso sonst sollten Sie, Herr Kriminalkommissar, nach ihm fragen?«

»Außerdem«, fügte der König hinzu, »ist Frieder heute nicht zur Vorstellung erschienen, hat sich nicht mehr gemeldet, ich konnte ihn nicht erreichen«, seine Stimme nahm einen betroffenen Klang an, »ausgerechnet einen unser Hauptdarsteller. Mehr schlecht denn recht haben wir improvisiert, aber … «

»Jetzt tu doch nicht so, mein Lieber, als seist du betroffen«, der Kater griff wieder nach der Sektflasche, »du wolltest ihn doch sowieso loswerden.«

Verdattert sah ihn der König an.

»Etwa nicht?«

»Nein, nein, er war doch für den Theseus demnächst im Sommernachtstraum gesetzt.«

»Hast du nicht gesagt, er fliegt bald raus?« Der Kater wollte Sekt in ein Glas kippen, überlegte es sich dann aber anders und nahm gleich einen Schluck aus der Flasche. Dann schaute er zu Alice. »Genau, übrigens, wie die kleine Dame da.«

Alice fiel vor Entsetzen das Häppchen aus dem Mund. »Wie?«, piepste sie. »Ich flieg raus?«

»Wieso denn das?«, fragte der Hase.

»Nein, nein, nein«, stotterte der König übertrieben hastig. »Nein, das ist … ist doch völliger Unsinn!«

Das Grinsen des Katers reichte von einem Ohr zum anderen. »Da hat mir deine werte Verona aber etwas ganz anderes erzählt.«

Zornig wirbelte der König zur Herzkönigin herum.

»Aber … aber«, druckste die mit hochrotem Kopf herum, »das hast du doch zu mir gesagt, Schätzchen, oder nicht?«

»Also, stimmt das?« Alice' Stimme schraubte sich nach oben. »Du willst mich *nicht* für den Sommernachtstraum besetzen?«

»Das find ich aber nicht in Ordnung!«, erklärte der Hase.

»Alice, bitte«, sichtlich verlegen hob der König die Hände, »so war das doch gar nicht gemeint.«

»Ach nicht?«

»Na ja, also, ich meine, du solltest erst einmal …«

»Aber zum Ficken«, Alice schleuderte die Überbleibsel ihrer Häppchen ins Buffet, *»da bin ich dir noch gut genug!«*

Verona schnappte nach Luft. »Wie? Ich dachte, ihr habt euch nur geküsst?«

»Und im Übrigen«, jetzt machte der Grinsekater seinem Namen alle Ehre, »was heißt hier: du *bist* gut genug? Ich dachte, das ist Vergangenheit!«

Der König durchbohrte ihn mit einem hasserfüllten Blick. Dann wandte er sich wieder der Königin zu. »Verona, ich …«

»Also wirklich«, sie ballte die Fäuste, *»du bist das allerletzte!«*

»Als ob du …«

»STOP!«, fuhr Muth dazwischen. *»STOP! ENDGÜLTIG!«*

Dankbar nickte Kalkbrenner ihr zu. »Zurück zu Herrn Schacht.«

»Genau, Herr Kommissar«, amüsiert genehmigte sich der Kater einen weiteren Schluck aus der Flasche, »was ist denn jetzt eigentlich mit Frieder?«

»Er wurde tot aufgefunden.«
»Tot?«, fragte Verona.
»Tot?«, wiederholte Alice.
»Tot?«, echote der Hase.
»Wurde er ermordet?«, wollte der König wissen.
»Natürlich wurde er ermordet«, seufzte der Kater und leerte anschließend die Flasche, »wieso sonst sollte sich die Kriminalpolizei darum kümmern?«
»Aber von wem?«
»Glaubst du, sie wären hier, wenn sie das wüssten?«
Beklommenes Schweigen legte sich über die Gruppe.
Nur die Erheiterung des Katers schien ungebrochen. »Also das«, er schwankte, während er sich eine neue Zigarette ansteckte, »das nenne ich mal eine richtige Abschlussparty!«
»Jetzt wirst du aber geschmacklos!«, sagte der König.
»Jetzt tu bloß nicht so, als ob dich sein Tod sonderlich trifft.«
»Hören Sie nicht auf ihn«, der König verdrehte die Augen, »er ist betrunken und –«
»Ich bin klarer im Kopf als du es je sein wirst.«
»Du bist einfach …«
»… nur ehrlich.« Der Kater stieß kunstvolle Rauchkringel aus dem Mund. »Und nur dass Sie's wissen, Herr Kommissar«, er hielt inne, verzog gequält das Gesicht, taumelte, schnappte nach Luft, dann gab er einen Rülpser von sich.
»Also wirklich«, schimpfte der König sichtlich angewidert, »du bist so erbärmlich.«
Lachend zog der Kater an der Zigarette. »Keiner hier mochte den Frieder.«
»Halt doch jetzt einfach mal den Mund!«
»Frieder war ein Aufschneider, ein Querulant, ach was, er war ein Arschloch durch und durch. Und nach der Sache mit Josh …«
»Also jetzt«, blaffte der König, »jetzt wagst du dich aber wirklich auf sehr dünnes Eis!«
»Was denn? Als ob ich *dir*«, wieder zwinkerte der Kater Verona zu, »gerade eben die große Liebe vorgeheuchelt habe. Das habe ich doch nicht, oder?«
Verlegen wich Verona seinem Blick aus.
»Aber der Frieder«, er wollte einen neuerlichen Zug nehmen,

stellte aber fest, dass er nur noch einen Stummel zwischen den Fingern hielt, »Frieder hat Almut, Joshs Frau, das Blaue vom Himmel vorgelogen, ja, schon damals hat er den großen Theseus gegeben, aber dann, als Josh ihn mit seiner Frau erwischte…« Er ließ die Kippe in eines der leeren Gläser fallen, »da war plötzlich alles nicht mehr so gemeint. Almut begriff die Welt nicht mehr, Josh war am Boden zerstört, die Ehe am Ende – und der feine Herr Schacht? Hat wie immer nur an sich selbst gedacht.«

»Und dieser Herr … Josh?«, fragte Kalkbrenner.

»Josh Fisher. Fisher mit *s* und *h*.«

»Wo ist er?«

Erstaunt sah sich der Kater um. »Stimmt, wo ist der eigentlich?«

»Gerade eben war er noch da«, sagte der König.

»Jetzt ist er weg«, meinte Verona.

»Weg«, echote Alice.

»Ja«, so der Hase.

Der Tontechniker gab im Schlaf ein Schmatzen von sich.

Schweigen erfasste die Schauspielerschar, so verräterisch wie die Blicke, die sie tauschten.

Kalkbrenner fragte: »Was genau ist zwischen Schacht und diesem Josh vorgefallen?«

*

Jamina starrte ihren Kollegen an.

Insgeheim hoffte sie, dass er sich an die Stirn schlug und lachte. *Herrje, ich war in Gedanken, bin falsch gefahren und …*

»Wie bitte?«, fragte er stattdessen bestürzt. »Dein Bruder?«

»Du weißt doch, dass er …«

»… in der Nordstadt wohnt, ja, das hast du mal erwähnt, aber …«, stirnrunzelnd betrachtete Ehleben den grauen Neubau gegenüber, vor dem die Streifenwagen parkten, »hier?«

»Hat Lowag dir keinen Namen genannt?«

»Nein, nur diese Adresse und … Hey, Jamina, warte!«

Sie lief über die Straße und steuerte auf die beiden Schutzpolizeibeamten zu, die im Hauseingang schlotterten. »Wohin müssen wir?«

»Zweite Etage«, hustete einer der beiden.

Der andere trat von einem Fuß auf den anderen. »Bei einem gewissen …«

Den Rest bekam Jamina nicht mehr mit. Sie hastete ins Treppenhaus. Ihr Herz schlug bis zum Hals.

Nein!, sagte sie sich, nein, *das ist unmöglich!*

»Jamina!« Ehleben versuchte mit ihr Schritt zu halten.

Aber auch das bekam sie kaum mit, während sie zwei, drei Stufen, auf einmal erklomm. Ihre Kehle war wie zugeschnürt.

Ein Irrtum, nur ein Irrtum.

Sie schämte sich für den Gedanken, aber sie bat inständig darum, dass sie wegen der jungen, ausgemergelten Frau aus der Wohnung gegenüber gerufen worden waren, von der Jamina schon immer angenommen hatte, dass sie ein Junkie war.

Sogar ihr Bruder hatte etwas in der Art angedeutet, wenn er von Karin gesprochen hatte. *Oder war ihr Name Karen? Egal!*

»Jamina, warte!«, rief Ehleben.

Sie hatte inzwischen die zweite Etage erreicht.

Neben einer weiteren Schutzpolizeibeamtin stand Karen, Karin oder wie auch immer die Frau heißen mochte. Sie trug Tennissocken, Adiletten, einen schwarzen, knittrigen Jogginganzug, darüber einen pinken Morgenmantel. Mit zittrigen Fingern zog sie an ihrer Kippe.

Die Tür zur Wohnung gegenüber stand sperrangelweit offen.

Ohne zu zögern, betrat Jamina die Wohnung ihres Bruders. Sie bekam kaum noch Luft.

Es wird jemand anderes sein!

Ja, wahrscheinlich war es Peta, die Freundin ihres Bruders, immerhin war die ebenfalls ein Ex-Junkie. Das wäre nicht minder tragisch, aber –

»Jamina!« Ehleben war dicht hinter ihr. *»Jetzt bleib doch stehen!«*

Sie rannte durch den Flur, vorbei an der Küche, dem Bad, dem kleinen Schlafzimmer. Aus dem Wohnzimmer vernahm sie Stimmen. Auf der Türschwelle blieb sie stehen.

»Lass mich das machen, ich …« Um ein Haar rannte ihr Kollege in sie rein. »Herrje, Jamina!«

Vor der alten, fleckigen Couch hockten ein Notarzt und ein Rettungssanitäter, die bereits dabei waren, nicht mehr benötigte Utensilien in einem Rucksack zu verstauen.

Ihre neongelben Anzüge brannten in Jaminas Augen.

Ein junger, pickeliger Schutzpolizeibeamter hatte sie und Ehleben bemerkt. »Gehören Sie zur …«

»Kriminalpolizei«, ihr Kollege hielt seine Dienstmarke hoch.

»Ah«, machte der Beamte. »Dort liegt die Leiche«, fügte er überflüssigerweise hinzu und deutete zum Sofa.

»Jamina«, sagte Ehleben, »nicht.«

Doch sie trat um die Couch herum und vor die Leiche, die dort auf dem Boden lag, in seltsam gekrümmter Haltung, wie nach einem letzten, zuckenden Krampf.

Klamotten, Sneakers, die Jeans, der Pulli – nur allzu vertraut.

Ein schmerzliches Stöhnen entwich Jaminas Kehle.

Nein!

Die Augen ihres Bruders waren wie im Wahn weit aufgerissen. Erbrochenes klebte am Mund, dem Kinn, dem Pulli, auf dem Teppichboden.

Das ist er nicht!

Für einen Moment spürte sie Erleichterung, weil der Tote nicht ihr Bruder zu sein schien.

So sieht er nicht aus!

Dann dachte sie an die Krämpfe, die er während seines Entzugs auf dem Krankenbett ausgefochten hatte, damals vor acht Monaten. Oder waren es schon neun?

Welche Rolle spielt das?

»Jamina!«, hörte sie Ehleben sagen.

Benommen sah sie ihn an.

»Dein Handy.«

Erst jetzt nahm sie das Klingeln wahr. Ihre Hand zitterte, als sie das Telefon hervorholte. Es war Rob.

Sie drückte ihn weg und drehte sich zum Notarzt um. Ihre Stimme war nur ein Flüstern, als sie fragte: »Was ist passiert?«

*

Kalkbrenner wartete auf Antwort, doch so redselig sich die Schauspieler in den vergangenen Minuten präsentiert hatten, jetzt hüllten sie sich in Schweigen.

»Unglaublich«, sagte er zu Muth. »Sie können tatsächlich auch mal die Luft anhalten.«

Muth verdrehte nur die Augen.

»Aber wir können sie natürlich auch aufs Präsidium fahren und dort …«

Verona, die Königin, murmelte etwas.

»Ich hab Sie nicht verstanden!«

»Joshs Frau«, flüsterte Verona, »sie … sie hatte was mit Frieder.«

»Soweit haben wir das schon verstanden.«

»Aber sagen Sie mal«, warf Muth ein, »ist das in Ihren Kreisen eigentlich so üblich?«

Fragend hob Verona den Blick.

»Dass jeder mit jedem ins Bett steigt?«

»Also bitte, Frau Kommissarin«, der Kater griff nach einer neuen Sektflasche, »das kann man so nicht sagen.«

»Stimmt, bei Ihnen war's im Bühnenbild.«

»Ihr Punkt, Frau Kommissarin.« Lachend prostete er ihr zu. »Aber jetzt im Ernst: Auf Josh trifft das ganz sicher nicht zu. Der ist so unschuldig wie … wie die kleine Alice.« Sein amüsierter Blick ging zu der Frau im Pepita-Kostüm. »Also, wie die kleine Alice im Buch.«

»Du bist unmöglich!«, piepste die Schauspielerin.

Er hob die Flasche zum neuerlichen Prost, dann trank er.

Derweil rang Alice um eine nicht minder bissige Antwort, allerdings schien ihr keine einzufallen. »Hast du 'ne Kippe für mich?«, fragte sie stattdessen.

Der Kater setzte die Flasche ab und trat auf sie zu. »Für dich, meine Liebe«, sein Schwanken hatte inzwischen bedrohliche Ausmaße angenommen, »immer doch.«

Er schnippte eine Zigarette aus seiner Schachtel, nahm sie zwischen die Lippen, steckte sie an.

Als Alice danach griff, streifte ihre Hand seine Wange, nur kurz, dennoch lag so viel Vertrautheit in der Berührung, dass sich jede weitere Frage erübrigte.

Ist das in Ihren Kreisen eigentlich so üblich?

Kalkbrenner verscheuchte das Bild, das sich ihm aufdrängte.

An Muths genervter Miene erkannte er, dass sie den gleichen Gedanken hatte.

Dass jeder mit jedem ins Bett steigt.

»Wie auch immer«, fuhr der Kater fort, während er sich selbst auch eine Zigarette anzündete. »Josh hat seinen Schwanz nie aus der Hose hängen lassen, der hat nur seine Frau geliebt. Deshalb hat ihn die Sache mit Frieder ja auch so mitgenommen.«

»Das heißt?«, fragte Kalkbrenner.

Grinsend nahm der Kater einen Zug, stieß den Rauch aus, der sich mit dem von Alice vermengte. »Sie meinen, ob er Frieder umgebracht hat?«

»Liebeskummer ist ein häufiges Mordmotiv.«

»Es hat durchaus unschöne Szenen gegeben, aber …«

»Hat er Herrn Schacht bedroht?«

»Was heißt bedroht? Was man halt so sagt, wenn man verletzt ist, er war wütend. Und betrunken.«

»Hat er gedroht, ihn umzubringen?«

Vielsagende Stille.

»Trotzdem hat er ihn nicht umgebracht«, empörte sich der König schließlich, »dazu wäre er gar nicht fähig!«

»Ganz sicher nicht«, pflichtete Verona ihm bei.

»Niemals«, piepste Alice.

»Ja«, meinte der Hase.

Mit einem Brummen erwachte plötzlich der Tontechniker zum Leben.

Er blinzelte verwirrt in die Runde, stieß säuerlich auf und schlief wieder ein.

»Außerdem«, fügte der König hinzu, »ist die Sache doch gut für Josh ausgegangen. Er und seine Frau haben sich wieder zusammengerauft, versuchen jetzt einen Neuanfang.«

»Und Herr Schacht?«, fragte Kalkbrenner.

»Na, der«, der Kater setzte die Sektflasche an und trank einen weiteren Schluck, »der blieb das Arschloch, das er war.« Mit einem saftigen Rülpser unterstrich er die Aussage.

»Jetzt lass es doch mal gut sein«, sagte der König. »Man soll nichts Böses über die Toten sagen.«

Der Kater lachte auf. »Also jetzt bist du es aber, mein Lieber, der die dämlichen Weisheiten raushaut.«

»Kannst du nicht *ein Mal* den Mund halten?«

»Aber irgendwie hat er doch recht«, wandte Verona kleinlaut ein.

»Jetzt fall du mir nicht schon wieder in den Rücken!«

»Frieder war nun mal nervig.«

Alice nickte. »Er hatte so eine überhebliche Art.«

»Wusste alles besser«, kommentierte der Hase.

»Da hören Sie's, Herr Kommissar.« Der Kater hob die Schultern, und um ein Haar fiel ihm die Flasche aus der Hand. »Ständig wollte er alles bestimmen. In diesem Punkt«, während er an der Zigarette zog, zuckte sein Blick zum König, »da war er tatsächlich sogar noch schlimmer als du, mein Lieber.«

»Als ob dein Verhalten besser wäre«, blaffte der.

»Und seit der Sache mit Josh«, der Kater stieß Rauch aus, »war Frieder endgültig bei uns allen durch.«

»Trotzdem«, bemerkte Muth, »standen Sie alle weiterhin mit ihm auf der Bühne. Weshalb?«

»Na ja«, brummte der König, »was hätten wir denn tun sollen? Das Stück war geprobt, die Programme gedruckt, die Presse eingeladen. Und es ist … also, *war* ja nicht so, dass Frieder schlecht gespielt hat, ganz im Gegenteil.«

»Als ob es dir nur darum ging«, sagte der Kater.

Der König funkelte ihn an.

»Nun sag's ihm schon. Sie werden's eh rausfinden.«

»Was?«, fragte Kalkbrenner.

Der König machte ein zerknirschtes Gesicht. »Ohne Frieder … ohne ihn hätten wir vermutlich …«

»Ganz sicher!«

»Wir hätten nicht weitermachen können. Wir sind nun mal ein kleines, privates Theater, erhalten weder Fördergelder noch andere Unterstützung. Wir können uns kaum etwas leisten, vieles müssen wir deshalb selbst erledigen, den Ausschank …«

»Und die Klos«, riefen Alice und Verona wie aus einem Mund.

»Oder die Kasse«, brummte der Hase.

»Vor ein paar Jahren«, der König stockte, als fiele ihm das Weiterreden schwer, »da konnten wir nicht einmal mehr die Miete bezahlen. Da hat Frieder uns ausgeholfen.«

»Er hat Ihnen finanziell unter die Arme gegriffen«, konstatierte Kalkbrenner.

»Na ja«, der König wirkte unglücklich, »ja.«

»Von welcher Summe reden wir?«

Der König zögerte. »Ein paar tausend Euro.«

»Konkret?«, wollte Kalkbrenner wissen.

Die Stimme seines Gegenübers senkte sich zu einem fast unhörbaren Flüstern. »Vierzigtausend, so über die Jahre.«

»Vierzigtausend?«, echoten die anderen unisono.

»Bist du denn des Wahnsinns!«, schimpfte Verona.

»So viel Geld«, piepste Alice.

»Ein Vermögen«, meinte der Hase.

»Kein Wunder«, stellte der Kater fest, »dass du ihn als Theseus besetzt, er hatte dich … er hatte uns in der Hand!«

»Nein«, sagte der König, einen Tick zu schnell. »Nein, nein.«

»Was ich mich frage«, ergriff Muth wieder das Wort, »für einen Schauspieler eines kleinen Off-Theaters, das obendrein kurz vor der Pleite steht, sind vierzigtausend Euro eine Menge.«

»Mag sein, aber …«

»Woher hatte Herr Schacht so viel Geld?«

»Woher soll ich das wissen?«

»Sie haben ihn nicht danach gefragt?«

»Wieso hätte ich sollen?« Der König schüttelte den Kopf. »Ich war einfach froh, dass er uns das Geld gegeben hat.«

»Hat er es Ihnen überwiesen?«

»Nun ja, nein …«

»Er hat es Ihnen bar gegeben?«

»Er meinte, das … das wäre ihm lieber.«

Kalkbrenner dachte darüber nach. »Hatte er vielleicht noch eine andere Arbeitsstelle?«

»Davon war nie die Rede.«

»Kann ich mir auch nicht vorstellen«, pflichtete der Kater dem König bei, »dafür war gar nicht die Zeit, wir haben ja hier genug um die Ohren.«

»Und das kam Ihnen nicht merkwürdig vor?«

»Ha«, der Kater lachte, »Frieder *war* merkwürdig.«

»Was ist mit seiner Familie?«, wollte Kalkbrenner wissen. »War er verheiratet? Hatte er eine Freundin?«

»Keine Ahnung.«

»Freunde?«

»Ich weiß es nicht.«

»Und Sie?« Kalkbrenner blickte vorwurfsvoll in die Runde. »Was ist mit Ihnen?«

Schweigen war die Antwort.
»Ist das Ihr Ernst? Sie alle standen jeden Abend mit ihm auf der Bühne, Sie alle gehen reihum miteinander ins Bett …«
»Nicht alle!«, stellte der Kater richtig.
»Außerdem«, überging Kalkbrenner die Bemerkung, »außerdem hat er Ihr Theater seit Jahren über Wasser gehalten, aber keiner von Ihnen hat sich näher für ihn interessiert?«
»Na ja«, sagte der König, »wir wissen, wo er wohnt.«
»Na, das ist ja ein Ding!«
Beleidigt verzog der König den Mund. »In der Marchlewski Straße 48.«
»Haben Sie auch seine Handynummer?«
»Natürlich.«
»Die brauchen wir.«
Der König griff in sein Kostüm, zog ein Handy hervor und diktierte den Kommissaren die Nummer.
»Er hat mal einen Frank erwähnt«, ließ sich der Hase vernehmen, »also, als er telefonierte. Ich hab's nur zufällig mitbekommen.«
Kalkbrenner horchte auf. »Frank – und wie weiter?«
»Das weiß ich nicht, er hat mich bemerkt, und dann tat er so geheimnisvoll, hat geflüstert, aber es klang, als spreche er mit einem … einem Jungen.«
»Einem Jungen?«
»Also, einem Jugendlichen.«
»Seinem Sohn?«
»Vielleicht.«
»Das ist alles?«
»Er erwähnte noch das Deutsche Theater, die beiden wollten sich, glaube ich, dort treffen. Es klang, als … als sei dieser Frank dort beschäftigt.«
Kalkbrenner sah auf die Uhr.
»Vergessen Sie's«, meinte der Kater, »die haben längst zu.«
»Und das ist alles, was Sie uns über Herrn Schacht erzählen können?«
»Na ja«, murmelte der König, »eigentlich … ja.«
»Es stimmt«, meinte Verona, »viel wussten wir wirklich nicht über ihn.«
»Ja«, sagte Alice, »irgendwie war er ein Eigenbrötler.«

»Ein eigennütziges Arschloch!« Der Kater löschte die Zigarette in der Flasche. »Gebt's doch endlich zu, meine Lieben.«

»Und Sie konnten ihn nicht loswerden«, konstatierte Kalkbrenner.

Das beklommene Schweigen aller war Antwort genug.

»Tja, jetzt habt ihr den Salat«, noch immer schien für den Kater alles nur ein Spiel, »denn jetzt werden die Kommissare ganz sicher wissen wollen, was wir zum Tatzeitpunkt getan haben, oder nicht?«

Es war Muth, die fragte: »Wo waren Sie gestern zwischen Mittag und Mitternacht?«

»Ha!«, lachte der Kater triumphierend. »Sie glauben tatsächlich, wir haben Frieder auf dem Gewissen!«

»Aber wir haben ihn nicht umgebracht«, protestierte der König.

Kalkbrenner schwieg.

»Also *ich*«, sagte der Kater, »ich war hier im Theater.«

»Wir alle waren im Theater!«, betonte der König.

»Den Nachmittag, wie immer«, meinte Verona.

»Und am Abend«, fügte Alice hinzu.

»Wir hatten ja Aufführung«, so der Hase.

»Und anschließend?«, hakte Kalkbrenner nach.

»Haben wir hier aufgeräumt«, erklärte der König.

»Die Klos geputzt«, präzisierte Verona.

Alice stöhnte.

»Und dann sind wir nach Hause«, fügte der König hinzu. »Also, ich mit meiner … meiner Frau.«

»Ja«, Verona nickte, »wir sind direkt nach Hause.«

»Ich bin danach noch in eine Bar«, erklärte der Kater. »Ins Marabu in Kreuzberg, und das, Herr Kommissar, bis weit nach Mitternacht, das werden Ihnen der Barkeeper und ein Dutzend anderer Leute bestätigen können.«

Kalkbrenner wandte sich Alice zu. »Und was ist mit Ihnen?«

»Ich«, piepste die, »ich … ich war mit meinem Freund zusammen.«

»Seit wann hast du denn einen Freund?«, staunte der Kater.

Alice senkte den Blick.

»Das bin ich«, meldete sich der Hase.

»Na, meine Herren«, vergnügt klatschte der Kater in die Hände, »das kommt jetzt aber wirklich überraschend!«

»Tatsächlich?«, murmelte Muth.

Kalkbrenner verdrehte die Augen. »Und was ist mit Herrn Fisher?«

»Josh?« Der Kater, der gerade nach einer weiteren Flasche greifen wollte, hielt inne. »Josh wird heim zu seiner Frau gefahren sein.«

Der König nickte. »Wie gesagt, seit der Sache mit Frieder versuchen sie sich an einem Neuanfang.«

»Und dort ist Herr Fisher auch jetzt?«

»Davon gehe ich aus.«

»Aber eigentlich«, meinte Verona, »wollte er heute mit uns feiern. Er hatte sich doch so darauf gefreut.«

»Bis gerade eben war er ja auch noch da«, piepste Alice.

»Bis zu Ihrem Auftauchen«, so der Hase.

Kalkbrenner lief bereits zum Ausgang. »Wo wohnt Herr Fisher?«

*

Jamina musste warten, während der Notarzt seelenruhig den letzten Kram in den Rucksack packte.

Was ist passiert?

Endlich stemmte er sich empor. »Nun«, mit einem Schulterzucken nickte er in Richtung des Toten, als sei dessen jämmerlicher Anblick Antwort genug, »ein Junkie.«

Das war er nicht!, lag es Jamina auf der Zunge. Stattdessen fragte sie: »Was soll das heißen?«

»Na, was wohl? Eine Überdosis!«

Das kann nicht sein!

»Gewissheit wird natürlich erst die Obduktion bringen«, fuhr der Arzt fort, und es klang, als rede er mit einer blutjungen Anfängerin, »aber schauen Sie: die verengten Pupillen, das Erbrochene ...«

»Das kann alles Mögliche bedeuten.«

»... die Haltung infolge von Krämpfen ...«

»Auch das!«

»... außerdem«, jetzt hörte sich der Arzt leicht genervt an,

»die blauen Nägel und blauen Lippen, ein Anzeichen für unzureichende Sauerstoffzufuhr im Blut. Vermutlich ist er einem Herzstillstand erlegen.«

Jamina wollte etwas erwidern.

»Und dann«, kam ihr der Arzt zuvor und hob einen Finger, mahnend wie ein Lehrer, der keinen Widerspruch mehr erdulden mochte, »haben wir noch multiple Einstichstellen an den Unterarmen.«

»Das ist alles?«

»Äh, wie meinen Sie das?«

Jamina wusste selbst nicht, was sie meinte. Es fiel ihr schwer, einen klaren Gedanken zu fassen.

Nur eines ging ihr ständig durch den Kopf.

Das kann nicht wahr sein!

»Jamina«, sagte Ehleben, »lass es gut sein, du …«

»Ist das wirklich alles?«, fragte sie, ohne den Arzt aus den Augen zu lassen.

Sein Blick verfinsterte sich.

»Sie müssen entschuldigen«, beschwichtige Ehleben, »der Verstorbene ist ein Angehöriger meiner Kollegin.«

»Ach so«, grummelte der Arzt, »verstehe.« Er drückte den Rucksack seinem Begleiter in die Hand und stapfte mit ihm aus der Wohnung.

Das ist unmöglich!

»Jamina«, sagte Ehleben, »es … es tut mir so leid, aber …«

Tränen stiegen in ihr auf. Sie kämpfte dagegen an.

»… jetzt solltest du besser gehen.«

Sie schüttelte den Kopf.

Ihr Kollege legte die Hand auf ihre Schulter. »Ich werde das übernehmen und …« Das Klingeln eines Telefons ließ ihn innehalten.

»Ein Handy«, bemerkte der Schutzpolizeibeamte überflüssigerweise.

Das Läuten klang dumpf, weit entfernt.

»Hier«, Ehleben ging vor der Kommode auf die Knie, »hier unten!« Er streifte sich Einweghandschuhe über, griff in den schmalen Spalt zwischen Schrank und Boden und brachte das klingelnde Smartphone zum Vorschein. »Gehört das deinem Bruder?«

Benommen starrte Jamina auf das Telefon. Dann nickte sie.

Ehleben warf einen Blick aufs Display. »Es ist … Peta. Seine Freundin.«

»Ich rede mit ihr«, sagte Jamina.

Ihr Kollege schüttelte den Kopf. »Das erledige ich, du …«

»Gib sie mir.«

»Herrje, du solltest …«

»Gib schon her!«

Ehleben schien mit sich zu ringen. Dann reichte er ihr das Handy.

Für einen Moment hielt sie es nur in der Hand, nicht mehr sicher, weshalb sie so unbedingt mit Peta hatte reden wollen. Nur dass es ihr ein dringendes Bedürfnis gewesen war.

Ihr Kollege sah sie skeptisch an.

Sie nahm den Anruf entgegen. »Peta?«

»Wer ist da?«

»Jamina.«

»Moment, hab ich mich verwählt?«

»Nein, du … du bist richtig.«

»Ach so, na dann.« Peta lachte, ihr vertrautes, ungezwungenes Lachen.

Jamina verspürte einen Stich.

Petas Lachen hatte auf ihren Bruder so ansteckend gewirkt. An Petas Seite war er noch einmal mehr aufgeblüht.

»Wo ist denn dein Bruder?«, fragte Peta.

Jamina bekam keinen Ton mehr über die Lippen.

»Jamina?«

Sie schluckte.

»Jamina, was ist?«

»Er …« Ihre Stimme versagte.

»Jamina«, jetzt klang Peta besorgt, »was ist mit ihm?«

»Ich …«

»Was machst du an seinem Handy?«

»Ich komme zu dir.« Jamina legte auf und wollte ins Treppenhaus, so schnell wie möglich, als könne sie auf diese Weise der Erinnerung, dem Schmerz entkommen.

»Jamina!«, bremste sie ihr Kollege.

Sie blieb stehen.

»Willst du das wirklich machen?«

»Warum nicht?«

»Weil das nicht deine Aufgabe ist.«

»Ich …«, sie rang um Worte, »ich fahre nur zu einer Freundin, sie braucht mich jetzt.«

Ehleben setzte zu einer Erwiderung an.

»Und du … du brauchst sie nicht über seinen …« Sie atmete durch, wollte es nicht aussprechen. »Du kannst dir den Weg zu ihr sparen.«

Wieder schien ihr Kollege das Für und Wider abzuwägen.

Aus dem Flur kam ein Räuspern.

Zwei Männer schleppten einen Leichensack herein. »Können wir?«

Gequält verzog Ehleben das Gesicht. Zu Jamina sagte er: »Meinetwegen.«

Sie setzte sich wieder in Bewegung.

»Jamina!«

Sie fuhr herum. *»Was denn noch?«*

»Das Handy!« Er kam zu ihr, nahm ihr das Telefon aus der Hand und packte es in einen Beweismittelbeutel. Dann deutete er auf den Schutzpolizeibeamten. »Sollen die Kollegen dich fahren?«

NEUN

Alles wird wieder gut.

Natürlich habe ich Onkel Rudi geglaubt, du etwa nicht?

Ich war fest davon überzeugt, dass der Wagen, mit dem uns Ursula ins Heim brachte, jeden Moment bremsen, wenden und zurück nach Hause fahren würde. Dass Mama und Papa dort auf uns warteten. Dass alles wieder wie früher werden würde, ich gemeinsam mit Hansi, Papa und Onkel Rudi im Garten spielen würde, während du auf der Liege sitzt, und es zum Abendessen Mamas wunderbare Pfannkuchen gäbe.

Weil nämlich alles nur ein Scherz war, so wie Papa immer seine Späße trieb, mit denen er Mama zur Verzweiflung brachte. Weshalb sie auch diesmal schimpfen würde, dass man darüber keine Späße mache. Aber am Ende würde sie dennoch lachen, so wie sie immer lachte.

Nur ein Spaß.

Daran glaubte ich ganz fest und wünschte es mir so sehr.

Schon bald ist alles wieder gut.

Und während wir fuhren, hielt ich deine Hand fest umschlossen, du hast deine Finger nicht weggezogen, ich habe mich an dich gelehnt. Nichts davon war mehr Kinderkacke.

Ein gutes Zeichen, redete ich mir ein.

*

Dann aber zog sich unsere Fahrt gefühlt eine Ewigkeit hin.

Mit jedem Kilometer, den wir uns von zu Hause entfernten, bröckelte meine Zuversicht.

Irgendwann drehte sich Ursula zu uns um. »Ihr werdet sehen«, sie setzte ihr unnatürliches Lächeln auf, »es wird euch gefallen.«

Skeptisch sah ich sie an.

»Es ist ein wunderschönes Haus.«

Du hast nur raus in den Regen gestiert. Seit deinem Streit mit Onkel Rudi in der Küche hattest du kaum ein Wort verloren.

»Ihr werdet ein gemeinsames Zimmer haben, nur für euch beide.«

Wir schwiegen.

»Und es gibt viele Kinder dort, ich bin mir sicher, ihr werdet neue Freunde finden«, Ursula nickte, als müsse sie sich selbst überzeugen, »Freunde, die wie ihr seid.«

Dein Kopf flog herum. *»Wie sind wir denn?«*

Ursulas Lächeln erstarb.

Sekundenlang war nur das Rauschen der Reifen auf nassem Asphalt zu hören.

»Liebes«, sagte Ursula schließlich, »ich weiß, wie du dich fühlst.«

Mit einem abfälligen Schnauben schautest du wieder nach draußen.

»Du bist zornig. Das ist in Ordnung. Jeder geht anders mit einer solchen Situation um. Aber du solltest auch an deinen kleinen Bruder denken.«

Du hieltest den Blick auf die diesigen, düsteren Felder gerichtet.

»Er braucht dich, mehr denn je.«

Inzwischen brach der Abend an, und hätte ich damals raten müssen, hätte ich behauptet, wir wären den ganzen Tag unterwegs gewesen.

Tatsächlich aber, das erfuhr ich sehr viel später, hatten wir keine anderthalb Stunden gebraucht, bis der Mann, der den Wagen lenkte, sagte: »Wir sind da.«

Der Fahrer trat die Bremse und bog in einen Wald.

Im Scheinwerferlicht war ein Schotterpfad zu erkennen. Links und rechts davon ragten kahle Bäume wie mächtige, schwarze Gestalten in die Höhe. Dahinter herrschte nichts als Dunkelheit.

Erinnerst du dich noch, wie der Schlamm hochspritzte und die Steine gegen den Unterboden des Wagens hämmerten, während wir über den Weg fuhren? Beinahe unheimlich war das. Aber nicht so unheimlich, wie die Lichtung, die wir erreichten, an deren Ende sich ein altes Haus befand. Es war so groß, so mächtig und so bedrohlich.

Der Wagen blieb vor den Stufen zur Eingangstür stehen. Der Motor erstarb, die Lichter erloschen.

Meine Hoffnung verflüchtigte sich endgültig.

»Das ist Santa Lucia«, sagte Ursula.

Ein finsterer, furchterregender Riese. Die wenigen, erleuchteten Fenster glichen glühenden Augen, die auf uns herabstarrten.

»Wollen wir?« Ursula trat ins Freie und öffnete uns die Hintertür. »Na kommt, ihr werdet sehen …«

Weder du noch ich machten Anstalten auszusteigen.

»Ich weiß«, abermals bot Ursula uns ihr Lächeln, »das ist nicht einfach für euch, aber ihr solltet wissen: Hier wird es euch gutgehen.«

»Es sei denn, ihr wollt ewig im Auto sitzenbleiben«, knurrte der Mann.

Widerstrebend nahmen wir unsere Taschen, stiegen aus dem Wagen und folgten Ursula zur Tür.

Wieder hielten wir uns an den Händen.

Auf unser Klingeln waren drinnen unzählige Schritte zu hören, ein fast endlos währendes, seltsam gleichförmiges Geklacker.

Beklommen starrte ich auf das von Schatten umhüllte Schild neben der Tür. Ein großes Kreuz war darauf zu erkennen, außerdem ein paar Worte, die ich nicht verstand.

Drinnen kehrte Stille ein. Die Tür ging auf.

Im spärlichen Lichtschein, der nach draußen fiel, erschien ein Gespenst. »Aaah«, heulte es.

Der Schreck ging mir durch Mark und Bein, und hättest du mich in dieser Sekunde nicht festgehalten, ich wäre rückwärts die Stufen hinuntergestürzt.

Es brauchte einen Augenblick, bis sich das Gespenst als eine junge Nonne in einem blütenweißen Gewand entpuppte. Ihr Haar hielt sie unter einem ebenso weißen Schleier verborgen. »Aaah«, wiederholte sie, »wir haben euch bereits erwartet.«

Mir zitterten noch immer die Knie.

»Du«, mit einem Lächeln blickte sie auf mich herab, »du musst Michael sein.«

»Michel!«, hast du gezischt.

»Wie bitte?«

»Er heißt Michel!«

»Natürlich, Michel, entschuldige. Und du bist …«

»Ich weiß, wie ich heiße!«, fielst du ihr erneut ins Wort.

Ursula gab einen missbilligenden Laut von sich.

Die Nonne dagegen lächelte unverändert, nicht aufgesetzt wie bei Ursula, nicht einmal mitleidig, sondern einfach nur freundlich. »Willkommen in Santa Lucia. Ich freue mich, euch zu sehen.«

Zu meinem eigenen Erstaunen glaubte ich ihr.

»Ich bin Schwester Maria.« Sie tat einen Schritt beiseite. »So kommt doch herein.«

Als ich das riesige Foyer sah, überkam mich wieder die Angst. In den Schatten zu beiden Seiten wartete ein halbes Dutzend weiterer Nonnen in weißen, wallenden Gewändern. Vor ihnen standen gut und gerne fünfzig Kinder aufgereiht, rechts die Jungen, gegenüber die Mädchen.

Sie waren unterschiedlichen Alters, aber alle trugen sie braune Jogginganzüge und Holz-Clogs. In andächtigem Schweigen schauten sie auf die Marmorfliesen zu ihren Füßen. Nur vereinzelt stahl sich ein neugieriger Blick in unsere Richtung.

»Ihr Lieben«, hallte eine zittrige Stimme durch das Foyer, »so kommt doch näher.«

Aus einem Gang näherte sich eine kleine, alte, bucklige Nonne in ebenso weißem Gewand. Einzig in ihrem blauen Schleier unterschied sie sich von den anderen.

Schlagartig wurde mir noch unbehaglicher zumute.

»Ich bin Oberin Isolde.« Noch heute habe ich ihr Gesicht vor Augen: leichenblass, zerfurcht von Falten, Flecken und Warzen, aus denen graue Haare sprossen.

Und dann noch der Rosenkranz, der zwischen ihren zitternden Fingern baumelte.

»Michel«, mit erstaunlich klarem, wachsamem Blick sah sie auf mich herab, »der Tod ist manchmal nur schwer zu begreifen.« Sie schaute auf zu dir. Kurz glaubte ich in ihrer Miene Missfallen zu erkennen, aber vielleicht spielten mir das Zwielicht und mein wachsendes Unbehagen auch nur einen Streich. »Habt keine Angst, der Herr empfängt euch mit Trost in seinem Haus.«

Plötzlich fühlte ich mich an Hexe Gundula erinnert. Du dich auch?

ZEHN

Kalkbrenner und seine Kollegin brauchten nur eine Viertelstunde bis nach Johannisthal.

Es war spät, Berlin war mittlerweile wie ausgestorben.

Der Wrightweg war eine Sackgasse in einer Neubausiedlung voller Einfamilienhäuser – Garagen, Gärten, Swimmingpools und Kinderschaukeln.

Die Hausnummer 31 erwies sich als ein Fertigbau mit zwei Etagen, einem Balkon und Sonnenkollektoren auf dem Schieferdach.

In der Küche brannte noch Licht.

Kaum dass die Kommissare die Klingel gedrückt hatten, näherten sich schwerfällig schlurfende Schritte.

In der Tür erschien eine Frau, Mitte dreißig und schwanger. »Hast du deinen Schlüssel …« Überrascht brach sie ab.

»Frau Almut Fisher?«, fragte Muth.

»Äh … ja.«

Muth zeigte ihren Dienstausweis und stellte sich und Kalkbrenner vor.

Besorgnis erfüllte Fishers Gesicht. Unwillkürlich raffte sie die ausgeleierte Strickjacke enger um den Babybauch. »Worum geht es?«

»Ist Ihr Mann zu Hause?«

»Er … er ist noch auf Arbeit.«

»Im Theater?«

Fisher nickte.

»Tut mir leid«, bedauerte Muth, »von dort kommen wir gerade, dort ist er nicht.«

Besorgnis trat in Fishers Gesicht. »Wie meinen Sie das?«

»Dürfen wir hereinkommen?«, fragte Kalkbrenner.

Fisher zögerte, bevor sie sich umdrehte und schwer atmend durch einen Flur ins Wohnzimmer schritt.

Dort blieb sie stehen, die Strickjacke noch immer eng um den Bauch geschlungen. Falls sie sich am Geruch störte, der den Beamten nach wie vor anhaftete, ließ sie es sich nicht anmerken. »Was ist los?«

»Wir suchen Ihren Mann«, sagte Kalkbrenner.

»Was wollen Sie von ihm?«

»Können Sie ihn auf dem Handy anrufen?«

Mühselig bückte sich Fisher nach dem Telefon auf dem Wohnzimmertisch. Mit zittrigen Fingern wählte sie eine Nummer, lauschte und legte nach etwa einer Minute wieder auf. »Er geht nicht dran, er …«

»Mama?« Ein kleiner Junge im knatschgelben Schlafanzug tapste schlaftrunken durch den Flur.

»Ach Baby, wieso schläfst du noch nicht?«

»Ich bin wach geworden.«

»Oh Baby«, umständlich hob Fisher den Jungen auf den Arm und strich ihm zärtlich eine Strähne aus dem Gesicht. »Hast du wieder schlecht geträumt?«

»Es hat geklingelt.«

»Ach so, ja, das …«

»Ist Papa wieder da?«

»Nein, Baby, er … ist noch … auf Arbeit. Aber er kommt sicher bald wieder.« Verlegen wandte sich Fisher den Beamten zu. »Entschuldigen Sie mich, ich bringe ihn nur kurz zurück ins Bett.« Schon trug sie den Jungen die Treppe hoch und ließ die Beamten allein im Wohnzimmer zurück.

Es war mit einer samtroten Couchgarnitur, einer kirschholzfurnierten Schrankwand und einigen Zimmerpflanzen – Monsteras, Philodendron, einem Bonsai-Bäumchen, etlichen Hängetöpfen mit Efeu – geschmackvoll eingerichtet.

Bilder an der Wand zeigten die kleine Familie auf einem Spielplatz, am Strand, im Garten, lächelnd und glücklich.

Auf dem Teppich vor dem Fernseher lagen Legosteine, Playmobilfiguren, eine Plastiklokomotive und etliche Bälle.

Von oben war die Stimme des Jungen zu hören, dann das besänftigende Flüstern seiner Mutter.

Nach einer Weile kehrte sie zurück, ließ sich mit einem Keuchen aufs Sofa fallen und hielt sich den Babybauch. Im Lichtschein einer Stehlampe wirkte sie blass, erschöpft, wie das Zerrbild der lächelnden, glücklichen Frau auf den Bildern.

»Kommt das öfter vor?«, fragte Muth, die sich setzte. »Dass Ihr Mann nicht zu Hause ist und Sie nicht wissen, wo er sich aufhält?«

Fisher rang mit Worten, und kurz stand ihr die Lüge ins Gesicht geschrieben.

Dann entschied sie sich dagegen. »Es …«, ihre Stimme war ein bekümmertes Flüstern, »es war nicht leicht für uns in den letzten Monaten.«

»Das heißt?«

»Unsere Ehe, also … wir hatten Probleme.«

»Verstehe. Und Sie haben wirklich keine Ahnung, wo er sich jetzt gerade aufhalten könnte?«

»Bei seinem Kumpel, mit ihm ist er meist unterwegs.«

»Rufen Sie den bitte an.«

Angestrengt beugte sich die Schwangere wieder zum Telefon vor, wählte und wartete.

»Ich bin's, Almut«, meldete sie sich. »Ja, ich weiß, wie spät es ist, nein, es ist alles in Ordnung, aber … ist Josh bei dir? Nicht. Er war auch nicht da? Hat er sich mal gemeldet? Ja, doch, alles okay, es … Nein, bleib ruhig zu Hause, ich … ich wollte es nur wissen. Danke. Ja, gute Nacht.« Sie trennte die Verbindung und sah mit einer Mischung aus Verzweiflung und Hilflosigkeit auf. Tränen flimmerten in ihren Augen.

Kalkbrenner, der noch immer stand, sagte: »Frau Fisher …«

»Tut mir leid«, sie schnappte nach Luft, »ich … ich bin in letzter Zeit etwas nah am Wasser gebaut, die letzten Monate, die Schwangerschaft und …

»Im wievielten Monat sind Sie?«

»Im siebten.«

»Von wem ist das Kind?«

»Wie bitte?«

»Frau Fisher«, Kalkbrenner bemühte sich um einen ruhigen Tonfall, »wir wissen von Ihrer Affäre mit Herrn Schacht. Vor sieben Monaten.«

Für einen Moment schien es der Frau die Sprache verschlagen zu haben. »Affäre …«, flüsterte sie dann und schüttelte den Kopf. »So richtig war es das eigentlich nicht, eine Affäre.«

»Da haben wir aber etwas anderes gehört.«

»Und die Kleine«, unwillkürlich legte Fisher die Hände schützend über ihren Bauch, »die Kleine ist von Josh.«

»Ganz sicher?«

»Ja doch!«, fuhr sie mit überraschender Heftigkeit auf, »aber … aber jetzt sagen Sie doch, was soll das alles überhaupt? Was sollen diese Fragen? Und was wollen Sie von Josh?«

»Herr Schacht wurde heute Abend tot aufgefunden«, sagte Muth. »Ermordet.«

»Ermordet?« Fisher wirkte wie gegen den Kopf geschlagen. Dann runzelte sie die Stirn. »Sie denken … Nein, nein, das ist doch absurd!«

»Wir müssen jedem Verdacht nachgehen.«

»Völlig absurd!«

»Es heißt, es gab unschöne Szenen zwischen Ihrem Mann und Herrn Schacht.«

»Wer sagt denn sowas? Die im Theater?«

Muth überging die Frage. »Wie war denn das Verhältnis der beiden?«

»Was glauben Sie? Beste Freunde waren sie nicht. Aber … aber Josh hätte Frieder nie etwas getan.«

»Ihre Affäre war beendet?«

»Ich hab doch gesagt, das … das war keine richtige Affäre. Wir haben ja nicht einmal miteinander geschlafen. Verstehen Sie? *Deshalb* kann das Kind nicht von ihm sein!«

»Aber Sie hatten Gefühle für ihn?«

Fishers Gesicht verkrampfte sich, als würde ihr allein der Gedanke daran Schmerzen bereiten. »Ich … ich dachte, ich hätte Gefühle für ihn, wahrscheinlich hatte ich die sogar, aber …« Resigniert sank sie ins Sofa zurück. »Das alles war eine große Dummheit von mir, so dumm. Ich weiß bis heute nicht, was ich mir dabei gedacht habe, aber Frieder … Frieder …« Ihre Stimme erlahmte.

Sowohl Kalkbrenner als auch seine Kollegin schwiegen.

Fisher atmete durch. »Wissen Sie, damals ging es mir nicht gut, ich … ich fühlte mich einsam, alles blieb irgendwie an mir hängen, unser Sohn und … Josh war nie da, jeden Tag hatte er Proben, jeden Abend eine Aufführung, ich … ich weiß auch nicht, ich brauchte einfach jemanden zum Reden. Und Frieder nahm sich die Zeit.«

»Herr Schacht war doch aber auch im Theater beschäftigt?«

»Ja, aber … ich weiß auch nicht, Frieder war halt da. Er war hier. Für mich.« Beschämt ließ Fisher den Kopf hängen.

Kalkbrenner fragte: »Ist Ihnen je etwas Ungewöhnliches an ihm aufgefallen?«

»Ungewöhnlich?«

»Hat er von seiner Arbeit erzählt?«

»Natürlich hat er über das Theater gesprochen.«

»Und außerdem?«, hakte Kalkbrenner nach.

»Was denn noch?«

»Hatte er mit jemandem Streit? Wurde er bedroht? Hat er sich seltsam verhalten? Bei bestimmten Themen abgeblockt? Geld zum Beispiel?«

Fisher schüttelte den Kopf. »Nein.«

»Hat er je seine Familie erwähnt? Hatte er Angehörige?«

»Ich weiß nicht.«

»Freunde?«

»Darüber haben wir nie gesprochen, ich … ich glaube, die meiste Zeit habe ich nur von mir geredet. Es tat mir gut, ich fühlte mich gut, und ja, ja, Sie haben recht, ich war wohl auch verliebt. Aber dann … hinterher … da hatte ich das Gefühl, alles sei nur ein Spiel für ihn gewesen, als wäre es ihm nur darum gegangen, sich etwas zu beweisen oder ... als müsse er den anderen etwas beweisen.«

»Und das wäre?«

»Keine Ahnung. Dass er dazugehört. Dass er einer wie sie ist. Dass er normal ist.«

»Normal?«

»So kam es mir vor, aber in Wahrheit … in Wahrheit ist er ein Arschloch.«

»Zumindest in diesem Punkt scheinen sich alle einig«, grummelte Kalkbrenner.

Fisher wich seinem Blick aus.

»Wo war Ihr Mann gestern zwischen Mittag und Mitternacht?«, fragte Muth.

Fisher setzte zu einer Antwort an, blieb dann aber doch still.

»Er war nicht hier«, schlussfolgerte Muth.

»Aber …«

»Und Sie haben keine Ahnung, wo er war. Genau wie heute Abend.«

Fisher schwieg.

»Falls Sie Ihren Mann sprechen«, Kalkbrenner legte eine Visitenkarte auf den Tisch, »falls er nach Hause kommt, richten Sie ihm bitte aus, er soll sich umgehend mit uns in Verbindung setzen.«

Zurück im Wagen wählte er Bergers Nummer.

»Paul«, meldete sich sein Kollege, »gut, dass du dich meldest, dich wollte ich gleich anrufen.«

»Was gibt es?«

»Ich wollte dir nur sagen, dass der Dezernatsleiter, Herr Dr. Salm, für ...«, gefühlt eine Ewigkeit drang Papierrascheln aus dem Telefon, »... für morgen früh um elf eine Besprechung anberaumt hat.«

»Bis dahin sollten wir einen gewissen Josh Fisher, Fisher mit *s* und *h*, Wrightweg 31 in Johannisthal, überprüft haben.«

»Steht er unter Tatverdacht?«

»Ja, steht er.«

»Schreiben wir ihn zur Fahndung aus?«

»Vorerst sollte eine Suchmeldung genügen. Aber postiere bitte eine Streife vor seinem Haus.« Kalkbrenner machte eine kurze Pause. »Hast du inzwischen etwas über Frieder Schacht herausfinden können?«

»Ja«, sagte Berger, »zwar nicht viel, aber ich habe … Moment, wo ist es hin?« Erneut war ein Rascheln und Klappern zu hören. »Ah, hier, er wohnt …«

»… in der Marchlewski Straße 48.«

»Das wisst ihr schon?«

»Leben seine Eltern noch? Hat er Angehörige?«

»Weder noch.«

Kalkbrenner zog seinen Notizblock hervor und nannte Berger Schachts Handynummer, die die Kommissare von den Schauspielern erfahren hatten. »Stelle bitte beim zuständigen Ermittlungsrichter einen Antrag auf Herausgabe der Einzelverbindungsnachweise, möglichst schnell.«

»Du weißt, wie spät es ist?«

Kalkbrenner blickte auf die Uhr. »So schnell es eben geht.«

»Und was macht ihr?«

Kalkbrenner gähnte. »Wir fahren zu Schachts Wohnung.«

*

Jamina ließ sich von den Kollegen zurück zur Wache fahren.

Dort stieg sie in ihren eigenen Pkw, einen weißen Daihatsu 208 mit Automatikgetriebe, Sitz- und Lenkradheizung, Sprachassistent und anderen Annehmlichkeiten, die ihr beim Kauf seinerzeit wichtig gewesen waren.

Jetzt kam ihr der technische Kram bedeutungslos vor.

Im Radio sangen die Red Hot Chilli Peppers: *Walk away and taste the pain, come again some other day.*

Noch immer hatte sie den erschütternden Anblick ihres Bruders vor Augen – mit Erbrochenem besudelt, wie nach einem letzten, tödlichen Krampf gekrümmt.

Eine Überdosis.

Sie rief sich ihre letzten Begegnungen in Erinnerung. Hatte er Andeutungen gemacht? Waren sie ihr nicht aufgefallen?

Aber da war nichts gewesen, das Zweifel an seinem Befinden hätte wecken können.

Zu ihrer Linken glitt die steinerne Tribüne der Avus vorüber, in der Dunkelheit nur eine große, schwarze Wand. Auf der anderen Seite glommen die Lichter der Stadt, trügerisch lebendig.

Am Funkturm nahm sie die Abfahrt in Richtung Mitte.

Open my mouth, I couldn't make a sound, I could not scream, you know I could not shout.

In die Musik mischte sich Handyklingeln.

Jamina warf einen Blick aufs Display, zögerte, dann schaltete sie das Radio aus. Als sie den Anruf entgegennahm, versuchte sie ihrer Stimme einen normalen Klang zu geben. »Hallo, Liz.«

»Ich dachte, du kommst nach Hause«, schimpfte ihre Tochter.

»Hast du meine Nachricht nicht bekommen?«

»Das ist schon eine Ewigkeit her.«

»Ich weiß, Liebes, ich …«

»Da hätte ich auch bei Hannah bleiben können!«

»Tut mir leid, aber …« Jamina brach ab. *Dein Onkel ist tot,* hatte sie sagen wollen. »Ich hatte noch einen Einsatz«, sagte sie stattdessen.

»Ist ja nix Neues.« Liz stöhnte. »Die Arbeit, schon klar.«

»Liebes …«

»Scheiße, weißt du was? Du kannst mich mal!«

»Hey, nicht in diesem … Liz?« Ihre Tochter hatte aufgelegt.

Fluchend steuerte Jamina in den Kreisverkehr am Ernst-Reuter-Platz.

Ihr Blick fiel auf den kleinen Bilderrahmen, der am Armaturenbrett klebte, und die Wut verflog. Das Foto zeigte Liz im Alter von drei Jahren, niedlich und adrett. Der zickige Teenager war das Schreckgespenst einer fernen Zukunft.

Jamina überlegte, ob sie ihre Tochter zurückrufen sollte, ließ es aber bleiben. Sie konnte ihr den Zorn nicht einmal verübeln.

Ist ja nix Neues.

Wahrscheinlich wäre Liz' Reaktion anders ausgefallen, hätte sie vom Tod ihres Onkels erfahren. Aber Jamina konnte es ihr nicht erzählen, nicht am Telefon.

Außerdem musste sie es erst einmal selbst richtig verdauen.

Sie konnte immer noch nicht fassen, dass ihr Bruder seiner Sucht wieder nachgegeben hatte. Weshalb hatte er sich keine Hilfe gesucht, sich bei ihr gemeldet oder –

Doch, das hat er!

Ihr fiel sein Anruf von vor einigen Stunden wieder ein, wie aufgewühlt er geklungen hatte. Und dass sie ihn einfach abgewürgt hatte, weil sie sich mit diesem Mistkerl Kowalski und dessen Ehefrau hatte abgeben müssen.

Die Arbeit, schon klar.

Was, wenn der Anruf ihres Bruders tatsächlich ein verzweifelter Hilferuf gewesen war?

»Scheiße!«, fluchte sie. Und noch einmal: *»Scheiße!«*

Plötzlich hatte sie es eilig, nach Friedrichshain zu gelangen.

Inzwischen war es kurz nach Mitternacht. Von vereinzelten Nachtpendlern abgesehen, herrschte auch auf den Straßen Berlins gähnende Leere.

Am Boxhagener Platz parkte sie in zweiter Reihe vor einem der Altbauten.

Bis auf die Wohnung im ersten Stock lagen alle in Dunkelheit.

Hinter einem der Fenster stand Peta, nur ein schwarzer Schemen vor dem hellen Zimmerlicht.

Trotzdem glaubte Jamina ihren ungeduldigen Blick zu spüren.

Sie stieg aus.

*

Kalkbrenner knöpfte sich den Mantel zu und schritt neben Muth der Hausnummer 48 entgegen, einem grauen, schmucklosen Reihenbau, nur drei Blöcke vom *Wild & Heiter* entfernt.

Vor dem Eingang bibberte ein gedrungener Mann. »Haben Sie eigentlich eine Ahnung, wie spät es ist?«

»Sind Sie der Hauswart?«

»Ich hab schon tief und fest geschlafen, als Ihr Kollege anrief.«

»Wenn Sie uns rasch die Türen öffnen, dann sind Sie schnell wieder im Bett.«

»Darf ich das einfach so?«

»Wieso nicht?«

»Braucht man dafür nich' einen –«

»Nicht, wenn Gefahr im Verzug ist«, wich Kalkbrenner aus.

Der Hauswart schien nicht sicher, ob er auf den Arm genommen wurde. Weil er in Kalkbrenners müder Miene aber keinerlei Anzeichen von Erheiterung erkannte, machte er sich auf den Weg ins Haus.

Die beiden Kommissare folgten ihm.

Ein klappernder Aufzug beförderte sie in die vierte Etage.

Kalkbrenner fragte: »Wie gut kennen Sie Herrn Schacht?«

»Nur vom Sehen«, der Hauswart zuckte mit den Schultern, »manchmal hab ich mit ihm auf der Straße kurz geschwatzt, Sie wissen schon.«

»Nein.«

»Dass die Heizung mal wieder ausgefallen ist. Wie das Wetter wird. Wie Hertha spielt. Sowas halt.«

»Das war alles?«

Der Hauswart runzelte die Stirn. »Was denn noch?«

»Kam Ihnen etwas merkwürdig vor?«

»Er war Schauspieler.«

»Und?«

»Die …«, der Hauswart kratzte sich die Stirn, »die sind doch alle irgendwie merkwürdig, oder nich'?«

Die Wohnung befand sich am Ende eines langen Korridors, in dem es nach Schweiß, Alkohol und Zigaretten stank.

Auf Muths Klingeln hin reagierte niemand, einzig eine Katze maunzte in einer der Nachbarwohnungen.

Kalkbrenner zog sich Einweghandschuhe an und gab dem Hauswart ein Zeichen.

Der zögerte. »Was Sie da gerade meinten ...«

»Was?«

»Is' der Schacht wirklich in Gefahr?«

»Nein«, sagte Kalkbrenner, »er ist tot. Wenn Sie jetzt also so freundlich wären ...«

Der Hauswart machte eine betroffene Miene, drehte sich um und entriegelte das Schloss.

Muth signalisierte ihm, stehen zu bleiben, und streifte sich ebenfalls Einweghandschuhe über, dann klopfte sie an die Tür. »Hier ist die Polizei. Ist da jemand?«

Keine Antwort. Nur das Maunzen in der Nachbarwohnung.

»Wir kommen herein.«

Nichts.

Muth lief in die Diele und in die Küche links. »Gesichert!«

Neugierig schielte der Hauswart in die Wohnung.

»Wollten Sie nicht wieder ins Bett?«, fragte Kalkbrenner.

Missmutig dackelte der Hauswart davon.

Kalkbrenner wartete, bis er im Fahrstuhl verschwunden war, dann ging auch er in die Wohnung.

»Niemand da«, verkündete Muth, die inzwischen einen Blick in alle Räume geworfen hatte.

Diese waren wohlig warm, die Heizungen gluckerten, als habe Schacht, bevor er aufgebrochen war, Vorkehrungen für seine baldige Heimkehr getroffen.

Die Einrichtung war weder umfangreich noch teuer, ließ außerdem keinerlei Geschmack erkennen, nur reine Zweckmäßigkeit.

Im Wohnzimmer stand ein schmales Billy-Regal mit Romanen der Weltliteratur, einigen Sachbüchern, etlichen Titeln über das Theater und die Schauspielerei, Biografien bekannter Mimen und einer Vielzahl an Drehbüchern.

Die Couch sah ebenfalls nach Ikea aus, ebenso der Glastisch mit dem Deckchen und der Kerze. Im leeren Rotweinglas befand sich getrockneter Bodensatz. Daneben lag eine aufgeklappte Zeitung von vor zwei Tagen, als warte auch sie nur darauf, dass sie weitergelesen wurde.

Auf der Kommode gegenüber stand ein Flachbildfernseher.

An den Wänden ringsum hingen gerahmte Bilder, die Landschaften, Tiere, einen Strand zeigten.

Zimmerpflanzen gab es keine.

Während Muth sich in der Küche umsah, nahm sich Kalkbrenner die Schränke und Schubladen im Wohnzimmer vor.

Er fand noch mehr Bücher, die ihm nichts sagten, Romane, Skripte, Drehbücher, in einer Schublade leere Notizblöcke, Kugelschreiber, Bleistifte, Tesa-Film und anderen Bürobedarf.

Nichts Auffälliges.

Kalkbrenner ging ins Schlafzimmer, das mit Bett, Nachttischchen, einem Kleiderschrank und grauen, blickdichten Vorhängen nicht minder anspruchslosen Ikea-Charme verströmte.

Im Schrank befanden sich Sakkos, Hosen, Hemden,

Krawatten, eine Fliege, Schuhe, Socken, Unterwäsche, keine teure, aber auch keine Billigware. Normal halt.

Drei Bilder an der Wand zeigten abermals Landschaften, Wälder.

Muth kam aus der Küche. »Sieht nicht danach aus, als habe er unglaublich viel Geld besessen.«

»Die Zimmer eines durchschnittlichen, alleinstehenden Mannes.«

»Eines *einsamen* Mannes«, korrigierte Muth. »Oder hast du irgendwo ein Bild, ein Foto, meinetwegen auch eine Zeichnung gefunden, irgendetwas, das ihn mit einer anderen Person zeigt?«

»Nein.«

»Nicht *ein* Bild mit seiner Familie, egal ob lebend oder verstorben, mit einer Freundin, einem Freund.«

»Ja.«

»Nicht einmal ein Foto, das ihn alleine als Kind, Jugendlichen oder als jungen Mann zeigt.«

Nichts ist so wandelbar wie die Vergangenheit, kam es Kalkbrenner in den Sinn. Eine seiner Weisheiten, die er *Meine kleinen Helferlein* nannte, ein unerschöpflicher Fundus an Ratschlägen, die ihn seit Jahren durch den Berufsalltag begleiteten.

Er fragte: »Hast du in der Küche einen Laptop gefunden? Oder einen PC? Kontoauszüge? Versicherungspolicen? Irgendwelche persönlichen Unterlagen?«

»Nein. Du?«

»Ich auch nicht. Für mich schaut das alles so aus, als habe er etwas zu verbergen gehabt.«

»Du meinst …«

Kalkbrenners Handy klingelte. Grummelnd zog er es aus der Manteltasche.

Als er die Nummer im Display erkannte, hatte er schlagartig einen Kloß im Hals.

Er spürte Muths Blick.

Diesmal nahm er den Anruf entgegen. »Hallo?«

Eine Frau hüstelte. »Herr Kalbrenner?«

»Was ist mit meiner Mutter?«

»Am besten, Sie kommen ins Krankenhaus.«

Er legte auf.

»Deine Mutter?«, fragte Muth.
Beklommen deutete er ein Kopfnicken an.
»Fahr zu ihr«, sie drückte ihm den Wagenschlüssel in die Hand, »ich komme mit der Bahn nach Hause.«
Er blieb stehen. Sein Blick irrte durch Schachts Wohnung. »Sebastian soll sich um den Antrag auf Herausgabe der Einzelverbindungsnachweise kümmern.«
»Das macht er.«
»Außerdem brauchen wir Zugriff auf Schachts Finanzen, seine Kontobewegungen, Zahlungseingänge oder -ausgänge und –«
»Paul.«
»Und auch diesen Josh Fisher sollten wir –«
»Paul!«, sagte Muth. »Nun fahr endlich!«

*

»Jamina!« Petas aufgewühlte Stimme hallte durchs Treppenhaus. »Was ist passiert, was …« Der Rest ihrer Worte ging im Kläffen ihrer Hunde unter.
Jamina war froh, dass sie für die Hiobsbotschaft noch etwas Aufschub bekam.
Sie begrüßte die Bulldogge Hugo, die schnaufend und sabbernd um sie herumhüpfte. Charlie, der dreibeinige Corgi, konnte zwar nicht mehr springen, dafür umso freudiger jaulen.
»Ist ja gut«, maulte Peta, »ist ja gut.« Sie scheuchte die beiden Fellnasen in ihre Wohnung zurück. »Ihr weckt ja noch das ganze Haus.«
Langsam folgte Jamina ihr in die Diele.
Aus dem Wohnzimmer erklang Rage Against The Machine: *Silence, something about silence makes me sick.*
»Also?«, fragte Peta. »Was ist denn jetzt mit ihm?«
Jamina zögerte, weil sie in Petas Augen nicht nur Ungeduld erkannte, sondern auch jenen Hoffnungsschimmer, der allen Leuten eigen war, wenn unerwartet die Polizei bei ihnen klingelte.
Irgendetwas ist passiert, soviel war allen klar, *aber so schlimm wird es schon nicht sein, oder?*
Es erwischt immer die anderen.

Aber doch nicht uns!

»Er ist …« Jamina brach ab. *Tot.* Das Wort wollte ihr nicht über die Lippen kommen.

Fremden eine solche Nachricht zu überbringen, war das eine – alles andere als einfach, aber eben ein Teil des Jobs.

Diesmal ging es um ihren eigenen Bruder. Dessen Tod war ihr selbst noch immer unbegreiflich.

»Es tut mir leid«, hörte sie sich sagen.

Peta sah sie an, schien nicht zu begreifen. »Komm rein.« Die Hunde liefen voraus ins Wohnzimmer. »Willst du was trinken?«

»Danke, ich …«

»Ich kann dir Kaffee machen.«

»Ist schon gut.«

Mitten im Zimmer blieb Peta stehen. »Lieber Tee? Ich hab schwarzen Tee, Pfefferminztee, Darjeeling, Rooibos, Kräuter. Oder Ingwertee.«

»Nein, Peta.«

»Weißt du was? Ich mach dir Ingwertee, frischen Ingwertee, der beugt Schnupfen vor. Gerade bei dem Mistwetter draußen. Es friert, oder?«

»Peta.«

»Zum Glück war ich schon mit den Hunden draußen, die beiden hatten …«

»Peta!«

Ihr Gegenüber zuckte zusammen. Der Blick irrte durchs Zimmer, als suche er Halt.

Schlabbernd trank Hugo aus einem Wassernapf. Charlie rollte sich in seinem Körbchen ein. Auf der Fensterbank schlummerte eine kleine, schwarze Katze.

Irgendwo in der Wohnung trieben sich noch zwei weitere Katzen herum.

'Cause silence can be violent, sorta like a slit wrist.

Ein Beben ging durch Petas Körper. Mit einem Schluchzen sackte sie zusammen.

Jamina hielt sie fest und führte sie zur Couch.

Als spüre er die Verzweiflung seines Frauchens, humpelte Charlie herbei. Mit traurigem Blick presste er das Corgi-Köpfchen gegen Petas Bein.

Gleich darauf kam auch Hugo und legte seine Schnauze auf ihren Oberschenkel.

Jamina kämpfte gegen die eigenen Tränen.

If the vibe was suicide, then you would push the button.

Irgendwann beruhigte sich Peta etwas, stand auf und ging zum Schrank.

Die Hunde wichen ihr nicht von der Seite.

Sie holte Taschentücher aus einer Schublade, putzte sich die Nase, tupfte sich die Augen.

Dann kam sie zurück zur Couch. »Was ist passiert?«

»So genau wissen wir das noch …«

»Sag es mir!«

Jamina zögerte. »Vermutlich eine Überdosis.«

Nachdenklich streichelte Peta die Hunde. Dann nickte sie. »Ich … ich hätt's wissen müssen.«

Überrascht sah Jamina sie an. »Was soll das heißen?«

»Ich hab nicht aufgepasst.«

»Wie? Nicht aufgepasst?«

»Ich …«, weitere Tränen erstickten Petas Worte, »er … er hat …«

»Was hat er?«

Petas Blick ging zu Boden, als schäme sie sich zutiefst.

»Was?«, zischte Jamina.

Erschrocken schauten die beiden Hunde sie an. Sogar die Katze auf dem Fensterbrett blinzelte verschlafen.

But if ya bowin' down, then let me do the cuttin'.

In die Musik mischte sich Jaminas Handyklingeln.

Wieder war es Rob.

Rasch drückte sie den Anruf weg. Dann sah sie Peta erwartungsvoll an.

»Wir …«, begann diese mit zitternder Stimme, »wir waren verabredet, vor drei Tagen, bei Rashid, unserem Lieblingsinder um die Ecke, aber … aber dann hat dein Bruder abgesagt.«

»Warum?«

»Er meinte, er … er sei krank, vergrippt, er wolle mich nicht anstecken.«

»Und?«

»Das ist es ja, irgendwie hatte ich das Gefühl, dass ihn noch was anderes bedrückt.«

»Was?«
»Das weiß ich nicht.«
»Du hast ihn nicht gefragt?«
»Nein«, widerstrebend schüttelte Peta den Kopf, »ich … ich hab mir gesagt: *Mach dir keine Sorgen. Wenn was wäre, würde er es dir schon sagen.* Er war krank, außerdem gestresst, er musste ja arbeiten, hatte wieder Nachtschicht, und das mit einer Grippe!«
»Aber?«
»Aber dann hat er sich nicht mehr gemeldet, kein Anruf, keine WhatsApp, nichts. Seit drei Tagen.«
»Seit drei Tagen?«, ächzte Jamina. »Und da hast du dir keine Sorgen gemacht?«
»Doch, natürlich, ich hab versucht ihn anzurufen, ihm Nachrichten geschrieben, aber … aber keine Antwort. Gestern bin ich sogar zu ihm gefahren, ich hatte eh was in Potsdam zu erledigen. Er hat nicht aufgemacht, also, er war nicht zu Hause, aber …«, gequält verzog Peta das Gesicht, »wieder hab ich mir gesagt: *Mach dich nicht verrückt.* Vielleicht hat er viel zu tun. Er will … wollte … er wollte ja noch ein paar zusätzliche Schichten einlegen, um sich seinen Teil des Urlaubs zu verdienen.«
»Was?«
»Ja, das hat er vorgehabt. Und ich … ich hatte ja auch viel um die Ohren, die Hunde, die Katzen und …« Peta brach ab. Wieder liefen ihr Tränen über die Wangen. »Ich bin schuld an seinem Tod.«
»Nein«, sagte Jamina, »nein, das …«
»Ich hätte es nicht einfach so abtun dürfen!«
Das ist Quatsch!, wollte Jamina sagen, ließ es aber bleiben.
Wieder musste sie an den Anruf von vor einigen Stunden denken, wie aufgewühlt ihr Bruder gewesen war, und dass auch sie es hätte besser wissen müssen.
Sie fragte: »Was hat ihn bedrückt?«
»Ich …«, Peta wischte sich mit einem Taschentuch die Augen, »ich weiß es nicht.«
»Irgendetwas muss doch gewesen sein.«
»Ich kann's dir nicht sagen.«
»Ist etwas vorgefallen?«
»Ich weiß es wirklich nicht.«

»Hattet ihr Streit?«

»Nein!«, empörte sich Peta. »Nein, wir hatten keinen Streit.«

Jamina musterte sie, fand aber keinerlei Anzeichen einer Lüge. »Verdammt, wieso hat er dann wieder mit dem Scheiß angefangen? Er war doch weg davon!«

»Ja.«

»Er war glücklich, es ging ihm gut, er hat sich auf unseren Urlaub gefreut.«

»Ja«, wiederholte Peta und streichelte die Hunde. Allerdings schien sie damit weniger die Fellnasen, als sich selbst beruhigen zu wollen.

Jamina erhob sich vom Sofa. »Du hast doch einen Schlüssel zu seiner Wohnung, oder?«

»Ja, ich …«

»Gib ihn mir bitte.«

»Wieso? Was hast du vor?«

»Keine Ahnung, ich … ich will mich dort umsehen. Vielleicht finde ich etwas, das uns Antworten gibt.«

»Ich komme mit.« Peta stand ebenfalls auf.

»Nein«, wehrte Jamina ab, »ich fahre allein.«

»Na, hör mal, ich bin … ich … ich war seine Freundin, ich werd ja wohl noch in seine Wohnung dürfen.«

»Sie ist versiegelt.«

»Na und?«

»Du darfst sie nicht betreten.«

»Und was ist mit dir?«

»Ich bin Polizistin.« Jamina ging zur Tür. »Das ist etwas anderes.«

ELF

Erinnerst du dich an die Gute-Nacht-Geschichten, die uns Papa vorgelesen hat?

Klar, dir zuletzt nur noch selten. Das war ja alles Kinderkacke. Und die *Bravo* hielt Papa natürlich nicht für eine geeignete Vorleselektüre.

Aber als du jünger warst, hat er uns beiden eine Menge Geschichten vorgelesen.

So sehr ich es liebte, wenn er mit uns im Garten herumtobte, fast noch mehr freute ich mich auf die abendliche Viertelstunde, in der sich Papa auf meine Bettkante setzte, im Licht der Dinosaurierlampe eines der Bücher aufschlug und die Stimmen der Figuren in den Geschichten imitierte.

Meine Lieblingsgeschichte war die von Hexe Gundula. Kennst du die noch?

Keine Ahnung, wie oft Papa sie mir hat vorlesen müssen, immer und immer wieder, ohne dass er dabei je ein Zeichen von Ungeduld erkennen ließ. Jedes Mal trug er sie mit der gleichen Inbrunst vor, als läse auch er sie gerade zum ersten Mal.

Erinnerst du dich? Hexe Gundula lebte abgeschieden im Märchenwald, war alt, buckelig, voller Falten und grässlicher Warzen, mit aschgrauen Haaren, die sie unter einem Kopftuch verbarg. Nachts schlich sie sich in die Dörfer, wo sie die friedlich schlummernden Kinder erschreckte.

»Habt keine Angst«, kicherte sie, bevor sie die schlaftrunkenen Kinder auf ihrem fliegenden Besen ins Hexenhaus schaffte. Dort mussten sie für sie kochen, putzen, Holz hacken und andere, unangenehme Aufgaben verrichten.

Einzig David, ein kleiner Junge, ließ sich das nicht gefallen. Mit allerlei Tricks besiegte er die Hexe. Alle Kinder kehrten zu ihren Eltern zurück, mit denen sie fortan glücklich weiterlebten.

Und wenn sie nicht gestorben sind …

So gruselig sich die Geschichte anhörte, jedes Mal freute ich mich diebisch auf David und darauf, wie er der Hexe endlich den Garaus machte.

So tapfer wie David wollte ich auch immer sein.

*

Als ich vor der Oberin stand, musste ich an David und die Hexe Gundula denken, aber ich war alles andere als mutig.

Habt keine Angst.

Ich hatte mächtig Angst, auch weil ich erst jetzt richtig zu begreifen begann: Mama und Papa waren tot, sie würden nicht mehr nach Hause kommen, genauso wenig wie du und ich.

»Ihr Lieben«, die Oberin machte noch einen Schritt auf uns zu, bis sie dicht vor uns stand.

Weißt du noch, wie sie aus dem Mund gestunken hat?

»Ich weiß«, sagte sie, »wie ihr euch fühlt.«

Ich zuckte vor ihr zurück.

Falls sie Notiz davon nahm, ließ sie es sich nicht anmerken. »Ihr fühlt euch schrecklich verlassen, und wie einst Jakob glaubt ihr, der Schmerz säße so tief, dass er nie wieder vergehen wird.«

Ich schluckte.

»Doch ich habe den festen Glauben, dass ihr ihn mit Gottes Hilfe überwindet.«

Jakob? Gott?

Ich hatte keinen blassen Schimmer, wovon sie sprach. Nur eines war mir plötzlich klar: Nichts würde wieder gut werden.

Nie wieder.

»Wir sind jetzt bei euch. Gott ist immer bei euch. Auch wenn es sich gerade nicht so anfühlt, ihr seid nicht allein.« Die Oberin senkte den Kopf. »Lasset uns gemeinsam für Michel und seine Schwester beten.«

Ein vielfaches Rascheln erklang, als alle Kinder die Hände vor der Brust falteten.

Hast du auch nur ein Wort von dem kapiert, was sie danach runtergeleiert hat? Von Verzweiflung war da die Rede, von Not und Leid. Und von Liebe, die stärker ist als der Tod.

Dann schaute sie zu uns. »Amen.«

»Amen«, wiederholten alle Kinder im Chor.

Ängstlich schrumpfte ich unter dem Blick der Oberin. Sie starrte uns an, als würde sie etwas erwarten.

Was es auch war, ich wusste es nicht.

Und auch du warst still.

Diesmal stand der Oberin das Missfallen deutlich ins Gesicht geschrieben. »Geht auf eure Zimmer«, wies sie die anderen Kinder an, »nicht mehr lange, und es ist Zeit für das Abendbrot.«

In Reih und Glied zogen die Kinder davon, die Mädchen in den Flur nach links, die Jungen in den rechten Gebäudetrakt – ohne ein Wort zu sagen, ohne ein Lachen, nicht einmal ein verhaltenes Räuspern. Einzig das gleichförmige Clogs-

Klackern begleitete ihr Verschwinden. Das alleine war schaurig genug.

Die Oberin, die unverändert den grimmigen Blick auf uns gerichtet hielt, tat ihr übriges. »Schwester Maria habt ihr bereits kennengelernt«. Sie sagte das, als hätten wir uns eines Verbrechens schuldig gemacht. »Sie und Schwester Hiltrud«, eine weitere Nonne gesellte sich zu uns, »werden euch jetzt auf eure Zimmer begleiten.« Und das klang wie eine Drohung.

In gewisser Weise war es das sogar, auch wenn ich einen Augenblick brauchte, um das zu begreifen.

Du warst schneller. »Sind wir nicht zusammen auf einem Zimmer?«

»Grundgütiger, nein«, die Oberin starrte dich an, als hättest du sie beleidigt, »ihr seid gemeinsam in diesem Haus, das soll euch –«

»Wir wollen aber auf ein Zimmer!«, hast du protestiert.

Was sie noch mehr erzürnte. »Nein!«

»Aber wir …«

»Nein!«, sagte die Oberin mit überraschend fester Stimme, die keinen Zweifel daran ließ, dass sie Widerspruch nicht noch einmal erduldete. »Es gelten Gottes Regeln in unserem Haus.« Dann wandte sie sich ab und verschwand in die Dunkelheit des Gebäudes, so rasch, wie es ihrem alten, gebrechlichen Körper kaum zuzutrauen war.

*

Es war Ursula, die schließlich das Schweigen brach. »Also«, begann sie, »ich denke, es ist besser …«

»Sie haben es versprochen«, hast du gesagt.

»Wie bitte?«

»Dass wir gemeinsam ein Zimmer kriegen.«

»Nein, nein, versprochen habe ich …«

»Sie haben es versprochen!« Deine Wut hallte durch das Gebäude.

Ursula blickte zu mir, als erhoffe sie sich ausgerechnet von mir Unterstützung.

Mir allerdings schlug vor Furcht das Herz bis zum Hals.

Sie machte ein zerknirschtes Gesicht. »Ich habe gedacht, dass ihr …«

»Wir wollen hier weg!«, fielst du ihr erneut ins Wort.

»Liebes …«

»Und ich bin nicht dein Liebes!«, hast du gebrüllt. *»Du blöde Kuh!«* Schier endlos schien es diesmal zu dauern, bis das Echo deiner Stimme verklang.

Dann kehrte betroffene Stille ein.

Bis sich Schwester Maria räusperte. »Ihr habt zu Hause doch auch jeder ein eigenes Zimmer gehabt, oder nicht?«

Weder du noch ich antworteten.

»Außerdem seht ihr euch zum Abendbrot schon wieder.«

Wir schwiegen.

»Ihr könnt euch einfach jederzeit sehen.«

Es waren weniger ihre Worte, die uns einlenken ließen, mehr ihr leutseliges Lächeln.

Trotzdem hatte ich Tränen in den Augen, als sie mich an die Hand nahm, in den rechten Flur und weg von dir führte.

Mehrmals sah ich mich nach dir um.

Du bist mit einer anderen Schwester in den linken Gebäudetrakt verschwunden. Hast du auch die Tränen verdrückt?

Am liebsten hätte ich mich umgedreht und wäre dir nachgerannt, aber die Schwester zog mich immer weiter.

Wir kamen in einen kargen, kalten Raum mit einem Metallschrank voller Dosen, Pflaster und anderem medizinischen Kram. Hinter einem Schreibtisch saß ein ergrauter Mann in weißem Kittel, um den Hals ein Stethoskop.

»Das ist Doktor Mertens«, sagte Schwester Maria.

Mit einem Gähnen streifte sich der Mann Einweghandschuhe über. »Und wen bringen Sie mir heute?«

»Das ist Michel.«

»Was hat er verbrochen?«

»Nichts, die Eltern sind verstorben.«

»Herrje, das Übliche, was?« Der Doktor seufzte. »Alkohol, Überdosis oder …«

»Ein Autounfall.«

»Ach?« Der Doktor runzelte die Stirn. »Was macht er dann hier?«

»Anderswo ist auf die Schnelle kein Platz frei gewesen für ihn und seine Schwester.«

»Eine Schwester hat er auch noch?« Der Doktor zuckte mit den Achseln, bevor er sich mir zuwandte. »Na dann, zieh dich mal aus.«

Erschrocken schaute ich zu Schwester Maria.

Sie nickte. »Es ist in Ordnung, Michel, wir wollen uns nur vergewissern, dass du auch gesund bist.«

»Also«, der Doktor beugte sich vor, »ziehst du dich aus?«

Ich schrumpfte unter seinem ungeduldigen Blick.

»Oder soll ich das erledigen?« Mit einem entschlossenen Ruck stand er auf.

»So warten Sie doch.« Schwester Maria hob die Hand. »Michel«, sie lächelte immer noch, »sei unbesorgt, es geht ganz schnell, und es tut auch nicht weh.«

Ich gebe zu, irgendetwas hatte sie an sich, das mich beruhigte. Trotzdem sehnte ich den Moment herbei, in dem ich dich wiedersehen würde.

Während ich mich bis auf die Unterhose auszog, zitterte ich, nicht nur vor Kälte.

»Den Schlüpfer auch«, brummte der Doktor.

»Ist das wirklich nötig?«, fragte Schwester Maria.

»Sind Sie der Arzt oder ich?«

»Sie sehen doch, er hat …«

»Sie sind noch nicht lange hier, oder?«

»Nein«, Schwester Maria zögerte, »einen halben Monat, aber was …«

»Kein Wunder«, knurrte der Doktor. »Aber jetzt lassen Sie mich meine Arbeit machen.« Er schaute streng auf mich herab.

Widerstrebend zog ich mir die Unterhose aus.

»Komm her«, knurrte der Doktor und setzte sich wieder auf den Stuhl.

Barfuß, schlotternd vor Scham, ging ich zu ihm.

Zuerst begann er meine Haare zu untersuchen, dann leuchtete er mir in Augen und Ohren und schob schließlich den Spatel so tief in meine Kehle, dass ich mich um ein Haar übergeben musste.

Er tastete mich unter den Armen ab und lauschte mit dem Stethoskop auf meiner Brust.

Obwohl es im Grunde nur eine Untersuchung war, wie ich sie schon ungezählte Male mit Mama und Papa beim

Kinderarzt erlebt hatte, fühlte sie sich anders an, fremdartig und weitaus unangenehmer.

Einzig der Gedanke an dich und unser Wiedersehen ließ mich alles ertragen.

Gleich!

Als der Doktor nach meinen Hoden griff, zuckte ich weg.

Er schien es geahnt zu haben, fasste mich an der Schulter, grub seine Finger in meine Haut, so tief, dass der Schmerz mich aufjapsen ließ.

»Sie tun ihm weh!«, empörte sich Schwester Maria.

Er murrte unverständlich vor sich hin, lockerte zwar den Griff, hielt aber unverändert meine Hoden, als wiege er ihr Gewicht. »Einmal husten!«

Am liebsten hätte ich losgeheult.

»Husten!«

Ich gab ein hilfloses Krächzen von mir.

»Na also, geht doch.« Er streifte sich die Handschuhe ab, warf sie in einen Mülleimer und stand auf. Noch einmal betrachtete er mich von Kopf bis Fuß.

Sein durchdringender Blick ließ mich schaudern.

Dann nickte er zufrieden und verließ den Raum. »Er ist gesund.«

Ich griff nach meinen Klamotten.

»Warte, Michel«, sagte Schwester Maria und reichte mir einen braunen Jogging-Anzug und Holz-Clogs. »Alle Kinder hier tragen diese Sachen. Du wirst sehen, das ist besser so.«

Ich zögerte, wollte den Poncho nicht loslassen.

Wieder hatte ich Papas Duft in der Nase, seine freudige Stimme im Ohr.

Komm hol das Lasso raus …

Plötzlich wurde ich wütend, ohne dass ich so recht wusste auf wen oder warum. Außerdem verschwand das Gefühl so schnell wie es mich überwältigt hatte.

Zurück blieben Furcht und Verzweiflung.

»Wir werden deine Sachen für dich aufbewahren«, fügte Schwester Maria hinzu.

Beklommen zog ich den Jogging-Anzug an. Er war an den Ärmeln etwas zu lang, an den Beinen zu kurz, die Clogs waren hart und unbequem.

Mit einem Lächeln nahm mich Schwester Maria wieder an die Hand, führte mich aus dem Zimmer und eine Treppe hinauf.

In der ersten Etage bogen wir von einem schwach erleuchteten Gang mehrmals nach links und nach rechts.

Schon bald hatte ich die Orientierung verloren.

Mein Unbehagen wuchs angesichts der großen, gerahmten Wandbilder. Weißt du noch, diese Bilder mit all den Frauen und den Männern, die Höllenquallen litten. Was haben sie mir damals für einen Schrecken eingejagt!

Die Türen zu den Zimmern, die wir passierten, standen meist offen. Die Schatten waren düster, die drei Betten, der schmale Schrank, das Kreuz an der Wand kaum zu erkennen.

Kleidungsstücke lagen keine herum, keine Spielsachen, keine Malstifte, stattdessen ein paar Bücher, in denen die Kinder lasen.

Obwohl einige von ihnen sich unterhielten oder sogar lachten, wirkten sie befangen und gedrückt.

»Gleich gibt es Abendbrot«, sagte Schwester Maria, als erkläre das alles.

Ich fröstelte.

»Und das«, sie blieb vor einer weiteren, offenen Tür stehen, »das wird dein Zimmer sein.«

Es unterschied sich kaum von den anderen, nur dass zwei Betten unbenutzt waren.

»Das ist Michel«, sagte Schwester Maria. »Und das sind Arthur und Ben. Ben ist dein Zimmergenosse, Arthur hat sein Zimmer gegenüber.«

Die beiden Jungen verstummten und drehten sich zu mir um.

Sie waren größer als ich, zweifellos älter, der eine, Arthur, schlaksig, der andere, Ben, leicht untersetzt, sein Gesicht obendrein übersät mit Pickeln.

»Ben wird dir gerne die Waschräume zeigen,« fuhr Schwester Maria fort, »und dich danach zum Speisesaal begleiten. So halten wir das hier nämlich: Wir helfen einander.« Mit einem aufmunternden Lächeln huschte sie davon.

Aber so richtig bestärkt fühlte ich mich nicht.

Nach wie vor starrten mich Arthur und Ben schweigend an.

Zögernd betrat ich das Zimmer und steuerte eines der beiden

freien Betten an. Mein Herz schlug wie wild. Ich wollte mich umdrehen, zu dir rennen, mich wieder an dich lehnen und –

Das Bein, das Arthur mir stellte, bemerkte ich zu spät.

Ich stolperte und stürzte zu Boden.

Mit einem spöttischen Grinsen eilten die beiden hinaus in den Flur.

»We-we …«, stotterte es aus den Schatten, »weißt du, ma-ma-man gewöhnt sich dran.«

ZWÖLF

Kalkbrenner parkte vor dem Jüdischen Krankenhaus, hastete wortlos am Pförtner vorbei, dann die Treppe hoch zur Intensivstation.

Im Wartebereich kauerte eine Frau, ihre Finger um ein Taschentuch verkrampft, ihre verheulten Augen hinter einer getönten Brille verborgen.

Sie musste seine Schritte gehört haben und schaute voller Hoffnung auf.

Als sie erkannte, dass er weder Arzt noch Pfleger war, ließ sie den Kopf wieder hängen.

Kalkbrenner betätigte den Klingelknopf neben der Schleuse.

Es dauerte eine Weile, bis eine gehetzte Stimme fragte: »Ja, bitte?«

»Ich bin der Sohn von Frau Kalkbrenner. Sie hatten mich angerufen.«

Der Summer ging und die Schleuse öffnete sich.

Kalkbrenner zog sich die vorgeschriebene Schutzkleidung an, desinfizierte seine Hände und folgte einer hageren, von den Anstrengungen ihres Berufs gezeichneten Schwester durch einen Gang, an dessen Ende sie ihm die Tür zu einem der Zimmer aufhielt.

Obwohl seit seinem letzten Besuch gerade einmal zwei Tage vergangen waren, bestürzte ihn der Anblick seiner Mutter. Sie wirkte auf ihn noch dürrer, noch eingefallener, noch bleicher.

Sie sah aus wie … *tot.*

Nur die surrenden, fiependen Geräte, an die sie angeschlossen war, ließen erahnen, dass sie noch lebte.

Er wandte sich der Krankenschwester zu: »Was ist passiert?«

»Ein neuerlicher Schlaganfall.«

Er wollte etwas erwidern, aber ihm fiel nichts ein. Stattdessen blickte er wieder auf die kümmerliche Gestalt herab, die einst seine Mutter gewesen war.

Das ist sie noch immer!

Aber wie lange war es her, dass sie miteinander geplaudert, gealbert, gelacht hatten? Er konnte sich kaum noch daran erinnern, nur noch an Krankheit und Schmerz, schier endlos.

Schwermütig nahm er die Hand seiner Mutter und erschrak erneut. Ihre Finger waren so entsetzlich dürr und kalt, ohne einen Hauch von Leben.

Dann glaubte er ein Zucken zu spüren. Oder bildete er sich das nur ein? Weil er es sich wünschte?

Er fragte: »Kann ich mit dem Arzt reden?«

»Wenn Sie so lange draußen warten würden.«

Empört wollte er widersprechen, aber dann ging er doch wortlos hinaus zur Schleuse, streifte sich den Schutzanzug ab und begab sich in den Warteraum.

Die Frau hatte das Taschentuch inzwischen größtenteils zerpflückt. Fetzen lagen wie versprengt zu ihren Füßen.

Er sank auf einen Stuhl am anderen Ende des Zimmers.

Misshandelte Frauen, erstochene Jugendliche, Leichen auf Mülldeponien machten ihm nichts mehr aus.

Den Anblick seiner Mutter konnte er jedoch kaum ertragen.

Plötzlich überkam ihn die Anstrengung dieses Tages, dieser Woche, der letzten Monate, und er ertappte sich bei einem stillen Gebet, dass dieser Schlaganfall die allerletzte Attacke war, und dass das Leiden seiner Mutter endlich ein Ende fand.

Auch wenn sie selbst vermutlich gar nichts mehr davon mitbekam.

Seit Monaten, seit dem ersten Schlaganfall, vegetierte sie im Krankenhaus vor sich hin, nur noch von Apparaturen und künstlicher Ernährung am Leben gehalten.

Außerdem war sie schon seit Jahren dement, verwirrt, *irre.*

Dann schämte er sich für diesen Gedanken, und auch für das Gebet, das sich eigennützig und egoistisch anfühlte.

Seine Ex-Frau hatte ihm einmal vorgeworfen: *Es sollte Söhne geben, die sich um ihre Mütter sorgen.*

Aber daran wollte er jetzt nicht denken. Stattdessen griff er nach einer Zeitung, die auf dem Tisch lag, und blätterte hindurch, ohne dass er sich großartig auf die Artikel konzentrieren konnte.

Es ging um den Ukraine-Konflikt, Altkanzler Schröder, dessen Partei ein Ausschlussverfahren anstrengte, um das große, soziale Wohnungsbauprojekt von SoWoBa-Magnat Mertens, den jämmerlichen Absturz der Hertha, deren Trainer Felix Magath gerade erst –

»Das Warten ist das Schlimmste«, sagte die Frau.

Kalkbrenner schaute auf.

»Oder nicht?« Noch immer hielt sie ihre Augen hinter der getönten Brille verdeckt. »Hier zu sitzen und darauf zu warten, dass das Unabwendbare eintritt. Und dabei zu wissen, dass man nichts dagegen tun kann.«

Er nickte.

»Ihre Mutter?« Die Frau schien ihm die Verwirrung anzusehen. »Entschuldigung«, sie lächelte gequält, »ich hab's mitbekommen, als Sie vorhin hereingekommen sind.«

»Ja, meine Mutter.«

»Bei mir ist's mein Mann. Krebs im Endstadium.«

»Das tut mir leid.«

»Ich wünschte, ich …« Ihre Stimmte versagte. Ihr kamen die Tränen. Sie hob ihre Brille an und tupfte die Augen mehr schlecht denn recht mit dem zerpflückten Taschentuch.

»Herr Kalkbrenner?« Ein Arzt trat durch die Schleuse. Er trug einen grünen Kittel, eine grüne Hose, sogar grüne Crocs.

Kalkbrenner zögerte.

Die Frau schien seinen Blick zu spüren. Sie schaute ihn an.

»Alles Gute«, sagte er.

Sie zwang sich zu einem neuerlichen Lächeln, nickte, wobei ihre Brille verrutschte. Rasch schob sie sie wieder vor ihre verquollenen Augen.

Kalkbrenner folgte dem Arzt einige Schritte durch den Flur.

»Ihre Mutter hatte Glück.«

»Glück?«

»Wir konnten sie noch einmal kurz stabilisieren.«

»Noch einmal?«, wiederholte Kalkbrenner, ehe ihm die ganze Bedeutung der Aussage aufging.

Noch einmal kurz.
Er fragte: »Wie lange noch?«
»Das kann ich Ihnen nicht sagen, es ist …«
»Was schätzen Sie?«
»Einige Stunden. Vielleicht auch Tage. Nicht sehr viel länger. Ihr Körper ist einfach zu schwach.«
Kalkbrenners Blick ging zurück in den Warteraum. »Kann ich irgendetwas tun?«
»Sie meinen, außer – warten?«
Kalkbrenner schwieg.
»Wie ich schon sagte, es kann Stunden dauern. Oder auch Tage. Wenn Sie wollen, rufen wir Sie an und …«
»Machen Sie das bitte.« Kalkbrenner lief zum Ausgang.
Obwohl er den Weg vom Krankenhaus bis nach Treptow schon unzählige Male gefahren war, kam er ihm heute anders vor. Besonders. Als würde er ihn zum letzten Mal zurücklegen.
Einige Stunden. Vielleicht auch Tage. Nicht sehr viel länger.
Er blinzelte die Tränen weg, die seinen Blick trübten.
Beklommen parkte er den Wagen am Treptower Park, überquerte die Straße zum Haus, lief durch den Durchgang zum Hinterhaus, dort in die dritte Etage.
Kaum dass er die Tür öffnete, stürmte Bernie, der Bernhardiner, auf ihn zu.
»Tut mir leid, Dicker«, Kalkbrenner kraulte ihm das Fell, und er war sich nicht sicher, wer hier wen beruhigte, »es hat heute etwas länger gedauert.«
Der Bernhardiner kläffte wild wie ein Rehpinscher, ungewöhnlich für einen Hund seiner Rasse, aber Kalkbrenner hatte sich daran gewöhnt, ebenso wie an den wenig geistreichen Namen, den man dem Hund im Tierheim gegeben hatte: Bernie, der Bernhardiner.
Kalkbrenner fragte: »Jessy war schon mit dir draußen, oder?«
Noch mehr Gekläffe.
Kalkbrenner streifte die Schuhe ab und hängte den Mantel an die Garderobe. »Gib mir ein paar Minuten, ich würde gerne duschen, dann …« Auf halbem Weg ins Badezimmer gefror er in der Bewegung.
Ihm wurde bewusst, dass die Wohnungstür nur zugezogen gewesen war.

Aber er war sich sicher, dass er das Schloss am Morgen, als er aufs Präsidium gefahren war, zweifach verriegelt hatte.

Er bemerkte das Licht im Schlafzimmer.

»Paul?«, murmelte eine verschlafene Stimme.

*

Zurück in Potsdam parkte Jamina in der Paul-Engelhard-Straße, blieb aber im Wagen sitzen.

Mit einem mulmigen Gefühl betrachtete sie das Gebäude gegenüber, am Tag ein unscheinbarer Neubau aus den 50er Jahren, jetzt ein finsterer Klotz in der frostigen Nacht.

Die Streifenwagen waren verschwunden, auch Ehlebens Volvo.

In der Wohnung im zweiten Stock waren alle Lichter gelöscht.

Ich will mich dort umsehen.

So entschlossen sie hierhergefahren war, jetzt hatte Jamina Zweifel an ihrem Vorhaben.

Nicht weil es gegen die Vorschriften war. Das war ihr egal.

Vielleicht finde ich etwas, das uns Antworten gibt.

Sie fürchtete sich vor dem, was sie in der Wohnung entdecken, aber noch viel mehr, was sie dort nicht finden würde.

Aber verdammt, sie brauchte Gewissheit.

Sie gab sich einen Ruck und trat hinaus in die Kälte.

Auf dem Weg zum Haus trieb sie Atemwölkchen vor sich her.

Sie entriegelte mit Petas Schlüssel die Haustür und eilte hinauf in die zweite Etage.

Im Treppenhaus hing abgestandener Zigarettengeruch.

Aus der Wohnung der Nachbarin erscholl launig-lärmiger Punkrock.

K. Wasiljew, stand auf dem Klingelschild.

Kurz dachte Jamina darüber nach, bei ihr zu klingeln und sie nach etwaigen Vorkommnissen zu fragen, ließ es dann aber bleiben, weil ihr Handy klingelte.

Der Anrufer war Rob.

Sie ignorierte den Anruf, streifte sich Einweghandschuhe

über, brach mit dem Schlüssel das Polizeisiegel und schlüpfte in die dunkle Wohnung.

Das Telefon verstummte.

In der jähen Stille schlug ihr Herz laut wie ein Hammer.

Sie verspürte einen Stich, als sie das After Shave ihres Bruders zu riechen glaubte. Es hätte sie nicht einmal überrascht, wenn im Schlafzimmer die Lampe entflammt, und er verschlafen in die Diele geschlurft wäre.

Sie hatte sogar seine Stimme im Ohr: *Verflixt, Jamina, was machst du denn hier?*

Aber natürlich tauchte er nicht auf, würde auch nie wieder mit ihr reden und –

Das Handy meldete sich. Wieder Rob.

Sie ließ es klingeln, ging ins Wohnzimmer, trat vor die Kommode und schaltete die kleine Lampe darauf ein.

Unweigerlich ging ihr Blick zum Sofa. Sie hielt den Atem an.

Der Leichnam war weg.

Natürlich, was hast du erwartet?

Die Kollegen hatten ihn längst zur Obduktion weggefahren.

Das Telefonläuten erstarb.

Widerstrebend betrachtete Jamina das Erbrochene, das den Teppich verklebte.

Sie musste daran denken, wie sie ihren Bruder beim Kauf der Auslegeware beraten hatte. Später hatten Liz und sie ihm beim Schleppen der Möbel geholfen, der Lampen, der Kommode, einem Beistelltisch. Die Couch, ein Fundstück vom Trödelmarkt, war das schwerste Teil von allen gewesen. Die Couch, auf der sie noch vor vier Tagen gemeinsam gesessen hatten. Oder waren es fünf?

Sie hatten Chips gegessen, einen Film geschaut, gelacht und –

Abermals klingelte das Handy.

»Verdammt«, genervt nahm Jamina den Anruf entgegen, »was ist bloß los mit dir?«

»Äh«, kam es aus dem Telefon.

»Rob?«

»Nein, ich bin's, Jürgen.«

Sie schwieg.

Ehleben räusperte sich. »Alles okay?«

»Klar.«
»Geht es dir gut?«
»Wie soll's mir denn gehen?«
»Herrje, du hast recht, blöde Frage, tut mir leid.« Dann hüllte sich ihr Kollege in Schweigen.
Unterdessen ging Jamina vor der Kommode in die Hocke und öffnete die Tür. »Ist sonst noch etwas?«
»Nein, also … ich wollte nur sichergehen, dass du wohlbehalten zu Hause angekommen bist. Und dass alles in Ordnung ist.«
»Ja, bin ich. Und nein, wie gesagt, ist es nicht.«
Wieder blieb er still.
Jamina schaute in einen leeren Handykarton, entdeckte einen Brief des Telefonanbieters, der eine SIM-Karte enthalten hatte, und einen Aktenordner, der die gesamte Korrespondenz ihres Bruders mit der Krankenkasse umfasste. »Also, wenn sonst nichts …«
»Herrje«, fiel ihr Ehleben ins Wort, »du weißt doch, ich mag Lügen nicht.«
Diesmal war sie es, die nicht reagierte.
Sie betrachtete zwei Krimis, deren Autoren ihr nichts sagten, ein halbes Dutzend Weingläser, Untersetzer, einen Flaschenöffner und anderen Kram.
»Ich habe gerade bei dir zu Hause angerufen, deine Tochter weiß nicht, wo du steckst.«
Jamina schloss die Schranktür und zog die darüber befindliche Schublade auf. Darin lagen alte Behördenschreiben, Briefe von Ärzten, in denen es um das längst eingestellte Methadon-Programm ging, ein Stapel Eintrittskarten für Kinos, Konzerte und Theater.
Offenbar hatte ihr Bruder jede einzelne zur Erinnerung aufbewahrt.
»Jamina«, angestrengt sog Ehleben den Atem ein, »du bist in seiner Wohnung.«
Ihr Schweigen war Antwort genug.
»Herrje, die Wohnung ist versiegelt.«
»Ich bin Polizistin.«
»Und seine Schwester! Deshalb hast *du* dort nichts zu suchen. Muss ich dir das wirklich sagen?« Er wartete die Antwort nicht

ab. »Also verschwinde jetzt von dort. Fahr endlich nach Hause.«

Sie sagte nichts.

»Hast du verstanden?«

»Ja, du hast ja recht.«

»Mir ist klar, dass sein Tod dir …«

»Wirklich, ich fahre jetzt.«

»Mach das bitte. Falls du's vergessen hast, deine Tochter ist alleine zu Hause.«

»Sie ist vierzehn.«

»Herrje, Jamina!«

»Gute Nacht, Jürgen.« Noch ehe er etwas erwidern konnte, trennte sie die Verbindung und steckte das Telefon ein.

In der anderen Hand hielt sie nach wie vor die Eintrittskarten. Sie sah den Stapel durch.

In den vergangenen Monaten hatte sie gemeinsam mit ihrem Bruder eine Vielzahl Theater-Aufführungen besucht – *Die Mitwisser* im Hans-Otto-Theater, *Ich hätt' getanzt heut Nacht* auf dem Theaterschiff, *Kein Netz, aber drei Klotüren* im Obelisk-Kabarett, aber auch Stücke in Berlin, im Theater am Kudamm, im Schauspielhaus.

Für ihren Bruder war es gewesen, als habe er – nach seinem Entzug – ein ganz neues Leben entdeckt.

Er war glücklich.

Jamina legte die Karten zurück in die Schublade, schob diese zu, betrachtete den Wohnzimmertisch.

Diesmal vermied sie einen Blick auf das Erbrochene direkt daneben.

Auf dem Tisch lag eine alte Ausgabe der Galore, ein weiterer Brief der Krankenkasse, ein kleines, angeknabbertes Lebkuchenherz mit roter Schrift: *Hab dich lieb.*

Da war nichts, das ihr merkwürdig vorkam.

Sie ging hinüber in die Küche, warf einen Blick in die Schränke voller Tassen und Teller, in die Besteck-Schubladen. Sogar im Kühlschrank schaute sie nach.

An dessen Tür hingen Fotos, die ihren Bruder zeigten, mal mit Liz, mal mit Jamina, mal alle drei zusammen, beim Spaziergang im nahen Wiesenpark, vorm Kino, im Theater.

Außerdem gab es etliche Bilder von ihm und Peta, mit ihren

Hunden und Katzen. Jede einzelne Aufnahme hielt einen glücklichen Augenblick in seinem neuen Leben fest.

Davon zeugten auch Postkarten mit Herzchen, Kussmündern und anderen Liebesbekundungen. *Du bist das Beste, was mir passieren konnte.* Oder: *Nur wir zwei!* Oder: *Ich liebe dich.*

Nichts weckte in Jamina Zweifel.

Auf dem Weg ins Schlafzimmer durchsuchte sie die Jacken an der Garderobe. In den Taschen fand sie Staubflusen, zerknülltes Schokoladenpapier und zwei Eintrittskarten für ein Berliner Theater, das sie nicht kannte.

Alice im Wunderland. Offenbar hatte ihr Bruder das Stück mit Peta besucht.

Im Schlafzimmer stapelten sich Krimis neben dem Bett, im Schrank lagen Shirts auf den Regalen. Hemden und Hosen hingen auf Bügeln.

Alles hatte seine Ordnung, nichts war auffällig oder –

Ihr Handy gab einen Ton von sich. Eine WhatsApp-Nachricht traf ein.

Warum meldest du dich nicht mehr bei mir?, schrieb Rob. *Hab ich was falsch gemacht?*

Resigniert sank Jamina aufs Bett.

Es war, wie sie befürchtet hatte: Sie hatte nichts finden können, das darauf hindeutete, dass er wieder abhängig geworden war. Trotzdem war er an einer Überdosis gestorben.

Irgendetwas war faul hier, oder?

Noch während sie darüber nachdachte, kamen ihr Zweifel daran.

Vielleicht war die Wahrheit auch nur so einfach wie bitter.

Hab ich was falsch gemacht?

»Scheiße!« Wütend löschte sie den Chat mit Rob, dann floh sie hinaus in die frostige Nacht.

*

Zuerst verspürte Kalkbrenner Erleichterung.

Was hast du gedacht, wer in deine Wohnung einbricht?

Dann stieg Wut in ihm auf, und er stapfte ins Schlafzimmer.

Ellen lag auf dem Bett, ein aufgeschlagenes Buch auf der

Brust, das Kleid bis über den Oberschenkel verrutscht. Ihr Schlüpfer war zu sehen.

Aus irgendeinem Grund machte ihn der Anblick noch zorniger.

Mit einem Gähnen rieb sie sich die Augen. »Ich bin wohl eingeschlafen.«

Er löste den Blick von ihrer Unterwäsche. Obwohl er die Antwort bereits kannte, fragte er: »Was machst du hier?«

Sie setzte sich auf. »Ich wollte nicht draußen auf dich warten.«

»Wieso?«

»Falls du es nicht mitbekommen hast: Draußen friert es.«

»Schon klar, Ellen, aber …«

»Und Jessy hat mir deinen Schlüssel gegeben.«

Er grummelte.

»Sei ihr nicht böse, bei ihr ging's heute ganz schön rund im Bauch, der Kleine wird immer aktiver. Deshalb hat sie mich darum gebeten, ihr die Runde mit Bernie abzunehmen.«

»Was dir natürlich gut in den Kram gepasst hat.«

»Jetzt sei nicht gleich wieder so grantig.«

»Ich bin nicht grantig.«

»Und schrei mich nicht an.«

»Ich schrei dich nicht an!«, schrie er sie an.

Beleidigt robbte sie aus dem Bett. Das Kleid verrutschte bis über den Po.

Sie errötete und schob den Stoff hastig hinab.

Kalkbrenner marschierte in die Küche.

»Sag mal, Paul«, Ellen eilte ihm nach, »bist du das, der so komisch riecht?«

»Was willst du?«

»Mit dir über Jessy reden.«

»Darüber haben wir schon zig-fach gesprochen.«

»Nein, *darüber* haben wir noch nicht gesprochen. Nicht ein einziges Mal.«

»Und ich will auch jetzt nicht darüber reden.«

»Aber wann denn dann?«

»Ellen, es ist spät, ich bin müde, würde gerne duschen …«

»Du weichst mir seit Wochen aus!«

… *und außerdem liegt meine Mutter im Sterben.* Aber das sagte er nicht, weil das noch so ein Thema war, über das Ellen ständig mit ihm hatte reden, ach was, streiten wollen.

Es sollte Söhne geben, die sich um ihre Mütter sorgen.

Nachdem er seine demente Mutter in einem Pflegeheim hatte unterbringen müssen, hatte Ellen ihm vorgeworfen, er habe sich ihrer entledigt, so wie er es – ihrer Meinung nach – mit seiner gesamten Familie getan hatte.

Bis heute hatte sie die Scheidung nicht verwunden.

Er sagte: »Lass uns mit Bernie rausgehen.«

»Ich war doch schon mit ihm draußen.«

»Ich brauche frische Luft.«

»Ich dachte, du bist müde?«

»Willst du mit mir reden oder nicht?« Er schlüpfte in seine Schuhe, warf sich den Mantel über, dann riss er die Wohnungstür auf und scheuchte Bernie die Treppe runter.

Es dauerte, bis Ellen sich angezogen hatte und ihm folgte.

Als er die Straße zum Treptower Park überquerte, rief sie: »Wohin willst du?«

»Sagte ich doch: frische Luft schnappen.«

»Im Park?«

»Wo denn sonst?«

»Es ist dunkel.«

»Jetzt sag endlich, was du sagen möchtest.«

Widerwillig schloss Ellen zu ihm auf. Ihr banger Blick irrte in die Dunkelheit zwischen den Bäumen, die mit ihren kahlen, knorrigen Ästen wie bedrohliche Riesen wirkten.

Der Hund trabte einige Meter voraus, verschwand immer wieder für kurze Zeit in der Nacht.

Ein paar Schritte weiter huschte ein Schatten vorbei.

Ellen zuckte zusammen und hielt sich dicht neben Kalkbrenner. »Jessy … Jessy will nach Paris.«

»Das ist ihr Plan.«

»Das geht nicht.«

Er stieß ein neuerliches Grummeln aus.

»Nicht nach dieser ganzen Sache!«

»Sie hat *diese* Sache gut weggesteckt. Ihr geht es prächtig. Dem Baby geht es prächtig.«

»Jessy hätte sterben können!«

»Sie ist nicht gestorben.«

»Ist das alles, was du dazu zu sagen hast?«

Abrupt blieb er stehen.

Bernie kam zurück und legte einen Stock vor ihm ab. Sein freudiges Kläffen scheuchte ein anderes Tier im Unterholz auf, einen Fuchs, einen Hasen, was auch immer.

Es raschelte zwischen den finsteren Bäumen.

Ellen rückte noch dichter an Kalkbrenner heran.

Er sagte: »Glaubst du nicht, das hat Jessy ganz alleine zu entscheiden?«

»Ich halte das nicht mehr aus!«

»Jetzt kommen wir der Sache schon näher. Es geht nicht um Jessy.«

»Natürlich geht es um …«

»Es geht um dich! Es geht immer nur um dich! Weil du es nicht erträgst, dass …« Er brach ab, schüttelte den Kopf. Wie oft hatten sie diese Diskussion schon geführt?

Bernie ließ ein forderndes Kläffen hören. Kalkbrenner bückte sich nach dem Ast und warf ihn in die Dunkelheit.

Der Hund stürzte hinterher.

»Es ist dein Job, Paul«, sagte Ellen, »es war immer dein Job. Der macht alles kaputt.«

Auch darüber hatten sie schon oft gestritten.

Viel zu oft.

Er hatte gehofft, dass das Gezanke nach der Scheidung endlich ein Ende nehmen würde, aber da hatte er falschgelegen.

»Sonst noch was?«

Ellen starrte ihn an, und für einen Moment war er sicher, dass sie ihm eine Ohrfeige verpassen würde.

Dann drehte sie sich um und lief zur Straße zurück.

Eine Autotür schlug zu, ein Motor heulte auf, ein Wagen fuhr davon.

Bernie brachte den Stock zurück und kläffte.

»Ja, ja«, Kalkbrenner hob ihn auf, »mecker du auch noch mit mir.« Er schleuderte den Ast davon.

Freudig hetzte der Bernhardiner ihm nach. Doch als er ihn zurückbrachte, ließ Kalkbrenner das Ding liegen und ging weiter.

Der Hund jaulte enttäuscht, folgte ihm aber schließlich.

Jessy hätte sterben können.

Vor ein paar Monaten war sie entführt und Kalkbrenner damit erpresst worden. Es war dramatisch gewesen, eine Sache um Leben und Tod.

Es ist dein Job, es war immer dein Job. Der macht alles kaputt.

Aber in Wahrheit war seine Arbeit das, was ihn zu dem Menschen machte, der er war. Und Jessy ließ keinen Zweifel daran, dass sie ihn dafür respektierte, schätzte, ja, sogar bewunderte.

Natürlich, es hatte auch andere Zeiten gegeben, früher, als sie jünger gewesen war und nicht verstanden hatte, warum er sich manchmal mehr um die Kriminellen als um seine Familie gekümmert hatte.

Dabei war es ihm nie um die Verbrecher gegangen, immer um die Opfer.

Am Ende hatte er Jessy aus den Händen des Entführers gerettet.

Bernie hechelte laut. Überrascht stellte Kalkbrenner fest, dass er, in Gedanken versunken, bis zur Wiener Straße gelaufen war. Nur wenige Schritte weiter befand sich die Wohnung seiner Tochter.

Trotz der späten Stunde brannte noch Licht in den Zimmern.

Er sah sie am Fenster vorbeilaufen, etwas behäbig, immerhin war sie im fast neunten Monat schwanger. Aber sie schien guter Laune, vermutlich war Leif, ihr Freund, bei ihr.

Es beruhigte Kalkbrenner, sie ausgelassen zu sehen.

Dennoch zog er das Handy hervor und schrieb ihr eine Nachricht: *Hallo Jessy, bist du noch wach?*

Paps, kam die Antwort kurz darauf, kannst du auch nicht schlafen?

Er tippte: *Ich musste an dich denken.*

Jessy antwortete mit einem Smiley. *Sorry wegen Mama.*

Obwohl er sie in- und auswendig zu kennen glaubte, überraschte ihn ihr Scharfsinn jedes Mal aufs Neue. Er wollte ihr keine Vorwürfe machen, nicht wegen ihrer Mutter, nicht wegen der Schlüssel, nicht nach allem.

Stattdessen schrieb er: *Morgen Frühstück?*

Sie fragte: *Bringst du Brötchen mit?*

Um halb 9.

Sie schickte ihm einen erhobenen Daumen und: *Schlaf schön, Paps.*

Er tippte: *Du auch, ich freu mich.* Dann sah er zu Bernie, der noch immer hechelnd neben ihm hockte. »Na los, Dicker, Zeit für eine Dusche.«

*

In ihrer Wut fuhr Jamina schneller als ratsam war.

Dabei war sie nicht einmal sicher, auf wen sie wütend war – auf ihren Bruder, der scheinbar nicht nur den Drogen nicht hatte widerstehen können, sondern sich auch noch den goldenen Schuss verpasst hatte?

Oder auf sich selbst?

It doesn't matter, tönte Skunk Anansie aus dem Radio, *that you think you can win.*

Die Wahrheit war: Man hatte Jamina vor einem möglichen Rückfall gewarnt.

Einmal süchtig, immer süchtig, hatten die Ärzte ihr erklärt, kurz nachdem ihr Bruder den Entzug beendet hatte.

Was gleichbedeutend war mit: Es braucht keinen besonderen Grund, damit ein Ex-Junkie rückfällig wird. Die Sucht ist der Grund.

Ihrem Bruder konnte sie also nicht einmal einen Vorwurf machen, nicht nach allem, was er hatte durchmachen müssen. Sie dagegen war –

»Scheiße!« Sie trat die Bremse.

Um ein Haar hätte sie die rote Ampel übersehen.

Der Daihatsu brach auf der vereisten Fahrbahn aus, wirbelte einmal um die eigene Achse, dann rutschte er über die Kreuzung.

Jamina kurbelte wie verrückt am Lenkrad.

Ein Van kam ihr entgegen, der Fahrer hupte panisch.

Dann endlich gewann sie wieder Kontrolle über den Wagen. Der Transporter verfehlte sie nur um wenige Zentimeter, ratterte dröhnend an ihr vorbei. Der Fahrer zeigte ihr den Mittelfinger.

Japsend hielt sie am Straßenrand. Ihre Hände zitterten. Ihr Herz raste.

»Verdammt!«, fluchte sie, bevor sie die Fahrt fortsetzte.
Diesmal war sie wachsamer und deutlich langsamer unterwegs.
It doesn't matter that you've hopes and you've dreams.
Bornim tauchte vor ihr auf, erst das Bürgerhaus, dann der Sportverein und das Backsteingebäude der Evangelischen Kirche.
In der Hugstraße parkte sie vor der Hausnummer 22 – einem kleinen Neubauhäuschen, zwei Etagen, nichts Erhabenes, dennoch etwas zum Wohlfühlen.
Einzig in der Küche brannte Licht. Irgendwie einladend.
Und trügerisch.
Vor zwölf Jahren war sie hergezogen, Liz damals noch ein kleines Kind, weil das Viertel im Speckgürtel Potsdams ruhig gelegen war, überschaubar und friedlich.
Und weil sie hier der Vergangenheit hatte entfliehen wollen.
Was immer du erlebt hast.
Sie berührte die Narbe an ihrem Arm und wurde das beklemmende Gefühl nicht los, dass sie alles mit einem Mal wieder eingeholt hatte.
Obwohl die Autoheizung auf höchster Stufe stand, fröstelte Jamina.
Invincibility don't strike like before –
Sie schaltete das Radio aus, stieg aus dem Wagen und eilte durch die Kälte ins Haus.
Liz' Daunenjacke und Stiefel lagen in der Diele wie hingeworfen und vergessen, was es vermutlich sogar traf.
Jamina räumte beides in den Garderobenschrank.
Auf dem Küchentisch stand ein Glas mit einem letzten Schluck Cola, daneben lag ein mit Schokocreme beschmiertes Messer. Brotkrümel waren über Tischdecke und Boden verstreut.
Aus dem Mülleimer lugte der Zipfel einer leeren Chipstüte.
Jamina räumte den Tisch ab, säuberte ihn und fegte die Krümel auf dem Boden zusammen.
An einem anderen Tag hätte sie sich über Liz' demonstrative Trotzreaktion aufgeregt, doch jetzt sank sie erschöpft auf einen der Stühle. Sie atmete tief durch – und noch ehe sie sich's versah, brachen Wut, Verzweiflung und Trauer aus ihr heraus.

Sie weinte einfach drauflos.

»Mama?« Liz stand in der Tür. Auf ihrem Schlafshirt grinste der Nirvana-Smiley.

Das Neongelb brannte in Jaminas Augen. »Liz!«

»Warum heulst du?«

»Ach, Liz ...«

»Was ist denn?«

»Liz …«

»Ja«, ihre Tochter seufzte, »das ist mein Name, danke, das weiß ich.«

Jaminas verzweifeltes Lachen ging in einem neuerlichen Schluchzen unter.

»Ist was mit Rob?«

Jamina schüttelte den Kopf. Als ob sie um Rob weinen würde.

»Oder wieder was mit … mit meinem Vater?«

Wegen dem würde Jamina erst recht keine Träne vergießen. »Nein.«

»Bist du deshalb zu spät?«

»Nein, Liz …«

»Ständig streitest du mit ihm, das ist …«

»Nein!«, stieß Jamina hervor, schärfer als beabsichtigt.

Mit einer Mischung aus Skepsis und Wut funkelte ihre Tochter sie an.

»Es … es ist dein Onkel.« Sie holte Luft. »Er ist tot.«

»Wie? Tot?«

»Er ist gestorben, gestern Abend.«

»Oh.«

»Ja«, sagte Jamina, »und ich … ich kann das immer noch nicht wirklich fassen.«

Für eine Weile schien Liz darüber nachzudenken. Dann sagte sie: »Wir wollten doch in den Urlaub.«

»Ja, wollten wir.«

»Und … jetzt?«

»Das weiß ich nicht.«

»Heißt das …«

»Ich weiß es noch nicht.«

»Kann ich …«

»Verdammt, Liz!«, fluchte Jamina und bereute es noch in der

gleichen Sekunde. Sie dämpfte die Stimme. »Es ist gerade erst ein paar Stunden her, dass er … Liz?«

Ihre Tochter war bereits auf dem Weg in den Flur.

»Warte!«

Liz blieb stehen. »Ja, das ist scheiße, dass er tot ist, aber …«

»Ich wollte dich nicht anschreien, tut mir leid.«

»… du tust ja fast so, als wäre ich schuld daran!« Liz rannte hoch in ihr Zimmer. Krachend schlug die Tür hinter ihr zu.

Der Smiley brannte in Jaminas Augen nach, schien sie zu verhöhnen.

Hab ich was falsch gemacht?

Verdammt, ihr Bruder hatte sie angerufen und sie um Hilfe bitten wollen. Und sie? Sie hatte keine Zeit für ihn gehabt, hatte ihn im Stich gelassen.

Nicht zum ersten Mal.

Ich bin schuld an seinem Tod.

Mit dieser bitteren Wahrheit würde sie leben müssen.

DREIZEHN

Erschrocken drehte ich mich um.

Man gewöhnt sich dran.

Erst jetzt fiel mir der Junge auf, der in den Schatten auf dem anderen, vermeintlich leeren Bett kauerte. »D-d-du heißt Michel?«

Ich schluckte.

»Hei-hei-heißt d-d-du doch, o-o-oder?«

Das Stottern schien mit jedem Satz schlimmer zu werden.

»Ma-ma-magst du nicht reden?« Mit einem angestrengten Seufzen erhob sich der Junge vom Bett. »I-i-ist ... ist besser so.« Er wollte an mir vorbei aus dem Zimmer.

»Ja«, sagte ich.

Fragend sah er mich an.

»Michel. Mein Name.«

»K-ko-komischer Name.«

»Wieso?«

Er zuckte mit den Schultern. »A-a-aber immer no-no-noch besser, a-a-a …« Er atmete tief durch, schien sich zu konzentrieren. »Als … Stottern. Da-da-da hast du verloren.« Erschöpft stieß er die Luft aus dem Mund.

Ich war mir nicht sicher, was er mir hatte sagen wollen. »Und wie heißt du?«

»Jo-jo-johannes.« Er war hager, beinahe knochig, kaum größer als ich. »Na-na-na komm«, er lief hinaus in den Flur, nicht ohne vorher nach Arthur und Ben Ausschau zu halten, »i-i-ich zeig dir di-di-die Waschräume, dann mü-mü-müssen wir zum Abendbrot.«

Ich blieb stehen.

Weder wollte ich duschen noch hatte ich Hunger. Außerdem ging mir seine Bemerkung nicht aus dem Kopf. »Was hast du damit gemeint?«

»W-w-w-womit?«

»Du sagtest, man gewöhnt sich daran. Woran?«

»A-a-an alles.«

»Was?«

»Di-di-diese Blödis, Arthur, Ben, die anderen …«

»Welche anderen?«

»… die a-a-anderen eben, di-di-die Nonnen und …«, mit einer unwirschen Handbewegung beschrieb er den Raum, den Flur, das ganze Gebäude, »… alles halt. Ko-ko-kommst du jetzt oder nicht?«

»Ich bleibe nicht lange hier.«

»Be-be-be-behaupten alle.«

»Nein, wirklich, ich …«

»W-w-warum bist du hier? Hast d-d-du auch Scheiße gebaut?«

Plötzlich hatte ich ein Kloß im Hals.

Johannes nickte, als überrasche ihn mein Schweigen nicht. »A-a-alle haben sie Scheiße gebaut, d-d-deshalb sind sie j-j-ja hier.«

»Nein«, meine Stimme war nur ein Flüstern, »meine ...« Es fiel mir schwer, die Worte auszusprechen. »Meine … meine Mama und mein Papa, sie … sie sind tot.«

Es erstmals aus meinem eigenen Mund zu hören, machte es nur schlimmer, irgendwie – endgültig.

Als hätte ich mich mit ihrem Tod längst abgefunden.

»B-b-blöd«, stellte Johannes fest, dann lief er los. »L-l-lass uns gehen, di-di-die Oberin mag nicht, wenn wir z-z-zu spät kommen.«

Als er den Lichtschein einer Lampe kreuzte, schimmerte sein braunes Haar beinahe rot. Ich verspürte einen Stich. Wie er davonflitzte, hager und flink, erinnerte er mich an meinen besten Freund Hansi.

Dann tauchte Johannes zurück in die Schatten, und er wirkte wieder wie der stotternde, gequälte, einsame Junge, der er war.

Man gewöhnt sich dran.

Verflixt nein, ich wollte mich nicht daran gewöhnen, nicht an die Blödis, nicht an die Oberin, nicht an das Heim, Santa Lucia. Und auch nicht daran, dass Mama und Papa tot waren.

Allerdings wollte ich auch nicht allein in dem dunklen Zimmer zurückbleiben. *»Warte!«*

*

Während ich Johannes durch den Flur nacheilte, fiel mir auf, dass die anderen Zimmer inzwischen allesamt leer waren.

»K-k-k-komm«, Johannes legte an Tempo zu, »w-w-wir sind die letzten.« Die Holz-Clogs schienen ihm keine Probleme zu bereiten.

Ich dagegen hatte in den unbequemen Schuhen erhebliche Mühe, mit ihm Schritt zu halten.

Mehrmals drohte ich zu stürzen.

Außerdem versuchte ich, mir den Weg zu merken, den wir zurücklegten. Doch die Vielzahl verstörender Bilder an den Wänden war mir keine Hilfe. Schon nach wenigen Metern hatte ich die Orientierung verloren.

Ich war erleichtert, als wir endlich die Treppe erreichten.

Im Erdgeschoss hasteten wir den langen Gang entlang in den rückwärtigen Teil des Gebäudes.

Schon auf halbem Weg roch ich das Abendessen.

Jetzt knurrte mir doch der Magen, und mir wurde bewusst, dass ich seit dem Vortag kaum etwas zu mir genommen hatte.

Im Speisesaal suchte ich sofort nach dir, blickte zuerst über die Seite der Mädchen, dann die der Jungen hinweg und entdeckte dich schließlich weit hinten, abseits und mutterseelenallein an einem Tisch.

Freudig eilte ich dir entgegen.

Ganz kurz hast du gelächelt, als du mich kommen sahst, aber es lag nur wenig Freude in deinem Gesicht. »Alles gut?«, wolltest du wissen.

»H-h-h-hallo«, kam mir Johannes zuvor, der sich wie selbstverständlich zu uns an den Tisch gesellte.

Den skeptischen Blick, mit dem du ihn damals beäugt hast, vergesse ich nie.

»I-i-ich sitz auch immer alleine«, sagte er, als erkläre das alles. Vermutlich tat es das sogar.

Du hast dich damit zufriedengegeben und dich wieder zu mir gedreht.

»Ei-ei-eigentlich«, sagte Johannes zu dir, »d-d-darfst du nicht hier sitzen.«

»Sagt wer?« Du hast ihn verächtlich angeschaut. »Lass mich raten: Die Obermutti!«

»N-n-nein, also, ja, a-a-aber die Mädchen sitzen d-d-da links!«

»Jetzt sitz ich aber hier.«

»W-w-wenn das …« Weiter kam Johannes nicht.

In dieser Sekunde kam die Oberin zur Tür herein, die anderen Nonnen im Schlepptau.

Alle Gespräche verstummten.

Die Oberin blieb stehen, und ihr Blick kreiste über die Kinder. Für einen Moment schien sie zufrieden.

Bis ihre Augen an dir hängenblieben.

Sofort verzog sie das faltige Gesicht. Allerdings verlor sie kein Wort, steuerte stattdessen die Durchreiche zur Küche an, hinter der zwei Kinder standen, ein Mädchen, ein Junge.

Ben.

Aus großen Töpfen schöpften die beiden den Nonnen die Teller voll. Es gab Nudeln mit Brokkoli in Tomatensoße.

Erst als sich die Nonnen auf alle Tische verteilt hatten, erhoben sich die Kinder von ihren Plätzen. In andächtigem Schweigen reihten sie sich zu zwei Seiten der Theke auf, von links die Mädchen, rechts die Jungen.

Noch heute bewundere ich dich dafür, wie du einfach sitzen geblieben bist, als sich die anderen Kinder erhoben. Ich war zu verwirrt, um es dir gleich zu tun, hatte aber trotzdem ein schlechtes Gewissen. Verunsichert sah ich dich an.

»Ich hab keinen Hunger«, hast du gesagt.

Ich zögerte.

»Geh nur«, du zwangst dich zu einem Lächeln, »ist okay.«

Trotzdem hatte ich ein schlechtes Gewissen, während ich Johannes zur Theke folgte.

Als der schließlich an der Reihe war, schöpfte Ben seinen Teller nur zu einem Viertel voll. Johannes nahm die klägliche Portion entgegen und ging zu seinem Platz zurück.

Ich bekam von Ben meinen Teller gereicht, und noch ehe ich begriff, was er tat, spuckte er mir aufs Essen.

Ich starrte auf den Rotzeklumpen in der Soße.

Der Idiot grinste dreist. »Guten Appe –«

»Gib ihm einen neuen Teller!« Plötzlich standst du neben mir.

Bens Grinsen wurde noch breiter. »In Gottes Haus wird gegessen, was auf den …«

»Dann iss es selbst!« Du hast mir den Teller aus der Hand gerissen und ihn ihm ins Gesicht geworfen.

Das Porzellan krachte zu Boden und zerbrach in tausend Stücke.

Für einen Moment stand Ben verdattert da. Brokkoli klebte ihm im Haar, Nudeln auf den Wangen. Tomatensoße tropfte von seinem Kinn.

Etliche Kinder lachten.

»Du Fotze!«, zischte Ben und machte einen Schritt auf dich zu.

Du hobst die Faust.

»Grundgütiger!« Wie ein Wirbelwind rauschte die Oberin heran. *»Wage es nicht!«*

Nur langsam hast du den Arm sinken lassen.

Inzwischen war das Lachen der anderen Kinder verstummt. Atemlose Stille hatte den Raum erfasst, in der die Stimme der Oberin umso lauter klang. »Gott duldet keine Gewalt.«

»Sagen Sie *ihm* das«, du hast auf Ben gezeigt, »er hat angefangen.«

»Und Gott sagt …«

»Mir ist scheißegal, was Gott sagt!«

Für einen Moment hast du es geschafft, die Oberin aus der Fassung zu bringen.

Du warst stolz, das habe ich dir angesehen. Aber es hat natürlich nicht lange angehalten.

»Auf eure Zimmer!«, presste die Oberin hervor. »Alle beide!«

Hasserfüllt funkelte Ben dich an.

Du hast ihn ignoriert, sogar meinen Blick gemieden, und dich stattdessen zum Ausgang gedreht.

Bestürzt sah ich dir nach. »Aber …«

»P-p-pst!«, zischte Johannes.

Ich wollte dir folgen.

»N-n-nein!« Johannes hielt mich zurück. »B-b-bleib hier.«

Ich wehrte mich gegen seinen Griff, doch er ließ nicht von mir ab. Als ich wieder nach dir schaute, warst du im Flur verschwunden.

Resigniert ließ ich die Schultern hängen.

Die Oberin betrachtete die Essensreste am Boden. »Wisch es auf«, sagte sie zu mir, »danach lass dir eine neue Portion geben.« Sie kehrte zurück zu ihrem Platz. »Und dann wollen wir beten.«

*

Anderthalb Stunden lang stocherte ich lustlos in meinem Essen herum. Der Appetit war mir gründlich vergangen.

»I-i-isst du d-d-das nicht?«, fragte Johannes.

Wortlos schob ich ihm meinen Teller rüber.

Und weißt du was? Noch heute kriege ich Nudeln in Tomatensoße nur mit Abscheu hinunter. Immer habe ich dabei den widerlichen Anblick von Bens Rotze vor Augen.

Johannes dagegen schmatzte, während er den Teller restlos leerte.

Unterdessen entgingen mir nicht die Blicke, die die anderen mir immer wieder zuwarfen.

Auch Arthur funkelte mich böse an.

Mein Magen zog sich zusammen, nicht vor Hunger.

Nachdem alle ihren Nachtisch verzehrt hatten, rief die Oberin erneut zum Gebet. »Gott hat uns diesen Tag geschenkt«, sagte sie, »angekommen an der Schwelle des Abends, bedenken wir den Tag und geben ihn in Gottes Hand zurück.« Sie ließ einige Sekunden in Stille verstreichen.

Mir kamen sie wie endlose Minuten vor, denn es gab nichts an diesem Tag, an das ich denken wollte.

»Amen«, sagte die Oberin schließlich.

»Amen«, erwiderten die Kinder im Chor.

Einige begannen das Geschirr von den Tischen abzuräumen, andere begaben sich zum Spülen in die Küche.

Die übrigen kehrten auf ihre Zimmer zurück, plauderten miteinander, alberten sogar herum, aber bei aller Gelöstheit lief alles dennoch gesittet ab, nicht übermäßig laut, schon gar nicht ausgelassen. Über allen schien ständig die Mahnung der Oberin zu schweben.

Es gelten Gottes Regeln in unserem Haus.

Ich blickte mich nach Arthur oder Ben um, konnte sie aber nirgendwo entdecken. Trotzdem war ich auf der Hut, als ich Johannes zu unserem Zimmer folgte.

»D-d-das war blöd von deiner Sch-sch-schwester«, sagte er auf halbem Weg.

Erstaunt sah ich ihn an.

»B-b-blöd!«, wiederholte er.

»Aber es war Ben, der …«

»I-i-ist d-d-doch egal!«

»Wir hätten der Oberin …«

»Hä-hä-hätten wir n-n-nicht!«, zischte Johannes.

»Aber *Ben* hätte bestraft werden müssen, nicht …«

»D-d-du ka-ka-kapierst nicht, o-o-oder?«

Ich schüttelte den Kopf.

»W-w-willst d-d-du 'n-n-ne Petze sein?«

Ich begriff nicht, was er mir sagen wollte.

»N-n-nur zu«, er redete sich in Rage, »d-d-dann ma-ma-machen di-di-diese B-b-blödis dich e-e-erst re-re-recht fertig.«

»Aber was ist mit …«

»D-d-d-den Nonnen?«

Ich nickte. »Schwester Maria hat gesagt …«

»V-v-vergiss sie, d-d-die ist neu, ha-ha-hat keine Ahnung.« Unwirsch winkte er ab, dann lief er weiter. »V-v-von wegen, w-w-wir helfen ei-ei-einander …«

Als wir uns dem Zimmer näherten, war ich mir sicher, dass Ben dort auf mich lauerte, und dass er mir heimzahlen würde, dass wir ihn zum Gespött aller gemacht hatten.

Doch von ihm war nichts zu sehen, stattdessen steuerte Arthur auf mich zu.

Ich erstarrte.

Zu meiner Erleichterung verschwand er ins Zimmer gegenüber, aber nicht ohne einen finsteren Blick in meine Richtung.

»L-l-lass uns sch-sch-schnell machen«, Johannes zog mich zu den Waschräumen, »d-d-dann sind wir f-f-fertig, bevor er d-d-dort auftaucht.«

*

Als ich an diesem Abend im Bett lag, konnte ich eine gefühlte Ewigkeit lang nicht einschlafen.

Bens Bett blieb zwar leer, dennoch war ich auf der Hut. Ständig horchte ich nach einem Geräusch, einem verschwörerischen Tuscheln, einem Rascheln, Schritte, was auch immer.

Ich war überzeugt, dass sich irgendwer für eine neuerliche Gemeinheit anschlich, und es war auch kein Trost, dass die Oberin vor dem Lichtlöschen hereinschaute, dass die ganze Nacht über die Tür offenstand, dass die Nonnen in regelmäßigen Abständen über die Flure geisterten.

Verängstigt wälzte ich mich herum.

Die Matratze glich einem Brett, das Kissen war wie ein Stein, die Decke viel zu dünn. Ich schlotterte vor Kälte. Bestimmt ist es dir genauso ergangen.

Alles in Santa Lucia war unangenehm, verstörend und bedrohlich.

Ich kämpfte gegen die Tränen, presste die Lider aufeinander, hatte prompt wieder Papa im Poncho vor Augen.

Komm hol das Lasso raus …

Mama, die lachte, bevor sie Hand in Hand mit ihm zum Auto lief.

Ich bin gleich wieder da.

Plötzlich verspürte ich Wut, aber nicht auf die Blödis oder die strenge Oberin, sondern auf mich selbst.

Wieso nur hatte ich auf diese dämlichen Pfannkuchen bestanden?

Aber du hast es versprochen!

Mama hätte nicht zum Supermarkt gemusst, Papa wäre mit der Bahn zur Arbeit gefahren, der Lkw wäre nicht in ihren Wagen gekracht.

Beide würden noch leben.

VIERZEHN

Pünktlich um halb neun parkte Kalkbrenner in der Wiener Straße.

»Hey you«, aus einem der Hauseingänge löste sich ein Mann, dick vermummt, die Hände tief in den Jackentaschen vergraben, »you wanna dope or …« Er brach ab, als er Kalkbrenner erkannte. Unverrichteter Dinge kehrte er zurück auf seinen Posten.

Die anderen Gestalten, die sich trotz der morgendlichen Minusgrade in den Eingängen der Nachbarschaft herumdrückten, gaben sich nicht minder unbeeindruckt.

Verstimmt nahm Kalkbrenner die Brötchentüte und einen Hundefutterbeutel aus dem Wagen und ging mit Bernie zur Haustür.

Er drückte auf die Klingel.

Bei seinen ersten Besuchen waren die Typen noch aufgeschreckt, wenn er ihnen den Dienstausweis unter die Nase hielt. Sie waren wie die Hühner auseinandergestoben und hinüber in den Görlitzer Park gestürmt, den sich die afrikanischen Dealer längst für ihre Geschäfte aufgeteilt hatten.

Inzwischen kannten sie ihn, wussten, dass er regelmäßig vorbeikam, dass er nur seine Tochter besuchte und sich nicht im Dienst befand.

Der Summer ging und die Tür sprang auf.

Aufgedreht rannte der Hund ins Treppenhaus, die Stufen hoch und um ein Haar Jessy über den Haufen.

Nur mit Mühe hielt sie sich auf den Beinen.

»Bernie«, Kalkbrenner scheuchte den Bernhardiner fort, »Bernie, nicht so wild, pass doch auf, geh weg!«

»Jetzt lass ihn«, trotz des Babybauchs ging Jessy in die Hocke und balgte mit dem Vierbeiner herum, »er freut sich doch nur.«

»Er soll ein bisschen vorsichtiger sein.«
»Ich bin kein rohes Ei.«
»Ja, aber ich will nicht, dass er …«
»Jetzt reg dich nicht auf.«
»Soll ich dir sagen, was mich aufregt?«
»Dass dein Hund dir nicht gehorcht?«
»Dass diese Typen da draußen mir inzwischen eine lange Nase drehen.«
»Kreuzberg halt«, achselzuckend stemmte sich Jessy in die Höhe, »was erwartest du?« Sie stöhnte, hielt sich den Bauch.
Die mächtige Murmel schien mit jedem neuen Tag an Umfang zuzulegen, darüber konnte auch das übergroße T-Shirt nicht hinwegtäuschen.
Aus der Küche erscholl Bernies ungeduldiges Bellen.
»Und ja«, grummelte Kalkbrenner, »dass er nicht auf mich hört, regt mich auch auf.
»Hatte er schon sein Frühstück?«
Kalkbrenner hob den Futterbeutel. »Nein.«
»Siehst du, Paps, er hat nur Hunger.«
»Er hat *immer* Hunger!«
Lachend entwand Jessy ihm den Beutel und stapfte in die Küche, wo bereits die Kaffeemaschine gluckerte. Sie füllte einen Napf für Bernie.
Schmatzend machte er sich über das Futter her.
Jessy deutete auf die Brötchentüte. »Du hast daran gedacht?«
»Selbstverständlich.«
»*So* selbstverständlich ist das nicht.«
»Na komm, ich hab mich gebessert.«
»Stimmt, das hat er«, bestätigte Leif, der in diesem Augenblick frisch rasiert aus dem Badezimmer trat. »Guten Morgen.«
»Guten Morgen, Leif, du blutest.«
»Wo?«
»Am Kinn.«
»Verdammt!« Leif trat zurück vor den Spiegel und klebte ein Stück Toilettenpapier auf die Schnittwunde.
»Und sonst alles gut?«
»Ich muss gleich zur Arbeit.«
»Was für ein Zufall«, Kalkbrenner lächelte, »ich auch.«

Plötzlich krümmte sich Jessy mit einem Stöhnen zusammen. Butter, Aufschnitt und Käse fielen ihr aus der Hand.

»Jessy!« Leif stürmte aus dem Bad auf sie zu. »Was ist?«

Keuchend stand sie da, die Hände auf dem Bauch, das Gesicht eine Maske voller Schmerz.

»Ist es soweit?«, fragte Leif.

»Ich fahr dich ins Krankenhaus«, rief Kalkbrenner.

»Nein, nein«, stöhnend richtete sie sich auf, »alles gut, nur … nur wieder Gestrampel.«

»Sicher?«

»Ja, ja, und … und falls nicht, wir sind ja gleich beim Arzt.«

»Wie? Warum?«, sorgte sich Kalkbrenner.

»Nur das Übliche«, Jessy lachte gequält, »Vorsorge, CTG und so weiter.« Sie bückte sich nach der Butter.

»Lass das«, kam Leif ihr zuvor, »ich mach das.«

»Nein, ich …«

»Du sollst dich schonen.«

»Jetzt behandelt mich doch nicht wie eine Schwerkranke.«

»Leif meint's doch nur gut«, wohlwollend nickte Kalkbrenner dem Freund seiner Tochter zu, »er will dir helfen.«

»Also jetzt, Paps, klingst du echt bald wie Mama.«

»Autsch«, sagte Leif.

»Ja, autsch«, bestätigte Kalkbrenner.

Hastig hob Leif die Sachen vom Boden auf. »Ich geh dann mal lieber.« Er schnappte sich Brötchentüte und Kaffeekanne und lief hinüber ins Wohnzimmer.

»Ich nehm's zurück«, rief Kalkbrenner ihm nach, »du bist doch keine große Hilfe.«

Das Schlabbern, mit dem Bernie aus dem bereitgestellten Wassernapf trank, füllte die Stille, die sich in der Küche ausbreitete.

»Ich fahr nachher noch zu Oma«, wechselte Jessy das Thema.

Was auch nicht viel besser war.

»Das Krankenhaus hat mich letzte Nacht angerufen«, sagte Kalkbrenner. »Ein neuerlicher Schlaganfall. Sie haben sie stabilisiert, aber …« Er bemerkte Jessys bestürzte Miene.

»Ich war doch vorgestern Morgen noch bei ihr, da sah es gut aus. Der Arzt meinte sogar, vielleicht … vielleicht wacht sie wieder auf.«

»Ich weiß.«
»Und jetzt?«
Es fiel ihm nicht leicht, die Worte auszusprechen. »Ein paar Tage, wenn überhaupt.«
Eine Träne schälte sich aus Jessys Augenwinkel. »Weißt du«, gedankenverloren streichelte sie ihren Bauch, »ich hatte immer gehofft, sie schafft es bis zur Geburt. Nicht wegen mir. Ich dachte, sie lernt Henry noch kennen. Das hätte sie bestimmt gefreut.«
»Ganz sicher«, stimmte Kalkbrenner ihr zu.
»Wo bleibt ihr denn?«, rief Leif aus dem Wohnzimmer.
Jessy rieb sich die Augen. Mit einem Ächzen stieß sie sich von der Anrichte ab. »Deshalb warst du gestern Abend noch so spät wach.«
»Unter anderem.« Kalkbrenner folgte ihr nach nebenan.
Dort hatte Leif den Couchtisch mit Kaffee, Marmelade, Nutella, Tomaten, Gurkenscheiben, Aufschnitt, Frischkäse, gefüllten Paprikaschoten sowie Rührei gedeckt – und mit Sahnemeerrettich, den Kalkbrenner so gerne aß.
Jessy gab ihrem Freund einen Kuss und sank aufs Sofa. »Paps«, erneut stand Schmerz in ihrem Gesicht, »du kannst abends ruhig klingeln, wenn du vor dem Haus stehst.«
»Du hast mich gesehen?«
»Ich sehe dich jeden Abend.«
Darauf wusste er erst einmal nichts zu antworten. Dann fragte er: »Kannst du auch nicht schlafen?«
»Doch.«
»Sei ehrlich.«
»Es geht«, presste Jessy hervor.
»Es wird immer besser«, fügte Leif hinzu.
Sie nahm seine Hand.
Kalkbrenner schenkte sich Kaffee in eine Tasse, bevor er die Frage stellte, die ihn seit letzter Nacht beschäftigte. »Und eure Entscheidung mit Paris steht?«
»*Deshalb* war Mama gestern bei dir, oder?«
Er nippte am Kaffee und verbrühte sich fast die Zunge.
»Sorry«, sagte Jessy, »ich hätt wissen müssen, dass sie sich diese Chance nicht entgehen lässt, aber … ich war gestern einfach geschafft, der Kleine wird von Tag zu Tag lebendiger,

und Leif war noch bei der Arbeit. Da dachte ich, es wäre okay, wenn Mama, also, wenn sie mit Bernie rausgeht.«

»Wenn dir das zu viel wird mit Bernie …«

»Schon okay, Paps.«

»… dann kann ich mir für ihn was anderes überlegen.«

»Nein, du kannst ihn ruhig tagsüber hierlassen.«

»Sicher?«

In Jessys Grummeln mischte sich das Klingeln von Kalkbrenners Handy.

Es war Muth.

»Morgen«, meldete er sich.

»Soll ich dich zu Hause abholen oder …«

»Ich bin bei Jessy. Zum Frühstück.«

»Richte ihr liebe Grüße aus. Dann treffen wir uns nachher am Schauspielhaus, in Ordnung?«

»Um zehn.« Er legte auf.

Jessy sah ihn fragend an.

»Apropos Bernie«, er griff nach einem Brötchen und dem Sahnemeerrettich, »nicht nur der hat Hunger.«

*

Jamina erwachte von Musik.

Für einen Moment gab sie sich der Hoffnung hin, dass die Melodie zu ihrem Traum gehörte, einem verstörenden Traum zwar, aber dennoch – nur einem Traum, dessen letzte Ausläufer nur noch bruchstückhaft vor ihr hingen.

Dann begriff sie, dass es der Klingelton ihres Handys war, der sie geweckt hatte, und dass der Albtraum real war.

Ihr Schädel pochte, der Nacken war verspannt, der Magen rumorte. Aber das alles war nichts gegen das miese Gefühl, das an ihr nagte.

Ich bin schuld an seinem Tod.

Das Telefonläuten verstummte. In die plötzliche Stille mischte sich Liz' Lachen. Was Jamina unpassend vorkam, ähnlich wie die Reaktion ihrer Tochter am Vorabend. Keine Ahnung, was sie von Liz erwartet hatte, aber jedenfalls mehr als ein simples ›Oh!‹. Aber das war natürlich trotzdem kein Grund, die Wut an ihr auszulassen.

Jamina streckte sich nach dem Handy.

Lowag, ihr Chef, hatte auf die Mailbox gesprochen.

Sie rappelte sich auf, schleppte sich ins Bad und erschrak vor der blassen, übermüdeten Gestalt im Spiegel.

Während sie auf der Toilette hockte, lauschte sie Lowags Nachricht: »Guten Morgen, Jamina, ich habe das von deinem Bruder gehört, mein aufrichtiges Beileid. Wenn du lieber zu Hause bleiben möchtest, kein Problem, nimm dir die Zeit. Also, alles Gute.«

Als sie die Nachricht löschte, vernahm sie wieder Liz' Lachen.

Sie richtete ihr Haar, warf sich einen Morgenmantel über und begab sich hinunter in die Küche.

Ihre Tochter saß am Tisch, vor sich eine Stulle, dick mit Nutella beschmiert, und einen Orangensaft, wie immer ihr Handy am Ohr. »… weiß auch nicht, warum er das gemacht hat, eigentlich wollten sie ja …« Sie bemerkte Jamina im Türrahmen. »Klar, wir reden nachher weiter. Bis dann.« Liz beendete das Gespräch, behielt das Telefon aber in der Hand.

Noch ehe Jamina reagieren konnte, erklärte sie: »Das war Hannah.«

Etwas an der Art, wie sie das sagte, weckte Jaminas Argwohn.

Aber sie wollte den Tag nicht mit einem neuerlichen Streit beginnen. »Tut mir leid«, murmelte sie stattdessen, »wegen gestern Abend.«

»Ist schon okay.«

»Das mit deinem Onkel …«

»Wirklich, das ist okay.« Liz' Handy piepste. Sie warf einen Blick auf die eingetroffene Nachricht und schrieb eine Antwort.

Obwohl Jamina keinen Appetit verspürte, fragte sie: »Wollen wir frühstücken?«

»Hab schon«, noch immer tippte ihre Tochter auf dem Telefon herum, »außerdem will ich gleich los.«

»Zu Hannah?«

»Ja klar.«

»Hast du ihr von deinem Onkel erzählt?«

Argwöhnisch hob Liz den Blick. »Schlimm?«

»Ach was.«

»Klang so.«

»Tut mir leid, wenn's so klang.«

Liz nickte, schien aber nicht wirklich überzeugt. »Ich wollte halt mit jemandem drüber reden.« Sie widmete sich wieder dem Handy.

Dann rede doch mit mir, lag es Jamina auf der Zunge, aber auch das schluckte sie hinunter. Sie setzte sich ihrer Tochter gegenüber. »Wie geht es dir?«

»Okay.«

»Wenn du möchtest, können wir …«

»Ich möchte zu Hannah«, schnitt Liz ihr das Wort ab. Sie verschickte die Nachricht, legte das Telefon mit dem Display nach unten auf den Tisch und verzehrte schweigend die Nutellastulle und den Orangensaft. Sie vermied es sogar, ihre Mutter anzusehen.

Jamina fiel es schwer, die Enttäuschung zu verbergen, noch weniger die Zweifel.

Liz schien das zu bemerken. »Wir wollen für den Test lernen.«

»Klar.«

»Die ist ja nächste Woche und … da ist einiges, was wir noch machen müssen.« Wieder gab Liz' Handy ein Signal von sich. Sie hob es an und las die neue Nachricht.

War da ein Lächeln, das über ihr Gesicht huschte?

Jamina wollte nachfragen.

»Ich mach mich dann los«, kam ihr Liz zuvor und stand auf.

»Wann kommst du zurück?«

»Ich weiß nicht, es … es könnte länger dauern. Am Nachmittag, okay?«

»Wollen wir gemeinsam zu Abend essen? Uns etwas bestellen?«

Liz schwieg.

»Lasagne? Die magst du doch so gerne.«

»Meinetwegen.«

»Um achtzehn Uhr?«

»Klar.« Liz wollte in den Flur. Auf halbem Weg blieb sie stehen. »Mama?«

»Ja, Liebes?«

Sie zog die Nase kraus, als sei sie sich ihrer nächsten Worte unsicher. »Du hast gar nicht gesagt, wie er gestorben ist. Hatte er einen Unfall?«

Jamina schluckte. »Du weißt doch, bis vor Kurzem ging es ihm nicht gut.«

»Die Drogen, ja, ich weiß. Hat er wieder …«

»Ja.«

»Und dabei ist er …«

»Ja.«

Liz runzelte die Stirn. »Aber ich dachte, er wäre drüber weg.«

»Das dachte ich auch.«

»Warum hat er wieder angefangen?«

»Manchmal kann man nicht anders.«

»Aber wieso?«

»Es ist einfach so.«

Wieder dachte Liz nach. Dann schüttelte sie den Kopf, als sei das alles nur ein großer Haufen Blödsinn. »Das ist scheiße.« Dann ging sie die Stufen hoch auf ihr Zimmer.

Jamina setzte Kaffee auf, lauschte dem Gluckern der Maschine und wartete, worauf auch immer.

*

Eine Stunde nach Muths Anruf bremste Kalkbrenner vor dem Deutschen Theater, einem klassizistisch wuchtigen, kantigen Bauwerk ganz in strahlendem Weiß.

Vor der Eingangstür stand seine Kollegin, im Gespräch mit einem distinguierten, älteren Herrn im Anzug mit Fliege. Er steckte sich eine Zigarre an.

»Das ist Herr Michalek«, stellte sie ihn vor, »der Intendant.«

Mit der einen Hand führte sich Michalek die Zigarre zum Mund, die andere reichte er Kalkbrenner in einer eleganten Armbewegung. »Ihre Kollegin erwähnte bereits, Sie suchen einen gewissen … Frank.«

»Das ist richtig.«

»Und das ist tatsächlich alles, was Sie mir an Informationen geben können? Einen Vornamen?«

»Und dass er offenbar jung ist«, sagte Muth.

Versonnen zog Michalek an der Zigarre, stieß den Qualm in die kalte Morgenluft, dann nickte er, bevor er ein

Kopfschütteln andeutete. »Beim besten Willen, mir ist in unserem Hause kein Frank bekannt, keiner zumindest, auf den Ihre, nun, zugegeben, sehr vage Beschreibung zutrifft.«

»Aber es gibt einen Frank«, stellte Kalkbrenner fest.

Wieder reagierte der Intendant mit einem Nicken, bevor er den Kopf schüttelte. »Keinen, der jung ist.«

»Trotzdem möchten wir mit ihm sprechen.«

Michalek winkte ab. Die Asche der Zigarre flatterte zu Boden. »Glauben Sie mir, er wird Ihnen nicht weiterhelfen. Und einen Mord, nun, den traue ich ihm erst recht nicht zu.«

»Trotzdem!«

Zähneknirschend zerdrückte er die halb aufgerauchte Zigarre an einem Blechmülleimer, schritt zur Tür und betrat das Gebäude. »Frank!« Seine Stimme hallte durch das große, hohe Foyer – weiße Marmorfliesen, weiße Säulen mit goldener Schmuckzierde, prunkvolle Armleuchter an der nicht minder feudalen Decke.

»Frank!«, wiederholte Michalek.

Niemand reagierte.

»FRANK!«

Endlich schlurfte ein ergrauter, runzeliger, von Arthritis gebeugter Mann heran. »Herr Michalek«, seine alte Stimme war brüchig, »Sie haben mich gerufen?«

»Das hier sind Polizisten«, sagte Michalek überdeutlich.

»Wie bitte?«

»Polizisten!«

»Was?«

»POLIZISTEN! Sie wollen mit Ihnen reden!«

Ein erstauntes Lächeln erfasste Franks faltige Züge. »Sie haben also endlich den Dieb gefunden?«

»Welchen Dieb?«, fragte Muth.

»Wie bitte?«

»WELCHEN DIEB?«

»Na, der mir meine Brieftasche geklaut hat, letzte Woche, in der U-Bahn.«

»Nein«, bedauerte Muth, »deshalb …«

»Was?«

»Nein!«

»Sie müssen lauter sprechen, ich höre nicht mehr so gut.«

»NEIN! HABEN WIR NICHT. ABER UNSERE KOLLEGEN KÜMMERN SICH GANZ SICHER DARUM.«

Verwirrt irrte Franks Blick von Muth zu Michalek und Kalkbrenner.

»DANKE«, brüllte der Intendant, *»DAS WAR'S ERST EINMAL.«*

Sichtlich verwundert schlurfte Frank davon.

»Wie alt ist er?«, fragte Kalkbrenner.

Mit einem mitleidigen Lächeln sah Michalek dem Mann nach. »Fast achtzig.«

»Was macht er noch hier?«

»Er kümmert sich um die Requisiten, ehrenamtlich. Eigentlich ist er längst in Rente, aber … er will nicht, er kann nicht, er hängt an dieser Arbeit, am Theater, hat fast sein ganzes Leben hier verbracht, und wir bringen es einfach nicht übers Herz, ihn auf die Straße zu setzen. Was soll dann aus ihm werden? Er würde eingehen ohne seine Arbeit.«

Unweigerlich musste Kalkbrenner an seine Mutter denken.

»Und er stört ja auch niemanden«, fuhr Michalek fort, »ganz im Gegenteil, eigentlich ist er uns sogar eine wertvolle Hilfe, in Zeiten knapper Kassen, Sie verstehen?«

»Und was ist mit einem gewissen Frieder Schacht?«

»Ist das das Mordopfer, von dem Ihre Kollegin sprach?«

»Ja.«

»Ich kenne niemanden, der so heißt.«

»Er ist Schauspieler, im Schauhaus am Kiez.«

»Davon habe ich gehört, aber diesen Namen … Friedhelm …«

»Frieder!«, korrigierte Kalkbrenner.

»Frieder Schacht? Nein, noch nie.«

»Denken Sie bitte noch einmal nach.«

»Das brauche ich nicht, ich stehe seit vier Jahren diesem Hause vor, und, nun, glauben Sie mir, ich kenne alle Beschäftigten, denn so viele«, plötzlich klang er verzagt, »so viele sind das in diesen Zeiten eh nicht mehr.«

*

Jamina trank bereits die zweite Tasse Kaffee, als ihre Tochter endlich wieder die Treppe herunterkam.

Sie trug hautenge Jeans und ein bauchfreies Top. »Bis dann.«

Obwohl sie rasch aus Jaminas Blickfeld huschte, bemerkte diese den Hauch Mascara, den ihre Tochter aufgetragen hatte.

Sie stand auf und ging in den Flur. Jetzt roch sie auch das Parfüm, mit dem sich Liz eingenebelt hatte. »Soll ich dich nachher bei Hannah abholen?«

»Ach, nee.«

»Ist kein Problem.«

»Nee, wir … wir sind bestimmt unterwegs.«

»Ich dachte, ihr lernt für die Prüfung.«

»Ja, ja, klar.« Liz öffnete den Garderobenschrank.

Jamina konnte die Zweifel nicht mehr länger an sich halten. »Belügst du mich?«

»Nee.«

»Wieso habe ich dann das Gefühl?«

Liz kramte ihre Jacke aus dem Schrank. »Weiß ich doch nicht.«

»Du kannst mir …«

»Scheiße, Mama, was soll das ständig? Warum glaubst du mir nicht?«

Weil du mir allen Grund dazu gibst, dachte Jamina, sagte es aber nicht. »Tut mir leid.«

»Ich muss dann.« Liz schlüpfte in ihre Stiefel. »Ach, und Mama?«

»Ja?«

»Hör endlich auf, ständig ›tut mir leid‹ zu sagen. Das nervt.«

»Okay, tut mir …« Jamina verschluckte den Rest.

Mit einem Seufzen schulterte Liz ihren Rucksack, dann eilte sie aus dem Haus.

Durchs Küchenfenster sah Jamina sie über den Gehweg davonheilen, den Blick wie so oft aufs Handy gerichtet.

Es schien, als sei dieser Tag für ihre Tochter genau wie jeder andere. Und vielleicht war er das auch. Das erklärte zumindest ihre Gleichgültigkeit. Liz hatte ihren Onkel erst vor wenigen Monaten kennengelernt, einen wirklichen Bezug zu ihm deshalb noch nicht aufbauen können.

Außerdem ging jeder anders mit dem Tod um.

Vielleicht redete sich Jamina Liz' Lügen auch nur ein. Vielleicht war sie besorgt, weil sie sich Sorgen machen wollte. Weil sie sich um ihren Bruder viel zu wenig gesorgt hatte.

Ich bin schuld an seinem Tod.

Aber – wollte sie Liz tatsächlich mit ihm vergleichen?

Beklommen leerte Jamina die Tasse mit einem letzten Schluck. Sie verzog das Gesicht. Der Kaffee war kalt. Sie räumte das dreckige Geschirr in die Spülmaschine.

Liz war vierzehn, ein Teenager, und die hatten nun mal Geheimnisse. Vielleicht wollte sie mit Hannah heute für die Prüfung lernen. Vielleicht hatte sie aber auch einen neuen Freund, von dem sie ihrer Mutter noch nichts erzählen wollte.

Als Jamina in ihrem Alter gewesen war, da hatte sie –

Nein, vergiss es, das ist vorbei!

Darüber, das hatte sie sich geschworen, wollte sie nicht mehr reden, ja, nicht einmal einen Gedanken verschwenden.

Was immer du erlebt hast.

Außerdem wollte sie sich nicht in Schuld suhlen.

Erst jetzt bemerkte sie, dass sie ihren Arm knetete. Sie lief hoch ins Bad, zog sich aus und trat unter die Dusche.

Sie drehte das heiße Wasser auf, ließ es eine gefühlte Ewigkeit auf sich herabprasseln, als könne sie auf diese Weise alle Bilder und Gedanken von sich abwaschen. Damit sie gurgelnd im Abfluss verschwanden. Für immer.

Das ist vorbei!

Verdammt, genau das hatte sie auch ihrem Bruder zu erklären versucht, vor wenigen Monaten erst, kurz nach seinem Entzug. *Du hast jetzt ein neues Leben*, hatte sie gesagt.

Und dann: *Vergeude es nicht im Zorn.*

Offenbar war ihm das schwerer gefallen als sie angenommen hatte.

Das ist scheiße.

Treffender ließ es sich vermutlich nicht formulieren.

Jamina trocknete sich ab, zog sich an, schmierte sich in der Küche zwei Käsestullen, die sie ohne großen Appetit verzehrte. Dann fuhr sie zur Arbeit.

FÜNFZEHN

Fünf Tage vergingen, bis ich dich wiedersah.

Am ersten Tag, dem Montag, sagte ich mir, dass das nichts zu bedeuten hatte. Bestimmt hattest du dich nur auf dein Zimmer zurückgezogen, wahrscheinlich weil wieder *so Tage* waren, und weil du genervt warst von den Blödis, der Oberin, von allem, sicherlich nicht nur von mir und meiner *Kinderkacke.*

Doch dann bliebst du auch an den darauffolgenden Tagen verschwunden.

Ich fühlte mich verlassen und allein.

»S-s-sie kommt schon w-w-wieder, ganz sicher«, meinte Johannes, der sich weiterhin um mich bemühte. Ganz offensichtlich witterte er in mir endlich einen Freund.

Er half mir, mit den strengen Heimregeln vertraut zu werden, und sorgte dafür, dass ich das Aufstehen, Morgengebet und Frühstück nicht verpasste, dass ich rechtzeitig zur Betreuung der Kindergartenkinder fand, dass ich nachmittags meiner mir zugeteilten Wochenaufgabe nachkam: spülen, putzen, fegen, saugen, den Rasen mähen, was auch immer.

Immer wieder kümmerte er sich darum, dass ich auf der Hut blieb vor Arthur und Ben. Er schien einige Erfahrungen darin zu haben.

Man gewöhnt sich dran.

Indem er sich mit dem Stottern noch ungelenker anstellte als er war, versuchte er mich außerdem auf andere Gedanken zu bringen. Er war sich für keinen Quatsch zu schade.

Trotzdem konnte er dich nicht ersetzen. »Was soll das heißen?«, fragte ich ihn also an jenem Tag. »Sie kommt wieder? Wo ist sie denn?«

Er wich meinem Blick aus.

»Sag schon: Wo?«

»W-w-weiß ich nicht.« Er klang, als meine er das genaue Gegenteil.

Mitte der Woche hielt ich die Ungewissheit nicht mehr aus, nahm mir ein Herz, eines der wenigen Male, und machte mich auf den Weg zu dir.

Doch kaum dass ich den linken Gebäudetrakt erreichte, lief

ich Schwester Maria über den Weg. »Michel«, entgeistert schlug sie die Hände vor der Brust zusammen, »was machst du hier?«

»Ich …«, jeglicher Mut fiel schlagartig von mir ab, »ich …«

»Sei bloß froh, dass *ich* dich gefunden habe, nicht die Oberin.«

»Ich will zu ...«

»… deiner Schwester? Ach, Michel, das geht nicht, du darfst nicht zu ihr.«

»Aber warum denn nicht?«

»Oh, Michel«, Schwester Maria verzog das Gesicht, »es ist nicht so einfach.«

Verwirrt sah ich sie an.

Ihr könnt euch einfach jederzeit sehen, hatte die blöde Ursula behauptet. Jetzt stand ich hier und kam nicht weiter.

»Deine Schwester braucht jetzt etwas Zeit«, erklärte Schwester Maria, während sie mich rasch zurück in den Jungentrakt führte.

Verflixt, Zeit wofür?, fragte ich mich. Wo warst du? Hattest du wegen der Sache am Sonntag Hausarrest bekommen? Und weshalb wollte keiner mit mir darüber reden?

Am Samstag sah ich dich endlich wieder. Aber auch du hast kein Wort darüber verloren, wo du warst oder was mit dir passiert ist. Ursula kam uns abholen, und ich wusste immer noch nicht, was los war. Das erbitterte Schweigen, mit dem du während der Fahrt ihre Gesprächsbemühungen abgeblockt hast, sprach allerdings Bände.

Irgendwann gab sie auf, versuchte sich stattdessen an einer Unterhaltung mit mir. Ob es mir in Santa Lucia gefalle. Wie es mit den anderen Kindern sei. Ob ich denn schon Freunde gefunden habe.

Was hätte ich ihr antworten sollen?

Willst du 'ne Petze sein?

Schließlich gab sie ihre Versuche auf und hüllte sich ebenfalls in Schweigen.

Du hieltest den Blick unverwandt nach draußen ins Herbstgrau gerichtet, hast diesmal nicht einmal nach meiner Hand gegriffen.

Ich fühlte mich elendig, war überzeugt davon, schlimmer könne es nicht mehr kommen.

Dann erreichten wir den Friedhof.

Der Regen nahm an Heftigkeit zu, aber das war mir egal. Ich war so froh, Onkel Rudi zu sehen.

»Michel«, er nahm mich in die Arme, »geht es dir gut?«

Er drückte mich so fest an seinen dicken Bauch, als wolle er mich nie wieder loslassen.

Als er mir das nasse Haar zerzauste, war die Berührung so wunderbar, so vertraut, so sehnlichst vermisst, dass ich mich für einen Moment fühlte wie … ja, wie?

Wie früher?

»Michel«, hörte ich durch das Regenrauschen Hansis Stimme.

Ich drehte mich zu ihm um.

»Bleibst du jetzt wieder da?«

»Hansi!« Seine Mutter eilte herbei. »Komm, nun lass Michel doch.« Sie zog ihn von mir weg, so als hätte ich Krätze, Lepra oder eine andere, schlimme Krankheit.

Unterdessen rollte Onkel Rudi zu dir. »Liebes, es tut mir leid, ich … ich habe es noch nicht geschafft …«

Ohne ihn eines Blickes zu würdigen, bist du in die kleine Friedhofskapelle gelaufen, in der Mamas und Papas Freunde, Kollegen und Nachbarn Schutz vor dem Regen gefunden hatten.

Ich starrte auf die beiden aufgebahrten Särge.

Der Anblick dieser Holzkisten und das Wissen, dass Mama und Papa darin lagen, war so unfassbar, so schrecklich.

Wie alles, was an jenem Samstag folgte: der Trauerredner, von dessen Worten ich nicht ein einziges verstand. Mamas und Papas engste Freunde, die die Särge quer über den Friedhof schleppten. Der Regen, der in einem fort auf uns herabprasselte. Das Grab, ein breites, finsteres Erdloch. Die Särge, die in die Tiefe hinabgelassen wurden. Und alle, die der Reihe nach davor traten, Blumen ablegten, die Köpfen senkten, einige Sekunden verharrten, bevor sie mit einer Schaufel Erde hinabwarfen.

Die nassen Klumpen krachten auf die Särge, und jedes Mal aufs Neue klang es so hohl und laut, als hämmerten Mama und Papa von innen in heller Verzweiflung gegen das Holz.

Hört auf damit!, wollte ich schreien, und vielleicht schrie ich es tatsächlich. Keine Ahnung.

Der Tag ging unter im Regen und in meinen Tränen.

Erst als wir am Nachmittag die Rückfahrt antraten, begann ich mich zu beruhigen. Die Trauer ließ nach. Stattdessen war ich wieder wütend.

Aber du hast es versprochen!

Wenn ich nicht so stur gewesen wäre, hätten Mama und Papa nicht mit dem Auto wegfahren müssen. Sie wären nicht gestorben.

*

Zurück in Santa Lucia bist du wortlos auf dein Zimmer verschwunden.

Traurig sah ich dir nach, überzeugt davon, dass auch du mir inzwischen die Schuld an allem gabst.

Und weißt du, vielleicht war dieses Gefühl das Schlimmste von allen.

»H-h-h-hallo«, hörte ich Johannes stammeln.

Umhüllt von Schatten stand er im Flur, als habe er seit Stunden dort auf mich gewartet.

»B-b-b-bleibst du jetzt wieder da?«, fragte er.

Ich musste an Hansi denken und verspürte einen schmerzhaften Stich.

»W-w-w-wollen wir noch w-w-was lesen?«

Hastig floh ich die Treppe hoch.

Johannes eilte mir nach. »I-i-ich hab ein n-n-neues Buch, w-w-willst du mal sehen?«

Zu einer anderen Zeit, an einem anderen Ort hätte mich sein hartnäckiges Bemühen um meine Freundschaft sicherlich gerührt. Jetzt wollte ich nur noch ins Bett, mir die Decke über den Kopf ziehen, einschlafen und nie mehr aufwachen.

Nie wieder!

Als ich Ben über den Weg lief, war mir sogar das egal. Zum Glück beachtete er mich nicht.

Ich putzte mir nicht die Zähne, zog mir nicht einmal meinen Schlafanzug an, lief einfach auf unser Zimmer und fiel auf die harte Matratze.

Ich schloss die Augen, fand aber keinen Schlaf.

Ich bekam die Bilder der Beerdigung nicht aus dem Kopf –

die der beiden Särge, des Lochs, der Blumen. Ich hörte wieder und wieder, wie die Erdklumpen aufs Holz hinabklatschten.

Bis in meinen Traum verfolgten mich diese Szenen.

Hört endlich auf!, schrie ich.

»Hör nicht auf«, erwiderte einer der Trauergäste, während der Regen auf den Sarg prasselte.

»Jetzt mach schon.«

Ich war klitschnass, wälzte mich verzweifelt herum und – erwachte.

»Los jetzt!«, zischte eine Stimme.

Ich brauchte einen Augenblick, bis ich begriff. Ich lag in meinem Bett in Santa Lucia. Die Decke war zum Fußende gezogen worden. Vor mir ragte eine Gestalt auf.

Obwohl in der Dunkelheit nur ein Schemen, erkannte ich sie sofort.

Ben!

Er stand mit geöffneter Hose vor mir, pinkelte mir in den Schritt und auf den Bauch.

Mit einem erschrockenen Schrei robbte ich von ihm weg.

Sein Pissstrahl folgte mir, spritzte mir auf die Brust und ins Gesicht.

Ich schrie auf, schluckte und würgte.

»Pass auf!«, zischte Arthur, der auf Johannes' Bett hockte und ihn im Würgegriff gepackt hielt, während er ihm die andere Hand auf den Mund presste. »Sie kommt.«

Hastig zog sich Ben wieder an und hechtete auf sein eigenes Bett.

Auch Arthur verschwand in den Schatten.

Angewidert wischte ich mir mit dem Hemdzipfel durchs Gesicht.

Dann flammte das Licht auf. Ich kniff die Augen zu.

»Michel«, hörte ich Schwester Maria rufen, »was ist mit dir?«

In mein Würgen mischte sich die Stimme der Oberin. »Was in Gottes Namen hat dieser Aufruhr zu bedeuten?«

Aus dem Augenwinkel sah ich Johannes' flehentlichen Blick.

Willst du 'ne Petze sein?

»Ich …« Noch immer schmeckte ich Pisse an den Lippen, am Gaumen, auf der Zunge. »Ich …« Dann erbrach ich mich quer über das Bett.

SECHZEHN

Die beiden Kommissare verließen den Fahrstuhl in der dritten Etage.

Während Muth es ungehindert in den Konferenzraum schaffte, wurde Kalkbrenner auf halber Strecke, vor seiner Bürotür, aufgehalten.

»Paul«, rief Rita Barnitzke, seine Sekretärin, aus dem Vorzimmer, »wie geht es dir?«

»Gut, wieso fragst du?«

»Oh, Paul!« Die kleinwüchsige Endfünfzigerin, die sommers wie winters am liebsten Wickelröcke, geblümte Blusen mit einer Brosche, dazu Sandalen trug, balancierte einen Stapel Kaffeetassen in der einen Hand, einen Teller mit Kuchen in der anderen. »Oh, Paul«, sie seufzte und schien kurz davor in Tränen auszubrechen, »das muss so schlimm für dich sein.«

»Was denn?«

»Das mit deiner Mutter, Sebastian erwähnte es. Sie hatte wieder einen Schlaganfall?«

Er verspürte einen Stich. »Ja.«

»Oh, Paul, das tut mir so leid.«

»Noch lebt sie.«

»Ich weiß, aber …« Verzagt wackelte Rita mit dem Kopf. Für einen kurzen Moment schwieg sie, als fehlten ihr die Worte.

Aber Kalkbrenner wusste, dass sie als die gute Seele des Dezernats bemüht war, ihm – und allen anderen Beamten – bei jedweder Sorge beizustehen.

Eigentlich gab es für sie allerdings nur ein einziges Heilmittel. »Hier«, sie hob den Kuchenteller an, »iss ein Stück.«

»Ich habe …«

»Danach fühlst du dich ganz sicher besser.«

»… schon gefrühstückt.«

»Verschmähst du etwa meinen Kuchen?«

Ritas selbstgebackene Kreationen – und deren Kalorien – waren inzwischen auf dem ganzen Präsidium gefürchtet. Noch mehr allerdings ihre Reaktion, lehnte man ihre Offerte ab.

»Sieht gut aus«, lobte Kalkbrenner deshalb, »was ist es denn heute?«

»Melonen-Ingwer-Kuchen mit einem Schuss Preiselbeere in Sahne.«

»Das klingt gut«, log er.

»Siehst du.« Zufrieden eilte Rita in den Konferenzraum. »Na komm, ich gebe dir ein Stück.«

In dem kleinen Zimmer, das kaum mehr als ein paar Stühle und einen Tisch fasste, saßen bereits Dr. Bodde und Dr. Wittpfuhl, beide nicht nur die benötigten Unterlagen vor sich, sondern auch jeweils einen Teller mit einem großen Stück Kuchen.

Berger hatte seines bereits zur Hälfte vertilgt. Dem Schmatzen und den Sahnetropfen am Schnauzbart nach zu urteilen, schien es ihm zu schmecken.

Unterdessen reichte Rita einen Teller an Muth.

Die beäugte den Sahneklops mit großer Skepsis. »Was ist das?«

Noch ehe Rita antworten konnte, rauschte Dr. Salm herein. »Meine Damen, meine Herren«, der Dezernatsleiter ließ sich auf einen der verbliebenen Stühle fallen, »ich habe es heute eilig, deshalb vergeuden wir bitte keine Zeit.«

»Für ein Stück Kuchen ist immer Zeit«, behauptete Rita. »Möchten Sie, Herr Dr. Salm?«

»Also bitte, Frau Barnitzke, es …«

»… ist ein Melonen-Ingwer-Kuchen.«

»Mit einem Schuss Preiselbeere in Sahne«, ließ Berger wissen, der genüsslich die letzten Reste von seinem Teller pickte. Jetzt klebten noch mehr Sahnesprenkel an seinem Bart. »Wirklich vorzüglich. Darf ich noch einen Nachschlag haben?«

Rita strahlte übers ganze Gesicht, während sie erst Berger, dann Kalkbrenner einen Teller voll Kuchen reichte.

Letzterer ließ sich neben dem Dezernatsleiter nieder.

»Was auch immer«, murrte Dr. Salm mit einem argwöhnischen Blick auf die Sahne, »können wir …« Mit einem Ruck riss er den Kopf in den Nacken und stieß ein heftiges Niesen aus.

»Gesundheit«, sagte Kalkbrenner.

»Kalkbrenner!«, donnerte Dr. Salm, während er ein Taschentuch aus seiner Hosentasche zupfte. »Haben Sie etwa wieder Ihren Hund dabei?«

»Nein!«

»Sie wissen doch, dass ich allergisch bin.«

»Aber nicht gegen Kuchen.« Rita stellte dem Dezernatsleiter einen Teller mit einem extragroßen Sahneklops vor die Nase, bevor sie hinaushuschte.

Dr. Salm schnäuzte sich geräuschvoll. »Können wir jetzt endlich beginnen?«

*

Als Jamina aus dem Fahrstuhl trat, steuerte Knolle mit hochrotem Kopf, einen Aktenstapel vor sich hertragend, auf sie zu.

»Oh«, er keuchte, »dich hab ich heute gar nicht erwartet.«

»Wieso nicht?«

»Na ja, das mit deinem Bruder gestern … mein Beileid.«

»Danke.«

»Und wie geht es dir?«

»Okay.«

»Schlimme Sache.«

»Ja«, sagte Jamina.

Das ist scheiße.

Schweigend standen sie sich gegenüber. In einem der Büros klingelte ein Telefon. Jemand lachte. Ein Kollege eilte den Flur entlang und verschwand im Vernehmungsraum A.

»Also«, Knolle hüstelte verlegen, »ich muss dann mal …«, schnaufend hob er den Stapel etwas an, »… der Fall Kowalski.«

»Wie ist die Sache gestern Abend ausgegangen?«

»Seine Frau hat eine Aussage gemacht.«

»Tatsächlich?«

»Soviel ist sicher: Der Mistkerl wird auf niemanden mehr losgehen.«

»Sehr gut«, befand Jamina. Demnach hatte ihre Aktion wenigstens etwas Gutes bewirkt. Obwohl das den Tod ihres Bruders natürlich nicht aufwog.

»Knolle!« Lowag trat aus seinem Büro am Ende des Flurs und kam auf die beiden zu. »Ich dachte, du bist auf dem Weg zum Staatsanwalt und …« Er bemerkte Jamina. »Was willst du denn hier?«

»Noch arbeite ich hier.«
»Hast du meine Nachricht denn nicht bekommen?«
»Doch.«
Lowag schien auf eine weitere Erklärung zu warten.
»Ich muss den Bericht von gestern schreiben«, sagte sie deshalb, »du weißt schon, die Messerstecherei in der Einkaufszone …«
»Das hätte Jürgen übernehmen können.«
»Oder ich«, warf Knolle ein.
»Du hast *damit*«, Lowag tippte auf den Aktenstapel, »genug um die Ohren, meinst du nicht auch? Deine Aktion gestern Abend …«
»Ja, ja, ist ja gut«, murrte Knolle, dessen Gesicht sich vor Scham tiefrot färbte.
Lowags argwöhnischer Blick kehrte zu Jamina zurück.
»Ist schon in Ordnung«, beteuerte sie. »Um ehrlich zu sein, ich bin froh, wenn ich etwas zu tun habe.«
»Mag sein …«
»Außerdem habe ich eh bald Urlaub. Danach bist du mich los.«
»Jamina«, er machte ein enttäuschtes Gesicht, »sag sowas doch nicht. Du weißt, wie ungern ich dich ziehen lasse.«
»Moment mal, du warst es doch, der mich für den Job empfohlen hat.«
»Weil du zu gut bist für das kleine Kaff hier. Aber gerade deshalb erwarte ich, dass du, sobald du deinen Job in Berlin anfängst, hundert Prozent gibst. Und geben *kannst*.«
»Werde ich«, versicherte Jamina, »und ja, mir geht's gut.« Sie zwang sich zu einem Lächeln.
Ihr Vorgesetzter ließ nicht erkennen, ob er ihr die Lüge abnahm. Er drehte sich zu Knolle um. »Und du? Warum stehst du noch immer hier herum?«
»Äh … bin schon weg.« Rasch verschwand Knolle in Richtung Fahrstuhl.
Lowag seufzte. »Also manchmal …« Kopfschüttelnd ging er zurück in sein Zimmer.
Jamina begab sich in ihr eigenes Büro.
Dort hockte Ehleben vor seinem Computer. Er schnaubte. »Warum überrascht es mich nicht, dich hier zu sehen?«

»Dir auch einen guten Morgen.«

»Und wie geht es dir wirklich?«

»Wenn mich jetzt jeder danach fragt, wie es mir geht, dann …«

»Schon gut, hab verstanden.« Achselzuckend widmete sich Ehleben wieder dem PC.

Jamina wollte an ihm vorbei zum Garderobenständer, blieb aber abrupt stehen.

Der Schreibtisch ihres Kollegen war ein Durcheinander aus Briefen und Akten. Obenauf lag ein Beweismittelbeutel, darin eine Brieftasche und ein Handy.

»Ist noch was?«, fragte Ehleben.

»Nein, nein, nichts«, log Jamina, ging weiter, hängte ihre Jacke auf und setzte sich an ihren eigenen Schreibtisch, der dem ihres Kollegen gegenüberstand.

Sie fuhr den Rechner hoch, öffnete eine neue Textdatei, trug das gestrige Datum ein und wollte den Bericht verfassen.

Die Messerstecherei in der Einkaufszone.

Allerdings bekam sie keinen klaren Gedanken zustande. »Jürgen«, sagte sie schließlich.

Er grummelte unverständlich, während er tippte.

»Das gestern Abend, mit der Wohnung, das tut mir leid.«

»Schon vergessen.«

»Darf ich dich trotzdem etwas fragen?«

»Wenn's mit deinem Bruder zu tun hat …«

»In der Tüte da auf deinem Schreibtisch, das sind *sein* Handy und *seine* Geldbörse, oder?«

»Selbst wenn …«

»Darf ich einen Blick hineinwerfen?«

»Nein.«

»Nur kurz.«

»Herrje«, verärgert schielte Ehleben hinter dem Monitor hervor, »ich hab dir doch gesagt, du …«

»Ist ja gut.« Sie hob beschwichtigend die Hände und wollte sich gerade resigniert ihrem eigenen Computer zuwenden, als ihr ein weiterer Gedanke kam. »Was ist mit der Obduktion?«

»Was soll damit sein?«

»Wann ist sie?«

»Hör mal, ich …«

»Ich … ich will's nur wissen, wegen der Beerdigung.«
»Keine Ahnung, du weißt doch, sowas dauert. Außerdem ist er …«
»Ja«, sagte Jamina, »ich weiß, kein dringender Fall, nur …«, plötzlich zitterte ihre Stimme, »nur ein Ex-Junkie, der rückfällig geworden ist.« Bevor Ehleben ihre Tränen bemerken konnte, zog sie sich hinter den Monitor zurück.
Sie wischte sich das Gesicht mit dem Ärmel ab, rief sich zur Ordnung und versuchte sich auf den Bericht zu konzentrieren.
Die Messerstecherei …
»Jürgen!«, kam Lowags Stimme über den Flur. »Auf ein Wort!«
Ehleben sprang auf und stieß sich das Bein an der Schreibtischplatte. Fluchend eilte er hinaus.
Jamina beobachtete, wie Lowags Bürotür hinter ihm in den Rahmen fiel.
Wie von selbst fand ihr Blick den Plastikbeutel mit der Geldbörse und dem Handy ihres Bruders.
Das Telefon hatten sie unter seiner Kommode gefunden.
Verdammt, unter *der Kommode!*
Wieso war ihr das gestern nicht aufgefallen?
Weil du durcheinander gewesen bist! Schockiert! Und wütend!
Sie schaute noch einmal zu Lowags Tür, dann langte sie über den Schreibtisch und schnappte sich den Beutel. Hastig tippte sie auf das Handydisplay.
Der Sperrbildschirm zeigte vier WhatsApp-Nachrichten und drei entgangene Anrufe von Peta, außerdem einen Anruf von Jamina.
Da war er vermutlich schon tot.
Sie nahm ihr eigenes Handy hervor und wählte Petas Nummer.
»Jamina«, meldete sich diese, »warst du gestern noch in der Wohnung?«
»Ja, aber …«
»Hast du was gefunden?«
»Kennst du sein Passwort?«
»Was?«
»Sein Handypasswort?«
»Wieso?«

Jaminas Blick ging erneut zu Lowags Tür. »Weißt du es oder nicht?«

»Ja, nur durch Zufall, weil …«

»Wie lautet es?«

»Zwei, null, null, acht.«

Jamina verspürte einen Stich. »Danke«, sagte sie und legte auf.

2008.

Liz' Geburtstagjahr.

Sie gab die Ziffern ein. Das Handy war entsperrt.

Als zuletzt benutztes Programm wurde WhatsApp angezeigt. Ihr Bruder hatte eine Nachricht getippt, aber nicht abgeschickt, kurz bevor er … *ja, was?*

Jamina verdrängte den Gedanken und konzentrierte sich stattdessen auf die Nachricht. Sie war an sie selbst gerichtet und lautete: *Ich habe ihn gesehen. In Berlin. Er ist es.*

Schlagartig verkrampfte sich ihr Magen.

Lowags Tür ging auf.

Hastig sperrte sie das Handy, ließ es zurück in den Beutel fallen und warf diesen auf Ehlebens Schreibtisch.

*

Kalkbrenner pickte mit der Gabel ein Eckchen vom Kuchen, aß es und – schmeckte nichts außer Sahne. Er schob den Teller beiseite. Muth schien auch nicht sonderlich angetan.

Berger dagegen vertilgte genüsslich seinen Nachschlag. »Beginnen wir«, schmatzte er, »mit dem mutmaßlichen Tatort, dem Hinterhof des *Wild & Heiter,* einem Restaurant in der Grünberger Straße.«

»Ich denke«, ergriff Dr. Bodde das Wort, »wir können mit großer Wahrscheinlichkeit davon ausgehen, dass es sich dabei tatsächlich um den Tatort handelt.« Sie wuchtete ihre Aktentasche auf den Tisch und entnahm ihr einen Beweismittelbeutel.

Darin befand sich der Jackenknopf, den Kalkbrenner am Vorabend in der Gasse neben dem Restaurant gefunden hatte.

»Dieser Knopf«, bestätigte Dr. Bodde seine Vermutung, »ist identisch mit denen am Sakko des Toten.«

Dr. Salm schniefte. »Gibt es Fingerabdrücke?«
»Die des Opfers, ja. Darüber hinaus, nein, leider keine.«
»Wie ich hörte, wurde in der Gasse auch Blut gefunden.«
»Ja«, bestätigte Dr. Bodde, »vom Hinterhof führen Stufen zum Restaurantkeller hinab. Dort unten, am Treppenabsatz, konnten wir Blut sichern. Es lässt sich zweifelsfrei dem Opfer zuordnen.«
»Daraus lässt sich schließen«, Dr. Salm kratzte sich die Nase, »dass es eine Handgreiflichkeit zwischen Täter und Opfer gab.«
»Einiges deutet darauf hin.«
»Und dabei stürzte das Opfer die Treppe hinunter«, sagte Berger, während er mit der Gabel geräuschvoll Sahnereste vom Teller kratzte.
Dr. Salm verzog despektierlich das Gesicht.
»Ganz genau«, sagte Dr. Wittpfuhl. Betont langsam klappte er einen Ordner auf und überflog den Inhalt, der aus mehreren Dutzend eng betippter Blätter bestand. »Das Opfer ist vorgestern Abend um etwa dreiundzwanzig Uhr gestorben, plus/minus eine halbe Stunde. Der Mann ist die Treppe hinuntergestürzt, dabei mit dem Hinterkopf am Treppenabsatz aufgeschlagen. Daher rührt auch diese Verletzung …« Er zog ein Foto aus dem Ordner, eine Nahaufnahme der Platzwunde am Hinterkopf des Toten, und legte es auf den Tisch. »Wie Sie *hier* und *hier* erkennen können«, er brachte ein zweites Bild zum Vorschein, diesmal einen vergrößerten Ausschnitt, »gab es winzige Partikel in der Wunde. Es handelt sich dabei um eine Mischung aus Sand, Frittierfett, Bratensauce und Ketchup.«
»Identisch mit den Bodenproben«, fügte Dr. Bodde hinzu, »die wir am Treppenabsatz entnommen haben.«
Dr. Wittpfuhl nickte. »Diese Verletzung wäre nicht tödlich gewesen, wohl aber so heftig, dass das Opfer vermutlich das Bewusstsein verloren hätte.«
»Hätte?«, wiederholte Dr. Salm irritiert.
»Leider ist der Mann so unglücklich aufgeprallt, dass er sich dabei das Genick gebrochen hat. Er war sofort tot und …«
»Und daran besteht kein Zweifel?«, unterbrach Dr. Salm.
»Wenn Sie mich hätten ausreden lassen, wüssten Sie es jetzt.«
Dr. Salm hob entschuldigend die Hände, dann japste er plötzlich und nieste wieder los, einmal, zweimal, dreimal.

Aus rotunterlaufenen Augen stierte er Kalkbrenner an. »Und Sie haben wirklich nicht Ihren Hund dabei?«

»Wirklich nicht.« Unauffällig pflückte Kalkbrenner Bernies Haare von seiner Hose und ließ sie zu Boden rieseln.

Der Dezernatsleiter putzte sich die Nase. »Herr Dr. Wittpfuhl,« seine Stimme klang belegt, »wo waren Sie stehengeblieben?«

»Sie meinen, bevor Sie mich unterbrochen haben? Ich wollte erklären, dass bei einem Genickbruch Gewebeschäden im Hals-, Nacken- und Wirbelbereich entstehen. Zumindest, wenn das Opfer noch am Leben ist, beziehungsweise war. Was in diesem Fall zutrifft. Wäre das Genick erst post mortem gebrochen worden – so wie die Extremitäten und etliche Rippen des Opfers durch die Stahlpresse im Müllwagen gebrochen wurden – dann hätte es diese Schäden …«

»Die Gewebeschäden?«, fragte Dr. Salm.

»Ja doch«, Dr. Wittpfuhl brummelte, »es hätte sie nicht gegeben.«

»Das heißt«, nachdenklich rieb sich der Dezernatsleiter die tränenden Augen, »der Hinterhof des Restaurants war der Tatort, und das Opfer wurde dort im Müllcontainer entsorgt. Aber es gibt keine Zeugen, richtig?«

»Das Problem ist«, sagte Berger, »dass das *Wild & Heiter* vorgestern Ruhetag hatte, der Betreiber … er heißt … warten Sie …« Er griff nach einer Akte, die vor ihm lag, schlug sie auf und blätterte hindurch. »Ah, Alessandro Gekko. Herr Gekko befand sich tagsüber mit einem Kollegen, der uns das bezeugt hat, auf einer Gastronomie-Messe in Hannover. Am Abend war er in Spandau zu Hause bei seiner Familie, wie uns die Ehefrau bestätigt hat.«

»Was hat die Vernehmung der Nachbarn in der Grünberger Straße erbracht?«

»Keiner will zur Tatzeit etwas Auffälliges beobachtet haben.«

»Und die Müllmänner, die am nächsten Morgen den Container entleert haben?«

»Auch sie nicht.«

»Gibt es denn …« Dr. Salm rümpfte die Nase. »Herrje, Herr Berger, wie sehen Sie eigentlich aus?«

»Äh, wie denn?«

»Sie haben Sahne im Gesicht!«

Berger wischte sich verlegen den Bart.

»Was«, kopfschüttelnd fuhr Dr. Salm fort, »was wissen wir über den oder die möglichen Täter?«

Dr. Bodde antwortete: »In der Gasse haben wir verschiedenste Spuren sichern können. Schuhabdrücke, Fasern, Haare, Speichel, allerdings nichts, das sich unmittelbar mit dem Mord oder einem möglichen Täter in Verbindung bringen lässt.«

Dr. Wittpfuhl räusperte sich. »Am Opfer selbst konnte ich keinerlei Abwehrverletzungen erkennen. Und die Gewebefasern unter seinen Fingernägeln legen den Schluss nahe, dass der Mann Handschuhe trug und deshalb keine Gelegenheit hatte, seinen Mörder zu kratzen oder dergleichen.«

»Der Müllwagen, die Müllpresse, die Mülldeponie haben ganze Arbeit geleistet«, fuhr Dr. Bodde fort. »Sollte es andere Spuren des Mörders am Opfer gegeben haben, so wurden sie leider in Gänze verwischt.«

»Trotzdem gibt es einen Tatverdächtigen«, sagte Dr. Salm.

»Josh Fisher«, bestätigte Berger, »Ehemann von … äh.« Wieder schaufelte er sich durch die Akte. »Josh Fisher, geboren 1988, verheiratet seit 2015 mit Almut Fisher, geboren 1995 als Almut Heinze.«

»Was liegt gegen Fisher vor?«

»Bis auf zwei oder … Moment, drei Punkte in Flensburg – nichts.«

»Aber?«

»Seine Frau«, nahm Kalkbrenner den Faden auf, »hatte vor sieben Monaten mehr oder weniger eine Affäre mit Frieder Schacht.«

»Mehr oder weniger?« Schniefend zog Dr. Salm die Nase hoch. »Was soll das denn heißen?«

»Sie war wohl verliebt, aber geschlafen haben sie nicht miteinander. Für ihren Mann aber trotzdem Grund genug, ihr unschöne Szenen zu machen.«

»Also könnte der seinen Nebenbuhler aus dem Weg geräumt haben.«

Kalkbrenner zögerte. »Laut der Ehefrau ist die Sache

abgehakt, sie versuchen einen Neuanfang, sie bekommt ein Baby.«

»Von wem?«

»Ihrem Mann. Schwört sie.«

»Dennoch fehlt jetzt jede Spur von Fisher«, erinnerte Dr. Salm. »Nach ihm wird gefahndet?«

Kalkbrenner schüttelte den Kopf. »Vorerst haben wir nur eine Suchmeldung rausgegeben.«

»Warum denn das?«

»Weil Josh Fisher nicht die einzige Spur ist, der wir folgen.«

»Jetzt bin ich aber gespannt!«

»Frieder Schacht hat das *Schauhaus im Kiez* seit Jahren finanziell über Wasser gehalten. Über die Jahre kam eine Summe von fast vierzigtausend Euro zusammen.«

»Woher hat er das Geld?«

»Diese Fragen stellen wir uns auch, nur …« Er hielt inne.

Rita erschien in der Tür. »Darf ich …«

»Nein, dürfen Sie nicht«, fuhr ihr Dr. Salm über den Mund.

»Aber …«

»Wir haben alle noch Kuchen!«

»Also ich nicht!«, rief Berger.

Rita wollte etwas sagen.

»Also bitte«, blaffte Dr. Salm. »jetzt ist aber gut, Frau Barnitzke!«

Achselzuckend drehte sie sich um und ging.

Der Dezernatsleiter richtete seine Aufmerksamkeit wieder auf Kalkbrenner. »Das heißt, das Opfer könnte auch in krumme Geschäfte verwickelt gewesen sein?«

»Zumindest sollten wir auch in diese Richtung ermitteln.«

»Was wissen wir denn über diesen Schacht?«

»Zugegeben, nicht viel«, sagte Berger, »angeblich heißt er Frieder Schacht, geboren … Moment, ich hab's gleich.«

Dr. Salm seufzte.

»1957 in Kreuzberg«, sprang Kalkbrenner seinem Kollegen bei, »die Eltern verstorben, keine Angehörigen.«

»Und weiter?«

»Die Vernehmung der anderen Darsteller hat leider kaum mehr erbracht, nur so viel: Schacht schien nicht sonderlich beliebt, er lebte offenbar zurückgezogen, keiner kannte seine

Freunde. Einer seiner Kollegen hörte ihn mit einem gewissen Frank telefonieren, angeblich ein Jugendlicher, die Rede war dabei vom Deutschen Theater.«

»Na, und?«

»Dort ist zwar ein Frank bekannt, aber der passt nicht zur Beschreibung«, sagte Kalkbrenner, »auch hat man dort noch nie von Frieder Schacht gehört.«

»Und auch die Wohnung«, nahm Berger den Faden auf, »gibt wenig Aufschluss über das soziale Umfeld. Beamte durchsuchen die Zimmer seit heute Morgen noch einmal, aber … bislang haben sie nichts finden können, das uns irgendwie weiterhilft.«

»Gar nichts?«, ächzte Dr. Salm ungläubig.

»Ein Hoffnungsschimmer: Wir haben Schachts Handynummer, und der zuständige Ermittlungsrichter hat unserem Antrag auf Herausgabe der Einzelverbindungsnachweise stattgegeben. Ich habe den Telefonanbieter bereits kontaktiert. Sie wollen uns die Unterlagen schicken.«

»Immerhin etwas«, brummelte Dr. Salm.

»Angeblich«, murmelte Muth.

Dr. Salm sah sie irritiert an. »Wie bitte?«

»Sebastian, du meintest gerade eben: *Angeblich* heißt das Opfer Frieder Schacht. Wieso angeblich?«

Nachdenklich rieb sich Berger den Schnauzer. Er bemerkte Sahne an seinen Fingern und leckte sie ab. »Ja«, sagte er anschließend, »genau das ist das Problem.«

*

Jamina starrte auf den Monitor und versuchte sich auf den Bericht zu konzentrieren.

Die Messerstecherei …

Allerdings hatte sie noch keine einzige Zeile geschrieben. Nur das gestrige Datum. Und das verschwamm immer wieder vor ihren Augen.

Beruhig dich, ermahnte sie sich. *Mach dich nicht verrückt!*

Aber es kostete sie eine Heidenkraft, ruhig zu bleiben. Nicht loszuschreien. Sie wurde schier verrückt.

Und verdammt, sie hatte allen Grund dazu.

»Jamina?«, fragte Ehleben, der sich gerade wieder an seinen Schreibtisch setzte.

Sie tat, als sei sie beschäftigt.

»Jamina!«

»Ja?«

»Warst du an meinem Schreibtisch?«

»Wie bitte?«

»An der Beweismitteltüte!«

Ihr Herz schlug bis zum Hals, als sie an ihrem Monitor vorbeilugte. »Was?«

»Ob du an seinen Sachen warst?« Ehleben klang gereizt.

»Nein.«

»Ich hab den Beutel aber …«

»Nein«, wiederholte sie. »Ich hab ihn nicht mal berührt.« Sie bemühte sich um eine gleichgültige Miene. Aber sie hatte das sengende Gefühl, die Lüge quölle wie Schweiß aus jeder ihrer Poren.

Ehleben musterte sie finster. »Ich könnte schwören …«

»Du hast dich vorhin an deinem Tisch gestoßen«, sagte sie, »schon vergessen?«

Nachdenklich rieb sich ihr Kollege das Bein. Er wirkte nicht überzeugt, ging aber auch nicht weiter darauf ein. Verstimmt klemmte er sich hinter den PC und begann zu tippen.

In Jaminas Magen rumorte es wie nach einem harten Hieb, Adrenalin rauschte durch ihre Adern, trotzdem zwang sie sich, noch einige Minuten still sitzenzubleiben, auf den Bildschirm zu starren, nichts zu tun.

Dann hielt sie es nicht länger aus. Sie nahm ihr Handy und stand auf. »Ich …«, ihre Kehle war wie zugeschnürt, »ich hole mir einen Kaffee.«

Falls Ehleben ihr etwas anmerkte, ließ er es nicht erkennen. »Bringst du mir auch einen mit?« Er blickte nicht einmal auf.

»Klar.« Wie betäubt lief sie zum Fahrstuhl, drückte den Kopf, aber es dauerte, bis der sich in Bewegung setzte.

Zu lange!

Sie bekam kaum noch Luft. Ihr wurde schlecht. Sie musste raus hier.

Sofort!

Sie stürmte ins Treppenhaus und hastete die Stufen hinunter.

Auf halbem Weg kam ihr ein junger, pickeliger Schutzpolizeibeamter entgegen. »Morgen.«

Er war schon fast an ihr vorbei, als sie ihn erkannte.

»Warte«, sie drehte sich zu ihm um, »du warst doch gestern Abend draußen in Nordstadt.«

»Dein Bruder, oder?«

»Wer hat seine Leiche gefunden?«

»Die Nachbarin, Wasiljew oder so. Seine Tür stand auf, sie hat geklopft, gerufen, dann hat sie nachgeguckt.«

»*Sie* hat die Polizei gerufen?«

»Ja.«

Ohne ein weiteres Wort lief Jamina hinunter ins Erdgeschoss und zur Tür.

Der Pförtner rief ihr etwas nach, doch die Worte erreichten sie nicht.

Draußen peitschte ihr der Wind die Novemberkälte ins Gesicht. Auch das bekam sie kaum mit.

Sie lief einfach weiter, als könne sie dem Schock entfliehen.

Keuchend und verschwitzt blieb sie schließlich auf dem Stadtplatz stehen, im Winter eine triste Betonwüste mit ein paar kargen, kahlen Bäumen.

Der frostige Wind ging hier noch schärfer.

Weil Jamina keine Jacke trug, fraß er sich durch ihre Bluse. Erst war ihr eiskalt, dann plötzlich siedend heiß. Sie glaubte zu verbrennen. Sie wollte schreien.

Ich habe ihn gesehen. In Berlin. Er ist es.

Sie erbrach halbverdaute Käsestullen unter einem der Bäume.

SIEBZEHN

Ich würgte noch immer. Doch jetzt stieg nur noch bittere Magensäure meine Kehle hinauf.

»Grundgütiger!«, stieß die Oberin hervor.

Schwester Maria hob beschwichtigend die Hände. »Alles halb so wild, er …«

»Er hat sich erbrochen!«

»Ich glaube …«
»Hat er Alkohol getrunken?«
»Nein, wie …«
»Und außerdem …«, finster schaute die Oberin auf mich herab, »hat er sich eingenässt. Der Junge ist sechs!«
»Der gestrige Tag war nicht einfach für ihn, er …«
»Der Herr prüfet den Gerechten.«
Schwester Maria runzelte die Stirn. »Was …«
»Und seine Seele hasset den Gottlosen«, fiel ihr die Oberin erneut ins Wort. Unverwandt sah sie mich an.
Noch immer war mir speiübel.
»Gott hat uns nicht einen Geist der Zaghaftigkeit gegeben, sondern den Geist der Kraft und der Selbstbeherrschung.«
Schwester Maria wollte etwas erwidern.
»Kommt einer neu und will das klösterliche Leben beginnen«, kam ihr die Oberin zuvor, »so werde ihm der Eintritt nicht leicht gewährt.«
Schwester Maria schien überrascht. Demütig senkte sie den Kopf.
Die Oberin nickte mit grimmiger Zufriedenheit. »Und jetzt sorgen Sie bitte dafür, dass er diese Schweinerei da …«, angewidert deutete sie auf mein besudeltes Bett, »in Ordnung bringt.« Dann lief sie davon.
Ben grinste mich an.

*

Schwester Maria schien noch immer betroffen von den Worten der Oberin. Schweigend half sie mir das Bett zu säubern.
Danach ging ich mich waschen und putzte mir endlos lange die Zähne, wurde den Geschmack der Pisse aber einfach nicht los.
Irgendwann stand Johannes im Waschraum. »K-k-kommst du?«
»Ich mag kein Frühstück.«
»N-n-nein, k-k-kein Frühstück. H-h-heute ist Sonntag.« Weil ich nicht reagierte, fügte er hinzu: »G-g-g-gottesdienst, in d-d-der Kapelle.«

Widerwillig folgte ich ihm die Treppe hinauf in die zweite Etage, deren Zutritt uns die Woche über verboten blieb.

Ich spürte die Blicke der anderen Kinder. Einige grinsten. Offenbar hatte sich die Neuigkeit bereits herumgesprochen.

Der Junge hat sich eingenässt.

Wahrscheinlich wussten einige sogar über die Wahrheit Bescheid. Ganz sicher hatten Arthur und Ben dafür gesorgt.

Am liebsten hätte ich auf der Stelle kehrtgemacht, mich auf unser Zimmer verkrochen. Aber ein Sonntagmorgen im Bett gehörte jetzt der Vergangenheit an.

Es gelten Gottes Regeln in unserem Haus.

Weißt du noch? Die Kapelle war nichts weiter als ein großes, entsprechend ausgebautes Dachgeschoss. Unter den Wandschrägen stand ein schmaler Altar, darauf ein Kreuz, flackernde Kerzen, ein Schälchen und zwei Messbecher.

Links und rechts davon warteten auf Kniebänkchen je zwei Jungen, die in ihren bodenlangen, roten Röcken und weißen Chorhemden wie in schlechten Faschingskostümen aussahen.

Unter anderen Umständen hätte ich den Anblick bestimmt als lustig empfunden. Jetzt war mir nicht zum Lachen zumute.

Du hast dich am Eingang herumgedrückt, als wärst du nicht sicher, ob du tatsächlich reingehen oder doch lieber abhauen solltest. In deinem Blick lag jene Abscheu, die schon bald zu einem festen Teil von dir werden sollte.

An diesem Morgen mischte sich aber Sorge in deine Miene. »Michel, was ist passiert?«

»Nichts.«

»Ich habe gehört …«

»Nichts!«, beharrte ich, weil ich nicht darüber reden wollte. Ich schämte mich so sehr. Allerdings konnte ich nicht verhindern, dass ich zu Arthur und Ben guckte.

Aus ihren Gesichtern triefte der Spott.

Du bist meinem Blick gefolgt und hast sofort kapiert. »Haben sie …«

»Nein.«

»Michel, du …«

»Nein!«, stieß ich hervor, schärfer als beabsichtigt. Nach wie vor glaubte ich Bens Pisse an meinem Gaumen zu schmecken. Aber ich wollte stark bleiben, ich *musste* stark bleiben.

Du hast die Fäuste geballt.

»Nein«, wiederholte ich. Und noch einmal, fast unhörbar: »Bitte, nein.«

Nur mit Mühe konntest du deinen Zorn bezwingen. Du hast tief durchgeatmet, mich mitleidig angesehen, den Kopf geschüttelt, als wolltest du sagen: *Na dann, selber schuld.* Dann bist du nach links zu den Bänken der Mädchen gegangen.

Da kreuzte Ben deinen Weg und rempelte dich an.

Du hast sofort zugeschlagen.

Mit einem Schrei ging er auf die Knie, hielt sich die Nase. Blut quoll zwischen seinen Fingern hervor.

Du holtest zu einem weiteren Schlag aus.

»Bist du des Wahnsinns!«, gellte die Stimme der Oberin durch den Raum. *»Grundgütiger, hör auf!«* Im nächsten Moment stand sie bei dir. *»Sofort!«*

Kurz hatte es den Anschein, als wolltest du auch die alte Frau niederstrecken.

»Wage es nicht!

Atemlose Stille erfasste die Kapelle. Nur Bens Wimmern war zu hören.

Endlich hast du die Faust sinken lassen.

Die Oberin starrte dich an. »Was in Gottes Namen ist bloß in dich gefahren?«

Trotzig hast du ihren Blick erwidert.

»War dir das letzte Mal noch keine Lehre?«

Du schwiegst.

»Ab sofort wirst du …«

»Na, na, na«, fiel ihr eine tiefe, durchdringende Stimme ins Wort, »nun wollen wir die Kirche doch bitte im Dorfe lassen.« Ein stämmiger, leicht untersetzter Mann in bodenlanger, schwarzer Soutane betrat die Kapelle.

Empört schüttelte die Oberin den Kopf. »Das ist eine Angelegenheit, die Sie, Hochwürden, nicht betrifft.«

»Das mag sein, liebe Schwester, aber nun ist Zeit für den Herrn, nicht für den Zorn.«

»Mit Verlaub …«

»Denn wer seinen Zorn nicht zügeln kann, ist wie eine offene Stadt ohne Mauern.« Der Pfarrer wandte sich an dich. »Gibt es etwas, das du mir erklären möchtest?«

Du hast dich in wütendes Schweigen gehüllt.

»Da sehen Sie es«, schimpfte die Oberin, »Umgangsformen sind ihr völlig fremd, und wer …«

»… seine Zunge hütet, bewahrt sein Leben«, ließ der Pfarrer sie erneut nicht ausreden. Sein Blick fand zu mir. »Und du musst ihr kleiner Bruder sein, nicht wahr? Ich habe schon vieles über dich gehört.«

»Ja, auch er ist nicht frei von Sorge«, warf die Oberin ein.

»Sorge im Herzen bedrückt den Menschen, aber ein freundliches Wort erfreut ihn.« Verschwörerisch zwinkerte der Pfarrer mir zu. »Ich bin der Pfarrer der hiesigen Gemeinde St. Urbanus, Pfarrer Stoll. Richard Stoll. Aber die meisten nennen mich nur Richard. Wie war noch gleich dein Name?«

Ich brachte nur ein Flüstern zustande. »Michel.«

»Lieber Michel, der Herr heißt dich willkommen.« Mit diesen Worten schritt der Pfarrer nach vorn zum Altar.

Erst sehr viel später wurde mir bewusst, dass er sich nur mir, aber nicht dir vorgestellt hatte.

Offenbar wart ihr euch schon einmal begegnet.

Aber du hast mich ganz erbost angestarrt.

»Sehet, wie freundlich der Herr ist«, sagte der Pfarrer. »Wohl dem, der auf ihn trauet!«

Einer der Messdiener schwang eine kleine Handglocke, deren fröhliches Bimmeln die Kapelle füllte.

Währenddessen breitete der Pfarrer die Arme aus, als wolle er alle Anwesenden umarmen. Sogar die Oberin, die sich mit verkniffener Miene in der ersten Reihe krümmte. »So lasset uns beten.«

Seine Worte beschäftigten mich für den Rest des Tages.

Sehet, wie freundlich der Herr ist.

Was war freundlich an einem Gott, der zuließ, dass Mama und Papa starben? Dass man sie in einem tiefen Erdloch verscharrte? Der uns einem Heim überließ, in dem man uns das Leben zur Hölle machte?

Von wegen: Wir helfen einander …

Andererseits: Ich war ja selbst schuld, oder?

Wäre ich nicht gewesen, wären Mama und Papa noch am Leben und wir jetzt mit ihnen zu Hause.

So einfach war das. Zumindest dachte ich das.

ACHTZEHN

Kalkbrenner trank einen Schluck Kaffee, während sein Kollege die Akten vor sich hin- und herschob, als sei er auf der Suche nach einer Antwort auf Muths Frage.

»Also, ich ...«, Berger räusperte sich, zupfte verlegen an seinem Schnauzbart, »es liegt keine Geburtsurkunde zu Frieder Schacht vor, er ist weder bei einer Krankenkasse noch bei einer Schule oder einem Verein angemeldet. Es gibt nichts, was darauf hindeutet, dass er je gelebt hat.«

»Aber er *hat* doch gelebt«, widersprach Dr. Salm. »Sonst hätten wir ja nicht seine Leiche auf der Mülldeponie gefunden.«

»Auf dem Wertstoffhof«, korrigierte Berger.

Unwirsch fegte Dr. Salm die Bemerkung weg. »Er hat in Friedrichshain Theater gespielt, er besaß eine Wohnung ...«

»Ja«, sagte Berger, »in der ... äh ... in der Marchlewski Straße 48, die ...« Er verstummte.

Erneut tauchte Rita in der Tür auf. »Ich ...«

»Was ist denn so schwer daran zu verstehen?«, herrschte Dr. Salm sie an. *»Wir wollen keinen Kuchen.«*

»Also ich hätte gern noch ein Stück«, sagte Berger. »Paul, isst du deins nicht?«

Ritas Blick fand Kalkbrenners unangetasteten Teller.

»Ich habe schon mit Jessy gefrühstückt«, beeilte er sich zu sagen.

Was Ritas Enttäuschung kaum milderte. Sie verschwand kommentarlos.

»Also?«, fragte Berger. »Darf ich?«

»Also bitte«, schimpfte Dr. Salm, »können wir uns jetzt ...«

»Aber ich habe Hunger«, fiel ihm Berger ins Wort.

»Können Sie mir nicht erst einmal erklären, wo Ihr Problem liegt?«

Berger sah ihn an. »Ich hatte noch kein Frühstück heute.«

»Nein!«, fuhr Dr. Salm auf. »Ihr Problem mit Frieder Schacht.« Er zupfte ein Taschentuch aus der Hose und schnäuzte sich wie ein Walross.

»Ach so«, murmelte Berger, während sein hungriger Blick Kalkbrenners Kuchen fand.

Der schob ihm den Teller über den Tisch.

Dankbar versenkte Berger die Gabel in dem Sahneklops. »Schachts Adresse«, sagte er währenddessen, »ist das Einzige, was wir über ihn haben. Einen Eintrag im Melderegister – und ein Konto, von dem die üblichen Ausgaben abgehen«, mit der verschmierten Gabel klopfte Berger auf die Akte neben sich, »die Miete, Abgaben für Wasser und Strom, GEZ, zumindest soweit, wie ich es bisher habe durchsehen können. Nichts, das irgendwie auffällig wäre. Nichts.«

Dr. Salm ließ sich das durch den Kopf gehen. »Sie wollen damit andeuten, er lebte unter einer falschen Identität?«

»Oder unter einer *neuen* Identität«, sagte Kalkbrenner.

»Weil es einen dunklen Fleck in seiner Vergangenheit gibt«, fügte Muth hinzu.

»So!«, mit einem energischen Stampfen kam Rita abermals in den Konferenzraum. *»Jetzt aber!«*

Dr. Salm rang entnervt mit den Händen. »Liebe Frau Barnitzke, Sie und Ihr Kuchen, das ist …«

»Es geht nicht um den Kuchen!«

»Sondern?«

»Um Josh Fisher.«

»Was ist mit ihm?«

»Er ist gestern Abend betrunken Auto gefahren«, sagte Rita, »hätte in Spandau um ein Haar einen Unfall gebaut – ausgerechnet mit den Kollegen einer Streife. Diese haben ihn in die Ausnüchterungszelle ihrer Wache verfrachtet.«

»Dort ist er noch?«

»Nein, kurz bevor sie ihn heute Morgen entlassen wollten, erreichte sie unser Fahndungsaufruf.«

»Ja, und wo ist er dann jetzt?«

»Nebenan, in der Kombüse.« Rita lächelte. »Das versuche ich Ihnen schon seit einer halben Stunde zu sagen.«

*

Wieder und wieder hallten die Worte in Jaminas Kopf, und jedes einzelne fühlte sich an wie ein weiterer, harter Schlag in die Magengrube.

Ich habe ihn gesehen. In Berlin. Er ist es!

Sie übergab sich ein zweites Mal. Diesmal spuckte sie nur noch bittere Magensäure.

Schluchzend wischte sie sich mit dem Handrücken über die Lippen.

Wie um alles in der Welt war das möglich? Hatte ihr Bruder …

Nein!

In das Würgen mischte sich eine brüchige Stimme.

»Kindchen«, eine alte Dame mühte sich durch den frostigen Morgen, ihr kleiner, schmerzgebeugter Körper in einem Dufflecoat, die grauen Haare unter einer ledernen Trappermütze, das Gesicht in tiefe Sorgenfalten gelegt, »geht es Ihnen nicht gut?«

Jamina schluckte und schmeckte Galle. »Nein, nein«, die Eiseskälte brannte in ihrer gereizten Kehle, »also … ja, alles gut.«

»Ja, was denn nun? Ja oder nein?«

»Es … geht mir gut.«

»Soll ich die Polizei rufen?« Die Dame wies auf das altehrwürdige Gebäude der Polizeiwache. »Die ist nämlich gleich da vorne und …«

»Nein, es ist alles in Ordnung.« Trotz des bitteren Geschmacks im Mund versuchte Jamina ihrer Stimme einen festen Klang zu geben. »Ich habe nur etwas Falsches zum Frühstück gegessen.«

Der Blick der Dame streifte das Erbrochene am Boden »Und dabei haben Sie wohl auch Ihre Jacke vergessen?«

»Nein, die hängt in meinem Büro.« Diesmal war es Jamina, die zur Wache zeigte.

Die Dame legte das Gesicht in noch tiefere Falten.

»Ich bin Polizistin.« Jamina wollte nach ihrer Geldbörse und dem Dienstausweis greifen. Nur dass sich beides in ihrer Jacke oben im Büro befand.

Einzig das Handy hatte sie bei sich.

Sie fror, zitterte, fühlte sich hundeelend. Sie wollte zurück ins Warme. Sie brauchte einen Schluck Wasser. Vor allem aber brauchte sie einen klaren Kopf.

»Ich muss dann mal wieder«, sagte sie, »danke für … für Ihre Hilfe.«

Während sie zur Wache eilte, spürte sie den argwöhnischen

Blick der alten Dame im Rücken. Aber das kümmerte sie nicht. Sie wählte Petas Nummer, was ihr im Gehen und mit eisigkalten Fingern schwerfiel.

Dreimal erklang das Freizeichen, dann Petas Mailbox.

Jamina legte auf, wählte erneut.

Es klingelte dreimal, wieder bekam sie nur die Mailbox zu hören. »Peta«, sagte sie, »melde dich bitte, es … es ist dringend.« Sie steckte das Handy ein und rieb sich die Hände.

Dabei kam ihr ein anderer Gedanke.

Sie blieb stehen, nahm das Telefon wieder hervor und scrollte im Adressbuch bis zur Handynummer des Gerichtsmediziners. Als sie auf ›Anruf‹ tippen wollte, traf ihr zitternder Finger daneben.

Es klingelte bei Lowag.

»Verdammt!« Sie trennte die Verbindung, hauchte warme Luft auf die Hand und knetete sie einen Moment lang, dann versuchte sie es ein zweites Mal.

Diesmal erwischte sie die richtige Nummer.

Nach einer gefühlten Ewigkeit meldete sich Dr. Wilmut Ludwigs' Baritonstimme. »Jamina?«

»Störe ich dich gerade?«

»Ich stecke mitten in einer …«

»Ich habe nur eine Frage.«

»Hör mal«, Dr. Ludwigs klang verstimmt, »diese Nummer ist nur für Notfälle und …«

»Es ist wichtig!«

»Was …«

»Wirklich wichtig!«

»Warte«, ein Klimpern erklang, vermutlich von einem Skalpell, das angelegt wurde, dann Schritte.

Jamina trat von einem Fuß auf den anderen.

Eine Tür schlug zu, und Dr. Ludwigs fragte: »Was ist denn so wichtig?«

»Du hast letzte Nacht einen jungen Mann hereinbekommen …«

»Der Junkie?«

»Angeblich eine Überdosis.«

»Angeblich?« Dr. Ludwigs klang irritiert.

Jamina überging die Frage, versuchte auch die Kälte zu

ignorieren, die sie mit scharfen Krallen zu durchbohren schien. »Wann wirst du die Obduktion vornehmen?«

»Du weißt, wir haben viel zu tun, ein paar wirklich dringende Fälle …«

»Klar.«

»Und eine Überdosis ist nun wirklich kein …«

»Doch, ist sie, das sagte ich doch.«

Für einen Moment blieb Dr. Ludwigs still. »Hast du Zweifel an der Todesursache?«

»Kannst du die Obduktion vorziehen?«, überging Jamina auch diese Frage.

Dr. Ludwigs grummelte. »Also …«

»Bitte!«

Wieder klang sekundenlang nur Dr. Ludwigs' schwerer Atem aus dem Apparat. »Ich kann dir nichts versprechen, aber … ich schau mal.«

»Danke, Wilmut, ich schulde dir was.«

»Jamina!«

»Ja?« Klappernd schlugen ihre Zähne aufeinander.

»Wenn du dann in Berlin bist, bei deinem neuen Job, dieser Sondereinheit …« Dr. Ludwigs machte eine Pause. »Falls Sie dort noch jemanden mit meiner Qualifikation suchen …«

»… werde ich dich empfehlen, klar.« Jamina trennte die Verbindung. Schlotternd erklomm sie die Stufen zur Wache.

Endlich zurück in die Wärme!

»Jamina!«, hallte da plötzlich eine Stimme über den Vorplatz.

Sie drehte sich verdutzt um.

»Was für ein Zufall!« Lächelnd eilte Rob auf sie zu.

*

Kalkbrenner stellte sein Telefon lautlos, dann betrat er zusammen mit Muth die Kombüse.

Im Vernehmungszimmer, klein und eng wie eine Schiffsküche, tigerte Josh Fisher wie ein aufgeschrecktes Huhn umher. *»Scheiße«,* schnauzte er, *»kann mir jetzt endlich mal jemand sagen, was dieser ganze Aufwand soll?«*

Er klang heiser, so als habe er die ganze Nacht durchgezecht. *»Ja, ja, ich bin betrunken Auto gefahren, aber es ist doch nichts passiert.«*

Sein Hemd hing aus der Hose, alles war zerknittert, sogar sein Gesicht. *»Sie tun ja glatt so, als hätte ich jemanden umgebracht!«*

Kalkbrenner setzte sich an den Tisch.

»Herr Fisher«, begann Muth, die sich neben ihm niederließ, »haben Sie Herrn Frieder Schacht umgebracht?«

Fisher starrte sie verdattert an. *»Was reden Sie da?«*

»Herr Schacht ist tot«, sagte sie. »Ermordet.«

Fisher kniff die Augen zusammen, als habe er noch immer nicht verstanden. Nur langsam schien er Muths Worte in einen richtigen Zusammenhang zu bringen.

»Setzen Sie sich bitte«, sagte Kalkbrenner.

Mit einem rauen Lachen sank Fisher auf den Stuhl gegenüber. »Und jetzt denken Sie, ich habe Frieder umgebracht?«

»Haben Sie?«

»Scheiße, nein!«

»Sie hatten allen Grund dazu.«

»Wer erzählt denn so einen Quatsch?«

»Ihre Frau hatte eine Affäre mit ihm.«

»Ja, ja«, Fisher verdrehte die Augen, »aber deshalb bringe ich ihn doch nicht um.«

»Was glauben Sie«, sagte Kalkbrenner, »wie viele gehörnte Ehemänner wir hier schon sitzen hatten, die das Gleiche behauptet haben, während ihr Nebenbuhler tot in der Rechtsmediziner lag.«

»Aber wieso sollte ich …«

»Weil Sie wütend auf ihn waren.«

»Das … das ist doch ein alter Hut.«

»Aber Sie *waren* wütend auf ihn?«

»Natürlich war ich das. Wären Sie es nicht gewesen?«

»Ich stehe hier nicht unter Mordverdacht«, meinte Kalkbrenner.

»Ja, ja«, Fisher stöhnte, »ja, ich war wütend, gleich nach … nach dieser ganzen peinlichen Sache. Ich war wütend, betrunken …«

»Das kommt bei Ihnen häufiger vor, oder?«, warf Muth ein.

»Was?«

»Dass Sie wütend sind. Und betrunken.«

»Ich sag jetzt besser gar nichts mehr«, grunzte Fisher.

»Es genügt«, erwiderte Kalbrenner, »wenn Sie uns sagen, wo Sie vorgestern waren. Am Abend.«

»Scheiße, ich möchte meinen Anwalt.«

»Wieso? Waren Sie zur betreffenden Zeit bei ihm?«

»Ich möchte meinen Anwalt!«

»Brauchen Sie denn einen?«

»So wie Sie mich hier behandeln!« Fishers Stimme schraubte sich nach oben. *»Als … als wäre ich ein Mörder!«*

Kalkbrenner dagegen behielt die Ruhe. »Sie wären aus dem Schneider, wenn Sie uns sagen, wo Sie sich vorgestern Abend gegen dreiundzwanzig Uhr aufgehalten haben, plus/minus eine halbe Stunde.«

Fisher öffnete den Mund zu einer weiteren, zornigen Tirade, dann schloss er ihn abrupt. Für eine Weile schien er nachzudenken. Dann sagte er: »Ich war im Theater, wo denn sonst?«

»Und danach?«

»Zu Hause. Bei meiner Frau.«

»Nein«, widersprach Kalkbrenner, »da waren Sie nicht. Sagt Ihre Frau.«

»Kann sein, dass es später wurde.«

»Oder waren Sie doch die ganze Nacht weg?«

Fisher wollte etwas erwidern.

»Nur zur Erinnerung«, fügte Kalkbrenner rasch hinzu, »Sie stehen unter Mordverdacht.«

Der Verdächtige presste die Lippen aufeinander.

»Und wenn wir –«

»Aber ich hab ihn nicht umgebracht«, krächzte Fisher.

»Wie gesagt, das behauptet jeder –«

»Ich! Bin! Kein! Mörder!«

Schweigend musterte Kalkbrenner ihn.

»Hören Sie …«, stotterte Fisher, »ich kann … ich … Ach scheiße, muss das wirklich sein? Das alles ist doch schon verfahren genug.«

»Es geht immer noch schlimmer.«

Fisher ballte die Fäuste, schien einen inneren Kampf auszufechten. Er stierte Kalkbrenner an. »Kann ich mich darauf verlassen, dass das unter uns bleibt?«

»Nein.«

Wütend rieb sich Fisher das unrasierte Gesicht. »Aber meine Frau, scheiße, sie … sie darf davon nichts erfahren.«

»Das entscheiden wir später.«

Mit einem Mal schien aller Zorn aus Fisher zu weichen. Er sackte auf dem Stuhl in sich zusammen. »Ich … ich war bei meiner Freundin.«

»Bei Ihrer Freundin?«, wiederholte Kalkbrenner.

»Also irgendwie«, murmelte Muth, »überrascht mich das jetzt nicht.«

Fisher sah sie grimmig an.

»Wie lange läuft das schon mit dieser«, Muth deutete Anführungszeichen an, *»Freundin?«*

»Vier, fünf Monate.«

»Ich fasse zusammen: Sie sind wütend auf Frieder Schacht, auf Ihre Frau …«

»Bin ich doch gar nicht mehr!«

»… weil die beiden eine Affäre miteinander hatten. Dabei haben Sie selbst …«

»Das ist doch was ganz anderes!«

»Ach ja?«

»Ja«, knurrte Fisher.

Kopfschüttelnd stand Muth auf und verließ die Kombüse.

Kalkbrenner sagte: »Wir brauchen die Adresse Ihrer Freundin.«

»Warum denn das?«

»Was glauben Sie?« Kalkbrenner wartete, bis Fisher ihm die Adresse gegeben hatte, dann folgte er seiner Kollegin hinaus in den Flur.

Muth verzog den Mund. »Von wegen – der hat seinen Schwanz nie draußen.«

»Du hast es doch gestern Abend gehört«, Kalkbrenner schmunzelte, »die sind so, die Schauspieler, einer durchgeknallter als der …«

»Paul?« Rita trat aus ihrem Büro. Sie hatte Tränen in den Augen.

»Was ist mit dir?«

»Das …«, sie legte die Hand auf Kalkbrenners Arm, »das Krankenhaus hat gerade anrufen.«

Augenblicklich erlosch sein Lächeln.

»Sie konnten dich nicht auf dem Handy erreichen.«
»Was ist mit meiner Mutter?«
»Sie sagen, du sollst dich beeilen.«

*

»Rob?« Konsterniert starrte Jamina ihn an. »Was machst du denn hier?«
»Ja«, sein Lächeln wich einem enttäuschten Gesichtsausdruck, »ich freu mich auch, dich zu sehen.«
»Und?«
»Na ja, ich … ich hab dich zufällig gesehen und …«
»Zufällig?«
»Mehr oder weniger.«
»Hast du mir aufgelauert?«
»Das klingt ein bisschen wie …«
»Du hast auf mich gewartet«, stellte Jamina fest.
Sofort fragte sie sich, wie lange er sie bereits verfolgte und was er womöglich alles mitbekommen hatte.
Unweigerlich kehrte ihr Blick zum Stadtplatz zurück.
Die alte Dame war verschwunden.
»Ja«, gab Rob zu, »du hast recht, ich hab auf dich gewartet.«
»Wieso?«
»Ich dachte, vielleicht treffe ich dich hier, wir können reden und …« Er lächelte sie hoffnungsvoll an, als erwarte er Freude darüber, dass er sich für sie in der Eiseskälte die Beine in den Bauch stand.
Sie schüttelte den Kopf. »Ich habe zu tun.«
»Ach komm!«
»Tut mir leid.«
»Keine fünf Minuten?«
»Außerdem friere ich und …«
»Du hast ja auch keine Jacke an. Was denkst du dir?«
Vieles, dachte Jamina, aber die fehlende Jacke war von allen zweifellos das geringste Problem.
»Komm«, Rob ging an ihr vorbei auf den Eingang der Wache zu, »sonst holst du dir noch den Tod.« Er öffnete ihr die Tür. »Lass uns doch drinnen reden.«
Obwohl – oder gerade weil – sie sich inzwischen wie ein

Eisblock fühlte, rührte sich Jamina nicht vom Fleck. Sie wollte nicht reden. Und verdammt, der Tod klang beinahe verheißungsvoll.

Wieder verspürte sie den Drang, loszuschreien.

»Bitte«, bettelte Rob, »nur fünf Minuten.«

Absurderweise erinnerte sie sein trauriger Blick an Charlie, Petas kleinen, humpelnden Corgi.

»Na gut, fünf Minuten.«

»Danke«, er folgte ihr zu einer kleinen Sitznische unweit des Pförtners, ließ sich neben ihr nieder und griff nach ihrer Hand.

Sie zog sie weg. »Was willst du?«

Enttäuscht verzog er das Gesicht. »Nur reden.«

»Worüber?«

»Du weichst mir ständig aus, gehst nicht ans Telefon, antwortest nicht auf Mails.«

»Ich sagte doch, ich habe zu tun.«

»Sag mir, was ich falsch gemacht habe!«

»Rob …«

»Ich verstehe dich nicht!« Er wirkte, als würde er jede Sekunde in Tränen ausbrechen.

Jamina spürte den Blick des Pförtners.

»Mein Bruder ist gestorben«, sagte sie.

Mit großen Augen sah Rob sie an. »Du hast einen Bruder?«

Hatte!

Sie nickte.

»Du hast mir nie von ihm erzählt.«

Ich habe eine Menge nicht erzählt. Weder ihm noch sonst jemandem. Nicht einmal Liz wusste über alles Bescheid.

Was immer du erlebt hast.

Während sie die Narbe an ihrem Arm knetete, bereute sie es, Rob von ihrem Bruder erzählt zu haben. Warum hatte sie das getan? Weshalb saß sie überhaupt mit ihm hier?

Allmählich fiel die Kälte von ihr ab.

Ihr Handy meldete sich. »Das ist mein Chef«, sie stand auf, »ich muss jetzt los.«

»Und jetzt?« Verzweifelt sprang Rob empor. »Das war's dann?«

»Rob, bitte …«

»Einfach so?« Seine Stimme bebte.

Sie wusste nicht, woher das Gefühl kam, aber plötzlich tat er ihr leid, wie er so vor ihr stand. Beinahe wie ein geprügelter Hund. »Lass uns morgen nochmal reden«, hörte sie sich sagen. »Morgen Abend.«

Skeptisch hob er den Blick.

»Morgen Abend, okay? Komm vorbei.« Einem jähen Impuls folgend schloss sie ihn in die Arme.

Wie ein Ertrinkender klammerte er sich an sie.

Sie ließ ihn gewähren, obwohl sie nicht wusste weshalb. Alles in ihr spielte verrückt. Gerade eben hatte sie ihn noch zum Teufel jagen wollen. Jetzt lagen sie sich in den Armen.

Vielleicht, weil sie durchgefroren war. Weil sie sich so elendig fühlte. Und weil sie sich nach Trost sehnte.

Noch immer läutete das Telefon.

Jamina löste sich von Rob und lief zum Aufzug. Dabei nahm sie den Anruf entgegen. »Fabian.«

»Du hattest angerufen?«, fragte Lowag.

»Ich hatte mich vertippt.«

»Ach so«, er brummte, »na dann.«

Erst als sie den Fahrstuhl betrat, drehte sie sich noch einmal um.

Rob sah ihr nach.

Lass uns morgen nochmal reden.

Was um alles in der Welt hatte sie sich nur gedacht?

Die Aufzugtür schloss sich – und Rob war weg. Die Kabine trug Jamina nach oben. Sie hatte keinen blassen Schimmer, was sie und Rob miteinander verband. Eine Beziehung? In gewisser Weise. Und irgendwie auch nicht.

Mehrmals waren sie ausgegangen, hatten sogar miteinander geschlafen. Er war nicht ruppig oder rücksichtslos gewesen, ganz im Gegenteil. Sie hatte weiß Gott Schlimmeres ertragen müssen.

Was immer du erlebt hast.

Und dennoch –

Die Fahrstuhltür ging auf.

Erst jetzt bemerkte Jamina, wie verbissen sie wieder ihre Narbe malträtierte.

Sie hastete zu den Toiletten, spülte sich den Mund aus, wusch sich das Gesicht und richtete sich die Haare.

Erst dann begab sie sich in ihr Büro.

»Das hat aber gedauert«, empfing sie Ehleben.

»Ich … ich hatte noch was zu klären.«

Fragend sah er sie an.

Sie setzte sich wortlos an ihren Schreibtisch.

»Und was ist mit dem Kaffee?«

»Was soll damit sein?«

»Du wolltest Kaffee holen.«

»Ach so.«

»Wo warst du denn?«

»Auf der Toilette.« Immerhin das war nicht gelogen.

Sie löste den Bildschirmschoner und gab vor, sich wieder auf die Arbeit zu konzentrieren.

Tatsächlich aber loggte sie sich ins System ein, rief ZEMA für eine länderübergreifende Melderegisterauskunft auf und – hielt inne.

Ich habe ihn gesehen.

Sie stand nicht zum ersten Mal davor, ihn zu suchen.

Immer wieder hatte sie dieses Vorhaben verworfen, weil sie ihre Zeit nicht mit Zorn hatten vergeuden wollen. Sie hatte jetzt ein neues Leben.

Warum zur Hölle hatte ihr Bruder nicht auf sie gehört? Was hatte er getan?

Verdammt, er hatte die Vergangenheit heraufbeschworen.

Ich habe ihn gesehen. In Berlin. Er ist es.

Jamina atmete tief ein.

Mit zitternden Fingern gab sie in die Suchmaske ein: R*ichard Stoll.* Dann: *Mönchsmühle.*

NEUNZEHN

Und dann kam Onkel Rudi uns besuchen, wenn ich mich recht entsinne, kurz vor Neujahr.

Weihnachten war ein bedrückendes Fest gewesen, mit viel Gesang und noch mehr Gebeten, und einer Christmesse mit Pfarrer Stoll. Vor dem Altar stand eine kleine Krippe aufgebaut. Aber es gab keinen Weihnachtsbaum, keine Geschenke, nicht mal ein besonderes Abendbrot.

Vermutlich hätte ich Freude über den Besuch empfinden müssen, aber irgendwie gelang es mir nicht. Auch du hast keinen Zweifel daran gelassen, wie wenig dir an einer Begegnung mit Onkel Rudi noch gelegen war.

Wahrscheinlich war das einzig erfreuliche, dass wir an jenem Nachmittag statt der Jogginganzüge und der schrecklichen Clogs ausnahmsweise unsere eigenen Klamotten tragen durften.

Ich wollte den Poncho anziehen, roch daran – aber Papas Duft war längst verflogen. Enttäuscht wählte ich einen schlichten Pullover.

Wir trafen uns in einem eigens für solche Zwecke geschaffenen Besucherraum im Erdschoss, direkt neben dem Foyer.

Kam dir dieser Raum mit dem Teppich, den zwei dunkelbraunen Ledersofas, einem Holztisch und einem Strauß weißer Lilien auch so unwirklich vor?

So weit entfernt von dem Alltag, der kargen Hölle, in der wir lebten?

Onkel Rudi gab sich enttäuscht. »Ich hatte gehofft, ihr zeigt mir euer Zimmer.«

Gelangweilt hast du an einem losen Faden deiner Jeans herumgezupft.

Ich wusste nicht, was ich erwidern sollte.

»Gefällt es euch denn?«

Der Faden riss, du hast ihn zu Boden fallenlassen.

»Na ja, aber das hier«, mit einem verlegenen Lächeln sah sich Onkel Rudi in dem Raum um, »ist ja auch ganz schön.« Sein Blick kehrte zurück zu uns. »Erzählt, wie geht es euch?«

Du hast verächtlich geschnaubt, und ich traute mich nicht, ihm die Wahrheit zu sagen.

Onkel Rudis Lächeln erlosch. »Liebes, ich weiß, ich hätte euch längst besuchen sollen, aber ich … ich konnte …« Er atmete angestrengt durch. »Es ging mir einfach nicht gut.«

Deine Antwort war ein frostiges Schweigen.

»Ich hatte Schmerzen«, fügte er hinzu, während er auf eines seiner Rollstuhlräder pochte, »du … ihr … ihr wisst doch, seit meinem Unfall, ich …« Er brach ab. Offenbar war ihm selbst klar geworden, dass er sich um Kopf und Kragen redete.

Die Stille im Raum zog sich elendig in die Länge. Kam dir das auch so vor?

»War's das?«, hast du irgendwann gefragt, die Reaktion aber nicht abgewartet. Stattdessen bist du einfach aufgestanden und gegangen.

Onkel Rudi und ich starrten uns an. Die krächzende Stimme der Oberin drang zu uns herein. Sie schimpfte mit irgendwem im Haus. Dann fiel die Tür hinter dir zu, sperrte alle Geräusche aus, und wir waren allein.

Er musterte mich bekümmert. »Michel …«

»Wir haben kein Zimmer«, flüsterte ich.

»Wie bitte?«

»Wir haben kein Zimmer!«

»Aber Michel, wo schlaft ihr denn? Habt ihr …«

»Kein *gemeinsames* Zimmer!«

»Tatsächlich?«

Ich nickte, während ich mich fragte, warum ich ihm davon erzählte. Er konnte doch sowieso nichts tun. Aber etwas Anderes, Besseres fiel mir nicht ein. Ich hatte keinen blassen Schimmer, worüber ich mich mit ihm überhaupt noch unterhalten sollte.

»Michel«, entrüstet schüttelte er den Kopf, »warum hast du mir das nicht schon bei der Beerdigung gesagt?«

Für einen Moment überlegte ich tatsächlich, wieso ich es nicht getan hatte. Aber verflixt, an jenem Nachmittag auf dem Friedhof hatten mich ganz andere Dinge beschäftigt: die Särge, das Erdloch, das Krachen der klumpigen Erde – und Mamas und Papas Tod.

»Du hättest es mir sagen müssen«, fügte Onkel Rudi hinzu, und er klang, als gäbe auch er mir die Schuld an allem.

»Ich werde mit der Heimleitung reden«, behauptete er, »und mit der Behörde, sowieso solltet ihr, also, solltet ihr doch längst in … in ein Heim in meiner Nähe, das hatte man mir versprochen.«

Ich traute mich nicht, ihn an seine eigenen Versprechen zu erinnern.

Ich komme euch schon bald besuchen, ich komme euch oft besuchen.

Anscheinend merkte er mir die Skepsis an. »Michel«, er zeigte ein gezwungenes Lächeln, »alles wird gut.«

Das schmerzte an jenem Nachmittag am meisten: Dass selbst mir nicht entging, wie falsch sein Lächeln war.

Es ist nur für kurze Zeit.

Verflixt, inzwischen lebten wir bereits seit Wochen in Santa Lucia, einem Heim, das im Grunde nicht besser war als ein Gefängnis.

Das trifft es doch, oder?

*

Natürlich war es kein Gefängnis, dennoch erinnerte vieles an den Alltag im Knast.

Und wir beide wissen, wovon ich spreche.

Die strengen Regeln, zum ersten Gebet geweckt werden, morgens um halb sechs, Betten penibel machen und für jede Falte, jeden Fussel, jedes Haar von der Oberin angeblafft werden. Kaum Zeit zum Duschen und Umziehen, stattdessen Katzenwäsche, kratzige Jogginganzüge und ein karges Frühstück. Aber – wem erzähle ich das alles?

Du und die anderen Schulkinder, ihr wurdet mit dem Bus zum Unterricht nach Pankow gekarrt. Ich wurde mit den Jüngeren von den Nonnen betreut; sie beteten mit uns, sangen, malten, lehrten uns das ABC und die ersten Zahlen, lasen aus der Bibel vor, ab und zu sogar aus einem Kinderbuch: *Weißt du, wie lieb Gott dich hat.* Oder: *Gott lässt dich nie allein.* Oder auch: *Gottes Wort in Reimen.* Danach wurde gebetet.

Es wurde ständig gebetet, morgens, mittags, abends, zwischendurch, zu jeder Mahlzeit sowohl vorher als auch nachher.

Sonntagmorgens vor dem Frühstück, du hast es ganz sicher nicht vergessen, versammelten wir uns außerdem zum Gottesdienst mit Pfarrer Stoll, am Mittwoch kam er mittags zur wöchentlichen Beichte.

Was waren das für unangenehme Momente!

Unter den wachsamen Augen der Nonnen saßen wir Kinder schweigend in der Kapelle oben unterm Dach. Der Reihe nach wurden wir in die Sakristei gerufen, ein kleiner Verschlag hinter dem Altar, der neben einem Schrank für die Ministrantengewänder, die Messbecher, Kerzen, Kreuze und anderen klerikalen Plunder auch über einen alten, wackligen Tisch sowie mehrere Stühle verfügte.

Zwei dieser Stühle standen sich gegenüber; auf dem einen nahmen wir Kinder Platz, auf dem anderen saß der Pfarrer, der uns die Beichte abnahm. Und wie die Gebete und der Gottesdienst war auch die mittwöchliche Beichte eine Pflicht, von der es keine Ausnahme gab.

Es gelten Gottes Regeln in unserem Haus.

Einzig der Nachmittag wurde uns zur freien Gestaltung überlassen, was immer das bedeutete – freie Gestaltung, denn in Wahrheit hatte ja jedes Kind seine ihm zugewiesene Wochenaufgabe zu erfüllen.

Fast war es tatsächlich wie in der Geschichte über Hexe Gundula, die Papa mir immer vorgelesen hatte. Gundula, die die Kinder in ihr Häuschen verschleppte, wo sie fortan jeden Tag kochten, putzen und andere Aufgaben zu erledigen hatten.

Nur dass *wir* eben keinen David hatten, der uns befreite.

Am wenigsten mochte ich diese ganzen Putzaufgaben – die einen mussten das Foyer kehren, die Flure saugen, die anderen säuberten die Fenster, wischten Staub, noch andere putzten die Waschräume, die Duschen und die Klos.

Abends hatten wir das Essen auszugeben, das zwei Köche zubereiteten, wir räumten im Anschluss die Tische ab, übernahmen das Spülen, trockneten ab, wischten schließlich den Boden.

Da waren die akzeptableren Aufgaben jene im Frühling, sobald wir uns um die Aussaat in den Gartenbeeten kümmerten, oder im Sommer, wenn wir Unkraut zupften und das Gemüse ernteten.

Weil du schon älter warst, musstest du mit diesem rostigen, klappernden Handmäher die Wiese mähen, im Herbst das Laub fegen, im Winter Schnee schippen. Manchmal habe ich dich für einen kurzen Moment dabei beobachtet. Und ich war stolz, wie gut du das alles gemacht hast.

Aber dennoch, bei allen Regeln, Pflichten und Aufgaben waren die Nachmittage mehr oder weniger die einzige Zeit am Tag, in der wir mal unbeobachtet blieben.

Sowohl der Oberin als auch der Handvoll Nonnen war es unmöglich, alle fünfzig Kinder, verteilt übers ganze Haus und den Garten, gleichzeitig bei der Pflichterfüllung im Auge zu behalten.

Es war der einzige Moment, in der wir Kinder miteinander plaudern, scherzen oder sogar lachen konnten, sofern wir einen Grund dazu hatten.

Wir fanden uns zu den üblichen Cliquen zusammen, es gab Neid, Reibereien und Feindseligkeiten, es gab Außenseiter, Kinder wie Johannes, dich oder mich.

Und es gab es die Blödis, Arthur, Ben, zwei, drei weitere Jungen, ja, auch Mädchen, die sich in ihrem Dunstkreis scharten.

Du weißt ja, denen ging man möglichst aus dem Weg. Geriet man in ihr Fadenkreuz, gab es nichts, was man gegen sie ausrichten konnte. Sie nutzten jeden unachtsamen Moment der Nonnen, jede Gelegenheit, um einen zu piesaken, immer wieder, wieder und wieder.

Obwohl in der Zwischenzeit noch zwei weitere Kinder neu eingezogen waren, fiel die Wahl der Blödis ausgerechnet auf mich.

Ich kann nicht einmal sagen warum. Wahrscheinlich strahlte ich Verzweiflung aus, Mutlosigkeit und Angst, die mich für sie zum perfekten Opfer machte. Keine Ahnung.

Manchmal hast du mich vor ihnen in Schutz genommen. Die meisten ihrer Gemeinheiten hast du allerdings gar nicht mitbekommen.

Mal waren morgens meine Clogs verschwunden, mal abends meine Zahnbürste, mal hatte ich statt Zahnpasta Senf in der Tube. Und das waren noch die harmlosen Streiche.

Je furchtsamer ich wurde, je hilfloser ich ihre Streiche ertrug, desto mehr schienen sie sich ins Zeug zu legen.

Mal stellten sie mir ein Bein, sodass ich um ein Haar die Treppe hinunterstürzte. Mal lauerten sie mir mittags im Garten auf, zertraten das Blumenbeet, das ich eben erst gepflanzt hatte. Ein andermal bliesen sie mir Zigarettenrauch ins Gesicht, drohten damit, die Kippen auf meiner Hand auszudrücken. Oder sie zogen mir die Jogginghose runter, schnippten mit den Fingern gegen meine Hoden und lachten sich halbtot, während ich mich vor Schmerz am Boden krümmte.

Einmal, abends nach dem Zähneputzen, kam mir Arthur grinsend entgegen. Ich fürchtete schon die nächste, gemeine Attacke, doch er bog ab in sein Zimmer.

»G-G-G-Glück gehabt«, meinte Johannes.

Da war ich mir allerdings nicht so sicher, und ich sah mich bestätigt, als wir unser eigenes Zimmer betraten.

»Sch-sch-scheiße!«

Mein Bettlaken war über und über mit einer zähen, weißen Flüssigkeit bespritzt. Ein strenger Gestank erfüllte den Raum.

»M-m-m-mach das weg!«

»Aber …«

»Sch-sch-schnell!«

Johannes' Tonfall versetzte mich in Panik. Ich wollte zu den Waschräumen und mir ein Handtuch zum Säubern holen.

Doch da stand Ben mit einem breiten Grinsen im Türrahmen. »Zu spät.«

Die Oberin trippelte zur abendlichen Inspektion herein. Mit einem Blick auf mein Bett erstarrte sie in der Bewegung. *»Grundgütiger!«* Sie schlug die Hände zusammen. »Du wagst in Gottes Haus …«

»Ich war das nicht«, rief ich, noch ehe ich darüber nachgedacht hatte.

Willst du 'ne Petze sein?

Aber die Oberin glaubte mir sowieso nicht. »Hüte deine Zunge vor Lügen. Und deine Gedanken vor der Sünde.«

Mit angewiderter Miene ragte sie über mir auf, während ich vor meinem Bett hockte und es von den stinkenden Flecken befreite.

Dann ließ sie uns alle drei niederknien, die Hände falten, bekreuzigte sich und begann zu beten, sprach von unreinen Menschen, von bösen Gedanken, von Unzucht, Ausschweifung, Lüge und Arglist. Die Hälfte davon habe ich gar nicht verstanden.

Zwischendrin holte sie immer wieder tief Luft, als hätten sie ihre Worte zu sehr angestrengt.

Dann ging es weiter mit den Sünden, mit Vergebung und mit Gott. Immerzu Gott.

»Amen«, sagten Ben und Johannes.

»Amen«, presste ich hervor.

Die Oberin machte kehrt und verließ den Raum.

»Was aus dem Menschen rauskommt«, kicherte Ben, »macht den Menschen unrein.«

Ich verkroch mich unter die noch immer stinkende Decke und heulte mich in den Schlaf.

Wir beide haben nie darüber gesprochen, aber ich habe dich immer dafür bewundert, wie du den Blödis Paroli geboten hast, und dass dir die Folgen völlig schnuppe waren. Denn dass dein Verhalten Konsequenzen haben würde, das war dir damals schon klar, oder? Vermutlich hast du es sogar darauf angelegt.

Gerne wäre ich so mutig gewesen wie du, aber – ich erwähnte es bereits – ich war's nicht, damals nicht, später nicht, bin es nie gewesen. Stattdessen fraß ich alles in mich rein, ertrug die Attacken der Blödis, die Angst, den Schmerz, aber vor allem mein Schuldgefühl. Ich redete mir ein, ich allein sei schuld an Mamas und Papas Tod.

Erst am nächsten Morgen, kurz nach dem Gebet, auf dem Weg hinunter zum Frühstück, klärte mich Johannes darüber auf, was genau den Zorn der Oberin überhaupt erregt hatte.

»D-d-d-das w-w-war Sperma!«

Natürlich hatten Mama und Papa schon einmal mit mir darüber gesprochen, was es war und woher es kam.

Was aus dem Menschen herauskommt …

Aber hier ging es mir wie beim Thema Tod – auch die Vorstellung von Sex oder Selbstbefriedigung war für mich abstrakt geblieben.

Bis zu jenem Abend in Santa Lucia.

… das macht ihn unrein.

Natürlich erfuhr auch Pfarrer Stoll von dem Vorfall, vermutlich hat die Oberin ihm davon erzählt.

Mittwochs nach der Beichte sprach er mich an.

Gerade erst hatte ich ihm die üblichen Verfehlungen gestanden: kleine Fehler, Unachtsamkeiten beim Spülen, Nachlässigkeiten beim Putzen, solche Dinge eben.

»Da ist aber noch etwas, nicht wahr?«, hakte er nach.

Verunsichert schüttelte ich den Kopf.

»Du weißt, Michel, wer fleischlich ist, kann Gott nicht gefallen.«

Dass das exakt die Worte waren, die auch die Oberin benutzt

hatte, entging mir nicht. Für einen Moment war ich versucht, ihm die Wahrheit zu sagen über Arthur, Ben und ihren widerlichen Streich.

»Kein Mensch ist frei von Schuld«, kam er mir aber zuvor. »Wer sie leugnet, dem wird's nicht gelingen, wer sie aber bekennt, der wird Trost und Vergebung erlangen.«

Dann trug er mir fünf Vaterunser auf und faltete die Hände. »Gott, der barmherzige Vater, hat durch den Tod und die Auferstehung seines Sohnes die Welt mit sich versöhnt und den Heiligen Geist gesandt zur Vergebung der Sünden. Durch den Dienst der Kirche schenke er dir, Michel, Verzeihung und Frieden. So spreche ich dich los von deinen Sünden. Im Namen des Vaters und des Sohnes und des Heiligen Geistes.«

»Amen«, sagte ich, weil dies das Schlusswort einer jeden Beichte war. Ich erhob mich und ging zur Tür.

»Michel«, rief der Pfarrer mir nach, »geht es dir nicht gut?«

»Doch«, log ich, öffnete die Tür und ging zurück in die Kapelle, wo die anderen Kinder geduldig darauf warteten, dass sie mit der Beichte an der Reihe waren.

Geht es dir nicht gut?

An meinem Platz kniete ich mich nieder und sprach die fünf auferlegten Vaterunser.

*

Am Mittwoch darauf sprach der Pfarrer mich ein weiteres Mal an, wieder direkt im Anschluss an meine Beichte. »Michel«, sagte er, kaum dass ich vom Stuhl aufstand, »was bedrückt dich?«

»Nichts«, erwiderte ich und wollte die Sakristei verlassen.

»Du kannst jederzeit mit mir reden. Und zwar nicht nur während der Beichte.«

Ich nickte, kehrte zurück in die Kapelle, kniete mich nieder und sprach die zwei Vaterunser, die der Pfarrer mir als Buße für meine Verfehlungen aufgetragen hatte.

Was bedrückt dich?

Wieder schlug das Herz heftig in meiner Brust.

*

Zweieinhalb Wochen ließ der Pfarrer verstreichen, bis er mich abermals abpasste. Es war am Sonntag nach dem Gottesdienst, alle Kinder befanden sich auf dem Weg zum Frühstück.

»Michel! Ich mache mir wirklich Sorgen um dich.«

Ich weiß nicht, weshalb ich diesmal stehenblieb.

Vielleicht war es sein Tonfall, noch eindringlicher als die vorherigen Male.

»Was immer dich belastet, du musst es mir sagen.«

Nicht dass er mich mit seiner nachdrücklichen Forderung überraschte.

Wie du weißt, war es eigentlich Oberin Isolde, die in Santa Lucia das Sagen hatte.

Aber zweimal die Woche war Pfarrer Stoll da, sonntags zum Gottesdienst, mittwochs zur Beichte, und ja, manchmal war er auch freitags da, aber das ist ein anderes Thema.

Jedenfalls: War er anwesend, ließ er – sehr zum Leidwesen der Oberin – keinen Zweifel daran, dass sein Wort mehr Gewicht besaß. Warum dem so war, kann ich nicht sagen, es war einfach so.

Was ich allerdings weiß: Der Pfarrer war das genaue Gegenteil von ihr. Obwohl auch für ihn der Glaube an oberster Stelle stand – ich denke, ich bin nie wieder einem Menschen begegnet, der so oft und für jede Situation zutreffend die Bibel zitierte –, war er nicht so verbittert wie die Oberin. Er hatte immer gute Laune, war amüsiert, selbst bei der Predigt um keinen Scherz verlegen. Hast du das auch bemerkt?

»Das Leben geht weiter«, meinte er einmal, »auch wenn's humpelt.« Dabei stakste er vor dem Alter wie ein Pirat auf einem Holzbein.

Ein anderes Mal erzählte er von einer Schnecke und einer Ziege, die sich einen Wettkampf lieferten. »Und wer gewinnt?« Lächelnd blickte er in unsere Gesichter. »Die Schnecke! Warum? Weil man mit Kriechen weiter kommt als mit Meckern!« Er gab ein keckerndes Geräusch von sich. Kannst du dich daran erinnern?

Nicht nur wir Kinder, auch die Nonnen konnten damals ein Schmunzeln nicht unterdrücken.

Einzig die Oberin verkniff wieder das faltige Gesicht.

Aber anders als ihr, ging es *ihm* nicht nur um Gottes Regeln, er war um unser Wohlbefinden besorgt, und zwar über die Beichte hinaus.

»Michel«, sagte er an jenem Morgen und sah mich direkt an. »Es gibt doch etwas, das dich belastet.«

Willst du 'ne Petze sein?

»Nein«, log ich wieder, »mir geht es gut.« Ich wollte den anderen zum Frühstück folgen.

»Michel!« Diesmal klang seine Stimme wie ein Befehl.

Ich erstarrte auf der Stelle.

»Du fühlst dich schuldig, nicht wahr?«

Bestürzt mied ich seinen Blick.

»Schuldig am Tod deiner Eltern.«

Nein verflixt, ich fühlte mich nicht schuldig, ich war schuld an ihrem Tod. Zumindest habe ich das geglaubt.

Und nicht nur das: Ich war inzwischen auch überzeugt, dass Santa Lucia, die Oberin, die Blödis genau das waren, was ich verdiente. Ich redete mir sogar ein, dass es nur recht und billig war, dass auch du einen Bogen um mich gemacht hast.

Immer öfter warst du in Konflikte verstrickt, es setzte Tadel, Strafen, Hausarrest, und es bestand kein Zweifel mehr, dass du es genau darauf angelegt hast, weil du das Heim, die Oberin, die Nonnen, den Pfarrer, die anderen Kinder, ja, sogar mich verachtet hast. Stimmt doch, oder?

Manchmal bekam ich dich wochenlang nicht zu Gesicht.

Die wenigen Male, die wir uns sahen, beim Morgengebet, beim Abendessen, beim Gottesdienst, warst du wütend, auf Krawall gebürstet. Oder in dich gekehrt. Was für mich im Grunde auf dasselbe hinauslief.

Ich dagegen fühlte mich noch schuldiger, elendiger, einsamer. Manchmal dachte ich, dass es wohl besser gewesen wäre, ich hätte mit Mama und Papa in dem Auto gesessen.

»Du musst nicht allein sein mit diesem Gefühl«, sagte Pfarrer Stoll an jenem Morgen.

Tränen trübten meinen Blick.

»Denn weißt du, der Herr sagt: Wer seine Schuld leugnet, dem wird's nicht gelingen, wer sie aber bekennt, der wird Trost und Vergebung erlangen.«

Ich war mir nicht sicher, was er mir damit vermitteln wollte.

Dass ich allerdings nicht mehr allein war mit meinem Seelenschmerz, das war eine gewaltige Erleichterung.

Er nickte, als wisse er um meine Gedanken. »Wenn wir unsere Sünde bekennen, so ist der Herr gerecht, vergibt uns, und wir sind frei von aller Schuld.«

Auch das war eine angenehme Vorstellung.

Frei von aller Schuld.

»Möchtest du beten?«, fragte Pfarrer Stoll.

Verflixt, wenn es half, mich besser zu fühlen – natürlich.

Wir knieten uns auf den Boden und er begann: »Ich bekenne Gott, dem Allmächtigen, und allen Brüdern und Schwestern, dass ich Gutes unterlassen und Böses getan habe, ich habe gesündigt in Gedanken, Worten und Werken«, dabei schlug er sich an die Brust, »durch meine Schuld, durch meine Schuld, durch meine große Schuld.«

*

»Michel«, fragte er später, »macht dir der Gottesdienst Spaß?«

Ich zögerte. Spaß war nicht unbedingt das, was ich damit verband. Aber angesichts des strengen Heimalltags war die Ungezwungenheit, mit der Pfarrer Stoll den Sonntagmorgen gestaltete, durchaus eine willkommene Abwechslung.

Weil man mit Kriechen weiter kommt als mit Meckern!

Ich deutete ein Kopfnicken an.

»Wirst also auch du fortan als Messdiener deinen Beitrag leisten?«

Jetzt war ich wirklich überrascht.

»Du bist dafür auserwählt.«

»Ich?«

»Aber ja, der Herr sagt: Tue Buße und befreie dich von Schuld.«

Aus dem Erdgeschoss war die schimpfende Stimme der Oberin zu hören.

Der Pfarrer verdrehte die Augen. »Und außerdem sagt der Herr«, er zwinkerte mir zu, »dass auch Spaß nicht verboten ist, nicht wahr?«

Ich glaube, in diesem Moment habe ich zum ersten Mal wieder gelächelt.

ZWANZIG

Kalkbrenner hastete die Treppe hinauf zur Intensivstation.

Im Warteraum sah er seine Tochter und Leif. Jessys Gesicht war blass, die Augen gerötet.

Kalkbrenners Herz schlug schneller. »Was ist mit ihr?«

»Oma ...« Jessy setzte zu einer Antwort an, doch ihre Stimme versagte. Mit den Händen hielt sie den Babybauch, als suche sie Trost bei dem Ungeborenen.

Kalkbrenner verstand.

Ihr Körper ist einfach zu schwach.

»Wir wollten sie besuchen«, sagte Leif, »aber dann … dann ging alles ganz schnell.«

Jessy schluchzte.

Kalkbrenner betätigte den Klingelknopf neben der Schleuse.

Es dauerte eine Weile, bis die gehetzte Stimme, die er bereits am Vortag gehört hatte, fragte: »Ja, bitte?«

»Ich möchte zu Frau Kalkbrenner.«

»Sie ist …«

»Ja, ich weiß, ich bin ihr Sohn. Sie haben mich angerufen.«

Der Summer ertönte, die Schleuse öffnete sich.

Wie in der vergangenen Nacht zog Kalkbrenner Schutzkleidung an, desinfizierte sich die Hände und folgte der erschöpften Schwester zum Zimmer seiner Mutter.

Plötzlich überkamen ihn Zweifel, ob er den Anblick würde ertragen können. Am liebsten hätte er kehrtgemacht.

Er gab sich einen Ruck. Seine Kehle war wie zugeschnürt.

Die Geräte waren abgestellt, verstummt, im Zimmer herrschte Stille.

Todesstille.

Kalkbrenner wurde bewusst, dass er die Luft anhielt. Er atmete durch, trat näher ans Bett heran.

Obwohl sich der Anblick seiner Mutter nicht verändert hatte, ihr Körper dürr und knochig, das Gesicht ausgezehrt und wächsern, war etwas anders.

Natürlich, dachte er, sie ist tot!

Und sie war von den Schläuchen und Instrumenten befreit worden.

Aber das war es nicht, da war noch etwas Anderes, nur dass er es nicht benennen konnte.

Er hatte keine Ahnung, wie lange er vor dem Bett stand, mit seinen Gedanken und Gefühlen rang, mit der Trauer und den Tränen. Obwohl er damit gerechnet hatte …

Einige Stunden. Vielleicht auch Tage. Nicht sehr viel länger.

… war die Gewissheit, dass seine Mutter tatsächlich verstorben war, nicht mehr erwachen, nie wieder mit ihm reden und lachen würde, kaum erträglich.

»Es ging sehr schnell«, sagte eine Stimme.

Neben ihm stand der Arzt von letzter Nacht. Kalkbrenner hatte ihn nicht hereinkommen hören.

Er trug noch immer den grünen Kittel, die grüne Hose, grüne Crocs, sah nur inzwischen deutlich ramponierter aus. Am Ärmel prangte ein Blutfleck. »Sie ist friedlich eingeschlafen.«

»Friedlich?«

»Sie hat nicht leiden müssen.«

»Gut.« Kalkbrenner musste an die letzten Monate und Jahre denken, an die unterschiedlichsten Krankheiten, den schleichenden Verfall, das fortwährende Leid.

»Haben Sie …«, der Arzt räusperte sich verlegen, »haben Sie sich schon Gedanken über die Bestattung gemacht?«

»Nein.« Kalkbrenner betrachtete die Tote.

Ich hatte immer gehofft, sie wird es schaffen.

Die Wahrheit war: Auch er hatte sich bis zuletzt an die Hoffnung geklammert.

»Wir können Ihnen jemanden empfehlen oder …«

»Danke, ich werde mich selbst darum kümmern.« Kalkbrenner hielt den Blick auf seine Mutter gerichtet. »Was ist mit ihren persönlichen Dingen?«

»Die händigen wir Ihnen selbstverständlich aus, das müssten Sie dann nur quittieren.«

»Natürlich.«

»Das kann allerdings einen Moment dauern.«

»Kein Problem, ich warte.« Kalkbrenner griff nach der Hand seiner Mutter.

Wieder bildete er sich ein, sie würde zucken. Doch diesmal konnte das wirklich nicht sein.

Sie ist tot.

Beklommen verließ er den Raum. An der Tür schaute er noch einmal zurück.

Friedlich?

Mit einem Mal glaubte er zu wissen, was anders war. War das ein Lächeln auf den Lippen seiner Mutter?

Nicht dieses Lächeln, das dank der Schwerkraft allen Leichen zu eigen war, die auf dem Rücken lagen.

Nein, ein *echtes*, glückliches Lächeln.

Vielleicht erlag er nur einer Täuschung, hervorgerufen von den Tränen, die seine Augen füllten.

Vielleicht war sie aber auch tatsächlich friedlich eingeschlafen.

Ein schöner Gedanke.

Er ging hinaus zu seiner Tochter.

*

Im Bruchteil einer Sekunde bekam Jamina alle Informationen angezeigt.

Richard Stoll, geboren 1955 in Gretenberg, einem Ortsteil von Sehne, einer Kleinstadt unweit Hannovers.

Letzte Meldeadresse: Hauptstraße 29, Mönchsmühle.

Demnach lebte er noch immer in dem kleinen Dörfchen vor den Toren Berlins.

Ihr wurde sogar eine Telefonnummer angezeigt.

Sie klickte das ZEMA-Fenster weg und ließ Stolls Namen durch alle anderen wichtigen Datenbanken laufen.

Nach nicht einmal fünf Minuten war ihr klar, dass kein Eintrag zu ihm existierte. Noch nie war er eines Verbrechens bezichtigt, geschweige denn verurteilt worden. Es hatte weder eine Anzeige noch Ermittlungen gegen ihn gegeben, nicht einmal wegen eines Tempovergehens oder einer anderen Kleinigkeit.

Er führte das Leben eines stinknormalen Bürgers. Und eines unbescholtenen Pfarrers.

Unbescholten …

Allein bei dem Gedanken wurde Jamina wieder übel.

Sie googelte den Namen. Die Suchmaschine führte zu keinem passenden Ergebnis.

Was sie befremdlich fand.

Heutzutage gab es doch zu jedem irgendeinen Fetzen im Internet, so stinknormal und unbescholten er auch sein mochte. Es gab die Arbeitsstelle, Freizeitaktivitäten, Vereine – unzählige Dinge, mit denen man digitale Spuren hinterließ.

Oder etwa nicht?

Jamina überlegte. Stoll war 1955 geboren, wie alt war er heute? Er lebte nach wie vor in Mönchsmühle, es war also denkbar, dass er nach wie vor in –

Ihr klingelndes Handy riss sie aus den Gedanken.

Sie griff danach, sprang auf und lief hinüber in den Konferenzraum. Erst nachdem sie die Tür hinter sich geschlossen hatte, nahm sie den Anruf entgegen. »Peta!«

»Du hast angerufen.«

»Ja, ich … ich will, dass du noch einmal nachdenkst: Hat mein Bruder dir wirklich nichts gesagt?«

»Was hätte er denn sagen sollen?«

»Irgendetwas von … von früher zum Beispiel.«

»Darüber haben wir nicht geredet.«

»Er hat keinen Namen fallen lassen?«

»Nein«, ächzte Peta, »ich sagte doch …«

Jamina ließ sie nicht ausreden. »Was ist mit Richard Stoll?«

»Wer soll das sein?«

»Und Santa Lucia?«

»Jamina, ich würd's dir sagen, wenn er …«

»Vielleicht seid ihr ihm mal begegnet?«

»Wem?«

Jamina hatte Mühe nicht loszuschreien. »Richard Stoll! In Berlin!«

»Nicht dass ich wüsste.«

»Und er hat sich auch nicht seltsam verhalten?«

»Jamina«, jetzt klang Peta, als wolle sie losbrüllen, »er hat sich die letzten drei Tage seltsam verhalten!«

»Und davor?«

»Nein, er …«

»Bitte, denk noch einmal darüber nach!«

Peta stöhnte. »Ich denke die ganze Zeit, dass ich einfach auf mein Gefühl hätte hören sollen und …«

»War da gar nichts, das dir merkwürdig erscheint, aus

heutiger Sicht? Irgendetwas, das dir damals vielleicht unwichtig vorkam, aber jetzt –«

»Nein, nein, er war glücklich, das hast du doch selbst gesagt.«

»Ja.« Frustriert trennte Jamina die Verbindung.

*

Kalkbrenner wischte sich die Tränen aus den Augen, bevor er den Warteraum betrat.

Er sank neben Jessy und Leif auf die Bank. »Wahrscheinlich ist es das Beste.«

Seine Tochter nickte nur und nahm seine Hand.

Dankbar umschloss er ihre Finger.

Minuten vergingen, vielleicht auch Stunden, während andere Angehörige hereinkamen, sich setzten, wahllos durch die Zeitungen blätterten, in die Luft starrten und darauf warteten, dass etwas geschah.

Irgendwann wurden sie aufgerufen, eilten hinaus und ließen nichts weiter zurück als Verzweiflung und Schmerz.

Über diesen Punkt war Kalkbrenner hinaus. Es würde keine Vorkommnisse, keine Verschlechterungen mehr geben, und irgendwie war er froh darüber.

Vielleicht ist sie tatsächlich friedlich eingeschlafen.

Neben ihm krümmte sich Jessy stöhnend auf ihrem Platz.

Was ihn an ihre Untersuchung erinnerte. »Musst du nicht noch zur Vorsorge?«

»Das sag ich ab.«

»Nein, auf keinen Fall.«

»Paps!«

»Du darfst –«

Auf der Intensivstation begann eine Sirene zu schrillen.

Der Arzt kam den Flur entlanggerannt, verschwand durch die Schleuse, hinter der schlagartig Hektik ausgebrochen war.

Auf einer Liege wurde eine junge, schwangere Frau geschoben.

»Jessy«, sagte Kalkbrenner, »du kannst hier eh nichts mehr machen, du musst jetzt an das Baby denken.«

Beklommen zupfte sie an dem Anhänger, der an einer Kette um ihren Hals hing.

Es war ein Engel aus Silber, den Kalkbrenner als kleiner Junge von seinem Vater geschenkt bekommen hatte. Erst vor Kurzem hatte er den Glücksbringer in der Schmuckschatulle seiner Mutter wiedergefunden – und ihn seiner Tochter geschenkt.

Irgendwann würde ihn wohl ihr Sohn tragen. Sein Enkelsohn. *Henry.*

»Bitte«, sagte Kalkbrenner.

Es dauerte, bis Jessy es schaffte, sich von dem Stuhl zu erheben.

Sie nahm Kalkbrenner in den Arm, hielt ihn sekundenlang fest umschlungen, dann drückte sie ihm einen Kuss auf die Wange.

Er sah ihr nach, wie sie sich, von Leif gestützt, zum Ausgang mühte.

Ein altes Leben geht, ein neues Leben entsteht, hatte Kalkbrenner vor einer Weile gedacht, als seine Mutter wegen des ersten Schlaganfalls ins Krankenhaus eingeliefert worden war, kurz nachdem Jessy ihm von ihrer Schwangerschaft erzählt hatte.

Wahrscheinlich ist es das Beste.

Plötzlich kam ihm tatsächlich alles richtig vor. Ja, Jessy mochte mit ihrem Freund nach Paris ziehen, ihr Kunststudium beginnen. Und ja, auch er machte sich Sorgen, aber –

Ein Räuspern riss ihn aus den Gedanken.

Eine Frau betrat den Warteraum und setzte sich auf den Stuhl ihm gegenüber. Sie hielt ihre Augen hinter einer getönten Brille verborgen.

Es dauerte, bis er sie wiedererkannte.

Sie fragte: »Wie geht es Ihrer Mutter?«

*

Jamina kehrte zurück ins Büro.

»Was war denn los mit dir?«, fragte Ehleben.

»Was soll gewesen sein?«

»Du bist plötzlich weggerannt wie … wie von einer Tarantel gestochen.«

»Nur mein Magen, der macht mir zu schaffen.« Was nicht einmal gelogen war.

Noch immer war ihr flau, sie schwitzte, ihr Herz pochte. Sie setzte sich vor den PC und löste den Bildschirmschoner.

Ehleben ließ sie nicht aus den Augen. »Und dir geht es wirklich gut?«

»Wie oft willst du mich das noch fragen?«

»Ich mache mir nur Sorgen.«

»Das weiß ich zu schätzen, aber –«

»Vielleicht war's ja doch keine so gute Idee, heute herzukommen.«

»Ist ja nicht mehr lange«, murmelte sie.

Ehleben verdrehte die Augen, wollte etwas erwidern, aber dann beließ er es bei einer abwinkenden Geste. Er stand auf. »Ich hole mir jetzt den Kaffee«, versöhnlich zwinkerte er ihr zu, »auf den ich schon seit einer Stunde warte.«

»Stimmt«, Jamina wollte ebenfalls aufstehen, »ich hole ihn.«

»Lass gut sein.« Ehleben befand sich bereits auf dem Weg zur Tür. »Soll ich dir einen mitbringen?«

»Ich könnte jetzt tatsächlich einen Kaffee vertragen.«

»Wird erledigt.« Er machte sich auf zur Küche.

Jamina wartete, bis er verschwunden war, dann googelte sie: *Santa Lucia, Mönchsmühle.*

Zu ihrer Überraschung wurde ihr auch dazu kein passender Eintrag angezeigt. War heutzutage nicht jedes Kinderheim, jede Kita, jede Schule im Internet vertreten? Zumindest wurden die doch auf den Seiten der Trägergesellschaften gelistet, vorgestellt, mit vollmundigen Worten angepriesen.

Selbst kleinste Kirchengemeinden besaßen inzwischen eine Website, auf der man sich über Gottesdienste, Beichtstunden und andere, klerikale Dienstleistungen informieren konnte.

Als sie jedoch nach *St. Urbanus,* der in Mönchsmühle ansässigen Kirchengemeinde, suchte, spuckte der Algorithmus ebenso wenig hilfreiche Einträge aus. Einer ließ immerhin wissen, dass die Gemeinde bereits vor Jahren aufgrund Mitgliederschwunds aufgegeben worden war. Seither standen die Gebäude leer, die Kirche und das Pfarrhaus, dessen Adresse identisch war mit der Meldeadresse von Pfarrer Stoll – Hauptstraße 29, Mönchsmühle.

Allerdings, so las Jamina, gab es in Mönchsmühle nach wie vor den *St. Urbanus Altenstift.*

Kurzerhand wählte Jamina die angegebene Telefonnummer.

Das Freizeichen erklang.

»St. Urbanus Seniorenheim«, meldete sich eine junge, freundliche Frauenstimme, »Sie sprechen mit Frau Minter, was kann ich für Sie tun?«

»Guten Morgen, Frau Minter.«

»Guten Morgen.«

»Ich … ich habe ein paar Fragen zu …«, sie atmete tief durch, »… zu Santa Lucia.«

»Santa Lucia?«

»Das katholische Kinderheim in Mönchsmühle.«

»Nein.« Mit einem Mal war alle Freundlichkeit aus Minters Stimme gewichen. »Das gibt es nicht mehr.«

Obwohl das Fehlen von Google-Einträgen bereits darauf hingedeutet hatte, war Jamina überrascht. »Tatsächlich? Das gibt's nicht mehr?«

»Ja.«

»Wie lange schon?«

»Schon sehr lange.«

»Das heißt?«

»Worum geht es denn eigentlich?«

Jamina zögerte. »Eigentlich suche ich Herrn Pfarrer Stoll. Ist er da?«

Statt einer Antwort drang nur frostiges Schweigen aus dem Telefon.

»Frau Minter?«

Nichts.

Unterdessen kehrte Ehleben aus der Küche zurück, eine dampfende Kaffeetasse in jeder Hand, das Handy zwischen Schulter und Wange geklemmt. »Ja«, sagte er, »ja.« Er runzelte die Stirn und blickte zu Jamina.

»Frau Minter!«, versuchte sie es noch einmal.

Minters schwerer Atem war zu hören. »Ja?«

»Ist Herr Pfarrer Stoll da?«

»Wer soll das sein?«

»Sie kennen den Pfarrer Ihrer Kirchengemeinde nicht?«

»Er ist hier kein Pfarrer«, zischte Minter.

»Aber Sie kennen ihn?«

»Ich sagte doch …«

»Er lebte in Mönchsmühle. Oder lebt immer noch dort. Zumindest ist er dort gemeldet.«

»Was sollen all die Fragen? Wer sind Sie überhaupt?«

»Ich bin … Frau Minter?« Die Frau am anderen Ende der Leitung hatte aufgelegt.

Ehleben stellte eine der beiden Kaffeetassen auf Jaminas Schreibtisch. Mit der anderen Hand zeigte er ihr sein Handy. »Der Anruf gerade eben …« Seine Miene war düster. »Das war Dr. Ludwigs. Aus der Gerichtsmedizin.«

EINUNDZWANZIG

Am Sonntag erklomm ich die Treppe zur Kapelle.

Mit jeder Stufe wuchsen die Zweifel. Schon die ganze Woche hatte ich mit ihnen gerungen.

Nein, nicht weil die Messdiener in ihren Gewändern ausschauten wie beim Fasching. Daran hatte ich mich längst gewöhnt.

Was mich verunsicherte: dass sie bei der Arbeit so erfahren waren, jede Handreichung, jedes Glöckchenklingeln auf die Sekunde genau. Jede ihrer Bewegungen drückte eine Erhabenheit aus, die glauben ließ, sie seien von Gott persönlich für diese Aufgabe auserwählt.

Wieso also ausgerechnet ich? Hatte ich das überhaupt verdient?

Tue Buße und befreie dich von Schuld.

Und was, wenn ich mich dabei dumm anstellte, Fehler machte, schließlich machte ich immer Fehler, nur deshalb steckten wir ja in diesem Heim. Nur deshalb hast du kein Wort mehr mit mir geredet, nur deshalb war ich ein Opfer der Blödis geworden.

Meine Zweifel wurden übermächtig, als ich gedämpft Stimmen aus der Kapelle hörte.

Ein Junge schrie, Pfarrer Stoll sprach beruhigend auf ihn ein.

Die Tür flog auf, und Anton, einer der Messdiener, kam mit zornesrotem Gesicht herausgerannt. Als er mich am Treppenabsatz sah, blieb er wie angewurzelt stehen. »Du Arschloch!«

Verwirrt bemerkte ich die Tränen auf seinen Wangen.

»Arschloch«, wiederholte er, jetzt so laut, dass es durchs ganze Treppenhaus schallte.

Ich dachte noch, dass er sich dadurch eine Menge Ärger mit der Oberin eingehandelt hatte.

Im selben Moment vergaß ich den Gedanken, denn Anton stürmte auf mich zu, rannte in mich hinein, so schnell und überraschend, dass ich nicht reagieren konnte.

Ich stolperte rücklings über den Absatz und drohte in die Tiefe zu stürzen. Gerade noch rechtzeitig bekam ich das Treppengeländer zu fassen.

Anton stapfte an mir vorbei die Stufen hinunter.

Bestürzt sah ich ihm nach. Mein Puls raste. Verflixt, was hatte ich mir jetzt wieder zu Schulden kommen lassen?

»Nur ein Dummkopf schüttet all seine Wut aus«, Pfarrer Stoll erschien im Türrahmen, »aber ein Kluger hält sie an sich.« Er hob bedauernd die Schultern. »Er ist wütend, weil du seinen Platz als Messdiener einnimmst.«

Schlagartig hatte ich ein schlechtes Gewissen.

»Nein, nein«, Pfarrer Stoll schien es mir anzumerken, »keine Sorge, das ist in Ordnung.«

Da war ich mir nicht so sicher.

»Der Herr sagt, nicht ihr habt euch erwählt, sondern ich habe euch erwählt und bestimmt.« Er lächelte, wohl um mich zu beruhigen.

Was ihm nur halbwegs gelang.

»Na komm«, er winkte mich in die Kapelle, »wir haben dich schon erwartet.«

Das Herz schlug mir bis zum Hals, während ich ihm folgte. Gottes Wahl war das eine; ein weiterer Junge, den ich zum Feind hatte, die unangenehme Kehrseite.

Aber das vergaß ich, zumindest fürs Erste, als Pfarrer Stoll vor den Altar trat. Die anderen drei Messdiener standen bereits angekleidet rechts und links vor den Bänken, die Gesichter demütig zu Boden gewandt.

Ein Platz war frei, darüber hingen ein Hemd und der rote Rock.

»Sie dürften in deiner Größe sein«, sagte der Pfarrer. »Probier sie an.«

Ich wollte mir beides über den Jogginganzug streifen.

»Nein, nein, das ist viel zu warm, nicht wahr? Du musst die anderen Sachen ausziehen.«

Ich spürte die verstohlenen Blicke der anderen Jungs, während ich mich entkleidete und mich nur in Unterhose in die Messdienerkluft zwängte.

Sie passte wie angegossen, war nur an den Schultern ein bisschen zu eng, spannte über der Brust.

Der Pfarrer nickte zufrieden. »Die Augen des Herrn merken auf die Gerechten.«

Danach begann er mir die Aufgaben der Messdiener zu erklären: Zu Beginn der Messe hatte ich die Handglocke zu läuten. Vorm Gabenmahl sollte ich ein Kännchen mit Wasser holen, mit dem er sich über einer Schüssel, die ein anderer Messdiener hielt, die Hände wusch.

Während er die Gaben mit den Kindern teilte, durfte ich neben ihm stehen und den Teller mit den Oblaten halten.

Es gab noch eine Menge, das er mir an jenem Tag erklärte, aber ich konnte nur einen Bruchteil davon behalten.

Was soll ich sagen?

Mein erster Gottesdienst als Messdiener war eine Katastrophe.

Ich fürchtete ein Donnerwetter, zu meiner Überraschung allerdings fuhr mir der Pfarrer hinterher durchs Haar. »Siehe, unter seinen Dienern ist keiner ohne Fehler oder Tadel, aber der Herr ist reich an Barmherzigkeit.«

*

Weil du an jenem Gottesdienst und auch an einigen danach nicht teilgenommen hast, hast du erst sehr viel später von meiner Berufung erfahren.

Ich weiß nicht mehr, was du wieder ausgefressen hattest. Woran ich mich aber sehr wohl erinnere: Als du mich zum ersten Mal als Messdiener sahst, sprach erst Überraschung, dann tiefe Verachtung aus deiner Miene.

Nur ein Dummkopf schüttet all seine Wut aus, hätte ich dir nur zu gerne erklärt, *aber ein Kluger hält sie an sich.*

Doch gleich im Anschluss an den Gottesdienst bist du

verschwunden, und wieder bekam ich dich für eine Weile nicht mehr zu Gesicht.

War es also ein Wunder, dass ich mich in meiner sonntäglichen Aufgabe und, ja, auch in Gott verlor?

Ich meine, hast du mitbekommen, dass die Oberin mir mit einem Mal milder gestimmt schien? Und dass die Attacken der Blödis nachließen?

Selbst meine Furcht vor Anton war unbegründet.

Er verließ Santa Lucia am Freitag nach seiner Amtsenthebung. Damals glaubte ich, er habe Pflegeeltern gefunden, später war ich mir nicht mehr so sicher. Aber auch das ist ein ganz anderes Thema.

Damals machte mir all das jedenfalls Hoffnung.

Tue Buße …

Meine Aufgabe als Messdiener bot mir nicht nur Ablenkung, sie gab mir das Gefühl, tatsächlich etwas Besonderes zu sein.

… und befreie dich von Schuld.

»Schwuchtel«, meinte Ben eines Sonntags zu mir, als ich mich auf den Weg zum Gottesdienst machen wollte. Ich hatte keine Ahnung, was er damit meinte.

Als ich Johannes danach fragte, druckste er herum.

Ich ahnte, dass er mehr wusste, als er zugeben wollte, bedrängte ihn aber nicht. Ehrlich gesagt: Weil die Blödis mich ansonsten in Frieden ließen, war es mir egal.

Als Messdiener durfte ich früher zum Frühstück, mittwochs nach der Beichte trafen wir uns mit dem Pfarrer zu einer Messdienerstunde, bei der wir uns die Gewänder überstreiften, die ich als Talar und Rochett zu bezeichnen lernte; wir übten für die Gottesdienste an bevorstehenden Festtagen, setzten uns danach in einen Kreis und sprachen über Gott und die Welt, Gottes Welt, Gottes Wille. Manchmal brachte der Pfarrer Kuchen mit, und wir spielten eine Runde Mensch-Ärgere-Dich-Nicht oder Dame.

Dabei vergaß ich immer öfter, warum ich überhaupt in Santa Lucia war.

Abends, wenn ich im Bett lag, plagte mich ein schlechtes Gewissen, weil ich auch vergessen hatte, an Mama und Papa zu denken.

Aber dann hatte ich Pfarrer Stolls Worte im Ohr.

Das Leben geht weiter, auch wenn's humpelt.

Dem Pfarrer schien meine Wandlung nicht zu entgehen.

»Michel«, sagte er eines Mittwochs nach der Messdienerstunde, »bleib kurz da.«

Ich war nicht überrascht. Er hatte mir zuletzt immer öfter Aufgaben anvertraut.

Sonntags durfte ich früher zum Gottesdienst, wichtige Vorbereitungen treffen, Gebetsbücher auslegen, den Altar herrichten, Kerzen anzünden.

Als ich dann ein Schulkind wurde und mit dem Bus nach Pankow fuhr, bat er mich, nach dem Unterricht Einkäufe zu erledigen, Karten für besondere Anlässe, neue Kerzen für den Gottesdienst, Kuchen für die Messdienerstunde.

»Es gibt da etwas«, sagte er an jenem Tag, »das möchte ich mit dir besprechen.«

Gespannt fragte ich mich, welche Aufgabe er wohl jetzt wieder für mich hatte.

»Warte kurz.«

Während die anderen Messdiener ihre Gewänder ablegten und in ihre Jogginganzüge schlüpften, setze ich mich auf eine der Bänke.Bevor sie die Kapelle verließen, warfen sie mir verstohlene, neidische, gleichzeitig neugierige Blicke zu. Zumindest dachte ich, ich sehe Neid und Neugier.

Ich gebe zu, ich freute mich darüber, dass der Pfarrer ausgerechnet mich für seine Aufgaben auserwählt hatte.

ZWEIUNDZWANZIG

Kalkbrenner überlegte, was er antworten sollte.

Wie geht es Ihrer Mutter?

Ihm lag auf der Zunge: *Es geht ihr gut.* Weil das Leid endlich ein Ende hatte.

Aber das kam ihm unpassend vor, auch wenn er sich darüber erst am Vorabend mit dieser Frau unterhalten hatte.

Das Warten ist das Schlimmste.

Er sagte: »Sie ist gestorben.«

»Oh«, peinlich berührt fingerte die Frau an ihrer Brille, »das … das ist furchtbar, mein aufrichtiges Beileid.«

Er nickte zum Dank.

Danach hüllten sich beide in Schweigen.

Währenddessen kehrte auf der Intensivstation wieder Ruhe ein.

Als sich die Schleuse öffnete, waren der Arzt und zwei Pflegerinnen zu sehen, zwar erschöpft und voller Blut, aber dennoch lächelnd.

Offenbar war alles gut gegangen mit der jungen, schwangeren Frau.

Unweigerlich musste er wieder an Jessy denken.

Ein altes Leben geht, ein neues Leben entsteht.

Kalkbrenners Handy klingelte. Es war Ellen.

Er wollte den Anruf wegdrücken, überlegte es sich dann aber anders, weil sie vermutlich sowieso keine Ruhe geben würde. »Hallo, Ellen.«

»Paul«, meldete sich seine Ex-Frau voller Betroffenheit, »es tut mir so leid, Jessy hat's mir gerade gesagt, es ist so … so traurig.«

»Ja.«

»Möchtest du, dass ich komme?«

»Nein, ich bin noch im Krankenhaus.«

»Das ist kein Problem, ich kann …«

»Ellen«, unterbrach er sie, »ich werde nicht mehr lange hier sein, eigentlich warte ich nur darauf, dass sie mir ihre persönlichen Dinge aushändigen.«

»Sicher wirst du danach nach Hause wollen.«

»Das weiß ich nicht.«

»Nicht?«

»Nein.«

»Was hast du denn vor?« Schon mischte sich wieder der vorwurfsvolle Klang in ihre Stimme, den er nur zu gut kannte – und inzwischen verabscheute.

»Wie gesagt, ich weiß es nicht.«

»Du willst doch nicht etwa wieder arbeiten gehen?«

»Ellen«, sagte er, »danke für deinen Anruf.« Dann legte er auf, lehnte sich zurück und starrte vor sich hin.

Auf dem Tisch lagen die Zeitungen wild durcheinander.

Obwohl es die aktuellen Ausgaben waren, glichen die Schlagzeilen denen vom Vortag.

Erst auf den zweiten Blick war zu erkennen, dass sich die Welt weitergedreht hatte.

In der Ukraine stand die russische Armee kurz vor Kiew. Finanzminister Lindner schlug einen Spritrabatt für Deutschlands Autofahrer vor. Ein Foto zeigte den ersten Entwurf des Sozialbauprojekts des SoWoBa-Magnaten Mertens. Und am Alexanderplatz hatte sich ein Mann selbst in Brand gesteckt, angeblich ein geistig Verwirrter, der –

»Haben Sie sich auch immer geschämt?«, fragte die Frau plötzlich.

Kalkbrenner schaute zu ihr auf.

Sie hatte ihre getönte Brille abgenommen. Ihre Augen waren von Tränen gerötet. »Weil Sie sich einen Abschluss herbeigesehnt haben?« Sie wartete die Antwort nicht ab, fügte stattdessen hinzu: »Endlich wieder Normalität. Freiheit. Ein eigenes Leben. Das versteht niemand.«

Er fragte sich, wie sie darauf kam. Wahrscheinlich hatte sie sein Telefonat mit angehört. Vielleicht waren das aber auch die Gedanken, die allen Angehörigen kamen, während sie im Warteraum saßen.

Wahrscheinlich ist es …

»Hat Ihre Mutter gelitten?«

Er nickte. »Sehr lange.«

»Und Sie haben mit ihr gelitten, sehr lange.« Es war keine Frage, sondern eine Feststellung, und in ihren Worten schwangen Verzweiflung und Leid mit, die erahnen ließen, dass es ihr mit ihrem Mann nicht anders erging.

Als wisse sie um Kalkbrenners Gedanken, sagte sie: »Mein Mann meinte erst gestern zu mir: *Der Tod ist keine Krankheit.«*

»Womit er nicht Unrecht hat.«

»Er wäre auch froh, wenn es endlich vorbei wäre, und glauben Sie mir, er würde es mir gönnen nach allem, nur …«

»… wer den Tod ersehnt, der wird vom Tod vergessen«, schloss Kalkbrenner den Satz. Noch eines seiner kleinen Helferlein. Nur selten halfen sie ihm im Privaten.

In diesem Fall allerdings schien es ihm treffend.

Kurz glitt ein Lächeln übers Gesicht der Frau. Dann wurde sie wieder ernst. »Ja, so ist es wohl.«

»Man hat das Gefühl, es nimmt kein Ende.«

»Manchmal wünschte ich, ich könnte ihm …« Sie brach ab, holte zischend Luft, als hätte sie um ein Haar etwas Falsches gesagt.

Kalkbrenner schwieg.

»Wie auch immer.« Sie beugte sich vor und berührte ihn am Arm. »Ich glaube nicht, dass man sich dafür schämen muss, wenn man ein Ende herbeisehnt. Nicht nach allem, was man durchgemacht hat, meinen Sie nicht auch?«

Er wurde das Gefühl nicht los, dass sie weniger Beistand leisten wollte, sondern sich selbst von dem schlechten Gewissen zu befreien versuchte.

Wahrscheinlich ist es das Beste.

Er nickte. »Das Leben geht weiter.«

Noch immer lag ihre Hand auf seinem Ärmel. Sie schien das erst jetzt zu bemerken.

Die Schleuse öffnete sich und der Arzt trat heraus.

Hastig zog die Frau die Finger weg und setzte ihre Brille wieder auf.

»Ach«, wandte sich der Mediziner an Kalkbrenner, »Sie sind ja noch hier?« Verwundert blieb er stehen.

»Ich warte auf die persönlichen Dinge meiner Mutter.«

»Entschuldigen Sie, das haben wir vergessen. Leider kam ein Notfall dazwischen.«

»Kein Problem, ich …« Er hielt inne.

Wieder klingelte das Handy. Zweifelnd blickte er aufs Display. Berger.

Du willst doch nicht etwa wieder arbeiten gehen?

Der Arzt sagte: »Wir können Ihnen die Sachen Ihrer Mutter auch morgen aushändigen.«

Kalkbrenner zögerte. *Das Leben geht weiter.* Und die Welt drehte sich ebenso weiter, jeden Tag und jede Nacht.

»Kommen Sie einfach morgen Mittag vorbei«, schlug der Arzt vor, »in Ordnung?«

»Ja.« Kalkbrenners Blick kehrte zurück zu der Frau. »Alles wird gut.«

Sie lächelte schwach.

Im Treppenhaus nahm er den Anruf entgegen. »Sebastian?«

*

Jamina schwieg, darum bemüht, sich die Aufregung nicht anmerken zu lassen.

»Dr. Ludwigs«, die Miene ihres Kollegen wurde noch finsterer, »hat versucht dich zu erreichen. Da bei dir fortwährend besetzt ist, hat er es bei mir versucht.«

»Worum geht es denn?«

»Herrje, Jamina, willst du mich für dumm verkaufen?«

Sie setzte zu einer Erwiderung an.

»Er wollte sich entschuldigen«, kam ihr Ehleben zuvor.

Was sie überraschte. »Entschuldigen? Wofür?«

Abschätzig neigte ihr Kollege den Kopf, als erwarte er, dass sie selbst die Antwort fand. Als sie nichts sagte, fuhr er fort: »Ludwigs meinte, er habe erst jetzt, nach einem Blick auf den Totenschein, begriffen, dass es sich um deinen Bruder handelt. Hätte er das vorher gewusst, hätte er dich vorhin nicht so abgefertigt.«

Wieder hatte Jamina das Gefühl, dass Ehleben auf eine Antwort hoffte, eine Rechtfertigung, eine Entschuldigung, was auch immer.

Weil sie auch diesmal nicht reagierte, machte er ein enttäuschtes Gesicht. »Jedenfalls wird er die Obduktion vorziehen. Das wollte er dir ausrichten. Ach so, und sein Beileid natürlich.«

»Danke«, sagte Jamina.

»Ehrlich?«, maulte Ehleben. »Danke? Was zum Geier soll das?«

»Was?«

»Herrje!« Verzweifelt fuchtelte Ehleben mit den Armen. »Erst die Sache mit der Wohnung letzte Nacht!«

»Ich habe dir doch …«

»Dann vorhin das Handy!«

»Ich habe das Handy …«

»Und jetzt verlangst du von Dr. Ludwigs allen Ernstes, dass er die Obduktion vorzieht?«

»Es war nur eine Bitte.«

»Was habe ich dir gerade gesagt?«, blaffte Ehleben. *»Verkauf mich nicht für dumm!«*

Diesmal verkniff sie sich eine Antwort.

»Bist du denn endgültig von allen guten Geistern verlassen? Wo ist dein Problem?«

»Das versuche ich herauszufinden«, sagte Jamina.

»Herrje! Das Problem ist: Dein Bruder war ein Junkie!«

»Nein«, widersprach sie, »das war er nicht.«

»Du weißt genauso gut wie ich, dass einer wie er …«

»Nein!«, schrie Jamina.

»Doch!«, brüllte ihr Kollege.

Sekundenlang funkelten sich die beiden gegenseitig an.

Dann schüttelte Ehleben resigniert den Kopf und ging zu seinem Schreibtisch.

»Was ist mit seiner Wohnung?«, fragte Jamina.

Stirnrunzelnd sah ihr Kollege sie an. »Was soll damit sein?«

»Hast du dich dort umgesehen?«

»Selbstverständlich!«

»Was hast du gefunden?«

»Nichts, was auffällig wäre.«

»Sein Handy!«

»Ja, sein Handy«, Ehleben rollte mit den Augen, »na und?«

Das Handy und die WhatsApp-Nachricht darauf!

Aber von der Nachricht konnte Jamina ihm nichts erzählen. Nicht, weil sie sich damit selbst Lügen strafen würde. Sondern weil er es nicht verstehen würde. Und weil sie ihm nicht die ganze Wahrheit sagen konnte.

Was immer du erlebt hast.

»Was ist mit Drogen?«, fragte sie stattdessen. »Oder mit dem Besteck? Habt ihr wenigstens das gefunden?«

»Nein.«

»Habt ihr überhaupt danach gesucht?«

»Jamina«, genervt stöhnte Ehleben auf, »der Tod deines Bruders geht dir nahe, das verstehe ich, aber … Herrje, wohin willst du denn jetzt schon wieder?«

Jamina schaltete den Rechner aus und stand auf. »Du hattest recht«, sie ging zur Garderobe, »es war keine gute Idee herzukommen. Ihr alle habt mir geraten, mir Zeit zu nehmen.« Sie zog die Jacke an und lief in den Flur. »Also mache ich für heute Schluss.«

»Jamina!«

»Jamina?« Lowag kam aus seinem Büro. »Was ist denn los?«

Sie verschwand kommentarlos ins Treppenhaus.

Auf dem Weg nach unten versuchte sie sich zu beruhigen.

Doch selbst die Kälte, die ihr der Wind draußen ins Gesicht peitschte, half nicht gegen die verzweifelte Wut, die in ihr brodelte.

Dein Bruder war ein Junkie!

Während sie ihrem Wagen entgegeneilte, rief sie sich noch einmal das Telefonat mit dem Mönchsmühler Altenstift in Erinnerung.

Kaum hatte sie Santa Lucia erwähnt, war Frau Minter wie ausgewechselt gewesen.

Das gibt es nicht mehr. Schon sehr lange.

Wenn das Kinderheim tatsächlich schon seit vielen Jahren nicht mehr existierte, dann mochte dies die fehlende Webpräsenz erklären, und vermutlich auch, dass es keinerlei sonstige Google-Einträge dazu gab.

Aber Minters scharfe Reaktion ließ keinen Zweifel daran, dass sie sehr wohl Bescheid wusste über die Vorgänge damals im Kinderheim – und somit auch über Pfarrer Stoll.

Blieb die Frage: Weshalb hatte sie geleugnet ihn zu kennen?

Er war in dem kleinen Ort gemeldet, also lebte er dort. Unwahrscheinlich, dass man ihn nicht kannte.

Ich habe ihn gesehen. In Berlin. Er ist es.

Jamina stieg in den Wagen, startete den Motor und aktivierte die Freisprecheinrichtung, dann wählte sie die Nummer des Gerichtsmediziners.

*

Kalkbrenner lief die Stufen hinunter zum Ausgang des Krankenhauses.

»Wie geht es deiner Mutter?«, fragte Berger.

»Sie ist gestorben.«

»Das tut mir leid zu hören. Dann lasse ich dich lieber …«

»Nein, ist schon in Ordnung.«

»Bist du sicher?«

Das Leben geht weiter.

»Weshalb rufst du an?«

Bergers angestrengtes Schnaufen klang aus dem Handy, dann ein Rascheln, ein Klappern, das übliche Durcheinander.

Derweil trat Kalkbrenner hinaus ins Freie. Es war kalt und

diesig. Ein Blick auf die Uhr verriet ihm, dass es fast halb drei war. Wie lange hatte er im Krankenhaus gesessen?

»Paul«, sagte Berger, »wir haben die Anruflisten von Frieder Schachts Handy erhalten, ich bin sie durchgegangen. Es gibt nichts Auffälliges, nur Gespräche mit seinen Kollegen im Theater und …«, wieder raschelte Papier, »Anrufe bei einem Versandhandel für Theaterrequisiten, bei Lieferdiensten, verschiedenen Berliner Restaurants, einem Hotel, darüber hinaus gibt es aber etliche Nummern, die wir erst noch zuordnen müssen, das kann dauern.«

»Um mir das zu sagen, rufst du an?«

»Nein«, Berger schnaubte, »eines ist merkwürdig. Du erinnerst dich an Alessandro Gekko, oder?«

»Der Betreiber des *Wild & Heiter*. Was ist mit ihm?«

»Sera meinte, er habe euch gegenüber behauptet, er würde Schacht nicht kennen.«

»Das ist richtig«, bestätigte Kalkbrenner.

»Nur dass Schacht mehrfach mit ihm telefoniert hat.«

Während Kalkbrenner in den Passat einstieg, dachte er über die Worte seines Kollegen nach. »Hast du nicht gesagt, er hat Restaurants angerufen? Vermutlich hat er dort nur einen Tisch reserviert.«

»Nein, nein«, erwiderte Berger, »da hast du mich falsch verstanden. Nicht *er* hat Gekko angerufen, Gekko hat *ihn* angerufen, und zwar jedes Mal von seinem privaten Festnetzanschluss aus. Und jedes der Telefonate dauerte mehr als fünf Minuten. Klingt das für dich, als hätten sie sich nicht gekannt?«

Kalkbrenner startete den Wagen. »Wo wohnt Alessandro Gekko?«

»Schwebelweg 3 in Spandau, aber ich denke, um diese Uhrzeit dürfte er wohl eher im Restaurant sein. Sera ist bereits auf dem Weg dorthin.«

*

Jamina lenkte den Wagen vom Parkplatz der Polizeiwache hinunter, während sie darauf wartete, dass der Gerichtsmediziner ihren Anruf entgegennahm.

Sie wollte gerade auflegen, als er sich endlich meldete.

»Jamina! Du hättest mir sagen müssen, dass er dein Bruder ist.«

»Ich dachte nicht, dass das eine Rolle spielt.«

»Ich bitte dich!«

Sie schwieg. Rechterhand glitt die russische Kolonie an ihr vorüber.

»Also«, sagte Dr. Ludwigs, »möglicherweise habe ich morgen Mittag eine Lücke frei, da würde ich dann die Obduktion vornehmen.«

»Danke, das weiß ich zu schätzen.«

»Sobald ich durch bin, gebe ich dir Bescheid, auch wenn ich nicht wüsste, was ich dir großartig sagen sollte. Die Sache scheint klar.«

Jamina nahm die Jägerallee stadtauswärts. »Ich möchte dabei sein.«

»Das halte ich für keine gute Idee.«

»Er ist mein Bruder.«

»Eben drum!«

Als Jamina vor der Ampel zur Kiepenheuerallee stoppte, wurde ihr bewusst, dass sie die gleiche Strecke fuhr wie ihr Kollege am Vorabend.

Nicht einmal vierundzwanzig Stunden waren seitdem vergangen.

»Jamina«, sagte Dr. Ludwigs, und es war ihm anzuhören, wie unangenehm ihm die nächsten Worte waren, »Jürgen meinte, die Sache geht dir ziemlich nahe.«

Kurz fragte sich Jamina, ob sie sauer auf Lowag sein sollte. Aber das war sie nicht. Nicht deswegen. »Würde es dir nicht nahegehen?«, fragte sie.

»Darum geht es nicht.«

»Sondern?«

Dr. Ludwigs ließ ein angestrengtes Schnaufen hören. »Weißt du was? Am besten, du klärst das mit deinem Chef.«

»Hab ich schon«, log Jamina. »Jürgen meint, das geht in Ordnung.«

Wieder schnaufte Dr. Ludwigs beschwerlich. »Meinetwegen.«

»Wann also?«

»Kann ich dir noch nicht sagen, da gebe ich dir morgen Vormittag kurzfristig Bescheid. Also, ich melde mich.«

»Da wäre noch etwas.«

»Ja?« Dr. Ludwigs klang wenig erpicht.

»Du sagtest gerade, dass die Sache klar scheint. Demnach hast du dir die Leiche schon angesehen?«

»Nach deinem Anruf vorhin, nur kurz.«

»Was ist dir aufgefallen?«

»Jamina, das war …«

»Irgendetwas?«

»… nicht einmal eine erste Leichenschau.«

Schweigend bog Jamina in die Paul-Engelhard-Straße ein.

Dr. Ludwigs seufzte. »Soweit ich das im Augenblick beurteilen kann, ist er einer Überdosis erlegen.«

»Woran machst du das fest?«

»Ausfallerscheinungen, die verkrampfte Haltung, dazu die für einen Junkie symptomatischen Einstichstellen …«

»Die waren alt.«

»Nicht die beiden frischen am Arm.«

»Hast du Anzeichen auf Gewalteinwirkung erkennen können?«

»Du meinst …«

»… ja, dass er sich das Zeug nicht freiwillig gespritzt hat.«

Etwas lag in Dr. Ludwigs Zögern, das Jamina aufmerken ließ. »Heißt das – ja?« Sie fand eine Parklücke schräg gegenüber des Hauses.

»Ich würde lieber die Obduktion abwarten und …«

»Aber da ist was!«

»Nun«, Dr. Ludwigs schien seine nächsten Worte sorgsam abzuwägen. »Es gibt eine Platzwunde am Hinterkopf.«

»Er wurde geschlagen?«

»Sie könnte auch vom Sturz sein. Soweit ich weiß, ist er am Boden aufgefunden worden, im Wohnzimmer, vor dem Sofa. Er könnte gestürzt sein, sich den Kopf am Tisch geschlagen haben. Könnte.«

Jamina versuchte sich zu erinnern, ob der Tisch entsprechende Spuren aufgewiesen hatte. »Oder auch nicht.«

»Hör mal, das alles ist im Augenblick reine Spekulation. Lass uns bitte den morgigen Tag abwarten.«

»Gib mir Bescheid.« Jamina legte auf und stieg aus.

DREIUNDZWANZIG

Ich wartete fast zehn Minuten und befürchtete schon, Pfarrer Stoll habe mich vergessen.

Enttäuschung machte sich in mir breit.

Doch dann hörte ich ihn doch noch rufen: »Michel, komm herein.«

Erleichtert eilte ich in die Sakristei.

Ich war überrascht, weil ich Doktor Mertens beim Pfarrer stehen sah.

Den Arzt hatte ich seit meinem ersten Tag in Santa Lucia nicht mehr getroffen, dennoch verspürte ich mit einem Schlag das gleiche Unbehagen wie damals.

Beide schauten in meine Richtung, dann nickten sie einander zu, als hätten sie sich über mich unterhalten und seien sich in ihrem Urteil einig.

Verlegen blieb ich stehen.

Doktor Mertens beugte sich zum Pfarrer vor, sprach noch einmal mit ihm, so leise, dass ich kein Wort verstand. Dann kam er auf mich zu, musterte mich von Kopf bis Fuß.

Wie bei unserer ersten Begegnung glaubte ich unter seinem finsteren Blick zu schrumpfen.

Er ging vorbei und verließ den Raum.

Sofort fiel die Beklemmung von mir ab, ich blieb aber verunsichert.

Der Pfarrer war dem Doktor bis zur Tür gefolgt und drückte sie in den Rahmen, bevor er zu mir zurückkam. »Michel«, er verrückte zwei Stühle, bis sie sich einander gegenüberstanden, »setz dich.« Es sah aus wie bei der Beichte.

Ich nahm Platz.

Er ließ sich mir gegenüber nieder. »Michel«, sein Blick bohrte sich in mich hinein, »du gibst dir Mühe …«

Ich nickte verwirrt.

»… aber nur wer wirklich Buße tut, befreit sich von Schuld, nicht wahr?«

Die Frage irritierte mich noch mehr. Weil ich nicht wusste, welche Antwort der Pfarrer von mir erwartete, beließ ich es bei einem neuerlichen Nicken.

Als sei das die Reaktion, die er erwartet hatte, stand er auf und trat direkt vor mich. Wie er so vor mir stand, kam er mir mit einem Mal riesig vor.

Er legte seine Hände auf meine Schultern. Die Finger bohrten sich in meinen Körper.

Ich fühlte mich an den Schmerz erinnert, den ich damals bei Doktor Mertens' Untersuchung empfunden hatte. Prompt war das Unbehagen wieder da.

Der Pfarrer erhöhte den Druck.

Wie von selbst glitt ich vom Stuhl und ging auf die Knie, weil ich überzeugt war, er wolle mit mir beten.

Tue Buße und …

Er blickte streng auf mich herab. »Verlass dich auf den Herrn von ganzem Herzen …«

Beklommen schaute ich zu ihm auf.

»… und verlass dich nicht auf deinen Verstand«, beendete er den Satz. Dabei beugte er sich vor und schob mir das Rochett über die Hüfte.

Ich fröstelte, nicht nur weil es kalt war in der Sakristei.

Eine Stimme in mir sagte, dass es nicht richtig war, was er tat, aber …

… befreie dich von Schuld.

Ich ließ es geschehen, dass er mich zwischen den Schenkeln berührte.

»Michel«, sagte er, während er seine Soutane aufknöpfte, sie auszog, ordentlich faltete und auf den Stuhl hinter sich legte.

Ich kniete da wie erstarrt.

Er war nackt. Als er sich zu mir umdrehte, stand sein Schwanz steif in die Höhe. »Michel, alles wird gut.«

VIERUNDZWANZIG

Kalkbrenner brauchte eine gefühlte Ewigkeit bis nach Friedrichshain. Der Nachmittagsverkehr hatte eingesetzt, außerdem sorgte ein Unfall in Mitte für eine zeitraubende Umleitung. Die Abenddämmerung setzte bereits ein, als er endlich das *Wild & Heiter* erreichte.

Drinnen waren drei Tische besetzt – zwei Männer in geschäftiger Diskussion und eine Familie mit drei Kindern, die allesamt auf Handys herumdaddelten, während sich die Eltern anschwiegen.

Am dritten Tisch, nahe der Theke, saß Muth, eine leere Kaffeetasse vor sich. »Sebastian hat's mir gerade erzählt«, sagte sie, als sich Kalkbrenner ihr gegenüber niederließ. »Tut mir leid.«

Er nickte zum Dank und sah sich um. »Hast du schon mit Gekko gesprochen?«

»Er scheint nicht da zu sein.«

Die junge, dunkelhäutige Frau, die sie bereits vom Vortag kannten, näherte sich dem Tisch. Sie legte eine Speisekarte vor Kalkbrenner ab. »Sie möchten«, sie sprach mit einem leichten Akzent, polnisch, tschechisch, vielleicht auch ukrainisch, »gerne schon trinken?«

»Einen Kaffee, bitte.«

»Und dann möchten wir gerne mit Herrn Gekko sprechen«, sagte Muth.

Die Frau sah sie beide abwechselnd an. »Sie gestern Abend hier, Polizei.«

»Und Sie sind Miranda.«

Die Frau deutete ein scheues Nicken an und wirkte auch heute, als wolle sie am liebsten davonlaufen.

Sie ging in die Küche, kehrte mit einer Tasse Kaffee zurück und stellte sie vor Kalkbrenner ab.

»Wo ist Herr Gekko?«, fragte Muth.

Miranda zauderte. »Ich … ich nicht weiß.«

»Sie wissen nicht, wo Ihr Chef ist?«

»Kann nicht sagen.«

»Können oder wollen Sie nicht?«

»Ich nicht weiß.«

»Miranda«, mischte sich Kalkbrenner ein, »wir möchten nur mit Herrn Gekko reden. Weiter nichts.«

Wieder irrte Mirandas Blick durchs Restaurant, als suche sie nach einer Fluchtroute.

»Allerdings können wir uns auch darüber unterhalten, ob Sie hier schwarz beschäftigt sind und …«

»Er war da«, presste die Frau hervor, »jetzt nicht mehr.«

»Wann ist er gegangen?«

»Heute Morgen. Er gesagt, ich mich kümmern, dann er gegangen.«

»Sonst hat er nichts gesagt?«

»Er war komisch. Nervös. Als haben er Angst.«

»Wovor?«

»Ich weiß nicht.«

»Entschuldigen Sie!«, rief einer der beiden Männer am Nachbartisch. »Aber wir möchten zahlen!«

»Ich gleich zurück«, sagte Miranda, sichtlich erleichtert. Sie lief zur Theke, hantierte an der Kasse herum und kassierte die Gäste ab. Schließlich kehrte sie zu den Beamten zurück.

Kalkbrenner trank den Kaffee, der fade schmeckte. »Sagt Ihnen der Name Frieder Schacht etwas?«

»Ist das toter Mann?«

»Davon wissen Sie?«

»Habe gestern mitgekriegt, ich ja nebenan.«

Auf seinem Handy rief Kalkbrenner das Foto des Toten auf. »Kennen Sie ihn?«

Sie warf einen Blick auf das Bild und verzog sofort das Gesicht. »Er war Gast. Stammgast.«

»Sie haben ihn also auch gekannt?«

»Ein bisschen.«

»Ein bisschen? Was heißt das?«

»Manchmal wir haben gesprochen, er immer gegeben Trinkgeld. Aber dann …«, sie zögerte, »dann nicht mehr.«

Kalkbrenner horchte auf. »Wieso nicht?«

»Er mit Alessandro … Herr Gekko … gestritten.«

»Worüber?«

»Ich weiß nicht … sind hinaus in Hinterhof. Alessandro war wütend, so wütend ich ihn noch nie erlebt. Dann er kam wieder rein und dieser …«, widerstrebend deutete sie auf Kalkbrenners Telefon, »dieser Mann gegangen.«

»Wann war das?«

»Ist lange her, drei Wochen oder vier, ich weiß nicht. Kann auch länger sein.«

»Was ist danach passiert?«

»War nicht mehr hier.« Sie machte eine verzagte Miene. »Noch ein Gast weniger.«

»Das Restaurant läuft nicht gut?«

»Finden Sie, läuft gut?« Ihr Blick ging zu der Familie.

Alle anderen Tische waren leer.

Kalkbrenner fragte: »Haben Sie eine Ahnung, wo Herr Gekko sein könnte?«

»Ich weiß nicht.« Miranda schüttelte den Kopf. »Vielleicht zu Hause?« Erneut sah sie sich im fast leeren Gastraum um. »Sie möchten auch essen?«

»Ich möchte gerne zahlen.«

»Zwei Kaffee, macht elf Euro fünfzig.«

Kalkbrenner legte fünfzehn Euro auf den Tisch. »Stimmt so.«

Dann folgte er seiner Kollegin nach draußen.

»Elf Euro fünfzig« Muth legte die Stirn in Falten.

Kalkbrenner grummelte. »Kein Wunder, dass der Laden nicht läuft.« Er wollte über die Straße zum Wagen gehen.

»Herr Kalkbrenner!«

*

Auf dem Weg in die zweite Etage stieg Jamina erneut abgestandener Zigarettengeruch in die Nase, diesmal allerdings durchsetzt mit einem beißenden Essiggestank. Aus der Wohnung der Nachbarin tönte auch heute Punkmusik.

Jamina musste mehrmals anhaltend die Klingel drücken, bis der Lärm bei Wasiljew verklang.

Der Türspion verdunkelte sich, weitere zwei oder drei Sekunden vergingen, bis sich die Tür endlich einen schmalen Spaltbreit öffnete. Inmitten einer Rauchwolke blinzelte Jamina ein argwöhnisches, bleiches Gesicht entgegen. »Ja?«

»Du bist Karin, oder?«

»Nee, Karo. Wieso?«

»Ich bin seine Schwester.« Jamina deutete zur gegenüberliegenden Wohnung. »Wir sind uns schon einige Male begegnet, im Treppenhaus und …«

»Stimmt.« Der Gestank wurde noch stechender, als Karo die Tür weiter aufzog. Wie am Vorabend trug sie Tennissocken, Adiletten, den schwarzen, knittrigen Jogginganzug. Einzig der pinke Morgenmantel fehlte »Was gibt's?«

»Du hast meinen Bruder gestern Abend gefunden und …«
»Moment mal«, Karo hustete, »du bist auch Polizistin, oder?«
»Ist das ein Problem?« Jamina versuchte ein Lächeln.
»Äh, nee«, krächzte ihr Gegenüber, schloss aber zugleich die Tür wieder ein Stück.
»Nur ein paar Fragen!«
»Eigentlich hab ich gar keine Zeit.« Karo wollte die Tür endgültig schließen.
Einem Reflex folgend stellte Jamina den Fuß dazwischen.
»Hey!«, protestierte Karo. »Das …«
»Pass mal auf«, schnitt Jamina ihr das Wort ab, »mir ist egal, was du da gerade rauchst, dir spritzt oder …«
»Mach ich gar nicht!«
»… ich habe nur ein paar Fragen. Aber ich kann dir das Leben auch zur Hölle machen. Ich brauche nur meine Kollegen zu rufen.«
»Nee«, erschrocken schüttelte Karo den Kopf, »nee, was willst du wissen?«
»Wie gesagt, du hast ihn gestern Abend gefunden.«
»Ja doch, das hab ich aber alles schon erzählt.«
»Warum?«
»Äh, warum was?«
»Warum hast du ihn gefunden?«
Nervös knabberte Karo an ihrer Unterlippe. »Wie meinst du das?«
»Hast du was im Treppenhaus oder aus seiner Wohnung gehört? Ein Geräusch? Stimmen? Einen Streit? Einen Schrei?«
»Nee.«
»Hast du mitbekommen, wie jemand gekommen oder gegangen ist?«
»Auch nicht.«
»Aber es war spät am Abend. Und du sahst nicht aus, als hättest du noch irgendwohin gewollt.«
Karo antwortete nicht.
»Wieso bist du vor die Tür gegangen?«
Immer hektischer nagte sie an der Unterlippe.
»Sag schon!«
Karo zuckte zusammen. »Mein Freund«, wisperte sie. »Mein Freund war da.«

»Wo?«

»Bei mir, und … und als er gehen wollte, da … da hat er die offene Tür gesehen.«

»Ist er bei meinem Bruder rein?«

Karo zögerte. »Ja.«

»Warum?«

»Weil …«, sie deutete ein Schulterzucken an, »weil ja die Tür offenstand.«

»Und deshalb marschiert er einfach in eine fremde Wohnung?«

»Dein Bruder ist ja kein Fremder.«

»Erzähl keinen Scheiß!«, blaffte Jamina.

Betreten blickte Karo zu Boden.

»Was hat dein Freund gedacht? Dass mein Bruder vergessen hat die Tür zuzumachen? Dass es vielleicht was zu Klauen gibt?«

»Wir haben nichts geklaut!«, stieß Karo hervor, vermied aber noch immer den Blickkontakt.

Jamina glaubte zu begreifen. »Weil dein Freund die Leiche gefunden hat.«

Karo nickte.

»Aber du warst es, die die Polizei gerufen hat.«

Wieder ein Nicken.

»Und als die eintraf, war dein Freund nicht mehr da.«

Noch ein Nicken.

»Verstehe.« Und das tat Jamina tatsächlich.

Karos Freund war wahrscheinlich auch ihr Dealer, der nach dem Leichenfund lieber das Weite gesucht hatte. Er hatte nicht als Einbrecher gelten und noch weniger mit Drogen erwischt werden wollen.

»Hey«, Karos Stimme war nur ein Flüstern, »tut mir … tut mir wirklich leid.«

Ohne ein weiteres Wort ging Jamina hinüber in die Wohnung ihres Bruders.

*

»Herr Kalkbrenner, Frau Muth«, der kleine, dicke, allerdings höchst agile Mann watschelte auf sie zu, »jetzt warten Sie doch.«

Muth eilte an ihm vorbei zum Wagen.

»Also bitte, Herr Kalkbrenner, bleiben Sie mal stehen.«

Auch Kalkbrenner bemühte sich, ihn zu ignorieren.

»Ich will nur kurz mit Ihnen reden.«

»Und wer sagt«, Kalkbrenner legte noch einmal an Tempo zu, »dass ich mit Ihnen reden möchte, Herr Sackowitz?«

»Nur kurz!« Hardy Sackowitz, Reporter beim *Berliner Kurier,* lächelte, was sein zerfurchtes Gesicht noch faltiger aussehen ließ.

Zu lange hatte er dem Alkohol zugesprochen, Stress und ein Herzanfall hatten ihr Übriges getan.

Er grinste noch immer. »Woran arbeiten Sie gerade?«

»Als ob Sie nicht wüssten, was ich Ihnen darauf antworten werde.«

»Ermitteln Sie im Fall des Potsdamer Toten? Dem auf der Müllkippe? Wissen Sie schon, wer er ist?«

»Also dann: kein Kommentar.«

»Wurde er hier umgebracht? Da in der Gasse hinterm Restaurant?«

»Kein Kommentar.«

»Also bitte, wozu sonst der ganze Aufwand letzte Nacht, die Absperrung, die Spurensicherung …«

»Ich kann mich nur wiederholen …«

»Steht der Betreiber, dieser Gekko, unter Mordverdacht?«

»… kein Kommentar.« Kalkbrenner entriegelte Wagen, fiel auf den Beifahrersitz und schloss die Tür.

»Ach, kommen Sie!«, lamentierte Sackowitz auf dem Bürgersteig.

Muth klemmte sich hinters Steuer, nahm den Schlüssel, startete den Motor und fuhr los. »Woher weiß der das schon wieder?«

»Er mag vieles verloren haben, sein gutes Benehmen, sein gutes Aussehen, seine Kontakte zu redseligen Kollegen leider nicht.«

»Wenn er schon von Gekko weiß …«

»… sollten wir uns beeilen, mit dem zu reden.«

Für den Rest der Fahrt bis nach Spandau hüllten sich beide in nachdenkliches Schweigen.

Im Schwebelweg reihten sich Einfamilienhäuser auf

großzügigen Grundstücken aneinander, allesamt schon älter, zweifellos in der Zeit vor der Wende erbaut.

Noch ehe sie klingeln konnten, öffnete Gekko die Tür. »Ich …«, anders als am Vorabend wirkte er erschöpft, kraftlos, niedergeschlagen, »ich habe Sie schon erwartet.«

*

Im Wohnzimmer mied Jamina den Blick auf den Teppichboden, um das Erbrochene nicht erneut sehen zu müssen.

Sie trat vor das Beistelltischchen.

Am Vorabend hatte sie dort nach Briefen, Fotos, irgendwelchen Hinweisen gesucht, die ihr Aufschluss hätten geben können, ob irgendetwas ihren Bruder aus der Bahn geworfen hatte.

Gab es auch Gewalteinwirkung?

Auf Kampfspuren oder dergleichen hatte sie nicht geachtet. Wieso auch? Es hatte keinen Grund dafür gegeben. Jetzt aber …

Er hat eine Platzwunde am Hinterkopf.

Sie beäugte den Tisch, dessen Kanten, die Ecken und – tatsächlich, an einer der Kanten fiel ihr ein winziger Blutfleck auf.

Widerstrebend wandte sie sich der Stelle zu, wo ihr Bruder gelegen hatte.

Auch dort, zum Teil verdeckt von Erbrochenem, glaubte sie Blut zu erkennen. Sie nahm sich vor, Ehleben morgen danach zu fragen. Hatte er Proben entnehmen lassen? War es ihm überhaupt aufgefallen?

Aufmerksam sah sie sich im Wohnzimmer um, aber da waren keinerlei Spuren, die auf eine Auseinandersetzung hindeuteten. Oder generell darauf, dass noch eine zweite Person im Raum gewesen war.

Aber das, soviel wusste Jamina aus Erfahrung, hatte nichts zu bedeuten.

Sie ging in den Flur, betrachtete das Linoleum, aber außer ein paar schwarzen Schlieren, die ihr schon bei früheren Besuchen aufgefallen waren, konnte sie auch hier nichts entdecken.

Zu guter Letzt untersuchte sie die Wohnungstür.

Nichts schien darauf hinzudeuten, dass sich jemand gewaltsam Zutritt verschafft hatte. Auch das hatte aber natürlich nichts zu sagen.

Sie gähnte, spürte die Anstrengung der letzten vierundzwanzig Stunden. Ein Blick auf die Uhr verriet ihr, dass es bereits nach vier war. Sie verließ die Wohnung, ging hinaus zum Wagen und startete den Motor.

Was, fragte sie sich, wenn ihr Bruder den Angreifer gekannt hatte? Wenn er ihn freiwillig in seine Wohnung gelassen hatte?

Ich habe ihn gesehen. In Berlin. Er ist es.

Beim Ausscheren aus der Parklücke übersah sie einen alten, rostigen Golf. Dessen Hupe dröhnte. Jamina stieg auf die Bremse und rief sich zur Ordnung.

Selbst wenn es so ist …

Jetzt brauchte sie erst einmal Schlaf, einen klaren Kopf. Außerdem wollte sie Liz nicht schon wieder enttäuschen.

Wollen wir zu Abend essen?

Sie wartete, bis auch ein Daimler an ihr vorbei war. Dann gab sie Gas.

*

Kalkbrenner betrat Gekkos Wohnzimmer, das den gleichen Charme ausstrahlte wie das Restaurant, eine Mischung aus modern und rustikal – weißgetünchte Wände, Bücher in einem Glasregal, daneben ein Fernseher, gegenüber eine schwarze Ledercouchgarnitur, Wandbilder in goldenem Rahmen, ein verschnörkelter Kerzenständer auf einem Holztisch, wuchtige Balken an der Decke.

Gekko trat vor eines der Sofas, blieb aber stehen. Niedergeschlagen sah er die Beamten an.

Muth sagte: »Sie haben uns belogen. Sie kannten Herrn Schacht.«

In seine Miene mischte sich Verzweiflung. »Ja, ich weiß, das … das war dumm von mir, aber als sie da gestern vor meiner Tür standen, die Nachricht von … von seinem Tod und dann Ihre Fragen … ich hatte Angst.«

»Wovor?«

»Dass Sie denken, *ich* hätte ihn umgebracht.«

»Jetzt denken wir es erst recht!«, bemerkte Kalkbrenner.

Gekko nickte bekümmert, dann schüttelte er den Kopf. »Aber ich hab ihn nicht umgebracht.«

Die Kommissare reagierten nicht.

»Wirklich nicht, bitte, Sie müssen mir das glauben, ich …«

»Alessandro?« Die Tür ging auf, und eine Frau betrat den Raum, deutlich älter als Gekko. »Ich habe dich …« Sie brach ab, blickte zwischen den Anwesenden hin und her. Dann blieb ihr fragender Blick an Gekko hängen.

Der ließ einen Moment verstreichen, als sei er nicht sicher, was er ihr sagen sollte. »Es ist die Polizei«, erklärte er schließlich. »Und das ist meine Frau.«

Diesmal war es seine Frau, die nicht reagierte.

Was Kalkbrenner die Zeit gab, sie eingehender zu studieren. Ihm wurde klar, dass sie in Wahrheit nicht alt war, keine vierzig, aber sehr verhärmt.

Dann nickte sie, als sei es nicht überraschend, dass die Polizei ihrem Mann einen Besuch abstattete. Wortlos drehte sie sich um und verließ den Raum.

Trotzdem glaubte Kalkbrenner die Verbitterung zu erkennen, die ihr Gesicht einmal mehr altern ließ.

Resigniert sank Gekko auf die Couch.

»Sie haben Herrn Schacht gekannt«, Muth blieb stehen, »er war Stammgast.«

»Ich wünschte mir, er wäre es nicht gewesen.«

»Sie hatten Streit. Warum?«

Noch ehe Gekko etwas entgegnen konnte, ging die Haustür auf.

Ein Junge schlurfte herein, schleuderte seinen Rucksack durch den Flur, gleich darauf die Schuhe.

»Kannst du deine Sachen bitte aufräumen?« rief Gekko.

Ohne ein Wort stapfte der Junge die Treppe hoch. Ein Poltern erklang, eine Tür schlug zu.

»Mein Sohn. Er ist dreizehn.« Gekko seufzte. »Entschuldigung, wie war Ihre Frage?«

»Wieso haben Sie sich mit Herrn Schacht gestritten?«

Verzagt sah Gekko Kalkbrenner an. »Ist das wirklich wichtig?«

Fast hätte der gelacht. »Er wurde hinter Ihrem Restaurant ermordet.«

»Ich hab ihn nicht umgebracht!«

»Sie haben uns belogen.«

»Aber …«

»Sie haben sich mit ihm gestritten. Warum?«

Gekko schwieg.

»Herr Gekko«, sagte Kalkbrenner bestimmt, »Sie scheinen sich Ihrer Situation noch nicht wirklich bewusst zu sein.«

In einem der Zimmer oben plärrte plötzlich laute Rockmusik los. Irgendein Sänger schrie etwas vom Teufel, von Blut, genau war es nicht zu verstehen.

»Es ging um Frank«, sagte Gekko.

»Frank?«

»Meinen Sohn.«

Die wüste Musik wurde noch lauter gedreht. Die Wohnzimmerdecke vibrierte.

Muth rief gegen den Lärm: »Was ist mit Ihrem Sohn?«

»Ich habe Schacht klargemacht, dass er die Finger von ihm lassen soll.«

»Was meinen Sie damit?«

»Dass er … dass er ihn …« Verzweifelt schaute Gekko zu den Beamten auf. »Muss ich das wirklich aussprechen?«

»Er hat ihn missbraucht.«

Gekko setzte zu einer Antwort an, dann ließ er den Kopf hängen. »Ich war so … so dumm.«

»Inwiefern?«, hakte Kalkbrenner nach.

»Weil ich es nicht gemerkt habe, weil ich … weil ich den Kopf mit anderen Dingen voll hatte und …« Mit einem Ruck sah Gekko auf. »Aber Schacht hat es auch so raffiniert angestellt, er war so durchtrieben …«

Die Musik erstarb. Beklommene Stille erfasste das Haus.

»Ich dachte«, fuhr Gekko deutlich leiser fort, »die beiden verstehen sich nur gut, vom ersten Tag an, als sie sich im Restaurant begegnet sind. Schacht war für Frank wie … wie ein großer Kumpel, der tolle Onkel, den er nie hatte. Wieso hätte ich denken sollen, dass er … dass er … Daran denkt man doch nicht!« Angewidert schüttelte er den Kopf. »Und als ich es dann begriff, da war es zu spät.« Er fuchtelte mit den

Händen in der Luft herum. »Meine Güte, Frank war … er ist doch erst dreizehn … minderjährig!«

Oben begann die Musik von Neuem. Erneut plärrte der Sänger über die Hölle und das Verderben.

»Was ich nicht verstehe«, sagte Kalkbrenner, »wieso haben Sie Schacht nicht angezeigt?«

Gekkos Blick irrte durchs Zimmer, als suche er eine Antwort. Oder eine Möglichkeit, um dieser zu entfliehen.

»Sie haben ihn erpresst«, konstatierte Muth.

»Nein, nein … er … er war es, der mir das Geld angeboten hat.«

»Damit Sie nicht zur Polizei gehen.«

Wieder wich Gekko ihren Blicken aus.

»Und Sie haben das Geld angenommen.«

Verschämt ließ er den Kopf hängen.

»Um wie viel Geld hat es sich gehandelt?«

Gekko schüttelte den Kopf.

»Wie viel?«

»Zwanzigtausend.«

»Sie haben Ihren Sohn für zwanzigtausend Euro verkauft?!«

»Nein, nein …«

»Am Ende läuft es darauf hinaus.«

Gekko schüttelte erneut den Kopf, immer wieder und wieder. »Sie müssen das verstehen … das … das Restaurant, der Kredit, die Hypothek fürs Haus, ich … das … das war auf einmal so viel Geld und …« Seine Stimme erlahmte.

Muth schwieg.

Auch Kalkbrenner ließ den Mann einige Sekunden in der Scham schmoren.

Derweil verkündete der Sänger den Untergang der Menschheit.

»Wir müssen mit Ihrem Sohn sprechen«, sagte Kalkbrenner schließlich.

*

Jamina legte einen Zwischenstopp bei Rewe ein.

Sie kaufte ein halbes Pfund Hackfleisch, eine Zwiebel, Knoblauch, ein Bund Petersilie, geschälte Tomaten, außerdem geriebenen Käse, Lasagneplatten, Milch und eine Flasche Rotwein.

Wollen wir zu Abend essen? Uns etwas bestellen?

Eine selbst zubereitete Lasagne schmeckte allemal besser als eine aufgewärmte vom Lieferdienst. Hoffentlich würde Liz die Mühe zu schätzen wissen.

Als Jamina den Hugweg 22 erreichte, lag das Haus dunkel und verlassen in der einsetzenden Abenddämmerung.

Bis achtzehn Uhr war allerdings auch noch Zeit.

Im Wohnzimmer schaltete sie die Stereoanlage ein. Ed Sheeran sang: *If I forget to say goodbye …*

Sie zog sich eine bequeme Jogginghose und ihren verwaschenen Lieblingspulli an, danach begab sie sich in die Küche und begann mit den Vorbereitungen.

Während das Hackfleisch langsam anbriet, zerhackte sie die Zwiebel, schnitt eine Knoblauchzehe in kleine Scheiben und gab alles in den Topf dazu.

Sie spürte, wie die Konzentration auf das Kochen sie von allem anderen Ungemach ablenkte, der Trauer, der Wut, den Sorgen. Ein Gefühl der Entspannung stellte sich ein, fast so wie früher.

Sie stellte sich vor, wie es sein würde, wenn Liz nachher heimkehrte. Sie würde sich zu ihrer Mutter an den Tisch setzen, munter von ihrem Tag in der Schule und bei ihrer Freundin Hannah plaudern, und sich dabei hungrig über das Essen hermachen.

Ein schöner Gedanke, der dennoch nur ein Wunschtraum bleiben würde.

Before I catch the plane …

Jamina goss Rotwein auf, salzte und pfefferte, fügte die Dosentomaten hinzu und gab alles zur Ragú Bolognese in den Topf.

Während das Gemisch vor sich hin köchelte, schmolz sie Butter in einem kleineren Topf, rührte Mehl unter und schwitzte es an, goss Milch dazu und rührte die Sauce glatt. Dann schmeckte sie sie mit Salz, Pfeffer, Zitronensaft und etwas Muskatnuss ab.

Dabei fragte sie sich, wann und warum sie und ihre Tochter damit aufgehört hatten, entspannt zu kochen, zu essen, munter zu plaudern? Und einfach nett zueinander zu sein? Als Liz' Pubertät einsetzte?

Mach dir nichts vor!

Jaminas Job war der Grund gewesen. Die tägliche Begegnung mit der Kriminalität, mit Gewalt und Tod. Und wie sie damit umgegangen war, unerschütterlich, hartnäckig, fast verbissen.

Was immer du erlebt hast …

Wahrscheinlich lag Ehleben gar nicht so falsch.

… es darf nicht deine Arbeit beeinflussen.

Beklommen verteilte Jamina etwas Bolognese in einer gebutterten Auflaufform, legte Lasagneplatten darauf, goss die Béchamelsauce darüber. Das wiederholte sie mehrmals, bis sie den Turm mit Käse bestreute, alles in den Backofen schob und den Wecker auf vierzig Minuten stellte.

Sie setze sich an den Tisch und griff nach der Zeitung.

Would you know the way that I feel when I'm away?

Sie las über den Ukraine-Krieg, über einen AfD-Steuerskandal in Potsdam, konnte sich aber auf keinen der Artikel konzentrieren.

Ja, Ehleben hatte recht, ihre Verbissenheit war das Problem.

Zugleich war sie aber auch ihre Befähigung – und der Grund, weshalb Lowag sie für den neuen Job in der Sondereinheit in Berlin empfohlen hatte. Eben weil Jamina unerschütterlich, hartnäckig und verbissen war.

Weil du zu gut bist für das kleine Kaff hier.

Und weil sie ein Gespür für die Opfer hatte.

Sie war überzeugt, dass hinter dem Tod ihres Bruders mehr als nur eine Überdosis steckte.

Was sie an Pfarrer Stoll erinnerte.

Nein!

An den wollte sie jetzt keinen Gedanken verschwenden. Sie wollte Abstand finden, zur Ruhe kommen, einen entspannten Abend mit Liz verbringen.

We'll see the same sky tonight, but the stars are out of place …

Der Wecker klingelte. Überrascht stellte Jamina fest, dass es inzwischen schon nach sechs war.

Ihr Blick ging zum Küchenfenster.

Draußen war es inzwischen dunkel, die Straßenlaternen verteilten sanftes Licht im Viertel.

Von Liz war nichts zu sehen.

Sie wird gleich kommen, beruhigte sich Jamina. Sie holte die Lasagne aus dem Ofen, deckte den Küchentisch, entzündete sogar Kerzen.

Um halb sieben wählte sie Liz' Handynummer, erreichte aber nur die Mailbox.

Mach dich nicht wieder verrückt!

Doch dann war es sieben, das Essen längst kalt, die Kerzen erloschen.

Jamina versuchte es noch einmal bei ihrer Tochter. Wieder nur die Mailbox. Kurzerhand wählte sie Hannahs Handynummer. Aber auch bei ihr ging nur die Mailbox ran.

Sie hinterließ keine Nachricht, rief stattdessen bei Hannah zu Hause an.

»Mroznek«, meldete sich deren Vater.

»Stark hier«, sagte Jamina, »guten Abend. Ist Liz noch bei Ihnen?«

»Nein, die Mädels sind unterwegs, schon eine ganze Weile.«

»Aber sie war bei Ihnen?«

»Ja, sie haben für den Test gelernt.«

»Bis wann?«, hakte Jamina nach.

»Gegen Mittag.« Hannahs Vater zögerte. »Ist irgendetwas?« Verwunderung lag in seinen Worten.

Jamina ahnte, wie ihre Fragen auf die Leute wirkten. Sie war Polizistin, hatte aber offenkundig immer häufiger keine Ahnung, wo ihre Tochter steckte.

»Nein«, sagte sie, »alles in Ordnung, danke.« Sie legte auf, setzte sich auf die Couch und machte den Fernseher an. Sie guckte, ohne dass sie wirklich etwas vom laufenden Programm mitbekam.

Um acht begann die Tagesschau.

Gleich darauf hörte sie die Haustür aufgehen. Schuhe flogen durch den Flur, eine Jacke fiel raschelnd zu Boden.

»Hi Mama«, sagte Liz, als sie ihre Mutter im Wohnzimmer bemerkte.

»Wo bist du gewesen?«

»Bei Hannah.«

»Warum hast du nicht angerufen?«

»Was war denn?«

»Hast du Hunger?«

»Nee, hab unterwegs gegessen.« Liz ging in die Küche und sah den gedeckten Tisch. »Oh, hast du gekocht?«

»Wir wollten gemeinsam zu Abend essen.«

»Ist das Lasagne?« Sie zog die Schüssel heran. »Hm, lecker. Ich glaube, ich möchte doch noch …«

»Wo warst du?«, platzte es aus Jamina heraus.

Irritiert hob ihre Tochter den Blick. »Hab ich doch gerade gesagt.«

»Lüg mich nicht an!«

»Mach ich nicht.«

»Liz!«

»Mach! Ich! Nicht!«

»Ich habe vorhin bei Hannah angerufen.«

»Ich war mit ihr unterwegs.«

»Gerade hast du gesagt, du warst bei ihr.«

»Ich war bei ihr. Sie war bei mir. Wir waren unterwegs.« Liz seufzte, als sei die ganze Diskussion einfach nur überflüssig.

Jamina rang mit der Wut. »Na gut«, presste sie hervor. »Essen wir noch was.«

»Ich hab keinen Hunger mehr«, patzte Liz und stapfte nach oben auf ihr Zimmer.

Jamina atmete ein, atmete aus.

Sie wollte ihrer Tochter glauben, sie wollte es wirklich. Aber auch in diesem Fall wusste sie, dass ihr Gefühl sie nicht trog: Liz belog sie. Und das machte ihr Sorgen.

Nicht erst seit ihr Bruder tot war. Aber seither erst recht.

Das ist scheiße.

Jamina räumte den Tisch ab, stellte die Lasagne in den Kühlschrank, dann setzte sie sich wieder vor den Fernseher.

*

Kalkbrenner lauschte der Rockmusik, die unverändert durchs Haus scholl.

Schon vor fünf Minuten war Gekko nach oben gegangen, um gegen die Zimmertür seines Sohnes zu klopfen, doch der reagierte nicht. Inzwischen hämmerte Gekko gegen die Tür und schrie. Endlich kehrte Ruhe ein.

Stimmen waren zu hören, anfangs gedämpft, dann immer lauter und gereizter.

Schließlich kehrte Gekko zurück, den Sohn im Schlepptau. Letzterer ließ sich mit mürrischer Miene aufs Sofa fallen, stellte die Füße auf den Tisch und kratzte sich einen Pickel am Kinn auf, bis es blutete.

»Frank«, sagte Gekko, »nimm bitte die Füße runter.«

Demonstrativ streckte Frank die Beine aus.

»Frank!«

Frank tat, als höre er seinen Vater nicht.

»Ich hab dir doch gesagt, das sind Polizisten«, schimpfte Gekko, »was sollen sie von dir denken?«

Achselzuckend puhlte Frank weiter an dem Pickel herum.

»Frank«, sagte Kalkbrenner, »wir möchten uns gerne mit dir unterhalten.«

Der Teenager murrte etwas.

»Du hast Frieder Schacht gekannt.«

Überrascht hielt er inne. Sein Blick zuckte zu seinem Vater, der alles andere als glücklich wirkte.

Etwas stahl sich in Franks gleichgültige Miene. Interesse. »Ja. Wurde er wirklich umgebracht?«

Kalkbrenner überging die Frage. »Wie war er so?«

»Nett.«

»Nett?« Gekko stieß ein grimmiges Knurren aus.

Kalkbrenner fragte: »Was heißt das? ›Nett‹?«

»Lustig. Cool. Hat mir Sachen spendiert …«

»Das hätte ich dir doch auch«, fuhr Gekko auf, *»stattdessen …«*

»Herr Gekko, bitte!«, wies Kalkbrenner ihn zurecht.

Über Franks Lippen glitt ein Lächeln.

»Frank«, ergriff Muth das Wort, »er hat dir also Sachen spendiert. Was denn?«

»Alles Mögliche, Cola, Chips, Kino, Eis, ein Spiel für die X-Box.«

»Hat er dafür etwas verlangt?«

»Nö.«

»Er hat dich zu nichts gezwungen?«

»Auch nich'.«

»Was hat er mit dir gemacht?«

»Nix.«

»Fandest du es nicht schlimm, dass er ...?«
»Nö«, sagte Frank, »war doch nix.«
»War doch nix?!«, polterte sein Vater los. *»Er hat dich ...«*
»Herr Gekko!«, brachte Muth ihn zum Schweigen. Dann konzentrierte sie sich wieder auf Frank. »Ihr seid also zusammen im Kino gewesen?«
Trotzig sah Frank seinen Vater an. »Papa hat ja nie Zeit.«
Wieder wollte Gekko losbrüllen.
Muth hob drohend die Hand. »Frank, was habt ihr denn für Filme geschaut?«
»Alle Möglichen, die waren cool.« Wieder blickte er zu seinem Vater. Ihm schien es eine diebische Freude zu bereiten, dass der in seiner Wut schmoren musste. »Coole Filme, für Ältere.«
»Ihr seid auch mal im Theater gewesen?«
»Das war nicht cool.«
»Habt ihr euch mit anderen Leuten getroffen?«
»Nö.«
»Es gab niemanden, mit dem er gesprochen hat?«
»Nö, nur ...« Frank zögerte.
Muth sah ihn erwartungsvoll an.
»Nur einmal«, fuhr der Junge fort, »da sind wir zu einem Freund von ihm gefahren, aber der ... der war komisch.«
»Was war komisch an ihm?«
»Der war alt und ... und völlig krank. Als wäre er tot.«
»Als wäre er tot?«
Amüsiert winkte Frank ab. »War er natürlich nicht, aber er hatte dieses Alzenheimer ...«
»Alzheimer!«
»... und lag in 'nem Altenheim.«
»Welches Altersheim?«, hakte Kalkbrenner nach.
»Weiß nich', das war nich' in Berlin, das war in ... in Mönchs, äh, Mönchsmühlen ... nein, in Mönchsmühle.«
»Was hat er von dem Mann gewollt?«
»Eigentlich wollten wir ins Kino, aber dann hat er 'nen Anruf gekriegt und ... und dann ... sind wir dorthin gefahren.« Frank lachte. »War wirklich irre. Frieder hat mit ihm gesprochen, aber der Typ lag nur so da und hat kein Wort gesagt. Nur an die Decke gestiert.«

»Weißt du noch seinen Namen?«

»Der hieß Martens oder … Mertens, ja, Mertens, so hieß der. Er war, glaube ich, mal Doktor.«

»Dr. Mertens«, wiederholte Kalkbrenner. »In einem Altersheim in Mönchsmühle.«

Frank nickte. »Und Frieder … Frieder wurde wirklich umgebracht?«

»Ja.«

Frank guckte zu seinem Vater. »Hast du ihn umgebracht?«

»Nein!«, stieß Gekko empört hervor. *»Nein!«*

»Wo waren Sie vorgestern Abend gegen dreiundzwanzig Uhr?«, fragte Kalkbrenner.

Gekko starrte ihn an, als habe er den Verstand verloren. »Tagsüber in Hannover, das habe ich Ihnen doch gesagt, und am Abend … hier, bei meiner Familie, und …«

Ein Räuspern ließ ihn innehalten. Seine Frau stand in der Tür.

»Du, du kannst es bezeugen«, flehte er, »ich war hier, den ganzen Abend, die ganze Nacht.«

»Ich wünschte, es wäre anders, aber …«, sie mied den Blick zu ihrem Mann, »aber es war so, ja, tatsächlich. Er war hier.« Voller Verachtung drehte sie sich um und ging.

Kalkbrenner hatte genug gehört. Er drehte sich um und verließ das Haus.

Draußen war inzwischen der Abend angebrochen. Der Novemberfrost legte ein Glitzern über den Asphalt. Am Himmel standen kaum Wolken.

Vereinzelt konnte Kalkbrenner Sternbilder ausmachen: den großen Wagen, den Steinbock und die Jungfrau.

Seine Mutter hatte sie ihm gezeigt und ihre in der griechischen Mythologie wurzelnden Geschichten erzählt, als er noch ein kleiner Junge gewesen war.

Er verspürte einen schmerzhaften Stich.

Sie ist tot.

Muth trat zu ihm heraus und fragte: »Was ist?«

Das Leben geht weiter.

Er schüttelte den Kopf, konzentrierte sich auf den Fall. »Wer war dieser Schacht wirklich? Und: Woher hat er all das Geld, das er ins Theater gesteckt hat?«

»Dieser Dr. Mertens könnte eine wichtige Person aus seiner Vergangenheit sein.«

»Ja, nur dass er uns nicht wird weiterhelfen können, wenn er in der Verfassung ist, wie der Junge meint.«

»Ich sage Sebastian, er soll ihn überprüfen, vielleicht findet er ja eine Verbindung zu Schacht. Und wir fahren morgen früh zu ihm.«

Kalkbrenner blickte auf die Uhr. »Warum nicht jetzt?«

Muth musterte ihn prüfend. »Lass es gut sein«, sagte sie dann. »Für heute hast du genug. Letzte Nacht wurde es auch schon ziemlich spät. Außerdem läuft dieser Dr. Mertens uns nicht weg.«

FÜNFUNDZWANZIG

Die Zeit stand still, als ich bäuchlings, das Rochett auf den Rücken hochgeschoben, über dem alten, wackligen Tisch lag.

»Tue Buße«, keuchte Pfarrer Stoll hinter mir. Und noch einmal: »Tue Buße.« Wie stählerne Schraubzwingen umschlossen seine Hände meine Hüfte.

Sein Atem ging immer schneller.

Ich dagegen hielt die Tischkante umkrampft, kämpfte gegen den Schmerz, gegen einen Schrei, die Tränen, während er –

Nein, nein, tut mir … tut mir leid, ich kann nicht länger darüber sprechen.

Nur soviel: Es kam mir vor wie eine Ewigkeit, obwohl er in Wahrheit wahrscheinlich nicht einmal zehn Minuten brauchte.

Aber weil es kein Ende zu nehmen schien, versuchte ich irgendwann an etwas Anderes zu denken, etwas Angenehmes, Schönes.

Michel, alles wird gut.

Aus irgendeinem Grund dachte ich an David, du weißt schon, David aus dem Märchen. Ich dachte daran, wie er der Hexe Gundula den Garaus machte, und malte mir aus, dass ich ebenso tapfer und unerschrocken war.

In meinen Gedanken war ich es.

Ich dachte so fest und so stark daran, dass ich nicht einmal mehr mitbekam, dass der Pfarrer fertig mit mir war.

»Michel«, drang irgendwann seine ungeduldige Stimme zu mir durch. *»Michel!«*

Schlagartig war da wieder die Realität.

»Steh auf!«

Während ich wimmernd darauf wartete, dass der lodernde Schmerz in mir nachließ, brachte der Pfarrer ein Taschentuch zum Vorschein, wischte sich sauber, knöpfte die Soutane wieder zu. Ich hatte nicht einmal mitbekommen, dass er sie wieder angezogen hatte.

Das verschmierte Tuch knüllte er zusammen und steckte es sich in die Tasche. Dann erst sah er mich wieder an.

Die Verachtung in seinem Blick sorgte dafür, dass ich mich noch elendiger fühlte.

»Zieh dich um!«, befahl er, als könne auch er nicht länger ertragen, dass ich halbnackt und besudelt vor ihm hing.

Voller Scham richtete ich mich auf. Ich hielt den Schmerz in meinem Unterleib kaum aus. Trotzdem schaffte ich es bis zum Schrank, befreite mich von Rochett und Talar, zog den Jogginganzug wieder an.

Ich sehnte mich nach meinem Bett, nach Schlaf, nach der Dunkelheit, der Gnade des Vergessens.

»Lass uns beten«, sagte der Pfarrer in einem Tonfall, der keinen Widerspruch duldete, erst recht keine Gnade.

Jeder meiner Schritte war eine Qual. Als ich schließlich vor ihm niedersank, konnte ich mich nur mit Mühe auf den Knien halten.

»Oh Herr«, der Pfarrer legte die Hand auf meinen Kopf.

Alles in mir verkrampfte sich bei der Berührung. Übelkeit stieg in mir auf.

»Ein Schuldiger verführt seinen Nächsten«, begann er, »und führt ihn auf keinen guten Weg. Er hat gesündigt, Unrecht getan, ist gottlos gewesen und abtrünnig geworden.«

Ich spürte, wie eine warme Flüssigkeit an den Innenseiten meiner Oberschenkel hinabrann.

»Vergib ihm seine Schuld, wie auch er vergibt seinen Schuldigern. Amen.«

»Amen«, würgte ich hervor.

Endlich nahm er die Hand von mir weg. Sein Blick war etwas gütiger geworden. »Du darfst jetzt gehen.«

Stöhnend stand ich auf, wankte zur Tür, wollte sie öffnen.

»Michel!«

Ich schluckte, drehte mich um.

»Behüte deine Zunge vor Bösem und deine Lippen, dass sie nicht Falsches reden.«

Dann kehrte er mir den Rücken zu, machte sich mit irgendwas am Schrank zu schaffen, den Kerzen, Karten, was auch immer. Es war mir egal.

Ich drückte die Klinke – und bekam die Tür nicht auf.

Sie war abgeschlossen.

Meine Hände zitterten, als ich das Schloss entriegelte.

Auf wackeligen Beinen schleppte ich mich die Treppe hinunter. Mehr als einmal zwang mich der Schmerz zu einer Pause. Mir wurde schwindelig. Mir war speiübel.

Vor unserem Zimmer blieb ich stehen.

»M-M-Michel«, Johannes saß auf dem Bett und lächelte, »i-i-ich hab hi-hi-hier …« Er brach ab. »Michel?«

Ich stolperte weiter zu den Toiletten.

Noch ehe ich eine der Kabinen erreichte, übergab ich mich auf die Fliesen.

Ich sackte zu Boden, würgte, schluckte, hatte einen widerlichen Geschmack im Mund. *Seinen* Geschmack.

Ein weiteres Mal erbrach ich mich.

Keuchend saß ich da, vielleicht für Minuten, vielleicht auch eine Stunde.

»K-k-k-komm«, hörte ich Johannes sagen. Keine Ahnung, wie lange er schon bei mir stand.

Er half mir auf die Beine.

Im Spiegel sah ich mich selbst, aschfahl, verheult und verrotzt. Am Kinn klebte Kotze. In meinen Augen stand das Entsetzen.

Johannes zog mich aus, stellte mich unter die Dusche, drehte den Wasserhahn auf.

Dann wischte er das Erbrochene vom Boden.

Währenddessen ließ ich das heiße Wasser auf mich herabprasseln, nahm es in den Mund und spuckte es wieder aus, als könne ich auf diese Weise den Geschmack, den Schmerz, die Scham, einfach alles loswerden, im Abfluss wegspülen, vergessen.

Aber so einfach war das nicht.

Johannes holte meinen Pyjama, half mir beim Anziehen, brachte mich auf unser Zimmer, wo Schwester Maria bereits fürs Abendgebet wartete.

»Michel«, bestürzt sah sie mich an, »was …«

»E-e-e-er hat s-s-sich den Magen v-v-v-verdorben«, sagte Johannes. »B-b-b-eim Mittagessen.«

Sie runzelte die Stirn.

»M-m-m-mir geht's a-a-a-auch nicht s-s-s-so gut.« Wie zum Beweis hielt er sich den Bauch und rülpste.

Tadelnd verzog sie das Gesicht. Noch immer wirkte sie nicht wirklich überzeugt, ließ es aber dabei bewenden.

Nur mit Mühe brachte ich das Gebet hinter mich.

Dann lag ich endlich im Bett, wälzte mich auf die Seite, weil der Schmerz in meinem Unterleib keine andere Position erlaubte.

Während die beiden anderen Jungs schnarchten, stierte ich in die Dunkelheit.

Ich konnte nicht schlafen.

Stattdessen versuchte ich dich, unsere Nachmittage im Garten, unseren Spaß heraufzubeschwören, einfach nur etwas Schönes, aber wann immer ich meine Augen schloss, hatte ich den Pfarrer vor mir, spürte seine Hände auf meiner Hüfte, den Schmerz in mir, und ich hörte ihn keuchen.

Tue Buße. Tue Buße.

*

Irgendwann nickte ich dann doch erschöpft ein.

Doch mein Schlaf war unruhig, wirr, voller beängstigender Träume.

Tue Buße.

Als wir am nächsten Morgen geweckt wurden, hatte der Schmerz nachgelassen, trotzdem ging es mir kaum besser.

Ich fühlte mich fürchterlich, noch immer beschmutzt, und allein bei dem Gedanken an einen neuen Tag hätte ich wieder kotzen können.

Natürlich hätte ich den Nonnen erklären können, dass ich mich krank fühlte. Vielleicht hätten sie mich sogar im Bett liegenlassen – allerdings erst, nachdem die Oberin mich nach dem gestrigen Tag, nach möglichen Übeltaten, Symptomen und anderen, zweifelhaften Dingen befragt hätte. Und danach hätte sie mich zu Dr. Mertens geschleppt.

Die Vorstellung, mich ihren strengen Fragen stellen zu müssen, behagte mir nicht.

Vom Arzt untersucht werden, wollte ich noch weniger. Auch weil er mir erst gestern Abend begegnet war, im Gespräch mit dem Pfarrer, kurz bevor –

Verflixt nein, daran wollte ich nicht mehr denken.

Nie wieder!

Also kniete ich mich neben das Bett, ignorierte Schmerz und Übelkeit, verdrängte alle Gedanken an gestern Abend und sprach das Morgengebet.

Erst als Schwester Maria den Raum verlassen hatte, stand ich auf, um meinen Jogginganzug aus dem Schrank zu holen.

Ein neuerliches Schwindelgefühl ließ mich stolpern. Ich knallte mit der Schulter gegen die Tür, der Jogger fiel mir aus der Hand.

Ich bückte mich danach.

Es war keine Absicht von Ben, nur ein Missgeschick, aber er stand auf dem Hosenbund. Mit einem Ruck zerriss der Stoff.

»Oh«, machte er. Und sogar: »Sorry!«

Noch ehe ich begriff, was ich tat, schlug ich zu. Er schrie auf, fiel auf die Knie, hielt sich jaulend die Ohrmuschel.

Wie von Sinnen schlug ich noch einmal zu. Und noch einmal.

»M-M-M-Michel!« Johannes zog mich weg.

Bens Jammern folgte uns bis in den Flur.

Schwester Maria eilte an uns vorbei, dicht gefolgt von der Oberin.

Als sie unser Zimmer erreichten, standen wir bereits im Waschraum.

Ich brauchte einen Augenblick, bis ich begriff, wem die bleiche, schnaufende, wütende Fratze im Spiegel gehörte.

Ich war erschrocken und zugleich überrascht über mich selbst.

Erst lachte ich, dann heulte ich los.

Währenddessen stand Johannes neben mir und schwieg.

Vielleicht hätte ich mich wundern sollen, dass er mir nicht

einmal eine Frage stellte. Aber das tat ich nicht. Stattdessen glaubte ich zu begreifen, nicht alles, aber einiges.

Man gewöhnt sich dran.

Eine Woche später ging ich wieder zur Messdienerstunde.

SECHSUNDZWANZIG

Als Jamina erwachte, fühlte sie sich wie nach einer durchzechten Nacht – verschwitzt, mit dickem Schädel, flauem Magen und einem Gefühl, als würde der neue Tag kaum Linderung bringen.

Wie am Vortag hörte sie Liz' Stimme, fröhlich plaudernd, lachend, noch bevor sie die Küche erreichte.

Ihre Tochter saß am Tisch, verzehrte ein Nutellabrot und daddelte auf dem Handy.

»Guten Morgen«, sagte Jamina.

Liz antwortete mit einem Murmeln, das wie *Guten Morgen* klang.

Sicher war sich Jamina aber nicht. »Hast du gut geschlafen?«

Erneut bekam sie nur Genuschel zu hören.

Sie zwang sich, ruhig zu bleiben, und setzte erst einmal Kaffee auf. »Und was liegt heute an?«

»Was wohl? Schule!«

»Und heute Mittag?«

»Geb ich Antonia Nachhilfe, wie immer am Montag.« Liz machte eine kurze, genervte Pause. »Und ja, das ist die Wahrheit.«

Mit einem hörbaren Seufzer ließ sich Jamina ihrer Tochter gegenüber nieder. »Liebes, hör mal …«

»Ich muss los.« Liz stand auf und stapfte die Treppe hoch auf ihr Zimmer.

Die gurgelnde Kaffeemaschine füllte die bedrückende Stille.

Fünf Minuten später polterte wieder Liz herunter, die übliche Erscheinung – Slim-fit-Jeans, bauchfreies Top, Mascara, umhüllt von einer Wolke Parfüm. Sie warf sich eine Jacke über und schlüpfte in ihre Stiefel. »Brauchst mit dem Essen nicht auf mich zu warten.«

»Liz!«

»Der Bus ist gleich da.« Schon war sie aus dem Haus und hastete am Fenster vorbei zur Bushaltestelle.

Fluchend schenkte sich Jamina Kaffee ein.

Während sie ihn auf der Anrichte abkühlen ließ, ging sie ins Bad und befreite sich unter der Dusche vom Schweiß der Nacht. Die Wut und die Sorgen wurde sie auf diese Weise nicht los.

Sie trocknete sich ab und zog sich an.

Als sie in die Küche zurückkehrte, zeigte ihr Handy einen entgangenen Anruf von Dr. Ludwigs an.

Rasch trank sie den Kaffee, ging hinaus zum Wagen und fuhr los.

Sie nahm die Auffahrt zur A115 in Richtung Berlin, wartete, bis ein Daimler an ihr vorbeigezogen war, dann fädelte sie sich in den morgendlichen Berufsverkehr ein.

Gerade als sie den Gerichtsmediziner zurückrufen wollte, klingelte das Handy.

Es war Ehleben.

Jamina überlegte, ob sie den Anruf ignorieren sollte, nahm ihn dann aber doch entgegen. »Guten Morgen, Jürgen.«

Ihr Kollege vergeudete keine Zeit mit Freundlichkeiten. *»Ernsthaft, Jamina?«*

»Was?«

»Du willst bei der Obduktion dabei sein?«

»Ich …«

»Dr. Ludwigs hat mich gerade angerufen!«

»Warum ruft er dich an?«

»Herrje, Jamina!«

Schweigend setzte sie den Blinker und scherte zum Überholen eines Lkws aus.

»Hast du ihm tatsächlich gesagt, du hättest das mit Lowag abgeklärt?«

Am Autobahndreieck Charlottenburg wechselte sie auf die A111 stadtauswärts. Schon nach wenigen hundert Metern nahm sie die Abfahrt zum Waidmannsluster Damm.

Ehleben seufzte. »Wenn der Chef davon erfährt …«

»Muss er ja nicht.«

»Herrje! Das ist nicht dein Fall, kapierst du das nicht?«

Baumwipfel bogen sich wie knochige Hände über die Straße.

Lange Finger, die nach Jamina griffen, sie von ihrem Weg abhalten wollten.

Sie passierte Wildbach, ein kleines Dorf, ein paar Häuser, am Ortsende ein Schild: Mönchsmühle, vier Kilometer. Dann fuhr sie wieder durch Wald.

»Jürgen«, Jaminas Herz schlug schneller, »mein Bruder war clean, er war glücklich.«

»Du weißt genauso gut wie ich, dass ein Junkie immer wieder Rückfälle erleiden kann.«

»Außerdem stand seine Wohnungstür offen.«

»Was?«

»Seine Tür war offen!«, zischte Jamina.

»Na und?« Ehleben schnaubte. »Wenn er sich was gespritzt hat …«

»Es gab kein Drogenbesteck in seiner Wohnung. Nirgendwo.«

»Dann hat er es sich woanders gespritzt, kam nach Hause und …«

»Das hätte er mit einer Überdosis niemals geschafft!«

»Also wirklich …«

»Und am Tisch war Blut«, sagte Jamina. »Hast du das bemerkt?«

»Was hat das …«

»Schick die Spurensicherung rein!«

»Also bitte«, Ehleben lachte freudlos auf, »die Kollegen haben wirklich Besseres zu tun. Und überhaupt: Was soll das denn alles? Ich weiß, es ist schwer zu begreifen, aber wie kommst du bloß darauf, dass etwas faul ist am Tod deines Bruders?«

Ich habe seine Nachricht gelesen. Aber das sagte Jamina auch heute nicht. »Sein Handy«, mahnte sie stattdessen.

»Was ist damit?«

»Es lag unter der Kommode. Dort haben wir es gefunden. Findest du das nicht merkwürdig?«

»Ich finde …«

»Wie ist es dorthin gekommen?«

»Woher soll ich das denn wissen?«

Wie aus dem Nichts tauchte Mönchsmühle vor Jamina auf, kleine, gedrungene Häuser entlang der Hauptstraße, ein altes

Hotel, ein Restaurant, das nicht mehr in Betrieb zu sein schien, dann die ehemalige Pfarrkirche, ein schmales, verwittertes Gebäude mit einem ebenso verfallenen, schiefen Türmchen.

Die Häuser im Dorf schienen noch bewohnt zu sein.

Am Ortsende befand sich der St. Urbanus Altenstift.

In allen Zimmern brannte Licht.

Jamina drosselte das Tempo, wollte den Blinker zum Parkplatz setzen.

Einem Impuls folgend gab sie wieder Gas.

»Herrje«, fluchte Ehleben in die Stille hinein, »dann hat er sich halt dort einen Schuss gesetzt, eine Überdosis …«

»Wo? Zu Hause? Ohne Drogenbesteck?«

»… er bekam Krämpfe, stürzte, schlug sich den Kopf, deshalb das Blut. Dabei fiel ihm das Telefon aus der Hand und unter die Kommode. So oder so ähnlich wird es gewesen sein.«

Oder er war in eine Auseinandersetzung verwickelt.

Als wisse er um ihre Gedanken, stöhnte Ehleben auf. »Jamina«, er klang, als rede er mit einem kleinen, störrischen Kind, »du steigerst dich da in was rein.«

Jamina ließ den Ort hinter sich. Bäume rückten wieder an die Straße heran.

»Auch wenn es dir in diesem Fall schwerfällt, aber ich sag's dir immer wieder: Lass deinen Privatkram nicht an dich ran!«

Nach knapp anderthalb Kilometern fuhr sie beinahe an dem Waldweg vorbei. Sie bremste.

»Du bist gut in deinem Job, das bist du. Das schätze ich sehr …«

Mit klopfendem Herz betrachtete sie den zugewucherten Pfad.

»Aber wenn du dich nicht am Riemen reißt, kostet dich das irgendwann … Sag mal, hörst du mir überhaupt zu?«

»Ja.«

Ehleben klang nicht überzeugt. »Und jetzt? Was hast du jetzt vor? Kommst du heute noch auf die Wache?«

»Ich mache frei.« Sie trennte die Verbindung, parkte am Straßenrand, stieg aus und marschierte los.

Der Pfad war kaum noch als solcher zu erkennen. Unter dichtem Gestrüpp lagen zerschlagene Bierflaschen, verrostete Cola-Dosen, die verschimmelten Überreste eines Rucksacks.

Offenkundig war es schon lange her, dass jemand hier durchgegangen war.

Unvermittelt war der Pfad zu Ende und Jamina stand auf einer Lichtung.

Ihr Herz schlug so heftig, dass sie meinte, sich übergeben zu müssen.

Vor ihr erhob sich Santa Lucia.

*

Kalkbrenner setzte Bernie auf die Rückbank des Passats.

Als der Bernhardiner Muth hinterm Lenkrad erblickte, kläffte er vor Freude und versuchte sich über die Mittelkonsole hinweg auf die Vordersitze zu zwängen.

»Nein!« Kalkbrenner bekam ihn zu fassen. »Nein, Dicker, bleib hier!«

Doch Bernie dachte nicht daran.

»Mach Sitz.«

Er zappelte und kläffte.

»Verdammt, Bernie!«

Kalkbrenners verzweifeltes Bemühen, den Hund im Zaum zu halten, machte diesen nur noch aufgeregter.

»Ich geb's auf.«

Mit einem Satz war Bernie vorne. Sein freudig wedelnder Schwanz knallte abwechselnd gegen Scheibe und Armaturenbrett.

Während Muth ihm das Fell kraulte, begann er sich endlich zu beruhigen.

»Was ist mit ihm?«

»Er hört nicht auf mich.«

»Das ist nichts Neues.«

Mit einem missfälligen Grummeln scheuchte Kalkbrenner den Bernhardiner wieder auf die Rückbank, bevor er sich selbst auf den Beifahrersitz fallen ließ. »Lass uns fahren.«

Muth lenkte den Wagen aus Treptow hinaus. »Und warum fährt er heute mit?«

»Weil ich nicht weiß, wo er sonst den Tag verbringen soll.«

»Ich dachte, deine Tochter kümmert sich um ihn.«

»Das wird ihr langsam zu viel.«

Wie zum Protest gab Bernie ein weiteres Kläffen von sich.

Muth nahm die Auffahrt zur Stadtautobahn. »Wie geht es Jessy?«

Nachdenklich stierte Kalkbrenner in den frostigen Novembermorgen hinaus.

Am Vorabend, nach der Rückkehr aus Spandau, war er noch einmal bei seiner Tochter vorbeigefahren. Wie schon am Mittag hatte sie in ihrer Trauer nicht viele Worte verloren.

Allerdings hatten sie gemeinsam einen Bestatter angerufen und ihn mit der Beisetzung beauftragt, damit sie schon bald in aller Form angemessen Abschied von seiner Mutter und ihrer Oma nehmen konnten.

Er sagte: »Sie versucht, es sich nicht anmerken zu lassen, aber … die Sache vor zwei Monaten, das Baby, jetzt noch der Tod meiner Mutter …«

Muth bremste, weil vor ihnen der Berufsverkehr ins Stocken geriet.

Um ein Haar polterte Bernie gegen die Rücklehne. Er stieß ein erschrockenes Fiepen aus.

Kalkbrenner drehte sich zu ihm um und tätschelte ihm die Brust. »Jessy hat ihre Oma sehr geliebt, und sie hat gehofft, dass sie die Geburt des Babys noch miterlebt.«

Jetzt kam der Verkehr zum Stillstand.

»Und um ehrlich zu sein«, sagte Kalkbrenner, »ich auch, aber …«

Das Leben geht weiter.

Für eine Weile kamen sie nur im Schritttempo voran.

Erst hinterm Schöneberger Kreuz lichtete sich der Verkehr, und Muth gab Gas.

Bernie hockte hechelnd auf der Rückbank.

Am Dreieck Funkturm blieben sie auf der A100 stadtauswärts, wechselten am Dreieck Charlottenburg auf die A111.

Kurz darauf nahmen sie die Abfahrt Waidmannsluster Damm.

Sie kamen an ein paar Feldern vorbei, bevor sich beidseits der Straße nur noch Wald erhob; Bäume im fahlen, knochigen Winterkleid.

Muth sagte: »Jessy ist stark.«

»Zweifellos. Aber frag mich nicht, von wem sie das hat.«

»Was denkst du?«

Er lachte. »Von Ellen jedenfalls nicht.«

»Meinst du nicht, du …«

Kalkbrenners Handy klingelte, was ihm nur recht war, denn das Gespräch schien eine Richtung zu nehmen, die er nicht einschlagen wollte.

Es war Berger.

Kalkbrenner aktivierte den Lautsprecher. »Morgen, Sebastian.«

»Guten Morgen. Seid ihr schon unterwegs?«

»Wir sind fast da.«

Gerade fuhren sie durch einen winzigen Ort namens Wildbach. Von dort waren es laut einem Schild, das sie kurz darauf passierten, nur noch vier Kilometer bis Mönchsmühle.

»Gut«, sagte Berger, »ich habe nämlich diesen Dr. Mertens überprüft, Dr. Anton Mertens.« Es raschelte. »Geboren 1952 in Hamburg, dort ist er auch aufgewachsen und zur Schule gegangen, hat Medizin studiert und sich als Allgemeinmediziner niedergelassen. Nach der Wende hat er offenbar die Goldgräberstimmung genutzt, ist in den Osten gezogen, erst nach Berlin, dann nach Mönchsmühle, wo er eine Hausarztpraxis betrieb.«

»Liegt etwas gegen ihn vor?«

»Nein, er ist ein unbescholtener Bürger. Vor knapp elf Jahren hat er sich zur Ruhe gesetzt, inzwischen lebt er im Altersheim, im St. Urbanus Altenstift in Mönchsmühle. Sein Zustand allerdings ist nicht mehr der beste.«

»Davon haben wir gehört.«

»Es gibt nur eines«, fuhr Berger fort, »das mich nachdenklich stimmt, zumindest in Zusammenhang mit dem, was Sera mir über Alessandro Gekko und dessen Sohn erzählt hat.«

»Das wäre?«

»Als niedergelassener Arzt in Mönchsmühle war Mertens auch im dortigen Kinderheim tätig.«

»Ein Kinderheim?«, fragte Muth.

»Ja, Santa Lucia, ein katholisches Kinderheim. Viel konnte ich auf die Schnelle nicht über dieses Heim herausfinden. Offenbar wurde es schon vor zwanzig Jahren geschlossen.«

»Wo befand es sich?«, wollte Kalkbrenner wissen.

»Außerhalb von Mönchsmühle, von Berlin kommend auf halber Strecke zwischen einem Dorf namens … äh, Moment. Ah, genau, zwischen Wildbach und Mönchsmühle.«

»An dem Dorf sind wir gerade vorbeigefahren.«

Muth bremste und zeigte zur Frontscheibe hinaus.

Im Dickicht am Straßenrand war ein zugewachsener Schotterpfad zu erkennen.

Kalkbrenner sagte: »Schauen wir es uns doch kurz an.«

SIEBENUNDZWANZIG

Was immer Ben der Oberin über den Vorfall an jenem Morgen erzählt hat, die Wahrheit war es jedenfalls nicht.

Willst du 'ne Petze sein?

Stattdessen machte Tage später die Nachricht unter uns Kindern die Runde, er sei gestolpert, gegen den Schrank gestürzt, habe sich dummerweise das Ohr geprellt. Deshalb habe er zu Dr. Mertens gemusst und einige Tage mit Kopfverband das Bett hüten müssen.

Er sprach mich nicht darauf an, ließ nicht einmal erkennen, dass er es mir übelnahm oder auf Vergeltung aus war; und auch die Nonnen wollten nicht mit mir darüber reden. Scheinbar glaubten sie die Lüge.

Stattdessen warst ausgerechnet du es, die mich viele Wochen später fragte, wie es mir geht.

Es war irgendwann im März oder April, zufällig liefen wir uns im Foyer über den Weg. Weißt du das noch?

Ich wollte zum Spüldienst in die Küche. Wohin du unterwegs warst, weiß ich nicht. Wir sahen uns ja nur noch selten, und wenn doch, wechselten wir kaum ein Wort miteinander.

Wieso du dich ausgerechnet diesmal nach meinem Wohlbefinden erkundigt hast, war mir schleierhaft und eigentlich auch egal.

»Nun sag schon«, haktest du nach, »was ist los?«

»Was soll sein?«

»Was war da los mit Ben?«

»Nichts.« Ich versuchte mir meine Überraschung nicht

anmerken zu lassen. Wie hattest du erfahren, dass ich etwas damit zu tun hatte? Von Johannes? Wohl kaum.

»Ben«, sagtest du, als könntest du Gedanken lesen. »Er hat's mir erzählt.«

Was mich noch mehr verwunderte. Wieso hatte er das getan?

»Bist du noch immer so ein Messdienerfuzzi?«

Dein plötzlicher Themenwechsel verwirrte mich noch mehr. Ich sagte nichts.

»Also ja!«

Ich nickte, schließlich war's schwerlich zu leugnen. Jeden Sonntagmorgen stand ich in Talar und Rochett vorm Altar.

Und hinterher nackt über den Tisch gebeugt in der Sakristei.

Tue Buße …

Du hast mich argwöhnisch angesehen. »Macht es dir Spaß?«

»Ja«, sagte ich, noch ehe ich darüber nachdenken konnte.

»Kinderkacke!«

Falls du lustig sein wolltest, hast du die Wirkung verfehlt. Im Gegenteil, es machte mich nur wütend, am allermeisten auf mich selbst.

Allerdings schlich sich auch in deine Miene die vertraute Wut. »Michel, du … Michel?«

Ich eilte bereits davon. Es kam mir vor wie eine Flucht, und verflixt ja, das war's auch. Bloß wovor? Vor dir? Vor meiner Antwort?

Und überhaupt, was kümmerte es dich noch, wie es mir ging?

… und befreie dich von Schuld.

Die Wahrheit war: Gar nichts war in Ordnung, schon lange nicht mehr.

Jeden Mittwoch hing ich nach der Messdienerstunde vor dem Pfarrer auf dem Tisch, oft auch sonntags nach dem Gottesdienst, wenn bereits alle zum Frühstück gegangen waren und ich ihm noch beim Aufräumen in der Kapelle half.

Jedes Mal aufs Neue fürchtete ich den Augenblick, wenn er die Tür verschloss.

Immer war es schmerzhaft, widerlich, beschämend.

Wer fleischlich ist, kann Gott nicht gefallen.

Trotzdem ließ ich es stillschweigend über mich ergehen, flüchtete mich in mein Märchen mit der Hexe Gundula, die ich, als David, tapfer und unerschrocken besiegte.

Hinterher nagten Scham und Schuld an mir, breiteten sich in mir aus, drohten mich mit jeder Woche mehr zu zerfressen.

Ja, ich weiß, was du sagen möchtest, aber du hast es doch gehört, der Pfarrer hatte in mir keinen Zweifel gelassen.

Oh Herr, er hat gesündigt, Unrecht getan, ist gottlos gewesen.

*

So vergingen die Wochen, der Frühling kam, und im Spätsommer wurde ich eingeschult.

Als Mama und Papa noch lebten, haben wir uns oft meinen ersten Schultag ausgemalt. Was wünschte ich mir Besonderes zum Frühstück? Für die Schultüte? Würde es am Nachmittag eine Party für alle Freunde geben?

In Santa Lucia gab es nichts dergleichen, nur Gebete, Wochenaufgaben – und den Pfarrer, jeden Sonntag, mittwochs nach der Beichte, und, wie gesagt, manchmal sogar freitags.

Meist kam er abends, häufig hatte er mit der Oberin Wichtiges zu bereden. Oft hörten wir Kinder die beiden hinter verschlossenen Türen streiten. Danach war er umso rücksichtsloser, wenn er in die Kapelle kam, wo ich auf ihn warten musste.

Wir trafen erste Vorbereitungen für den sonntäglichen Gottesdienst, zumindest war es das, was alle glaubten.

Dass gerade erst zwei Tage seit dem letzten Mal vergangen waren, kümmerte ihn nicht.

Entsprechend mitgenommen fühlte ich mich Samstagmorgens.

Ich erinnere mich noch genau an einen dieser Samstage, weil einige der Schulkinder eine Magen-Darm-Grippe eingeschleppt hatten. Etliche von uns lagen mit Durchfall und Erbrechen flach.

Mich hatte es leider nicht erwischt, andernfalls hätte der Pfarrer mich ganz sicher nicht angerührt.

An jenem Morgen schleppte ich auf Geheiß der Oberin eine schwere Blumenkiste nach draußen. Irgendein Wohltäter hatte dem Heim Christrosen, Schneekirschen und Stiefmütterchen gespendet. Zusammen mit Johannes sollte ich die in den Blumenbeeten aussetzen.

Auf dem Weg durch den Garten kreuzte Schwester Maria meinen Weg. Sie tauchte so plötzlich auf, dass ich erschrak.

»Michel«, sie trat hinter einer Hecke hervor, »gut, dass ich dich sehe, ich möchte mit dir reden. Wie fühlst du dich?«

»Gut«, erwiderte ich, weil ich glaubte, sie sei wegen der Magen-Darm-Grippe besorgt.

»Und wie gefällt es dir mit Pfarrer Stoll?« Kurz blickte sie zum Haus, das aber wegen der Bäume und Büsche kaum auszumachen war. »Versteht ihr euch gut?«

Es kostete mich einige Mühe, mir mein Unbehagen nicht anmerken zu lassen.

»Ihr verbringt sehr viel Zeit miteinander, oder?«

Nein, lag es mir auf der Zunge, aber mir wurde klar, dass es vermutlich verräterischer klingen würde als die Wahrheit, also, ein Teil der Wahrheit.

»Ja«, sagte ich deshalb, »ich … ich bin ja Messdiener.«

Wieder schaute Schwester Maria zum Haus, und mir war, als fürchte sie, man könne uns beobachten. »Natürlich, Michel, aber …«

»Und wir haben immer viel zu tun«, unterbrach ich sie. »Die Messdienerstunde, den Gottesdienst vorbereiten und … und …« Verbissen suchte ich nach weiteren Worten, während mich das unangenehme Gefühl beschlich, dass unser Aufeinandertreffen hier im Garten alles andere als zufällig war. Ich setzte mich in Bewegung. »Aber jetzt habe ich zu tun, die Oberin ...«

»Warte!« Schwester Maria nahm meinen Arm.

Wie unter einem Peitschenhieb zuckte ich unter der Berührung zusammen.

Bestürzt ließ sie von mir ab.

Allerdings glaubte ich, mehr als nur den Schock in ihrem Blick zu erkennen – auch ein Begreifen.

Plötzlich war ich mir sicher: Du hattest vielleicht eine Ahnung davon, was der Pfarrer in der Sakristei mit mir anstellte. Schwester Maria wusste es.

Und vielleicht hätte ich an diesem Tag mit ihr darüber reden sollen.

Vielleicht wäre mein Leben im Heim besser geworden. Und alles danach ganz anders.

Vielleicht.

Aber dann erinnerte ich mich daran, wie sie an jenem Sonntagmorgen nach Mamas und Papas Beerdigung reagiert hatte, als Ben mich vollgepisst, ich mich angekotzt, und die Oberin sie wegen ihres Mitleids barsch zurechtgewiesen hatte.

Demütig hatte sie den Blick gesenkt und mich mir selbst überlassen.

Nein, ich *durfte* nicht mit ihr reden, mit niemandem.

Behüte deine Zunge vor Bösem, und deine Lippen, dass sie nicht Falsches reden.

»Ich muss jetzt gehen«, sagte ich und eilte weiter zu Johannes, der nie eine Frage stellte, stattdessen tat, als sei alles wie immer, ganz normal.

Ich dachte, das sei das Beste, was wir tun konnten.

Man gewöhnt sich dran.

Den Rest des Tages buddelten wir Löcher, setzten die Pflanzen, harkten Blumenbeete, ungestört von allen. Nicht einmal die Oberin oder andere Nonnen schauten nach uns. Mit den am Fließband scheißenden und kotzenden Kindern hatten sie wahrscheinlich genug um die Ohren.

Uns war das nur recht.

Immer wieder legten wir eine Pause ein, öfter und länger als uns eigentlich erlaubt war. Ganz am Ende des Gartens, jenseits der Blumenbeete und einiger Sträucher, hatten wir eine kleine Anhöhe entdeckt, den *Ölberg,* wie wir ihn klammheimlich nannten. Dahinter ging es einen sandigen, steinigen Abhang hinunter, an dessen Sohle wir in einer Kuhle verborgen saßen.

Dort ließen wir die Spätsommersonne unsere Nasen kitzeln, lauschten den zwitschernden Vögeln und gaben uns für einen Moment dem Glauben hin, unser Leben sei völlig normal.

Bis ich mich zur Wasserflasche vorbeugte und mein schmerzender Unterleib mich an die Wahrheit erinnerte – und an den Pfarrer.

Ich trank einen Schluck, aber der Schmerz war so stark, dass ich einen Teil verschüttete.

Keuchend wischte ich mir das nasse Kinn.

«H-h-h-hier«, sagte Johannes und zog eine zerknitterte Zigarette aus der Hosentasche, »d-d-d-das hilft.«

Ich starrte ihn an. »Ist das eine Zigarette?«

»S-s-s-siehste doch.« Lachend verdrehte er die Augen. »A-a-aber eigentlich ein J-j-j-joint.«
»Ein was?«
»E-e-e-ein Joint.«
»Ein Joint?«
»S-s-s-sag ich d-d-doch.« Noch ehe ich antworten konnte, fügte er hinzu: »S-s-s-sag nicht, d-d-du weißt n-n-nicht, was d-d-d-das ist?«
»Ach so, doch«, erwiderte ich schnell, »klar.«
Er schien meine Lüge zu durchschauen, ging aber nicht weiter darauf ein.
Unterdessen beäugte ich den Joint in seiner Hand, der anders als eine Zigarette geformt war, ein Trichter mit einer gezwirbelten Spitze.
Johannes brachte ein Feuerzeug zum Vorschein und zündete das Ding an. Wie er ihn zwischen den Lippen hielt, ließ eine gewisse Routine erkennen, was mich erneut verblüffte.
Ein süßer Duft stieg mir in die Nase, nicht unangenehm, ganz anders als die stinkigen Zigaretten.
Johannes reichte mir den Joint. »»H-h-h-hier.«
»Nein.«
»M-m-mach schon!«
»Nein, ich will nicht.«
»D-d-du k-k-kriegst gute Laune.«
Ich zögerte.
»V-v-versprochen!« Er lächelte.
Trotzdem blieb ich skeptisch. Er wirkte nicht anders als sonst, aber –
Das hilft.
Ich griff nach dem Joint und sog den Rauch ein. Dem süßen Geschmack folgte ein überraschend kräftiger Hieb auf die Lunge. In meiner Luftröhre kratzte es, und ich musste husten.
»S-s-so ist das i-i-i-immer beim ersten Mal. V-v-versuch's nochmal.«
Ich probierte erneut. Wieder hustete ich.
»N-n-n-noch einmal.«
Irgendwann hatte ich mich daran gewöhnt. Ich atmete den Rauch ein, spürte aber nichts, wenn überhaupt nur Verwunderung über Johannes und sein Geheimnis.

Wie lange rauchte er schon? Wann und wo? Wieso hatte ich davon nichts mitbekommen? Oder die Nonnen? Und wie kam er überhaupt dazu?

»Weshalb bist du in Santa Lucia?« Mir wurde bewusst, dass ich in all der Zeit nie nachgefragt hatte.

»Sch-sch-scheiße.«

»Was?«

»Sch-sch-sch-scheiße gebaut.« Er nahm den Joint, rauchte, stieß den Qualm mit einem verärgerten Schnauben aus. »G-g-ge-geklaut, C-c-comics, Bücher, Z-z-zeitschriften, C-C-C-CDs, sowas.«

»Dafür muss man doch nicht ins Heim.«

»M-m-mein Papa war im Knast, m-m-m-meine Mama ein J-J-Junkie. H-h-hat sich ständig weggedröhnt, a-a-a-alles vergessen, sogar mich. U-u-u-und dann f-f-fast die Bude abgefackelt.« Er gab mir den Joint zurück.

Während ich den Rauch inhalierte, wurde mir bewusst, wie absurd das klang. »Comics? Bücher? Du konntest doch noch gar nicht lesen.«

»B-b-b-blöd, was?« Er grinste schief. »Und einen CD-Spieler h-h-hatte ich auch nicht.«

Ich kicherte.

»Siehst du«, sein Grinsen wurde breiter, »j-j-jetzt wirkt es.«

Tatsächlich war da ein eigenartiges Gefühl in mir, ein Kribbeln, nicht unangenehm, irgendwie ... gut.

Wir rauchten, bis nur noch ein kurzer Stummel übrig war.

Johannes löschte die Glut auf einem Stein, verstreute frische Erde darüber, stopfte den Rest des Joints in die Hosentasche. »Komm, wir machen weiter, b-b-bevor die Oberin uns noch erwischt.« Er lachte, als sei die Vorstellung lustig.

Doch während ich den Ölberg hochkletterte und zu den Blumenbeeten zurück ging, ertappte ich mich dabei, wie auch mich der Gedanke amüsierte; die alte, faltige Nonne, die mal wieder biblische Verwünschungen über uns aussprach.

Du kriegst gute Laune.

Verflixt, Johannes hatte recht.

Erst später, als die Wirkung des Joints allmählich nachließ, wir alle Blumen gepflanzt und geduscht hatten, fiel mir auf, dass er die ganze Zeit kaum gestottert hatte.

Ich wollte ihn darauf ansprechen, aber ich kam nicht dazu.

Denn als wir ins Zimmer kamen, zog Schwester Maria gerade Bens Bett ab und räumte seinen Schrank leer. Seine Klamotten stopfte sie in einen Plastiksack.

»Was ist mit ihm?«, fragte ich.

»Er ist erst einmal weg«, sagte sie.

Obwohl mich Ben schon eine ganze Weile in Frieden gelassen hatte, war ich erleichtert. Aber auch neugierig. »Wo ist er hin?«

Schweigend sah sie mich an, als müsse ich die Antwort kennen.

Was mich verwirrte.

Sie schien noch etwas sagen zu wollen, aber dann klang die strenge Stimme der Oberin durch den Flur. Schwester Maria verzog das Gesicht und eilte mit dem vollen Plastiksack davon.

Ich sah ihr nach. Mein Magen zog sich zusammen.

»Von wegen – *erst einmal*«, Arthur tauchte im Türrahmen auf, »er kommt nicht wieder.«

»Wieso nicht?«

Arthur guckte mich an, als sei meine Frage selten dämlich.

»Hat er Pflegeeltern gefunden?«

Er verdrehte die Augen, als sei dies endgültig das Dümmste, was er je gehört hatte. »Glaubst du im Ernst, irgendeiner von uns hat die Chance auf Pflegeeltern?«

Ich schwieg. Mein Magen rumorte.

»Hoffst *du* etwa darauf?«

Beklommen schüttelte ich den Kopf. Nein, *darauf* nicht.

*

In der Nacht hielt ich die Magenkrämpfe nicht mehr aus.

Alle halbe Stunde rannte ich aufs Klo, überzeugt, das Virus hätte jetzt auch mich erwischt.

Doch Johannes meinte: »D-d-d-das ist n-n-normal nach d-d-deinem ersten Joint.«

Während ich mich stöhnend auf der Toilette krümmte, schwor ich mir, nie wieder einen Joint anzurühren.

Zum Glück schöpfte keiner Verdacht, und ich durfte, wie die anderen kranken Kinder, zwei Tage lang das Bett hüten, ganz ohne strenge Fragen der Oberin oder eine Untersuchung durch Dr. Mertens.

Mein Vorsatz allerdings hielt nur wenige Tage, um genau zu sein, ja, du ahnst es, bis zum nächsten Mittwoch, als der Pfarrer nach der Messdienerstunde die Tür verriegelte und seine Soutane aufknöpfte.

Am Tag darauf war mir der Dünnschiss egal, ich sehnte mich nach Erheiterung.

Als hätte Johannes es geahnt, erwartete er mich mit einem glimmenden Joint in der sandigen Kuhle hinterm Ölberg.

Wieder behielt er recht: Je mehr ich rauchte, desto weniger Probleme hatte ich damit.

Und ich rauchte wirklich oft.

Das hilft.

Die nächsten Monate verschwanden in einem Nebel, der alles erträglicher machte, Schmerzen, Scham, Schuld, sogar die Nächte.

Ich schlief wie ein Stein und bekam nicht einmal mit, dass Fritz, ein kleiner, in sich gekehrter Neuling, der in Bens Bett einquartiert wurde, wochenlang die Nächte durchweinte und sich, sehr zum Missfallen der Oberin, ständig einnässte.

Der Herr prüfet den Gerechten.

Meinst du, er ist von seinen Eltern misshandelt worden, so wie alle sagten? Traurig, klar, aber welches der vielen Schicksale in Santa Lucia war das nicht? Jeder von uns fand früher oder später einen Weg, damit umzugehen, nicht wahr? Bei dir war es Wut. Bei mir die Kifferei. Gab es einen Tag, an dem Johannes mal keinen Joint bei sich hatte, war ich sofort nervös, enttäuscht, manchmal sogar sauer.

Falls ihn meine Wut verletzt hat, hat er es sich nie anmerken lassen. Bis ich eines Samstagmorgens erwachte und auch sein Bett leer war.

ACHTUNDZWANZIG

Jamina war überrascht.

Von der altehrwürdigen Pracht, die das Gebäude einst ausgestrahlt hatte, war nichts geblieben.

Aber was hatte sie erwartet?

Das gibt es nicht mehr. Schon sehr lange.

Sowohl der Zahn der Zeit als auch der übliche Vandalismus hatten das Kinderheim ereilt.

Das Dach war eingestürzt, die Balken ragten wie überdimensionale Mikadostäbchen in den kalten, grauen Novemberhimmel. Nahezu alle Fenster waren eingeschmissen worden, ringsum lagen die Scherben im verwilderten Gras verstreut.

Graffitis verunstalteten das Mauerwerk, die meisten der Schmierereien waren jedoch alt und längst verblasst. Was den Anblick kaum besser machte.

Jamina zog sich an einem Fenstersims hoch und spähte vorsichtig in eines der Zimmer im Erdgeschoss. Drinnen regte sich nichts.

Trotzdem erklomm sie die Stufen zur Eingangstür nur zögerlich.

Die einst mächtige Pforte war aus den Angeln gerissen und zertreten worden. Das rostige Schild an der Wand, *Santa Lucia,* hing nur noch an einer einzelnen Schraube.

Im Gebäudeinnern herrschte fahles Zwielicht.

Am liebsten hätte Jamina auf der Stelle kehrtgemacht, wäre davongelaufen, weggefahren, bloß weit weg.

Stattdessen kratzte sie allen Mut zusammen und betrat die Lobby. Sand und Scherben knirschten unter ihren Stiefelsohlen. Es klang laut in der frostigen Stille.

Und dann war da noch ihr Herz, das heftig in der Brust pochte.

Obwohl durch die offene Tür und die eingeworfenen Fenster ein stetiger, eisiger Wind pfiff, stieg Jamina ein muffiger Geruch in die Nase.

Das spärliche Mobiliar, das einst in dem großen Empfangsraum gestanden hatte, war demoliert, die Marmorfliesen brüchig, stellenweise ragten Splitter wie schiefe Grabsteine in die Höhe.

Jamina fröstelte und fühlte sich überfordert.

Eigentlich war der Altenstift ihr Ziel gewesen, doch einem Impuls folgend hatte sie sich vorher das Kinderheim ansehen wollen.

Jetzt stand sie in dem verlassenen, verwahrlosten Haus und hatte keinen blassen Schimmer, warum sie hierhergefahren war, geschweige denn, wonach sie Ausschau halten sollte. Was hatte sie sich erhofft?

Unschlüssig lief sie in den angrenzenden Raum, das ehemalige Besucherzimmer.

Die Feuchtigkeit hatte der hölzernen Wandverkleidung zugesetzt, teilweise lag sie verschimmelt am Boden. Auch die Sofas, deren dunkelbraunes Leder von Messern zerfetzt worden war, überzog eine flaumige Schicht. Wie verrottete Gedärme quoll das Innenleben heraus.

Der alte Holztisch lag auf der Seite, eine Blumenvase war in Scherben zersprungen.

Einen Raum weiter fand Jamina das Büro.

Oberin Isolde, ließ ein verblasstes Schildchen neben der Tür wissen. Sowohl der Schreibtisch als auch die Regale waren von Rabauken heimgesucht worden. Es gab keinen Inhalt, weder Akten noch Briefe, nicht einmal ein Kleidungsstück, ein Taschentuch oder dergleichen. Alle Schränke, Schubladen und Regale waren leer, zerfallen, nutzlos.

Jamina inspizierte die anderen Zimmer im Erdgeschoss, die meisten davon waren Schwesternzimmer gewesen. Auch hier war alles verfallen, weggeräumt, wahrscheinlich entsorgt worden.

Am hinteren Ende des Gebäudes gab es einen großen Vorratsraum, der einen ähnlichen Anblick bot, genau wie die Küche und der Speisesaal.

Die Flure im Obergeschoss waren ebenfalls abgenutzt. In den Kinderzimmern waren die Betten zerbrochen, eines hing sogar zur Hälfte aus dem Fenster. Die Matratzen waren fleckig, löchrig, schimmelig. Überall lagen Holz-Clogs herum, alte Jogginganzüge, zerfledderte Teddybären, Puppen, vergilbte Bücher.

Durch die eingeworfenen Fenster fegte der Wind.

An den Zimmerdecken prangten große, schwarze Flecken, an einigen Stellen klafften Löcher, die den Blick freigaben in die Kapelle unterm Dach – oder dem, was noch davon übrig war, denn es war größtenteils verschwunden. Jetzt reichte der Blick hinaus in den grauen Winterhimmel.

Nach einer Weile hatte Jamina jedes der Zimmer erkundet, aber nichts gefunden, das ihr irgendwie hätte weiterhelfen können.

Langsam schritt sie die Treppe hoch in die Kapelle.

Das eingestürzte Dach hatte einen Großteil der Bänke und den Altar unter sich begraben; alles war den Jahreszeiten ausgesetzt gewesen, aufgeweicht, von Regen, Schnee und Sommersonne zerfressen.

Auch hier gab es nichts mehr zu sehen.

In gewisser Weise erfüllte der Anblick Jamina mit Genugtuung. Sie kehrte zurück ins Erdgeschoss, wo sie vor der Kellertür stehenblieb. Ihre Kehle schnürte sich zu.

Worauf wartest du?

Sie öffnete die Tür. Brüchige Treppen führten hinab in eine Dunkelheit, die sie erneut schaudern ließ. Sie konnte kaum noch atmen. Mit einem verzweifelten Japsen wirbelte sie herum und hastete durch die Küche hinaus.

Erleichtert schnappte sie frische Luft.

Ihr Blick fand den Schuppen, in dem sich einst die Gartenutensilien befunden hatten.

Nichts erinnerte mehr an die Arbeit der Kinder. Die Blumenbeete waren nur noch zu erahnen, längst überwuchert, auch wenn der Frost einem Großteil der Sträucher und dem Unkraut den Garaus gemacht hatte.

Am hinteren Ende des Gartens gelangte Jamina schließlich zu dem steinigen, sandigen Berg, dem Ölberg, wie er genannt worden war. Sie kletterte die kleine Anhöhe empor und blickte auf der anderen Seite hinunter in die Kuhle, in der sich die Kinder immer versteckt und –

Etwas knackte. In derselben Sekunde geriet der Erdhaufen unter ihr in Bewegung.

Mit einem Schrei stürzte sie hinab in die Grube.

*

Nachdem Muth den Wagen am Straßenrand geparkt hatte, stieg Kalkbrenner aus.

Noch ehe er sich's versah, machte der Bernhardiner einen Satz über die Mittelkonsole und sprang ins Freie.

»Bernie!«

Der Vierbeiner flitzte einige Meter in den Wald, bevor er sich mehrmals um die eigene Achse drehte und sein Geschäft verrichtete.

Seufzend betrachtete Kalkbrenner den zugewachsenen Schotterweg. Von Sträuchern und kleinen Bäumen hingen vereinzelt zerbrochene Zweige hinab, so als habe sich erst vor kurzem jemand daran vorbeigezwängt.

Muth trat neben ihn, und an ihrem Blick erkannte er, dass es auch ihr aufgefallen war.

Aus dem Wald war Vogelgezwitscher zu hören. Das beharrliche Klopfen eines Spechts. Ansonsten herrschte Stille.

Bernie fand einen Ast und schleppte ihn zu Kalkbrenner.

»Nein«, sagte der, »zurück mit dir ins Auto.«

Kläffend tänzelte Bernie auf der Stelle.

»Nein, jetzt nicht.«

Bernie bellte.

»Ich sagte …«

»Lass ihn doch«, meinte Muth.

Als habe der Hund sie verstanden, legte er den Ast vor ihre Füße und kläffte sie auffordernd an.

Sie hob den Stock auf und warf ihn in den Wald.

»Das ist jetzt aber kontraproduktiv«, sagte Kalkbrenner, während Bernie durchs Unterholz davonstürmte.

Muth zuckte mit den Schultern. »Für ihn ist das ein Vergnügen.«

»Und wie soll er da je lernen auf mich zu hören?«

»Hast du nicht gerade gesagt, du gibst auf?«

Grummelnd setzte sich Kalkbrenner in Bewegung.

Unterdessen brachte Bernie den Ast zurück und hüpfte schwanzwedelnd um Muth herum.

Sie schleuderte den Stock ein weiteres Mal in den Wald.

Der Bernhardiner flitzte ihm nach.

So ging es eine ganze Weile, während sie sich einen Weg durch das Dickicht bahnten.

Bis sich unvermittelt eine Lichtung vor ihnen auftat.

Das Gebäude am anderen Ende ließ keinen Zweifel, dass sehr viel Zeit vergangen war, seit es zuletzt bewohnt wurde.

Chaoten hatten sich an ihm ausgelassen. Die Fassade war mit

Farbe beschmiert worden, die Fenster eingeschmissen, die Eingangstür eingetreten.

An der Tür hing ein schiefes, rostiges Schild. *Santa Lucia.*

Bernie verlor das Interesse an dem Stock, rannte stattdessen kreuz und quer über die Lichtung, durch das Gestrüpp und den Garten, in dem sich jede Menge Müll türmte.

Während der Hund draußen herumwieselte, betrat Kalkbrenner das Gebäude.

Er bekam einen muffigen Gestank in die Nase.

Die Zimmer im Erdgeschoss waren verlassen, verstaubt, zerstört. Die Überreste der Möbel moderten vor sich hin.

Nirgendwo gab es etwas, das die Aufmerksamkeit der Kommissare weckte.

Selbst das Büro einer gewissen Oberin Isolde war leer. Falls es dort einmal Akten oder dergleichen gegeben hatte, waren sie verschwunden.

Sie erreichten den ehemaligen Vorratsraum. Doch was immer hier aufbewahrt worden war, hatten Eindringliche geplündert oder zerstört. Dosen, Flaschen, Verpackungen, alles lag zersplittert, zerrupft und demoliert auf den Fliesen.

Aus dem Garten draußen kam Bernies Kläffen.

»Wir kommen gleich, Dicker!« Kalkbrenner betrat die Küche, die wie der Rest des Gebäudes zugerichtet war.

Jemand hatte den Herd in Brand gesetzt, er war kohlrabenschwarz, genau wie die Wand dahinter und die Decke darüber.

Im Speisesaal lagen Stühle und Tische wild verstreut, die meisten in ihre Einzelteile zerlegt. Als habe ein Orkan in dem großen Raum gewütet.

Wieder kläffte Bernie.

»Ja, gleich!«, rief Kalkbrenner. Leise murmelte er: »Ehrlich, dieser Hund …«

Amüsiert schritt Muth eine Treppe hoch ins Obergeschoss.

Die Bilder, die dort an den Wänden gehangen hatten, waren herabgerissen, zerfetzt, zertreten. Was sie einst dargestellt hatten, war nicht mehr zu erkennen.

Auch in den Kinderzimmern hatten Chaoten gewütet, Betten umgeworfen, eins sogar aus dem Fenster zu werfen versucht.

Der Dachboden glich einer Ruine.

Hier gab es nichts mehr, das einen näheren Blick lohnte.

Also kehrten die Kommissare zurück ins Erdgeschoss, wo sie die Kellertür offen vorfanden.

»Schau mal«, sagte Muth, »hier ist tatsächlich erst vor kurzem jemand gewesen.« Sie deutete auf den Boden.

Kalkbrenner betrachtete die Schuhabdrücke im Staub.

Von draußen war erneut Bernie zu hören.

Kalkbrenner ließ ihm seinen Spaß, schaltete das Handylicht ein und leuchtete in den Keller.

Eine steinerne, fleckige Treppe war zu sehen, die Wände waren von Rissen durchzogen.

Langsam schritt er die Stufen hinunter. Muth folgte ihm.

Je tiefer sie kamen, desto schlimmer wurde der muffige Gestank.

Unten führte ein Gang an mehreren Türen vorbei. Manche waren eingetreten, viele hingen aus den Angeln, alle standen weit offen.

Jeder Raum glich dem anderen. Die Betten waren zerstört, die meisten Kreuze von der Wand gerissen, die Gebetbänke umgekippt und zerschmettert. Es gab ein schmales, kaputtes Fenster in Deckenhöhe, das einen kargen Blick auf den Garten freigab.

Im schwachen Handylicht boten die Kammern einen tristen, beklemmenden Anblick, erst recht, wenn man bedachte, dass hier vermutlich einst Kinder ihre Zeit verbracht hatten.

Kalkbrenner hatte genug gesehen. »Gehen wir.«

Sie erklommen die Stufen ins Erdgeschoss.

Muth folgte den Schuhabdrücken, die den Flur entlangführten. »Dahinten geht's raus in den Garten.«

Von dort kam auch Bernies aufgelöstes Kläffen.

Kalkbrenner grummelte. »Was ist denn bloß los mit ihm?«

NEUNUNDZWANZIG

Anfangs dachte ich mir nichts dabei.

»Johannes ist schon wach«, sagte ich zu Fritz, mehr eine Feststellung als eine Frage.

Wie immer blieb er mir eine Antwort schuldig.

Inzwischen lebte er seit einem halben Jahr oder länger in Santa Lucia, doch nach wie vor war er in sich gekehrt, heulte noch immer manchmal die ganze Nacht hindurch. Was sicher auch daran lag, dass Arthur und seine Kumpels ihn als neues Opfer auserkoren hatten.

Sowohl Johannes als auch ich hatten ihm zu verstehen gegeben, dass man sich besser daran gewöhnte, und ansonsten den Blödis lieber aus dem Weg ging. Aber Fritz hörte uns nicht einmal richtig zu.

An jenem Morgen kniete ich mich achselzuckend zum Morgengebet hin.

Ich vermutete Johannes auf dem Klo, dachte, der Joint vom Vortag habe ihn zu heftig erwischt. Meist passierte das, wenn wir eine neue Sorte rauchten.

Zum Glück hatte ich selbst damit kaum noch Probleme.

Während ich mein Gebet sprach, malte ich mir aus, welche Strafe Johannes wohl erwartete, weil er es schwänzte.

Hinterher eilte ich zu den Waschräumen und rief nach ihm, bekam aber keine Antwort.

Ich spähte durch den Spalt unter den Kabinentüren, sah etliche Füße in Clogs, aber nicht die von Johannes.

Verwundert wusch ich mich, zog mich an, kehrte zurück auf unser Zimmer.

Es traf mich wie ein Schlag.

Wieder war es Schwester Maria, die den Schrankinhalt in eine Plastiktüte stopfte. Johannes' Bett hatte sie bereits abgezogen.

Plötzlich machte ich mir Sorgen. »Wo ist er?«

Die Schwester warf seine Bücher in die Tüte.

»Was soll das?«

Sie drehte sich zu mir um. »Eventuell will die Polizei nachher mit dir reden.«

»Die Polizei?«

Für Sekunden schien sie mit sich zu ringen. »Vielleicht kannst du der Polizei einen Hinweis geben.«

»Worauf?«

»Was ihm passiert ist.«

»Aber … aber was ist ihm denn passiert?«

»Angeblich …« Sie sah mich eindringlich an. »Angeblich ist er heute Nacht ausgerissen.«

»Ausgerissen?«
Sie schwieg.
»Nein!«
Keine Reaktion.
»Nein«, ich schüttelte den Kopf, »er ist nicht ausgerissen!«
Noch immer hielt sie den Blick aufmerksam auf mich gerichtet.
Und wieder wurde ich das Gefühl nicht los, dass sie etwas von mir erwartete. Aber was? Was für einen Hinweis sollte ich der Polizei geben können? Woher sollte ich wissen, wohin Johannes ausgerissen war?
Ausgerissen!
Verflixt, Johannes war weg. Ich bekam keinen klaren Gedanken zustande.
»Tut mir leid.« Schwester Maria knotete die Tüte zu und verließ den Raum.
Ihr Mitleid konnte sie sich sonst wohin stecken. Wie betäubt starrte ich auf das leere, abgezogene Bett.
Johannes war ein stotternder, verschüchterter Junge, der sich mit den Umständen im Heim arrangiert, der hier sogar einen Freund gefunden hatte. Weshalb hätte er abhauen und mich zurücklassen sollen?
Ich verstand's einfach nicht.

*

Die Polizei kam dann doch nicht, um mich zu befragen.
Niedergeschlagen schlich ich mich am Nachmittag hinaus in den Garten, zum Ölberg und den Abhang hinunter in unsere kleine, sandige Kuhle, wo Johannes und ich immer heimlich gekifft, dummes Zeug geredet und gekichert hatten.
Das hilft.
Jetzt hockte ich dort alleine, ohne Johannes, ohne Joint.
Ich fühlte mich hundeelend.
Ich redete mir ein, dass das für Johannes ein Problem gewesen war.
Ständig war ich nur mit meinem eigenen Elend beschäftigt gewesen, zu Beginn mit der Trauer über Mamas und Papas Tod, später mit den Schuldgefühlen, dem Schmerz, der Scham –

und den Joints, mit deren Hilfe ich es endlich schaffte die Bilder, Stimmen, die Erinnerung zu vergessen.

Zuletzt hatte ich mich deswegen sogar ein paarmal mit Johannes gestritten, weil er der Meinung gewesen war, ich würde das Kiffen übertreiben.

»Aber das«, hatte ich erwidert, »ist ja wohl meine Sache.«

»D-d-du ch-ch-checkst das nicht, o-o-oder?«

»Check dich doch selber!«

»F-f-fick dich.«

»Das macht schon jemand anderes«, platzte es damals aus mir heraus.

Woraufhin wir in beklommenes Schweigen versanken.

Dass er nicht weiter darauf einging, hätte mich aufmerken machen sollen, aber das tat es nicht. Ich war so sehr mit mir und der Wut beschäftigt, dass ich keinen Gedanken an die Frage verschwendete, wie es ihm im Heim erging.

Ich meine, was wusste ich überhaupt über ihn? Klar, dass sein Vater im Knast saß, die Mutter drogenabhängig und ihre Wohnung deswegen fast abgebrannt war. Dass er die Schule geschwänzt und vor lauter Frust Comics und Zeitschriften geklaut hatte, die er nicht einmal lesen konnte.

Und sonst?

Nichts.

Verflixt, was war ich bloß für ein Freund? Kein Wunder, dass er es nicht mehr mit mir ausgehalten hatte.

Ich war überzeugt: Ich trug die Schuld daran, dass Johannes weg war.

Als ich an jenem Tag allein in der Kuhle saß, tauchte plötzlich Arthur zwischen den Sträuchern oben am Ölberg auf.

Ich wollte aufstehen und das Weite suchen.

»Keine Sorge«, sagte er, während er zu mir herabgeklettert kam, »ich tu dir nix.«

Da war ich mir nicht so sicher.

»Wirklich nicht«, fügte er hinzu.

Letztlich spielte es keine Rolle. Wenn nicht hier, dann würde er mich anderswo erwischen. Ich blieb sitzen.

Er ließ sich neben mir im Sand nieder. »Blöd, wa?«

»Was?«

»Das mit Johannes.«

»Als wenn dir das was ausmacht«, knurrte ich.
Finster guckte er mich an.
Ich wappnete mich gegen einen Schlag, sehnte ihn in dieser Sekunde sogar fast herbei. Ich glaubte, etwas anderes hätte ich gar nicht verdient.
Aber statt mich zu hauen, zuckte Arthur nur mit den Schultern. »Mach dir keine Hoffnung, der kommt nicht wieder.«
Das war nicht das, was ich erwartet hatte. Trotzdem traf er mich, nur eben anders. »Wieso bist du dir da so sicher?«
»Ist denn Anton zurückgekommen?«
»Nein.«
»Oder Ben?«
»Auch nicht.«
»Siehste!«
»Aber Johannes …«
»… er kommt auch nicht wieder, genauso wenig wie die anderen«, unterbrach Arthur mich mit einer Schärfe, die mich verstummen ließ. »Kapier's endlich!«
Doch ich begriff es noch immer nicht.
Ja, Anton und Ben waren ausgerissen, beide hatten wir seitdem nicht mehr wiedergesehen, aber war das so verwunderlich?
Sie waren enttäuscht, verzweifelt und wütend gewesen, und sie würden natürlich alles daran setzen, dass die Polizei sie nicht erwischte und zurück ins Heim brachte.
Aber was hatte das alles mit Johannes zu tun?
Er war sauer auf mich, klar, aber würde er nur deshalb für immer abhauen wollen? Und – wohin?
»Du verstehst es noch immer nicht«, sagte Arthur und verzog das Gesicht.
»Was?«
»Du wirst es schon merken.«
»Was denn?«
Wieder hatte er nur ein Schulterzucken für mich übrig.
Aufgebracht starrte ich in den Sonnenuntergang. Ein frischer Wind fegte durch die Sträucher, den Garten, den Wald. Der Sommer war schon fast wieder vorbei. Zwei Jahre waren seit Mamas und Papas Tod vergangen, und tatsächlich hatte ich

mich daran und an noch viel mehr gewöhnt, ganz so wie es Johannes prophezeit hatte.

»Willst du was rauchen?«, fragte Arthur.

Verdutzt sah ich ihn an.

»Na, was denn?« Er schnaubte. »Was glaubst du, von wem er das Zeug hatte?«

Unter anderen Umständen hätte ich es vielleicht für amüsant gehalten: dass Johannes ausgerechnet von dem Blödi, den er am meisten fürchtete, die Joints bezog.

Noch etwas, das ich nicht über ihn wusste. Wieso hatte er mir das nicht erzählt?

Warum hatte ich ihn nicht danach gefragt?

Jetzt war er weg.

Er kommt auch nicht wieder.

Würde ich mich an sein Fehlen ebenso gewöhnen?

War das überhaupt noch wichtig?

Am liebsten hätte ich losgeheult, aber nicht vor Arthur. Also schluckte ich die Tränen runter.

»Willst du oder nicht?«, fragte er.

Und ob ich wollte.

Er schien es zu wissen, denn noch ehe ich ihm antworten konnte, drückte er mir einen Joint in die Hand. Dann stand er auf. »Der heute kostet dich nix.«

Fragend blickte ich zu ihm hoch.

»Für den nächsten musst du bezahlen.«

*

Was das bedeutete, erfuhr ich am Tag darauf.

Es war ein Sonntagmittag, nur wenige Stunden nach dem Gottesdienst und ... Pfarrer Stoll.

Wieder traf ich Arthur hinterm Ölberg. Er wartete bereits auf mich.

Anders als am Vortag war er weniger gesprächig, streckte mir stattdessen, kaum dass ich auftauchte, einen Joint entgegen.

Als ich danach greifen wollte, schloss er die Hand darum. Mit der anderen griff er sich in den Schritt. »Blas mir einen.«

Zuerst hielt ich es für einen schlechten Witz.

»Was ist?« Er fummelte sich am Hosenstall rum.

Ich begriff, dass es sein voller Ernst war.

Doch allein die Vorstellung, dass ich ihm … Nein, ich schüttelte den Kopf, auf keinen Fall.

»Als ob dir das was ausmacht.«

Ich starrte ihn an.

»Hast doch genug Erfahrung damit.«

Keine Ahnung, ob es mich hätten überraschen sollen, dass er Bescheid wusste. Einerseits tat es das, irgendwie aber auch nicht. Aber ich dachte nicht weiter darüber nach, ich wollte nur diesen Joint.

»Nein«, sagte ich, »ich mach das nicht.«

»Deine Entscheidung«, achselzuckend steckte er das Ding in seine Jackentasche.

»Warte!«, rief ich.

Sein breites, anzügliches Grinsen war fast noch abstoßender als der Gedanke, vor ihm auf die Knie zu gehen.

Tue Buße …

Klar, diesmal ging es nicht darum, dass ich mich von meiner Schuld befreite, sondern darum, dass … ja, was?

Wer fleischlich ist, kann Gott nicht gefallen.

Verflixt, ich brauchte den Joint. Darum ging es.

Also ging ich auf die Knie.

Arthur knöpfte seine Hose auf. »Aber schön schlucken«, hörte ich ihn sagen.

Dann rief ich mir wieder das Märchen vor Augen, David, die Hexe. Und ich als strahlender Sieger.

*

Ich weiß, was du denkst, und ja, du hast recht.

Es wurde schon bald zur Gewohnheit, dass ich Arthur für einen Joint den Schwanz lutschte.

Nach einer Weile hielt ich ihm auch den Arsch hin. Wenn er mal keinen Bock auf mich hatte, dann ließ er einige seiner Kumpels ran, selten im Heim, meist in der Schule, in den Pausen, auf dem Klo, oder mittags in der Stadt, kurz bevor der Bus uns abholen kam.

Je öfter ich es tat, desto weniger kümmerte es mich. Ich blendete mich einfach aus.

Und verflixt, sind wir doch ehrlich, ich hatte tatsächlich Übung darin.

Nur einmal fragte ich mich, ob Johannes die Joints, die er uns beschafft hatte, ähnlich hatte bezahlen müssen.

Ich fühlte mich mies, als mir klar wurde, dass es so und nicht anders gewesen sein musste. Denn die wenigsten Kinder in Santa Lucia hatten Angehörige, die ihnen ein Taschengeld gaben.

Über das sie dann eh nicht verfügen durften, weil die Oberin es einbehielt. »Seid nicht gierig«, pflegte sie zu sagen, »und lasst euch genügen an dem, was da ist.«

Sie war es auch, die mich schließlich erwischte.

Es war eines der wenigen Male, dass ich es einem von Arthurs Kumpels in Santa Lucia machte. Normalerweise waren wir dabei vorsichtig, und meist stand Arthur sogar Schmiere. Diesmal auch, nur war er dabei wohl abgelenkt.

»Passt auf«, zischte er noch, bevor er das Weite suchte. Aber es war viel zu spät.

Sein Kumpel sprang zwischen die Sträucher davon, aber ich hing über einem Schemel im Garten, die Jogginghose wie einen Strick um meine Knöchel geschlungen.

Die Oberin stand vor mir und schrie Zeter und Mordio. »Wer Sünde tut, der ist der Sünde Knecht.«

Als ich die Hose hochzog, fiel mir auch noch der Joint aus der Tasche.

Sie versuchte aus mir herauszubekommen, wer außer mir an diesem sündigen Akt beteiligt gewesen war, woher ich den Joint hatte, wie lange ich schon rauchte, doch ich schwieg beharrlich.

»Lügenmäuler sind dem Herrn ein Gräuel«, schimpfte sie und gab mir sechs Tage Stubenarrest, und zwar nicht auf meinem Zimmer, sondern in einer Kammer im Keller.

Bis dahin hatte ich nicht einmal gewusst, dass das alte Gebäude überhaupt einen Keller besaß.

Hast du gewusst, dass es im Keller mehr als nur eine Kammer gab?

Meine Kammer besaß ein Bett, ein großes Kreuz an der Wand und ein schmales Fenster in Deckenhöhe, durch das man ein dorniges Gebüsch sehen konnte. Auf die Gebetbank musste ich mittags nach der Schule knien, während die Oberin höchstpersönlich meine täglichen Gebete überwachte.

Tue Buße …

Einzig am Mittwoch kam an ihrer Stelle Pfarrer Stoll, bei dem ich erst die Beichte ablegen, dann Reue zeigen musste für etwas, das für ihn eine Selbstverständlichkeit war.

… und befreie mich von Schuld.

Schon komisch, oder?

*

Als ich endlich wieder nach oben durfte, führte mich die Oberin zu meiner Überraschung ins Besucherzimmer.

»Michel«, sagte Onkel Rudi, als er mich sah, »wir müssen reden.«

Fast hätte ich gelacht. Meinetwegen konnte er so viel reden, wie er wollte. Schlimmer als die sechs Tage im Keller, ach was, als die ganzen Jahre in Santa Lucia, konnte seine Standpauke kaum werden. Besorgt musterte er mich.

Er war noch dicker geworden, die Haare noch grauer, das Gesicht aufgedunsen und alt. Er sah aus wie ein Fremder.

Was immer er mir sagen wollte, es war mir schnuppe.

»Wo ist deine Schwester?«, fragte er.

Ich runzelte die Stirn.

»Hat sie etwas zu dir gesagt?«

Ein ungutes Gefühl stieg in mir auf.

»Michel, sag schon«, Onkel Rudi beugte sich in seinem Rollstuhl vor, »hat sie mit dir geredet?«

»Warum?« Meine Stimme war nur ein Flüstern.

»Weil sie nicht da ist«, hörte ich die Oberin, die im Türrahmen stand.

Beunruhigt drehte ich mich zu ihr um. »Was soll das heißen?«

»Dass sie nicht da ist«, erwiderte sie in einem Tonfall, der mich glauben ließ, dass sie gar nicht so unglücklich darüber war. »Sie ist ausgerissen.«

Ich glaubte, mich verhört zu haben.

»Wir rufen die Polizei«, sagte Onkel Rudi.

»Grundgütiger«, erschrak die Oberin, »ich glaube nicht, dass das nötig ist.«

»Nicht nötig?«

»Wenn er«, mit einer abfälligen Geste deutete sie auf mich, »uns nicht sagen kann, wo seine Schwester ist, was soll die Polizei dann tun können?«

»Die anderen Kinder befragen. Vielleicht wissen die etwas.«

»Sie hat sehr zurückgezogen gelebt.«

»Noch viel schlimmer!« Onkel Rudi schnaubte empört. »Und jetzt ist sie verschwunden! Abgehauen!«

»Nun, das passiert immer mal wieder ...«

»Wie bitte? Immer mal wieder? Sie ist schon häufiger …«

»Nein, es ist normal, dass ein Kind mal ausreißt, …«

»Was, bitte schön, ist daran normal?«

»… das ist noch kein Grund zur Besorgnis.«

Onkel Rudi starrte die Oberin entgeistert an. Für einen Moment hatte ich das Gefühl, er würde sie mit seinem Rollstuhl über den Haufen fahren. »Sie ist noch ein Teenager, ihr kann alles Mögliche passieren, sie könnte überall sein.«

»Genau, deshalb haben wir das Jugendamt …«

»Nein!«, polterte Onkel Rudi, *»nein, wir rufen die Polizei. Sofort!«*

DREISSIG

Jamina fand sich am Boden der Grube wieder, halb verschüttet unter lehmigem Sand und Steinen, die vereinzelt noch immer auf sie herabrieselten.

Stöhnend rieb sie sich den schmerzenden Po.

Sand knirschte zwischen ihren Zähnen.

Angewidert spuckte sie aus, aber es half nicht. Sie sammelte Speichel und spie erneut.

Als sie sich aufrappelte, bemerkte sie, dass ihre Kleidung schmutzig war. In der Hose klaffte sogar ein Riss. Verdammt, sie sah aus, als sei sie … Ja, als sei sie einen Berg hinuntergestürzt.

Sie versuchte sich von Lehm und Sand zu befreien, verschmierte aber alles nur zu noch größeren Flecken.

Sie fluchte. Ihr Blick ging den Ölberg hinauf, von dem nur noch ein Bruchteil aufrechtstand.

Offenbar war der steinige Haufen im Verlauf der Jahre und

Jahreszeiten brüchig geworden. Jaminas Gewicht hatte ihm den Rest gegeben und –

Stirnrunzelnd beäugte sie den verbliebenen Hügel.

Zwischen Steinen und Lehm ragte grauer, verwitterter Stoff hervor.

Vorsichtig trat Jamina näher heran. Kein Zweifel, es sah aus wie ein Teil eines Kleidungsstücks.

Das bildest du dir nur ein.

Trotzdem breitete sich ein ungutes Gefühl in ihr aus.

Sie griff nach dem Stoff und zog daran, anfangs nur leicht. Er löste sich nicht. Sie erhöhte die Kraftanstrengung, ohne Erfolg. Die Erde gab den Fetzen nicht frei.

Womöglich war es mehr als nur ein Stück Stoff. Vielleicht lag dort ein ganzes Kleidungsstück vergraben.

Und womöglich noch viel mehr!

Sie unternahm einen letzten Versuch, zog so fest sie konnte – vergeblich. Also schaufelte sie mit den bloßen Händen Lehm, Sand und Steine beiseite. Schon bald schmerzten ihre kalten Finger, doch sie grub weiter.

Immer mehr Stoff kam zum Vorschein.

Sie riss mit einem kräftigen Ruck. Die Erde knirschte, bröckelte, dann gab sie endlich nach.

Jamina hielt das ganze Stück in den Händen. Es maß dreißig oder vierzig Zentimeter im Quadrat, war kein Hemd, kein Kleid, keine Hose. Was es gewesen war, ließ sich nicht mehr erkennen. Es war nur noch ein dreckiger, verwitterter Stofffetzen, nicht mehr, nicht weniger.

Was hast du denn gedacht?

Sie lachte nervös auf, warf den Fetzen ins Gebüsch. In ihr Keuchen mischte sich ein Geräusch. Ein Rascheln.

Direkt hinter ihr.

*

Kalkbrenner und Muth folgten den Schuhabdrücken hinaus in den Garten – oder in das, was davon noch übrig war.

Einst mochten hier Blumenbeete bepflanzt und gehegt worden sein. Jetzt gab es nur Unkraut, das jeden Fleck und jeden Stein überwucherte.

Der Schuppen war nur noch eine windschiefe Bretterbude.

Von dort schien auch Bernies Kläffen zu kommen.

Doch als die Kommissare den Schuppen erreichten, fehlte von dem Bernhardiner jede Spur. Stattdessen fanden sie drinnen nur eine rostige Schubkarre vor, Schaufeln, Rechen, Kübel und Töpfe, alles zerdeppert und zersplittert.

Am Boden lagen Säcke voll Blumenerde und Saatgut, teilweise von Schimmel überzogen.

Wieder war Bernie zu hören.

»Da vorne.« Muth deutete auf eine Erhebung am hinteren Ende des Gartens.

Sie liefen darauf zu. Bernies aufgeregtes Kläffen kam näher. Er schien sich auf der anderen Seite des Hügels zu befinden.

Muth kletterte hinauf.

*

Erschrocken drehte sich Jamina um.

Sie japste nach Luft. Da war niemand, der sich an sie heranschlich – nur der finstere Wald.

Mach dich nicht verrückt!

Trotzdem, fand sie, hatte sie genug Zeit vergeudet. Vorsichtig erklomm sie den brüchigen Berg nach oben, eilte durch den Garten und umrundete das alte, verfallene Gebäude.

Sie überquerte die Lichtung und schlug sich durch den verwilderten Weg zurück zur Straße. Sie warf keinen Blick mehr zurück. Was immer sie sich von diesem Besuch erhofft hatte, es war –

Wieder war da das Geräusch.

Sie wirbelte herum, spannte die Muskeln an, aber auch diesmal konnte sie keinen Angreifer entdecken.

Ihr Herz pochte, während sie sekundenlang wachsam ins Dickicht links und rechts des Weges spähte. Niemand schien sich dort zu verstecken. Dennoch blieb sie stehen, gab sich noch eine Weile, in der sie sich bewusst zur Ruhe ermahnte.

Du steigerst dich da in was rein.

Rasch lief sie weiter zum Wagen.

*

Kalkbrenner blickte zu seiner Kollegin, die die Hügelkuppe erreichte hatte. »Und, was ist?«

Erneut kläffte Bernie.

»Ich glaube«, Muth blickte zur anderen Seite hinunter, »hier ist auch jemand gewesen.«

»Ich komme hoch.«

»Da unten wurde gegraben, vor noch nicht langer Zeit.«

»Das war nicht Bernie?«

»Nein, also, ja, zum Teil, aber …«, Muth machte einen vorsichtigen Schritt nach vorne, »das sind eindeutig … *Verdammt!«* Plötzlich gaben die Steine und der Sand unter ihr nach. Sie drohte den Abhang hinunterzustürzen.

Gerade noch rechtzeitig war Kalkbrenner bei ihr und hielt sie fest.

»Danke«, keuchte sie.

Am Fuß der Erhebung stand Bernie, das Fell durchsetzt von Sand und Steinchen. Er schüttelte sich, bevor er ein weiteres Mal kläffte und aufgeregt zu buddeln begann.

Dort, wo er grub, hing ein grauer, schmutziger Stofffetzen aus dem Erdreich.

Und noch etwas anderes.

»Was ist das?«, fragte Kalkbrenner mit wachsendem Unbehagen.

Muth kraxelte bereits hinunter, packte Bernie am Halsband und zog ihn weg von dem Loch, das er inzwischen gegraben hatte.

»Was hat er da im Maul?« Kalkbrenner mühte sich ebenfalls hinab. *»Bernie, aus!«*

Es war einer der seltenen Fälle, in denen sein Hund ihm tatsächlich gehorchte.

Wahrscheinlich, weil er auf ein neuerliches Spiel hoffte.

Doch Kalkbrenner verspürte nur wenig Lust zu spielen beim Anblick des Knochens, den sein Hund ihm vor die Füße spuckte.

Obwohl der Verfall bereits eingesetzt hatte, war der Knochen noch als Teil einer Hand zu erkennen.

»Paul«, sagte Muth, die vor dem Loch in die Hocke ging.

Zwischen noch mehr grauen Fetzen steckten die Überreste eines menschlichen Schädels.

EINUNDDREISSIG

Spät am Mittag fuhren zwei uniformierte Beamte vor.

In aller Seelenruhe schlenderten sie zu uns in den Besucherraum. Der eine, träge, mächtig beleibt und mit Halbglatze, stellte sich als Polizeimeister Plümpe vor. Der andere, dürr, mit Brille und vollem Haar, war Polizeiobermeister Willenbach.

Beide fielen auf die Sofas und ließen sich erst einmal einen Kaffee von den Nonnen bringen.

»Immer wieder ein Genuss.« Willenbach schlürfte geräuschvoll.

»Auf jeden Fall.« Schnaufend rieb sich Plümpe den massigen Bauch, der sich über seinen Gürtel wölbte. Er trank auch einen Schluck, bevor er sich der Oberin zuwandte. »Also, wieso sind wir hier?«

»Meine Nichte«, ergriff Onkel Rudi das Wort, »aber das habe ich doch schon am Telefon erklärt.«

»Ja, ja, sicher, aber das alleine ist doch kein Grund …«

»Wie bitte? Was soll das denn heißen?«

Plümpe hob die Schultern, und sein ganzer, massiger Leib wogte. »Sicher, Sie sind als Vater besorgt …«

»Ich bin ihr Onkel! Und ja, ich bin besorgt!«

»Weil sie ausgerissen ist?«

»Ja klar, natürlich!«

»Ja, ja, nur kümmert sich normalerweise das Jugendamt darum.«

»Aber …«

»Das uns dann meist verständigt, woraufhin wir …«

»Jetzt habe ich Sie halt verständigt.« Aufgebracht fuchtelte Onkel Rudi mit den Armen. »Das läuft doch aufs Gleiche hinaus.«

Seine Sorge und Beharrlichkeit waren beinahe beängstigend. Wieso so plötzlich? Weil ihn ein schlechtes Gewissen plagte?

Plümpe brummte verstimmt. »Nun gut, da wir jetzt schon mal hier sind …« Er drehte sich zu mir um, was ihm mit seiner Wampe einige Anstrengung bereitete. »Und was hast du, kleiner Mann …«, er atmete schwer durch, »… mit der Sache hier zu tun?«

»Das ist Michel«, kam Onkel Rudi mir zuvor, »ihr Bruder.«
»Und du bist wie alt?«
»Er ist …« Onkel Rudis Stimme erlahmte. Verlegen sah er mich an. »Äh, Michel, wie alt bist du nochmal?«
Ich schwieg.
Argwöhnisch sah Plümpe zu Onkel Rudi.
Der blickte betreten drein.
»Wie auch immer«, Plümpe kratzte sich den Bauch, bevor er seine Aufmerksamkeit wieder auf mich richtete, »was meinst du, Michel, wohin könnte deine Schwester verschwunden sein?«
»Das haben wir ihn doch auch schon gefragt«, sagte Onkel Rudi. »Er weiß es nicht. Sie sollten jetzt besser die anderen Kinder hier im Heim befragen, die …«
Unwirsch winkte Plümpe ab. »Ja, ja, alles der Reihe nach.« Er nippte an seinem Kaffee, kniff die Augen zusammen, als müsse er erst einmal angestrengt nachdenken.
Vielleicht genoss er aber auch einfach nur den Geschmack.
Onkel Rudi schnaufte ungehalten.
Doch weder Plümpe noch sein Kollege ließen sich aus der Ruhe bringen.
»Also, Michel«, begann Plümpe schließlich eine Art Befragung, »wann hast du denn deine Schwester zuletzt gesehen?«
Ich dachte nach. »Ich weiß nicht.«
»Überleg doch mal.«
»Ich … ich glaube, letzte Woche.«
»Wann?«
»Dienstag. Oder Mittwoch.«
»Hat sie da was zu dir gesagt?«
Immerhin in diesem Punkt war ich mir sicher. Ich schüttelte den Kopf. Kein Wort hattest du an jenem Nachmittag verloren.
»Nicht, dass sie was vorhat?«
»Nein.«
»Oder dass sie irgendwohin will?«
»Auch nicht.«
»Nichts, was dir merkwürdig vorkam? Oder ist etwas passiert? Hatte sie einen Streit oder so?«

Ich dachte an deine Wut, die Verachtung, meine Schuld.

»Michel?«, fragte Plümpe.

Ich schluckte. Alles war immer nur meine Schuld.

»Das bringt doch nichts«, sagte Onkel Rudi. »Er weiß nicht, wo sie ist, Sie müssen …«

»Was wir müssen«, mischte sich erstmals Willenbach ein, laut und genervt, »entscheiden immer noch wir.«

»Klar, aber … sie ist ein Teenager, allein unterwegs. Wenn ihr etwas passiert ...«

Willenbach leerte seine Tasse mit einem schlürfenden Schluck. »Die Sache ist doch die: Bei Mädels in diesem Alter, noch dazu in einem Heim, kommt das doch immer mal wieder vor.«

»Das ist bei ihr noch nie passiert.«

»Irgendwann ist immer das erste Mal«, knurrte Willenbach.

»Ja, ja«, fügte Plümpe ungleich versöhnlicher hinzu, »und meistens tauchen sie schon bald wieder auf. Vielleicht steht sie schon vor Ihrer Tür zu Hause.«

»Zu Hause?«, wiederholte Onkel Rudi.

»Machen die Mädels doch meistens, hauen aus dem Heim ab, wollen zu ihren Eltern ...«

»Ihre Eltern sind gestorben!«

»Ach so, ja, ja«, verlegen hielt sich Plümpe die Wampe, »na dann … wahrscheinlich zu Verwandten, dem Opa, Ihnen zu Beispiel.«

»Ich bin ihr Onkel!«, blaffte Onkel Rudi. »Außerdem weiß sie doch gar nicht, wo ich wohne.«

»Sagten Sie nicht, sie sei Ihre Nichte?«, fragte Willenbach.

»Nein, also, ja …«

»Was denn nun?«

»Ich bin letztes Jahr umgezogen.«

»Hat Sie denn nicht Ihre neue Adresse? Haben Sie sich keine Briefe geschrieben?«

Onkel Rudi wollte etwas erwidern, dann beließ er es bei einem Kopfschütteln.

Überrascht schauten die beiden Polizisten zur Oberin.

Diese hob bedauernd die Hände. »Allzu oft hat Herr Stark sie auch nicht besucht.«

Die Blicke der Polizisten kehrten zu Onkel Rudi zurück.

»Hören Sie, es … es ging mir nicht so gut.« Wie zum Beweis schlug er auf die Räder des Rollstuhls. »Ich hatte …« Resigniert brach er ab.

Willenbach nickte. »Das Jugendamt weiß Bescheid, sie informieren uns wie immer, wir kümmern uns darum.«

Onkel Rudis Stimme war nur noch ein Flüstern. »Und das heißt?«

»Die Kollegen in den Streifenwagen halten Ausschau nach Ihrer Nichte.«

»Das ist alles?«

»So machen wir das immer.«

»Immer?«

»Ich sagte doch, das kommt bei den Kindern immer mal wieder vor. Und immer kehren sie zurück.«

Immer?, schien es Onkel Rudi erneut auf der Zunge zu liegen. Das habe ich in seinem Gesicht gesehen.

»Also, meistens jedenfalls«, kam ihm Willenbach zuvor.

Was uns beide nicht wirklich beruhigte.

Willenbach schien sich seines Patzers bewusst zu werden. »Nun, wie gesagt, wir kümmern uns darum.« Er nickte uns zum Abschied zu, dann schlenderte er mit seinem Kollegen aus dem Raum.

*

Nachdem auch Onkel Rudi gefahren war, begab ich mich raus in den Garten. Ich versteckte mich in der Kuhle hinterm Ölberg.

Ausgerissen!

Noch immer wollte ich es nicht glauben.

Klar, du und ich, wir hatten uns schon vor langer Zeit entfremdet. Im Grunde schon lange vor Mamas und Papas Tod. Aber erst danach hatten wir uns immer seltener gesehen. Waren wir uns doch mal über den Weg gelaufen, wussten wir uns kaum etwas zu sagen.

Trotzdem warst du in meiner Nähe. Allein dass ich dich sah, war tröstlich, auch wenn mir das in solchen Momenten nicht wirklich bewusst war.

Aber jetzt – jetzt warst du weg.

Kommt auch nicht wieder, genauso wie die anderen.

Erst jetzt wurde mir klar, wie sehr ich dich vermisste. Das Wissen, dass ich dich endgültig verloren hatte, und dass nur ich allein schuld daran war, hielt ich kaum aus.

Jetzt fühlte ich mich wirklich verlassen und allein.

Ein Rascheln schreckte mich an jenem Tag aus meinen trübsinnigen Gedanken.

Es war Arthur. »Hey! Dachte ich mir doch, dass ich dich hier finde.«

»Was ist?«

»Hab das von deiner Schwester gehört.«

»Hast du was zu rauchen?«

Er zögerte. »Ich glaub nicht, dass dir das hilft.«

»Ich blas dir auch einen«, sagte ich. »Oder du fickst mich …«

»Hier!«, ließ er mich nicht ausreden. »Das ist besser.« Er drückte mir etwas in die Hand. »Nimm's aber erst kurz vorm Schlafengehen.« Dann verschwand er wieder.

Auf meiner Handfläche lag eine bunte Pille mit einem Smiley darauf.

Das ist besser.

Für eine Weile betrachtete ich das Gesicht, das mich anlachte.

Oder lachte es mich aus?

Verflixt, was hatte ich noch zu verlieren?

*

Zuerst passierte nichts.

Irgendwann hörte ich Stimmen. Erst dachte ich, es seien Fritz, der sich im Bett gegenüber wieder heulend um den Schlaf brachte, die Kinder in den Nachbachzimmern und die Nonnen im Haus.

Dann fiel mir ein, dass es Nacht war, alle schliefen, keiner reden durfte.

Aber die Stimmen flüsterten.

Mir kam es vor, als redeten sie mit mir. Meine Arme juckten, dann meine Beine. Ich kratzte. Vergebens. Das Kribbeln auf und unter der Haut wurde nur noch stärker, brachte mich fast um den Verstand.

Meine Augen schwollen an. Ab und zu lief mir eine Träne aus dem Auge. Ich wusste nicht, woher sie kam. Ich glaubte, es sei meine Seele, die aus mir rausfloss. Aber sollte sie doch. Die brauchte ich nicht mehr, sie war eh nur mit Schuld beladen.

Dann kam alles auf einmal, als habe jemand einen Schalter umgelegt.

Plötzlich sehnte ich mich nach Liebe. Ich wollte Liebe überall. Ich liebte dich, Schwester Maria, Arthur, Fritz, sogar die Oberin, sogar Pfarrer Stoll.

Ich glaubte, ich würde nie wieder so glücklich sein.

Das hier war einmalig. Es war einmaliger, wenn eine Steigerung überhaupt möglich ist.

Das ist besser.

Ich starb vor Freude. So sollte mein Tod sein. Hatten Mama und Papa so empfunden, als der Lkw in sie krachte? Wie wundervoll, diese Vorstellung.

Keine Ahnung, wie lange der Zustand andauerte, was ich in dieser Zeit dachte, tat, sagte.

Aber es muss ziemlich schlimm gewesen sein, so wie die Oberin mich am nächsten Morgen anstarrte, als die Wirkung endlich nachließ. Ich lag bei Dr. Mertens auf der Liege, halbnackt, schweißüberströmt, eingenässt.

»Grundgütiger«, stieß die Oberin hervor, »wasch dich, reinige dich, tu deine Sünden aus meinen Augen.«

Danach schickte sie mich in den Keller.

Als ich wieder rausdurfte, wollte ich nichts lieber als eine weitere Pille.

ZWEIUNDDREISSIG

Jamina bog auf den Parkplatz vor dem Altenstift – einem kleinen, gedrungenen Gebäude aus rotem Backstein.

»Wo wollen Sie denn hin?«, schallte eine Stimme über den Vorplatz. »Sie holen sich hier draußen noch den Tod!«

Eine alte Dame, die nichts weiter als ein Nachthemd trug, mühte sich mit ihrem Rollator durch die Kälte. Eine Pflegerin eilte ihr nach, führte sie schimpfend zurück ins Haus.

Jamina folgte den beiden hinein. »Entschuldigung …«
»Ja?« Die Pflegerin drehte sich um. In ihrer Miene lag Ungeduld.
Aus einem der Zimmer rief ein alter Mann nach einer Bettpfanne. Woanders schrillte eine Klingel.
Irgendwo klapperten Töpfe.
Der Geruch von Essen, Durchfall und Alter stieg Jamina in die Nase. »Ich suche …«
»Haben Sie Angehörige hier?«
»Nein, ich …«
»Besuchszeiten sind nämlich erst am Nachmittag.«
»Ich suche Frau Minter.«
»Dort«, sagte die Pflegerin und deutete den Flur entlang auf eine Tür. Dann hastete sie der alten Dame nach, die mit dem Rollator schon wieder auf dem Weg ins Freie war.
Jamina betrat ein kleines Zimmer, das offenbar als Warteraum diente – zwei Stühle, ein Tischchen, eine traurige Topfpflanze, an der holzverschalten Wand ein Kreuz, ein Plakat für die Welthungerhilfe, eine Luftaufnahme des Ortes, daneben eine weitere Tür.
Jamina klopfte.
»Moment«, rief eine Stimme. Der junge, freundliche Klang war unverkennbar. Kurz darauf näherten sich Schritte, und die Tür ging auf. »Guten Morgen«, eine ältere Dame erschien, »wie kann ich Ihnen helfen?«
Jamina war überrascht. »Frau Minter?«
»Ja«, das Lächeln bekam einen Riss, als die Frau Jaminas verdreckte Klamotten bemerkte, »kennen wir uns?«
Die jugendliche Stimme stand im verwirrenden Kontrast zu Minters Erscheinung – Birkenstock, eine hautfarbene Strumpfhose, dazu ein braunes Kleid, eine graue Strickjacke. Das ebenfalls graue Haar hatte sie zu einem Dutt gebunden.
Jamina schätzte sie auf Ende Fünfzig, Anfang Sechzig. »Wir haben miteinander telefoniert.«
»Wenn Sie mir sagen, worum es geht, dann …«
»Santa Lucia.«
Schlagartig wich die Freundlichkeit aus Minters Gesicht. »Ach, Sie!«
»Ich würde mich gerne mit Ihnen unterhalten.«

»Tut mir leid, ich …«
»Nur ein paar Fragen.«
»Nein«, verärgert wies sie zur Tür, »ich möchte Sie bitten …«
»Aber es wichtig!«, schnitt Jamina ihr das Wort ab.
Etwas in ihrem Tonfall ließ Minter zögern. »Sind Sie Reporterin?«
»Nein.«
»Sondern?«
»Ich bin …«, gewohnheitsmäßig griff Jamina nach ihrer Geldbörse, in der sich der Dienstausweis befand. Sie hielt inne. »Ich bin privat hier.«
»Und worum geht es?«
»Wie gesagt, um Santa Lucia und … Pfarrer Stoll.«
»Ich sagte Ihnen doch gestern schon«, Minters Stimme wurde noch schärfer, »dass ich Ihnen in dieser Sache nicht helfen kann.«
»Nein, Sie haben gestern einfach aufgelegt.«
»Und jetzt«, forschen Schrittes lief die Dame hinaus in den Flur, »entschuldigen Sie mich.«
Jamina rührte sich nicht vom Fleck.
Noch immer schrie aus einem der Zimmer ein alter Mann nach einer Bettpfanne. Aus einem anderen Raum erklang ein Heulen.
Die Schwester von eben hastete durch den Flur.
»Sie sehen doch«, sagte Minter, »wir haben zu tun.« Ihr Blick irrte hinaus zum Parkplatz, als suche sie jemanden, der sie aus ihrer misslichen Lage befreite.
Aber da war niemand, nur die leere Straße, die Häuser, ein Stück entfernt der schiefe Kirchturm, die trügerische Idylle.
»Es geht um meinen Bruder«, sagte Jamina.
Minter sah sie finster an.
»Er war auch in Santa Lucia. Vorgestern Abend ist er gestorben.«
Etwas in Minters Miene veränderte sich. »Das tut mir leid zu hören, aber ...«
»Angeblich an einer Überdosis.«
»Ich weiß nicht, wie ich Ihnen …«
»Ich bin überzeugt, dass mehr hinter seinem Tod steckt.«
Minter zögerte. »Nämlich?«

»Das versuche ich herauszufinden.«
Wieder ließ die Frau einen Augenblick verstreichen. »Nein«, sagte sie dann, »ich wüsste nicht, wie ich Ihnen helfen kann.«
»Können oder wollen Sie nicht?«
Prompt machte Minter ein betroffenes Gesicht. Ihr Blick wich Jamina aus.

*

Während Kalkbrenner Bernie zurück zum Wagen brachte, verständigte er Berger.
Sein Kollege versprach, sich um alles zu kümmern.
Bereits nach fünf Minuten hielt der erste Streifenwagen vor der Zufahrt zum ehemaligen Kinderheim. Auf Kalkbrenners Anweisung hin riegelten die beiden Schutzpolizeibeamten den Schotterweg ab.
Die Beamten eines zweiten Streifenwagens führte er auf die Lichtung, wo er ihnen auftrug, das Grundstück weiträumig abzusperren.
»Weitere Kollegen werden alsbald eintreffen und Ihnen dabei helfen«, sagte er. »Was ich nicht möchte: Dorfbewohner oder Pressevertreter, die sich hier rings um das Gebäude herumtreiben.«
Unterdessen wartete Muth am Fuß des Hügels, sichtlich verdrossen.
Kalkbrenner empfand kaum anders.
Nach einer Weile hatte sich der Transporter der Spurensicherung einen Weg durch den zugewachsenen Schotterweg gebahnt.
Muth ging zu ihnen, wartete, bis Dr. Bodde und ihr Team sich die Einwegoveralls angezogen hatten, bevor sie sie zum Hügel führte und ihnen in wenigen Worten den Sachverhalt erklärte.
Die Kriminaltechniker nahmen ihre Arbeit auf, behutsam befreiten sie den Schädel aus dem Erdreich. Danach gruben sie weiter, und Stück für Stück kamen noch mehr skelettierte, zum Teil verrottete Körperteile zum Vorschein: die zweite Hand, dann die Armknochen, der Brustkorb, das Rückgrat, die Hüfte, Oberschenkel, Unterschenkel, zu guter Letzt Füße und Zehen.

Schließlich lag der ganze Leichnam ausgebreitet auf einer Plastikplane.

Darüber hinaus waren die grauen Stofffetzen geborgen worden, zerfallene Überreste eines Paars Schuhe und eine verwitterte Halskette mitsamt Anhänger.

»Höchstwahrscheinlich eine Goldkette«, erklärte Dr. Bodde, »allerdings nicht aus reinem Gold, andernfalls wäre sie durch die äußeren Einflüsse nicht so stark korrodiert.«

Muth beäugte den Anhänger. »Steht darauf ein Name?«

»Möglicherweise, allerdings ist er nur noch schwer zu entziffern.«

»Lässt er sich wiederherstellen?«

»Wir werden uns bemühen«, versprach Dr. Bodde, die die Kette in einen Beweismittelbeutel packte und einem ihrer Mitarbeiter reichte. »Aber eine andere Frage, Herr Kalkbrenner«, sie wandte sich ihm zu, »war das *Ihr* Hund, der hier gebuddelt hat?«

»Wie kommen Sie darauf?«

»Wir haben jede Menge Hundehaare gesichert, Hundessabber im Erdboden und an einem der Knochen.«

»Also …«

»Und ich habe Ihren Bernhardiner in dem Wagen vorne an der Straße sitzen sehen.«

»Na ja«, verlegen hob Kalkbrenner die Schultern, »wer konnte denn ahnen, dass wir hier eine Leiche finden?« Er war froh, dass in diesem Moment Dr. Wittpfuhl auftauchte, raschelnd, in einem Schutzanzug.

Statt der üblichen Tiraden, die Kalkbrenner ausnahmsweise sogar begrüßt hätte, gab der Gerichtsmediziner überraschend ein anerkennendes Brummen von sich. »Also *das* ist tatsächlich mal interessant.«

»Was ist daran interessant?«, fragte Muth.

»Diese Leiche stellt eine echte Herausforderung dar.«

»Jetzt bin ich aber gespannt.«

Unter der Schutzmaske ließ Dr. Wittpfuhl ein Lächeln erahnen. »Sehen Sie diese Bruchstelle am Schädelknochen?«

Kalkbrenner und seine Kollegin betrachteten das Loch im Schädel der Leiche.

»Gewissheit wird natürlich erst die Obduktion bringen …«

»Natürlich.«

Nun blickte Dr. Wittpfuhl doch grimmig drein.

»Entschuldigung«, beeilte sich Kalkbrenner zu sagen.

»Nun«, der Gerichtsmediziner brummte, »ich wage zu behaupten, dass das Opfer mit einem stumpfen Gegenstand erschlagen wurde. Der Schlag war so stark, dass, nun, Sie sehen es, dem Opfer sprichwörtlich der Schädel eingeschlagen wurde.«

»Können Sie etwas zum Alter des Opfers sagen?«

»Wie Sie sicherlich schon selbst bemerkt haben, handelt es sich nicht um ein Kind.«

Kalkbrenner nickte, und in gewisser Weise war er erleichtert. Zumindest soweit man bei einem Mordopfer, das, seinem Zustand nach zu urteilen, schon seit langer Zeit unentdeckt vergraben lag, erleichtert sein konnte.

»Auch in dieser Frage«, fuhr Dr. Wittpfuhl fort, »kann nur die Obduktion und ein entsprechendes Handröntgenbild für eine eindeutige Altersbestimmung sorgen, anhand der Reifestadien der Handknochen würde ich aber auf eine ausgewachsene, allerdings noch recht junge Person schließen, etwa zwanzig bis dreißig Jahre alt.«

»Frau oder Mann?«

»*Das* kann ich Ihnen anhand der Knochenfläche und -masse, vor allem aber des Hüftknochens mit Sicherheit schon jetzt beantworten: eine Frau.«

»Die Zähne sind noch alle vorhanden, ließe sich über einen Zahnstatus die Identität der Toten feststellen?«

»Selbstverständlich.« Zufrieden stemmte sich Dr. Wittpfuhl in die Höhe und schritt davon.

»Dr. Bodde«, Kalkbrenner wandte sich wieder der Kriminaltechnikerin zu, »wie lange, glauben Sie, liegt die Tote schon hier?«

»Zweifellos sehr lange.«

»Ungefähr?«

»Ganz genau werden das erst unsere Analysen bestimmen können, angesichts des nur teilweise verfallenen Skeletts, in Zusammenhang mit der Beschaffenheit des Bodens, in dem es vergraben lag, würde ich sagen: zwischen fünfzehn und zwanzig Jahren.«

»Lässt sich feststellen, ob hier vor kurzem gegraben wurde?«

Dr. Bodde lächelte. »Außer von Ihrem Hund?«

»Schon vorher«, überging Kalkbrenner die Bemerkung, »und zwar in den vergangenen Tagen.«

»Sie haben recht«, sie nickte, »es gibt tatsächlich Veränderungen im Boden, die nicht nur auf Ihren Hund und dessen Pfoten zurückzuführen sind.«

»Danke.« Kalkbrenner kehrte zu Muth zurück.

Inzwischen war auch Berger eingetroffen.

Kalkbrenner informierte die beiden über die ersten Erkenntnisse. »Und so wie es ausschaut«, schloss er, »lag die Leiche schon fast zwanzig Jahre unter dem Erdhügel.«

»Allerdings hat vor kurzem schon jemand hier gegraben«, sagte Muth. »Möglicherweise hat er die Leiche dabei entdeckt.«

»Warum hat er den Fund nicht der Polizei gemeldet?«, fragte Berger.

»Gute Frage«, meinte Kalkbrenner.

»Aber nicht die einzige«, erwiderte Muth.

Berger runzelte die Stirn. »Und welche noch?«

»*Weshalb* hat er hier im Garten gegraben?«

»Du meinst …«

»Ja, möglicherweise hat er gezielt nach der Leiche gesucht. Wusste er davon? Weshalb? Und … was weiß er noch?«

Berger sah hinüber zu dem verfallenen Gebäude. »Was ist damals in dem Kinderheim vorgefallen?«

»Und was hatte Schacht damit zu tun?«, fügte Kalkbrenner hinzu. »Am besten, wir fahren zum Altenstift in Mönchsmühle und schauen, ob uns dieser Dr. Mertens weiterhilft.«

Muth legte die Stirn in Falten. »Sofern er es noch kann.«

*

Jamina wartete. Weil Minter aber nicht reagierte, ging sie schließlich hinaus zu ihrem Wagen. »Auf Wiedersehen.«

Enttäuscht entriegelte sie die Tür und wollte einsteigen.

»Hallo, Sie!« Minter kam ihr nach. In den Birkenstocks stolperte sie über die Pflastersteine. Dann blieb sie vor Jamina stehen, blickte die Hauptstraße rauf und runter. Ihre Stimme war gedämpft. »Sie sind wirklich keine Reporterin?«

»Nein.«

»Und es geht um Ihren Bruder?«

»Ja.«

»Wissen Sie«, Minter sprach so leise, dass sie kaum noch zu verstehen war, »was wir am allerwenigsten gebrauchen können, ist schon wieder ein solcher Aufruhr.«

»Welcher Aufruhr?«

»Sie haben nichts davon mitbekommen?«

»Wovon?«

Minter schüttelte den Kopf, als wolle sie die Erinnerung vertreiben. Erneut irrte ihr Blick über die Straße. »Alles begann … oder vielleicht sollte ich besser sagen, es endete, als diese zwei Polizisten auftauchten.«

»Polizisten?«

»Ja, kurz bevor das Heim geschlossen wurde, vor … vor fast zwanzig Jahren.«

»Weshalb waren sie da?«

»Ein Kind war aus dem Heim ausgerissen. Nicht dass das damals etwas Besonderes gewesen wäre. Immer wieder liefen Kinder weg.«

»Aber diesmal war etwas anders?«

»Eigentlich nicht. Es war ein Mädchen, ich glaube, siebzehn Jahre alt, nicht älter. Normalerweise gab die Heimleitung das Verschwinden ans Jugendamt weiter und … und damit war die Sache erledigt. Es kam ja immer wieder mal vor, dass ein Kind ausriss. Das war fast schon normal. Aber der Onkel dieses Mädchens verlangte beharrlich nach der Polizei. Die dann auch kam.«

»Was wurde unternommen?«

»Nichts.«

»Es gab keine Ermittlungen?«

»Nein, nichts. Wie immer. Wie gesagt, die Kinder waren nur ausgerissen. Wozu also, sagte man sich, einen großen Aufwand betreiben? Aber dann …« Minter stockte, als fiele ihr das Weiterreden schwer.

Unterdessen fragte sich Jamina, woher die Frau das alles wusste, was sie mit dem Kinderheim zu tun gehabt hatte. Aber sie wollte sie nicht danach fragen, jetzt da Minter endlich zu reden begonnen hatte. Außerdem ging ihr etwas anderes durch den Kopf. »Trotzdem wurde Santa Lucia kurz nach dem Verschwinden des Mädchens geschlossen.«

Minter nickte, und sie wirkte, als erleide sie dabei große Schmerzen. »Danach ging alles ganz schnell.«

»Was ist passiert?«

Wieder schien Minter mit sich zu ringen. Schließlich traf sie eine Entscheidung. »Kommen Sie noch einmal mit rein.«

DREIUNDDREISSIG

Was soll ich sagen?

Die Joints waren wie ein Nebel gewesen, der mich einhüllte. Mit den Pillen flog ich auf und davon. Die Pillen waren mein Weg, aus dem Heim auszureißen, abzuhauen, allem endgültig zu entfliehen.

Stunden und Tage vergingen. Wochen und Monate.

Jahre?

Mit den Pillen verlor ich jedes Gefühl für Zeit.

Ich war bemüht, mich nicht erwischen zu lassen. Meist gelang es mir sogar. Manchmal, wenn ich den Schmerz und die Schuld nicht mehr aushielt, war es mir egal, ob die Nonnen etwas davon mitbekamen. Oder Pfarrer Stoll.

»Wer Sünde tut, der ist vom Teufel«, sagte er eines Mittwochabends.

Mal wieder befand ich mich zur Strafe unten in der Kammer. Ich hatte mir bereits die Unterhose auf die Knöchel runtergezogen und hing gebückt über der Gebetbank.

»Und der Teufel sündigt von Anfang an«, sagte der Pfarrer.

Ich fragte mich, was zur Hölle er da redete. Und warum er nicht anfing.

»Du bist schwach!« Er verließ den Raum.

Verdattert sah ich ihm nach.

An der Tür drehte er sich noch einmal zu mir um. »Du bist des Herrn nicht mehr würdig.« Er bedachte mich mit einem letzten Blick, verächtlicher als je zuvor.

Oh Herr, er hat gesündigt, Unrecht getan, ist gottlos gewesen.

Der Knall, mit dem er die Tür zuschlug, hallte in meinen Ohren nach.

Von diesem Tag an rührte er mich nicht mehr an. Auch als Messdiener hatte er keine Verwendung mehr für mich.

Und die Wahrheit ist: Damit kam ich noch weniger zurecht.

Ich war sogar eifersüchtig, als ich erfuhr, dass ausgerechnet der kleine, traurige Fritz meinen Platz einnahm. Die Vorstellung, dass er fortan alle Aufmerksamkeit des Pfarrers bekommen sollte, und dass dieser all das mit ihm machte, was er all die Jahre zuvor mit mir gemacht hatte, war unerträglich.

Verrückt, oder?

Aber jetzt fühlte ich mich erst recht benutzt, abgeschoben, verspürte eine unermessliche Wut – vor allem auf mich selbst.

Denn verflixt, ja …

Du bist schwach!

… das war ich, ich war schwach. War ich schon immer gewesen.

Mal wieder war ich selbst schuld.

*

Alles verlor endgültig an Bedeutung.

Ich begann die Schule zu schwänzen, trieb mich in Pankow herum, traf Arthurs Kumpels, die mich mit auf Partys irgendwo in Berlin nahmen. Die Musik dort war laut, die Stimmung ausgelassen, und während ich auf der Tanzfläche herumzappelte, flog ich tatsächlich weg.

Tue Buße …

Keine Ahnung, wie oft ich von der Polizei erwischt und ins Heim zurückgebracht wurde, wie oft mich die Oberin ermahnte und in den Keller schickte.

… und befreie dich von Schuld.

Nur am Rande bekam ich mit, dass Schwester Maria irgendwann verschwand. Angeblich, so erzählten sich die Kinder, hatte sie in einem anderen Heim eine neue Stelle gefunden.

Mich kümmerte das nicht.

Auch dass der Pfarrer kurz darauf nicht mehr auftauchte. Er sei versetzt worden, teilte man uns mit.

Na und?

»Michel, es gibt Neuigkeiten«, eröffnete mir die Oberin wenig später, und sie klang, als habe sie die beste Nachricht seit Menschengedenken. Fragte sich nur: gut für wen – für mich? Oder für sie?

Sie sagte: »Du kommst in eine Pflegefamilie. In Falkensee.«

VIERUNDDREISSIG

Kurz blieb Kalkbrenner im Wagen sitzen und ließ Mönchsmühle auf sich wirken.

Das Hotel war alt und nicht mehr in Betrieb, ebenso wie das Restaurant und die Pfarrkirche.

Trotzdem, oder gerade deshalb, machte das kleine Örtchen einen idyllischen Eindruck, friedlich, wie aus der Zeit gefallen, beinahe vergessen vom Rest der Welt.

Dann dachte Kalkbrenner an den toten Schacht, an das Kinderheim, an die skelettierte Leiche im Garten, und an ein weiteres seiner kleinen Helferlein.

Verlasse dich nie auf deinen ersten Eindruck.

Auf der Rückbank gab Bernie ein ungeduldiges Kläffen von sich.

»Du kannst nicht mit, aber wir sind gleich wieder da, Dicker«, sagte Kalkbrenner, stieg aus und folgte Muth zum St. Urbanus Altenstift.

Drinnen schienen die Bewohner gerade Mittagsschlaf zu halten. Bis auf die Stimme einer jungen Frau im Erdgeschoss, war kein Laut zu hören.

Die Kommissare durchquerten einen Warteraum.

Im angrenzenden Büro entpuppte sich die junge Stimme als die einer älteren Dame in Birkenstocks, einer hautfarbenen Strumpfhose, braunem Kleid und graue Strickjacke. Das graue Haar hatte sie zu einem Dutt gebunden.

Als sie die Beamten bemerkte, bat sie mit einer raschen Handbewegung um Geduld.

Sie schien sich mit einem Lieferanten über den Speiseplan der Woche zu unterhalten, über Nudelsuppen, Kartoffelmus und Bohnen.

Dann legte sie auf und lächelte freundlich. »Ja bitte?«

Muth zückte den Dienstausweis und stellte sich und

Kalkbrenner vor. »Wir möchten gerne zu einem gewissen Herrn Dr. Anton Mertens.«

Schlagartig erlosch das Lächeln der Frau. »Worum geht es?«

»Sie sind die Leiterin des Altenstifts?«

»Ja, Eloise Minter, aber …« Der Besuch der Beamten schien ihr sichtlich Unbehagen zu bereiten. Gleichzeitig wirkte sie nicht sonderlich überrascht. »Weshalb sind Sie hier?«, fragte sie, aber sie klang, als kenne sie die Antwort bereits.

Kalkbrenner zog sein Handy hervor und zeigte ihr das Foto von Frieder Schacht.

Minters Augen weiteten sich. »Ist er … tot?«

»Ermordet.«

»Mein Gott!«, entfuhr es ihr erschüttert.

»Kennen Sie ihn?«, fragte Kalkbrenner.

Zögerlich deutete Minter ein Nicken an. »Ja.« Ihre Stimme war nur ein verzagtes Flüstern. »Und jetzt … jetzt sind auch Sie wegen der Sache damals da, oder?«

»Welche Sache?«, wollte Kalkbrenner wissen.

»Und wieso *auch*?«, hakte Muth nach.

Wieder dauerte es einen Moment, bis Minter antwortete. »Erst gestern war hier eine junge Frau.«

»Gestern?«

»Ja, gestern Mittag. Sie wollte alles wissen, alles über das alte Kinderheim und …«, widerstrebend kehrte ihr Blick zurück zu dem Bild auf Kalkbrenners Telefon, »und über ihn.«

»Was hatte er mit dem Kinderheim zu tun?«

*

Schweigend erklomm Jamina eine schmale Treppe.

Minter, die voraus in die erste Etage des Altenheims stieg, sprach ebenfalls kein Wort.

Sie schnaufte, als besteige sie einen Berg. Mit der einen Hand hielt sie sich am Geländer fest, die andere umklammerte einen Schlüsselbund so fest, dass die Knöchel weiß unter der Haut hervorstachen.

Oben angekommen folgten die beiden einem kurzen, stickigen Flur, vorbei an mehreren Türen, hinter denen offenbar die schweren Fälle untergebracht waren.

Eine Pflegerin verließ eines der Zimmer, und kurz konnte Jamina einen Blick erhaschen auf einen bleichen, eingefallenen Mann, der teilnahmslos im Bett lag, an die Decke stierte, auf seinen Tod wartete.

Aus einem der Mundwinkel rann Speichel über die Wange und tropfte aufs Kissen.

Dann fiel die Tür zu, und die Pflegerin eilte in den nächsten Raum, wo sie vermutlich ebenfalls Windeln, Wunden, Injektionen oder was auch immer prüfte.

Jamina hatte das Gefühl, irgendetwas sagen zu müssen. »Frau Minter, wie lange arbeiten Sie schon hier?«

Die Frau zuckte zusammen, als habe sie ganz vergessen, dass sie nicht alleine war. »Wie bitte?«

»Ich wollte wissen, wie lange Sie schon hier arbeiten.«

Vor einer weiteren Treppe, die unters Dach führte, blieb Minter stehen. »Wieso fragen Sie das?«

»Es interessiert mich nur.«

»Warum?«

»Sie kennen sich mit der Geschichte Ihrer Kirchengemeinde aus?«

»Ja, mehr oder weniger, aber …«

»Und auch mit der von Santa Lucia?«

Nur zögerlich deutete Minter ein Nicken an, offenbar wenig erfreut über Jaminas Frage. Und für einen Moment hatte es den Anschein, als habe sie Zweifel bekommen an ihrem Vorhaben. Als würde sie Jamina lieber wieder aus dem Gebäude scheuchen.

Dann jedoch lief sie die Stufen hoch bis unters Dach, wo sie vor einer verschlossenen Tür nervös mit dem Schlüsselbund hantierte.

Als sie endlich den richtigen Schlüssel gefunden hatte, entriegelte sie das Schloss und stieß die Tür auf.

Auch der Dachboden schien seit einer Ewigkeit nicht mehr gelüftet worden zu sein. Ein Schwall stickiger, abgestandener Luft, durchsetzt mit dem Gestank muffigen Papiers, schlug den beiden entgegen.

»Hier«, sagte Minter, als sei damit alles erklärt.

Im fahlen Tageslicht einer Dachluke stapelte sich ein Dutzend Kisten randvoll mit Aktenordnern.

Jamina erahnte den Inhalt. »Die alten Heimunterlagen.«
»Ja«, presste Minter gequält hervor.
»Warum befinden sie sich hier?«
Die Frau zögerte, als wolle sie nicht darüber sprechen. »Wie gesagt«, sie atmete tief durch, »alles musste damals schnell gehen. Also hat man die Unterlagen hergeschafft, aber fragen Sie mich jetzt nicht, wieso. Damals hieß es, es sei nur vorübergehend, aber dann …«, plötzlich bekam Minters Stimme einen bitteren Klang, »dann hat sie keiner mehr abgeholt.«
»Niemand hat sich seither dafür interessiert?«
»Nein«, zischte Minter voller Wut, »man hat sie wohl …« Sie brach ab, weil im Erdgeschoss das Klingeln eines Telefons ertönte.
Jamina hob fragend eine Augenbraue.
Doch ihr Gegenüber ignorierte den Anruf. »Man hat sie vergessen. Vergessen wollen.«
»Aber Sie haben sie offensichtlich nicht vergessen.«
Wieder ließ Minter einen Augenblick verstreichen. »Nein«, sagte sie dann, aber es klang, als wünsche sie sich das Gegenteil.
Unten verstummte das Telefon.
Jamina trat vor eine der Kisten, nahm eine Akte heraus und schlug sie auf.
Auf der ersten Seite waren der Name und das Geburtsdatum eines Kindes verzeichnet, die Namen der Eltern, sofern bekannt, die der Angehörigen, sowie Adressen und Telefonnummern. Die darauffolgenden Seiten enthielten Anmerkungen der behandelnden Ärzte oder Psychologen, die Dokumentation erfolgter Medikationen und Therapien und natürlich das offizielle Heimeinweisungsformular.
Die letzte Seite gab Aufschluss über die medizinischen Untersuchungen, die im Heim erfolgt waren, unterzeichnet von einem gewissen … Jamina kniff die Augen zusammen, konnte den Namen aber nicht entziffern.
»Dr. Mertens«, sagte Minter, die ihr über die Schulter schaute. »Er … er ist auch der Arzt im Ort gewesen.«
»Lebt er noch hier?«
»Ja ... und nein. Er ist hier im Heim.«
»Hier?«

»Alzheimer. Schon seit einer ganzen Weile.« Minter hielt inne. »Der Mann in dem Zimmer gerade eben …«

»Das war Dr. Mertens?«

»Inzwischen nur noch ein Pflegefall.«

Jamina legte die Akte zurück in die Kiste, nahm sich eine weitere vor, dann die nächste und die nächste.

Zuletzt blätterte sie nur noch zügig durch die Unterlagen. Alle enthielten ähnliche Einträge. Da war nichts, das ihr in irgendeiner Form weiterhalf.

»Ich glaube«, sagte Minter, die ihr die Enttäuschung offenbar anmerkte, »diese Kiste dürfte Sie mehr interessieren.« Sie zeigte in eine schattige Ecke, auf einen kleinen Karton, den Jamina bislang übersehen hatte.

Drei Briefkuverts befanden sich darin, außerdem eine vergilbte, staubige Kladde.

»Das Kinderbuch«, erklärte Minter.

»Kinderbuch?«

»So haben sie es damals, glaube ich, genannt. In Wahrheit war es wohl eher das Empfangsbuch und … Ach, schauen Sie selbst.« Betreten schaute Minter zur Dachluke hinaus, als suche sie dort Hilfe. Oder als wolle sie hinausklettern, runterspringen und für immer vergessen.

Jamina folgte ihrem Blick auf die Hauptstraße. Ein Stück weiter befand sich die Kirche und – sie stutzte.

Drüben, neben dem aufgegebenen Hotel, stand ein Daimler.

Sie hatte den Wagen schon ein paar Mal gesehen, eine schwarze Limousine, vier Türen, ein junger Mann am Steuer.

In dieser Sekunde fuhr der Wagen an und war weg.

»Geht es Ihnen gut?«, fragte Minter.

Jamina rieb sich das Gesicht.

Verdammt, sie durfte jetzt nicht in Paranoia verfallen.

Dennoch ermahnte sie sich zur Vorsicht, während sie nach dem *Kinderbuch* griff.

In eindrucksvoller, kursiver Handschrift waren die Kindernamen tabellarisch aufgelistet worden. Neben jedem befand sich eine Datumsangabe, Tag, Monat und Jahr.

Etwa bei der Hälfte der Kladde endeten die Einträge, die Seiten danach waren leer.

Jamina blätterte zu den Tabellen zurück.

»Alle Heimkinder«, stellte Jamina fest, »eingetragen und sortiert nach dem Tag ihrer Einweisung.«

Minters Stimme war nur noch ein Flüstern. »Ja.«

Einige Einträge waren um ein zweites Datum ergänzt worden, daneben je eine Uhrzeit und eine Unterschrift.

»Und *dieses* Datum?«, fragte Jamina.

Minter zögerte erneut, als widerstrebe es ihr, es auszusprechen. »Der Tag, an dem sie abgeholt wurden.«

In ihrem Tonfall lag so viel Kummer, dass Jamina aufhorchte. »Was meinen Sie damit – *abgeholt*?«

»Angeblich gab es Aufgaben für sie zu erledigen, in der Gemeinde, im Pfarrbüro, in der Kirche.«

»Angeblich?«

Minter antwortete nicht.

In Jamina stieg eine unheilvolle Ahnung auf. »Was ist mit der Rückkehr der Kinder? Warum wurde die nicht eingetragen?«

Minters Schweigen war tief und traurig.

»Was ist mit den Kindern passiert?«

*

Kalkbrenner und seine Kollegin wartete auf eine Antwort, doch Minter hüllte sich in Schweigen.

Was im Grunde auch eine Antwort war.

Dennoch zeigte er der Heimleiterin noch einmal das Foto des toten Schacht. »Was hatte er mit dem Kinderheim zu tun?«

»Er …« Sie stockte. »Er … er war der Pfarrer hier im Ort.«

»Der Pfarrer?«, wiederholte Muth.

»Ja«, flüsterte Minter, als fürchte sie, der Tote könne jeden Augenblick zur Tür hereinkommen. »Pfarrer Richard Stoll.« Widerstrebend deutete Minter auf das Bild.

Kalkbrenner verstand.

Am Blick seiner Kollegin erkannte er, dass Muth den gleichen Gedanken hatte.

Er lebte unter einer neuen Identität.

»Er war der Gemeindepfarrer, aber er hat auch die Gottesdienste im Kinderheim geleitet, den Kindern die Beichte abgenommen und … und …« Minters Stimme erstarb.

»Und?«

»Muss ich das aussprechen?«

»Nein«, lenkte Muth ein.

Auch Kalkbrenner konnte sich den Rest denken.

»Aber …«, Minter stockte erneut, »aber das allein war es nicht, es war noch viel schlimmer, denn er … er hat die Kinder abgeholt, immer an einem Freitag.«

Kalkbrenner setzte zu einer weiteren Frage an.

»Nein«, kam ihm Minter zuvor, »nicht *jeden* Freitag, das … das wäre wohl zu auffällig gewesen, weil …« Wieder hielt sie inne.

Die Kommissare warteten.

»… die Kinder wurden nicht mehr zurückgebracht.«

»Das heißt?«

»Ich weiß es nicht, es hieß jedes Mal, sie seien ausgerissen.«

»Jedes Mal?«

»Zumindest war das die offizielle Erklärung.«

»Und die Kinder sind nie wieder zurückgekehrt?«, fragte Muth.

Beklommen schüttelte Minter den Kopf.

»Und er, dieser Pfarrer Stoll«, Kalkbrenner hob sein Handy, »er hat die Kinder abgeholt?«

»Ja, das … das stand in dem Empfangsbuch, einer … einer Liste aller Kinder, die im Heim lebten. Und darin war auch verzeichnet, wann man sie abgeholt hatte. Und wer sie abgeholt hatte.«

»Und dieser Pfarrer Stoll hat erklärt, die Kinder seien ausgerissen.«

Minters Gesicht nahm einen gequälten Ausdruck an.

»Kam das niemandem merkwürdig vor? In all den Jahren?«

Beschämt senkte die Frau den Blick.

Kalkbrenner kam ein ganz anderer Gedanke. »Was hat Dr. Mertens damit zu tun?«

Minter murmelte etwas.

»Wie bitte?«

»Er«, flüsterte sie, »er war wohl einer derjenigen, die davon gewusst haben.« Etwas lag in ihrer Stimme, das Kalkbrenner nicht richtig deuten konnte.

Verzweiflung? Angst? Ein schlechtes Gewissen?

»Wer denn noch?«, fragte Kalkbrenner. »Sie?«

Erschrocken schüttelte Minter den Kopf. »Ich … ich habe erst viel später davon erfahren, durch die Akten und … und vor allem durch die Briefe.«

»Die Akten existieren noch? Und welche Briefe?«

Minter zögerte, dann lief sie an den Beamten vorbei in den Flur. »Kommen Sie mit.«

Sie stieg eine Treppe hoch bis zu einem muffigen Raum unter dem Dach, der vollgepackt war mit Kisten.

»Das«, sagte Minter, »sind die Akten aus dem Kinderheim, die hier archiviert wurden, als man das Heim damals schloss. Die Briefe lagen dort in der Kiste, direkt neben dem Empfangsbuch.«

*

Minter deutete auf die drei Umschläge, die in der kleinen Kiste lagen.

Alle drei waren an den Bischof der zuständigen Diözese adressiert, die Laschen geöffnet, der Inhalt demnach wohl auch gelesen worden.

Jamina zog eines der Schreiben heraus.

Die Schrift war sauber und geschwungen, die Worte mit Bedacht gewählt, der Text in einer Deutlichkeit, die Jamina frösteln ließ.

Er schilderte die Vorgänge in Santa Lucia, das beinahe regelmäßige Verschwinden der Kinder und nährte einen ungeheuren Verdacht – dass auch die Oberin, die das Heim seit Anbeginn leitete, in all das involviert war, es zumindest aber duldete, aus Angst vor dem Pfarrer. Und vor Dr. Mertens, der über alles Bescheid wusste, es sogar deckte, womöglich sogar involviert war.

Es gab noch weitere Vorwürfe gegen den Pfarrer, schwerwiegende Vorwürfe, aber die waren im Vergleich zu diesem abscheulichen Treiben beinahe bedeutungslos.

Der Brief schloss mit der dringlichen Bitte, sich der Zustände anzunehmen.

Unterzeichnet war er von – *Schwester Maria.*

Konsterniert ließ Jamina den Brief sinken. »Die Oberin …«

»… hat offenbar von allem gewusst, ja«, sagte Minter.

»Lebt sie noch?«

»Sie ist weggezogen, bald darauf gestorben. Schon vor Jahren.«

»Und Schwester Maria …«

»… hat versucht, das alles aufzuhalten, sie … sie wollte wohl, dass die Verantwortlichen zur Rechenschaft gezogen werden.«

»Sie war jünger, sie dürfte noch leben, oder? Wissen Sie, wo sie sich aufhält?«

»Nein, sie … sie verschwand damals von einem Tag auf den anderen, und Pfarrer Stoll wurde bald darauf versetzt. Kurz danach wurde Santa Lucia geschlossen.«

»Mit anderen Worten: Alles wurde unter den Tisch gekehrt.« Jamina widerstand dem Drang, den Brief zu zerknüllen, ihn zu zerreißen, der Wut freien Lauf zu lassen. »Und die verschwundenen Kinder? Was war mit denen?«

»Wie gesagt, sie …«, Minters Stimme bebte, »sie galten als Ausreißer.«

»Was sie offenkundig aber nicht waren!«

»Nein, vermutlich nicht.«

Aufgebracht überflog Jamina erneut die Namen in der Kladde. »Das waren mehr als zwei Dutzend Kinder, die in all den Jahren abgeholt … die verschwunden sind.«

»Ich habe sie nicht gezählt.«

»Hat denn auch später niemand nach ihnen gesucht?«

»Ich … weiß es nicht.«

»Was ist mit der Polizei? Hat die nicht ermittelt?«

»Doch, schon, aber … aber sie haben nichts gefunden, keine Spur, keine Beweise, nichts.«

»Diese Kladde!« Zornig hielt Jamina das Buch hoch. »Die beweist doch, dass die Kinder abgeholt worden sind, von Pfarrer Stoll, und dass sie niemals zurückgekehrt sind.«

»Ja, aber …«, Minter zögerte, »diese Unterlagen hat niemand gesehen. Bis heute.«

»Warum nicht?«

»Wie gesagt, man hatte sie vergessen.«

»Sie haben sie aber nicht vergessen!«

»Ich …«, plötzlich klang Minter, als müsse sie jeden Augenblick losheulen, »… ich war damals nur eine Pflegekraft, hatte keinerlei Befugnis. Es war meine Vorgängerin, die als

Leiterin des Altenstifts die Akten hier unterbrachte, das Zimmer verschloss und … und dann hat keiner mehr daran gedacht. Keiner hat sich um den Dachboden geschert, wieso auch? Wir haben unten mit unseren Senioren genug zu tun, viel zu viele Pflegefälle, viel zu wenig Pfleger …«

Wie zum Beweis erklang aus dem Erdgeschoss wieder das Geschrei des alten Mannes.

»Aber irgendwann waren Sie neugierig«, stellte Jamina fest.

»Nein«, Minter schüttelte den Kopf, »ich … ich hatte die Akten über die Jahre auch vergessen, wirklich, ich bin nur durch Zufall wieder darauf gestoßen, als ich … als ich vor fünf Jahren die Leitung des Altenstifts übernahm. Ich fand die Schlüssel und … und habe mir den Raum hier angesehen.«

»Und auch die Unterlagen.«

»Ja, da … da kam alles wieder hoch, die Ereignisse damals, und ich glaubte zu verstehen.«

»Trotzdem haben sie nichts unternommen?«

»Was hätte ich denn tun sollen?«, japste Minter verzweifelt. Unten läutete das Telefon. Sie schien es nicht zu hören. »Das alles lag doch schon so lange zurück, so viele Jahre, und … und Dr. Mertens ist nur noch ein sabbernder Pflegefall, der Pfarrer ist sowieso verschwunden.«

»Er war versetzt worden!«

»So hieß es, aber … tatsächlich war er weg, einfach weg, nicht mehr auffindbar und …«, jetzt standen tatsächlich Tränen in ihren Augen, »… und es gab nie eine Antwort, was … was mit den Kindern geschehen ist.« Plötzlich nahm sie das Telefonläuten doch wahr. Es schien ihr wie eine Rettung vorzukommen. Sie drehte sich zur Treppe um. »Entschuldigen Sie, ich …«

»Frau Minter!«, rief Jamina.

Widerstrebend blieb die Frau stehen.

»Weshalb haben Sie es sich anders überlegt?«

»Was?«

»Warum helfen Sie mir jetzt doch?«

Minter wischte sich die Augen. »Wissen Sie, die … die Kirche ist nichts Schlimmes. Gott hat nur Gutes im Sinn.«

»Das werden all diese Kinder«, verächtlich zeigte Jamina auf die Akten, »wohl anders sehen.«

»Es ist schlimm, was ihnen widerfahren ist. Das alles zu wissen ist unerträglich, jeden Tag aufs Neue, glauben Sie mir. Und es ist noch schlimmer zu wissen, dass diese Leute … dass sie damit davongekommen sind.«

Unten klingelte noch immer das Telefon.

»Aber vielleicht«, fügte Minter hinzu, »hilft es Ihnen dabei, herauszufinden, was mit Ihrem Bruder geschehen ist.« Dann verschwand sie die Treppe hinab.

Er war weg, einfach weg.

Jamina lauschte den Schritten, die allmählich verklangen.

Und es gab nie eine Antwort.

Mit einem Ruck schlug sie die Kladde zu, stopfte sie mitsamt der drei Briefe in ihre Jackentasche und machte sich auf den Weg nach unten.

Vor dem Zimmer von Dr. Mertens blieb sie stehen.

Sie lauschte nach einem Geräusch, nach Schritten, die sich näherten. Als sie nichts hörte, öffnete sie die Tür.

Der Geruch von Alter und Fäulnis schlug ihr entgegen.

Der Mann lag unverändert im Bett, vegetierte dumpf vor sich hin. Falls er Jamina bemerkte, ließ er es sich nicht anmerken. Wahrscheinlich konnte er das auch gar nicht. Er zuckte nicht einmal mit den Wimpern.

Jamina schloss die Tür und lief hinab ins Erdgeschoss, wo Minter vergeblich darum bemüht war, normal zu klingen, während sie sich über die Reinigung der Bettwäsche ausließ.

Leise schlich sie an ihr vorbei zum Ausgang.

Zurück im Wagen warf sie die Kladde auf den Beifahrersitz und fuhr los.

Mehr als zwei Dutzend Kinder.

Noch immer konnte sie kaum fassen, was sie erfahren hatte.

Als sie vor der Ampel zur Autobahnauffahrt stoppen musste, warf sie noch einmal einen Blick auf die Liste. Erneut las sie die Namen aller Kinder, die abgeholt, verschwunden und nie wieder aufgetaucht –

Eine Hupe dröhnte. Die Ampel war grün.

Jamina gab Gas und warf die Kladde wieder auf den Sitz neben sich. Zwischen den Seiten glitt ein kleines Blatt Papier heraus. Ein Zeitungssauschnitt. Etwas älter schon. Aus dem *Berliner Kurier.*

Am Ende der langgezogenen Kurve fädelte sich Jamina in den Verkehr ein und las die Schlagzeile.

Bilanz des Schreckens …

Schlagartig zog sich ihr Magen zusammen.

Als sie wieder auf die Straße schaute, bemerkte sie den Daimler, direkt neben ihr.

In derselben Sekunde machte er einen Ruck nach rechts.

FÜNFUNDREISSIG

Plötzlich hatte ich also eine neue Familie.

Das war sie natürlich nicht wirklich, eine neue Familie, und sie fühlte sich auch zu keiner Zeit so an. Nichts und niemand hätte Mama und Papa je ersetzen können – oder etwas daran ändern können, was nach ihrem Tod aus mir geworden war.

Dafür war es längst zu spät.

Das sahen Elli und Rupert, ein rüstiges Frührentnerpärchen mit einem kleinen Häuschen in Falkensee, freilich anders. Seit geraumer Zeit hatten sie es sich zur Lebensaufgabe gemacht, Waisen, gebeutelte oder vernachlässigte Kinder in ihre Obhut zu nehmen.

»Ein neues, schönes, ein besseres Zuhause«, so versprachen sie es, »das sollst du bei uns haben.«

Sie empfingen mich mit selbstgebackenem Kuchen, Sprudelwasser und einem Gebet.

»Vater segne diese Speise«, begann Elli, kaum dass wir uns am Küchentisch gegenübersaßen, »uns zur Kraft und dir zu Preise. Amen.«

»Amen«, sagte ich, wie ich es gelernt hatte.

Zufrieden strahlten die beiden mich an.

Zweifellos war das Beten auch für sie ein wichtiger Bestandteil ihres Lebens, zu jeder Mahlzeit, vor dem Einschlafen, am Sonntagvormittag beim Gottesdienst, den wir gemeinsam besuchten, zumindest anfangs.

Dass sie bisher nur Kleinkinder zur Pflege genommen hatten, begriff ich, als sie mir mein zukünftiges Zimmer im ersten Stock zeigten – die Wände zartblau tapeziert, das Himmelbett mit einem blütenweißen Rahmen voller geschnitzter Sterne und Monde, der Kleiderschrank nicht minder weiß und verschnörkelt.

Einzig das Kreuz über der Tür war dunkelbraun.

»Gefällt es dir?«, wollte Rupert wissen.

Verflixt, ja, trotz allem gefiel es mir bei ihnen, weil ich endlich wieder meine eigenen Klamotten tragen durfte, weil Ellis Essen viel besser schmeckte als der Kantinenfraß im Heim, weil ich abends sogar fernsehen durfte, ab und zu und nur ausgewählte Filme, aber dennoch!

Weil die beiden sich wirklich alle Mühe gaben.

Zwar stellten sie auch einige Regeln auf: morgens um sechs ging der Wecker, es gab Frühstück, um halb acht fuhr der Schulbus, am Mittag hatte ich gewissenhaft meine Hausaufgaben zu erledigen. Aber Regeln waren mir ja vertraut.

Es gelten Gottes Regeln in unserem Haus.

Mich störten nicht einmal ihre Gebete, die meist klangen, als hätten sie sie für Kleinkinder einstudiert.

»Gut zusammen leben, nehmen, teilen, geben, wenn jeder etwas hat, werden alle satt. Amen.«

»Amen.« Da war ich weitaus Schlimmeres aus Santa Lucia gewohnt.

Der Gedanke, dorthin zurückkehren zu müssen, war mir ein Graus. Deshalb gab ich mir Mühe in der Schule, half Elli im Haushalt, Rupert im Garten, ging nur selten nach Berlin, hielt mich von den Leuten und den Partys fern, schluckte keine Pillen.

Aber nachts lag ich wach in meinem himmelweißen Bett und starrte an die Decke mit den fluoreszierenden Sternchen und Monden.

Ich bekam die Bilder, Geräusche und Stimmen nicht aus dem Kopf: die Nonnen, die vorbeihuschten, die schluchzenden Kinder im Nachbarzimmer, die zeternde Oberin, das Keuchen von Pfarrer Stoll. Vor allem das Keuchen. Immer wieder sein Keuchen.

Tue Buße …

Oft schreckte ich aus dem Schlaf auf und glaubte den Pfarrer neben dem Bett stehen zu sehen. Er packte mich, warf mich über den Tisch und –

»Michel«, sagte er, »alles wird gut.«

Mit einem erschrockenen Japsen riss ich mich von ihm los.

»Michel, ich bin's, Rupert.«

Es dauerte einen Augenblick, bis ich begriff, dass es mein Pflegevater war, der mich an der Schulter hielt.

Trotzdem rutschte ich von ihm weg.

Bestürzt sah er mich an. »Es war nur wieder ein Albtraum.«

War es nicht!, wollte ich ihm entgegenschleudern, aber ich tat es nicht. Mein Herz schlug wie wild. Der Pyjama klebte mir klamm am Körper.

*

Mit der Zeit begannen Elli und Rupert sich Sorgen zu machen.

Sie wollten mir helfen, fragten wiederholt, warum ich so schlecht schlief. Wovon meine Träume handelten. Was mich denn bloß so beschäftigte.

Was hätte ich ihnen antworten sollen?

Behüte deine Zunge vor Bösem, und deine Lippen, dass sie nicht Falsches reden.

»Musst du zum Arzt?«, fragte Rupert.

»Bist du krank?«, sorgte sich Ellie.

Nein, verflixt, weder noch.

Du bist schwach!

Irgendwann hielt ich es nicht mehr aus.

Zufällig traf ich einen alten Kumpel in der Stadt und ließ mir eine Pille besorgen. Zumindest redete ich mir ein, dass unsere Begegnung Zufall war.

Die Treffen danach waren es nicht.

Anfangs nahm ich die Pillen in Maßen, nur gelegentlich, damit ich mich wenigstens ab und zu etwas besser fühlte.

Dann allerdings erfuhr ich, dass man Santa Lucia geschlossen hatte.

Elli und Rupert versuchten es mir zu verheimlichen, indem sie in der Küche keine Zeitungen mehr herumliegen ließen. Abends schalteten sie den Fernseher noch vor den Nachrichten ab.

Keine Ahnung, was sie sich dabei dachten. Wovor wollten sie mich beschützen?

Der Wahrheit?

Die erfuhr ich, als ich mir in der Stadt eine Cola kaufen wollte. An der Supermarkt-Kasse fiel mein Blick ins Zeitungsregal. Wie benommen starrte ich auf die Schlagzeile.

SECHSUNDDREISSIG

Kalkbrenner blickte in die leere Kiste. »Wo ist dieses Empfangsbuch jetzt? Und wo sind die Briefe?«

Beschämt wich Minter seinem Blick aus. »Sie sind … weg.«

Er glaubte sich verhört zu haben. »Wie? Weg?«

»Die Frau gestern, sie … sie hat sie mitgenommen.«

»Wer war diese Frau?«

»Ich weiß es nicht, sie …«

»Sie wissen nicht, wer sie war?«

Minter zuckte zusammen. »Ihr … ihr Bruder, er war als Kind in dem Heim und jetzt, jetzt ist er tot. Sie glaubte, sein Tod habe irgendetwas damit zu tun.« Sie klang, als würde sie jeden Augenblick in Tränen ausbrechen. »Sie … sie war doch so verzweifelt, da habe ich ihr die Akten, das Buch, die Briefe gezeigt.«

Fassungslos schüttelte Kalkbrenner den Kopf.

Es war Muth, die fragte: »Sie haben die Frau nicht gekannt, aber ihr trotzdem das Buch und die Briefe mitgegeben?«

»Nein, nein«, beeilte sich Minter zu sagen, »sie hat sie einfach mitgenommen, sie … sie ist damit verschwunden, Ich musste kurz ans Telefon und dann … dann … war sie weg.« Verzweifelt sah sie die Beamten an. »Wer hätte denn ahnen können, dass Sie sie klaut?«

Kalkbrenner grummelte. »Was genau stand in den Briefen?«

»Sie …« Minter holte angestrengt Luft. »Sie schilderten die Vorgänge in Santa Lucia, das Verschwinden der Kinder. Sie glaubte, dass die Oberin, die das Heim seit Anbeginn leitete, all die schlimmen Dinge duldete, aus Angst vor Pfarrer Stoll, aus Angst vor Dr. Mertens, der anscheinend über alles wusste, es sogar deckte, womöglich sogar involviert war. Und dann gab es noch andere Vorwürfe, nicht ganz so schlimm, aber …«

»Nämlich?«

»Dass Pfarrer Stoll die Gemeindekasse geplündert haben soll.«

»Um welche Summe handelte es sich?«

»Das stand nicht in den Briefen, aber … aber er war ja viele Jahre in der Gemeinde tätig.«

Kalkbrenner tauschte einen Blick mit seiner Kollegin.

Damit war wohl geklärt, woher Frieder Schacht alias Pfarrer Richard Stoll das viele Geld gehabt hatte.

Muth fragte: »Und wer hat diese Briefe geschrieben?«

»Eine gewisse Schwester Maria. Kurz danach wurde sie versetzt.«

»Versetzt?«

»So … so wie Pfarrer Stoll.«

»Und damit war alles unter den Tisch gekehrt.«

»Wenn Sie so wollen.«

Kalkbrenner hatte genug gehört. »Wir sind gleich zurück.« Er lief, dicht gefolgt von Muth, die Treppe hinunter und ins Freie, wo er Bergers Nummer wählte.

»Paul«, meldete sich der, »gut, dass du anrufst.«

»Ich möchte, dass die Spurensicherung das Grundstück rings ums Kinderheim großflächig untersucht, am besten komplett umgräbt.«

»Glaubst du, dort sind weitere Leichen vergraben?«

»Zumindest kann ich es nicht ausschließen. Wissen wir inzwischen etwas über die Tote?«

»Deshalb wollte ich dich gerade anrufen«, erwiderte Berger. »Die Kriminaltechniker haben sich die Kette vorgenommen, die bei der Toten gefunden wurde. Der Name auf dem Anhänger lautet …«

»Maria«, sagte Kalkbrenner. »Schwester Maria.« Er grummelte. »Von wegen – *versetzt*.«

»Wie bitte?«

Kalkbrenner berichtete seinem Kollegen, was er vor wenigen Minuten von Minter erfahren hatte.

»Demnach wurde Schwester Maria zum Schweigen gebracht«, konstatierte Berger.

»Sie wurde *umgebracht*«, sagte Kalkbrenner, »während Pfarrer Richard Stoll, jetzt als Frieder Schacht, unbekümmert sein Leben weiterlebte.«

»Was wohl auch für diesen Dr. Anton Mertens gilt, der involviert war.«

»Den hat zumindest die Alzheimer-Erkrankung ereilt. Wer weiß, wer noch alles davon gewusst hat und …«

»Herr Kalkbrenner!«, unterbrach ihn eine heisere Stimme.

»Ist das Sackowitz?«, fragte Berger.

»Der hat uns gerade noch gefehlt«, sagte Muth.

Kalkbrenner beendete sein Telefonat.

Der Reporter stieg aus einem alten, rostigen Polo. »Herr Kalkbrenner«, er grinste breit, »wie ich höre, haben Sie eine weitere Leiche gefunden.«

»Was genau haben Sie gestern nicht verstanden?«

»Hat der Leichenfund in dem ehemaligen Kinderheim mit dem Toten von der Müllkippe zu tun?«

»Ich wiederhole mich nur ungern …«

»Frieder Schacht war sein Name, richtig?«

»… kein Kommentar.«

»Aber wissen Sie auch schon Schachts wahren Namen? Und alles über sein Treiben im Kinderheim?«

Etwas lag in Sackowitz' Tonfall, das Kalkbrenner nachhaken ließ. »Gibt es etwas, das wir wissen sollten?«

»Die Frage ist wohl eher, *wieso* Sie das nicht wissen.«

»Das ist nicht die Antwort auf meine Frage.«

Sackowitz' Blick suchte das Altenheim. »Gibt es etwas, das *ich* wissen sollte?«

»Ja, wir sind hier nicht auf dem türkischen Basar.«

Das Grinsen wurde noch breiter. »Meinen Sie nicht, es wäre …«

»… eine Strafvereitelung nach Paragraf 258 des Strafgesetzbuches, wenn Sie uns Ihr Wissen vorenthalten.«

»Ach, kommen Sie, das ist doch …«

»Und das wäre mit einer Freiheitsstrafe von bis zu fünf Jahren zu ahnden.«

»Also jetzt …«

»… verständige ich die Kollegen der Streife«, ergriff Muth das Wort und zog die Handschellen vom Gürtel ab. »Herr Sackowitz, ich verhafte Sie …«

»Ja, ja, ist ja gut«, stöhnte der Reporter.

Kalkbrenner sah ihn erwartungsvoll an.

Zähneknirschend griff Sackowitz in seine Jackentasche. »Als ich von dem Kinderheim erfuhr, fiel mir eine Sache ein, über die ich vor zwanzig Jahren mal geschrieben habe, ganz zu Beginn meiner Tätigkeit für den *Kurier* …« Er machte eine Pause.

Mit einer ungeduldigen Geste forderte Kalkbrenner ihn zum Weiterreden auf.

»Aber wenn ich Ihnen das jetzt sage, kann ich die Story exklusiv …«

»Sera«, rief Kalkbrenner, »führ ihn bitte ab.«

»Ist ja gut, ist ja gut«, japste Sackowitz und zog einen Ausdruck aus der Tasche. »Ich habe den Bericht aus dem Archiv gekramt. Vor fast zwanzig Jahren, also zu einer Zeit, als noch nicht jeder Artikel digitalisiert und im Internet veröffentlicht wurde, da gab es nämlich noch kein Internet in dem Umfang wie heute und …«

»Geben Sie ihn mir!«, blaffte Kalkbrenner.

Widerwillig reichte Sackowitz ihm den Artikel.

Kalkbrenner las die Schlagzeile.

*

Reflexartig trat Jamina die Bremse, doch – zu spät, der Daimler krachte in die Seite ihres Wagens.

Mit einem Schrei riss sie das Lenkrad herum. Der Daihatsu schlingerte, schleuderte und donnerte gegen die Leitplanke. Dann stand er still.

Jaminas Puls raste. Ihre Hände zitterten.

Hupend bretterte ein Lkw vorbei. Der Daimler verschwand in der Ferne.

Was zur Hölle …?!

Ein paar Meter vor ihr hielt ein BMW auf dem Seitenstreifen. Ein älterer Herr stieg aus.

Jamina trat ebenfalls ins Freie. Sie taumelte, schnappte nach Luft. Der Schock steckte ihr in den Gliedern.

»Ist Ihnen was passiert?«, rief der Mann, der jetzt auf sie zu gerannt kam.

»Danke«, sie hielt sich am Wagen fest, »mir … mir geht's gut.«

Er blieb vor ihr stehen und musterte sie skeptisch. »Sind Sie sicher?«

»Ja, alles gut.«

»Der Mistkerl hat Sie gerammt!«

»Halb so wild.«

»Halb so wild?« Der Mann lachte hysterisch. »Haben Sie sich mal Ihr Auto angesehen?«

Jamina betrachtete die Tür des Wagens. Dort, wo der Daimler ihn erwischt hatte, gab es eine beträchtliche Beule.

»Der hat Sie gerammt, ich hab's gesehen!«

Sie besah sich die Motorhaube des Daihatsu. Die Front, mit der er in die Leitplanke gekracht war, sah stark mitgenommen aus. Aber nicht so stark, dass sie die Fahrt nicht würde fortsetzen können.

Jamina wollte wieder einsteigen.

Entgeistert sah der Mann sie an. »Wollen Sie damit etwa noch fahren?«

»Ich muss weiter.«

»Sie müssen die Polizei rufen!«

»Haben Sie sich das Kennzeichen gemerkt?«

»Nein, nein, dafür ging das alles viel zu schnell, aber … der hat Sie doch gerammt, der hat es drauf angelegt!«

»Ja«, sagte Jamina, klemmte sich hinters Steuer, startete den Motor, legte den Rückwärtsgang ein und gab Gas.

Irgendetwas im Motorraum ratterte, als der Daihatsu losrollte.

Halb so wild.

Das war glatt gelogen, andererseits hätte die Sache aber auch viel schlimmer enden können.

Nur einige Meter weiter klaffte eine breite Lücke in der Leitplanke. Dahinter stürzte ein Abhang fast zwanzig Meter in die Tiefe.

Der hat Sie gerammt!

Verdammt, irgendjemand hatte gerade versucht sie … *ja was?*

Wie von selbst suchte ihr Blick den Zeitungsausschnitt, der jetzt neben der Kladde im Fußraum lag.

Die Schlagzeile lautete: *Bilanz des Schreckens …*

SIEBENUNDDREISSIG

… Heimkinder ermordet?

Es war diese Schlagzeile, die mir den Rest gab.

Mein Magen verkrampfte sich, während ich an all die Kinder dachte, die angeblich aus Santa Lucia ausgerissen waren, Anton, Ben, Johannes und …

Nein!

Alles in mir sträubte sich gegen den Gedanken.

Nein, nein!

Mir wurde schlecht nur bei der Vorstellung, dass du womöglich niemals abgehauen bist, dass man auch dich stattdessen –

Kommt auch nicht wieder, genauso wie die anderen.

Arthurs Stimme schoss mir durch den Kopf, so laut dass ich mich unwillkürlich nach ihm umdrehte. Aber hinter mir stand nur die Schlange ungeduldiger Leute, die ihre Einkäufe bezahlen wollten.

»Geht's endlich weiter«, maulte ein Mann.

Noch ehe ich begriff, was ich tat, rannte ich hinaus auf die Straße.

»Hey«, brüllte mir die Kassiererin nach, »was ist mit Ihren Einkäufen?«

Aber die Cola und der Schokoriegel waren mir egal. Ich wollte weg, einfach weg, weit weg, als könne ich auf diese Weise nicht nur meiner Übelkeit, sondern auch der Wahrheit entfliehen.

Kapier's endlich!

Irgendwann blieb ich keuchend stehen, rang um Luft. Dann erbrach ich mich in den Rinnstein.

Endlich begriff ich – und wollte es dennoch nicht wahrhaben.

Du warst niemals ausgerissen.

Ich übergab mich ein weiteres Mal. Diesmal quoll nur noch bittere Galle in meine Kehle.

Noch am gleichen Abend schoss ich mich so richtig ab.

*

In den Wochen danach behandelten Elli und Rupert mich wie ein rohes Ei.

Wann immer wir beisammensaßen, spürte ich ihre betroffenen Blicke. Sie redeten mit mir wie mit einem Kleinkind, dem man nach einem schrecklichen Unfall bloß nicht zu viel zumuten durfte.

Musst du zum Arzt?

Bist du krank?

Zweifellos kannten sie jetzt die Antwort darauf, wussten aber nicht damit umzugehen.

Allerdings hatte ich auch keinen blassen Schimmer, was sie hätten tun können. Ihr mitleidiges Gehabe jedenfalls war mir unerträglich.

Außerdem hatte ich kein Mitgefühl verdient.

Denn wäre ich nicht gewesen, wären Mama und Papa nicht gestorben, wären wir beide nicht im Heim gelandet, hätten sie dich nicht verschleppt, missbraucht und …

… ermordet!

In meine Träume stahlen sich Bilder von dir, nicht von zu Hause und auch nicht von unserer Zeit im Heim.

Schlimmer. Sie zeigten, wie du in einem tiefen Loch lagst.

Wie Erde auf dich geschaufelt wurde, bis nur noch dein bleiches, mit Wunden übersätes Gesicht herausragte.

Vorwurfsvoll hast du mich angestarrt.

»Du bist schuld!«, sagtest du wieder und wieder.

Ich bekam die schrecklichen Bilder und deine Stimme nicht aus dem Kopf.

Du bist schuld!

Ich schmiss noch mehr Pillen ein, vernachlässigte die Schule, schwänzte den Unterricht.

Ich trieb mich mit vermeintlichen Kumpels in der Stadt herum, ging auf Partys, stürzte ab.

Nur so fand ich Vergessen.

*

Auf einem dieser Raves lernte ich Melissa kennen.

Vollgedröhnt platzte sie in die Toilettenkabine, in der ich gerade einem Typen einen blies.

Sie kicherte. »Warum schließt ihr denn nicht ab?« Und machte kehrt.

Kurz darauf hörte ich ihr Kichern aus der benachbarten Kabine. »Ihr Schlimmfinger.« Dann schniefte sie zweimal hörbar laut.

Später sah ich sie auf der Tanzfläche wieder.

Sie wollte mit mir quatschen, aber die Wirkung meiner Pille setzte gerade ein. Mir war nicht nach Unterhaltung. Ich verlor mich im Rausch.

Ein paar Tage später begegneten wir uns erneut auf einer Party. Wieder suchte sie meine Nähe.

Ich ging ihr aus dem Weg, sie jedoch blieb hartnäckig.

Für eine Weile quatschten wir über belangloses Zeug, die Musik, den DJ, die Partys nächste Woche, bis sie mich plötzlich fragte: »Du bist nicht schwul, oder?«

»Was?«

»Du siehst gar nicht schwul aus.«

Aus irgendeinem Grund musste ich lachen.

»Wieso lachst du?«, fragte sie.

»Weiß nicht.«

»Du weißt nicht, warum du lachst?«

Ich zuckte mit den Schultern. Manchmal hatten Pillen diese Wirkung auf mich. Dann stand ich stundenlang auf der Tanzfläche und grinste grundlos blöde vor mich hin.

»Also?«, fragte sie.

»Was also?«

»Bist du oder nicht?«

»Was?«

»Sag bloß, du hast meine Frage schon wieder vergessen?«

Das war die Kehrseite der Pillen. Ich dachte kurz nach. »Klar bin ich gut drauf.«

»Was?«

»Das war doch deine Frage.«

»Nein«, sie verdrehte die Augen, »ob du schwul bist oder nicht.«

»Ach so.«

»Und?«

»Weiß nicht«, sagte ich.

Sie seufzte. »Was weißt du denn überhaupt?«

»Keine Ahnung.«

Jetzt war sie es, die lachte.

»Hab mir noch nie Gedanken drüber gemacht«, fügte ich hinzu.

»Echt nicht?«

»Nein.« Und das war nicht gelogen.

Während die anderen um uns herum im Takt der Musik weiterzappelten, sah sie mich prüfend an. Ihre Pupillen waren riesig. Dann nickte sie, als würde sie verstehen.

Und irgendwie, glaube ich, tat sie das tatsächlich, denn sie meinte: »Ich fick ja auch manchmal für Pep.«

Was mich nicht überraschte.

Für den Rest der Party hockten wir zusammen, teilten uns eine weitere Pille, etwas von dem Pep, alberten herum.

Nur als sie mich küssen wollte, zuckte ich zurück.

Aber das störte sie nicht, im Gegenteil, wir trafen uns später einige Male in der Stadt, unterhielten uns über dies und das, Kumpels, DJs, Raves, sowas eben.

Alles andere spielte keine Rolle.

Wir verabredeten uns zu weiteren Partys, fühlten uns gut dabei, jedenfalls solange wir auf Pille oder Pep waren. Hatten wir mal nichts intus, war Melissa schlecht gelaunt, genervt und zickig.

Vielleicht mochte ich sie deshalb. Weil sie mich an dich erinnerte.

Heimkinder ermordet?

Daran allerdings wollte ich nicht denken. Ich stürzte mich mit Melissa ins Nachtleben, betäubte den Schmerz, die Erinnerung, die Schuld.

Nur mit Glück schaffte ich meinen Hauptschulabschluss.

Elli und Rupert gefiel mein Lebenswandel ganz und gar nicht. »Gott würde nicht wollen«, pflegte mein Pflegevater zu sagen, »dass du dein Leben einfach so fortwirfst.«

Wobei ich nicht der Ansicht war, dass ich mein Leben wegwarf. Ich machte es mir nur irgendwie erträglicher.

»Wir können dir helfen«, fügte er hinzu.

Da war ich mir nicht so sicher. Sie konnten ja nicht einmal mehr richtig mit mir reden.

Schweigend saßen wir am Küchentisch.

»Was hast du jetzt vor?«, fragte Rupert schließlich. »Also, jetzt da du die Schule beendet hast.«

Darüber hatte ich mir noch keine Gedanken gemacht.

»Du wirst ja nicht ewig bei uns wohnen wollen.«

Womit er recht hatte.

Wieder hing das Schweigen sekundenlang zwischen uns.

Rupert seufzte. »Was magst du denn gerne?«

Partys. Pillen. Und Melissa. Was wahrscheinlich keine gute Antwort war. Zwei-, dreimal waren die beiden ihr begegnet. Seither sorgten sie sich noch mehr um mich.

»Erzähl mal«, sagte Elli, »was hast du so den ganzen Tag gemacht in ...«, sie brach ab, als könne sie den Namen des Kinderheims nicht aussprechen. Oder als fürchte sie meine Antwort.

Dem Priester den Arsch hingehalten.

»Gespült, geputzt, aufgeräumt«, sagte ich.

Über Ellis Gesicht glitt Erleichterung.

»Und sonst?«, hakte Rupert nach.

Was ihm einen erschrockenen Blick seiner Frau einbrachte.

»Die Blumen im Garten gepflanzt«, sagte ich, »Dahlien, Christrosen, Stiefmütterchen.«

Er hob überrascht die Augenbraue. »Du kennst dich damit aus?«

»Ja«, log ich, weil mir die Befragung allmählich auf die Nerven ging. Ich war mit Melissa in der Stadt verabredet und schon eine halbe Stunde zu spät.

»Hat dir das Spaß gemacht?«

»Klar«, sagte ich – *weil ich dann meine Ruhe vor den Nonnen gehabt hatte und kiffen konnte.* Ich hoffte, dass die beiden mich jetzt endlich in Frieden ließen.

»Gott sei Dank«, tatsächlich schien Rupert zufrieden, »ich glaube, ich hätte da was für dich.«

ACHTUNDDREISSIG

Während Jamina über die A111 fuhr, blickte sie immer wieder in den Rückspiegel, konnte aber weder den Daimler noch eine andere, neuerliche Bedrohung ausmachen.

Das Rattern im Motorraum des Daihatsu wurde mit jedem Kilometer, den sie zurücklegte, lauter.

Als vor ihr der Rasthof Stolper Heide auftauchte, hielt sie den Krach nicht mehr aus. Außerdem gingen ihr tausend Fragen durch den Kopf.

Kurzerhand setzte sie den Blinker, fuhr bis ans Parkplatzende und parkte rückwärts ein. Sie ließ den Motor laufen, damit die Heizung an blieb, während sie die ein- und ausfahrenden Pkws im Auge behielt.

Erst als sie sicher sein konnte, dass ihr niemand gefolgt war, griff sie nach dem Zeitungsausschnitt.

Bilanz des Schreckens.

Der Artikel fasste im Grunde das zusammen, was sie im Altenstift von Frau Minter erfahren hatte. Zwar wurden weder Pfarrer Stoll noch Dr. Anton Mertens genannt, trotzdem hatte es schon damals einen ungeheuerlichen Verdacht gegeben, allerdings hatte dieser wohl nie erhärtet werden können.

Heimkinder ermordet?

Jetzt, fast zwanzig Jahre danach, waren die Schandtaten, die mutmaßlichen Morde, längst verdrängt und vergessen, so vergessen wie die Unterlagen auf dem Dachboden des Seniorenheims.

Dass diese Leute damit davongekommen sind.

Dr. Mertens mochte inzwischen ein dementer, sabbernder Pflegefall sein, Pfarrer Stoll verschwunden, aber zweifellos gab es Leute, denen sehr daran gelegen war, dass das alles auch weiterhin verschwunden, vergessen und vertuscht blieb.

Obwohl die Heizung im Wagen auf Hochtouren lief, fröstelte Jamina.

Sie glaubte zu begreifen, nicht alles, aber doch das meiste.

Ich habe ihn gesehen. In Berlin. Er ist es.

Wenn diese Leute keinerlei Scheu davor hatten, sie aus dem Weg zu räumen, dann hatten sie ganz sicher auch nicht davor zurückgeschreckt, ihren Bruder –

Oh Gott!

Ihr kam ein anderer, furchterregender Gedanke.

Sie sah auf die Uhr. Es war inzwischen weit nach Mittag.

Hastig griff sie nach dem Handy und wählte die Nummer ihrer Tochter. Es klingelte zweimal.

»Was denn jetzt schon wieder?«, meldete sich Liz.

Erleichtert schnappte Jamina nach Luft. Noch nie war sie so froh gewesen, das Gezicke ihrer Tochter zu hören. »Wo bist du?«

»Mit Hannah unterwegs.« Liz seufzte genervt. »Sag mal was, Hannah!«

»Warum denn?«, tönte es aus dem Hintergrund.

»Weil meine Mutter mir mal wieder nicht glaubt. Sag ihr, wir waren gerade in der Schule und …«

»Hallo, Frau Stark«, kam eine amüsierte Stimme aus dem Hörer, »Liz und ich, wir waren gerade in der Schule, wir haben nicht geschwänzt, ganz ehrlich.«

»Zufrieden?«, ätzte Liz. »Ich muss jetzt …«

»Warte!«

»Aber mein Akku ist gleich leer, und ich hab mein Kabel zu Hause vergessen …«

»Liz!« Ein Signalton ließ Jamina wissen, dass ein weiterer Anruf eintraf. »Liz«, sagte sie, »was habt ihr noch vor?«

»Nichts, ich muss kurz nach Hause …«

»Nein!«

»… und dann zu Antonia, ich geb ihr Nachhilfe, das hab ich dir doch gesagt.«

»Nein, dann geh direkt zu Antonia. Und bleib dort.«

»Ja, aber …«

»Ich hole dich ab.«

» …ich brauch mein Handykabel.«

»Vergiss das Kabel, es ist …«

»Aber mein Akku ist gleich alle.«

»Dann nimm doch das Kabel von Hannah!«

»Das passt nicht, das ist von Samsung.«

»Verdammt, Liz, du wirst ja wohl einmal ohne dein Scheißhandy auskommen?«

»Spinnst du jetzt total?«

»Geh zu Antonia, ich hole dich dort ab.«

»Mama!«

»Mach bitte einfach, was ich dir sage, okay?«

Das brachte Liz zum Schweigen.

»Ich erklär's dir später«, fügte Jamina versöhnlicher hinzu. »Versprochen.« Sie beendete das Gespräch und blickte aufs Display.

Lowag.

Zähneknirschend setzte sie aus der Parklücke zurück, der Daihatsu rumpelte scheppernd los, erst dann nahm sie den Anruf entgegen und aktivierte die Freisprecheinrichtung. »Fabian?«

»Jamina?«

»Klar, du hast doch meine Nummer gewählt, oder nicht?«

»Was ist denn das für ein Lärm?«

»Mein Auto.«

»Was ist damit?«

»Irgendein … ein Motorschaden.«

»Klingt übel.«

»Ich bin auf dem Weg in die Werkstatt.«

»Nicht zur Rechtsmedizin?«

Jamina zögerte, einen Tick zu lang. »Wieso?«

Diesmal war es Lowag, der einen Moment still blieb. »Dr. Ludwigs«, sagte er schließlich, und seine Stimme nahm einen grimmigen Tonfall an, »er hat nach dir gefragt.«

*

Kalkbrenner hielt den Blick auf die Schlagzeile gerichtet.

Bilanz des Schreckens.

Wie Sackowitz erklärt hatte, war der Artikel vor fast zwanzig Jahren erschienen.

Er handelte von dem Heim, von mehr als zwei Dutzend Kindern, um deren Verschwinden sich niemals jemand geschert hatte, nicht einmal die Nonnen, deren Schutz man sie anvertraut hatte.

Zwei Dutzend Kinder, deren Schicksal nicht hatte aufgeklärt werden können.

Allerdings hatte es schon damals einen Verdacht gegeben.

Kinder ermordet?

Kalkbrenner faltete den Ausdruck, steckte ihn ein und sah den Reporter an. »Das ist alles?«

»Wie?« Sackowitz lachte auf. »Das ist nicht genug? Das ist doch eine Knüller-Story, jetzt da offenkundig einer der Übeltäter von damals ermordet aufgefunden wurde. Pfarrer Richard Stoll. Auf einer Müllkippe in Potsdam.«

»Ist das Ihr einziger Bericht von damals?«

»Nein, es gab noch ein paar Nachberichte, aber falls Sie wissen wollen, ob die Kinder … ihre Leichen … jemals gefunden wurden ...« Sackowitz schüttelte bedauernd den Kopf. »Soweit ich weiß – nein.«

»Trotzdem, ich möchte diese Berichte lesen.«

»Jetzt?«, fragte Sackowitz. »Die hab ich nicht …«

»Bis heute Mittag«, unterbrach ihn Kalkbrenner und blickte auf die Uhr, »bis heute Nachmittag um vier habe ich sie auf meinem Schreibtisch.« Er wollte sich abwenden.

»Lassen Sie deshalb jetzt den Garten des Kinderheims umgraben?«

Woher wissen Sie davon?, wollte Kalkbrenner fragen.

Er mag vieles verloren haben, seine Kontakte zu redseligen Kollegen leider nicht.

Ohne ein weiteres Wort lief er zurück Richtung Altenstift.

»Herr Kalkbrenner«, rief Sackowitz, »nur noch eine Frage: Warum haben das eigentlich Ihre Kollegen vor zwanzig Jahren nicht gemacht? Den Garten nach Leichen durchsucht?«

Die gleiche Frage stellte sich Kalkbrenner auch.

Und noch eine weitere.

Die Frage ist wohl eher, wieso Sie es nicht wissen.

Weshalb hatte Berger, als er Informationen über das Kinderheim gesucht hatte, nichts über die Ermittlungen vor zwanzig Jahren gefunden? Hatte irgendjemand aus Unachtsamkeit die Akten im Archiv verlegt?

Oder waren sie gezielt verschwunden?

Wer weiß, wer noch alles davon gewusst hat.

Der Gedanke behagte ihm nicht.

»Hey, Herr Kalkbrenner«, Sackowitz ließ nicht locker, »und … und was wird jetzt aus meiner Story?«

Muth versperrte ihm den Weg. »Jetzt sind es schon zwei Fragen gewesen.«

»Meinen Sie nicht, Sie sind mir einen Gefallen schuldig?«

»Meinen Sie nicht, ich sollte Sie verhaften und für eine Weile in einer Zelle schmoren lassen?«

»Das … das können Sie nicht machen.«

»Ihr Glück«, murmelte Kalkbrenner, bevor er den Altenstift betrat und in Minters Büro lief.

Die Heimleiterin wandte sich vom Fenster ab. Offenbar hatte sie ihn schon eine ganze Weile beobachtet.

»Wir möchten mit Herrn Dr. Mertens reden«, sagte Kalkbrenner.

»Das … das wird nicht viel bringen.«

»Pfarrer Richard Stoll hat es doch auch versucht.«

Minter erblasste. »Wann?«

»Als er Dr. Mertens besucht hat, vor einigen Monaten. Sie haben das nicht mitbekommen?«

»Nein, ich … Oh Gott!«

»Führen Sie denn keine Besucherlisten?«

»Doch, aber …« Minter ließ den Kopf hängen.

»Wo finden wir Dr. Mertens?«

*

»Jamina«, sagte Lowag, »wieso willst du zur Rechtsmedizin?«

Schweigend fädelte sie sich auf die A111 ein und beschleunigte den Daihatsu.

Allerdings gesellte sich nun zu dem Motorrattern noch ein unheilvolles Knacken. Vorsorglich drosselte sie das Tempo.

»Jamina?«

Sie blickte in den Rückspiegel, bemerkte aber nach wie vor weder den Daimler noch einen anderen, verdächtigen Verfolger.

Lowag knurrte. »Darf ich dein Schweigen so verstehen, dass …«

»Wieso fragst du, wenn du die Antwort schon kennst?«

»Hast du tatsächlich behauptet, ich hätte deine Teilnahme an der Obduktion genehmigt? Was hast du dir dabei gedacht?«

Jamina schaute zum Zeitungsausschnitt.

Bilanz des Schreckens …

Sie zwang den Blick zurück auf die Straße. »Ich denke …«

»Ich denke, du steigerst dich da in etwas rein.«

»Hat Jürgen mit dir geredet?«

»Worüber?« Lowag schnaubte vergrätzt. »Worüber auch immer er hätte reden sollen, nein, er hat es nicht getan. Aber mir ist dein komisches Verhalten auch nicht entgangen.«

»Also hat er …«

»Um Jürgen geht es doch gar nicht.«

»Sondern?«

»Du hast dir freigenommen, sagt Jürgen. Du bist also nicht einmal im Dienst.«

Jamina näherte sich dem Charlottenburger Dreieck. Erneut blickte sie auf die Schlagzeile.

… Kinder ermordet?

Sie nahm den Abzweig in Richtung Potsdam. »Mein Bruder ist tot!«

»Weiß ich doch, deshalb …«

»Er wurde ermordet!«

»Jürgen erwähnte, dass du das glaubst.«

»Ich glaube es nicht, ich weiß es!«

»Ach, Jamina …«

»Behandle mich nicht wie ein Kind!«

Lowag stieß ein Knurren aus. »Ich verstehe, dass sein Tod dir nahegeht, und dass du ihn noch nicht akzeptieren kannst, wirklich, das verstehe ich.«

Du verstehst gar nichts!, dachte Jamina.

»Schließlich«, fuhr Lowag fort, »ist es noch nicht lange her, dass ihr euch wiedergetroffen habt. Wie viele Jahre hattet ihr euch aus den Augen verloren?« Er wartete die Antwort nicht ab. »Wie auch immer, es gibt keinerlei Anzeichen auf ein Fremdeinwirken, sagt Jürgen, und auch Dr. Ludwigs hat bei der Obduktion nichts …«

»Dann doch nur, weil man es geschickt angestellt hat.«

»Wer?«

»Das weiß ich nicht, das versuche ich …«

»Jamina!« Lowags Stimme schwoll an. »Hörst du mir überhaupt zu?«

Sie rang mit ihrem Zorn.

»Ich sagte doch, es gibt nichts, das auf ein Verbrechen hindeutet. Nichts!«

Sie schwieg.

»Auch wenn dir das schwerfällt, damit musst du leben. Gönn dir jetzt etwas Abstand, Ruhe, versuch den Tod deines Bruders zu verdauen, hörst du? Sicher hast du jetzt auch einiges zu erledigen. Kümmere dich darum. Und um Liz. Für sie ist das alles doch auch nicht leicht, oder? Wie geht es ihr überhaupt?«

»Wie schon?«, presste Jamina hervor. »Sie ist ein Teenager.«

»Sie ist zwölf, oder?«

»Vierzehn.«

»Ein schwieriges Alter, ja. Meine Tochter hat mir damals auch graue Haare beschert.« Lowag lachte, aber es klang zu bemüht. Gleich darauf wurde er wieder ernst. »So schwer es dir gerade fällt, aber das Leben geht weiter, Jamina.«

»Hast du noch eine Weisheit aus dem Handbuch für Hinterbliebene parat?«

»Vergiss nicht, du trittst bald deine neue Stelle an.«

»Was hat das ...«

»Ich habe dich dafür empfohlen. Enttäusch mich bitte nicht.« Lowag legte auf.

Mit einem wütenden Schrei hieb Jamina auf das Lenkrad ein.

Sie brauchte eine Weile, bis sie sich beruhigt hatte und begriff, dass ihre Wut nicht Lowag galt, sondern …

Dass diese Leute damit davongekommen sind.

NEUNUNDDREISSIG

Rupert verschaffte mir bei einem seiner Freunde eine Gärtnerlehre.

Und weißt du was?

Anfangs machte mir die Arbeit sogar Spaß, weil ich Geld verdiente, weil ich nicht mehr für meine Partys und Pillen anschaffen musste – und weil ich mir eine eigene Wohnung leisten konnte. Zum ersten Mal bestimmte niemand anderes über mein Leben, es gab keine Regeln, keine Vorhaltungen, keine Tadel, keine Strafen, auch keine Gebete.

Endlich konnte ich tun und lassen was ich wollte.

Einerseits eine verlockende Vorstellung, andererseits war diese Freiheit sehr beängstigend. Denn erstmals war ich ganz auf mich allein gestellt. Würde ich das überhaupt ertragen?

Zum Glück verbrachte Melissa die meiste Zeit bei mir; das machte vieles leichter – und zugleich alles schwieriger.

Wir feierten viele Partys, montags verschliefen wir, am Dienstag meldete ich mich krank, manchmal vergaß ich sogar das.

Bald wurde mir gekündigt.

Natürlich erfuhr Rupert davon. »Und jetzt?«, wollte er wissen, während er sich widerwillig auf der fleckigen Couch niederließ, die Melissa und ich uns aus einem Ramschmarkt besorgt hatten.

Ich drückte an einem Pickel auf meiner Wange herum. »Ich suche mir was Neues.«

»Ach ja?«

»Klar.«

»Ich kann dir nicht ewig helfen.«

»Musst du nicht.«

»Du hast da Blut.«

»Wo?«

»An deinem Finger«, sagte Rupert.

Ich beugte mich zum Tisch vor, auf dem mehrere Aschenbecher voller Zigarettenkippen, leere Bierflaschen und anderer Kram wild verstreut standen.

Ich spürte Ruperts angewiderten Blick auf mir, während ich zwischen irgendwelchen Flyern ein benutztes Taschentuch fand, mir damit den Finger abwischte und es dann auf den blutenden Pickel drückte.

Als ich mich ihm wieder zuwandte, drehte er den Kopf und sah sich in der Wohnung um.

Die war nichts Besonderes, nur ein Zimmer in einem Hochhaus mit Blick auf die Autobahn. Wenn die Balkontür offenstand, hörte man, je nachdem wie der Wind stand, sogar die dröhnenden Flieger vom Flughafen Tegel.

Vor der Küchenzeile, einem Angebot aus dem Discounter, eigentlich hübsch anzusehen, stapelten sich weitere Bierflaschen und Alkopops.

Die Kühlschranktür hatte eine dicke Delle.

»Was ist da passiert?«, fragte Rupert.

»Ach, nichts.«

»Sieht aber nicht so aus.«

»Bin gestolpert«, behauptete ich, »dagegen gekracht.«

»Wie? Mit dem Kopf?«

»Ja«, log ich weiter, »ist aber nichts passiert.«

Rupert wirkte nicht wirklich überzeugt. »Wo ist Melissa?«

»Hat was zu tun.«

»Sie hat endlich einen Job?«

»Ja.«

»Michel«, wieder schien er mir die Lüge anzumerken. Sein kummervoller Blick kehrte zu mir zurück. »Was ist bloß los mit dir?«

»Nichts.«

»Du hast von Anfang an …«

»Wirklich nichts!«

»Du weißt, was … was immer dich beschäftigt, du kannst mit mir reden.«

Ich schluckte.

Du bist schwach!

»Wir finden eine Lösung. Der Herr findet immer eine Lösung.«

»Der Herr ist ein Arschloch«, hörte ich mich sagen.

Es war das letzte Mal, dass ich Rupert sah.

*

Ich suchte mir eine Stelle im Supermarkt, musste Kisten schleppen, Regale einräumen, Müll rausbringen.

Es war ein Scheißjob, aber er bezahlte die Miete und die Partys, was erwartete ich noch mehr?

Ein paar Mal versuchten Melissa und ich miteinander zu schlafen, doch sosehr sie sich anstrengte, an mir rumspielte, meinen Schwanz lutschte, mir sogar den Finger tief in den Arsch steckte, ich bekam einfach keinen hoch.

Vielleicht, sagte ich mir, vielleicht war ich ja doch schwul.

Ich glaube, Melissa hätte nicht einmal ein Problem damit gehabt. Sex war ihr nie wichtig gewesen, nur ein Mittel zum Zweck.

Ich fick ja auch manchmal für Pep.

Was ihr sehr wohl gegen den Strich ging: Dass ich sie auch sonst kaum anrührte, nicht einmal, wenn wir von einer Party zurück- und vom Trip runterkamen. Dann hatte sie nämlich immer ein dringendes Bedürfnis nach Nähe.

»Du brauchst mich nicht ficken«, bettelte sie, »aber halt mich wenigstens fest.« Wie ein Kätzchen kuschelte sie sich an mich. »Halt mich einfach fest.«

Aber ich konnte ihre Berührungen nicht ertragen.

Worauf sie nur genervter und gereizter reagierte. Wenn wir dann auch noch keine Drogen im Haus hatten, mit denen sie das Gefühlschaos, den Seelenschmerz, das Gedankenwirrwarr betäuben konnte, wurde sie fuchsteufelswild, schrie herum, kratzte mich, schmiss mit Gegenständen.

Eine dieser Situationen artete aus.

Sie brüllte mich an. *»Was ist bloß falsch mit dir?«*

»Die gleiche Frage könnte ich dir stellen.«

»Du hast sie nicht mehr alle.«

»Du Psycho!«

Ein Suppentopf krachte gegen den Kühlschrank. »Du kannst mich mal!«

»Du mich auch.«

»Leck mich.« Mit einem Knall fiel die Wohnungstür hinter ihr zu.

Ich hörte tagelang nichts von ihr.

Wieder kam ich mir benutzt, abgeschoben und schäbig vor.

Dann erfuhr ich von ihrem Tod. Sie hatte sich von einer Brücke vor den Zug geworfen.

Selbstmord.

Danach fühlte ich mich nur noch schuldig.

*

Auch meine darauffolgenden Beziehungen hielten nicht lange. Natürlich lag die Schuld daran nicht bei den Frauen.

Schließlich war ich derjenige, der ihre Nähe nicht ertrug, der keinen hochkriegte. Ich war es, der sich mit Drogen vollpumpte, der ständig Verabredungen vergaß, der ganze Tage verschlief, der nicht arbeiten ging. Ich war ein blöder, nichtsnutziger Psycho, der nichts auf die Reihe bekam.

Du bist schwach!

Ich war es, der Schuld trug am Tod all der Menschen, die mir einmal wichtig gewesen waren.

Ermordet!

Wahlweise: *Selbstmord.*

Eines Abends stand ich auf dem Balkon, eine fast leere Flasche Schnaps in der Hand, und dachte: *Heute spring ich.*

Tat ich dann aber doch nicht. Stattdessen kippte ich den Rest runter, ging auf eine Party, dröhnte mich zu, tage-, wochenlang.

Weil ich die Miete nicht bezahlen konnte, drohte mir der Vermieter mit der Kündigung.

Mir wurde die Heizung abgestellt, dann das Telefon.

An einem Sonntagmorgen, ich war ausnahmsweise nüchtern, schaltete ich den Fernseher ein. Das ZDF übertrug einen Gottesdienst.

Lasset uns beten.

Da drehte ich durch, schlug die Möbel kurz und klein.

Plötzlich stand der Vermieter vor der Tür und hatte die Polizei im Schlepptau.

Ich musste die Wohnung verlassen.

VIERZIG

Kalkbrenner und Muth folgten Minter in die erste Etage.

Dort betraten sie ein kleines, stilvoll eingerichtetes Zimmer mit einem rustikalen Kleiderschrank, einer nicht minder antiquierten Kommode, darauf einige Bücher, Fotoalben, ein Ordner.

Gegenüber der Couch stand das Bett.

Der Anblick der ausgezehrten, bleichen Gestalt, die reglos dalag, kam Kalkbrenner unangenehm vertraut vor.

Im Gegensatz zu seiner Mutter war der alte Mann allerdings noch am Leben.

»Er hatte einen Schlaganfall«, wisperte Minter, als fürchte sie, sie könne den Patienten erschrecken, »infolgedessen eine verminderte Hirndurchblutung. Seither liegt er im Wachkoma.«

»Bekommt er von seiner Umgebung noch etwas mit?«

»Sein Hirn hat schwere Schäden genommen.«

»Was glauben Sie?«

»Er zeigt keinerlei Bewusstsein.«

»Kann er noch mit der Umwelt kommunizieren?«

»Nein.«

»Manche Menschen reagieren mit einem Blinzeln, einer Fingerbewegung.«

»Wie gesagt …« Bedauernd hob Minter die Schultern.

Während Muth sich in dem Zimmer umsah, trat Kalkbrenner vorsichtig an Dr. Mertens' Bett und beugte sich über ihn.

Nichts geschah, keine Bewegung, kein Zucken.

Er zeigt keinerlei Bewusstsein.

Trotzdem hatte Frieder Schacht alias Pfarrer Richard Stoll vor gar nicht langer Zeit mit ihm gesprochen. Oder es zumindest versucht.

Warum?

»Herr Dr. Mertens«, flüsterte Kalkbrenner. »Können Sie mich verstehen?«

Noch immer zeigte der Mann keine Reaktion.

»Können Sie mir irgendein Zeichen geben?«

Nichts.

»Frau Minter«, sagte Muth, die inzwischen vor der Kommode stand. »Das sind die persönlichen Besitztümer von Dr. Mertens, nicht wahr?«

»Ja.«

»Gibt es noch mehr?«

»Nein, das ist alles, den Rest hat sein Sohn bereits entsorgt.«

»Wann?«

»Vor einer ganzen Weile schon.«

»Und wann war sein Sohn zuletzt hier?«

»Er versucht jeden Tag zu kommen, was ihm aber nicht immer gelingt, er ist viel beschäftigt.«

Muth nahm die Bücher, die Alben und den Ordner an sich. »Dürfen wir diese Unterlagen mitnehmen?«

»Also, ich …«, Minter stockte, »ich weiß nicht.«

»Sie sind doch verantwortlich für die Patienten.«

»Das ist richtig.«

»Wenn Sie es also erlauben …«

»Müssten Sie dafür nicht die Genehmigung der Angehörigen einholen?«

»Natürlich«, sagte Muth, »aber bei Gefahr im Verzug können wir Unterlagen sofort beschlagnahmen.«

Bestürzt sah Minter sie an. »Gefahr im Verzug?«

»Verschwundene Kinder, mutmaßlich ermordet … Jeder Ermittlungsrichter würde nachträglich einen Beschluss für die Beschlagnahmung ausstellen, da bin ich sicher.«

Minter schien nachzudenken. »Ich …«, sie nickte, »ich denke, es ist okay.«

»Danke«, sagte Muth.

Während sie die Unterlagen zusammenpackte, wandte sich Kalkbrenner wieder dem alten Mann zu. Er wollte noch einen letzten Versuch wagen. »Herr Dr. Mertens, ich …«

»Was ist denn hier los?«, fiel ihm eine aufgebrachte Stimme ins Wort. *»Was machen Sie da mit meinem Vater?«*

*

Das Rattern und Knacken des Daihatsu dröhnte in Jaminas Ohren, als sie schließlich Potsdam erreichte und sich durch den Mittagsverkehr bis zur Lindstedter Chaussee quälte.

Sie parkte vor einem hässlichen, creme-farbenen Klinkerbau aus den Sechzigern.

Neben dem Briefkasten hing ein kleines, weißes Schild: *Brandenburgisches Landesinstitut für Rechtsmedizin.*

In der Einfahrt stand ein Volvo, aus dem Ehleben stieg, kaum dass Jamina in Sichtweite war. »Hab mir schon gedacht, dass du hier noch auftauchst.«

»Lass mich raten: Lowag hat dir gesagt, du sollst hier auf mich warten.«

»Er hat …«

»Dir außerdem gesagt, dass du mich auf keinen Fall reinlassen darfst.«

Ihr Kollege seufzte. »Er macht sich nur Sorgen.«

»So wie du, als du dich bei ihm ausgeheult hast.«

»Herrje, und wenn ich mir dich so ansehe«, Ehleben betrachtete ihre zerrissene Hose und die verdreckte Jacke, »zu recht.«

»Sonst noch was?«

»Um deinen Wagen mache ich mir auch Sorgen.« Sein Blick ging zum Daihatsu. Dann sah er Jamina mit einer Mischung aus Besorgnis und Verärgerung an. »Was ist passiert?«

Jamina überging die Frage, deutete stattdessen zum Eingang. »Warst du schon drin?«

Ehleben verdrehte die Augen.

»Und?«

»Jamina …«

»Jetzt sag schon!«

Erneut gab er einen Seufzer von sich. »Dein Bruder hatte eine Überdosis Heroin und Morphin intus, es gibt keinerlei Zweifel … Herrje, Jamina, was soll denn das jetzt?«

Sie war auf dem Weg ins Gebäude.

*

Kalkbrenner betrachtete den Mann, der im Türrahmen aufragte – eine eindrucksvolle Erscheinung, großgewachsen, Mitte vierzig, braungebrannt, in teurem Anzug und Edeltretern. »Sie sind Dr. Mertens' Sohn?«

»Und wer sind Sie?«

»Kriminalhauptkommissar Kalkbrenner, meine Kollegin Muth.«

Mertens' Sohn starrte die beiden wutentbrannt an. »Was haben Sie hier bei meinem Vater zu suchen?«

»Wir stellen ihm nur einige Fragen.«

»Sind Sie noch bei Trost?« Er lachte auf. »Sehen Sie denn nicht, in welchem Zustand er sich befindet?« Schlagartig wurde er wieder ernst, wirbelte zu Minter herum. *»Und Sie, Sie lassen das auch noch zu? Unerhört!«*

Minter zuckte zusammen.

»Ich habe geglaubt, mein Vater sei bei Ihnen in den besten Händen, aber … aber ich …«

»Sie dürfen ihr nicht die Schuld geben«, versuchte Kalkbrenner die Wogen zu glätten, »wir haben darauf bestanden.«

»Wozu um alles in der Welt? Mein Vater liegt im Koma und … und …« In der Sakkotasche des Sohnes begann ein Handy zu schrillen. Nach einem raschen Bick aufs Display nahm er den Anruf entgegen. »Ja? Der Vertrag? Ist unterwegs. Alles andere klären wir morgen. Danke, mache ich.« Er trennte die Verbindung.

Kalkbrenner sagte: »Wir müssen …«

»Sie müssen nur noch eines«, fiel ihm der Mann ins Wort. »Auf der Stelle das Zimmer verlassen!«

»Können wir …«

»Jetzt sofort!«

»Hören Sie …«

»Sofort!«

Kalkbrenner grummelte. »Ich denke …«

»Ich denke, mein Vater braucht jetzt endlich wieder Ruhe, die kleinste Aufregung schadet ihm und …« Erneut meldete sich das Telefon. Er nahm ab. »Hallo Vincent, ich warte schon den ganzen Vormittag auf deinen Anruf. Hat sich der Herr Senator bei dir gemeldet? Noch nicht? Okay, ich kläre das. Bis gleich.« Er legte auf.

Kalkbrenner fragte: »Sagten Sie nicht, Ihr Vater braucht Ruhe?«

»Ja, genau, deshalb …« Der Mann runzelte die Stirn. *»Wollen Sie mich verarschen?«*

»Nichts liegt mir ferner. Ich möchte nur …«

»Raus! Sofort!«

Kalkbrenner und seine Kollegin gingen hinaus in den Flur.

»Und was haben Sie da unterm Arm?« Mertens' Sohn trat auf Muth zu. »Gehört das etwa meinem Vater?«

»Das haben wir beschlagnahmt«, sagte sie.

»Wieso?«

»Das ist unser gutes Recht.«

»Das wüsste ich aber!«

»Hören Sie …«

»Geben Sie mir die Sachen!«

»Nein.«

»Jetzt sofort!

»Nein«, mischte sich Kalkbrenner ein. »Sie haben meine Kollegin gehört. Die Unterlagen wurden beschlagnahmt. Der richterliche Beschluss dafür geht Ihnen alsbald zu.«

Verdattert starrte der Mann ihn an. »Wer«, presste er mit mühsam unterdrückter Wut hervor, »wer ist Ihr Vorgesetzter?«

»Wieso?«

»Das wird Konsequenzen für Sie haben, das schwöre ich Ihnen.«

Achselzuckend wandte Kalkbrenner sich ab.

Mertens' Sohn folgte den Kommissaren die Treppe hinunter, als wolle er sichergehen, dass sie auch wirklich das Gebäude verließen.

Als sie ins Freie traten, läutete das Telefon ein weiteres Mal. Kalkbrenner blieb stehen, um etwas von dem Gespräch mitzubekommen.

»Ja, was denn? Ach so. Ja klar, Vincent hat mich gerade anrufen. Ich bin unterwegs. Eine halbe Stunde, dann sehen wir uns im Büro.« Der Mann legte auf.

Kalkbrenner drehte sich zu ihm um. »Ihr Vater hat hier in Mönchsmühle gelebt und praktiziert, oder?«

Erst schien es, als wolle der Kerl ihn anschnauzen. Dann überlegte er es sich anders. »Ich bin sicher, das wissen Sie bereits.«

Kalkbrenner zog sein Handy hervor und zeigte Schachts Foto. »Kennen Sie diesen Mann?«

»Nein.«

»Sie haben sich das Bild ja gar nicht angesehen.«

Genervt blickte sein Gegenüber auf das Telefon. »Igitt, das ist ja … widerlich.«

»Es geht hier nicht um einen Schönheitswettbewerb.«

»Nein«, knurrte Mertens' Sohn, »den hab ich nie gesehen.«

»Das ist Pfarrer Richard Stoll alias Frieder Schacht.«

»Keine Ahnung, wer das ist.«

»Ganz sicher?«

»Ja doch.« Er sah auf die Uhr. »War's das jetzt? Ich muss los.«

»Ja.« Kalkbrenner ging zum Passat und stieg ein.

Bernie kläffte freudig, hoffte wohl auf eine Gassirunde.

»Später, Dicker. Jetzt müssen wir erst mal hier weg.«

Muth legte Dr. Mertens' Unterlagen in den Kofferraum, dann klemmte sie sich hinters Steuer, startete den Motor und gab Gas. »Du weißt, wer dieser Mertens Junior ist, oder?«

*

»Jamina«, sagte Dr. Ludwigs, der ihr in dem lang gestreckten Flur entgegenkam, »es tut mir leid.«

Die weißen Kacheln an Wänden und Boden verstärkten den tiefen, bärigen Klang seiner Baritonstimme, die perfekt zu seiner Erscheinung passte – groß, stämmig, Vollbart und dichtes Haar. Unter dem wehenden, weißen Kittel trug er ein weißes Hemd, eine weiße Stoffhose, weiße Crocs.

Lila-farbene Happy Socks waren der einzige Farbtupfer.

Jamina wartete, bis er vor ihr stand. »Was hast du herausgefunden?«

Dr. Ludwigs blickte fragend zu Ehleben.

»Was ist?«, zischte Jamina. »Musst du Jürgen erst um Erlaubnis fragen?«

»Nein, aber …«

»Dann kannst du mir auch antworten.«

Wieder ging Dr. Ludwigs' Blick zu Ehleben.

Der seufzte. »Du kennst sie doch …«

Der Gerichtsmediziner zuckte mit den Schultern. »Nichts, das deinen Verdacht erhärten würde.«

»Und die Verletzung am Hinterkopf?«

»Die habe ich mir natürlich angesehen. Sie entstand durch den Aufprall auf die Tischkante, das hat eine Vergleichsprobe zweifelsfrei ergeben.«

»Ja«, warf Ehleben ein, »ich war nochmal in der Wohnung und habe …«

»Okay, schön«, fiel ihm Jamina ins Wort, »aber …«

Mürrisch verzog ihr Kollege das Gesicht.

»… könnte ihn jemand geschubst haben? Geschlagen?«

»Bedaure, nein«, erwiderte Dr. Ludwigs, »es gibt keinerlei Hinweise auf Gewaltanwendung. Ich habe auch keine Abwehrverletzungen …«

»Das heißt doch nichts«, protestierte Jamina. »Vielleicht hat man ihn überrascht.«

»Herrje«, fluchte Ehleben, »es gibt keinerlei Anzeichen darauf, dass sich jemand anderes in der Wohnung befunden hat. Nicht zum Zeitpunkt seines Todes oder …«

»Was ist mit seiner Nachbarin, Karo Wasiljew?«

»Die haben wir befragt, sie hat niemanden kommen oder gehen sehen.«

»Hast du auch ihren Freund befragt?«, wollte Jamina wissen.

Verdutzt sah ihr Kollege sie an. »Wieso sollten wir?«

»Weil er es war, der die Leiche gefunden hat. Sie hat nur die Polizei gerufen.«

Ehleben setzte zu einer Erwiderung an.

»Wilmut«, Jamina drehte sich zu dem Gerichtsmediziner um, »ich möchte meinen Bruder noch einmal sehen.«

»Also ich weiß nicht …«

»Bitte!«

Verunsichert blickte Dr. Ludwigs wieder zu Ehleben.

Diesmal hob der die Achseln. »Der Leichnam ist freigegeben.«

»Meinetwegen.« Mit quietschenden Sohlen schritt der Gerichtsmediziner einer schweren Metalltür entgegen, zog sie auf und trat in die Kühlhalle.

Sie bot das gleiche sterile Bild wie der Rest des Instituts, Neonlicht, weiße Fliesen, über die gesamte Breite einer Seite ein Stahlregal mit etlichen quadratischen Türen.

Jamina wusste nicht, wie oft sie bereits davorgestanden hatte. Irgendwann hatte sie aufgehört zu zählen. Ihr Aufenthalt hier war zur Normalität geworden, ebenso wie Gespräche mit Angehörigen, deren Trauer, Verzweiflung, oftmals auch Wut.

»Willst du das wirklich?«, fragte Dr. Ludwigs.

Sie nickte, dennoch wurden ihre Schritte langsamer.

Trotz der eisigen Temperaturen waren ihre Klamotten schweißgetränkt.

Dr. Ludwigs klappte eine der Stahltüren auf und zog die Bahre auf schmalen Schienen hervor.

Die Leiche steckte in einem weißen Plastiksack. Der Reißverschluss stand unten offen, sodass die nackten Füße herausragten.

Auch dieser Anblick war Jamina vertraut.

Doch als sie jetzt die braune Pappkarte sah, die an einem Bindfaden vom großen Zeh baumelte, blieb sie mit einigem Abstand stehen.

Dr. Ludwigs sah sie an, als spüre er ihre Zweifel.

Willst du das wirklich?

Sie gab sich einen Ruck und überwand die Distanz zur Bahre. »Bitte.«

Mit einem Ratsch löste Dr. Ludwigs den Reißverschluss.

Jaminas Bruder kam zum Vorschein.

Sie schluckte.

Von den zugenähten Obduktionsschnitten abgesehen, wirkte er, als würde er friedlich schlafen.

Was immer er erlebt hatte, jetzt hatte er endlich seinen Frieden gefunden.

Sanft berührte Jamina seine Wange. Sie war kalt, starr und … *tot*. Er war tot.

Ermordet!

In die frostige Stille mischte sich das Klingeln ihres Handys.

Jamina wandte sich ab.

Auf dem Weg zurück in den Flur warf sie einen Blick aufs Display. Dann nahm sie den Anruf entgegen. »Antonia.«

»Äh, ja, hier ist Antonia. Liz gibt mir doch immer Nachhilfe.«

»Ja, ich weiß, heute.«

»Wo ist sie denn?«

EINUNDVIERZIG

Einer meiner Rave-Kumpels verschaffte mir ein kleines, billiges Zimmer in seiner Party-WG.

Ich bewarb mich auf ein paar Jobs, doch keiner wollte einen Typen einstellen, dem das Wochenende, die Partys, die Pillen und das Pep mit Augenringen schwer wie Kartoffelsäcke im Gesicht hingen.

Als irgendein Kerl mich fürs Ficken bezahlen wollte, dachte ich nicht lange darüber nach.

In den seltenen, nüchternen Momenten war ich angewidert von mir selbst, nichts half dagegen.

Bis einer meiner Freier mich auf Heroin brachte.

Der erste Schuss war hart, er war krass, er war geil. Es war die Offenbarung. Ob Oberin Isolde das auch so gesehen hätte?

Wer Sünde tut, der ist der Sünde Knecht.

Dummerweise wurde ich recht bald von den Bullen mit dem Zeug erwischt. Weil die Menge so gering war, sah der Richter von einer empfindlichen Bestrafung ab. Stattdessen bekam ich Sozialstunden aufgebrummt.

Noch während ich die Straßen fegte und Mülltonnen leerte, begann ich wieder das Zeug zu spritzen, meinen Körper zu verkaufen, zu tun, was nötig war, damit mich mein Selbsthass nicht verschlang.

Ich wurde ein zweites Mal verhaftet, ein drittes Mal. Beim vierten Mal saß ich erstmals ein paar Tage ein, dennoch …

Weiter ging's.

Weil immer schrägere Typen bei uns auftauchten, außerdem die Polizei fortwährend vor der Tür stand, setzte mich die WG schon bald auf die Straße.

Einer meiner Freier erzählte mir vom Bahnhof Zoo. »Dort ist alles cooler, leichter, besser.«

*

In Wahrheit war es härter, gemeiner, rücksichtsloser.

Ich fand weder Job noch Wohnung, landete stattdessen unter einer Brücke, in Gesellschaft anderer Junkies, die meisten von ihnen noch abgefuckter als ich.

Ständig war einer mies drauf, immer gab es Schlägereien, Verletzte – oder eine Überdosis.

Man gewöhnt sich dran.

Ich finanzierte mir die Drogen auf dem Strich.

Schon komisch, dass überhaupt jemand auf mich abfuhr, bleich und runtergekommen wie ich war, verlottert, in fleckigen, löchrigen Klamotten, aber verflixt, es gibt wohl für alles und jeden einen Markt.

Wurde es doch mal eng, zockte ich die wenigen Freier ab, die mir blieben, manchmal auch Passanten, leichte Beute in Berlin, wo sich keiner um den anderen schert.

Wer sich wehrte, bekam eins auf die Fresse. Was zählte, war der nächste Schuss.

An der Revaler Straße legte ich mich dummerweise mit einem Zivilfahnder an. Diesmal zeigte der Richter wenig Verständnis. Ich bekam sechs Monate ohne Bewährung.

Jetzt saß ich also im Knast. JVA Tegel. Achthundert Männer, Mörder, Schläger, Vergewaltiger. Und ich mittendrin.

Irgendwie war es wie in Santa Lucia – die Regeln, die Cliquen, ja, auch die Fickerei. Wer seinen Arsch hinhielt, hatte Ruhe.

Aber der Entzug machte mich fertig.

Klar, ich bekam Methadon, stand unter Aufsicht, Ärzte, Pfleger, das volle Programm, trotzdem gab es immer wieder heftige Stunden und noch schlimmere Nächte.

Ich kotzte die Krankenstation voll, heulte und schwitzte, glaubte, ich würde verrecken. Ich hoffte es sogar, bat Gott, mich endlich sterben zu lassen.

Oh Herr, ich habe gesündigt, Unrecht getan, bin gottlos gewesen.

Ich hielt die Albträume nicht aus, die Stimmen in meinem Schädel, die wild durcheinander zeterten, schimpften, keuchten. Mal war es die Oberin, mal Mama und Papa, dann der Pfarrer, Johannes, Onkel Rudi, Arthur, sogar du.

»Michel«, sagtest du.

Ich wälzte mich im Bett herum, schlug panisch um mich.

»Michel, ich bin's.«

Es dauerte eine Weile, bis endlich zu mir durchdrang, dass deine Stimme keine Halluzination war.

ZWEIUNDVIERZIG

Kalkbrenner ließ sich Zeit mit der Antwort.

Du weißt, wer dieser Mertens Junior ist, oder?

Natürlich, er hatte ihn auf Anhieb erkannt. »Christian Mertens, der Immobilienmagnat, dessen gewaltiges Bauvorhaben seit Wochen durch die Medien geht.«

Muths Blick ging zum Rückspiel, als könne der Mann jeden Augenblick hinter ihnen auftauchen. »Glaubst du, er macht Ärger?«

»Ich bin mir sogar sicher.« Kalkbrenner grummelte. »Ich gebe ihm eine halbe Stunde.«

Wie zur Bestätigung ließ Bernie vom Rücksitz ein grimmiges Knurren vernehmen.

Kalkbrenner streckte den Arm nach hinten aus und kraulte dem Hund das Fell. »Worüber ich mir allerdings weitaus mehr Gedanken mache …« Er brach ab.

Vor ihnen tauchten der Streifenwagen und die Schutzpolizeibeamten auf, die den Schotterweg zum ehemaligen Kinderheim absperrten.

Die ersten Schaulustigen aus dem Dorf trieben sich dort herum, ebenso eine Handvoll Reporter.

Von Sackowitz war zum Glück nichts zu sehen.

Kalkbrenner sagte: »Mertens ist in Mönchsmühle aufgewachsen. Sein Vater war der Arzt im Ort, einem Ort mit wie vielen Einwohnern? Fünfhundert?«

»Maximal.«

»Und jetzt sollen wir ihm abnehmen, er habe den örtlichen

Pfarrer nicht gekannt? Einen Mann, mit dem sein Vater regelmäßigen Kontakt hatte?«

Muth ließ den Wagen ausrollen. »Mich macht noch etwas ganz anderes stutzig. Dass er nämlich –«

Kalkbrenners Handy klingelte.

Es war das Krankenhaus, und plötzlich kam ihm der Gedanke, dass womöglich alles nur ein Irrtum gewesen war.

Jetzt rief der Arzt an und würde ihm erklären, dass seine Mutter keineswegs verstorben war, ganz im Gegenteil, dass sie stattdessen im Wachkoma lag, ähnlich wie der alte Dr. Mertens, endgültig ein Pflegefall, hoffnungslos, ohne Aussicht auf Besserung und –

Er wehrte sich gegen die erschreckende Vorstellung.

Sie ist tot.

Statt sich in weiteren Überlegungen zu verlieren, nahm er den Anruf entgegen. »Ja bitte?«

»Herr Kalkbrenner«, meldete sich die Krankenschwester vom Vortag, »vor wenigen Minuten hat der Bestatter Ihre Mutter abgeholt.«

»So war es vereinbart.«

»Um ihre Habseligkeiten, meinte er, würden Sie sich kümmern.«

»Richtig, ich hole sie ab.«

»Wir haben die Sachen zusammengeräumt und …« Sie räusperte sich. »Wann würden Sie denn kommen?«

»Ich bin auf dem Weg.« Er legte auf.

Muth parkte das Auto ein gutes Stück hinter dem Streifenwagen.

Die Reporter wurden auf die Kommissare aufmerksam und eilten auf sie zu.

Kalkbrenner fragte: »Und was ist das andere?«

Für einen Augenblick war seine Kollegin irritiert. »Bei aller Sorge um seinen schwerkranken Vater«, sagte sie dann, »Mertens wollte nicht einmal wissen, was wir überhaupt dort zu suchen hatten. Schon komisch, oder?«

Kalkbrenner nickte.

Mittlerweile hatten die Reporter den Wagen erreicht, drängelten sich um die besten Plätze an den Fenstern, brüllten ihre Fragen.

Nervös zappelte Bernie auf der Rückbank und kläffte.

»Lass uns zurück nach Berlin fahren«, rief Kalkbrenner gegen den Lärm an, »erst kurz zum Krankenhaus, danach schauen wir uns diesen Christian Mertens genauer an.«

Offenbar hatte Muth nichts anderes erwartet, denn noch ehe er ausgesprochen hatte, startete sie den Motor und gab Gas.

Die Reporter sprangen beiseite und blieben hinter ihnen zurück.

Bernie kläffte noch ein paar Mal, bevor er sich mit einem zufriedenen Schnaufen auf die Bank sacken ließ.

Derweil dachte Kalkbrenner über das weitere Vorgehen nach. »Wenn wir diesen Christian Mertens überprüfen, sollten wir mit Bedacht vorgehen, andernfalls –« Erneut läutete sein Telefon. Er blickte aufs Display. »Zu spät.«

Muth lachte auf. »Nicht einmal eine halbe Stunde.«

Kalkbrenner aktivierte den Lautsprecher. »Herr Dr. Salm?«

*

Jamina blieb wie angewurzelt stehen. »Ist Liz nicht bei dir?«

»Nein«, sagte Antonia, »aber eigentlich wollte sie doch kommen. Ist sie krank?«

»Jamina?«, fragte Ehleben, der gerade neben sie trat.

Sie setzte sich wieder in Bewegung. »Nein, sie ist nicht krank.« Hastig lief sie dem Ausgang entgegen. »Wann hätte sie bei dir sein sollen?«

»Vor 'ner Dreiviertelstunde oder so.«

»Jamina!«, rief ihr Kollege, während er offenbar mit ihr Schritt zu halten versuchte.

Sie warf einen Blick auf die Uhr. »Hast du sie angerufen?«

»Ihr Telefon ist aus, ich …«

Jamina legte auf, wählte die Nummer ihrer Tochter. Sofort sprang die Mailbox an.

Natürlich, das Kabel, der leere Akku.

Oder …

»Liz«, hinterließ sie trotzdem eine Nachricht, »ich bin auf dem Weg, aber ruf mich an. Ruf mich bitte an. Ich muss wissen, ob alles in Ordnung ist.« Sie trennte die Verbindung. Fluchend stieß sie die Tür auf und stürmte ins Freie.

Hinter ihr keuchte Ehleben schwer. »Jetzt warte doch, ich …«
Sie sprang bereits in den Wagen.
»Herrje, Jamina!«
Ratternd fuhr der Daihatsu los, zugleich wählte Jamina die Handynummer von Hannah.
Doch auch Liz' Freundin war nicht zu erreichen. Viermal erklang das Freizeichen, dann die Mailbox.
Sie versuchte es auf dem Festnetz, erreichte auch dort nur den Anrufbeantworter.
»Verdammt!«
Kaum hatte Jamina aufgelegt, da klingelte ihr Handy.
Sie bog in die Amundsenstraße ein, während sie den Anruf entgegennahm. »Liz?«
»Nein, ich bin's«, klang Ehlebens Stimme aus dem Telefon.
Jamina ächzte. »Was ist?«
»Herrje, das frage ich dich.«
»Nichts.«
»Jamina, erzähl keinen Mist!«
»Ich …«
»Steckst du in Schwierigkeiten?«
»Nein!«
»Ist was mit Liz?«
Ja!, wollte Jamina schreien, aber kein Ton kam aus ihrer Kehle.
Plötzlich fühlte sie sich nur noch müde, ausgelaugt, am Ende ihrer Kräfte.
Sie hatte seit Tagen nicht geschlafen, war von einem Ort zum anderen gehetzt, gerade erst einem Mordversuch entgangen – und jetzt war auch noch Liz verschwunden.
Für einen kurzen Moment wollte sie Ehleben alles erzählen, wirklich alles, von Anfang an.
Was immer du erlebt hast.
Aber sie konnte nicht.
Es ging einfach nicht. Nicht bevor sie wusste, was mit ihrer Tochter geschehen war.
Außerdem bog sie bereits in die Grubenstraße ein. »Ich muss auflegen.«
»Herrje, Jamina …«
Sie trennte die Verbindung und hielt vor einem der kleinen

Einfamilienhäuschen, die sich hier im Viertel aneinanderreihten.

In einem der Zimmer im ersten Stock brannte Licht.

Jamina rannte zur Tür und klingelte Sturm.

Es dauerte, bis Hannah im Bademantel öffnete. »Hallo Frau Stark, ich war in der Wanne und …«

»Wo ist Liz?«

»Äh, bei der Nachhilfe.«

»Bist du sicher?«

»Ja doch, sie wollte dorthin, also …« Hannahs Stimme erlahmte.

»Also was?«

»Na ja, also …«, druckste sie herum, »erst wollte sie noch nach Hause.«

Jamina stöhnte. »Ich hab ihr doch gesagt, sie soll …«

»Sie war ja nicht allein«, fiel ihr Hannah ins Wort.

»Wer war denn bei ihr?«

»Weiß nicht, ein … ein älterer Mann, ich …«, sie zuckte mit den Schultern, »ich kannte ihn nicht.«

»Aber Liz hat ihn gekannt?«

»Ja, sie ist zu ihm ihn den Wagen gestiegen …«

»Was war das für ein Wagen?«

»Ich glaub, ein … ein Polizeiwagen.«

»Ein Streifenwagen?«

»Nee.«

»Woher willst du dann wissen …«

»Da lag 'ne Kelle auf dem Armaturenbrett.«

Fassungslos hielt sich Jamina den Kopf.

Was ging hier vor? Was sollte das alles? »Und du hast den Mann nicht gekannt?«

»Ich hab ihn ein- oder zweimal gesehen, als er sie von der Schule abgeholt hat.«

»Aber sie hat dir nicht verraten, wer er war?«

»Nee, sie hat da echt ein Geheimnis draus gemacht.«

Jamina ließ sich Hannahs Worte durch den Kopf gehen. »Und sie wollte mit ihm zu uns nach Hause?«

»Nur kurz, weil sie ja ihr Ladekabel vergessen hatte und ...«

Den Rest bekam Jamina nicht mehr mit. Sie rannte bereits zurück zum Wagen.

DREIUNDVIERZIG

Benommen starrte ich dich an.

Warst du es wirklich, die da neben meinem Krankenbett stand? Nein, unmöglich, du warst tot.

Ermordet!

»Ich bin's, Michel«, hast du gesagt und meine Hand genommen.

Ich war verschwitzt, ausgelaugt, hilflos, und die Berührung fühlte sich seltsam an. Seltsam fremd. Wie in einem Fiebertraum.

Du hast meine Finger gedrückt, nur ein bisschen, aber geschwächt wie ich war, tat es mir weh.

Kein Zweifel, du warst echt. Leibhaftig.

Ich sagte deinen Namen, vielleicht habe ich mir das aber auch nur eingebildet.

Du hast gelächelt, es war aber ein gezwungenes Lächeln. Aus deiner Miene sprach die Erschütterung über meinen erbärmlichen Anblick.

Mein Körper zuckte in unregelmäßigen Schüben. Abwechselnd war mir heiß und kalt. Auf meinen bleichen, knochigen Unterarmen glommen die Nadeleinstiche groß und hässlich wie Feuermale.

Ich schämte mich zutiefst.

Du bist schwach!, schoss es mir wieder durch den Kopf.

»Alles wird gut«, hast du gesagt.

Plötzlich wurde ich wütend. Ich riss meine Hand weg.

Alles wird gut.

Du hattest doch gar keine Ahnung!

»Geh!«, stieß ich hervor.

»Michel …«

»Du sollst gehen!«

»Ich …«

»Verschwinde!«, schrie ich so laut, dass ein Krankenpfleger ins Zimmer hereinstürzte. Weißt du das noch? *»Hau ab!«*

Du hast dich nicht von der Stelle gerührt.

»Sie soll gehen! Sofort!«

Während dich der Pfleger zum Gehen aufforderte, hast du

traurig auf mich herabgesehen. Das werde ich nie vergessen. Dann habt ihr beide den Raum verlassen.

Als die Tür zufiel, erfüllte Stille den Raum.

Totenstille.

Prompt fiel der Zorn von mir ab und ließ nichts weiter zurück als eine große, tiefe Traurigkeit. Ich begriff, dass ich mit meinem Gepöbel nicht dich, sondern nur mich hatte bestrafen wollen.

Aber jetzt war es zu spät. Du warst weg.

Tränen schossen mir in die Augen.

Ich heulte wie ich seit Mamas und Papas Tod nicht mehr geweint hatte.

Ich war so ein Arschloch, so ein blödes, dummes Arschloch.

Als ich mich endlich beruhigte, hatte ich tausend Gedanken im Kopf, und doch eigentlich nur einen: *Du lebst! Du lebst! Du lebst!*

Ich dachte, ich würde nicht mehr einschlafen können, so aufgewühlt und glücklich und verzweifelt wie ich mich fühlte, aber Erschöpfung ist wohl das beste Beruhigungsmittel. Ich schlief ein und erwachte die ganze Nacht nicht.

Zum ersten Mal blieb mein Kopf still, und ich träumte von gar nichts.

*

Als ich am nächsten Morgen aufwachte, saßt du wieder neben meinem Bett.

Ich fühlte mich etwas besser, ausgeschlafen und erholt, nur meine Kehle war wie ausgedörrt. »Hallo«, krächzte ich.

Du hast mir ein Glas Wasser gereicht, und ich habe es in einem Zug fast ausgetrunken. Dann wollte ich dir sagen, dass der Vorfall gestern mir leidtat, aber meine Stimme war immer noch schwach und belegt. Außerdem hatte ich nie gelernt, über meine Gefühle zu reden, geschweige denn sie zu zeigen.

Also schwieg ich.

Glaubst du mir, wenn ich dir sage: Ich war so unendlich erleichtert, dich wiederzusehen? Wahrscheinlich hast du es mir angemerkt.

Du hast jedenfalls kein Wort über meinen Wutanfall verloren

und getan, als habe es ihn nie gegeben. Du hast nach meinem Zustand, den Medikamenten, dem Methadon, nach den Pflegern und Ärzten im Gefängnis gefragt.

Weil ich Husten musste, weil mir das Reden schwerfiel und weil ich nicht wusste, was ich dir erzählen sollte, gab es immer wieder unangenehme Pausen.

Zu viel Zeit war verstrichen, viel zu viel geschehen.

Ich erinnere mich noch, wie ich dich irgendwann fragte, was du eigentlich hier machst.

»Dich besuchen«, hast du gesagt.

»Klar, aber …«, ich hustete, »aber arbeitest du im Knast?«

Du hast gezögert, als müssest du dir über die Antwort noch klarwerden. »Nein.«

»Woher … woher weißt du dann, dass ich hier bin?«

»Durch Zufall.« Diesmal kam deine Antwort zu schnell.

»Zufall?«, hakte ich nach.

Du hast wieder gezögert, dann mit den Schultern gezuckt, als hättest du dich deinem Schicksal ergeben. »Der Kollege, der dich verhaftet hat. Er rief mich an.«

»Wieso hat er …«, setzte ich zu einer weiteren Frage an, brach aber ab, weil sich die Bedeutung deiner Worte erst mit Verzögerung bei mir einstellte.

Der Kollege?

Ich wollte die ursprüngliche Frage beenden, aber sie war mir entfallen, was mich ärgerte, denn ich glaubte mich zu erinnern, dass sie wichtig war. Doch jetzt beschäftigte mich etwas ganz anderes. »Du bist Polizistin?«

»Ja.«

Sah ich damals erschrocken aus? Eigentlich war ich es nicht. Aber du scheinst das gedacht zu haben.

»Schlimm?«, wolltest du wissen.

»Nein, nein, es ist nur …« Verlegen griff ich nach dem Wasserglas und leerte es mit einem letzten Schluck.

Ganz ehrlich: Ich hätte mir vieles für dich vorstellen können, Jamina, aber – Polizistin?

Andererseits hatten wir uns so viele Jahre aus den Augen verloren, so vieles war geschehen. Beide hatten wir uns verändert, waren einander fremd. Was wusste ich schon großartig über dich und dein Leben?

Immerhin, du lebst!

Und die nächste Überraschung folgte kurz darauf. Aus deiner Tasche kam ein Piepen. »Warte«, hast du gesagt und dein Handy rausgekramt, »oh, das … das ist Liz, meine Tochter.«

»Deine Tochter?«, fragte ich verblüfft.

»Sie ist dreizehn«, hast du mir erklärt und dabei eine Nachricht getippt. »Ein richtiger Wirbelwind.« Du hast aufgeschaut und gelächelt. »Und wahrscheinlich das Beste, was mir je passieren konnte.«

In dieser Sekunde wurde mir zumindest eines klar: Es war sehr viel Zeit vergangen, aber im Gegensatz zu mir hattest du zu einem besseren Leben gefunden.

VIERUNDVIERZIG

»Herr Kalkbrenner!«, donnerte der Dezernatsleiter aus dem Telefon. »Sind Sie von allen guten Geistern verlassen?«

Kalkbrenner sparte sich die Antwort.

»Ich habe einen Anruf vom Polizeipräsidenten erhalten.«

Alle Jahre wieder, lag es Kalkbrenner auf der Zunge, doch auch diese Bemerkung verkniff er sich.

Grinsend, als wisse sie um seine Gedanken, nahm Muth die Auffahrt zur A111.

»Und wie Sie vielleicht wissen«, maulte Dr. Salm weiter, »ist der Polizeipräsident ein guter Freund der amtierenden Bürgermeisterin.«

»Ach ja?«

»Ja, und die ist eine Parteikollegin des Bausenators.«

»Tatsächlich?«

»Der wiederum im engen Austausch mit Christian Mertens steht. Sie kennen Herrn Mertens, oder?« Der Dezernatsleiter wartete die Antwort nicht ab. »Natürlich kennen Sie ihn, Sie sind ihm ja erst vor wenigen Minuten begegnet.«

»Das ist richtig.«

»Und falls Sie es nicht mitbekommen haben, Herr Mertens steht für ein großes, ach was, wahrscheinlich für das größte Wohnungsbauvorhaben seit der Wende.«

»Ich lese die Zeitung.«

»Also muss ich Ihnen auch nicht erklären, was dieses Vorhaben für unsere Stadt bedeutet?«

Kalkbrenner hüllte sich in Schweigen.

Der Dezernatsleiter seufzte wie ein Lehrer, der schwer enttäuscht von seinem Schüler war. »Der Berliner Wohnungsmarkt entwickelt sich fatal«, erklärte er, »und er wird sich durch die anhaltende Situation, die Kriegsflüchtlinge aus der Ukraine, noch einmal verschärfen. Alle Hoffnung gilt deshalb dem Bauvorhaben von Herrn Mertens, einem Vorhaben, das im Übrigen mit einer ungeheuren Investitionssumme verbunden ist.«

»Ich bin mir nicht sicher, was das …«

»… mit Ihnen zu tun hat?« Dr. Salms Stimme schwoll an. »Das kann ich Ihnen verraten: Herr Mertens ist nicht sonderlich erfreut über Ihr Verhalten, über uns, die Polizei – und was soll ich sagen? Die Stadtverwaltung, der Polizeipräsident, der Bausenator, sie alle sind jetzt auch nicht erfreut.«

Kalkbrenner bemühte sich um einen arglosen Tonfall. »Darf ich fragen wieso?«

»Sie haben seinen schwerkranken Vater belästigt!«

»Wir haben ihn nur befragt.«

»Befragt, obwohl er im Wachkoma liegt? Also bitte, Herr Kalkbrenner, wollen Sie mich auf den Arm nehmen? Was sollte das bringen? Und … warum überhaupt? Was hat Herrn Mertens' Vater mit Ihrem Fall zu tun, mit dem unbekannten Toten auf der Müllkippe?«

»Erstens ist der Tote nicht mehr unbekannt, zweitens scheint Mertens' Vater ihn gekannt zu haben, und jetzt steht dieser im Verdacht …«

»Selbst wenn! In seinem Zustand ist er eh nicht mehr straffähig.«

»Und nicht nur der Vater!«

»Was also erhoffen Sie sich …« Dr. Salms Stimme erlahmte. Sekundenlang klang nur ein bestürztes Schnaufen aus dem Hörer.

»Herr Kalkbrenner«, presste er schließlich hervor, »das ist nicht Ihr Ernst!?«

*

Jamina trieb den Daihatsu stadtauswärts über die Potsdamer Straße.

Immer lauter rappelte und knackte es im Motor. Nicht mehr lange, so schien es, und der Wagen würde endgültig den Geist aufgeben.

Trotzdem trat Jamina das Gaspedal durch. Zum wiederholten Mal wählte sie Liz' Nummer. Wieder bekam sie nur die Mailbox zu hören.

»Verdammt!«

Mach dich nicht verrückt!, versuchte sie sich zu beruhigen. Doch das sagte sich so einfach.

Vor ihr geriet der Verkehr ins Stocken. Der Feierabend brach an, der Nachmittag graute. Das Leben ging seinen gewohnten Gang.

Jaminas Leben dagegen geriet aus den Fugen. Sie konnte nichts dagegen tun.

In der Dämmerung glitt links der Buchwald an ihr vorüber, auf der anderen Straßenseite Häuser, Geschäfte, Kneipen.

Dann endlich erreichte sie Bornim, die Hugstraße, raste die letzten Meter bis zum Haus.

Am Straßenrand parkte ein Audi mit Berliner Kennzeichen. Auf dem Armaturenbrett lag tatsächlich eine Polizeikelle.

Sie war nicht sicher, ob der Anblick sie beruhigte.

Mit klopfendem Herz hielt sie den Daihatsu an, sprang ins Freie und hechtete durch den Vorgarten bis zur Tür.

Hektisch schloss sie sie auf und betrat die Diele, wo sie über Liz' Stiefel und die Jacke stolperte, die wie so oft am Boden lagen.

Sie ist hier! Zum Glück! Alles ist gut.

Aus der Küche drang das Surren der Mikrowelle.

Liz lachte. »Schon irgendwie komisch, oder?«

Mit einem Ping beendete das Gerät den Dienst.

Jamina blieb ihm Türrahmen stehen. »Liz!«

Ihre Tochter befand sich allein in der Küche. Gerade wollte sie die aufgewärmte Speise aus der Mikrowelle nehmen. Jetzt gefror sie in der Bewegung. »Mama?«

»Mit wem redest du?« Jaminas Blick fand den Küchentisch, darauf zwei Teller, zwei Gabeln und zwei Löffel. »Was ist hier los?«

»Ich dachte, du kommst nachher zu Antonia.«
»Hab ich dir nicht gesagt, du sollst direkt zu ihr fahren und dort auf mich warten?«
»Ja, hatte ich auch vor, ich wollte nur vorher mein Handykabel holen …«
»Das war vor einer Stunde!«
»Echt?« Liz lächelte verlegen. »Da haben wir wohl die Zeit vergessen.«
»Wir?«
»Ist ja gut, Mama, wir haben gequatscht …«
»Wer ist wir?«
»… und dann«, Liz öffnete die Mikrowelle und holte eine Schale heraus, in der die Lasagne vom Vorabend dampfte, »hatten wir Hunger.«
»Von wem zum Teufel redest du?«
Im Gäste-WC erklang die Toilettenspülung. Vergnügt trat ein Mann heraus. »Schön dich zu sehen, Jamina.«
Sie traute ihre Augen nicht. »Jeff?«

FÜNFUNDVIERZIG

Danach kamst du mich regelmäßig im Knast besuchen.
Je öfter wir uns trafen und einander neu kennenlernten, desto seltener unterbrach verlegenes Schweigen unsere Gespräche. Weißt du noch?
Du hast mir von deiner Arbeit als Polizistin erzählt, von deinem Kollegen, euren jüngsten Einsätzen und dummen Verbrechern.
Einmal sogar von deinem Freund Rob, aber dabei glitt ein Schatten über dein Gesicht.
Du hast das Thema gewechselt, von deinem Tag mit Liz und euren Plänen fürs Wochenende berichtet. Dabei hast du wieder gelächelt, aber diesen Schatten vergesse ich nie.
Ab und zu sprach ich über den Entzug, das Methadon-Programm, meinen Alltag auf der Krankenstation, später in der Zelle.
Bis du gefragt hast, wie ich überhaupt dort gelandet war.
Ich zögerte, weil mir bewusst war, dass du es durch deinen

Kollegen vermutlich längst erfahren hattest und dass deiner Frage viele weitere folgen würden.

»Eine Dummheit«, sagte ich schließlich.

»Was heißt das?«

»Eine große Dummheit«, wich ich aus.

Du hast nicht glücklich darüber gewirkt, aber ich fühlte mich noch nicht bereit für eine Unterhaltung über meine Vergangenheit, war mir nicht einmal sicher, ob ich es je sein würde.

Behüte deine Zunge vor Bösem, und deine Lippen, dass sie nicht Falsches reden.

Ich war dir sehr dankbar, dass du nicht weiter nachgehakt hast.

Stattdessen unterhielten wir uns wieder über Liz, die Wochenenden, an denen ihr gemeinsame Ausflüge in den Tierpark unternommen habt, auf Konzerte, ins Kino, sogar ins Theater gegangen seid, aber auch über ihre ersten, eigenen Schritte in die Unabhängigkeit, die Pubertät, den Trotz und die Rebellion.

»Manchmal«, hast du gesagt und dabei die Augen verdreht, »ist sie so unglaublich zickig. Genervt von allem und jedem, erst recht von mir.«

Da konnte ich mir ein Schmunzeln nicht verkneifen.

»Was? Jetzt sag nicht, ich war auch so?«

»Also …«

»Niemals!«

»Na ja …«

»Nie und nimmer!« Du hast gelacht. Wahrscheinlich, weil du wusstest, dass ich recht hatte.

Amüsiert griff ich zum Wasserglas, trank einen Schluck und, verflixt, ich konnte das alles immer noch nicht fassen.

Klar, seit Santa Lucia waren viele Jahre ins Land gezogen, du hattest längst ein besseres Leben gefunden, ach was, eine andere, bessere Welt. Trotzdem warst du für mich irgendwie immer die große, nervige, zickige Schwester geblieben. Die Vorstellung, dass du jetzt erwachsen warst, Polizistin und Mutter einer nicht minder nervigen, zickigen Tochter, war so … *unglaublich!* Und manchmal ist es das noch heute.

Nur eines verstand ich nicht. »Was ist mit Liz' Vater?«

»Was soll mit ihm sein?«
»Du sprichst nie über ihn.«
»Sollte ich?«
»Lebt ihr nicht zusammen?«
»Er ist weg.«
»Weg?«
»Hat nicht geklappt«, hast du gezischt, so heftig und abweisend, dass ich tatsächlich erschrak.
Für Sekunden hing grimmiges Schweigen zwischen uns.
»Na ja, ist auch egal.« So schnell wie dich die Wut befallen hatte, war sie wieder verschwunden. Du hast sogar wieder gelächelt und gesagt: »Du kommst ja jetzt bald raus hier.«
»Ja.« Ich hatte ein mulmiges Gefühl. Dein jäher Zorn irritierte mich genauso wie der rasche Themenwechsel.
Aber genau wie du wollte ich nicht weiter nachhaken, wenn du Vergangenes lieber nicht erzählen wolltest.
»Was hast du vor?«, hast du gefragt.
Ich hatte keine Ahnung.
»Hast du eine Wohnung?«
»Nein, ich …«
»Freunde?«
Ich schwieg betreten, während ich an die Junkies und Freier dachte, mit denen ich mich zuletzt umgeben hatte.
»Was hältst du davon?«, sagtest du, »du ziehst erst einmal zu uns nach Bornim.«
»Zu euch?«
»Zu Liz und mir.«
»Nein«, sagte ich, hin- und hergerissen zwischen meinen Gefühlen, »nein, das … das geht doch nicht.«
»Das wäre das Mindeste.«
»Nein, ich …«
»Es ist okay.«
Ich schüttelte energisch den Kopf. Einerseits freute ich mich, dass du mir dieses Angebot unterbreitet hattest, andererseits kam es mir falsch vor. »Es geht nicht.«
»Es ist allemal besser als in Berlin mit all den gestörten Typen.«
Womit du sicherlich nicht Unrecht hattest. Nach wie vor war ich auf Entzug, schrittweise sollte jetzt das Methadon abgesetzt

werden, aber die Ärzte warnten mich vor den Gefahren der Flashbacks oder gar vor einem Rückfall. Nicht umsonst heißt es: *Einmal süchtig, immer süchtig.*

»Trotzdem musst du das nicht machen«, sagte ich, weil mich das Gefühl beschlich, dass du dich mir verpflichtet fühltest.

Das ist das Mindeste.

Und plötzlich fiel mir die Frage wieder ein, die ich dir am ersten Tag unseres Wiedersehens hatte stellen wollen, kurz bevor ich sie wegen eines anderen Gedankens vergessen hatte.

Weshalb hatte dein Kollege dich damals angerufen? Hattest du nach mir gesucht? Nach mir suchen lassen? Wenn ja, warum?

Ich fragte mich, ob du ein schlechtes Gewissen hattest. Weil du von Santa Lucia ausgerissen warst und mich dort zurückgelassen hast?

»Kinderkacke!«, hörte ich dich sagen.

Kinderkacke!

Jetzt musste auch ich lächeln.

Ich beschloss, dass es keine Rolle spielte, weshalb wir hier und jetzt beisammensaßen.

Du warst am Leben. Wir hatten uns wiedergefunden. Das allein zählte. Und vielleicht stimmte es ja, was du sagtest, und alles würde tatsächlich wieder gut werden.

*

In einem Punkt hattest du definitiv recht: Liz war aufgeweckt und übersprudelnd, sie war absolut hinreißend, zumindest wenn sie wollte. In anderen Momenten war sie genervt und zickig, ganz genau wie du damals.

Wann immer wir drei beisammensaßen, morgens zum Frühstück, beim Abendessen, erkannte ich dich in ihr wieder, meine große, pubertäre Schwester, die ich trotz allem geliebt, so früh verloren, so schrecklich vermisst hatte.

Ich genoss es so sehr, dich endlich wiedergefunden zu haben.

»Aber wieso wohnt ihr ausgerechnet in Bornim?«, fragte ich dich eines Abends.

Am Vortag hatten wir Liz' vierzehnten Geburtstag gefeiert, jetzt war sie bei ihrer Freundin.

Du und ich, wir haben es uns mit einer Tüte Chips vor dem Fernseher bequem gemacht. Ich glaube, der Münsteraner Tatort lief, mit den zwei Ulknudeln, über deren haarsträubende Polizeiarbeit du dich jedes Mal köstlich amüsiert hast.

Inzwischen wohnte ich bereits ein Vierteljahr in deinem Haus, klein, fein, ruhig gelegen in einer Seitenstraße in dem Stadtteil von Potsdam.

»Günstige Miete«, sagtest du. »Und die Schulen für Liz sind auch besser.«

Das klang einleuchtend, und ich hätte dir geglaubt, wäre da nicht der grimmige Unterton gewesen, der sich wieder in deine Stimme geschlichen hatte.

Ich wollte es deshalb dabei bewenden lassen, konzentrierte mich auf den Fernseher.

»Und wegen Jeff«, fügtest du hinzu.

»Jeff?«

»Liz' Vater.«

Überrascht sah ich dich an.

Du hast einige Sekunden verstreichen lassen, das weiß ich noch genau. »Eine lange Geschichte.« Die Wut in deiner Stimme war nicht zu überhören.

Ich begann mich unbehaglich zu fühlen. »Du musst nicht …«

»Doch«, hast du mich unterbrochen. »Doch. Ich muss.« Du hast den Fernseher ausgeschaltet und mich angeschaut. »Und ich … ich möchte darüber reden.« In der Stille klang deine Stimme noch lauter, noch zorniger.

Noch heute weiß ich nicht, wieso es dich plötzlich überkam.

Vielleicht fühltest du dich mir tatsächlich verpflichtet. Vielleicht war der Zeitpunkt für dich gekommen.

Vielleicht musste es auch einfach endlich raus.

»Die Kurzfassung ist …« Wieder verging eine Weile, als müsstest du dir die Worte sorgsam zurechtlegen. »Als ich damals aus Santa Lucia floh, landete ich in Berlin. Irgendwie landet wohl jeder dort.«

Keine Ahnung, ob du damals eine Antwort von mir erwartet hast. Ich schwieg.

»Ich lernte ein paar Leute kennen, unter anderem Jeff, einen Polizisten, der mich auf der Straße auflas. Er war hilfsbereit, freundlich, sowas kannte ich bis dahin gar nicht. Dass er gezielt

Mädels wie mich suchte, durchschaute ich erst später. Damals war er meine große Liebe. Zumindest kam es mir so vor. Aber es waren wohl eher die Drogen.«

»Er war Polizist!«

»*Das* war ja das Problem. Unter anderem. Außerdem war er noch ein Schläger, ein Arschloch und überhaupt. Er glaubte, ich sei sein Besitz. Er könne mit mir machen, was er wollte.« Du hast eine Pause gemacht und den Ärmel deiner Bluse hochgekrempelt.

Ich erschrak über die hässliche Narbenwulst, die deinen Unterarm überzog.

Plötzlich begann ich zu begreifen, und verstand es trotzdem nicht.

»Und ich?«, fragtest du, als wüsstest du um meine Gedanken. »Ich ließ ihn gewähren. Frag mich bitte nicht, warum. Ich weiß es nicht. Wahrscheinlich, weil ich es … weil ich solche Typen gewohnt war. Die mit mir machten, was sie wollten. Verstehst du?«

Ich nickte, entsetzt von dem, was du mir danach erzähltest.

»Bis ich von ihm schwanger wurde. Da begann ich zu begreifen, in was für einer Scheiße ich gefangen war, und dass das so nicht weitergehen konnte. Nicht mit einem Kind. Ich zog bei ihm aus. Was jetzt so einfach klingt, war ein gewaltiger Akt, der die Sache nur noch schlimmer machte. Als Polizist hatte er jede Menge Möglichkeiten, mir das Leben zur Hölle zu machen – und damit ungestraft davonzukommen. Deshalb bin ich dann raus aus Berlin, raus aus seinem Geltungsbereich. Mittlerweile haben wir die meiste Zeit Ruhe vor ihm, nur manchmal … Manchmal glaube ich, ich ziehe solche Typen einfach an.«

»Ist Rob etwa auch …«

»Nein, den meine ich nicht. Rob ist anders, nett.«

Nett?, wollte ich fragen, weil das so belanglos und beliebig klang.

»Zu nett«, hast du hinzugefügt.

Stirnrunzelnd sah ich dich an.

»Ich meine ... wie Pfarrer Stoll.«

SECHSUNDVIERZIG

»Herr Kalkbrenner«, noch immer klang Dr. Salms Stimme gepresst. »Was soll das heißen? Ermitteln Sie jetzt etwa auch gegen Christian Mertens?«

»Eine offizielle Ermittlung ist es noch nicht.«

»Ja, was denn dann? Wieso überhaupt? Und was … was hat Herr Mertens mit dem Toten auf der Müllkippe zu tun?«

Kalkbrenner legte sich die Worte sorgsam zurecht.

»Erklären Sie mir das!«

»Der Tote auf dem Wertstoffhof, Frieder Schacht, hieß eigentlich Richard Stoll und war nicht nur der Gemeindepfarrer ins Mönchsmühle, sondern damals auch im dortigen, katholischen Kinderheim Santa Lucia tätig. Vieles deutet darauf hin, dass eben dieser Pfarrer jahrelang Kinder missbraucht hat, Kinder, die zum Teil spurlos verschwanden, mutmaßlich ermordet wurden. Tatsächlich fanden wir im Garten des Heims heute Morgen die Leiche einer jungen Frau, die …«

»Ja, ja«, fiel Dr. Salm Kalkbrenner ungeduldig ins Wort, »das alles klingt wirklich schlimm, aber nochmal: Was um alles in der Welt hat Christian Mertens damit zu tun?«

»Sein Vater war der Arzt im Kinderheim. Und es gibt Hinweise, dass er in die schrecklichen Vorgänge eingeweiht war, womöglich sogar daran beteiligt.«

»Um Himmels willen!«

»Möglicherweise weiß auch sein Sohn darüber Bescheid, über die verschwundenen Kinder, die mutmaßlichen Morde – und hat es bis heute verschwiegen.«

»Und wie kommen Sie darauf? Was hat er getan oder gesagt, dass Sie glauben …«

»Nichts«, sagte Kalkbrenner.

»Wie? Nichts?«

»Er hat sich weder dafür interessiert, was wir von seinem Vater wollen, noch hat er gefragt, was sein Vater mit dem Mordopfer zu tun hat. Fast hatte es den Anschein, als wisse er das alles bereits. Das macht ihn in meinen Augen verdächtig.«

»Was, wenn sich Ihr Verdacht als falsch erweist?«

»Und was, wenn ich richtig liege?«

Erneut war nur Dr. Salms angestrengtes Schnaufen zu hören.

Der Volkspark Rehberge zog am Wagenfenster vorüber, im Sommer ein grünes Kleinod im brodelnden Kiez, jetzt nur ein trostloses Grau an einem nicht minder tristen Novembertag.

Für Bernie war der Anblick trotzdem eine Freude. Er kläffte in freudiger Erwartung.

»Was ist denn das?«, blaffte Dr. Salm. »Etwa Ihr Hund?«

»Nein«, Kalkbrenner hustete laut und vernehmlich, um das neuerliche Kläffen zu übertönen, »ich … ich bin ein wenig erkältet.«

»Gute Besserung«, knurrte der Dezernatsleiter. »Wie auch immer, es ist ein vager Verdacht, ein sehr vager Verdacht, mit dem Sie die Ermittlungen gegen Herrn Mertens begründen wollen, das möchte ich ausdrücklich betonen. Und ich denke, ich muss Ihnen nicht erklären, was es bedeutet, sollten Ihre Ermittlungen und die entsprechenden Anschuldigungen publik werden.«

»Und ich denke, keiner sollte über dem Gesetz stehen, auch nicht ein Christian Mertens.«

»Ja, ja«, maulte Dr. Salm ungehalten, »das ist richtig, aber wenn das Kind erst einmal in den Brunnen gefallen ist, die Presse sich den Mund zerreißt, und sich *dann* der Verdacht gegen Herrn Mertens als falsch erweist … *Diesen* Schaden können Sie niemals wieder gutmachen, das ist Ihnen hoffentlich klar.«

Kalkbrenner schwieg.

»Oder etwa nicht, Herr Kalkbrenner?«

»Doch, natürlich.«

»Gut.« Dr. Salm schnaubte. »Und deshalb kommen Sie jetzt unverzüglich aufs Präsidium.«

»Mit Verlaub …«

»Ich muss Ihnen nicht sagen: Ab jetzt ist äußerste Vorsicht in dem Fall geboten.«

»Natürlich, aber …«

»Deshalb«, sagte Dr. Salm, »werden wir gemeinsam überlegen, welche Schritte Sie unternehmen. Haben Sie mich verstanden?« Er wartete die Antwort nicht ab. »Und Ihren Hund, den lassen Sie zu Hause.«

»Ich habe … Herr Dr. Salm?« Der Dezernatsleiter hatte aufgelegt.

Kalkbrenner steckte das Handy ein. Nachdenklich sank er tiefer in den Sitz.

Keiner sollte über dem Gesetz stehen.

Ausnahmsweise keines seiner kleinen Helferlein, sondern die vielleicht wichtigste Maxime der Polizeiarbeit.

Die Erfahrung hatte ihn allerdings gelehrt, dass nicht jeder dieser Auffassung war, auch nicht Dr. Salm.

Muth hielt an der Kreuzung zur Seestraße. »Und jetzt?«

»Fahren wir erst einmal zum Krankenhaus.«

*

Jeff!

Jamina verschlug es die Sprache.

Was ihn nur noch mehr erheiterte. »Gut schaust du aus!« Sein amüsierter Blick wanderte über ihre verdreckte Jacke hinunter zur zerrissenen Hose. »Nur deine Kleiderwahl war schon besser.«

Sie hatte Mühe, nicht loszuschreien. »Was machst du hier?«

»Was wohl? Ich hab mich mit meiner Tochter getroffen.«

»Was soll das?«

»Wie meinst du das? Ich kann …«

»Liz!« Zornig wirbelte Jamina herum. »Wie lange geht das schon mit euch?«

»Äh.«

»Wie lange?«

»Mama, ich weiß gerade nicht, was du …«

»Und was hat er hier zu suchen?«

»Wir hatten Hunger und …«

»Und deshalb dachtest du dir, du lädst ihn einfach zur Lasagne ein, oder wie?« Jamina unterdrückte den Impuls, nach der dampfenden Schale zu greifen und sie durchs Fenster auf die Straße zu schleudern. Oder noch besser, in die Rückscheibe von Jeffs gottverdammtem Audi.

»Mensch, Jamina«, sagte der, »meinst du nicht, du reagierst jetzt etwas über?«

»Und eigentlich, Mama«, fügte Liz hinzu, »solltest du ihn ja auch gar nicht hier treffen.«

»Er sollte gar nicht hier sein!«

»Keine Sorge«, Jeff hob die Hände, »ich bin ja auch gleich wieder weg, es sei denn, wir …«

»Nein!«

»Wir könnten gemeinsam …«

»Nein! Und jetzt geh bitte!«

»Jetzt wart doch mal«, protestierte Liz.

Jeff verzog das Gesicht. »Mensch, Jamina …«

»Ich sagte: Geh!«

»Mama, hör doch mal auf!«

»Also, wirklich«, Jeff wollte an Jamina vorbei in die Küche, »dass du auch immer … Hoppla!«

Sie trat ihm ihn den Weg, spannte jeden Muskel ihres Körpers an. Er war nur einen halben Kopf größer als sie, und obwohl er unter der Lederjacke eher schmächtig wirkte, wusste sie um seine Kraft und Schnelligkeit.

Dennoch wich sie nicht vor ihm zurück.

»Was soll das denn jetzt?«, schimpfte Liz.

»Gute Frage«, sagte Jeff.

Jamina funkelte ihn an. »Sag du es ihr!«

»Ich weiß gar nicht, was du hast, Mama«, ihre Tochter zuckte mit den Schultern, »er ist doch nett, und er hat …«

»Ist er das?«, fiel Jamina ihr ins Wort.

»Ja!«

»Da hörst du es.« Jeffs Lächeln war so überraschend, so unbedarft, so nachsichtig, dass es in Jamina Zweifel weckte. Plötzlich kam er ihr anders vor, seltsam freundlich, harmlos, beinahe einfältig.

Er ist doch nett.

Vielleicht hatte Liz recht. Vielleicht hatte er sich geändert. Gebessert. Hieß es nicht, Zeit verändere einen Menschen?

Vielleicht.

Jamina spürte die Narbe auf ihrem Arm, ein Kribbeln, ein unangenehmes Ziehen, fast wie die Hitze, die ihr einst die Haut verbrannt hatte.

Ja, Zeit mochte einen Menschen verändern, nicht aber die Erinnerung. »Jeff«, sie hielt den Blick unverwandt auf ihn gerichtet, »ich habe dir gesagt, ich will dich nie wiedersehen.«

»Ja, aber das ist lange her.«

»Und dass du dich von Liz fernhalten sollst.«
»Hör mal, sie ist auch meine Tochter.«
»Davon haben wir die letzten zehn Jahre nichts gemerkt.«
Mit einer nonchalanten Geste winkte Jeff ab. »Doch nur, weil du das nicht wolltest!«
»Und du weißt genau, warum!«
»Könnt ihr jetzt endlich mal aufhören«, meldete sich Liz zu Wort, »das ist wirklich anstrengend, was ihr da treibt.«
»Geh bitte auf dein Zimmer«, sagte Jamina.
»Was?«
»Geh auf dein Zimmer!«
»Jetzt wird es peinlich, Mama!«
»Auf dein Zimmer!«
»Mensch«, Jeff grinste, »Liz hat recht, das ist wirklich …«
»Und du, verschwinde!« Jamina machte einen Schritt auf ihn zu.
Wie zum Schutz hob er die Arme.
Jamina zuckte zusammen, wich aber nicht zurück. »Ich sagte: *Verschwinde!«*
»Oder?«
Sie zückte ihr Handy.
»Was? Du rufst die Polizei?«
»Wenn's sein muss.«
»Ich bin die Polizei.«
»*Du* bist außerhalb deines Zuständigkeitsbereichs.«
»Jamina, du weißt doch, dass ich …«
»*Verschwinde!«,* blaffte Jamina.
Sekundenlang standen sie sich gegenüber, stierten sich nur böse an.
Irgendwann erfasste ein Lächeln Jeffs Gesicht. Dann ging er zur Haustür. »Liz, melde dich einfach, wenn du …«
»Einen Teufel wird sie tun!«
»Meinst du nicht, sie ist jetzt alt genug …«
»Raus!«
»… ihre eigenen Entscheidungen …«
»Jetzt sofort!«
»Liz, Schätzchen«, Jeff warf einen Blick über Jaminas Schulter, »ich werde … *Hey!«*
Einem zornigen Impuls folgend verpasste Jamina ihm einen

Stoß. Er stolperte ins Freie, bekam aber noch ihre Hand zu fassen. Mit einem Ruck riss er sie an sich.

Noch ehe sie wusste, wie ihr geschah, packte er ihre Kehle.

Plötzlich war sein Gesicht ihrem ganz nah, und das Lächeln jenem Ausdruck gewichen, den sie nur zu gut kannte – und immer gefürchtet hatte. Unverhohlener Wahnsinn.

Vierzehn Jahre, und er hatte sich keinen Deut verändert.

Ich weiß gar nicht, was du hast, Mama, er ist doch nett.

Der Griff um ihre Kehle wurde fester.

»Mama!«, rief Liz irgendwo hinter Jamina.

»Lass … lass mich los«, keuchte sie.

Jeffs Finger drückten noch fester zu.

»Mama!«

»Lass … mich …« Jamina bekam keine Luft mehr.

»Lass sie los!«, heulte ihre Tochter.

»Hey, Sie!«, schallte eine Männerstimme über die Straße. »Lassen Sie sie sofort los!«

*

Keine zehn Minuten nach seinem Telefonat mit dem Dezernatsleiter stieg Kalkbrenner aus dem Passat.

Freudig machte Bernie einen Satz über die Mittelkonsole und folgte ihm ins Freie.

»Sorry, Dicker«, vergeblich versuchte er den Bernhardiner zurück in den Wagen zu scheuchen, »aber dafür fehlt uns jetzt die Zeit.«

Muth stieg ebenfalls aus. »Lass ihn doch,« sie deutete auf die Grünanlage gegenüber dem Krankenhaus, »ich dreh mit ihm eine Runde.«

»Solange ihr nicht wieder eine Leiche ausgrabt.« Kalkbrenner lief ins Gebäude, am Pförtner vorbei und die Treppe hoch zur Intensivstation.

Auf sein Klingeln hin meldete sich die Krankenschwester. Sie öffnete die Schleuse und drückte ihm eine Tasche und eine prallgefüllte Pappkiste in die Arme.

Beim Anblick der Nachthemden, Slips und Strümpfe verspürte er erneut einen Stich.

Er hatte gedacht, dass es ihm nichts ausmachen würde, die

Sachen seiner Mutter abzuholen und … *ja was?* Was sollte er damit anstellen?

Bis gerade eben hatte er sich, abgelenkt von der Arbeit, keine Gedanken darüber gemacht.

Jetzt wurde ihm bewusst, dass es ihre letzten Habseligkeiten waren.

Alles andere, das Zimmer im Pflegeheim, die alten Möbel, Kleider, Jacken, Blusen – alles war längst gekündigt oder entsorgt worden.

Und bald würde auch sie selbst verschwinden, beerdigt werden, und dann – dann war der Inhalt dieser Tasche und der Pappkiste der traurige Rest, der ihm noch von ihr blieb. Beklommen balancierte er die Sachen zur Treppe.

Die Frau, die aus dem Warteraum kam, sah er zu spät.

Sie prallten zusammen.

Tasche und Kiste entglitten Kalkbrenners Händen. Nachthemden, Slips, Strümpfe und Socken verteilten sich kreuz und quer über den Flur.

Der Frau rutschte die getönte Brille von der Nase.

Noch ehe Kalkbrenner sich's versah, trat er darauf. Knirschend zerbrach das Glas unter seiner Schuhsohle.

»Verdammt«, fluchte er, »das wollte ich nicht, tut mir leid.«

»Nein, nein, das ...«, stammelte die Frau, »das war meine Schuld.«

Erst jetzt erkannte er in ihr die Frau, die ihm in den vergangenen Tagen wiederholt im Krankenhaus begegnet war.

Auch heute waren ihre Augen von Tränen verquollen. »Das war meine Schuld«, wiederholte sie. »Es tut mir leid.« Sie ging in die Knie und klaubte mit fahrigen Händen die Überreste der Brille auf. »Ich habe einfach nicht aufgepasst.«

»Trotzdem«, Kalkbrenner ging in die Hocke und begann die Sachen seiner Mutter aufzusammeln, »ich ersetze Ihnen die Brille.«

»Nein, das war doch meine Schuld, ich habe nicht aufgepasst …«

»Wir beide haben nicht aufgepasst, in Ordnung?«

»Nein, ich …«

»Und ich übernehme den Schaden, das ist das Mindeste.«

»Nein …«

»Das ist okay«, sagte er, »alles gut.«

Sie hob den Blick, sah ihn an, als würde sie nicht wirklich begreifen. Dann sackte sie mit einem Schluchzen zusammen.
Kalkbrenner ließ die Kleider fallen und fing sie auf.

*

Aus dem Augenwinkel sah Jamina Rob über die Straße eilen.
»Hey, Sie«, rief er, »ich sagte, lassen Sie sie los!«
Häme erfüllte Jeffs Miene. Er ließ von Jamina ab. »Alles gut«, er hob die Hände, »wir haben uns nur unterhalten.«
»Unterhalten?« Rob trat an Jaminas Seite, zog sie weg. »Das nennen Sie eine Unterhaltung?«
Um Luft ringend rieb sich Jamina die Kehle. »Rob …«
»Geht es dir gut? Ist alles in Ordnung? Hat er dir …«
»Ist schon gut«, presste sie hervor.
»Aha«, Jeffs spöttischer Blick wanderte zwischen den beiden hin und her, »Rob also.«
»Geh jetzt«, keuchte Jamina.
Er machte keinerlei Anstalten. »Ich denke …«
»Haben Sie sie nicht gehört?«, fuhr Rob ihn an. »Sie sollen gehen.«
»Rob«, Jamina legte ihm die Hand auf den Arm, »es ist gut.«
»Nein!« Empört schüttelte er den Kopf. »Gar nichts ist gut. Vielleicht sollte ich die Polizei rufen.«
»Nur zu«, sagte Jeff. »Nur zu.«
»Also«, Rob machte einen Schritt auf ihn zu, »entweder Sie …«
»Nein!« Jamina griff nach seiner Hand, hielt ihn zurück, doch –
Jeff hatte bereits ausgeholt und verpasste ihm einen kräftigen Schwinger in die Magengrube.
Zischend entwich Rob die Luft. Er klappte zusammen und erbrach sich ins Blumenbeet.
Schon setzte Jeff zu einem neuerlichen Hieb an.
Liz schrie.
Mit einem Satz war Jamina bei Jeff. Als er sich grinsend in ihre Richtung drehte, wurde ihr klar, dass er genau darauf gehofft hatte.
Blitzschnell duckte sie sich.

In derselben Sekunden schoss seine Hand über ihren Kopf hinweg.

Jamina richtete sich auf, wirbelte herum, riss die Faust empor und verpasste ihm einen Aufwärtshaken.

Es gab ein knirschendes Geräusch, als Jeffs Zähne aufeinanderschlugen. Seine Augenlider flatterten. Er taumelte, blieb aber stehen. Sekundenlang stand er da wie betäubt.

Rob stöhnte.

»Mensch«, nuschelte Jeff irgendwann, kniff die Augen zusammen, als müsse er den Blick schärfen. Er rieb sich das Kinn. »Früher hätte ich dich dafür …«

»Früher ist vorbei!«

»Du bist …«

»Hast du das kapiert?«

Er fletschte die Zähne.

»Wage dich nicht noch einmal in unsere Nähe! Nicht in meine! Nicht in Liz'! Andernfalls …«

Hohn blitzte in seinen Augen auf. Dann allerdings schien er in Jaminas Miene all die Worte zu erkennen, die sie nicht hatte aussprechen wollen.

Andernfalls …

Wortlos stapfte er davon und stieg in seinen Wagen.

Noch einmal blickte er zu Jamina zurück, dann ließ er den Motor aufheulen und raste mit quietschenden Reifen davon.

»Mama?«, kam Liz' zögerliche Stimme aus dem Haus.

»Ich …«, ächzte Rob, »ich werde dich nie so wütend machen, versprochen.«

Jamina kniete sich neben ihn und tastete seinen Bauch ab.

»Und wo hast du so zu … *Argh!«* Rob schrie auf. »Ist ja gut, ist ja gut, ich bin ja schon ruhig.«

»Es scheint nichts ernsthaft verletzt zu sein.«

»Es fühlt sich aber …»

»Das würde sich anders anfühlen, glaub mir.« Noch ehe er nachhaken konnte, stand sie auf. »Und jetzt komm erst einmal rein, sonst holst du dir hier draußen noch einen Schnupfen.«

»Nach allem wäre das …«

»Kommst du nun oder nicht?«

Mühsam richtete er sich auf und schleppte sich ins Haus. Im Wohnzimmer fiel er auf die Couch.

»Liz«, Jamina trat zu ihrer Tochter. »Alles gut?«

»Äh, ja.« Sie schien unter Schock zu stehen, nickte verstört. »Und bei dir?«

»Mach dir um mich keine Sorgen.«

»Klar.« Liz klang, als würde sie jeden Augenblick losheulen.

Sie brauchte Ablenkung, entschied Jamina. »Am besten, du machst uns allen jetzt erst einmal einen Tee, was hältst du davon?«

»Klar.«

»Und Liz …«

»Ja?«

»Das alles«, Jamina nahm sie in den Arm, »das tut mir leid.«

Schweigend ließ Liz es geschehen, erwiderte die Umarmung ihrer Mutter aber nur halbherzig. Dann löste sie sich von ihr und ging in die Küche.

Rob schien es inzwischen besser zu gehen. Neugierig sah er sich im Wohnzimmer um. »Ich hatte mir meinen ersten Besuch hier …«, er lachte auf und stöhnte in derselben Sekunde, weil der Schmerz sich zurückmeldete, »… na ja … unter romantischeren Bedingungen vorgestellt.«

»Willkommen in meiner Welt.«

»Wie bitte?«

»Was machst du hier?«

Er lächelte schief. »Du hast doch gesagt, ich soll kommen, heute Abend. Schon vergessen?«

»Nein«, log sie.

»Du *hast* es vergessen!«, stellte er fest, winkte aber gleich darauf ab. »Na ja, das wundert mich nicht. Aber sag mal, wer war denn der Typ überhaupt?«

»Vergiss ihn.«

»Na ja«, demonstrativ hielt sich Rob den Bauch, »das fällt mir gerade schwer.«

»Er ist egal.«

»Hat er dich …«

»Ich sagte, das ist egal!«

Rob zuckte zusammen.

Plötzlich bekam Jamina ein schlechtes Gewissen. Er hatte ihr nur helfen wollen, war dabei zusammengeschlagen worden, und sie fauchte ihn an, als trüge er die Schuld an allem.

Ihr Handy klingelte.

Es war Peta.

Ich bin schuld an seinem Tod.

Jamina drückte den Anruf weg. »Rob«, sagte sie, »tut mir leid.«

»Schon okay.«

»Nein«, sie schüttelte den Kopf, »nein, ist es nicht, aber … aber die letzten Tage waren einfach zu viel für mich.«

Er ließ zwei, drei Sekunden verstreichen. »Möchtest du drüber reden?«

Sie zögerte.

»Ja«, ertönte Liz' Stimme, »ich würd's auch gern wissen. Was ist eigentlich los? Du bist heute, seit Tagen, ach was, schon 'ne halbe Ewigkeit …«, hilflos zuckte sie mit den Schultern, und um ein Haar kippten die dampfenden Teetassen von dem Tablett, das sie vor sich balancierte, »ich weiß auch nicht, du bist einfach nur ... komisch.«

Jamina stutzte. Vieles hätte ihren gegenwärtigen Zustand treffend beschrieben. *Komisch*, fand sie, gehörte eindeutig nicht dazu.

Sie widerstand dem Drang zu lachen, weil sie fürchtete zu klingen wie eine Verrückte. Ja, *verrückt* – das traf es schon viel besser. Sie hatte das Gefühl, sie könne jeden Moment durchdrehen.

Die letzten Tage waren einfach zu viel.

Rob und Liz sahen sie besorgt an.

Möchtest du drüber reden?

Mit einem erschöpften Seufzer sank sie auf die Couch. Plötzlich konnte, nein, wollte sie all ihre Gedanken, die Sorgen und die Verzweiflung nicht länger zurückhalten. Sie musste mit jemandem darüber sprechen.

Ihr Handy klingelte erneut. Wieder war es Peta.

Auch diesmal drückte Jamina den Anruf weg. »Mein Bruder«, begann sie und schaute zu Liz, »dein Onkel Michel. Er war ein Junkie.«

Liz stellte das Tablett auf den Tisch und setzte sich auf das Sofa gegenüber. »Ich weiß.«

Rob runzelte die Stirn. »Ist er …«

»Ja«, sagte Jamina und konnte nicht verhindern, dass sich

Verbitterung in ihre Stimme stahl, »an einer Überdosis gestorben. Danach sieht es zumindest aus.«

»Aber?«, fragte Rob.

»Ich glaube, dass mehr dahintersteckt.«

»Du glaubst?«

»Ich bin mir sicher!«

»Wie kommst du darauf?«

Jamina griff nach einer der Tassen. Sie pustete in den heißen Tee, während sie über die Frage nachdachte. Sie hatte sie erwartet. Nur wusste sie nicht, was sie darauf antworten sollte. Und womit beginnen.

Am besten ganz am Anfang.

Sie stellte die Tasse zurück und stemmte sich hoch.

»Wo willst du hin?«, sorgte sich Liz.

»Was hast du vor?«, fragte Rob.

»Wartet«, sagte sie und eilte hinaus zum Daihatsu.

Inzwischen war der Abend angebrochen. Die Straßenlaternen verteilten seidiges Licht über die Straße.

Jaminas Blick ging suchend in die Schatten.

Als sie sicher war, dass nirgendwo eine Gefahr lauerte, bückte sie sich zum Beifahrersitz, nahm die Kladde, den Zeitungsausschnitt und die Briefe aus dem Wagen und hastete zurück ins Haus. Drinnen verriegelte sie die Tür hinter sich, warf die verdreckte Jacke ab und zog die Schuhe aus.

Im Wohnzimmer setzte sie sich wieder auf Couch, dann reichte sie Rob die Briefe, ihrer Tochter den Zeitungsartikel.

Bilanz des Schreckens: Kinder ermordet?

Nachdem die beiden alles gelesen hatten, schauten sie erschüttert auf.

Jamina trank einen Schluck Tee. »Michel ist in Santa Lucia aufgewachsen.«

»Oh nein«, ächzte Rob, als ahne er, worauf die Geschichte hinauslief. Wahrscheinlich tat er das sogar.

In die beklommene Stille, die daraufhin einkehrte, schrillte Jaminas Handy. Auch diesmal war es Peta.

Wieder drückte Jamina den Anruf weg, nahm stattdessen einen der Briefe in die Hand, überflog noch einmal dessen Inhalt. »Dieser Pfarrer Stoll … er war so lustig, so freundlich, so rechtschaffen …«

»Er war ein Arschloch«, bemerkte Rob.
»Ein Perverser«, sagte Liz.
»Er war raffiniert«, fuhr Jamina fort. »Ständig hat er aus der Bibel zitiert, und zwar falsch. Er nutzte Gottes Worte, wie er sie gerade brauchte, um die Kinder für seine Zwecke zu missbrauchen.«
»Das … das ist abscheulich«, stammelte Rob.
Liz beließ es bei einem Nicken.
»Er hat die Kinder glauben lassen, sie seien selbst schuld an ihrer Situation, er hat sie in diesem Glauben bestärkt, nur um ihnen dann mit *seinem* Glauben die Vergebung in Aussicht zu stellen.«
Wenn wir unsre Sünde bekennen, so ist der Herr gerecht, vergibt sie uns und reinigt uns von aller Schuld.
»Aber die Wahrheit war …« Jamina ballte die Fäuste. »Nicht die Kinder waren schuld, sind es nie gewesen.«
Wieder vergingen Sekunden oder Minuten in betroffenem Schweigen.
Bis Rob sagte: »Und dein Bruder Michel …«
»Ja.«
»Er war eines dieser Kinder, die er … die er regelmäßig missbrauchte.«
»Ja.«
Rob setzte zu einer Erwiderung an. Dann hielt er inne, und seine Miene verfinsterte sich, als begreife er erst jetzt.
Jamina nickte.
»Was?«, fragte Liz. »Was ist?«
»Jamina«, Rob berührte ihren Arm, »du warst …«
»Ja«, Jamina entzog sich ihm, rutschte von ihm weg, »ich war auch eines. Eines dieser Kinder.«

SIEBENUNDVIERZIG

Schweigend saß ich da, sekundenlang, vielleicht auch für Minuten.
Ich war auch eines. Eines dieser Kinder.
War ich schockiert, als du das gesagt hast?
Natürlich.

Hätte ich es wissen müssen? Wahrscheinlich, denn der Keller, die Kammern, die Gebetsbank …

Tue Buße.

Aber ich hatte es nicht sehen wollen, so vieles nicht.

Kapier's endlich.

Jetzt endlich verstand ich, was Pfarrer Stoll getan hatte, wie raffiniert er die Kinder eingewickelt hatte, wie er uns alle jahrelang missbraucht hatte.

Endlich schien sich auch in mir etwas zu lösen. Tatsächlich lagen mir die Worte auf der Zunge. Ich war mir sogar sicher, dass ich mich besser fühlen würde, sobald ich darüber gesprochen hatte.

Aber dann bekam ich es doch nicht über die Lippen. Zu tief waren Scham und Schuld in mir verankert.

Behüte deine Zunge vor Bösem und deine Lippen, dass sie nicht Falsches reden.

»Ich weiß es«, sagtest du. Nur drei Worte, in denen mehr Verständnis, Leid, vor allem aber Groll lagen als in eintausend Sätzen.

Ich begann zu begreifen, dass du zwar ein neues, besseres Leben begonnen hattest, dein Weg dorthin aber nicht minder steinig gewesen war. Und dass da immer noch die Wut in dir schlummerte, tief in dir drin, verdrängt, verschüttet, verborgen vor dem Rest der Welt. Nur manchmal drängte sie raus, kurz und heftig, bevor du sie wieder in den Griff bekamst.

Anfangs fürchtete ich mich vor ihr.

Dann wurde mir klar, dass diese Wut nicht mir galt, und dass du nicht mir die Schuld gabst, nie gegeben hattest. Sondern Santa Lucia, der garstigen Oberin, den Nonnen – und Pfarrer Stoll.

»Verflixt«, fluchte ich, »wenn ich könnte, dann …«

»Was dann?«

»Ich … ich würde …« Aufgebracht fuchtelte ich mit den Armen. »Ach, keine Ahnung.«

Du hobst die Augenbraue.

In dieser Sekunde war ich so wütend, dass ich mir sicher war, diesmal würde ich den Mut aufbringen, mich zu wehren. »Ich würde ihm nur noch einmal gegenübertreten wollen.«

»Und dann? Was dann?«

»Ich …«
»Willst du ihn dann zusammenschlagen? Ihn umbringen?«
»Oh Gott, nein!«, stieß ich hervor.
»Gut, denn dafür gibt es …«
»… die Polizei?«, beendete ich deinen Satz.
Du hast den Kopf geschüttelt. »Das ist zwar nicht, was ich sagen wollte, aber ja, du hast recht, sowas überlässt du der Polizei.«
»Polizisten wie Jeff?«
»Nein«, stießt du zornig hervor, »natürlich nicht! Aber nicht alle Polizisten sind so wie er!«
Mir kam ein anderer Gedanke. »Bist du deshalb Polizistin geworden?«
»Ja und nein.«
Ich runzelte die Stirn.
»Nein, weil mir damals nichts Besseres einfiel. Und weil es einfach nahelag, durch Jeff. Klingt blöd, oder?«
»Ein bisschen.«
»Und ja, weil ich etwas gegen solche Typen unternehmen will. Typen wie Jeff. Oder Pfarrer Stoll. Keiner von ihnen soll damit ungestraft davonkommen, dass er Kinder, Mädchen, Frauen …« Du hast die Hände zu Fäusten geballt, warst genauso wütend wie ich.
Ich nickte, dann schüttelte ich den Kopf. »Ich will ihm nur einmal gegenübertreten.«
»Was soll das bringen?«
»Ich will mit ihm reden. Ich will ihm sagen, was er getan hat. Was er dir … und mir … was er all den Kindern angetan hat.«
»Meinst du, das kümmert ihn?«
»Trotzdem möchte ich es loswerden!«
»Verschwende dein Leben nicht mit Wut.«
»*Du* bist deswegen Polizistin geworden.«
»Ich mache nur meine Arbeit.«
Ich wollte dir widersprechen.
»Außerdem«, kamst du mir zuvor, »hast du keine Ahnung, wo er ist. Ob er überhaupt noch lebt. Wie alt er ist. Vermutlich ist er längst tot.«
»Hoffentlich war sein Tod langsam und schmerzhaft.«
»Michel!«

»Wünschst du dir das nicht?«

»Denk nicht mehr an ihn. Vergiss ihn.«

»Du sagst das so einfach.«

»Es ist nicht einfach, aber es ist vorbei. Du hast jetzt ein neues Leben. Vergeude es nicht im Zorn.«

»Jetzt klingst du wie die Oberin.«

»Kinderkacke!« Plötzlich hast du gegrinst.

Ich musste lachen.

Manchmal fühlte es sich noch fremd an mit dir, aber meistens war es vertraut.

*

Mit der Zeit vergaß ich die Wut tatsächlich.

Liz und du, ihr nahmt mich mit auf Konzerte, ins Kino, sogar ins Theater.

Ihr habt mir eine neue Welt eröffnet, abwechslungsreich und bereichernd.

Verflixt, was ich in all den Jahren versäumt hatte!

Irgendwann machte ich den Führerschein, fand einen neuen Job, auch dank deiner Hilfe – Kurierfahrten, meist nachts.

Mir ging es immer besser, vor allem dank dir und deiner Hilfe.

Ich beschloss, dass es an der Zeit war, auf eigenen Beinen zu stehen. Ich fand die kleine Zweiraumwohnung in der Paul-Engelhard-Straße, klar, wie mein Job nichts Herausragendes, aber immerhin lag der Bornstedter Wiesenpark in der Nähe.

»Du musst das nicht tun«, sagtest du. »Du kannst auch noch eine Weile bei uns bleiben.«

»Ich bin euch lange genug zur Last gefallen.«

»Liz liebt dich.«

»Ich sie auch, aber …«, ich zögerte, »ich muss.«

»Bist du dir sicher?«

»Ja.« Ich war mir so sicher wie noch nie. Und ich war mutig. Obwohl ich zugleich eine Heidenangst verspürte.

Klingt das paradox? Wahrscheinlich.

Denn ja, deine Zweifel waren berechtigt. Es war ein gewaltiger Schritt, den ich da wagte. So gut es mir nämlich ging, immer wieder überkam mich die Erinnerung, meist nachts und im Traum. Manchmal aber auch am Tag, wie aus dem Nichts – Flashbacks, die mich quälten, die ein heftiges Verlangen auslösten, den Drang nach Erleichterung, nach Pillen, Spritzen, dem einfachsten Weg des Vergessens.

Du bist schwach!

Die Ärzte hatten mich davor gewarnt. Sie meinten, es könne noch Jahre so weitergehen, das sei normal.

Aber was war schon normal in meinem Leben?

»Wenn was ist, ruf an!«, sagtest du am Tag meines Umzugs.

Ich ließ einen Tick zu lang auf meine Antwort warten.

»Versprich es!«

»Versprochen!«

Du hast mich umarmt, und es war mir nicht einmal unangenehm. Es fühlte sich an wie ein neues Leben.

Und dann lernte ich Peta kennen.

ACHTUNDVIERZIG

Kalkbrenner begleitete die Frau zurück in den Warteraum.

Heulend sank sie dort auf einen Stuhl.

»Warten Sie«, er wollte zur Schleuse laufen, »ich rufe eine Schwester.«

»Nein, nein«, die Frau schluchzte, »nicht nötig, es … es geht schon.«

»Ich glaube, Sie …«

»Doch«, verzweifelt klopfte sie ihre Jackentaschen ab, »das … das alles ist nur zu viel für mich, tut mir leid, dass ich Sie, also …«

»Kein Problem, aber trotzdem sollten Sie …«

»Es geht mir schon besser.« Endlich fand sie ein Taschentuch, zog es heraus und schnäuzte sich. »Es tut mir leid.«

»Das braucht es nicht.«

Sie schüttelte den Kopf, bevor sie erneut ein Schluchzen ausstieß. Wieder strömten Tränen ihre Wangen hinab.

Derweil bahnte sich ein älterer, humpelnder Mann mit einem Infusionsständer einen Weg durch die Kleidungsstücke, die noch immer im Flur versprengt lagen.

Er musterte die weinende Frau, bevor er sich weitermühte.

Kalkbrenner hielt Ausschau nach einer Krankenschwester, aber weit und breit war keine in Sicht. Er wollte die verzweifelte Frau nicht allein zurücklassen. Also setzte er sich neben sie und wartete, bis sie sich halbwegs beruhigt hatte.

»Mein Mann…«, sagte sie schließlich und ihre Stimme zitterte, »er ist vorhin gestorben.«

»Das tut mir leid.«

Unvermittelt lachte sie auf. Dann schlug sie die Hand vor den Mund, erschrocken über sich selbst. »Entschuldigung, Sie … Sie müssen mich für verrückt halten.«

»Keineswegs.«

Skeptisch sah sie ihn an.

»In einer solchen Situation«, er zuckte mit den Schultern, »reagieren wir alle manchmal seltsam.«

Während sie sich mit dem Taschentuch die Augen abtupfte, schien sie sich seine Worte durch den Kopf gehen zu lassen. »Können Sie sich noch erinnern, worüber wir gestern gesprochen haben?«

»Über die Normalität, die wir herbeisehnen?«

Sie nickte. »Jetzt ist es soweit, es ist passiert und … und jetzt?« Sie zögerte, als wundere sie sich über sich selbst. »Jetzt wünschte ich, es wäre anders.«

»Das ist normal.«

»Gar nichts ist normal«, zischte sie und erschrak in derselben Sekunde erneut über ihre Reaktion. »Tut mir leid …«

»Kein Problem.«

»Aber es stimmt doch, oder? Da sehnt man sich eine Ewigkeit nach der Normalität, aber dann, wenn der Tod eintritt, dann merkt man, nichts ist normal.«

Zu viel Normalität ist nicht normal, wollte Kalkbrenner ihr sagen. Ein weiteres seiner kleinen Helferlein.

Aber es erschien ihm unpassend für den Moment.

»Es fühlt sich falsch an«, sagte sie, »es ist …« Ein neuerliches Schluchzen erstickte den Rest ihrer Worte.

Kalkbrenner war sich nicht sicher, was er entgegnen sollte. *Das Leben geht weiter,* klang auch nicht wie ein Ratschlag, der ihr jetzt würde weiterhelfen können.

Deshalb fragte er: »Haben Sie Kinder, die Sie anrufen können?«

Ihre Hände verkrampften sich um das Taschentuch. »Nein«, flüsterte sie betrübt, »dazu ist es nie gekommen.«

»Geschwister? Oder andere Angehörige?«

»Meinen Bruder in … in Limburg. Er ist schon auf dem Weg.«

»Das ist gut«, befand Kalkbrenner. »Sie sollten jetzt nicht alleine sein.« Er holte eine Visitenkarte aus seiner Brieftasche und reichte sie ihr.

Irritiert nahm sie sie entgegen.

»Wegen Ihrer Brille«, beeilte er sich zu sagen. »Und der Versicherung.«

»Ach so.«

»Rufen Sie mich einfach an, sobald es Ihnen besser geht. Ich erstatte Ihnen die Kosten für –«

»Paul?« Muth erschien im Warteraum. Sie hielt ein Buch in der Hand. »Sagtest du nicht …«

»Ich bin quasi schon unterwegs.« Er stand auf.

»Ich hab da was entdeckt, das …«

»Warte!« Er eilte in den Flur und klaubte die Sachen seiner Mutter zusammen.

Muth kam ihm zu Hilfe. »Was ist passiert?«

»Ich habe nicht aufgepasst.« Er stopfte die Kleider in die Tasche und allerlei Krimskrams in den Karton, stand auf und drehte sich noch einmal zu der Frau um.

Ihr Gesicht war von Tränen verquollen, in der Hand hielt sie seine Visitenkarte, wie einen Rettungsring, der sie vor dem endgültigen Untergang bewahrte.

»Auch wenn es sich jetzt nicht so anfühlt«, sagte er, »es wird wieder normal.«

Sie lächelte gequält, dennoch war für einen Bruchteil jene Frau zu erkennen, die sie einst gewesen sein musste, zufrieden, glücklich, attraktiv, bevor Krankheit, Verzweiflung, Schmerz und die vielen Tränen sie heimgesucht hatten.

»Danke«, wisperte sie.

»Dafür nicht.«

»Und auch für … für die Gespräche. Sie haben mir geholfen.«

»Mir auch«, sagte er, und das war nicht gelogen.

*

Jamina gab Liz und Rob Zeit, ihre Worte zu verdauen.

Ich war auch eines der Kinder.

»Oh Jamina«, sagte Rob nach einer Weile, »ich … ich konnte doch nicht wissen, dass du …« Seine Stimme erlahmte. »Ich kann mir das gar nicht vorstellen, was du alles, also …« Er klang, als müsse er jeden Augenblick in Tränen ausbrechen. »Es tut mir so schrecklich leid.«

»Mama«, flüsterte Liz, die nicht minder erschüttert wirkte, »warum hast du nie was gesagt?«

Jamina griff nach der Tasse. Sie trank einen Schluck und verzog das Gesicht. Der Tee war inzwischen kalt.

»All die Jahre, und du hast nie ein Wort gesagt.«

Achselzuckend stellte sie die Tasse zurück. »Was hätte ich denn sagen sollen?«

»Jedenfalls hättest du es nicht in dich hineinfressen sollen, das … das mit dem Heim, mit …« Liz' Blick fand die Narbe. »Ich dachte immer, das wäre …«

»Nein«, sagt Jamina und zog den Ärmel darüber. »Das war dein Vater.«

»Du hättest es mir sagen müssen.«

»Du warst zu jung, du hättest …«

»… was? Es nicht verstanden? Klar«, Liz funkelte ihre Mutter grimmig an, »immer behandelst du mich wie ein Kind.«

»Du wirst immer mein Kind bleiben.«

»Scheiße, Mama, du weißt, was ich meine!«

»Und nicht in dem Tonfall!«

»Siehst du«, patzte Liz, »schon wieder!«

Jamina konnte nicht anders, sie lächelte.

»Und das findest du jetzt auch noch lustig?«

Für einen Moment sahen sie sich nur an, dann schien sich etwas zwischen ihnen zu lösen, und sie lachten beide. Plötzlich waren die Vergangenheit, der Schmerz, die Trauer und auch die Angst wie weggeblasen. Es fühlte sich gut an.

Vielleicht, dachte Jamina, hatte Ehleben sogar recht. Sie steigerte sich da in etwas hinein. Vielleicht sollte sie endlich alles auf sich beruhen lassen.

Michel war tot. Nichts würde ihn wieder lebendig machen.

Das Leben geht weiter.

Längst hatte sie ein neues Leben. Wollte sie es wieder in Zorn vergeuden? Sie wollte mit Liz in den Urlaub fahren, vielleicht auch mit Peta, sofern diese die Kraft dafür aufbrachte, die Zeit mit ihnen genießen, ins Theater oder ins Kino gehen, danach mit frischem Elan und Entschlossenheit den neuen Job in Berlin antreten und –

Ihr Handy klingelte.

Sie wollte den Anruf auch diesmal zur Mailbox umleiten, entschied sich dann aber doch dagegen. »Hallo, Peta.«

»Wieso drückst du mich die ganze Zeit weg?«

»Tut mir leid, ich … ich hatte zu tun.«

»Was ist denn nun? Was war mit Michel? Hast du was herausgefunden?«

Sie schwieg.

»Jamina?«

»Nein, leider nicht.«

»Oh«, sagte Peta.

»Tut mir leid.«

»Aber kannst du kurz zu seiner Wohnung kommen? Ich bin gleich da.«

»Wieso?«

»Ich möchte noch mal rein. Und du hast den Schlüssel, schon vergessen?«

»Nein, Peta, aber …«

»Ich will nur Abschied nehmen, okay? Und ein paar Sachen holen, Fotos und so, Erinnerungen, verstehst du? Das … das wär mir wichtig.«

Jamina zögerte. Sie wollte nicht zurück in Michels Wohnung, zumindest nicht jetzt. Sie wollte …

… *nur Abschied nehmen.*

Vielleicht war Petas Vorhaben gar nicht so verkehrt.

Wer war Jamina, dass sie ihr diesen Wunsch verweigerte, jetzt da sie selbst einen Abschluss finden wollte?

»Bis gleich«, sagte sie, trennte die Verbindung und stand auf. »Ich muss noch mal kurz weg.«

»Wegen der Sache mit deinem Bruder?«, fragte Rob.

»Und wegen … wegen dem da?« Liz deutete auf den Zeitungsausschnitt.

Nein, lag Jamina auf der Zunge. Ihr Blick blieb an der Schlagzeile kleben.

Bilanz des Schreckens: Kinder ermordet?

Plötzlich stiegen Zweifel in ihr auf. Hatte sie auch all die Kinder vergessen wollen? Verdammt, was dachte sie sich? Wollte sie tatsächlich alles auf sich beruhen lassen und …

Dass diese Leute damit davongekommen sind.

Sie griff nach dem Zeitungsbericht, faltete ihn zusammen und steckte ihn ein.

Dann kam ihr noch ein Gedanke.

»Was?«, sagte Liz, die ihr die plötzliche Sorge offenbar anmerkte.

»Ich kann dich nicht allein lassen.«

»Ich bin doch kein Baby mehr!«

»Ich weiß, aber … ich würde mich deutlich wohler fühlen, wenn ich wüsste, dass du nicht alleine bist.«

»Ich kann bei ihr bleiben«, meldete sich Rob zu Wort.

Jamina schwieg.

Offenbar sah er ihr die Skepsis an. »Hör mal, das gerade eben, dein Ex, der hat mich nur überrumpelt. Andernfalls hätte ich ihn …« Er deutete einen Fausthieb an.

»Klar«, sagte Jamina, wenig überzeugt. Nur: Welche anderen Optionen blieben ihr? Zumindest würde sie Liz nicht allein zu Hause wissen. »Aber wenn was ist, egal was, wenn euch was komisch vorkommt, ruft mich an.«

»Ja.«

»Und hier«, sie notierte eine Telefonnummer auf einen Zettel, »das ist Jürgen, mein Kollege, Jürgen Ehleben. Nur für den Notfall.«

»Was denn für ein Notfall?«

»Ruft einfach an, okay?«

»Jamina«, sagte Rob.

»Mama!«

»Liebes«, Jamina drückte ihre Tochter an sich, »ich hab dich lieb.«

Liz wollte etwas sagen.

Jamina ließ sie los und wandte sich an Rob. »Danke.« Sie hauchte ihm einen Kuss auf die Wange. »Ich beeile mich.« Dann lief sie zur Garderobe.

NEUNUNDVIERZIG

Mit Peta wurde mein Leben ganz anders – noch besser.

Sie lief mir einige Male bei der Therapie über den Weg, von daher ahnte ich, dass sie auf einen ähnlichen Werdegang wie ich zurückblickte.

Im Wartezimmer kamen wir ins Gespräch, anfangs über belangloses Zeug, das wir in den Klatschblättern gelesen hatten, die der Doktor ausliegen hatte.

Dabei merkten wir, dass wir – von Hunden und Katzen vielleicht abgesehen – die gleichen Interessen teilten, Musik, Kino, Theater, und dass sowohl sie als auch ich vieles nachzuholen hatten.

Sie reagierte erschrocken auf Berührungen. Noch etwas, das uns beide verband. Wir gingen behutsam miteinander um, hielten Distanz, hatten dennoch viel Spaß. Schon bald trafen wir uns regelmäßig.

Ich weiß, dass du anfangs skeptisch ihr gegenüber warst. Das lag wohl an deiner Arbeit als Polizistin, oder? Du begegnest jedem Menschen mit einer gewissen Vorsicht.

Ich war erleichtert, dass du mit der Zeit aufgetaut bist, sie mittlerweile sogar ins Herz geschlossen hast.

»Was haltet ihr davon?«, wolltest du vor ein paar Wochen wissen, als wir bei dir zum Essen beisammensaßen.

»Wovon?«, fragten Peta und ich wie aus einem Mund. Das passierte uns in letzter Zeit häufiger.

Wir kicherten wie zwei Teenager. Weißt du das noch?

Mir entging nicht, dass du es an diesem Tag mit Wohlwollen zur Kenntnis nahmst.

»Lasst uns wegfahren«, sagtest du.

»Wer?«

»Wir vier. Liz und ich. Ihr beide.«

»Äh, wir alle?«, wollte deine Tochter wissen und schaute von ihrem Handy auf. Sie runzelte die Stirn, als graue ihr vor dem Gedanken, mit uns Erwachsenen wegzufahren.

»Klar«, sagtest du, »wieso nicht?«

»Und wohin? Wann?«

»Keine Ahnung. Schon bald. Ich habe ab nächster Woche

Urlaub, meine vierzehn Tage Resturlaub für dieses Jahr, Liz hat die Woche drauf Herbstferien, es würde also perfekt passen …«

»Und wohin?«, fragte Liz erneut, während auf ihrem Telefon bereits die nächsten WhatsApp-Nachrichten eingingen.

»Was immer ihr mögt. Einfach raus hier. Mal was anderes sehen und erleben.«

Noch immer schien Liz nicht überzeugt. »Und was ist mit …«

»… Rob?«, hast du ihre Frage beendet und gleich danach mit den Schultern gezuckt. »Wohl eher nicht. Also? Was meint ihr?«

Liz checkte die eingegangenen Nachrichten. »Meinetwegen.« Sie klang, als meine sie: Lieber nicht!

Mit nachsichtigem Lächeln schautest du zu uns.

Ich dachte an meinen Kurierjob, der mich gerade so über Wasser hielt.

»Mach dir ums Geld keine Gedanken«, sagtest du.

»Nein«, ich schüttelte empört den Kopf, »das kann ich nicht …«

»Kinderkacke«, fielst du mir ins Wort.

»Kinderkacke«, wiederholte Liz.

»Ich habe einen neuen Job«, fügest du hinzu.

»Wie?«, stießen wir alle gleichzeitig aus, sogar Liz. »Keine Polizistin mehr?«

»Doch, aber es wird in Berlin eine Sondereinheit geben, Spezialfälle, Cold Cases, solche Dinge. Ich habe mich beworben …«

»Davon hast du gar nichts erzählt!«, warf ich überrascht ein.

»Und, nun ja, sie haben mich genommen.«

»Wann fängst du an?«

»Nach meinem Urlaub, also, ich bin nur noch ein paar Tage hier auf der Wache in Potsdam, dann …«

»Und was machst du da genau?«

»Sie haben mich quasi als Expertin für …« Du brachst ab, hast zu Liz geschaut, aber die war bereits in ihr Handy vertieft.

Trotzdem hast du den Satz nicht beendet.

Ich glaubte auch so zu verstehen.

Weil ich etwas gegen solche Typen unternehmen will.

»Es wird anfangs bestimmt stressiger werden«, sagtest du.

»Schon klar«, murmelte Liz, während sie auf dem Telefon daddelte.

»... und in den ersten Monaten«, fuhrst du fort, »dürfte es auch keinen Urlaub geben. Deshalb dachte ich mir, jetzt oder nie. Also? Was schlagt ihr vor?«

»Ich habe keine Ahnung«, sagte ich.

»Wohin auch immer«, meinte Peta, »es wäre schön.« Lächelnd nahm sie meine Hand.

Wir hatten zwar noch getrennte Wohnungen, in die wir jeden Abend zurückkehrten, aber zaghafte Berührungen hielten wir inzwischen aus.

»Wisst ihr was?« Deine Augen strahlten. »Überlegt euch was, und sagt mir die Tage Bescheid, okay? Ich würde mich wahnsinnig freuen, wenn's klappt.«

*

Zwei Abende später hockte ich mich mit Peta zusammen.

Wir machten es uns auf ihrer Couch bequem, Hugo schnarchte an meiner Seite, Charlie lag zusammengerollt auf Petas Schoß.

Die Katzen hatten sich in die Körbchen auf den Schränken verteilt, von wo sie uns aufmerksam beobachteten.

Peta klickte sich auf dem Handy durch einen Reiseblog. »Was hältst du von Paris?«

»Paris?«

»Die Stadt der Liebe.« Sie zwinkerte mir zu.

»Liz wird sich bedanken ... mit uns Turteltauben.«

»Ach was, sie mag dich.«

»Sie mag gerade niemanden.«

Peta lachte. »Das geht vorbei.«

»Was ist mit London?«, schlug ich vor.

»Dann lieber New York.«

»Ein Traum«, pflichtete ich ihr bei. So vieles hatte ich über New York gelesen, so viele Bilder gesehen. Die Stadt, die sich immer wieder neu erfand, schien mir perfekt für mein neues Leben. »Allerdings ist ein Trip ziemlich teuer.«

»Liz würde es dort ganz sicher auch gefallen.«

»Klar, mir doch auch, aber ...« Du hattest zwar gesagt, dass ich mir um Geld keine Gedanken machen sollte, aber ausnutzen wollte ich dein Angebot nicht.

Du hattest schon so viel für mich getan.

»Wenn es nur ums Geld«, sagte Peta, »dann kann ich …«

»Nein!«

»Warum nicht?«

»Ich will nicht …«

»Aber ich will es. Mit dir.« Noch ehe ich mich versah, drückte sie mir einen Kuss auf die Lippen.

Und verflixt, ich zuckte nicht einmal zurück.

Als ich mich später auf den Weg zurück in meine Wohnung in Potsdam machen wollte, fragte Peta: »Also New York?«

»Ich lass es mir durch den Kopf gehen.«

»Bedeutet das ja?«

»Sehen wir uns morgen?«, fragte ich statt einer Antwort.

»Du weichst mir aus.«

»Bedeutet das ja?«

Lachend verdrehte Peta die Augen. »Wollen wir zu Rashid gehen?« Sie meinte den Inder am Boxhagener Platz. Vielleicht kennst du ihn ja.

»Rashid geht immer«, sagte ich. »Ich hole dich ab. Schlaf schön.« Ich ging los, kam aber nur ein paar Schritte weit.

»Michel!«, rief Peta mich zurück.

Ich drehte mich zu ihr um.

»Ich liebe dich!«

»Ich dich auch«, antwortete ich, noch ehe ich darüber nachdenken konnte. Und diesmal war ich es, der sie küsste.

Auf dem Weg zur S-Bahn rief ich meinen Chef an und fragte, ob ich die nächsten Tage noch ein paar zusätzliche Kurierfahrten übernehmen könnte, meinetwegen auch tagsüber. All euren Angeboten zum Trotz wollte ich meinen eigenen Teil zum Urlaub beitragen.

Der Chef teilte mir für den nächsten Morgen eine Fahrt nach Hamburg zu.

Beschwingt eilte ich die Kopernikusstraße entlang, voller Tatendrang, weil ich das Leben genießen wollte, alles nachholen, was ich verpasst hatte.

Die Kälte, die die Stadt seit Tagen in Schockstarre hielt, störte mich nicht. Ich fühlte mich wie …

… *im Wunderland,* dachte ich und grinste, weil mir die Reklame eines Theaters ins Auge sprang.

Es war nur ein kleines Off-Theater an der Straßenecke, aber die Fassadenlichter, die Bilder im Schaufenster, alles wirkte so bunt und vergnügt, wie ich mich fühlte.

Alice im Wunderland hieß das Stück, das aufgeführt wurde.

Ich hatte schon mal von dem Buch gehört, es aber nie gelesen, selbst die Filme waren mir unbekannt. Ich konnte mir deshalb rein gar nichts unter dem Titel vorstellen.

Aber in dieser Sekunde, in meinem Überschwang, klang das Stück verlockend, wie geschaffen für den Tag, die Zeit, mein Leben.

Ich las die Inhaltsbeschreibung, die im Fenster hing. Sie wirkte ebenso vielversprechend. Auch die Presseausschnitte, die an die Premierenfotos angeheftet waren, machten mich neugierig.

Peta würde das sicher auch gefallen. Kurzerhand beschloss ich, sie am nächsten Abend ins Theater einzuladen.

Als ich gerade den Weg zur S-Bahn fortsetzen wollte, streifte mein Blick die Fotos der Schauspieler – und ich erstarrte.

Plötzlich war mir eiskalt.

Einer der Darsteller war … Pfarrer Stoll.

Nein, dachte ich, das konnte nicht sein. Oder doch?

FÜNFZIG

Kalkbrenner spürte den Blick seiner Kollegin im Rücken, während die beiden durchs Treppenhaus hinunter zum Ausgang des Krankenhauses liefen.

Aber erst im Freien fragte Muth: »Wer war die Frau?«

»Eine Angehörige.«

»Von dir?«

»Nein, ihr Mann lag ebenfalls auf der Intensivstation.«

»Sie war seltsam.«

»Er ist heute gestorben.«

»Das meinte ich nicht«, sagte Muth. »Irgendetwas stimmt nicht mit ihr.«

»Und was?«

Sie dachte kurz nach. »Keine Ahnung. Irgendetwas.« Dann zuckte sie mit den Schultern. »Ist aber auch egal.«

Womit sie nicht Unrecht hatte.

»Also«, Kalkbrenner folgte ihr zum Wagen, »du meintest, du hättest etwas entdeckt?«

Auf der Rückbank hüpfte Bernie kläffend herum, als habe er sein Herrchen ein Jahr lang nicht gesehen.

»Zum Beispiel, wie man ihn endlich richtig erzieht?«

Muth lächelte, während sie den Passat entriegelte. »Nein«, sie wurde wieder ernst und hob das Buch in ihrer Hand, »wir haben doch die Unterlagen aus dem Altenstift mitgenommen, die von Mertens' Vater.«

Kalkbrenner packte die Tasche und die Kiste mit den Sachen seiner Mutter in den Kofferraum.

»Unter anderem war auch dieses Fotoalbum dabei.« Muth reichte es ihm.

Kalkbrenner sank auf den Beifahrersitz und war erst einmal damit beschäftigt, den Bernhardiner davon abzuhalten, sich zu ihm nach vorn zu zwängen. »Nein, Bernie, nein!«

Winselnd schleckte der Hund ihm die Hand ab.

»Nein, Bernie, aus!«

Bernies feuchte Zunge fuhr ihm durchs Gesicht.

»Warum machst du bloß immer das Gegenteil von dem, was ich dir sage?«

»Weil er es kann.« Lachend startete Muth den Wagen.

Endlich beruhigte sich der Bernhardiner und ließ sich auf die Rückbank plumpsen.

Kalkbrenner begann durch das Album zu blättern.

Die Bilder zeigten Dr. Anton Mertens im Kreis der Familie, mit seiner Frau, seinem Sohn Christian, anfangs noch als Baby, als kleinen Jungen, dann als Teenager, später als jungen Mann. Auf einigen waren auch Bekannte und Verwandte der Familie zu sehen.

Es gab Fotos in einer Villa, offenbar das einstige Familienanwesen, im Garten, in einem Baumhaus, einem Swimmingpool, auf der Terrasse.

Im Hintergrund der Außenaufnahmen ragte die Mönchsmühler Kirchturmspitze in den Himmel.

Und dann gab es Fotos von Dr. Anton Mertens, die

zweifellos in Santa Lucia entstanden waren: im Garten, in den Räumen und Fluren, im hohen Foyer, im Speiseraum. Die Bilder zeigten ihn mit Kindern in braunen Jogginganzügen und Holz-Clogs, mit den Nonnen in ihren weißen, wallenden Gewändern – und mit Pfarrer Stoll.

Auf zweien entdeckte Kalkbrenner Christian Mertens, damals noch ein Teenager, an der Seite des Pfarrers.

Nein, den hab ich nie gesehen.

Er nahm die beiden Bilder aus dem Album. »Wo, hat Mertens gemeint, wollte er hin? Ins Büro? Da sollten wir hinfahren.«

»Hat Dr. Salm nicht gesagt, dass …«

»… ab jetzt ist äußerste Vorsicht geboten, das hat er gesagt.« Mit einem entschlossenen Ruck klappte er das Album zu.

Auf der Rückbank kläffte Bernie.

Kalkbrenner drehte sich zu ihm um. »Darf ich das als Zustimmung werten?«

Noch ein Kläffen.

»Endlich sind wir beide mal einer Meinung.«

*

Als Jamina vor dem Haus in der Paul-Engelhard-Straße hielt, stand Peta bereits schlotternd im Hauseingang.

Sie umarmten einander, bevor Jamina die Tür entriegelte. »Wollen wir?«

Unschlüssig verharrte Peta am Bürgersteig.

»Was ist?«

»Ich … ich weiß auch nicht.« Unvermittelt standen Tränen in ihren Augen. »Die ganze Zeit hab ich in seine Wohnung gewollt, aber … aber jetzt? Jetzt bin ich mir nicht mehr sicher.«

»Du musst nicht, wenn du nicht möchtest.«

»Ist er …« Peta brach ab.

»Nein«, sagte Jamina, »er ist nicht mehr da.«

»Das meinte ich nicht«, Peta schüttelte den Kopf, »aber … aber er ist doch in seiner Wohnung gestorben, oder?«

»Du meinst, ob man was sehen kann? Auf dem Teppich ist noch sein Erbrochenes. Und etwas Blut.«

»Blut?«

»Er hat sich den Kopf am Tisch geschlagen.«

»Oh nein«, stieß Peta hervor. »Hat er … hat er gelitten?«
»Es war eine Überdosis«, sagte Jamina.
Peta knabberte an ihrer Unterlippe, rieb sich die Hände. Dann gab sie sich einen Ruck. »Na los, ich bin extra deswegen gekommen.«
Rasch schritt Jamina die Treppe voraus nach oben.
Wie immer hing in der zweiten Etage ein strenger Geruch, wie immer drang Musik aus der Nachbarswohnung.
Jamina öffnete die Tür und trat beiseite.
Erneut stand Peta wie angewurzelt da.
Sie brauchte eine Weile, bis sie zögerlich den Flur betrat.
Jamina folgte ihr in die Küche, wo Peta vor dem Kühlschrank stehenblieb, sich die Fotos ansah, einige abnahm und einsteckte. »Ist das in Ordnung?«
»Klar.«
Die beiden gingen ins Wohnzimmer.
Peta stöhnte auf. Ihr Blick war auf den Fleck auf dem Teppichboden gerichtet. »Ich … ich kann das alles immer noch nicht glauben.«
Jamina schwieg.
»Wieso?« Peta sank auf die Couch. »Wieso hat er das bloß gemacht?«
»Er hat wirklich nichts erwähnt?«
»Ich denke schon die ganze Zeit drüber nach, aber … nein.«
»Nichts über ... Santa Lucia?«
»Nein.«
»Pfarrer Stoll?«
»Auch nicht.«
»Was ist mit Dr. Mertens? Hat er den Namen mal fallenlassen?«
»Jamina …«
»Oder einen anderen, den du nicht kanntest? Etwas, das dir komisch vorkam?«
»… wenn ich das bloß wüsste!«
»Ist er vielleicht irgendwohin gefahren? Nach Mönchsmühle zum Beispiel?«
»Ich weiß es wirklich nicht.«
»Überleg noch mal!«
»Mach ich doch, aber … aber die letzten drei Tage hat er gar

nichts mehr erzählt, er war … er war einfach weg.« Peta stand auf, floh ins Schlafzimmer, als könne sie der Trauer entkommen.

Resigniert sank Jamina aufs Sofa.

Ich habe ihn gesehen. In Berlin. Er ist es.

Irgendwo hatte ihr Bruder Pfarrer Stoll entdeckt, und die Begegnung hatte Michel aufgewühlt und zutiefst verschreckt.

Die letzten drei Tage war er einfach weg.

Wo war er gewesen? Was hatte er gemacht?

Was es auch war, sie würde sich damit abfinden müssen, dass sie die Antworten vermutlich nie herausfand. Und dass …

… *diese Leute damit davongekommen sind.*

»Wo ist sie?« Peta stand in der Diele und durchsuchte Michels Jacken an der Garderobe.

»Was suchst du?«

»Seine Geldbörse.«

»Wieso?«

»Er … er hatte ein Foto darin, das wir in einem Fotoautomaten geschossen hatten, in Berlin, ich weiß, das klingt verrückt …«

»Nein, überhaupt nicht.«

»Es war die letzte Aufnahme, die wir von uns beiden gemacht haben, bevor er …« Peta seufzte. »Er war so ausgelassen. So verrückt. So glücklich. Und einen Tag später …« Ihre Stimme zitterte.

»Seine Geldbörse ist bei den Kollegen auf der Wache«, sagte Jamina.

»Ach so, ich dachte … Was ist denn das?«

»Was?«

»Das!« Peta trat ins Wohnzimmer. »Diese beiden Theaterkarten.«

EINUNDFÜNFZIG

Ich machte kein Auge zu in dieser Nacht. Endlos wälzte ich mich herum.

Plötzlich waren die Bilder, Geräusche und Stimmen wieder da. Und das Keuchen.

Tue Buße …

Nur mit Mühe schaffte ich am nächsten Tag die Kurierfahrt nach Hamburg.

… *und befreie dich von Schuld.*

Ich war froh, als ich am späten Nachmittag wieder in Berlin ankam. Völlig übermüdet wollte ich mich ein, zwei Stündchen aufs Ohr hauen, hoffte, etwas Schlaf nachholen zu können.

Aber kaum erreichte ich meine Wohnung, da klingelte mein Handy.

Es war Peta. »Wegen heute Abend …«

»Was ist heute Abend?«

»Äh, wir wollten essen gehen. Hast du das vergessen?«

»Nein«, log ich, »nein, natürlich nicht.«

»Ich wollte nur sagen, es wird ein paar Minuten später, ich hab noch einen Hund, der …«

»Ist okay.«

»Wenn du möchtest, können wir uns auch bei Rashid treffen.«

»Klar.«

»Es sei denn …«

»Nein, das ist okay.«

Peta blieb kurz still. »Ist alles in Ordnung?«

»Klar.«

»Sicher?«

»Ja doch, ich … ich glaub, ich krieg 'ne Grippe.«

Wieder schwieg sie einen Moment. »Wollen wir es lieber verschieben? Uns gemütlich auf die Couch setzen, einen Film gucken?«

»Ich …«

»Es wäre kein Problem.«

»Sicher?«

»Natürlich, Michel.«

Diesmal war ich es, der zögerte. »Ich will dich nicht anstecken.«

»So schnell haut mich nichts um.«

»Es geht mir wirklich nicht gut. Ich glaube, ich … ich bleib lieber zu Hause. Gönne mir Ruhe. Muss ja dann noch um elf eine Fahrt übernehmen.«

»Ehrlich?«

»Leider.«

»Aber sonst ist alles in Ordnung?«

Ich wusste, welche Sorge in ihrer Frage mitschwang. *Hast du ein Flashback? Hast du Druck? Drohst du rückfällig zu werden?*

»Ja, wirklich«, log ich erneut.

Sie klang nicht wirklich überzeugt, ging aber nicht weiter darauf ein. »Dann bis morgen, okay?«

»Klar.«

Kaum hatte sie aufgelegt, eilte ich zur S-Bahn-Station und nahm die erstbeste Bahn nach Friedrichshain.

*

Je näher ich dem Theater kam, desto größer wurden die Zweifel.

Was machte ich hier eigentlich? Wollte ich wirklich wissen, ob der Mann, den ich auf den Fotos gesehen hatte, der Pfarrer war?

Und was, wenn es tatsächlich so war?

Die Lichter des Theaters tauchten vor mir auf. Die ersten Besucher strömten bereits ins Gebäude.

Zögerlich ging ich auf die Plakate zu.

Hast du ein Flashback?

Bestimmt, sagte ich mir, hatte ich mich am Vorabend getäuscht. Es war spät gewesen, ich voller Tatendrang, abgelenkt vom Urlaub und von der Arbeit, ja, ganz sicher hatte ich mich geirrt.

Es war nur eine Verwechslung gewesen, mehr nicht.

Trotzdem schrie eine Stimme in mir: *Dreh um und geh! Geh!*

Ich stellte mich direkt vor das Plakat.

Wieder überkamen mich ein Schaudern und Abscheu, während ich das Gesicht des Schauspielers betrachtete.

Entweder sah er dem Pfarrer verblüffend ähnlich, oder er war es tatsächlich.

Mit klopfendem Herzen kaufte ich mir eine Eintrittskarte und hielt sie fest umkrampft, während ich drinnen einen Platz suchte.

Der Saal war spartanisch mit Klappstühlen eingerichtet, die schwarze Bühne glich einem Holzverschlag. Der Vorhang war schillernd rot, genau wie die Messdienergewänder damals.

Wieder drängte es mich weg von hier.

Doch noch ehe ich dem nachgeben konnte, erlosch das Licht, und der Vorhang glitt beiseite.

Die kleine Alice betrat die Bühne und folgte dem weißen Kaninchen. Sie fiel in den Bau, verlor sich in einem Wunderland voller Widersprüche und Absurditäten, so bunt, verrückt, gleichzeitig liebreizend in Szene gesetzt, dass ich um ein Haar vergaß, weshalb ich überhaupt hier war.

Bis Alice auf den verrückten Hutmacher traf.

Plötzlich waren das Stück, die Szene, die Schauspieler vergessen.

Verflixt, es war Pfarrer Stoll.

Kein Zweifel.

Schlagartig wurde mir übel. Galle drängte sich meine Kehle hinauf, als ich sah, wie er die kleine Alice berührte und –

Ich sprang auf, zwängte mich an den anderen Leuten vorbei nach draußen und erbrach in den Rinnstein.

Mir war heiß und kalt. Schlotternd schleppte ich mich durch die Kälte, fuhr mit der Bahn nach Hause, erschrak vor der bleichen, elendigen Gestalt im Garderobenspiegel.

Mit einem Ächzen sank ich auf die Couch.

ZWEIUNDFÜNFZIG

Während der Fahrt zur Oranienburger Straße, wo sich Google zufolge Mertens' Büro befand, betrachtete Kalkbrenner noch einmal die beiden Bilder.

Nur ein sehr vager Verdacht …

Nein, kein Zweifel, neben Pfarrer Stoll stand Christian Mertens.

Kalkbrenner grummelte. »Die beiden haben sich also doch gekannt.«

»Wieso hat Mertens Junior uns belogen?«

»Womöglich ist er ebenfalls ein Opfer von Pfarrer Stoll gewesen.«

»Selbst wenn!«

»Vielleicht will er nicht, dass das bekannt wird.«

Muth deutete auf die Fotos.

Achselzuckend steckte Kalkbrenner die Bilder in die Jackentasche. »Entweder weiß er nicht, dass die Bilder existieren …«

»Trotzdem muss er doch befürchten, dass wir seiner Lüge auf die Schliche kommen.«

»Oder er glaubt, er stünde über dem Gesetz.«

Muth schnaubte verächtlich.

Gegenüber der Jüdischen Synagoge bog sie in die Durchfahrt zu einem Innenhof.

CME Bau- & Immobilienmanagement, Beratung, Kauf & Verkauf (IVD) stand auf einem großen, klobigen Schild über den Eingangstüren eines Hinterhauses – einem aufwendig renovierten Industrieloft mit gläserner Fassade, Backsteinsäulen und imposanten Deckenbalken. Drinnen standen ein Dutzend oder mehr Glastische mit Computern, an denen junge Frauen und Männer saßen.

Mertens trat in dieser Sekunde heraus, das Handy am Ohr, und überquerte den Hof.

Neben seinem BMW parkten weitere hochpreisige und gut gepflegte Limousinen. Einzig ein Daimler hinten in der Ecke wirkte arg verbeult.

»Herr Mertens!«, rief Kalkbrenner.

Der Mann beachtete ihn nicht, war offenbar auf das Telefonat konzentriert und eilte weiter zu seinem Wagen.

»Herr Mertens, warten Sie bitte!«

Er drehte sich zu den Kommissaren um und verzog das Gesicht, als sei er in einen übelriechenden Hundehaufen getreten. Er zischte etwas ins Handy, dann legte er auf. »Sie schon wieder?« Er klang, als könne er vor lauter Gestank kaum atmen. »Was wollen Sie?«

»Haben Sie ein paar Minuten?«

»Nein.«

»Wir wollen uns mit Ihnen unterhalten.«

»Ich dachte, ich hätte mich klar und deutlich ausgedrückt?«

»Wem gegenüber? Dem Bausenator?«

Als sei dieser nur eine lästige Fliege, winkte Mertens ab. »Es gibt nichts, worüber wir uns …«

»Da wäre ich mir nicht so sicher«, fiel ihm Kalkbrenner ins Wort.

»Außerdem«, Mertens setzte sich wieder in Bewegung, »das sagte ich bereits, habe ich keine Zeit.«

»Trotzdem müssen wir mit Ihnen reden.«

Er hob den Schlüssel und entriegelte den Wagen. Die Hupe erklang, und die Blinker leuchteten auf. »Dann machen Sie einen Termin mit meiner Sekretärin und …«

»Wir können Sie natürlich auch aufs Präsidium vorladen, wenn Ihnen das lieber ist.«

Mertens, der den Türgriff bereits in der Hand hielt, erstarrte. »Wollen Sie mir drohen?«

»Das liegt mir fern.« Diesmal machte Kalkbrenner eine wegwerfende Geste.

Aber niemand *sollte über dem Gesetz stehen.*

»Ich zeige Ihnen nur alle Optionen auf.«

Mertens musterte ihn finster, verriegelte den BMW und marschierte ins Gebäude. Zur Frau am Empfang meinte er: »Rufen Sie bitte Herrn Hoheiser in mein Büro.«

Dann stapfte er eine Treppe hinauf in die erste Etage. Die beiden Kommissare folgten ihm.

Hinter einer Glaswand befand sich ein großes Büro, in dem fast alles aus Glas zu bestehen schien: der Schreibtisch, die Regale, der Konferenztisch vor deckenhohen Fenstern, die einen Blick hinaus auf die Oranienburger und die Synagoge gewährten.

Einzig die Stühle rings um den Konferenztisch waren aus Stahl und schwarzem Leder.

Mertens ließ sich auf einen davon fallen.

In derselben Sekunde betrat ein kleiner, kräftiger Mann den Raum – graue Lederschuhe, grauer Anzug, graue Krawatte, grauer Vollbart und ebensolche Haare. Selbst sein Blick war irgendwie grau. Frostig grau.

»Das ist Herr Hoheiser«, stellte Mertens ihn vor, »mein Anwalt.« Er blickte die Beamten herausfordernd an. »Sie haben sicher nichts dagegen, wenn er an unserer Unterhaltung teilnimmt.«

»Sie brauchen einen Anwalt?« Muth hob eine Augenbraue.

»Er ist zufällig noch im Haus.«

Reiner Zufall wäre Zufall, dachte Kalkbrenner. Noch eines seiner kleinen Helferlein.

Er ließ sich Mertens gegenüber nieder.

Der tippte auf seinem Handy herum, als habe er längst vergessen, dass die Polizei ebenfalls hier war. Der Anwalt rückte sich die Krawatte zurecht.

Ab jetzt ist äußerste Vorsicht in dem Fall geboten.

Manchmal allerdings, das wusste Kalkbrenner aus Erfahrung, führte eine direkte Konfrontation schneller zum Ziel.

Muth, die sich gerade neben ihn setzte, schien den gleichen Gedanken zu haben. Fragend sah sie ihn an.

Er deutete ein zustimmendes Nicken an.

»Herr Mertens«, begann sie, »warum haben Sie uns belogen?«

*

Jamina warf einen Blick auf die beiden Theaterkarten.

Alice im Wunderland, aufgeführt in einem Off-Theater im Berliner Hip-Kiez Friedrichshain.

Sie glaubte sich daran zu erinnern, dass sie die Tickets schon einmal gesehen hatte, zwei Tage zuvor, als sie Michels Wohnung durchsucht hatte. »Was ist damit?«

»Na, Michel war im Theater.«

»Klar, du doch auch, oder?«

»Nein«, Peta schüttelte den Kopf, »das … das war … Schau mal.« Sichtlich aufgewühlt tippte sie auf das Datum. »Er war dort in den drei Tagen, in denen er sich nicht bei mir gemeldet hat.«

Jamina betrachtete die Karten genauer. »Ich dachte, er sei mit dir dort gewesen.«

»Nein, wie denn? Er hat sich doch nicht gemeldet. Mit wem war er da?«

»Er war alleine!«

»Aber das sind zwei Karten …«, protestierte Peta.

»Ja, aber an unterschiedlichen Abenden, im Abstand von zwei Tagen. Und *das*«, Jamina nahm eine der beiden Karten an sich, »das war am selben Abend, an dem er starb.«

»Zwei Mal dieselbe Vorstellung? Was … was hat er dort gewollt?«

Diese Frage stellte sich auch Jamina, während sie ihr Handy zückte und im Browser die Website des Theaters aufrief.

Rasch überflog sie die Infos über das aufgeführte Stück, das Theater, klickte auf die Liste der Darsteller und – erstarrte.

»Was ist?«, fragte Peta.

Ich habe ihn gesehen. In Berlin. Er ist es.

Jamina sprang auf. »Ich muss los.«

»Aber …?«

Sie lief hinaus zu ihrem Wagen.

DREIUNDFÜNFZIG

Zwei Tage lang schlief ich kaum, übergab mich, schwitzte Blut und Wasser, meldete mich krank, schaffte es nicht einmal ans Telefon.

Einmal klingelte es an der Tür.

Wahrscheinlich war es Peta, und ihre Sorge rührte mich, aber ich wollte nicht, dass sie mich so sah. Ich konnte nicht mit ihr reden.

Ich hatte Albträume, alles kam wieder hoch, auch die Wut.

Vergeude dein Leben nicht.

Was suchte Pfarrer Stoll in einem Theater in Berlin? War das überhaupt möglich?

Wenn mir einer Auskunft geben konnte, dann du. Du hattest doch die Möglichkeiten mit den Datenbanken, Verzeichnissen, solchen Dingen, oder nicht?

Wenn was ist, ruf an!

Ich wählte deine Nummer.

Es klingelte zweimal, bevor die Mailbox ansprang. Ich wartete auf den Signalton, zögerte, legte auf.

Ich saß da, das Telefon in der Hand. Der Schweiß rann mir in Strömen den Leib hinab.

Und plötzlich war ich mir nicht mehr sicher. Was, wenn ich mich erneut getäuscht hatte, wenn es abermals nur ein Teil eines Flashbacks gewesen war? War das nicht normal? Hatten die Ärzte mich nicht genau davor gewarnt? Dass ich mir Dinge einbilden würde? Einfach, weil ich sie sehen wollte?

Mal ehrlich, ich hatte doch nur einen kurzen Blick auf den Schauspieler geworfen, er war verkleidet, das Bühnenlicht diffus gewesen.

Was, wenn ich die Welt unnötig verrückt machte?
Verflixt, ich brauchte Gewissheit.

VIERUNDFÜNFZIG

Kalkbrenner erwartete eine heftige Reaktion, doch sie kam nicht.

Mertens schaute nur kurz von seinem Handy auf, als habe er ein Geräusch gehört, das er nicht einordnen konnte. Dann tippte er weiter.

Es war sein Anwalt, der schließlich antwortete. »Bevor Sie irgendwelche Vorwürfe gegen meinen Mandanten erheben«, mit seinem frostig grauen Blick tadelte er Muth, »sollten Sie uns vielleicht erst einmal erklären, was genau Sie zu der Annahme verleitet, er habe gelogen.«

Muth blieb unbeeindruckt. »Frieder Schacht.«

»Wer ist das?«

»Wir haben Ihren Mandanten, Herrn Mertens, heute Mittag gefragt, ob er Frieder Schacht kennt.«

»Was hat er Ihnen darauf geantwortet?«

»Dass er ihn nicht kennt.«

»Nun«, der Anwalt zuckte die Achseln, »wo liegt das Problem?«

Mertens' Handy klingelte. Er nahm den Anruf entgegen. »Ja? Ja. Es wird einige Minuten später, sorry, ich wurde aufgehalten.« Er schickte einen grimmigen Blick über den Tisch. »Es dauert aber nicht mehr lange, fangt gerne schon an. Bis gleich.« Er legte das Telefon auf den Tisch.

»Richard Stoll«, sagte Muth.

»Wer soll das jetzt sein?«, fragte der Anwalt.

»Auch nach ihm haben wir Herrn Mertens gefragt.«

»Und?«

»Er kennt ihn ebenso wenig.«

»Also bitte!«

»*Pfarrer* Richard Stoll«, fügte Muth hinzu.

Der Anwalt atmete angestrengt durch. »Herr Mertens hat Ihnen doch bereits erklärt, dass er ihn nicht kennt, also –«

Erneut meldete sich Mertens' Handy. Er wollte danach greifen.

»Herr Mertens!«, fuhr Kalkbrenner ihn an. »Wäre es möglich, dass Sie uns fünf Minuten Ihrer wertvollen Zeit widmen?«

Mertens sah seinen Anwalt an.

Der nickte.

Verstimmt drückte der Immobilienmagnat den Anruf weg.

»Danke«, sagte Kalkbrenner und zückte seinerseits sein Telefon. Er rief das Foto von Frieder Schacht alias Richard Stoll auf, tot, zwischen dem Bioabfall auf dem Wertstoffhof. Er legte es vor Mertens auf den Tisch.

»Igitt«, maulte der, »das schon wieder, tun Sie das weg.«

Auch der Anwalt verzog das Gesicht. »Was ist mit dem Mann?«

»Er ist tot«, erklärte Kalkbrenner.

»Das ist unschwer zu erkennen.«

»Ermordet.«

»Und was hat mein Mandant damit zu tun?«

»Das«, Kalkbrenner tippte auf das Bild, »ist Frieder Schacht alias Pfarrer Richard Stoll.«

In das Grau des Anwalts mischte sich Zornesröte. »Und Herr Mertens hat erklärt, dass er …«

»Und *das«,* schnitt Kalkbrenner ihm das Wort ab, »ist ebenfalls Frieder Schacht alias Pfarrer Richard Stoll.« Er zog die beiden Fotos aus der Jackentasche und legte sie neben das Telefon. »Deutlich ansehnlicher, deutlich lebendiger, deutlich jünger und unverkennbar an seiner Seite – Sie, Herr Mertens.«

Der Immobilienmagnat beäugte kurz das Foto, dann nickte er dem Anwalt zu.

»Sie haben recht«, bestätigte der, »das ist Herr Mertens.«

Kalkbrenner ignorierte ihn, blickte stattdessen Mertens unverwandt an.

Er hatte bereits wieder das Telefon in der Hand und schien eine Nachricht zu tippen.

»Sie kennen den Mann also doch!«

»Ich glaube nicht …«, begann der Anwalt, doch sein Mandant legte ihm eine Hand auf den Arm und brachte ihn damit zum Schweigen.

»Wann ist das Foto entstanden?«, fragte er. »Vor fünfundzwanzig Jahren? Nein, das ist noch länger her.«

»Und jetzt werden Sie behaupten, Sie hätten es vergessen.«

Mertens nickte. »Können Sie sich an jede Person erinnern, die Sie vor einem Vierteljahrhundert mal getroffen haben?«

»An die guten Freunde meines Vaters? Ja.«

»Schön für Sie, aber haben Sie studiert? Waren Sie danach viele Jahre lang in London? Haben Sie in New York gelebt? In Hongkong? Ich habe seither unzählige Bauvorhaben realisiert, und beim besten Willen, ich für meinen Teil kann mich nicht an jede einzelne Person erinnern, die …«

»Aber doch wohl daran, dass Sie …« Diesmal war es Kalkbrenners Handy, das klingelte.

Es war Rita.

Er drückte den Anruf weg. »Sie erinnern sich daran, dass Sie sich in dem Kinderheim in Mönchsmühle aufgehalten haben. In Mönchsmühle, wo sie aufgewachsen sind.« Er zeigte auf die Fotos. »Diese Aufnahmen sind nämlich dort entstanden.«

Mertens zuckte mit den Schultern. »Auch das ist mir entfallen.«

»Natürlich«, grummelte Kalkbrenner.

»Also bitte«, warf der Anwalt ein, »Ihren Sarkasmus können Sie sich sparen.« Er rückte das Revers seines grauen Anzugs zurecht. »Und wenn Sie sonst nichts haben, das …«

»Doch!« Kalkbrenner brachte den Zeitungsbericht von Sackowitz zum Vorschein.

Bilanz des Schreckens: Kinder ermordet?

*

Jamina stand verborgen im Schatten eines Hauseingangs.

Auf der gegenüberliegenden Straßenseite bot das kleine Off-Theater mit dem verschnörkelten Schild über der Tür, den bunten Fassadenlichtern, den hellerleuchteten Schaufenstern im Abenddunkel einen einladenden Anblick.

Zu einer anderen Zeit, da war sie sich sicher, hätte sie sich auf einen Besuch dort gefreut.

Sogar Liz hätte ihren Gefallen daran gefunden.

Jetzt hätte Jamina ihre Tochter um keinen Preis in das Gebäude gelassen. Allein bei dem Gedanken, es zu betreten, wurde ihr übel.

Ich habe ihn gesehen.

Sie blickte die Straße rauf und runter, aber niemand schien ihr gefolgt zu sein. Da war keiner, der verdächtig aussah.

Also trat sie aus den Schatten, überquerte die Straße und blieb vor den Schaufenstern stehen. Sie schmeckte Galle auf der Zunge, als sie ihn auf den Bildern wiedererkannte.

Kein Zweifel, er war es – Pfarrer Stoll. Richard Stoll.

Auch wenn dies offenbar nicht mehr sein Name war, denn unter dem Bild stand *Frieder Schacht.*

Jamina hätte gelacht, wäre ihr nicht so übel gewesen.

Dass diese Leute damit davongekommen sind.

Sie erschrak, als sich ihr Schritte rasch näherten.

Doch es war nur ein junges Pärchen, das durch den frostigen Abend zur Theaterkasse eilte, die Eintrittskarten in Empfang nahm und voller Vorfreude ins Gebäude ging.

Jaminas Finger zitterten, als sie ebenfalls vor die Kasse trat, den Eintritt bezahlte und den jungen Leuten in den Saal folgte.

Drinnen empfing sie ein verhaltenes Murmeln. Nur knapp die Hälfte der Sitze war belegt.

Sie suchte sich einen Platz in der letzten Reihe.

Während sie unruhig auf den Beginn der Vorstellung wartete, malte sie sich aus, wie Michel vor wenigen Tagen hier gesessen haben musste.

Hatte er sich ebenfalls ganz nach hinten gesetzt? Oder weiter nach vorne? Wie dicht hatte er dem Pfarrer kommen wollen? Hatte er bei seinem ersten Besuch überhaupt gewusst, wen er gleich auf der Bühne sehen würde?

Der Vorhang glitt beiseite, und Alice trat auf. »Herrjemine! Herrjemine!«, rief das Kaninchen, während es auf seine Taschenuhr blickte. »Ich werde mich sicher verspäten.«

Alice folgte ihm durchs Kaninchenloch, und für einen Moment vergaß Jamina den Grund, aus dem sie hergekommen war.

Obwohl es sich bei den Akteuren um Laiendarsteller handelte, war ihr Schauspiel mitreißend. »O schöner, goldner Nachmittag, wo Flut und Himmel lacht.«

Vielleicht, dachte Jamina, vielleicht war es am Ende nur ein Irrtum. Vielleicht hatte Michel einfach Spaß an dem Stück gehabt und war deshalb zweimal in die Vorstellung gegangen.

Wem machst du was vor?

In dieser Sekunde betrat der Hutmacher die Szene.

Und jeder Zweifel verflog endgültig.

In Berlin. Er ist es.

»Früher«, sagte er, »früher warst du mehr ... mehrer. Du hast dein Mehr-Sein verloren.«

Doch, verdammt, das war wie jedes seiner Worte nur eine Lüge. Nicht sie hatte es verloren, *er* hatte es ihr gestohlen.

FÜNFUNDFÜNFZIG

Heute ging ich noch einmal ins Theater, zwei Tage nach meinem ersten Besuch.

Der eisige Novemberwind schlug mir ins Gesicht, so als wolle er mich von meinem Vorhaben abhalten. Aber was genau hatte ich eigentlich vor? Und was würde ich tun?

Ich hatte keinen blassen Schimmer.

Wieder schrie die Stimme in mir, dass ich umkehren sollte.

Vergeude dein Leben nicht.

Aber was dann? Würde mich die Vergangenheit je loslassen? Würde ich vergessen können? Oder würde ich bereuen, dass ich nicht den Mut gefunden hatte, den Pfarrer mit seinen Taten zu konfrontieren? Dass ich mich mal wieder nicht getraut hatte?

Du bist schwach!

Ich gab mir einen Ruck, kaufte eine Karte, setzte mich auf einen der Klappstühle.

Ich schwitzte die ganze Vorstellung über. Immer wieder stand ich kurz davor, aufzustehen, rauszugehen, wegzurennen.

Nur unter großer Anstrengung hielt ich durch.

Vor allem, als er endlich auf die Bühne kam und ich mir endgültig sicher war, dass ich mich nicht getäuscht hatte.

Er war älter geworden, aber nach wie vor nett und lustig als Hutmacher da oben auf der Bühne – klar, er spielte nur eine Rolle, aber hatte er das nicht immer schon getan?

Nein, es bestand kein Zweifel mehr. Er war es. Pfarrer Stoll.

Nach der Aufführung wartete ich in einem Hauseingang auf der anderen Straßenseite.

Wie benommen umklammerte ich mein Handy, wählte deine Nummer.

Wenn was ist, ruf an.

Diesmal gingst du sofort ran. »Ich rufe dich nachher zurück.«

»Jamina, ich…«

»Ich kann jetzt nicht, ich … Oh, Scheiße!« Ich hörte einen lauten Knall. Ein Scheppern. Geschrei. Wildes Durcheinander. Dann Stille.

»Herrje!«, fluchte jemand.

Ein anderer stöhnte.

»Ich ruf einen Arzt«, rief noch ein anderer.

»Warte«, hörte ich dich sagen, »erstmal schaffst du dieses Arschloch raus in eine Zelle. Und leg ihm diesmal Handschellen an!«

»Jamina?«, rief ich. *»Jamina!«*

Kurz darauf kehrte deine Stimme zurück. »Alles gut.«

»Was ist denn passiert?«

»Ich melde mich.«

»Jamina«, ich keuchte, »ich hab …«

»Geht's um den Urlaub? Pass auf, ich komme nachher vorbei, okay?« Dann warst du weg.

»Verflixt«!«, fluchte ich.

Indes verließen die Leute drüben das Theater. In der Eiseskälte hatten sie es eilig, nach Hause zu kommen.

Eine ganze Weile später traten auch die Schauspieler ins Freie, plauderten miteinander, zerstreuten sich in alle Richtungen.

Und irgendwann kam er.

Er lief etwas gebeugt, als habe er Rückenschmerzen. Auf der Bühne hatte man ihm das allerdings nicht angemerkt. Aber wie gesagt, er war schon immer ein guter Schauspieler, nicht wahr?

Wie in Trance folgte ich ihm.

Er hastete die Kopernikus Straße entlang nach Westen, überquerte die Warschauer Straße in Richtung Frankfurter Tor.

Je länger der Weg dauerte, desto neugieriger wurde ich. Wo wollte er hin? Und weshalb nahm er nicht die Bahn, den Bus oder ein Taxi?

Die Kälte schien auch ihm zu schaffen zu machen.

An der Kreuzung zur Grünberger Straße bog er nach links. Plötzlich blieb er stehen, drehte sich um.

Rasch duckte ich mich in die Schatten eines Hauseingangs.
Ich fluchte in mich hinein. Hatte er mich bemerkt? Mein Herz klopfte wie wild.
Er kramte etwas aus seiner Tasche.
Was es war, konnte ich aus der Entfernung nicht sehen. Aber ich war erleichtert, als er endlich weiterging.
Wieder dachte ich darüber nach, mich auf den Heimweg zu machen.
Aber dann hastete ich ihm doch weiter nach, folgte ihm in die nächste Seitenstraße – und war überrascht, als ich ihn nicht mehr sah.
Ich drehte mich einmal um die eigene Achse.
Der Pfarrer war weg.
Ich sagte mir, dass das besser war, und machte mich auf den Weg zurück zur Warschauer Straße.
Ich war keine fünf Meter gekommen, als ich eine Stimme hörte. »Warum folgen Sie mir?«
Seine Stimme.
Augenblicklich krampfte sich mein Magen zusammen.
Tue Buße …
Meine Kehle schnürte sich zu.
»Was wollen Sie von mir?« Er kam auf mich zu.
Ich bekam keine Luft. Ich taumelte.
»Wer sind Sie?« Er runzelte die Stirn. Dann plötzlich schien er mich zu erkennen. »Michel?«
Ich schluckte.
»Michel«, wiederholte er und lächelte. »Wie geht es dir?«
Sein Lächeln gab mir den Rest.
Alles wird gut.
»Hat es dir die Sprache verschlagen? Warst schon früher kein großer Redner, nicht wahr?«
So oft hatte ich mir diesen Moment herbeigesehnt. Mir ausgemalt, wie ich ihm ins Gesicht schleudere, was er mir, dir, all den anderen Kindern angetan hat.
Doch jetzt? Jetzt wollte ich nur noch weg. Weit weg. Verflixt, was hatte ich mir bloß dabei gedacht?
»Eine Verwechslung«, würgte ich hervor, drehte mich um und ging.
»Du warst schon damals ein Schwächling«, rief er mir nach.

Ich eilte über die Straße.

»Zu nichts zu gebrauchen.«

Ich begann zu rennen.

»Nicht einmal zum Ficken warst du gut.« Er lachte. Verflixt, er lachte tatsächlich.

Ich wirbelte herum. »Ich zeige Sie an! Sie und … und all die anderen!« Dann rannte ich davon.

SECHSUNDFÜNFZIG

Kalkbrenner behielt Mertens im Blick.

Der überflog den Zeitungsartikel, verzog aber keine Miene. Dann lehnte er sich auf dem Stuhl zurück und griff wieder nach seinem Handy.

»Schrecklich«, kommentierte der Anwalt.

»Herr Mertens«, sagte Muth, »Sie wussten bislang nichts von den Vorfällen damals?«

Der Immobilienmagnat hob nur kurz den Blick. »Nein.«

»Nun«, sagte der Anwalt, »Sie haben es gehört.« Er breitete die Arme aus. »Also, diese Vorfälle«, er zeigte erst auf Kalkbrenners Handy, den toten Pfarrer Stoll, dann auf die Schlagzeile, »sind schlimm, das steht außer Frage, aber gibt es irgendeine Verbindung zu meinem Mandanten?«

»Sein Vater«, erwiderte Muth, »er war seinerzeit der Arzt im Kinderheim.«

»Dann müssen Sie wohl den fragen.«

»Das haben wir versucht, nur hat Herr Mertens das nicht zugelassen.«

»Aus gutem Grund«, sagte der. Der Anwalt wollte ihn zurückhalten, doch er winkte unwirsch ab. »Mein Vater ist schwerkrank, er liegt im Koma und –«

Abermals läutete Kalkbrenners Handy.

»Also bitte!«, echauffierte sich der Anwalt.

»Entschuldigung.« Kalkbrenner drückte Ritas neuerlichen Anruf weg.

Sein Gegenüber gab einen ungehaltenen Laut von sich. »Also sind wir hier fertig, oder?«

»Nein«, sagte Kalkbrenner.

Der Anwalt setzte zu einem Protest an.

»Herr Mertens«, kam ihm Kalkbrenner zuvor, »wo waren Sie am Abend vor drei Tagen, zwischen zweiundzwanzig und vierundzwanzig Uhr?«

»Was soll die Frage?«, blaffte der Anwalt.

»Es ist nur eine Frage.«

»Und welche Bedeutung hat Sie?«

»Ist schon gut.« Mertens legte ihm eine Hand auf den Arm, bevor er sich den Kommissaren zuwandte. »Da war ich hier im Büro.«

»Allein?«

»Wenn überhaupt, nur für kurze Zeit. Wenn Sie also glauben, dass ich diesen Herrn … Pfarrer …«, er machte eine wegwerfende Geste, »diesen Stoll ermordet habe, dann befinden Sie sich auf dem Holzweg.«

»Ist es das, was Sie ihm vorwerfen?«, hakte der Anwalt nach.

Muth überging die Frage. »Herr Mertens, gibt es Leute, die das bezeugen können?«

»Ganz sicher.«

»Wir brauchen deren Namen.«

Mertens erhob sich. »Meine Sekretärin wird sich darum kümmern.« Er blickte die Beamten an.

Kalkbrenner stand ebenfalls auf.

Was Mertens als Zeichen des Aufbruchs wertete. Während er aus dem Raum eilte, begann er bereits wieder zu telefonieren.

»Dann sind wir hier fertig«, stellte der Anwalt fest.

Zähneknirschend ging Kalkbrenner, gefolgt von Muth, die Treppe hinunter und auf den Parkplatz hinaus.

Mertens war mit dem BMW bereits weggefahren.

Im Passat zappelte und kläffte Bernie.

Erst als er sich beruhigt hatte, startete Muth den Wagen und fuhr auf die Oranienburger. »Was für ein Unsympath.«

»Und er lügt wie gedruckt.«

»Nur können wir ihm das nicht nachweisen und –«

Kalkbrenners Handy läutete.

»Rita«, nahm er das Telefonat endlich an, »was ist?«

»Wo steckt ihr?«

»Wir sind unterwegs.«

»Dieser Reporter sitzt hier bei mir, Sackowitz.«

»Was will er?«

»Angeblich hast du ihn herbestellt, wegen irgendwelcher Berichte.«

»Stimmt.« Das hatte er ganz vergessen. »Sag ihm, er soll sie dir geben.«

»Habe ich gemacht, aber …« Rita seufzte, »du kennst ihn doch, er lässt sich einfach nicht abwimmeln. Er will unbedingt mit dir reden.«

»Dann sag ihm, wir sind auf dem Weg.« Kalkbrenner legte auf und lehnte sich im Sitz zurück.

Schweigend fuhren die Kommissare die Oranienburger entlang.

Erst als sie den Alexanderplatz erreichten, fragte Muth: »Was, denkst du, ist passiert?«

*

Am liebsten wäre Jamina aufgesprungen und aus dem Theater gerannt.

Sie zwang sich dazu, sitzen zu bleiben.

Gleichzeitig fragte sie sich, ob Michel den gleichen Drang zur Flucht verspürt hatte. War er stark geblieben? Oder hatte er sich womöglich gar nicht erst in den Saal getraut?

War er deshalb noch einmal nach Berlin zurückgekehrt? Oder gab es einen anderen Grund dafür? Hatte er mit dem Pfarrer gesprochen? Worüber?

Was war danach geschehen? Tausend Fragen, die ihr durch den Kopf schossen. Vom Rest des Theaterstücks bekam sie kaum noch etwas mit. Sie war froh, als endlich der Vorhang fiel. Während die anderen Zuschauer den Schauspielern auf der Bühne applaudierten, eilte sie bereits nach draußen.

Vor dem Ausgang blieb sie stehen und sog gierig frische Luft ein.

Weitere Menschen traten ins Freie. Einige blieben stehen, plauderten über die Vorstellung, andere hatten es eilig nach Hause zu kommen.

Die Temperatur schien in den vergangenen anderthalb Stunden noch einmal gefallen zu sein.

Zumindest kam es Jamina so vor.

Als sie über die Straße eilte, glitt sie auf einer vereisten Pfütze aus und legte sich fast der Länge nach hin. Sie hielt sich auf den Beinen, sprang auf den Bürgersteig – gerade rechtzeitig.

Ein Lieferwagen bretterte hupend an ihr vorbei.

Keuchend duckte sie sich wieder in die Schatten des Hauseingangs.

Die Kälte kroch in ihren Körper, während sie das Gebäude drüben im Auge behielt. Sie rieb sich die Hände, trat von einem Fuß auf den anderen, während sie darauf wartete, dass auch die Schauspieler das Theater verließen.

Als einer der ersten erschien Pfarrer Stoll. Er trat aus einer Seitentür.

Richard Stoll. Frieder Schacht.

Er schlug sich den Kragen des Mantels hoch und lief in Richtung Warschauer Straße.

Sein Rücken bereitete ihm offenkundig Probleme, die letzten zwanzig Jahre schienen nicht spurlos an ihm vorbeigegangen zu sein.

Mit ausreichendem Abstand heftete sich Jamina an seine Fersen.

Am Ende der Grünberger Straße lief er vorbei an einem Restaurant namens *Wild & Heiter*, das geschlossen hatte. Montag Ruhetag, ließ ein Schild an der Tür wissen.

Stoll wurde langsamer, schien sein Ziel erreicht zu haben.

Worauf wartest du?

Jamina beschleunigte ihre Schritte. »Pfarrer Stoll!«

Er geriet ins Stocken, nur für den Bruchteil einer Sekunde, aber es genügte, um sich zu verraten. Dann fing er sich und ging rasch weiter.

»Pfarrer Stoll!« Jamina legte an Tempo zu.

Abrupt bog Stoll in eine kleine Gasse. Die Straßenlaterne war kaputt. Schatten hingen zwischen den fensterlosen Backsteinwänden zu beiden Seiten.

»Pfarrer Stoll!«

»Sie müssen sich irren.« Unvermittelt drehte er sich zu ihr um.

Sie blieb stehen. Fast wäre sie in ihn hineingerannt.

Im Zwielicht glaubte sie den Hinterhof des Restaurants

auszumachen, umfasst von einem kleinen Mäuerchen, dahinter eine Kellertreppe. Ein paar Schritte weiter quoll ein Müllcontainer über. Der Gestank vergorener Küchenabfälle stieg ihr in die Nase. Nicht nur deshalb wurde ihr speiübel.

»Pfarrer Stoll!«, sagte sie. »Erkennen Sie mich?«

*

Kalkbrenner dachte über die vergangenen beiden Tage nach.

Was glaubst du, was passiert ist?

»Ich denke«, sagte er, »Pfarrer Richard Stoll hat damals Schwester Maria getötet, weil sie sein Treiben im Kinderheim zu enthüllen drohte.«

Muth lenkte den Wagen auf den Parkplatz vor dem Präsidium. »Aber wie passt Mertens zu alldem? Er selbst war damals noch ein Teenager, ganz sicher nicht daran beteiligt.«

»Offenbar ist der Pfarrer ja aus der Versenkung aufgetaucht. Vielleicht ist Mertens ihm im Altenstift begegnet.«

»Weshalb war Stoll überhaupt dort?«

»Warum auch immer, vielleicht hat er Mertens erpresst oder bedroht, wahrscheinlich werden wir das nie erfahren. Aber ich kann mir vorstellen, Mertens sah sein Bauvorhaben in Gefahr, die Investitionen, das viele Geld – allein die Schlagzeile: *Dr. Anton Mertens, Mitwisser in einem Missbrauchs- und Mordskandal.«*

»Also hat er Pfarrer Stoll getötet?«

»Wahrscheinlich gab es Streit zwischen den beiden, eine Auseinandersetzung, vielleicht war Stolls Tod ein Unfall, möglicherweise aber auch Mord. Am Ende lag der Pfarrer tot in der Gasse hinter dem Restaurant in Friedrichshain. Und der Müllcontainer stand direkt daneben.«

»Und wir haben keine Beweise«, konstatierte Muth.

»Oder eine andere, mögliche Theorie.«

»Also wird niemand dafür zur Rechenschaft gezogen, nicht für die verschwundenen Kinder, für die ermordete Nonne, selbst für den toten Pfarrer Stoll nicht.«

Kalkbrenner zögerte. »Im schlimmsten Fall – ja.« Er stieg aus und nahm Bernie an die Leine.

»Du willst ihn mitnehmen?«, fragte Muth.

»Soll er draußen in der Kälte sitzen?«

»Und Dr. Salm?«
»Muss es ja nicht mitbekommen.«
»Was beim letzten Mal schon so gut funktioniert hat«, spöttelte sie.
Achselzuckend ging Kalkbrenner ins Präsidium.
In der dritten Etage flitzte der Bernhardiner schnurstracks ins Büro, als wisse er, was dort auf ihn wartete.
Ritas Quietschen hallte über den Flur. »Paul!«
Sie stand im Vorzimmer und reckte einen Kuchenteller in die Höhe.
Bernie sprang aufgeregt um sie herum.
»Paul«, jammerte Rita, während sie das Gebäck balancierte, »bitte, ruf den Hund zu dir!«
»Herr Kalkbrenner!« Sackowitz sprang von einem Stuhl in der Ecke. *»Haben Sie eine Ahnung, wie lange ich schon auf Sie warte?«*
Grinsend floh Muth in den Flur.
Unterdessen schnappte Kalkbrenner Bernie am Halsband.
»Danke«, seufzte Rita.
Er schleifte den Bernhardiner ins Büro.
Sackowitz watschelte den beiden wie selbstverständlich nach. »Also wirklich, Herr Kalkbrenner!«
»Ach so, Paul«, rief Rita, »vorhin hat ein Kurier etwas für dich abgegeben.«
»Was?«
»Einen Umschlag, drei Briefe. An einen Bischof.«
»Ein Bischof?«, horchte der Reporter auf.
Kalkbrenner ließ Bernie los, ging zu seinem Schreibtisch und griff nach dem Umschlag.
Der Bernhardiner stürmte zurück zu Rita.
»Paul!«, heulte sie prompt auf.
»Was für ein Bischof?«, fragte Sackowitz.
Kalkbrenner sank auf den Stuhl und zog die drei Briefe aus dem Kuvert.
Die drei Briefe von Schwester Maria.
Wer immer die junge Frau war, die die Briefe im Altenstift entwendet hatte, sie wusste, dass er an dem Fall arbeitete. Sie hatte ihm die Briefe zukommen lassen, damit er –
»Herr Kalkbrenner!«, riss ihn der Reporter aus den Gedanken.
»Paul!«, plärrte Rita aus dem Vorzimmer.

Bernie kläffte.

»Herr Sackowitz«, sagte Kalkbrenner, »haben Sie die Berichte dabei?«

»Hier!« Verärgert knallte Sackowitz ihm ein paar Ausdrucke auf den Tisch. »Die wollten Sie ja haben.«

»Danke.«

»Obwohl ich wirklich nicht weiß, was Sie damit wollen. Aber vielleicht verraten Sie mir, was es mit …«

»Moment«, fiel ihm Kalkbrenner ins Wort, bevor er die Zeitungsartikel studierte.

Sie waren vor zwanzig Jahre erschienen und boten keinerlei neue Informationen.

Er griff wieder zu den Briefen von Schwester Maria, die ihm ebenso wenig weiterhalfen. Sie enthielten nichts als Vorwürfe, aber keinerlei Beweise. Kein Ermittlungsrichter würde sie für einen Haftbefehl akzeptieren, kein Staatsanwalt für ein Verfahren und –

»Paul!«, schrie Rita.

Bernies Kläffen nahm kein Ende.

Also wird niemand dafür zur Rechenschaft gezogen.

Kalkbrenner legte die drei Briefe auf den Schreibtisch.

Sackowitz beobachtete ihn.

Keiner sollte über dem Gesetz stehen.

Kalkbrenner schob die Briefe etwas näher zu dem Reporter.

Im Vorzimmer gab Bernie keine Ruhe.

»Ich glaube, ich muss mich kurz um meinen Hund kümmern.« Kalkbrenner stand auf und begab sich ins Vorzimmer. »Rühren Sie nichts an!«

Noch ehe er die Tür hinter sich zuzog, sah er, wie Sackowitz einen neugierigen Blick auf die Briefe warf.

*

Widerstrebend ließ Jamina den Blick des Pfarrers über sich ergehen. Im Zwielicht der Gasse war sein Gesicht nur ein Schemen, aber dennoch erkannte sie, dass – anders als früher – kein Begehren mehr in seinen Augen lag.

»Nein, tut mir leid«, sagte er, »Sie müssen sich irren. Ich kenne Sie nicht.«

Er war alt geworden. Aber noch immer so verlogen wie damals.

»Und wer dieser Stoll ist …« Er zuckte bedauernd die Achseln. Sein Rücken schien zu protestieren, er verzog das Gesicht vor Schmerz. »Das weiß ich auch nicht, da ...«

»Sparen Sie sich das!«, fiel Jamina ihm ins Wort. »Ich erkenne Sie. Ich weiß, wer Sie sind. Und was Sie getan haben.«

»Da bin ich aber gespannt.« Seine Miene ließ keinen Zweifel, dass er das genaue Gegenteil meinte.

Jamina hielt den Gestank aus dem Müllcontainer kaum aus. Noch weniger konnte sie allerdings Stolls Lügen ertragen.

Plötzlich hatte sie wieder Michels Stimme im Ohr, wie er sie vor drei Tagen angerufen hatte, aufgelöst und verzweifelt. Sie hatte keine Zeit für ihn gehabt, weil sie sich mit diesem Kowalski hatte abgeben müssen.

Ich habe ihn gesehen. In Berlin. Er ist es.

Jetzt glaubte sie zu begreifen, was geschehen war. Michel hatte den Pfarrer im Theater entdeckt, vermutlich durch Zufall. Aber er hatte ihn zur Rede gestellt. Und dann … »Sie haben meinen Bruder auf dem Gewissen.«

»Welcher Bruder?«, fragte Stoll, aber seine Augenbrauen zuckten verräterisch. Gleich darauf trug er wieder eine rechtschaffene Miene zur Schau.

Die er schon damals perfekt beherrscht hatte.

»Wie gesagt«, er setzte sich in Bewegung, »Sie müssen sich irren.«

Sie packte nach ihm, bekam seinen Mantel zu fassen.

»Hey, was soll das?« Mit einem Ruck versuchte er sich von ihrem Griff zu befreien.

Jamina hielt ihn fest.

Es gab ein knirschendes Geräusch, als der Stoff des Mantels riss. Ein, zwei Knöpfe fielen zu Boden.

»Lassen Sie mich los!«

Jamina dachte nicht daran, baute sich stattdessen vor ihm auf, so dicht, dass sie seinen Schweiß und den verdorbenen Atem roch, der ihm in Frostwölkchen aus dem Mund quoll. »Damals mögen Sie davongekommen sein.«

»Ich sagte doch …«

»Diesmal lasse ich Sie nicht entwischen.«

»Sie spinnen doch!«

»Diesmal werden Sie dafür bezahlen.«

Mit einem Mal lachte Stoll los, und endlich ließ er seine verlogene Maske fallen. »Was willst du tun? Mich schlagen?«

Vorne an der Grünberger Straße fuhr ein Auto langsam vorbei. Für einen Augenblick hatte es den Anschein, als wolle der Fahrer anhalten.

Dann gab er Gas und war weg.

»Ich schlage keine alten Männer«, sagte Jamina.

Stolls abfälliges Lachen ließ sie vor Wut schäumen. Trotzdem ließ sie ihn los, trat ein Stück zurück. »Ich habe die Akten gefunden. Alle Akten. Und das Kinderbuch.«

Stoll lachte immer noch. »Und was sollen die beweisen?«

»Die? Nichts. Aber die Briefe von Schwester Maria an den Bischof.«

Das Lachen bröckelte. »Hast du sie bei dir?«

Jetzt war es Jamina, die lachte. »Halten Sie mich für blöde?«

»Gib sie mir!«

»Einen Teufel werde ich tun!«

Mit einem überraschend wendigen Schritt ragte der alte Mann plötzlich vor ihr auf. »Dein Bruder …«

Alles in Jamina spannte sich an.

»… war auch im Glauben, er sei schlau.«

Sie ballte die Fäuste.

»Aber du weißt ja«, bedrohlich senkte Stoll die Stimme, »was ihm das gebracht hat. Er war ein erbärmlicher, kleiner Junkie, der bekommen hat, was er verdient.«

»Du Scheißkerl!« Jamina stieß ihn weg, viel zu wütend, viel zu heftig. Stoll taumelte rückwärts, stolperte über das Mäuerchen – und auf die Treppe zu. Verzweifelt fuchtelte er mit den Armen, rang um Halt. Vergeblich. Japsend stürzte er die Stufen hinunter. Mit einem dumpfen Laut prallte er auf den Boden.

Reglos blieb er liegen, der Kopf unnatürlich verdreht.

Sie starrte auf ihn herab, unfähig zu begreifen, was gerade geschehen war. Totenstille hatte die Gasse erfasst.

Irgendwann blickte Jamina zur Grünberger Straße, aber da waren kaum Menschen zu sehen. Und die, die unterwegs waren, scherten sich nicht um die einsame Gestalt in der finsteren Gasse.

Sie stieg die Stufen hinunter, hockte sich neben Stoll und suchte nach seinem Puls.

Vergeblich. Alles Leben war aus ihm gewichen.

Und jetzt?

Sie atmete tief ein, atmete aus, dann klopfte sie Stolls Mantel nach seiner Brieftasche, dem Handy, den Schlüsseln ab, steckte alles ein, würde es später entsorgen müssen.

Und die Leiche?

Ihr Blick wanderte die Stufen hoch zum Müllcontainer.

Müsste der nicht morgen geleert werden?

SIEBENUNDFÜNFZIG

Keine Ahnung, wie ich heimkam. In meinem Kopf tobte Chaos.

Du bist schwach!

Ich keuchte, schwitzte, legte mich auf die Couch, zog die Beine an und umschlang den Körper mit den Armen.

Was, verflixt, sollte ich tun?

In den letzten Monaten, Jahren war so viel geschehen, so viele Enthüllungen allerorts.

Immer hatte ich mir gewünscht, dass auch er sich der Vergangenheit stellte. Sich stellen musste.

Doch das geschah nie.

*

Michel legte den Stift beiseite und betrachtete die vielen Zeilen, die er zu Papier gebracht hatte. Jetzt, da er sich alles von der Seele geschrieben hatte, ging es ihm deutlich besser. Das Zittern hatte aufgehört, der Schweiß rann ihm nicht mehr in Strömen über die Haut.

Er hatte den Brief Jamina geben wollen. Immerhin war sie Polizistin, würde wissen, was zu tun war.

Weil ich etwas gegen solche Typen unternehmen will.

Doch musste er sie dafür wirklich so tief in die Erinnerung reißen? Genügten nicht erst einmal die dringlichsten Fakten?

Doch, entschied er, stand auf, nahm den Stapel

beschriebener Seiten und packte ihn vorerst unter die Matratze.

Irgendwann ... wenn die Zeit reif ist.

Trotzdem: Er wollte und konnte den Pfarrer nicht einfach davonkommen lassen.

Also ging er ins Wohnzimmer zurück, griff zum Handy und rief Jamina an, aber sie ging nicht dran.

Er versuchte es noch einmal. Vergeblich.

Er tippte eine Nachricht. *Ich habe ihn gesehen. In Berlin. Er ist es.*

Sein Finger schwebte über dem Senden-Button, als es an der Tür läutete.

Jamina! Da bist du ja!

Michel atmete erleichtert auf. Er ließ das Telefon sinken und ging in den Flur, um seine Schwester hereinzulassen. Jetzt konnte er endlich mit ihr sprechen. Gemeinsam würden sie eine Lösung finden.

Er riss die Tür auf – und erstarrte.

»Hallo Michel.« Pfarrer Stoll grinste.

Nein!

Er wusste, er sollte sich wehren, wusste, er musste kämpfen. Aber seine Muskeln gehorchten ihm nicht.

Er war nicht wie David im Kampf gegen die Hexe Gundula. Er war einfach nur Michel. Und er hatte keine Chance.

NACHWORT

Ein Roman ist Fiktion. Jede Fiktion enthält aber ein Stück Wahrheit.

Tatsächlich existiert haben Santa Lucia, Pfarrer Stoll, die verschwundenen Kinder, Schwester Maria, ihre Briefe an den Bischof, das vergessene Archiv im Altenheim.

Nur habe ich die Namen der Personen und Orte aus guten Gründen geändert.

Martin Krist, April 2022

DANKSAGUNG

Kein Roman schreibt sich ganz alleine. Einer wie »Wunderland« erst recht nicht. Ich möchte daher danken:

Meiner Familie, die mich auch in stressigsten Situationen immer wieder unterstützt. Ich liebe euch.

Allen, die mir ihr Leben und ihre Erfahrungen erzählt haben und nicht namentlich genannt werden möchten.

Peter Veckenstedt, Kriminalkommissar a.D., der seit vielen Jahren mein Ansprechpartner für alle kriminaltechnischen Belange ist. Für alles, was bei Kalkbrenner, Jamina und ihren Kollegen dagegen falsch läuft, bin ich verantwortlich.

Sarah Lippasson (https://sarahlippasson.com), die maßgeblich zur Entstehung von »Wunderland« beitragen hat und sich zu jeder Zeit meine Nöte mit der Geschichte angehört hat.

Emely Dark (https://emelydark.com), deren Lektorat wie immer so unfassbar schnell und unfassbar gut ist.

Rebecca Feist (https://www.die-flinke-feder.de), die als Korrektorin ebensolche Wunder vollbringt.

Denise Wassermann, die als erste das fertige Manuskript gelesen und mir ihre ehrliche Meinung gesagt hat.

Anke Koopmann (https://designomicon.de) für ihr jederzeit großartiges Cover.

Noch mehr Kommissar Kalkbrenner?

MARTIN
KRIST
ZORNES
BLIND
THRILLER

MARTIN
KRIST
TEUFELS
WILD
THRILLER

MARTIN
KRIST
MÖRDS
KALT
THRILLER

MARTIN
KRIST
ENGELS
GLEICH
THRILLER

EIN
SERA MUTH
ROMAN
MARTIN
KRIST
KALTE
HAUT
THRILLER

MARTIN
KRIST
KINDS
SCHULD
THRILLER-STORY

MARTIN
KRIST
MÄRCHEN
WALD
THRILLER

Printed in Poland
by Amazon Fulfillment
Poland Sp. z o.o., Wrocław

49878536R00240